AF218128

J. FENIMORE COOPER

EL ÚLTIMO DE LOS MOHICANOS

Título: El último de los mohicanos
Título original: *The Last of the Mohicans*
Autor: J. Fenimore Cooper

C/ Primavera 10, nave 35
28500 Arganda del Rey
Madrid-España
www.edimat.es

Traducción: Cesión Editorial Ramón Sopena
Introducción: Juan Rey Segura
Diseño e ilustraciones de cubierta: Karakachoff Estudio

ISBN: 978-84-9794-579-0
Depósito Legal: M-1286-2024

Impreso en España - *Printed in Spain*

INTRODUCCIÓN

Biografía

James Cooper nació el 15 de septiembre de 1789 en Burlignton, New Jersey, del matrimonio formado por William Cooper y su esposa Elizabeth Fenimore. Era una pareja de cuáqueros cuyas ideas religiosas se nutrían en realidad de una suerte de «protestantismo transversal» que no les impedía acudir a los servicios religiosos de los episcopalianos y presbiterianos. Este primer dato es relevante porque la densidad de la moral religiosa transmitida por su familia será visible en las obras de Cooper, aunque no sea uno de sus temas principales. Mas influyente todavía será la actividad paterna, a partir de 1790, cuando William Cooper adquiere una gran porción de terreno en la que funda un asentamiento bautizado como Cooperstown. Allí ejercerá como juez y dará rienda suelta a sus ambiciones sociales y políticas, y para el joven James será una fuente de experiencias que trasladará más tarde a sus novelas, singularmente a *The Pioneers* (1823).

La infancia y la juventud de Cooper estuvieron alteradas por hechos como el fallecimiento prematuro de seis de sus doce hermanos y hermanas. Sus primeros pasos en su educación se desarrollaron en Albany, pero en 1803 fue enviado al Colegio de Yale. Allí sufrió una expulsión motivada, aparentemente, por haber arrojado a un compañero por la ventana. Se planteó huir y embarcarse, pero su padre consiguió alistarle en la Marina de los Estados Unidos, con la que navegó un par de veces hasta Inglaterra. Luego sirvió en un puesto fronterizo en el lago Ontario antes de ser asignado a la recluta de marineros en la ciudad de Nueva York. Fue allí donde conoció a William Branford Shubrick, un oficial de carrera de la Marina que sería su íntimo amigo a lo largo de su vida.

En 1810 conoció a Susan Augusta de Lancey, hija de una rica familia de Wetchester que había permanecido leal a la Corona durante la

Revolución. Cooper renunció a su puesto para casarse con Susan, lo que ocurrió el día de Año Nuevo de 1811.

En principio, todo apuntaba a la tranquilidad financiera de la pareja, considerando la prosperidad de sus respectivas familias, pero pronto se demostró que James, educado como el hijo de un terrateniente y sin grandes responsabilidades hasta ese momento, no estaba preparado para afrontar la sucesión de desastres financieros ni personales que le acontecieron a partir de ese momento. Su padre murió en 1809 dejándole grandes propiedades cuya titularidad, no obstante, era objeto de discusión además de haber perdido gran parte de su valor por la depresión económica subsiguiente a la guerra de 1812. Por si las deudas no fueran suficientes, todos sus hermanos mayores fallecieron y Cooper tuvo que hacerse cargo de sus respectivas familias.

Hacia 1820, Cooper buscaba nuevas fuentes de ingresos. Hizo de armador de un buque ballenero, *The Union*, que no resultó muy provechoso. Entonces, casi por casualidad, Cooper «descubrió» que poseía una insólita vocación literaria y que podía explotarla. Ocurrió que, encontrándose enferma la esposa de Cooper, éste decidió leerle alguna de las novelas que llegaban desde Inglaterra y la encontró de tan mala calidad que decidió que él podría escribir mucho mejor. Aquello, lejos de ser un arrebato momentáneo, fue una declaración de intenciones que se concretó en un primer relato titulado *Precaution,* una novela costumbrista en la que se percibía la influencia de autores como Jane Austen o el propio Walter Scott.

La acogida a esta primera obra fue lo bastante favorable como para animar a Cooper a continuar su reciente vocación. En 1821 publica *El espía (The Spy: a Tale of the Neutral Ground),* que venía a introducir el concepto literario de novela histórica desarrollado por Scott en la escena literaria estadounidense, que hasta entonces había carecido de identidad propia. La anécdota del origen de la carrera literaria de Cooper ilustra perfectamente el estado de cosas en las letras norteamericanas anterior a la aparición de obras como ésta: se leían novelas inglesas, ajenas por completo a la nueva sociedad en la que se desenvolvían los lectores de las antiguas colonias. Éstos reclamaban temas propios, con los que pudieran identificarse. En la nueva obra de Cooper se hablaba de la legitimidad de la rebelión antibritánica, el fracaso del ejército inglés, la azarosa violencia de los grupos paramilitares formados por autoproclamados patriotas, la patriarcal benevolencia de Washington como «padre de la Patria» y la centralidad cultural del inclasificable espía que da título a la novela. Y no fue sólo Cooper quien entró en escena en ese momento: también Washington Irving, con *The Sketch Book* (1820), y William Cullen Bryant, con sus *Poems* (1821), tuvieron el mérito de demostrar que la cultura estadounidense era capaz de producir obra literaria homologable en el contexto occidental.

En su siguiente novela, *The Pioneers,* Cooper recogió sus experiencias vividas en Cooperstown, el asentamiento fronterizo fundado por su padre, para construir un relato sobre un tema tan inherente a la historia de los Estados Unidos como es el conflicto de intereses por la posesión de la tierra, no sólo en un sentido estrictamente físico o material, sino también en el moral, o, si se quiere, en el espiritual. Vemos a leales a la corona británica, patriotas americanos, cazadores errantes y granjeros que despejan bosques enfrentados unos contra otros. La solución que aporta Cooper al conflicto es tan ingenua como novelesca: para resolver el conflicto, nada como casar a los hijos de unos con los de los otros. Con todo, lo más sobresaliente de la novela es la aparición por primera vez del personaje central en la mejor narrativa de Cooper: se trata de Natty Bumpo, «medias de cuero» *(Leatherstokins),* el héroe cooperiano por excelencia.

La pluma de Cooper fue desgranando obras en rápida sucesión: *The Pilot* (1824), *Lionel Lincoln* (1825), *The Last of the Mohicans* (1826) y *The Prairie* (1827). Más tarde abordaría otros trabajos también vinculados directamente a la corta historia estadounidense: *The Wept of Wish-ton-Wish* (1829), ambientada en Connecticut durante la Guerra del Rey Felipe o la trilogía en la que hacía la crónica de las llamadas «guerras antirrentistas», promovidas por agricultores contra los derechos semifeudales de los propietarios de tierras de Nueva York. Fue la *Littlepage Trilogy* formada por las obras *Satanstoe, The Chainbearer* y *The Redskins.*

En la cumbre de su popularidad como novelista, Cooper decidió llevarse su familia a Europa. Tenía pensado permanecer allí sólo dos años, pero al final fueron siete durante los que viajó por el continente y entabló importantes relaciones personales, especialmente con el marqués de Lafayette. Con él compartió inquietudes políticas, como la defensa de la libertad del pueblo polaco y un mismo discurso ideológico liberal. Cooper era un escritor también popular en Europa y su fama lo convirtió en asiduo de los salones y cultivador de una importante vida social.

En 1833 Cooper y su familia regresaron a Estados Unidos para iniciar una última y problemática etapa de su vida marcada por la falta de entendimiento con su propio público. Cooper era, como se ha dicho, un liberal que cultivaba un sentimiento de pertenencia a lo que podría lla-

marse la «aristocracia moral», a una clase de nobleza caracterizada por el cultivo de valores morales y de talento intelectual. Tal cosa chocaba abiertamente con el feroz pragmatismo de un país cuya frenética expansión arrinconaba cualquier impulso moral distinto del ánimo de lucro. En 1834 escribe *A letter to his Countrymen* (1834), una diatriba contra el provincianismo de sus compatriotas y una expresión de su malestar. Instalado en Cooperstown, sus últimos años se vieron marcados por las polémicas y los pleitos con los ocupantes de algunas tierras que le pertenecían, en los que lo determinante fue, más que el resarcimiento de un posible perjuicio económico, la defensa del derecho de propiedad, que consideraba consustancial a la idea de libertad, así como del respeto a la verdad en la prensa, que le había sido en parte hostil.

En esa época, además de mostrarse como un fino observador de la vida cultural y política de su país y demostrarlo en obras como *The American Democrat* (1838), publicó excelentes estudios de historia naval como *The History of the Navy of the United States of America* (1839), *The Cruise of the Somers* (1844) y *Lives of Distinguished American Naval Officers* (1846).

Cooper murió en Cooperstown el 14 de septiembre de 1851, y cuando eso ocurrió era, probablemente, más popular y respetado fuera de Estados Unidos que en su propio país. Llevado por la amargura y la desconfianza que le produjeron sus últimos conflictos, pidió a sus hijas que no autorizaran ninguna biografía oficial sobre él, un dato que resulta, en su caso, sumamente significativo.

James Fenimore Cooper, un «novelista nacional»

«Son libros americanos lo que se quiere en América. No libros ingleses, ni libros hechos en América por ingleses. La gente que vive en Norteamérica quiere, en una palabra, libros que, cualquiera que sean sus fallos, sean decididamente, o mejor, esencialmente, *americanos».* Con estas palabras saludaba un periódico de 1826 la aparición de *El último de los mohicanos*, y con ellas se ponía de manifiesto la principal virtud de la obra de Cooper: América estaba allí por fin presente, con sus guerreros, sus bosques, el lírico salvajismo de la colonización, y ello se debía a la mano de un maestro al que muchos no iban a reconocer como tal.

No puede decirse que Cooper haya obtenido un reconocimiento como literato del que se hubiera podido sentir orgulloso, al menos en lo que se refiere a cuestiones estilísticas o acerca de la forma en la que planteaba determinadas tramas. Los autores del romanticismo del siglo XIX no suelen soportar muy bien las lecturas hechas con la mentalidad y los gustos de estos tiempos. Pero ocurre que, en el caso de Cooper, la debilidad de sus tramas ficcionales, su clasismo poco democrático o lo limitado de sus personajes femeninos eran ya características que sus contemporáneos subrayaban como críticas. Es muy recordado el ensayo publicado por Mark Twain en la *North American Review* en julio de 1895 en el que, además de considerarlo literariamente incompetente, se burlaba con comicidad de los románticos excesos de sus novelas. En realidad no era un crítica literaria sino una pieza de humor que ha perdurado como tal en la historia de la literatura estadounidense, y con respecto a la cual se ha demostrado que las críticas de Twain eran bastante falaces e inexactas. Pero, ciertamente, el exceso de didactismo a veces impregna sus obras, concebidas en parte para educar a sus lectores en los requerimientos de la democracia, al menos como él la entendía.

Y, sin embargo, sus personajes, incluidas las mujeres, están a menudo desarrollados con mayor riqueza de matices que lo que usualmente se reconoce y componen una nada desdeñable galería de tipos norteamericanos. Para gran parte de los estudiosos, sus novelas registran la vida y la sociedad estadounidense con una riqueza, profundidad y complejidad que no fue superada en la narrativa norteamericana antes de las obras de Hawthorne y Melville. Sea cual sea el juicio que merezca la generalidad de su producción literaria, hay acuerdo en considerar que en su cumbre se encuentran las cinco novelas de la serie de *Leatherstocking*, su personaje decisivo: *The Pioneers* (1823), *The Last of the Mohicans* (1826), *The Prairie* (1827), *The Pathfinder* (1840) y *The Deerslayer* (1841). La serie, en palabras de D. H. Lawrence, es un ejemplo de «decreciente realismo y creciente belleza», pero ayudó decisivamente a crear entre sus lectores un sentido popular, romántico y mitificador de la historia estadounidense, su propia historia.

La saga de «Leatherstocking» constituye lo más interesante y definitorio de la producción literaria de Cooper. En ella hay un modelo argumental siempre presente, de manera explícita o implícita, que Cooper desarrolla mediante las tramas concretas de cada relato a través de personajes con vocación de arquetipos. Este modelo parte de la existencia de un conflicto entre los distintos grupos sociales, étnicos, religiosos o culturales que se dan cita en el relato y que, por separado, son los ingredientes históricos de lo que más adelante va a llegar a ser el complejo *melting pot* de la llamada «nación americana». Este conflicto será superado por sus protagonistas a medida que una sucesión de variadas «mediaciones» entre ellos, derivadas de los acontecimientos que tienen

lugar en el relato, terminan por poner fin al conflicto y alumbran un final en el que el pasado particularista queda atrás y se produce un avance civilizatorio cargado con los valores de la nueva cultura nacional.

Este modelo de síntesis caracteriza la visión del devenir histórico americano en *El último de los mohicanos*. Parece ser que Cooper concibió la idea de la novela a principios de agosto de 1824 durante una excursión al lago George y a las cataratas de Glens con un grupo de jóvenes nobles británicos. La visión de aquella espectacular naturaleza salvaje le inspiró la imagen de los antiguos indios habitantes de aquellos parajes.

Vamos a detenernos brevemente en una descripción de trasfondo histórico. La acción de *El último de los mohicanos* se desarrolla durante la guerra que en la historiografía anglosajona es conocida como la *French and Indian War* y que entre 1754 y 1760 constituyó el mayor enfrentamiento entre Francia e Inglaterra por la posesión de los territorios norteamericanos. A diferencia de las anteriores guerras, que empezaron en Europa y se extendieron después a América, este conflicto fue exclusivamente «americano» y por ese motivo la implicación de la población autóctona fue muy considerable.

La rivalidades territoriales entre Francia y Gran Bretaña se habían intensificado a medida que los asentamientos de las poblaciones de ambos orígenes se extendían por las zonas fronterizas entre ambos imperios. No había acuerdo sobre la posesión de la región de los Grandes Lagos ni sobre los territorios en torno a los lagos George y Champlain, y la disputa era aún más importante sobre la vasta área que se extendía entre las montañas Allegheny y el río Misisipi. En 1749 el explorador francés De Bienville viajó a través del valle de río Ohio para reforzar la reivindicación francesa sobre la zona. La primera «Compañía del Ohio» envió a su vez a Christopher Gist con el mismo fin un año más tarde. Este toma y daca se repetiría en lo sucesivo en forma de escalada: los franceses construyeron fuertes a lo largo del curso del Allegheny en Pennsylvania y el gobernador británico Robert Dinwiddie envió desde Virginia a un joven, George Washington, en una misión de protesta ante los franceses por la intromisión. Los franceses se negaron a marcharse. En 1754, Washington volvió con una pequeña fuerza de tropas coloniales, dispuesto esta vez a usarla, pero fue atacado y derrotado por los franceses cerca de Fort Duquesne, la actual Pittsburg, en la primera batalla de la guerra. La derrota tuvo el efecto añadido de convencer, equivocadamente, a los indios de que los franceses eran los amos de la situación y que lo seguirían siendo.

Los británicos reaccionaron, pero durante 1755 fueron incapaces de contrarrestar la eficacia con la que los franceses manejaban sus recursos, claramente inferiores a los de sus enemigos. La razón de la falta de efectividad de los británicos tiene que ver en gran parte con algo que constituye uno de los claros elementos argumentales de *El último de los mohicanos* como es la falta de adecuación de los ejércitos de entonces a la forma de hacer la guerra que demandaba el teatro de operaciones norteamericano. Esta incapacidad se puso de manifiesto, significativamente, en junio de 1755 cuando la expedición del mayor general Edward Braddock fue aniquilada cerca del río Monongahela en una masacre que ha pasado a la historia con su nombre. Las cerradas líneas de los fusileros británicos, desplegadas como si se tratase de un campo de batalla europeo, fueron presa fácil de los tiradores emboscados entre los árboles que hacían uso de rifles, es decir, de armas largas de ánima rayada, mucho más precisos individualmente disparados que los mosquetones del ejército, de ánima lisa, cuya eficacia estaba subordinada a que el enemigo estuviese alineado en una formación tan rígida como la suya para poder dispararle en descargas colectivas. Los tiradores francocanadienses, y sobre todo los indios, entre los que existían verdaderos expertos, produjeron una carnicería a unos británicos incapaces de utilizar su potencia de fuego y su capacidad de maniobra porque simplemente estaban entrenados para otra clase de guerra.

Este suceso tendría un complemento más dramático el año siguiente, y fue precisamente el episodio de esta guerra escogido por Cooper para situar su historia. Francia dio el mando de sus tropas al marqués de Montcalm y éste puso sitio a Fort Oswego y a Fort Henry. Este último estaba al mando del teniente coronel Monro, del 35.º Regimiento de Infantería, y disponía de dos mil «casacas rojas» y colonos armados. Su moral era baja y muchos estaban enfermos. Montcalm disponía de ocho mil hombres entre canadienses e indios, y suficientes cañones para convencer a Monro de que cualquier resistencia sería inútil. Tampoco éste iba a poder contar con refuerzos del escasamente animoso coronel Webb, que disponía de mil doscientos hombres en Fort Edward, a tan sólo catorce millas de Fort Henry, y que podría haber reunido a varios miles más entre las guarniciones del Hudson. Así que, tras seis días de asedio, Monro obtuvo un acuerdo de rendición sumamente honorable que incluía una escolta para los británicos hasta Fort Edward. Sin embargo, un hecho tan aparentemente banal como no destruir las reservas de ron del fuerte iba a producir el drama. Los indios las encontraron y se emborracharon, y entonces decidieron acosar a la columna en retirada para conseguir más alcohol, sumidos en una agresividad sedienta de ron y de sangre. En la subsiguiente masacre se produjo una cifra de muertos que varía, según las fuentes, entre ochenta y doscientos entre hombres, mujeres y niños, y que no paró hasta que los franceses consiguieron restablecer el orden.

Aquel hecho marcó el punto más alto en las posibilidades francesas de ganar la guerra. Lamentablemente, la falta de refuerzos y de abastecimientos y el descontrol sobre los indios que quisieron disfrutar de su botín, impidió a Montcalm llevar a cabo el esfuerzo decisivo. Más tarde aparecería en Gran Bretaña el liderazgo de William Pitt, que dio un giro decisivo a la contienda, sobre todo cuando, con la audaz captura de Quebec en 1759, se selló el destino de Canadá. La guerra concluyó con el Tratado de París, firmado en 1763, en el que Francia perdió casi todas sus posesiones norteamericanas.

El último de los mohicanos toma la guerra franco-india como trasfondo argumental para ilustrar el conflicto entre europeos y nativos por la posesión del continente americano. Esta colisión entre dos mundos diametralmente opuestos produce como resultado un estancamiento. Las tribus indias rechazan abandonar sus antiguas costumbres y, como resultado de ello, se muestran incapaces de adaptarse a la expansión hacia el oeste del hombre blanco y de oponer frente a éste una única fuerza formada por todas las tribus. Antes al contrario, divididos por los prejuicios y las tradiciones, las tribus indias se enfrentan unas a otras como aliadas de los británicos y los franceses, con lo que se convertían en agentes de su propia destrucción.

Por su parte, los ejércitos europeos son tan incapaces como las tribus indias de fomentar el curso progresivo de la historia americana. Están demasiado limitados por el peso de sus antiguas rivalidades como para entender la potencialidad de las tierras por cuya posesión combaten. Al importar los conflictos europeos a la frontera americana contaminan la naturaleza salvaje con sangre. Durante la primera mitad de *El último de los mohicanos* veremos cómo Cooper se dedica a explicar las aterradoras implicaciones de este conflicto entre indios y europeos. La narración incide sobre todo en imágenes de caos, muerte y destrucción como temas dominantes. Las tribus indias parecen estar en las etapas finales de su decadencia. Su cultura ha perdido relevancia, su territorio nacional se ha perdido y su sucesión dinástica se ha interrumpido. Pero tampoco los personajes europeos parecen hallarse en mejor situación. Están desorientados y desamparados en un entorno hostil. Sus hijos son secuestrados y sus guarniciones, destruidas. Mucho más que un territorio para la esperanza, el nuevo mundo se ha convertido en el escenario donde el salvajismo del modo de hacer la guerra en Europa se ve intensificado por los bárbaros hábitos de los nativos, a los que, como hemos visto antes, los europeos no saben combatir con sus tácticas tradicionales.

Cooper resuelve dialécticamente la potencialidad destructiva de este conflicto, y lo hace a través del personaje central de su saga, y quizás de toda su obra. Es Ojo-de-halcón, nombre con el que es llamado Natty Bumpo en *El último de los mohicanos.* Bumpo es *Leatherstockins,* polainas de cuero, y este apodo hace referencia a su indumentaria, arquetípica del pionero. Lleva las largas calzas de piel que protegen sus piernas de la maleza, al estilo indio, y esa característica ayuda a comprender el personaje, que es en sí mismo una síntesis. No es un caso de mestizaje, sino de algo distinto: un occidental que ha sido capaz de «leer» la esencia de la naturaleza salvaje y entenderla hasta el punto de hermanarse con los indios pero sin llegar a perder del todo su condición de europeo: se trata, en suma, del «americano perfecto», un compendio de las virtudes imaginadas por Cooper para sus compatriotas. En distintas historias, en diferentes entornos y con diversos nombres, Natty Bumpo, «calzas de cuero», Ojo-de-halcón o «longue carabine» es el primer héroe de la literatura estadounidense.

Bumpo-Ojo-de-halcón aparece en *El último de los mohicanos* como explorador al servicio de las tropas británicas. Será quien explique al coronel Munro (ya hemos dicho que era teniente coronel y se llamaba Monro) que quien quiera ejercitarse en el arte de las guerras indias no tiene que sentir vergüenza de aprenderlo de un nativo. Y es que, a diferencia de los oficiales británicos y franceses de la novela que rechazan adaptar las técnicas de la guerra en Europa a las circunstancias del continente americano, y pagan su empeño con la sangre de sus hombres, Ojo-de-halcón domina el combate en el bosque. Desde luego, es incapaz de transmitir la síntesis entre las culturas india y europea que representa. Como hijo del bosque, su sensibilidad se encuentra próxima a las tribus indias a las que combaten aquellos a los que ayuda.

El personaje de Ojo-de-halcón es ciertamente importante en la novela y central para el significado de la acción, pero, sin embargo, no aparece como el héroe blanco americano, quintaesencial, que ejerce sus funciones como tal. Después de la masacre de Fort Henry, comprende que las decisiones tomadas por los hombres blancos son las que han conducido al desastre, y en la conversación que mantiene con Uncas y Chigachgook adopta las maneras del indio, justamente las que considera necesarias para rescatar a las mujeres Munro. Por tanto, en la segunda parte de la novela veremos que el «héroe» americano, sujeto de la historia, es el nativo, ya sea de origen o de convicción. En efecto, mientras que los personajes de los blancos como Munro y Heyward se ven impotentes para afrontar la situación, Uncas, *«el que se mueve hacia delante»,* es el que asume el papel central en su enfrentamiento con Magua. Éste, por su parte, pasa de ser la víctima de la colonización a convertirse en el «Príncipe de las Tinieblas» que librará con Uncas la gran batalla entre el bien y el mal en la que se decidirá el destino de la raza. Mientras eso pasa, Ojo-de-halcón aparece siempre como el personaje importante que guía pero, sin embargo, no conduce la acción, no termina de consagrarse del todo como el héroe de la novela.

Realmente, la positividad del hombre blanco aflorará a través del personaje de Duncan Heyward, el joven teniente escocés que, partiendo de la misma incapacidad de sus compañeros de armas para entender el entorno en el que ha de cumplir su misión, terminará por situarse en esa posición, cuando menos cercana a la síntesis, que anuncia al «hombre nuevo» americano deseado por Cooper.

Cooper no escribió *El último de los mohicanos* para vilipendiar a los indios o para proclamar el manifiesto destino conquistador de los hombres blancos. Para él, la capacidad de hacer el mal es indiferente al origen racial. Magua es probablemente el villano más siniestro de toda la obra de Cooper, pero los blancos tampoco salen demasiado favorecidos. La incapacidad de Montcalm para frenar la matanza de Fort Henry es puesta claramente de manifiesto, y los demás europeos de la novela no aparecen como dechados de virtudes ni muestran especiales sentimientos de compasión o de comprensión de la naturaleza humana. Incluso Ojo-de-halcón y sus compañeros indios cometen transgresiones en el curso de la narración.

Ciertamente, un elemento que caracteriza la obra de Cooper es la presencia de imágenes de destrucción y caos, o de agitación social, que utiliza para ejemplificar negativamente las consecuencias de lo que él considera la negación del verdadero espíritu americano. Así, en *The Pioneers* aprovecha las discordias civiles para arremeter contra procesos históricos como la Revolución Francesa, paradigma de sustitución del orden por la crueldad. Por el contrario, en *El último de los mohicanos* se anuncia que la forja de la verdadera personalidad americana surgirá no del enfrentamiento sino de la reconciliación de las culturas contendientes, en las que serán imprescindibles personajes como el mencionado Duncan Heyward, paradigma del europeo que, tras su inicial incomprensión de la realidad salvaje del nuevo continente, termina emergiendo del drama que le toca vivir convertido en el «nuevo americano» deseado por Cooper, pero, eso sí, no como producto del mestizaje sino, más bien, del aprendizaje.

Con esa visión sintética del «espíritu americano» Cooper justificaba la defensa del derecho de propiedad (una de sus obsesiones) como inherente a la herencia de la revolución frente a la anarquía potencial que el proceso de colonización llevaba consigo. Cooper, como su modelo Walter Scott, defiende las prerrogativas de su clase burguesa frente a los privilegios hereditarios y, sobre todo, contra los supuestos peligros del desbocamiento de la democracia. El vehículo que utiliza para transmitir esta idea son personajes capaces de encarnar en sí mismos los valores tradicionales en un mundo nuevo, personajes que pertenecen a una suerte de aristocracia natural de base meritocrática. El trasfondo histórico de sus relatos resulta entonces bastante superficial porque, sea éste el que sea, siempre se hará visible una concepción benéfica de la clase media como verdadera espina dorsal del país.

La comparación entre Scott y Cooper no termina allí, y es de reconocer que Cooper no alcanza la seguridad narrativa y la proximidad que consigue Scott en sus mejores novelas. Tampoco son comparables a la hora de enfrentar los esquemas argumentales de sus novelas con los respectivos trasfondos históricos. Es cierto que ambos construyen ficciones que se desarrollan en medio de un proceso histórico de relevancia, pero mientras que Scott escribe sus relatos guardando una coherencia estética y orgánica con el hecho histórico, Cooper está mucho más atento a que su argumento sea capaz de desarrollarse en el sentido que él ha predeterminado, poniendo quizás menos interés en que el hecho histórico le acompañe en la tarea.

A muchos lectores les será sin duda casi más familiar que la propia novela de Cooper alguna de sus adaptaciones cinematográficas, especialmente la última de ellas dirigida en 1992 por Michael Mann. Quizás por ello deban saber que *El último de los mohicanos* ha sido generalmente mal representada y mal interpretada por los cineastas. Casi todas las adaptaciones a la pantalla se han «inventado» su propia versión de la historia, lo que ha perjudicado notablemente el texto original de Cooper.

El último de los mohicanos es una elección casi natural para una adaptación cinematográfica, al menos para los que creen que Cooper era un escritor de relatos de aventuras para un público juvenil, pero eso no significa que merezca el tratamiento tan superficial que ha tenido en el cine. Ninguna de las adaptaciones ha ofrecido una ajustada representa-

ción de la novela de Cooper, sino que, por el contrario, han subvertido su trama y sus diálogos, han alterado sus personajes y las relaciones entre ellos y, en definitiva, han menospreciado lo más interesante de su argumento.

Con la excepción de la versión muda dirigida en 1920 por Maurice Tourneur y Clarence Brown y protagonizada por el gran Wallace Beery como Magua, Bárbara Bedford como Cora, Albert Rosco como Uncas y Harry Lorraine como Ojo-de-halcón, ninguna de las versiones restantes se han aproximado lo suficiente al texto original. Esta versión se concentraba en la relación entre Cora y Uncas, con Ojo-de-halcón reducido a una posición secundaria. Es, por lo general, bastante fiel a la novela aunque introduce una larga secuencia de la matanza de Fort Henry (que se ha demostrado que resulta sumamente cinematográfica) y un personaje nuevo, un villano británico cuya traición, motivada por su deseo hacia Cora, significará la caída del fuerte.

A partir de 1924 comienzan a producirse significativas digresiones sobre el texto original que no son exactamente adaptaciones de la novela. En ese año Pathe produce una película que es un compendio de la totalidad de la saga de *Leatherstocking,* dirigida por George B. Seitz, y con Harry Miller como Ojo-de-halcón y David Dunbar como Chingachgook. En la película aparecen personajes de *The Deerslayer* y figuras históricas como Montcalm, Braddock y Washington. En 1947 la Columbia produjo *The Last of the Redmen*. Aquí, Ojo-de-halcón es un explorador irlandés y Cora Munro una pelirroja. Hay un nuevo personaje, un tercer hermano pequeño Munro, y un aire de western que volverá a hacerse presente en la versión alemana producida en 1965 con el nombre de *The Last Tomahawk,* que sitúa la acción en los años ochenta del siglo XIX e introduce escenas de montañas que explotan y cargas de caballería.

Volviendo a la novela propiamente dicha, en 1930 se produjeron dos nuevas adaptaciones. La primera fue un serial para la Mascot, dirigido por Reaves Eason en 1932, y se trataba de la clásica serie en doce capítulos con frecuentes alteraciones de la historia original. Harry Carey hacía de Ojo-de-halcón, y el final difería por completo. La segunda adaptación fue sin duda la más famosa y sirvió de inspiración a la de Michael Mann en los noventa. Se basaba en un guion de Philip Dunne y fue dirigida de nuevo por George B. Seitz, que, recordemos, ya lo había hecho en 1924. Randolph Scott hacía de Ojo-de-halcón y Binnie Barnes de Alice Munro, y en ella ya se recogían los principales cambios sobre la historia original que se pondrían de manifiesto en la versión de Mann, especialmente en lo que se refiere a la existencia de un «interludio romántico» que afectaría a Ojo-de-halcón ya sea con Alice (en 1930) o con Cora (en 1992).

En la versión de Mann, el romance entre Ojo-de-halcón y Cora ocupa la centralidad del relato. Libre de prejuicios raciales y de normas de autocensura, Mann empareja a Uncas con la rubia Alice, mejor que con la morena Cora. Pero esta conversión de la novela en un relato fílmico de amor levemente transgresor perjudica la esencia del texto de la novela en cuanto le hace perder su auténtico macizo argumental: la destrucción de la cultura india y el epitafio por una raza difunta. La película de Mann es visualmente espectacular, y su dirección artística excelente. Sin duda contiene la aproximación más realista de cuantas se han realizado hasta ahora, es la más «etnicista», pero tampoco es la novela que Cooper legó a la posteridad.

Es aconsejable leer *El último de los mohicanos* con la calma propia de un rato de ocio. Las novelas de James Fenimore Cooper enredan al lector lentamente, y se toma su tiempo para entrar en situación y presentar a los personajes. Pero una vez que lo hace, la acción llega a hacerse frenética conforme avanza la historia. Es un relato para ser oído, más que para ser leído, como corresponde a la época en la que fue escrito, así que conviene no dejar de «escuchar» la musicalidad del texto. Y, sobre todo, no se olvide que es una novela de su tiempo, una obra del romanticismo anglosajón que será preciso contextualizar en el momento en el que fue escrita. No es un superventas de ahora mismo, y esa será, sin duda, una de sus más luminosas virtudes.

El último de los mohicanos

Se ha dicho que *El último de los mohicanos,* una obra que nunca ha estado agotada, que se ha traducido a casi todas las lenguas y que ha sido llevada cuatro veces al cine, es simplemente una novela que «todo el mundo conoce, incluso quienes no la han leído».

Un novela romántica y aventurera que en la historia de la literatura estadounidense jugó un papel sustancial en un aspecto clave: el desarrollo de una ficción y de unos personajes inequívocamente «americanos» (en el sentido estrictamente estadounidense que los habitantes de ese país dan al término), con los que los lectores nacionales podían identificarse perfectamente y considerar como suyos. Este hecho le ha sido reconocido a James F. Cooper hasta el punto de que, de todas las contribuciones ensayadas por él para el engrandecimiento de su país, incluidas las políticas, fue esta obra la que mayor éxito alcanzó, en todos los sentidos.

El último de los mohicanos remite al lector a un tiempo y a un lugar fascinantes. Es la América prerrevolucionaria en la que, al tiempo que avanza la colonización y mientras los imperios europeos se disputan tierras que sólo les pertenecen sobre el papel, los legítimos poseedores de aquella colosal belleza, los indios, ven decaer su modesta cultura y extinguirse sus pueblos sin remedio.

En ese entorno, esta historia de amor, crueldad, heroísmo y «americanidad», concebida cuando los Estados Unidos apenas habían dado sus primeros pasos como nación y casi todo, incluida su propia identidad, estaba por definir, ha cautivado desde su aparición la imaginación del público. El autor de semejante empresa fue un personaje cuya vida resultó ser bastante convencional y poco apasionante, salvo en la propia pasión que puso en defender, a través de sus novelas, los valores que debía encarnar su joven nación.

EL ÚLTIMO DE LOS MOHICANOS

PRIMERA PARTE

CAPÍTULO PRIMERO

Tengo abiertos los oídos y preparado el corazón; sólo la pérdida de bienes mundanos puedes anunciarme. Habla, pues, ¿he perdido mi reino?

SHAKESPEARE.

La imprescindible necesidad que había de sufrir las fatigas y peligros de atravesar los desiertos, antes de estar en condiciones de presentar la batalla, era lo más penoso de las guerras que ensangrentaron los territorios de la América septentrional.

Las posesiones pertenecientes a las provincias hostiles de Francia e Inglaterra estaban separadas por bosques extensos, aparentemente impenetrables, por cuya razón, tanto el europeo habituado a la disciplina militar, como el colono encallecido en las rudas faenas agrícolas, que defendían la misma causa, veíanse en ocasiones obligados a luchar durante meses enteros contra los torrentes y a abrirse paso por entre las gargantas de las montañas, para encontrar ocasión de demostrar más directamente su intrepidez y valor. Sin embargo, émulos de los guerreros naturales del país, de quienes aprendían a someterse a las privaciones, lograban vencer todas las dificultades, lo que permitía abrigar la convicción de que, con el tiempo, no quedaría en los bosques una guarida bastante oscura, ni lugar alguno bastante apartado que pudiera servir de abrigo contra las incursiones de los que derramaban su sangre para satisfacer su venganza o para defender las ambiciones de los reyes de Europa.

El terreno situado entre el nacimiento del Hudson y los lagos adyacentes era el en que con más encarnizamiento se combatía, y en toda la extensión de las fronteras de aquel territorio no existía otro distrito más empeñado en aquellas luchas salvajes y que de más enormes crueldades fuese testigo que el mencionado.

Hasta la misma Naturaleza parecía facilitar la marcha de los combatientes: el lago Champellain extendíase desde las fronteras del Canadá hasta los confines de la provincia de Nueva York, formando un paso a la mitad de la distancia, cuya posesión necesitaban los franceses para poder combatir a sus enemigos. Eran tan puras y cristalinas las aguas que por el sur recibía el Champellain, que los misioneros jesuitas las habían escogido para administrar con ellas a los indígenas el bautismo, y por esta razón se lo denominó lago del Santo Sacramento.

Los ingleses, menos devotos, creyeron que era honor suficiente el darles el nombre del rey de su país, que era, a la sazón, el segundo de los príncipes de la casa de Hannover, pues Francia e Inglaterra habíanse puesto de acuerdo para arrojar de aquellos bosques a sus salvajes poseedores privándoles del derecho de perpetuar su nombre primitivo de lago Horicán.

El mencionado lago, que bañaba islotes innumerables y estaba rodeado de montañas, se extendía a doce leguas hacia el sur. Sobre la alta llanura opuesta al curso de sus aguas, principiaba una calzada de doce millas, que conducía por las playas del Hudson a cierto sitio en que, salvando los obstáculos ordinarios de las cataratas, el río llegaba a ser navegable.

Los franceses, que, prosiguiendo con incansable actividad sus audaces planes, procuraban abrirse paso por las gargantas lejanas y casi impracticables del Alleghany, aprovecharon las ventajas que ofrecía el país que acabamos de describir, convertido más tarde en sangriento campo de batalla, donde se combatió más encarnizadamente para decidir la soberanía de las colonias: construyéronse fuertes en los diversos puntos que dominaban los sitios de más fácil acceso, y éstos fueron tomados, recobrados, arrasados y vueltos a construir a medida que la victoria se declaraba a favor de unos u otros combatientes.

El cultivador, para evitar los riesgos que lleva consigo una vecindad tan belicosa, se retiraba hasta los más antiguos establecimientos, mientras que ejércitos numerosos, superiores a los que en otras ocasiones habían organizado los gobiernos para idénticos fines, sepultábanse en los desiertos, de donde no regresaban sino extenuados de fatiga y desanimados por sus derrotas, semejantes a los espectros salidos de las tumbas.

Aquellos bosques estaban habitados, pero todavía no eran conocidas en aquella región, poblada de bosques, las artes, hijas de la paz; en los valles y las colinas resonaban los sonidos de música marcial, cuyos ecos repetían los montes, mezclándose con los alegres cantos de la juventud valiente que escalaba las alturas para desaparecer completamente en las sombras del misterio y del olvido.

En esta serie de escenas sangrientas se desarrollaron los sucesos que vamos a referir, durante el tercer año de la última guerra entre Francia y la Gran Bretaña, que lucharon por la posesión de un país que, por fortuna, no debía pertenecer a ninguna de ambas naciones.

La ineptitud de los jefes militares y la falta de energía de los gobiernos de las metrópolis, habían hecho descender de la elevación a que habían conducido a Inglaterra el espíritu emprendedor y los talentos de sus antiguos guerreros y estadistas; ya no era temida de sus enemigos, sus servidores perdieron aquella saludable confianza de que emana el respeto propio; los colonos eran despreciados y sufrían las naturales consecuencias de tan sensible abatimiento. Habían visto poco tiempo antes llegar un brillante ejército que respetaban, considerándolo invencible, y, no obstante, este mismo ejército, mandado por un jefe que por sus raros talentos militares fue elegido entre otros guerreros experimentados, sucumbió al valor y disciplina de un puñado de franceses y de indios, y sólo pudo evitar su total aniquilamiento la presencia de ánimo de un valeroso joven, natural de Virginia, cuya fama, creciendo con los años, llegó a la cúspide de la gloria. Y, para decirlo de una vez, este joven virginiano, que a la sazón tenía veintitrés años de edad, era Washington.

Este horrible desastre había dejado descubierta una extensión enorme de las fronteras, y a las calamidades ciertas iba unido el temor de mil peligros imaginarios; alarmados los colonos, creían oír ya los aullidos de los salvajes mezclados con los silbidos del viento que partían de los bosques inmensos del oeste. La ferocidad de estos implacables enemigos aumentaba extraordinariamente los males comunes de la guerra; el recuerdo de las horrorosas carnicerías estaba grabado en su memoria, y en todas las provincias no había una sola persona que no hubiese escuchado alguna vez la relación espantosa de algún asesinato cometido en la oscuridad, cuyos principales y bárbaros autores eran siempre los habitantes de las selvas; y, mientras que el viajero crédulo y exaltado refería las aventuras de su paso por los desiertos, los hombres tímidos temblaban, y las madres contemplaban con inquietud a sus hijos en las grandes ciudades. En suma, el temor que aumenta todos los objetos, empezó a invadir todos los ánimos; los más valientes creyeron que la lucha era incierta y aumentábase de día en día el número de los que consideraron perdidas, anticipadamente, todas las posesiones de la Corona de Inglaterra en América, de suerte que, al saberse en el fuerte que cubría el

fin de la calzada situada entre el Hudson y los lagos, que se había visto al general francés Montclam sobre el Champellain, con un ejército tan numeroso como las hojas del bosque, nadie puso en duda la veracidad del hecho y la noticia fue oída con la cobarde consternación propia de los hombres pacíficos, más que con la tranquila satisfacción que experimenta el soldado cuando sabe que el enemigo está dispuesto para la lucha.

La llegada de un correo indio al anochecer de un día de verano, llevando un mensaje de Munro, comandante del fuerte situado a las orillas del lago santo, en demanda de un refuerzo considerable sin pérdida de momento, divulgó la noticia. Estos dos puntos no distaban entre sí, según creemos haber dicho, más de cinco leguas. El camino, o mejor dicho, el sendero que conducía del uno al otro, había sido ensanchado para facilitar el paso de los carruajes, de modo que la distancia que el habitante del bosque acababa de recorrer en dos horas, podía fácilmente ser salvada, en el verano, por un destacamento de tropas con municiones y bagajes desde la aurora a la puesta de sol.

Los leales servidores de la Corona de Inglaterra habían dado a estas ciudades del bosque los nombres de Guillermo-Enrique y Eduardo, dos príncipes de la familia reinante. El escocés Munro, ya citado, estaba encargado de la defensa de la primera con un regimiento de línea y un destacamento de tropas provinciales, fuerzas realmente exiguas para hacer frente al ejército formidable que Montcalm conducía a las fortificaciones de tierra; pero el segundo fuerte lo mandaba el general Webb, bajo cuyas órdenes estaban los ejércitos del rey en las provincias del norte, con la guarnición de cinco mil hombres, y sumados los varios destacamentos que estaban a su disposición, podía presentar en batalla una fuerza casi doble de este número contra el francés atrevido que tan imprudentemente se había aventurado fuera de su campo.

Esto no obstante, los oficiales y soldados, obsesionados por el temor de ser degradados, encontrábanse más dispuestos a esperar dentro de las murallas la llegada del enemigo que a oponerse a su avance, siguiendo el ejemplo que los franceses les habían dado en el fuerte Duquefne, cuando atacaron la vanguardia inglesa, atrevimiento que fue coronado de éxito.

Calmada algún tanto la inquietud que produjo esta noticia, se esparció por todo el campo fortificado, que se extendía sobre las orillas del Hudson formando una línea de defensa exterior del fuerte, la nueva de que un destacamento de mil quinientos hombres escogidos debía salir al amanecer para el fuerte Guillermo-Enrique, situado al extremo septentrional de la calzada, rumor que no tardó en confirmarse cuando llegaron del cuartel general las órdenes del comandante en jefe, ordenando que se apercibiesen para partir los cuerpos elegidos para desempeñar este servicio.

La duda respecto a las intenciones de Webb fue ya imposible, y, durante dos horas, no se vieron sino fisonomías inquietas y soldados corriendo precipitadamente de una parte a otra. Los bisoños en el arte militar iban y venían dificultando los preparativos de marcha con un apresuramiento que tanto tenía de entusiasmo como de desagrado. El veterano, más experimentado, disponíase a la partida con sangre fría y sin precipitación, reposadamente; pero, aunque sus facciones reflejaban aparentemente la calma, se traslucía en sus ojos el disgusto por la temible guerra de los bosques, con la cual no estaba familiarizado aún.

Concluyó el día entre torrentes de luz, ocultándose el sol tras las montañas lejanas situadas al occidente, y cuando la noche tendió su velo sobre la ribera, empezó poco a poco a disminuir el ruido de los preparativos de marcha en aquel apartado lugar; apagose la última luz en la tienda de algún oficial; los árboles proyectaron sombra más densa sobre el río y las fortificaciones, estableciéndose en todo el campamento un silencio tan profundo como el que reinaba en el bosque.

El redoble del tambor, que repitieron los ecos y se hizo oír en todas partes hasta en el bosque, interrumpió de pronto el sueño del ejército entregado al reposo, en el momento mismo en que el primer rayo del día empezaba a iluminar el verdor oscuro y las formas irregulares de algunos grandes picos vecinos sobre el puro azul del horizonte oriental; acto seguido púsose todo el campamento en movimiento y hasta el último soldado anhelaba presenciar la marcha de sus camaradas y ser testigo de los incidentes que podían ocurrir, con el alma rebosante de entusiasmo.

Colocose en orden de marcha el destacamento nombrado, tomando, orgullosas, la derecha de la línea las tropas regulares pagadas por la Corona, en tanto que los colonos, más humildes, alineábanse a la izquierda con la docilidad que el hábito les había hecho adquirir. Partieron las avanzadas; una fuerte guardia precedía y seguía a los pesados carruajes que conducían los bagajes; al amanecer, después de haberse formado en columna el cuerpo principal de los combatientes, salió del campamento con un manifiesto entusiasmo militar que sirvió para disipar los temores de algunos bisoños que iban a hacer su primer ensayo en la carrera de las armas, y mientras permanecieron a la vista de sus camaradas conservaron el mismo orden y la misma firmeza, hasta que el sonido de los pitos fuese perdiéndose en la lejanía y el bosque parecía haberse tragado la masa animada que en él se había aventurado.

El ruido de la marcha de la columna que se apartaba habíase extinguido ya completamente, y desaparecido de la vista de los que quedaban en el campo el último de los rezagados; pero todavía continuaban haciéndose preparativos para otra partida delante de una cabaña de madera de mayores dimensiones que la ordinaria, en cuya puerta estaban colocados dos centinelas para guardar la persona del general inglés; cerca de ella veíanse seis caballos ensillados, dos de los cuales, a juzgar por sus arreos, estaban destinados a servir a señoras de una clase no habituada a internarse en los sitios desiertos de aquel país. El tercero estaba atalajado como para servir de cabalgadura a un oficial de Estado Mayor.

La sencillez de los otros, y las maletas de que estaban cargados, revelaban claramente que estaban destinados a la servidumbre que esperaba las órdenes de sus amos. A alguna distancia de este espectáculo poco frecuente en aquel país, habíase formado un grupo de desocupados y curiosos, los unos admirando la belleza y bríos de los caballos, y los otros contemplando estos preparativos con aire casi de estupidez. Entre aquella turba de ignorantes y bobalicones sólo había una persona cuyo aspecto y actitudes merecían llamar la atención.

La apariencia de este personaje era, sin embargo, poco atrayente, sin que ofreciese ninguna deformidad particular. Puesto en pie, su estatura aventajaba a la de sus compañeros, y sentado era de una talla inferior a la ordinaria del hombre; todos sus miembros eran igualmente desproporcionados. Su cabeza era grande, los hombros estrechos, los brazos largos, pequeñas y delicadas las manos, los muslos y las piernas delgados, pero extremadamente largos, y sus rodillas, aunque monstruosas, no lo eran tanto como los pies que sostenían aquella extraña figura.

Su indumentaria hacía resaltar el defecto de sus proporciones, porque se componía de casaca azul celeste con faldones cortos y anchos y cuello muy pequeño, calzones estrechos de ante amarillo sujetos a la liga por un lazo de cinta blanca muy ajada y medias de algodón rayadas, completando su traje exterior la espuela que llevaba en uno de sus zapatos; nada se ocultaba a la vista, al contrario, parecía que se complacía en hacer ostentación de todas sus imperfecciones, no podríamos decir si por modestia o por vanidad.

De la enorme faltriquera de su chupa de seda, ya bastante usada, guarnecida de un gran galón de plata ennegrecido, salía cierto instrumento que en una compañía tan marcial hubiera podido tomarse por una máquina de guerra peligrosa y desconocida.

El extraño personaje, no obstante su insignificancia, había llamado la atención de casi todos los europeos que se encontraban en el campamento, aunque la mayor parte de los colonos lo trataban confiada y familiarmente; un enorme sombrero de ancha teja, semejante a los que usaban los eclesiásticos hace unos treinta años, daba cierta dignidad a su fisonomía, que revelaba más bondad que inteligencia, y que realmente necesitaba de este auxilio artificial para sostener la gravedad de alguna solemne función.

Mientras los varios grupos de soldados manteníanse algo distanciados del sitio donde se hacían estos nuevos preparativos de viaje, por respeto al recinto sagrado del cuartel general de Webb, el personaje que hemos descrito se adelantó hacia los criados que esperaban con los caballos, elogiándolos o censurándolos libremente según el juicio que cada uno de ellos le merecía.

—Mi opinión es, amigo —dijo a uno de ellos con una voz tan notable por su suavidad, como su persona lo era por falta de proporción—, que este animal no ha nacido en este país y que procede de alguna tierra extranjera, acaso de la islilla del otro lado del mar. A mí me es lícito hablar de estas cosas sin alabarme, porque he visto dos puestos: el uno situado en la embocadura del Támesis, que lleva el nombre de la capital de la antigua Inglaterra, y el otro llamado New-Haven; he visto los capitanes de los paquebotes y bergantines embarcar muchos animales cuadrúpedos, como en el arca de Noé, para conducirlos a Jamaica y venderlos allí; pero jamás he contemplado un animal como éste tan parecido al caballo de guerra que se describe en las Escrituras: golpea la tierra con su casco; se envanece de su fuerza y sale al encuentro de los hombres armados; relincha al sonido de la trompeta; olfatea de lejos la batalla y entiende la voz de los capitanes y los gritos de la victoria. La raza de los caballos de Israel parece haberse perpetuado hasta nuestros días. ¿No es usted de mi opinión, amigo?

Como no obtuviese respuesta a este discurso extraordinario, que, pronunciado con una voz sonora y dulce, era realmente digno de alguna atención por la cita de los libros sagrados, levantó los ojos al personaje silencioso a quien lo había dirigido, y encontró en él nuevo motivo de admiración, pues no era otro que el correo indio que tan malas noticias había traído del campamento la tarde anterior; su estatura y su fisonomía reflejaban una apatía estoica en medio de la escena animada que acababa de presenciar; pero, aun en su aparente impasibilidad, advertíase cierta soberbia montaraz, propia para atraer la atención de otros ojos más penetrantes que los del personaje que lo contemplaba a la sazón con una sorpresa que no procuraba disimular. El habitante del bosque ostentaba su hacha de piedra, a la que daban el nombre de *tomahawk,* y el cuchillo de su tribu, aunque lo demás de su aspecto no revelaba su condición de guerrero; por el contrario, cierta negligencia que se advertía en su persona era indicio de que no se había repuesto aún de la gran fatiga que había experimentado. Los colores con que se pintan el cuerpo los salvajes antes de lanzarse al combate se habían mezclado y confundido en sus facciones, lo cual le daba un aspecto ferocísimo. Sólo sus ojos penetrantes parecían conservar todo el fuego natural; pero, al encontrarse con los del europeo, mudaron de dirección instantáneamente.

Difícilmente se pueden imaginar las reflexiones que esta escena silenciosa entre dos seres, tan singulares a los ojos de un europeo, podría ocasionar, si otro objeto no hubiese despertado su curiosidad. La inquietud de los criados y algunas voces agradables que se percibieron, anunciaron la llegada de las damas a quienes se aguardaba para emprender el camino. El admirador del hermoso caballo acercose a una yegua que pacía en el campo inmediato, y apoyando los brazos sobre la manta que servía de silla, esperaba tranquilamente que emprendiesen la marcha, en tanto que concluía de comer su pienso a su lado un pequeño potro.

Un joven, que vestía el uniforme de las tropas reales, condujo al sitio en que estaban los caballos a dos damas, que por sus trajes revelaban que estaban dispuestas a arrostrar los peligros de viajar por los bosques. La que parecía más joven, aunque las dos lo eran, tenía hermosa tez, ojos azules oscuros, cabello rubio, que dejaba al descubierto el velo que cubría su sombrero de castor, agitado por el céfiro matutino; el color de sus mejillas podía compararse con el del horizonte a la salida del sol, y la luz bella que comenzaba a brillar no era más encantadora que la sonrisa que dirigió al oficial mientras la ayudaba a subir a caballo. La otra dama, a quien el militar hacía también objeto de sus atenciones, ocultaba su rostro a la vista de los soldados por tener cuatro o cinco años más de experiencia; pero su cuerpo, adornado con el vestido de camino, era bastante más robusto que el de su compañera. Tan pronto como las dos estuvieron a caballo, subió el oficial sobre el suyo y saludaron a Webb, que permaneció a la puerta de la cabaña hasta que marcharon, seguidos de sus criados, con dirección septentrional.

Mientras tanto, ambas jóvenes permanecieron silenciosas, y excepto una ligera exclamación que lanzó la de menos edad cuando pasó junto a ella el correo indio para ponerse a la cabeza de la comitiva, ninguna pronunció una palabra. Este movimiento no produjo el mismo efecto en la otra dama; aunque sorprendida, dejó levantar un poco el velo, descubriendo su fisonomía que revelaba admiración, compasión y horror a un tiempo mismo, siguiendo con la vista todas las acciones de aquel salvaje. Sus cabellos eran negros cual la pluma del cuervo, y su tez ligeramente morena; y, al paso que sus facciones presentaban una regular proporción, se veían llenas de dignidad. Cuando la sorpresa le hizo reír involuntariamente, mostró su dentadura blanca como el marfil; pero apresurose a ocultar bajo el velo la cabeza y continuó su camino silenciosa, como si su imaginación estuviese alejada en absoluto de cuanto había en su derredor.

CAPÍTULO II

¿Por qué sola?
SHAKESPEARE.

En tanto que la imaginación de una de las damas la abstraía de los objetos que la rodeaban, repúsose la otra al instante del pequeño susto que su exclamación había ocasionado y, sonriendo de su propia flaqueza, dijo en tono festivo al oficial que caminaba a su lado:

—Dígame, Heyward, ¿se ven en el bosque estos espectros con frecuencia, o es una diversión particular con que han querido obsequiarnos? En este caso, la gratitud debe imponernos silencio; pero, de otro modo, Cora y yo nos veremos obligadas a hacer uso del valor hereditario de que tanto nos jactamos, aun antes de que encontremos al temible Montcalm.

—Este indio es un correo de nuestro ejército —repuso el joven oficial—, y es considerado como héroe en su país: se ha ofrecido a guiarnos hasta el lago por un sendero poco frecuentado, pero más corto que el camino que sigue la columna militar y, por lo tanto, menos desagradable.

—¡Me es antipático ese hombre! —intervino la otra dama estremecida, con cierto aire que ocultaba un temor verdadero—. Supongo que usted lo conocerá bien, pues en otro caso no se hubiera fiado de él.

—Diga mejor, Alicia —replicó Heyward con vehemencia—, que no la hubiese confiado a él: lo conozco, y estoy seguro de su lealtad. Aseguran que ha nacido en el Canadá; pero, esto no obstante, ha servido con los mohawks, nuestros amigos, que, como usted sabe, forman una de las seis naciones aliadas; se ha venido a vivir entre nosotros, según me han informado, por un incidente particular que le ocurrió, en el que el padre de usted tuvo intervención tratándolo con severidad, pero lo ha olvidado y actualmente es nuestro amigo.

—Si ha sido enemigo de mi padre, me agrada menos todavía —exclamó Alicia sobresaltada—. Hágame el favor de hablarle, con objeto de que oiga yo su voz: será probablemente una tontería, pero ya me ha oído decir más de una vez que hago caso del presagio que puede formarse del sonido de la voz humana.

—Sería perder el tiempo —contestó—; seguramente no respondería sino con alguna exclamación; y, aunque abrigo la convicción de que entiende el inglés, afecta ignorarlo como la mayor parte de los salvajes, y, de todos modos, rehusaría hablarlo ahora que la guerra exige que mantenga su dignidad. Parece que se ha detenido: no debe estar lejos el sendero que debemos seguir.

Efectivamente, no se equivocaba el mayor Heyward, porque, al llegar al sitio en que el indio los esperaba, les señaló con la mano una senda tan estrecha que apenas podían pasar dos personas de frente. Dicha senda cruzaba el bosque que circundaba el camino militar.

—Éste es nuestro camino —dijo el mayor en voz baja—; no muestre usted desconfianza si no quiere atraerse el peligro que teme.

—¿Qué te parece esto, Cora? —preguntó Alicia agitada—: ¿no estaríamos más seguras si siguiéramos la marcha del destacamento, aunque sufriésemos alguna molestia?

—Como desconoce usted las costumbres de los salvajes —replicó Heyward—, no me sorprende que se equivoque, Alicia, acerca del sitio en que puede existir algún peligro. Si los enemigos han llegado ya a la calzada, cosa que considero imposible porque tenemos avanzadas, ocuparán los salvajes los flancos del destacamento para atacar a los rezagados: la marcha del ejército será probablemente conocida; pero no la nuestra, porque no hace una hora todavía que la hemos resuelto.

—¿Será preciso desconfiar de este hombre por la sola razón de que sus maneras no son como las nuestras y su tez no es blanca? —preguntó Cora fríamente.

Alicia no vaciló más, y dando un latigazo a su caballo siguió la primera al correo, entrando en el camino estrecho y sombrío cuyo paso interrumpía frecuentemente la maleza. El indio contempló a Cora con extraordinaria admiración, y dejando pasar a Alicia, más joven, pero no más hermosa, ocupose él mismo en desembarazar el sendero con mayor facilidad. Los criados siguieron el camino que llevaba el destacamento, en lugar de entrar en el bosque, conforme a las instrucciones que seguramente habían recibido antes de ponerse en marcha. Esta precaución, según dijo el mayor, fue inspirada por la sagacidad de su guía, con objeto de dejar menos rastro si por casualidad algunos salvajes canadienses penetraban hasta allí.

El camino era al principio sumamente escabroso para que los viajeros pudiesen entrar en conversación; pero, internándose en el bosque, lo encontraron más desembarazado, viéndose bajo una bóveda de grandes árboles que impedía penetrar los rayos del sol. Cuando el guía reconoció que los caballos podían andar sin dificultades, aceleró el paso para que pudiesen marchar libremente.

El oficial volvió de pronto la cabeza para dirigir la palabra a Cora, y percibió a alguna distancia ruido de caballos: detuvo el suyo, y todos se detuvieron para averiguar la causa. Transcurridos algunos minutos, vieron correr un potro por entre los pinos, y poco después descubrieron al singular personaje que hemos descrito en el capítulo anterior; el cual se adelantaba con toda la celeridad de que era susceptible su cabalgadura y a quien no había vuelto a ver desde su salida del cuartel general. Si estando en pie llamaba extraordinariamente la atención por su estatura colosal, su figura y su garbo colocado sobre el caballo no eran menos extraños ni sorprendentes.

A pesar de sus repetidos espolazos le era imposible conseguir que la yegua emprendiese un galope seguido, pues enseguida volvía al paso violento de la andadura; y el cambio rápido de un paso al otro formaba un contraste tan particular, que el mayor, que entendía de equitación, no podía acertar cuál era el del caballo que espoloneaba tanto su jinete para darles alcance. Los movimientos del jinete no eran menos singulares que los del animal, porque a cada cambio de éste, levantábase aquél sobre los estribos o se afirmaba en ellos, encogiéndose, y aparentando, al estirar y encoger las piernas alternativamente, un gigante o un enano.

Heyward, que había experimentado alguna turbación, tranquilizose algún tanto al conocerlo, y aun se sonrió después que el extraño personaje se les hubo acercado. No se esforzó mucho Alicia para contener la risa, y hasta los ojos negros de Cora brillaron con cierto aire risueño, que el hábito más que el deseo se esforzaba en reprimir.

—¿Busca usted a alguno aquí? —preguntó Heyward al desconocido cuando éste se aproximó—. ¿Será portador de malas nuevas?

—Así es, en efecto —respondió descubriéndose y dejando a todos en la duda de a cuál de las dos preguntas debía aplicarse la contestación—. Así es, en efecto —repitió después de haberse hecho aire con el sombrero y haber tomado aliento—. Vengo en busca de alguno: he sabido que se dirigían ustedes a Guillermo-Enrique y, como voy también al mismo sitio, me ha parecido que un compañero de viaje no sería desagradable para ustedes ni para mí.

—La complacencia no puede ser igual, porque nosotros somos tres y usted no es más que uno solo.

—Tampoco sería justo —replicó el extranjero con un tono entre sencillo y mal intencionado— permitir que un solo hombre se encargase de escoltar a estas dos damas; pero, si es un verdadero hombre, y ellas piensan como es lógico esperar de su sexo, no se ocuparán sino en contradecirse, y adoptarán por espíritu de oposición la opinión de su compañero, en cuyo caso se encontrarán en la misma situación que yo.

La graciosa Alicia inclinó disimuladamente la cabeza hasta tocar con ella la brida de su caballo para desahogar su risa, y se sonrojó, mientras las mejillas de su bella compañera, de ordinario más encendidas, palidecieron y echó a andar como si esta escena la fastidiase.

—Si tiene usted el propósito de ir al lago —dijo Heyward con altivez—, ha equivocado el camino; la calzada se encuentra por lo menos media milla más atrás.

—Lo sé perfectamente —replicó el desconocido sin turbarse por un recibimiento tan poco agradable—; he pasado una semana en el fuerte Eduardo, y para no haber preguntado mi camino era menester que hubiera sido mudo, en cuyo caso no podría ejercer mi profesión.

Después de cierto gesto con el que pareció querer explicar modestamente su satisfacción por este rasgo de ingenio que era incomprensible para sus oyentes, añadió con gravedad:

—Es inconveniente para un hombre de mi profesión el familiarizarse con las personas a quienes debe instruir, y ésta es la razón por la que he tomado otro camino diferente del que sigue el destacamento; además, pienso que un hombre de su esfera debe saber perfectamente cuál es el mejor camino. Todas estas consideraciones me han decidido a buscar su compañía para hacerle el viaje más agradable con una conversación amistosa.

—Su determinación es realmente arbitraria e impremeditada —repuso el mayor, no sabiendo si debería enojarse o tomarlo a risa—; pero usted habla de instrucción y de profesión: ¿estará quizá agregado al cuerpo provincial en concepto de maestro de ofensa y de defensa? ¡O es, por ventura, de aquellos hombres que describen ángulos para explicar los misterios de las matemáticas?

El extranjero miró entonces, profundamente asombrado, al que acababa de dirigirle semejante pregunta y, mudando el tono de suficiencia por otro que revelaba una excesiva humildad, le respondió:

—No me remuerde la conciencia de haber cometido ofensa contra nadie y no tengo defensa ninguna que hacer, pues no he incurrido en pecado mortal desde la última vez que he rogado a Dios que me perdonase mis culpas pasadas. No entiendo bien qué quiere decir con eso de describir ángulos, y en cuanto a la explicación de los misterios, me refiero a los santos varones que han recibido esta misión. En cuanto a mí se refiere, no reclamo más mérito que el de poseer algunos conocimientos en el divino arte de la música.

—Este hombre es seguramente un discípulo de Apolo —exclamó Alicia, que, completamente ya restablecida de su perturbación, divertíase con este diálogo—; yo le tomo bajo mi especial protección: no arrugue el entrecejo, Heyward, y, por complacer a tus curiosos oídos, permita usted a ese... señor que viaje en nuestra compañía; además —añadió bajando la voz y dirigiendo una mirada a Cora, que marchaba con lentitud tras el lúgubre y silencioso guía—, siempre será un amigo más que podrá auxiliarnos en el caso desgraciado de un accidente.

—¿Puede usted creer, Alicia, que conduciría lo que más amo por un camino que ofreciese el menor peligro?

—No es eso efectivamente lo que estoy pensando ahora, Ducan Heyward, pero ese extranjero me divierte, y ya que es tan buen artista, según dice él mismo, no seamos tan descorteses que le rehusemos nuestra compañía.

Y, dicho esto, miró amorosamente a su interlocutor y los ojos de uno y otra se encontraron: el oficial se detuvo un poco para prolongar aquel dulce instante, y cediendo a la influencia de la encantadora Alicia, adelantó su caballo y colocose al lado de Cora.

—Celebro mucho haberlo encontrado, amigo —dijo Alicia al extranjero haciéndole seña para que se aproximase y detuviese su caballo—. Mis padres, quizá demasiado indulgentes, me han hecho creer que puedo desempeñar perfectamente mi parte en un dúo, y recorreríamos más distraídos el camino entregándonos a nuestra pasión favorita. A mí, que soy una ignorante, me convendrá muchísimo oír los consejos de un maestro experimentado como usted.

—Sin duda alguna, es una gran satisfacción para el espíritu entregarse a la música en determinadas ocasiones —respondió siguiéndola sin hacerse de rogar—: nada es tan agradable y distraído como ser testigo de tal comunión. Pero cuatro partes son necesarias para que la melodía sea perfecta.

Hizo una corta pausa y añadió:

—Su voz parece de tiple y la mía es de tenor, pudiendo subir hasta la nota más alta, pero nos faltan contralto y bajo. Este oficial del rey que rehusaba admitirme en su compañía, quizá tenga esta última, si hemos de juzgar por las entonaciones que produce al hablar.

—Guárdese de formar juicios temerarios —dijo Alicia sonriéndose—. Las apariencias son engañosas muchas veces: aunque la voz del mayor emite tonos graves, es naturalmente de tenor.

—¿Sabe cantar? —preguntó el extraño personaje con el mayor interés.

—Sí; pero temo que le agraden las canciones demasiado profanas, porque la vida militar, los peligros a que frecuentemente se expone y los trabajos continuos en que se ocupa, no son muy a propósito para que su carácter prefiera el género serio.

—La voz, de igual suerte que las demás perfecciones y talentos —replicó el maestro con gravedad—, fueron concedidas al hombre para ejercitarlas, no para abusar de ellas. No podrá acusárseme de haber hecho mal uso de los dones que he recibido del cielo: he consagrado mi juventud a la música; pero mis labios no han pronunciado nunca una frase inmoral.

Mientras daba tales explicaciones sacó un libro; lo abrió, púsose los anteojos y dijo a Alicia:

—Dígame usted.

Y, aplicando a sus labios el instrumento de que ya hemos hablado, lanzó un sonido muy agudo, que repitió su voz en octava baja, y comenzó a cantar con sonoridad y dulzura extraordinarias. Su gesto y ademanes acompañaban los efectos de la música y de la letra que cantaba, accionando con la mano derecha, que alzaba o bajaba, según eran graves o agudos los tonos, hasta tocar con ella en el libro, que mantenía abierto, cargando sobre las dos últimas sílabas de cada verso.

El mayor Heyward y los demás viajeros, que caminaban a cierta distancia, oyeron el canto del maestro, que interrumpió el continuo silencio de aquellos bosques: el correo indio murmuró algunas palabras al mayor, y éste retrocedió diciendo:

—Aunque no corremos ningún riesgo, la prudencia más elemental aconseja que caminemos lo más silenciosamente posible. Perdone, Alicia, si me opongo a su diversión suplicando a su compañero que reserve el canto para ocasión más propicia.

—No le quepa a usted duda de que me molesta —repuso Alicia con ironía—; pues jamás he oído menos acordes los sonidos y las palabras, y cuando su voz de bajo ha interrumpido el curso de mis reflexiones, distraíame en investigar la causa de haberse hermanado una perfecta ejecución con una poesía pésima.

—Ignoro —contestó Heyward un si es no es enojado— a qué llama usted voz de bajo; pero sé que su seguridad y la de Cora me preocupan en este momento más que toda la música de Haendel.

Enmudeció el mayor, y volviendo la cabeza a un gran zarzal que guarnecía el camino, vio al indio que no había detenido la marcha, a pesar de que le pareció haber descubierto un salvaje entre aquel arbusto; pero, temeroso de haber sufrido una equivocación, continuó la conversación que este accidente había interrumpido.

Sin embargo, Heyward estaba en lo cierto, pues apenas habían pasado los viajeros, asomó por entre las ramas del zarzal un hombre, cuya fisonomía era tan asquerosa y horrible como las pasiones que la animaban.

Aquel ser repugnante los siguió con la vista, poseído de una feroz complacencia, para observar la dirección que tomaban los que consideraba ya víctimas de su barbarie. De pronto, desapareció el correo indio que servía de guía a los viajeros; perdió de vista el mayor a las damas, y el maestro de canto, que iba detrás de todos, dejó de ver también a sus compañeros.

CAPÍTULO III

Antes que el hombre desmontase y cultivase estos campos, nuestros ríos llenaban sus cauces hasta el borde, las florestas estaban animadas por el murmullo de las corrientes, los torrentes se precipitaban, murmuraban los arroyos, y no cesaban de fluir las fuentes bajo la apacible sombra.

BRYANT.

Dejemos que el mayor Heyward y las dos jóvenes a quienes acompañaba se internen en el bosque poblado por seres tan dañinos, y trasladémonos con el lector a algunas millas al oeste del lugar en que nos separamos de los viajeros.

A las orillas de un río no muy ancho, aunque de rápida corriente, y a distancia como de una hora del campamento de Webb, habíanse detenido aquel mismo día dos hombres que parecían esperar a algún otro o la noticia de un acontecimiento extraordinario. El bosque extendíase hasta la misma orilla del río, a cuyas aguas prestaban sombra los árboles dando a la superficie un tinte melancólico. Los rayos del sol comenzaban a amortiguarse, y se templaba el calor excesivo del día a proporción que se elevaban en la atmósfera, como una nube, los vapores que exhalaban las fuentes, los lagos y los ríos. Un profundo silencio, el silencio que se

advierte en los bosques solitarios de América en la estación calurosa del mes de julio, reinaba en aquel apartado lugar; pero, de vez en cuando, era interrumpido por el cuchicheo de las dos personas que acabamos de indicar, por el canto del ave llamada pico-verde, que hería las ramas con su pico, por el graznido del grajo y por el remoto ruido de una cascada.

Estos sonidos eran en extremo familiares al oído de los dos interlocutores y no les distraía la atención ni interrumpía el diálogo, que les interesaba demasiado. Uno de ellos tenía la tez colorada y los atavíos extravagantes que distinguen a los salvajes, y el otro, aunque vestido groseramente y casi salvaje, parecía tener derecho a reclamar un origen europeo, a pesar de su tez quemada por el sol.

Encontrábase sentado el primero sobre un viejo tronco cubierto de moho, en actitud que no le impedía acompañar sus palabras con gestos y ademanes elocuentes, lenguaje en extremo expresivo de que usan los indios en sus discusiones. Su cuerpo casi desnudo hubiera podido tomarse por el espectro espantoso de la muerte, a causa de sus matices blanco y negro. En su cabeza pelada sólo conservaba un mechón de pelo que el espíritu caballeresco de los indios se dejan en la parte superior como para mofarse del enemigo que quisiera apoderarse de su cabellera, sin otro adorno que una larga pluma de águila que caía sobre el hombro izquierdo, un hacha de piedra, un cuchillo de escalpelar de fábrica inglesa, pendientes de la cintura, y un fusil de munición, colocado de través sobre sus rodillas de la misma clase de los que la política de los blancos provee a los salvajes, sus aliados. Su pecho, sus bien formados miembros y su grave aspecto revelaban un guerrero en la edad madura; pero no se advertía en él ningún síntoma de vejez que hubiese aminorado su vigor. El cuerpo del otro, si hemos de juzgar por la parte que sus vestidos dejaban al descubierto, manifestaba ser de un hombre que desde su más tierna juventud hubiese soportado las fatigas de una vida sumamente penosa. Era más bien flaco que grueso; pero sus músculos parecían endurecidos por el trabajo y los rigores de la intemperie. Llevaba casacón de paño verde con guarniciones amarillas, gorro de piel muy usado y cuchillo pendiente de un cinturón semejante al que ceñía los vestidos más raros del indio, pero sin hacha. Los mocasines estaban adornados, al uso de los naturales del país, y las piernas cubiertas con botines de piel atados por los lados y sujetos sobre las rodillas con un nervio de gamo. Completaban su extraña indumentaria y atavío un zurrón y un frasco de pólvora, y apoyado contra un árbol inmediato tenía el fusil, arma que los industriosos europeos habían enseñado a considerar a los salvajes como la más temible. Los ojos de aquel cazador, espía o lo que fuese, eran pequeños, vivos y movíanse constantemente en todas las direcciones mientras hablaba, como si ojease la caza y temiese que se acercara algún enemigo. A pesar de estas manifestaciones de desconfianza, no era su fisonomía la de un hombre familiarizado con el crimen, sino más bien, en el momento de que hablamos, la expresión de una molesta honradez.

—Sus mismas tradiciones deciden en mi favor, Chingachgook —dijo hablando la lengua que era común a todas las tribus que en aquella época habitaban la región situada entre el Hudson y el Potomac, y que traduciremos libremente para ponerla al alcance de la inteligencia del lector, aunque procuraremos conservar cuanto sea útil para caracterizar al individuo y su lenguaje.

—Sus padres vinieron de la parte en que el sol se oculta, cruzaron el río grande, vencieron a los habitantes del país y se apoderaron de sus tierras; y los míos de aquella otra en que, cuando amanece, se ve el firmamento adornado de brillantes colores, y después de haber atravesado el gran lago de agua salada se limitaron a seguir casi exactamente el ejemplo que les habían dado. Que Dios nos juzgue y los amigos no encuentren en nuestra conducta un motivo para querellarse.

—Mis padres combatieron con el hombre rojo con armas iguales —respondió el indio altivamente—. ¿No existe diferencia, Ojo-de-halcón, entre la flecha armada de piedra de nuestros guerreros y la bala de plomo con que matáis vosotros?

—Aunque la Naturaleza haya dado al indio una piel roja, no le ha privado de razón —repuso el blanco moviendo la cabeza como hombre que conocía la rectitud de esta observación. Por un momento pareció estar convencido de que su causa no era la mejor; pero, reuniendo todas sus fuerzas intelectuales, respondió a la objeción de su antagonista según sus escasos conocimientos le permitieron.

—No soy sabio —añadió—, y me ruboriza el confesarlo; pero, a juzgar por lo que he visto hacer a sus compatriotas cuando cazan el gamo y la ardilla, casi me atrevería a asegurar que un fusil hubiera sido menos peligroso en manos de sus abuelos, que el arco y la flecha armada con punta de piedra bien afilada en las de un indio.

—Cuente la historia —replicó Chingachgook haciendo un gesto desdeñoso— según se la han enseñado sus padres. Pero, ¿qué es lo que refieren los ancianos? ¿Dicen a los jóvenes guerreros que cuando los rostros pálidos pelearon con los hombres rojos, tenían el cuerpo pintado para la guerra e iban armados con hachas de piedra y fusiles de madera?

—No tengo preocupaciones, ni jamás me he vanagloriado de mi superioridad, a pesar de que mi mayor enemigo, que es el iroqués, no se atrevería a negar que soy un verdadero blanco —respondió el cazador mirándose las manos tostadas por el sol, con íntima satisfacción—. Reconozco que los hombres de mi color tienen algunas costumbres que repugnan a mi conciencia honrada. Por ejemplo, escriben en los libros lo que han hecho o visto, en vez de referirlo en sus pueblos en donde alguien podría desmentir al cobarde fanfarrón, y tomar el valiente a sus camaradas por testigos de la verdad de sus asertos. A causa de esta mala costumbre, el que tiene demasiada conciencia para perder el tiempo entre las mujeres, aprendiendo a descifrar las rayitas y puntos negros colocados sobre el papel blanco, puede no oír jamás referir las proezas de sus padres que le estimularían a imitarlas o sobrepujarlas. En cuanto a mí, abrigo la convicción de que todos los Bumpos eran buenos tiradores, porque no me falta destreza natural para manejar el fusil, habilidad que me ha sido transmitida de generación en generación, como nos enseñan los santos mandamientos que nos han sido transmitidas todas las cualidades buenas o malas. Sin embargo, respecto a este punto no me atrevo a responder de nadie; me basta con responder de mí mismo. Además, toda historia tiene dos aspectos: refiérame, Chingachgook, lo que sucedió entre nuestros padres la primera vez que se vieron.

A esta pregunta siguió un momento de silencio, que interrumpió el indio para hacer una breve relación en un tono a propósito para darle visos de realidad.

—Présteme entonces atención, Ojo-de-halcón —dijo—: y sus oídos no escucharán la mentira: yo le diré lo que mis padres me han referido y lo que han hecho los mohicanos.

Enmudeció un instante, y mirando a su compañero con serenidad, prosiguió luego su relato con un tono que participaba de interrogación y de noticia:

—¿En ciertas épocas no se vuelven saladas las aguas dulces del río que corre a nuestros pies, y la corriente no retrocede entonces hacia el lugar de su origen?

—Es innegable que sus tradiciones aseguran la verdad, porque yo mismo he visto, aunque la causa no se explique fácilmente, que el agua, que antes era dulce, adquiere después un sabor muy amargo.

—¿Y la corriente? —preguntó el indio, que aguardaba la contestación con el interés propio del que desea oír la confirmación de una maravilla que se ve precisado a creer sin comprenderla—. Los padres de Chingachgook no mintieron jamás.

—La Santa Biblia no dice más —respondió el cazador—, ni existe nada más cierto en toda la Naturaleza: esto es lo que los blancos llaman la marca o la contracorriente, cosa bien clara y fácil de explicar. El agua del mar entra en el río durante seis horas y sale durante otras tantas: éste es el motivo del cambio de sabor. Cuando el agua del mar sube más que la del río, entra en él hasta que la de éste se eleva a su vez y aquélla vuelve a salir.

—Los ríos que tienen su origen en nuestros bosques y desaguan en el gran lago, corren siempre hacia abajo hasta que quedan como mi mano —replicó el indio poniendo su brazo en posición horizontal—, en cuyo punto cesan de correr.

—Ningún hombre de bien puede negar eso —dijo el blanco algo molesto por el poco éxito que parecía dar el indio a la explicación que del misterio del flujo y reflujo acababa él de hacer—. Convengo en que es cierto lo que dice en un corto trayecto y cuando no está desnivelado el terreno; pero todo depende de la escala en que se miden las cosas: la tierra, en una pequeña extensión, es plana, pero en su totalidad, es redonda. Por esta razón puede estar estancada en los grandes lagos de agua dulce, como nosotros sabemos, porque lo hemos visto; pero, cuando el agua se extiende en un gran espacio, como el mar, donde la tierra es redonda, es imposible creer que permanezca tranquila. Esto equivaldría a imaginar que está quieta detrás de esas rocas que se encuentran a una milla de nosotros, a pesar de que nuestros oídos nos están diciendo que se precipita por encima de ellas.

Aunque el indio no estaba muy convencido del razonamiento filosófico del blanco, resistíasele hacer alarde de su incredulidad, y fingiendo escucharle con satisfacción, siguió su relato con el mismo tono de seriedad.

—Llegamos al sitio en que el sol se esconde durante la noche, atravesando las espaciosas llanuras que están pobladas de bucéfalos en las márgenes del río grande: combatimos con los alligewis, que enrojecieron la tierra con su sangre. Desde sus orillas hasta las del gran lago de agua salada a nadie encontramos, aunque éramos seguidos por los maguas a alguna distancia. Dijimos que desde el punto en que el agua de este río no se eleva hasta otro situado a veinte jornadas hacia la parte del estío, el país era nuestro, y el terreno que habíamos conquistado como guerreros, lo conservamos como hombres, rechazando a los maguas a la espesura de los bosques del mismo modo que a los osos, quienes no volvieron a gustar la sal ni pescaron en el gran lago, arrojándoles nosotros los despojos de los pescados.

—No dudo nada de eso, porque antes de ahora lo he oído referir —dijo el cazador, al advertir que el indio se detenía—; pero, cuando tal cosa ocurrió, los ingleses no habían llegado a este país.

—En aquel tiempo crecía un pino en el lugar en que ahora se encuentra ese castaño: los primeros rostros pálidos que vinieron no hablaban el inglés: arribaron en una gran canoa cuando mis padres acababan de hacer la paz con los hombres rojos; entonces, Ojo-de-halcón... —y, al decir esto, la voz del indio no reveló la alteración que experimentaba, sino descendiendo al tono bajo y gutural que hacía casi armoniosa la lengua de este pueblo. Luego prosiguió—: Entonces, Ojo-de-halcón, no formábamos sino un solo pueblo y nos considerábamos los seres más felices; teníamos mujeres que nos hacían padres de muchos hijos; el lago salado nos proveía de pescado; los bosques, de gamos; el aire, de aves; adorábamos al Grande Espíritu, y los maguas se encontraban a tanta distancia de nosotros, que nuestros cánticos de triunfo no llegaban a sus oídos.

—¿Y sabe qué era entonces su familia? Mas, para ser indio, es hombre muy justo, y como supongo que ha heredado las cualidades de sus padres, éstos debieron ser valientes guerreros y sabios, por haberse colocado en torno de la hoguera del gran consejo.

—Mi tribu es la generadora de las naciones; pero mi sangre corre por mis venas pura y sin mezcla. Los holandeses desembarcaron y ofrecieron a mis padres ese brebaje infernal que se llama aguardiente, lo bebieron hasta que les pareció que veían confundirse el cielo con la tierra, creyendo estúpidamente que habían encontrado al Grande Espíritu. Entonces fueron desposeídos de todo cuanto les pertenecía, y rechazados palmo a palmo lejos de la costa, y yo, que soy un jefe y un sagamore, no he visto jamás brillar el sol más que al través de las ramas de los árboles, ni he podido visitar el lugar en que se encuentran las cenizas de mis padres.

—Los sepulcros siempre inspiran pensamientos sublimes y melancólicos —dijo el blanco advirtiendo la calma y resignación de su compañero—: su contemplación sirve con frecuencia para hacer que el hombre forme buenos propósitos o persevere en sus honradas intenciones. Por mi parte, espero que se pudrirán mis miembros al aire libre en los bosques, a no ser que sirvan de pasto a los lobos, pero, ¿dónde está actualmente su tribu, que hace tantos años fue a reunirse con sus deudos en el Delaware? ¿Qué ha sido de las flores de todos los veranos que se han sucedido desde entonces?

—¡Ay! Todas se marchitaron, se deshojaron unas tras otras: esto mismo ha sucedido a mi familia, a mi tribu: todos, uno tras otro, han ido desapareciendo para ir a habitar la morada de los espíritus. Me encuentro en la cima de la montaña, y es necesario que me precipite en el valle; y, cuando Uncas haya ido a reunírseme, ya no existirá una gota de sangre de los sagamores, porque mi hijo es el último de los mohicanos.

—Aquí está Uncas —dijo otra voz no muy lejana en el mismo tono agradable y natural—. ¿Qué quieren de Uncas?

El cazador desenvainó su cuchillo e hizo un movimiento involuntario para apoderarse del fusil; pero esta interrupción inesperada no conmovió al indio, que ni aun volvió la cabeza para ver quién había pronunciado aquellas palabras. Casi al mismo instante pasó un joven guerrero por entre los dos, silenciosamente, pero con paso acelerado, y tomó asiento a la orilla del río. No sorprendió esto poco ni mucho al indio, y, durante algunos minutos, ninguno de los dos habló, esperando al parecer cada uno que el otro se explicase para no manifestar la curiosidad de una mujer o la impaciencia de un niño. El blanco parecía acomodarse a sus usos, pues, envainando el cuchillo, guardó la misma reserva. Por último, alzando Chingachgook la vista hacia su hijo, interrogole:

—Y bien, ¿se atreven los maguas a dejar impresas en nuestros bosques las huellas de sus mocasines?

—He seguido sus pasos —respondió el joven indio—, y he podido ver que su número iguala al de los dedos de mis manos; pero se ocultan porque son cobardes.

—Los malvados acaso intenten escalpelar o robar —agregó el blanco, a quien, como sus compañeros, seguiremos llamando Ojo-de-halcón, puesto que no lo conocemos por otro nombre—. El activo francés Montcalm enviará sus espías hasta nuestro campo, pues no ignora el camino que hemos querido seguir.

—Basta —dijo el padre alzando la mirada al sol que descendía hacia el horizonte—: serán arrojados de sus guaridas como los gamos: Ojo-de-halcón, comamos esta noche, y demostremos mañana a los maguas que somos hombres.

—Tan dispuesto estoy para lo uno como para lo otro —respondió el cazador—; mas para combatir a esos cobardes iroqueses es preciso encontrarlos, y para comer se necesita caza. ¡Ah! Basta de hablar del gamo para verle los cuernos. Allá entre la maleza, al pie de la montaña, asoman las mejores astas que he podido contemplar en toda esta estación. Ahora, Uncas —añadió bajando la voz por considerarse obligado a adoptar precauciones—, apuesto tres cargas de pólvora contra un pie

de wampum, que le coloco el tiro entre los ojos, y más cerca del derecho que del izquierdo.

—No puede ser —replicó el joven indio levantándose con la ligereza propia de su edad—: si apenas enseña la punta de los cuernos...

—Es un niño —dijo el blanco moviendo la cabeza y dirigiéndose al padre—: ¿cree acaso que cuando un cazador descubre alguna parte del cuerpo del gamo desconoce la posición del resto de él?

Empuñó el fusil, lo apoyó sobre el hombro y ya se disponía a dar prueba de la habilidad de que se vanagloriaba, cuando el guerrero, bajándole el arma con la mano, le pregunto:

—Ojo-de-halcón, ¿tiene deseos de pelear con los maguas?

—Estos hombres conocen la naturaleza del bosque casi instintivamente —repuso el cazador apoyando en tierra el extremo del fusil, y, como convencido de su error, agregó dirigiéndose al joven—: Uncas, abandono el gamo a su flecha; porque, de otro modo, probablemente le daríamos muerte en beneficio de esos pícaros iroqueses.

Hizo el padre un gesto de aprobación, y, contando Uncas con la autorización de éste, se tendió y acercó arrastrándose hacia el gamo con precaución. Cuando creyó estar a distancia conveniente de los arbustos, preparó el arco cuidadosamente, mientras que el gamo levantaba las astas como si hubiese advertido la aproximación de su enemigo: un instante después se oyó vibrar la cuerda del arco y la flecha voló hasta la maleza, de donde salió el gamo dando, brincos.

Evitó Uncas hábilmente el ataque de su enemigo enfurecido con la herida; le clavó el cuchillo en el cuello al pasar junto a él, y el animal dio un gran salto, yendo a caer al río, cuyas aguas quedaron teñidas con su sangre.

—He ahí una cosa realizada con la habilidad propia de un indio —dijo el cazador con cierto aire de satisfacción—; esto ha sido realmente digno de verse. Sin embargo, parece que la flecha necesita el auxilio del cuchillo para completar la obra.

—Cállese —ordenó Chingachgook volviéndose con la agilidad de un perro perdiguero que rastrea una pieza de caza.

—¡Qué!, ¿hay alguna manada? —preguntó el cazador cuyos ojos empezaban a brillar con todo el ardor propio de su profesión—: si se aproximan hasta ponerse al alcance de mi fusil, mataré uno disparándole un balazo, aun cuando supiese que las seis naciones habían de oír el estruendo... ¿Oye algo, Chingachgook? Yo nada percibo.

—Sólo había un gamo, que es el muerto —respondió el indio inclinándose de manera que su oreja casi tocaba la tierra—; pero oigo pasos.

—Quizá los lobos hayan puesto en fuga a los gamos y los perseguirán entre la maleza.

—No, no —rectificó el indio levantándose tranquilamente y sentándose de nuevo sobre el tronco con su calma habitual—. Lo que oigo son caballos de hombres blancos. Ojo-de-halcón, son sus hermanos, es necesario que les hable.

—Seguramente les hablaré y en un inglés que el mismo rey no se desdeñaría de contestar; pero no veo que nadie se acerque ni oigo ruido de hombres ni de caballos. Es muy extraño que el indio, conozca la aproximación de un blanco más fácilmente que yo, sin tener ninguna mezcla de su sangre, como mis propios enemigos no tienen más remedio que confesar, aunque he vivido entre los de tez roja tiempo suficiente para ser sospechoso. ¡Ah! He oído crujir una rama seca y siento el ruido de la maleza. Sí, ya se aproximan, la duda es imposible. ¡Que Dios los guarde y los libre de ser víctimas de los iroqueses!

CAPÍTULO IV

No te detengas, prosigue tu camino. Este ultraje quedará vengado antes que salgas del bosque.

(El sueño de una noche de verano, SHAKESPEARE.)

No había concluido aún el cazador de pronunciar las palabras con que termina el capítulo precedente, cuando presentose el jefe del grupo cuya aproximación había anunciado el indio. Su oído finísimo había percibido el ruido de los pasos desde una respetable distancia.

Uno de los senderos que los gamos recorrían al atravesar los bosques cruzaba el pequeño valle, no muy lejano, y llegaba a la orilla del río, hasta el mismo sitio en que el blanco y sus dos compañeros se encontraban. Los viajeros, que tan rara sorpresa habían ocasionado en la profundidad de aquellos bosques, avanzaban lentamente hacia el cazador que a alguna distancia de los indios estaba dispuesto para recibirlos.

—¿Quién va? —preguntó empuñando el fusil que tenía descuidadamente sobre el hombro izquierdo y colocando el índice sobre el gatillo, más con apariencia de pura precaución que de amenaza—. ¿Quiénes son los que se atreven a llegar hasta aquí arrostrando los peligros del desierto y de las fieras?

—Cristianos, amigos de las leyes y del rey —respondió el que marchaba a la cabeza del convoy—, gentes que se internaron en este bosque esta mañana, cuando la aurora abrió al sol las puertas del oriente, y no han tomado ningún alimento, por lo que se encuentran sumamente fatigados.

—¿Según eso, se han extraviado y conocen en qué apuro se encuentra uno cuando ignora si se ha de dirigir a la derecha o a la izquierda?

—Es cierto; el niño de pecho no está más sujeto que nosotros a merced del que le guía, nuestros conocimientos son los mismos que los que tendría aquél. ¿Sabrán decirme a qué distancia nos encontramos del fuerte de la Corona, llamado Guillermo-Enrique?

—¡Cómo! —exclamó el cazador prorrumpiendo en una carcajada que se apresuró a reprimir, temeroso de ser oído por algún enemigo que se encontrase al acecho—. Han perdido el rastro, como un perro que tuviese el lago Horican entre él y la pieza de caza. ¡Guillermo-Enrique! Si son ustedes amigos del rey y tienen que desempeñar alguna misión en el ejército, harán bien en seguir el curso de este río hasta el fuerte Eduardo; allí encontrarán al general Webb, que pierde el tiempo en lugar de avanzar hacia los desfiladeros para rechazar más allá del lago Champellain a ese francés osado.

Antes que el cazador hubiese podido recibir respuesta a lo que acababa de decir, salió del bosque otro hombre a caballo y aproximose a él, preguntando:

—¿Y a qué distancia nos encontramos del fuerte Eduardo? Hemos salido esta mañana del sitio adonde nos aconsejan que nos dirijamos y deseamos ir al otro extremo del lago.

—Antes de equivocar el camino se han quedado sin duda ciegos, porque el que atraviesa la calzada tiene una anchura tal, que dudo que exista en Londres una calle semejante, ni aun en las proximidades al palacio del rey.

—No disputemos sobre la existencia del camino ni de su anchura —replicó el primer interlocutor, en quien seguramente habrá reconocido el lector al mayor Heyward—. Baste decir que nos hemos confiado a un indio, que hizo promesa de guiarnos por un atajo más corto, aunque más estrecho, y que no hemos juzgado demasiado bien de su conocimiento del terreno. En suma, que ignoramos completamente dónde nos encontramos en este momento.

—¡Un indio perderse en los bosques —exclamó el cazador moviendo repetidamente la cabeza como para manifestar su incredulidad—, mientras dora el sol las copas de los árboles! ¡Cuando los ríos llenan las cascadas! ¡Cuando cada ramita de musgo que ve le revela de qué lado ha de brillar la estrella del norte durante la noche! Los gamos han trazado en los bosques numerosas sendas para ir a las orillas de los ríos, y ni

una sola bandada de gansos salvajes ha emprendido todavía el vuelo hacia el Canadá. ¡Es cosa muy sorprendente que un indio se pierda entre el Horican y el recodo del río! ¿Es quizá mohawk?

—No lo es de nacimiento, pero aquella tribu lo adoptó; creo que ha nacido más en el interior por el lado del norte, y que es uno de los que llaman hurones.

—¡Oh! ¡Oh! —exclamaron los indios que durante esta conversación habían permanecido sentados, inmóviles y aparentemente indiferentes a lo que se decía, pero que en aquel momento se levantaron con una viveza y un interés que revelaba que la sorpresa les había hecho olvidar su habitual reserva.

—¡Un hurón! —replicó el cazador moviendo la cabeza con desconfianza manifiesta—. Ésta es una raza de bandidos, sea quienquiera el que los adopte, y lo que me sorprende es que habiéndose confiado a un hombre de esta nación, no hayan encontrado a otros de ella.

—¿Olvidan seguramente que, según les he manifestado, nuestro guía se ha vuelto mohawk, uno de nuestros amigos, y que pertenece a nuestro ejército?

—Y yo le digo que el que nació mingo, mingo morirá. ¡Un mohawk! Háblenme ustedes de un delaware o de un mohicano; ésta sí que es gente honrada, y cuando se baten, lo que no ocurre con mucha frecuencia, porque han sufrido que sus enemigos, los traidores maguas, les llamen mujeres; cuando se baten, repito, no hay uno que deje de portarse como verdadero guerrero.

—Basta, basta —dijo Heyward no poco impaciente—: yo no le pido un certificado de buena conducta para un hombre que conozco mejor que usted; no ha respondido a mi pregunta: ¿a qué distancia nos encontramos del cuerpo principal del ejército y del fuerte Eduardo?

—La distancia, en mi opinión, depende de la persona que les sirva de guía. Puede su caballo recorrer mucho camino de sol a sol.

—Amigo, no me agrada ese juego de palabras inútiles —objetó Heyward procurando disimular su enojo y hablándole con más dulzura—. Si quiere decirnos a qué distancia nos encontramos del fuerte Eduardo y conducirnos, no tendrá motivo para quejarse de haber sido mal recompensado su trabajo.

—Y si lo hago, ¿quién me garantiza que no sirvo de guía a un enemigo conduciendo un espía de Montcalm junto al campamento del ejército? No todos los que hablan inglés son vasallos fieles.

—Si usted pertenece al ejército, como presumo, y es batidor, debe conocer el regimiento del rey número sesenta.

—¡El sesenta! Habrá pocos oficiales al servicio del rey en América cuyos nombres me sean desconocidos, aunque lleve este casacón en lugar de uniforme colorado.

—En ese caso no desconocerá el nombre del mayor de este regimiento.

—¡Del mayor! —exclamó el cazador altivamente—. Si hay algún hombre en el país que conozca al mayor Effigham, es el que tiene usted delante.

—Hay varios mayores en el cuerpo; el que usted me ha citado es el más antiguo, y yo me refiero al último que ha obtenido este grado y que manda las compañías de la guarnición del fuerte Guillermo-Enrique.

—Sí, sí; he oído asegurar que es un joven muy rico, que ha venido de una de las provincias remotas, situadas a la parte del sur. Muy joven es para desempeñar ese empleo y anteponerse a otros oficiales que comienzan a encanecer en el servicio; esto no obstante, todos reconocen que posee los conocimientos de un buen soldado, y que es un hombre de honor.

—Sea quien fuere, y cualesquiera que sean los derechos que tenga a su actual graduación, está usted hablando con él en este momento, y no puede considerarlo como enemigo.

Contempló el cazador a Heyward con no poca sorpresa; descubriose respetuosamente y continuó hablándole con menos libertad, aunque no muy convencido aún.

—Según mis informes, que tengo por ciertos, debía salir esta mañana un destacamento para las orillas del lago.

—No le habían informado mal; pero he preferido el camino más corto, fiándome de los conocimientos del indio de que le he hablado.

—Que le ha engañado perdiéndose y extraviando a usted.

—Nada de eso ha ocurrido, porque no me ha abandonado; viene detrás.

—Tendría mucho gusto en verlo; si es un verdadero iroqués, su facha de corsario y el modo de pintarse me lo darán a conocer.

El cazador pasó por detrás de la yegua del maestro de canto, cuyo potrillo se aprovechaba de la ocasión para mamar, llegó hasta el sendero y encontró a las dos damas que esperaban inquietas y llenas de temor el resultado de esta conferencia. A alguna distancia estaba el correo indio apoyado de espaldas contra un árbol, y soportó las miradas penetrantes del cazador con la mayor tranquilidad, pero con un aspecto tan sombrío y montaraz, que era suficiente para inspirar terror. Cuando el cazador lo hubo examinado a su placer, se retiró, y pasando cerca de las damas como para admirar su belleza, respondió satisfecho al cortés ademán de Alicia, acompañado de una sonrisa agradable, y se detuvo detrás de la yegua del maestro de canto con el manifiesto deseo de averiguar quién era éste. Por último, acercándose de nuevo adonde estaba Heyward, dijo moviendo la cabeza y bajando la voz:

—Es un mingo; y habiéndole hecho Dios así, ni los mohawks, ni ninguna otra tribu podrá mudarle. Si nos encontráramos solos y quisiera usted dejar a merced de los lobos ese hermoso caballo, yo mismo podría conducirle al fuerte Eduardo en una hora, pues no sería necesario más tiempo para llegar; pero, llevando en su compañía las damas que acabo de ver, es absolutamente imposible.

—Y ¿por qué razón? Sin duda se encuentran cansadas; pero todavía les quedan fuerzas para andar algunas millas.

—Es absolutamente imposible —repitió el cazador con tono más firme—; yo no quisiera andar una milla en los bosques de noche, en compañía de ese correo, aunque me entregaran el mejor fusil que hay en las colonias: en estas selvas hay seguramente iroqueses ocultos, y su mohawk bastardo sabe demasiado bien dónde se encuentran para que yo quiera ir en su compañía.

—¿Es ésa su opinión? —preguntó Heyward, inclinándose sobre la silla y hablando en voz muy baja—. Confieso que yo mismo no he dejado de tener sospechas, aunque haya procurado disimularlas y fingir confianza para no asustar a mis compañeras, y éste ha sido el motivo por el cual me he negado a continuar siguiéndole y he resuelto marchar adelante.

—No he hecho más que dirigirle una mirada, y me he convencido de que es uno de esos bandidos —repuso el cazador poniendo el dedo en la boca en señal de circunspección—. El bribón está apoyado contra ese árbol, cuyas ramas se elevan sobre los zarzales, su pierna derecha se adelanta sobre la misma línea que el tronco, y, desde el lugar en que me encuentro, puedo —añadió dando un golpecito sobre su fusil— alojarle entre el tobillo y la rodilla una bala, que le curará de la manía de andar por los bosques más de un mes. Si me acercase de nuevo a él, sospecharía alguna cosa el astuto bribón, y se internaría corriendo en la selva como un gamo espantado.

—No haga usted nada, no puedo consentirlo; quizá sea inocente, si estuviese convencido de su traición...

—No se equivoca uno jamás juzgando a un iroqués como traidor —replicó el cazador levantando el fusil maquinalmente.

—Estese quieto —exclamó Heyward—. No apruebo ese procedimiento; es preciso emplear otro medio, a pesar de que todo me convence de que el bribón me ha engañado.

El cazador, que, por obedecer a Heyward, había ya renunciado a su proyecto de imposibilitar al correo para correr más, reflexionó un instante e hizo una seña que entendieron sus dos compañeros. Les habló en su idioma, y, aunque en voz baja, sus gestos revelaban que les señalaba las copas de los árboles, y que les indicaba la situación de su enemigo. No tardaron en comprender las instrucciones que les daba, y abandonando las armas de fuego se separaron, dieron un largo rodeo e internándose en la espesura del bosque, cada cual por su lado, tan silenciosamente, que era imposible distinguir el ruido de sus pasos.

—Ahora —dijo el cazador a Heyward—, acérquese a él y distráigalo hablándole; esos dos mohicanos se apoderarán de él sin tocar ni aun la pintura de su cuerpo.

—Yo mismo lo haré —repuso Heyward altivamente.

—¿Usted? ¿Y qué puede usted hacer a caballo contra un indio metido entre la maleza?

—Me apearé.

—¿Y cree usted que cuando le vea sacar un pie del estribo le dará tiempo para que saque el otro? El que tiene que tratar con los indios en los bosques, debe seguir sus mismos procedimientos si desea conseguir su objeto. Vaya, pues; hable a ese bribón en tono de confianza, como si usted lo considerase su mejor amigo.

Heyward dispúsose a seguir este consejo, a pesar de la gran repugnancia que inspiraba a su carácter franco el desempeño de tal comisión. Esto no obstante, cada instante se persuadía más de que su intrépida y ciega confianza había puesto en grave peligro de las damas que acompañaba. El sol acababa de ocultarse, y privados los bosques de su luz, cubríanse de una pavorosa oscuridad que anunciaba que la hora en que los salvajes suelen ejecutar proyectos atroces de su venganza, estaba próxima.

Excitado por tan vivos temores, el mayor separose del cazador, y éste se puso a conversar con el extranjero que tan familiarmente se había incorporado aquella mañana al grupo de los viajeros. Al pasar Heyward junto a sus compañeros, dirigioles algunas palabras de aliento, y advirtió con satisfacción que estaban persuadidos de que la situación en que se encontraban era debida únicamente a la casualidad. Sin desvanecer esta idea, y manifestando que iba a consultar con el correo indio el

camino que debían seguir, adelantose hacia él y se detuvo junto al árbol en que el guía traidor continuaba apoyado todavía.

—Ya ve, magua —le dijo afectando la mayor confianza—, que la noche está encima, y esto no obstante nos encontramos tan lejos del fuerte Guillermo-Enrique como cuando partimos del campamento de Webb a la salida del sol: ha errado el camino, y yo también; pero, por fortuna, hemos encontrado un cazador (que es aquel que está hablando con nuestro cantor) que conoce todas las sendas y todas las guaridas de estos bosques, y me ha prometido conducirme a un sitio donde podremos entregarnos tranquilamente y sin peligro alguno al descanso hasta que el sol de un nuevo día vuelva a alumbrarnos.

—¿Está solo ese cazador? —preguntó el indio en mal inglés, fijando en el mayor sus ojos centelleantes.

—¡Solo! —repitió Heyward titubeando, porque desconocía el arte del fingimiento y le era muy penoso el desempeño del papel que estaba representando—. No, magua, no está solo, pues que está con nosotros.

—Entonces, el Zorro Sutil se irá —repuso el indio fríamente tomando una maletilla que había puesto a sus pies—, y las caras pálidas no verán ya sino gentes de su mismo color.

—Se irá, ¿quién? ¿A quién llama el Zorro Sutil?

—Es el nombre que han puesto al magua sus padres del Canadá —respondió el correo con un tono que revelaba su vanidad por haber alcanzado el honor de que le hubiesen apodado de tal manera, aunque ignoraba probablemente que el sobrenombre que llevaba no era propio para asegurarle la reputación de honrado—. La noche es lo mismo que el día para el Zorro Sutil, cuando Munro lo aguarda.

—Y ¿qué cuenta va a dar el Zorro Sutil de las dos hijas del comandante del fuerte Guillermo-Enrique? ¿Se atreverá a declarar al fogoso escocés que las ha dejado sin guía después de haberle prometido solemnemente acompañarlas hasta el término del viaje?

—La cabeza gris tiene la voz fuerte y el brazo largo, y el Zorro Sutil oirá aquélla y percibirá éste cuando se encuentre en los bosques.

—Pero, ¿qué van a decir los mohawks? Le darán vestidos de mujer y le obligarán a permanecer en la tienda con las mujeres porque ya no lo conceptuarán digno de alternar con los hombres y entre los guerreros.

—El Zorro Sutil conoce los caminos de los grandes lagos, y se halla en situación de encontrar los huesos de sus padres.

—Vamos, magua, vamos; ¿acaso no somos amigos? ¿Por qué ha de haber disensiones entre nosotros? Munro le ha ofrecido recompensar sus servicios y yo le prometo otra recompensa cuando los haya concluido.

Descanse un rato, pues debe experimentar fatiga; abra su maleta y coma un bocado. Nosotros tenemos que aprovechar algunos momentos; pero después que estas damas hayan descansado, reanudaremos la marcha.

—Las caras pálidas se convierten en perros de sus mujeres —murmuró el indio en su lengua nativa—; cuando quieren comer necesitan que los guerreros dejen el hacha para alimentar su pereza.

—¿Qué dice el Zorro Sutil?

—El Zorro Sutil dice que está bien.

Levantó el indio los ojos hacia Heyward mirándole muy atentamente; pero, advirtiendo que éste lo miraba a su vez, volvió la cabeza, arrellanose en el suelo, abrió la maleta y se puso a comer algunas provisiones que sacó de ella, después de haber examinado el terreno con mucha cautela.

—Perfectamente —dijo el mayor—; el Zorro Sutil tendrá fuerzas y buenos ojos para encontrar mañana el camino. —Enmudeció un momento por haber percibido a lo lejos el ligero ruido de las hojas movidas; pero, conociendo la necesidad de distraer la atención del salvaje, agregó—: Necesitaremos ponernos en marcha antes de la salida del sol; si no, podría ocupar Montcalm el paso, interceptándonos el camino del fuerte.

Mientras hablaba así, dejó el magua caer la mano sobre el muslo, y aunque sus ojos estaban fijos en el suelo y tenía vuelta la cabeza, permanecía inmóvil, y su aspecto era, en suma, el de una estatua que representase la atención.

Heyward, que no dejaba de observarlo, sacó disimuladamente el pie derecho del estribo, y adelantó la mano hacia la piel de oso que cubría sus pistolas de arzón con el propósito de apoderarse de una; pero este proyecto quedó frustrado por la atención del correo, cuyos ojos, sin fijarse en ningún objeto y sin movimiento aparente, no perdían un solo detalle de cuanto pasaba en su derredor.

Mientras el mayor vacilaba respecto a la actitud que debía adoptar, púsose de pie el indio tan lenta y cuidadosamente, que no produjo el más leve ruido. Conoció Heyward que era urgente tomar un partido, y apeose del caballo decidido a apoderarse de aquel pérfido, contando con su fuerza para lograrlo. Esto no obstante, por no alarmarlo, continuó mostrándose aparentemente tranquilo y confiado.

—¿No come el Zorro Sutil? —preguntó, llamándole del modo que al parecer lisonjeaba más la vanidad del indio—. ¿No está bien preparado su grano? ¿Parece seco? ¿Me permitirá que lo examine?

El magua permitiole que pusiera la mano en su zurrón, y aun sufrió que tocase la suya sin alterarse ni cambiar su actitud; pero, cuando sintió que los dedos del mayor subían lentamente por su brazo desnudo, diole un fuerte golpe en el vientre arrojándole al suelo. Saltó por encima de él, y en tres brincos internose en la espesura del bosque por el lado opuesto, lanzando un grito penetrante.

Un segundo después llegó Chingachgook silencioso como un espectro y lanzose en persecución del fugitivo. El gesto de Uncas reveló que le había visto, y el fulgor rápido que iluminó la selva y la detonación que siguió, testimoniaron que el cazador había disparado su fusil contra el fugitivo.

CAPÍTULO V

El temeroso Tisbe holló el rocío de los campos y vio la sombra del león rugiente en una noche como ésta.

(*El mercader de Venecia,* SHAKESPEARE.)

El mayor quedó estupefacto.

La huida rápida del salvaje, los gritos de los que perseguían al correo, el disparo del fusil del cazador, y el golpe que acababa de recibir lo dejaron, por el momento, inmóvil, pero, comprendiendo enseguida cuánto le importaba apoderarse del fugitivo, lanzose precipitadamente a la maleza para correr tras él. Apenas habría dado trescientos pasos, cuando encontró a sus tres compañeros que ya habían renunciado a una persecución que consideraban inútil.

—¿Por qué se desaniman tan pronto? —preguntoles—. Ese miserable debe estar oculto detrás de algún árbol, y todavía podremos atraparlo; no estamos seguros mientras no nos apoderemos de él.

—¿Pretende usted que una nube dé caza al viento? —preguntó el cazador disgustado—. El bandido se ha deslizado entre las hojas como una serpiente, y habiéndole divisado cerca de ese grueso pino le he disparado a la ventura, pero inútilmente. Esto no obstante, apostaría que no he apuntado mal: nadie negará que yo tengo experiencia en esto y que debo entenderlo. Fíjese en ese zumaque, un arbolillo que tiene algunas hojas coloradas, a pesar de que no estamos todavía en la estación en que adquieren este color.

—Es sangre y con seguridad es del magua: sin duda está herido y quizá haya caído a algunos pasos de aquí.

—No, no lo crea, sólo le he raspado la piel y el salvaje ha corrido más aprisa; cuando una bala no hace más que un arañazo produce el mismo efecto que la espuela en el caballo, le impulsa a acelerar el paso;

pero, cuando penetra en las carnes, cae la caza generalmente a los dos brincos, sea gamo, sea indio.

—De todos modos, creo que no debemos renunciar a la persecución. ¿No somos cuatro contra un herido?

—¿Se encuentra usted cansado de vivir? Ese diablo rojo le atraería hasta debajo de las hachas de sus compañeros si se obstinase en perseguirlo. Para un hombre que se ha dormido muchas veces oyendo lanzar el grito de guerra, no he procedido bien disparando un tiro, cuyo estruendo habrá podido oírse en alguna emboscada; pero ¡ésta una tentación tan natural! Vamos, amigos míos, necesitamos abandonar este sitio de manera que engañemos al enemigo más solapado, al mingo más maligno, si no queremos que nuestras cabelleras se sequen mañana al aire, delante del campo de Montcalm.

Este consejo terrible que daba el cazador con la convicción de un hombre que conoce toda la extensión del peligro, pero a quien no falta el valor necesario para arrostrarlo, hizo recordar a Heyward las dos bellas damas cuya guarda le estaba encargada, y que sólo en él confiaban. Mirando en torno suyo, y esforzándose en vano para penetrar en las tinieblas que se aumentaban bajo la bóveda que formaba la selva, desesperábase al considerar que, lejos de todo socorro humano, acaso no tardarían en verse las dos jóvenes a merced de los bárbaros, que cual bestias feroces aguardaban la noche para herir a sus víctimas con golpes más certeros y peligrosos.

Su imaginación sobreexcitada hacíale ver fantasmas horribles en cada arbusto agitado por el viento, presentándole a los salvajes escondidos entre las ramas atisbando sus movimientos. Alzó la vista al cielo y advirtió que algunas nubecillas teñidas por el sol de color de la rosa, empezaban a oscurecerse, y que el río que pasaba al pie de la colina sólo se distinguía por el contraste que formaba su cauce con los espesos bosques que poblaban sus riberas.

—¿Qué resolución hemos de adoptar? —preguntó el mayor cediendo a la inquietud que lo atormentaba en tan inminente peligro—. Por el cielo, no me abandone, defienda a las infelices jóvenes que vienen en mi compañía, y señale la recompensa de este servicio.

El cazador y los indios, que hablaban en el idioma de su país, no prestaron atención a este ruego, tan fervoroso como repentino, y aunque conversaban en voz baja y con precaución, percibió Heyward la voz del joven que respondía con calor y vehemencia a algunas palabras que su padre acababa de dirigirle. Indudablemente, discutían algún proyecto que interesaba a la seguridad de los viajeros, y siéndole intolerable la tardanza que le presentaba su inquieta imaginación, como origen de nuevos peligros, adelantose hacia ellos con el propósito de ofrecerles una recompensa todavía más espléndida. Pero, entonces, haciendo el cazador un gesto que revelaba compartir la opinión de sus interlocutores, dijo en inglés en forma de monólogo:

—Uncas tiene razón; no procederíamos honradamente si abandonáramos a su destino a estas dos mujeres sin defensa; aun cuando perdiéramos para siempre nuestro ordinario refugio. Señor —continuó dirigiéndose al mayor que se aproximaba—, si desea proteger esos tiernos retoños contra el furor del más terrible de los huracanes, no se puede perder un momento, y es preciso que se arme de todo su valor.

—No dude de mis sentimientos, y ya he ofrecido...

—Haga sus ofrecimientos a Dios, que es quien puede concedernos bastante prudencia para burlar a los diablos que oculta este bosque; pero no nos haga a nosotros ofertas de dinero. Acaso no vivamos bastante, usted para cumplir sus promesas, y nosotros para aprovecharnos de ellas. Estos dos mohicanos y yo haremos cuanto humanamente pueda hacerse para salvar a esas dos tiernas flores, que por muy dulces que sean, jamás fueron criadas para el desierto. Sí, nosotros las defenderemos, y sin esperanza de otra recompensa que la que Dios concede siempre a los que obran bien. Pero necesitamos que usted nos prometa dos cosas, tanto por usted, como por sus amigos, sin lo cual, en lugar de servirle, le perjudicaríamos como igualmente a nosotros, mismos.

—¿Cuáles son?

—La primera es guardar absolutamente silencio dentro de estos bosques, en cualquier accidente que pueda ocurrir; y la segunda la de no revelar jamás a nadie el sitio donde vamos a conducirlos.

—Acepto las dos condiciones, y en cuanto de mí dependa haré que mis compañeros las cumplan.

—En este caso sígame, porque estamos perdiendo un tiempo tan precioso como la sangre que pierde el gamo herido.

A pesar de la oscuridad de la noche, más tenebrosa a cada instante, percibió Heyward el gesto de impaciencia que hizo el cazador cuando, emprendiendo su paso acelerado, se dispuso a seguirlo. Luego que llegaron al sitio donde se encontraban las jóvenes, que le esperaban impacientes e inquietas, las enteró rápidamente de las condiciones impuestas por el nuevo guía, haciéndoles comprender la necesidad de guardar silencio, y de dominarse bastante para reprimir cualquiera exclamación que pudiera arrancarles el temor.

Este aviso era suficiente para sobresaltarlas, y lo oyeron aterrorizadas, pero la seguridad de Heyward, auxiliada tal vez por la naturaleza del riesgo, infundioles valor, poniéndolas en estado a lo menos de creer que podrían soportar los peligros inesperados a que probablemente se iban a ver expuestas. Sin responder una palabra ni detenerse un instante, permitieron que el mayor las ayudase a apearse de los caballos, y tomándolos Heyward por la brida, emprendieron la marcha delante de ellas. Las jóvenes lo siguieron hasta llegar a la orilla del río, en donde estaban esperándolos el cazador, los dos mohicanos y el maestro de canto.

—¿Y qué haremos de las caballerías? —preguntó el cazador que parecía el único encargado de dirigir los movimientos de aquella pequeña tropa—. Cortarles el pescuezo y arrojarlas al río sería perder demasiado tiempo; dejarlas aquí equivaldría a advertir a los mingos que no estamos muy lejos.

—Póngales la brida al cuello y échelas al bosque —dijo el mayor.

—No, señor; es preferible engañar a esos bribones y hacerles creer que necesitan correr tanto como los caballos, si quieren apoderarse de su presa. ¡Hola! Chingachgook, ¿qué pasa entre los matorrales?

—Es ese diablo de potro.

—Es preciso matarlo —dijo el cazador asiéndolo por la crin; y, como el animal se le escapase, agregó—: Uncas, pronto, una flecha.

—¡Deténgase! —gritó su dueño en alta voz, sin parar mientes en que los demás hablaban bajo—. No mate al hijo de Miriam: es el hermoso vástago de su leal madre, incapaz de perjudicar a nadie voluntariamente.

—Cuando los hombres luchan para conservar la vida que Dios les ha dado, los días de sus prójimos no les parecen más preciosos que los de los animales de los bosques. Si pronuncia una palabra más, los abandono a merced de los maguas. Una flecha, Uncas: dispare pronto; no tenemos tiempo para hacerlo dos veces.

Todavía no había concluido de hablar, y ya el potro herido, levantándose sobre las piernas cayó enseguida sobre las manos; un esfuerzo para volver a levantarse, y Chingachgook le introdujo el cuchillo en la garganta tan rápido como el pensamiento y lo precipitó en el río.

Este acto de aparente crueldad, pero de necesidad absoluta, persuadió más que nada a los viajeros del peligro en que se encontraban, y el tono de tranquila resolución de los que habían sido actores en esta escena, produjo en su alma una nueva impresión de terror. Las dos jóvenes se abrazaron temblando, y Heyward, empuñando instintivamente una de sus dos pistolas, que se había puesto en la cintura al tiempo de apear-

se, colocose entre ellas y la sombra impenetrable que formaba como un velo espeso en el interior del bosque.

Mientras tanto los dos indios, sin perder tiempo, tomaron los caballos por la brida y los obligaron a entrar en el río.

A alguna distancia de la orilla hicieron un rodeo, y no tardaron en desaparecer en la profundidad de ella, que siguieron, aunque en dirección contraria a la corriente del río, mientras el cazador descubría una canoa de corteza de árbol, oculta bajo una zarza, cuyas largas ramas formaban una especie de bóveda en la superficie del agua, e hizo señal a las dos hermanas para que entrasen en ella. Las jóvenes obedecieron en silencio; pero no sin mirar espantadas hacia el bosque, que se prolongaba a lo largo del río semejante a una negra barrera.

Tan pronto como Cora y Alicia estuvieron dentro de la canoa, hizo el cazador una seña al mayor para que entrase con él en el río, y empujando cada uno por un lado la frágil embarcación, la hicieron subir contra la corriente, seguidos por el desconsolado dueño del potro muerto, avanzando así algún tiempo con un silencio que sólo era interrumpido por el murmullo del agua y el ligero ruido que hacía la canoa al romperla. El mayor obedecía cuidadosamente las indicaciones del cazador, que tan pronto se aproximaba como se apartaba de la orilla para evitar los bajíos donde la barca no podía pasar, o los parajes muy profundos en donde el agua no les permitía andar sin riesgo de sumergirse. De vez en cuando se detenía, y en medio del profundo silencio, que hacía más imponente el ruido de la cascada, poníase a escuchar atentamente para convencerse de que no se percibía ningún rumor por el lado del bosque, y asegurado de que nada había de temer porque ningún indicio le revelaba la proximidad de sus enemigos, reanudaba la marcha con lentitud y precaución.

Llegaron al fin a un lugar en que los ojos del mayor, siempre en acecho, descubrieron un grupo de bultos negros sobre la altura que el cauce dejaba al río en profunda oscuridad. Ignorando si debía o no proseguir caminando, señaló con el dedo a su compañero el sitio que le inquietaba.

—Sí, sí —dijo el cazador tranquilamente—; los indios han ocultado allí los caballos con su natural penetración; el agua borra toda señal de los pasos, y la oscuridad de semejante agujero es impenetrable.

Pronto llegaron a dicho sitio y, cuando estuvo reunida toda la comitiva, celebrose un nuevo consejo entre el cazador y los mohicanos, durante el cual pudieron los demás examinar su situación y comunicarse sus impresiones.

El río se estrechaba en aquel punto entre unas rocas escarpadas, y la cima de una de ellas avanzaba sobre el lugar en que se encontraba detenida la canoa; todas aquellas rocas aparecían cubiertas de grandes árboles, pudiendo decirse que corría el agua bajo una bóveda o por un barranco estrecho y profundo. Todo el espacio que había entre las rocas cubiertas de árboles, cuya cima dibujábase apenas sobre el azul del firmamento, aparecía envuelto en sombras muy densas; a su espalda limitaba la vista un recodo que formaba el río, y no se veía sino la línea oscura que trazaban las aguas. Pero al frente, y, en apariencia, muy cerca, caían como del cielo, precipitándose en unas profundas cavernas con un ruido que era perceptible desde una gran distancia. Era un sitio consagrado al retiro y a la soledad, cuya contemplación sedujo a las dos jóvenes hermanas que respiraron con más libertad considerándose ya seguras.

Los caballos habían sido atados a los troncos de árboles que crecían en los huecos de las rocas, donde debían permanecer toda la noche con las piernas en el agua.

Los conductores previnieron a Cora y a Alicia que entrasen en la canoa, poniendo así término a la contemplación de las maravillas de la Naturaleza que las tenía absortas.

Colocáronse los cuatro a un extremo de la frágil embarcación, ocupó el otro el cazador, y los dos indios regresaron al sitio en que habían quedado los caballos. Apoyó el cazador una pértiga contra las rocas, y la canoa fue a parar en medio del río. La corriente oponíase fuertemente a la barquichuela, cuya subida fue penosa y difícil, y el cazador previno que no hiciesen el menor movimiento para evitar una zambullida que en las circunstancias por que atravesaban hubiera sido en extremo peligrosa. Muchas veces se creyeron sumergidos, pero la destreza del piloto pudo dominar el peligro, que terminó por un esfuerzo vigoroso y desesperado que obligó a Alicia a cerrar los ojos aterrorizada, pues estaba convencida de que serían arrastrados por el torrente de la catarata; pero la canoa se detuvo al lado de una pequeña llanura que formaba la punta de una roca que sobresalía de las aguas como dos pulgadas.

—¿Dónde estamos? ¿Qué más tenemos que hacer? —preguntó Heyward al advertir que el cazador no manejaba el timón ni los remos de la canoa.

—Nos encontramos al pie de Glenn —respondió en voz alta el cazador que no temía ya ser oído de nadie por estar cerca de la catarata—; y sólo necesitamos desembarcar con precaución para que no zozobre la canoa, porque entonces recorreríamos de nuevo, aunque en dirección contraria, el trayecto que hemos seguido de un modo menos agrada-

ble, pero más rápido. El río es difícil de subir cuando hay mucha agua, y cinco personas son efectivamente demasiada carga para una pobre barquichuela de corteza de árboles y de resina. Vamos, suban ustedes sobre la roca mientras voy a buscar a los dos mohicanos, y el gamo que no han olvidado, cargándolo sobre los caballos, pues tanto importaría abandonar la cabellera al cuchillo de los mingos, como ayunar en medio de la abundancia.

Los pasajeros no se hicieron repetir la orden, y apenas habían puesto el último pie sobre la roca, cuando alejose el barco con la rapidez de una flecha; percibiose durante un momento la figura del cazador, que parecía escurrirse sobre las ondas, y desapareció a la vista de los viajeros.

Privados de su guía, éstos no sabían qué hacer, ni se atrevían a moverse sobre la roca, temerosos de caer en una de las profundas cavernas, donde se precipitaba el agua a derecha e izquierda con estrépito infernal; pero no tuvieron necesidad de aguardar mucho tiempo. Ayudado el cazador por los dos mohicanos, apareció de regreso con la canoa mucho antes de lo que el mayor había calculado que podía bastar para conducirlos.

—Ya nos encontramos en un fuerte, con buena guarnición y provisiones —exclamó Heyward con mayor animación—, y podemos desafiar a Montcalm y a los suyos. Dígame, valiente centinela, ¿puede ver u oír desde aquí a alguno de esos que llama iroqueses?

—Les doy ese nombre porque los considero enemigos como a cualquier natural del país que habla una lengua extranjera, aunque finja servir al rey. Si Webb desea encontrar honor y buena fe entre los indios, que llame a las tribus de los delawares y aleje a los ambiciosos mohawks, a los infames opeidas y sus seis naciones de villanos al interior del Canadá, donde deberían ser conducidos todos los malhechores.

—Eso equivaldría a cambiar los amigos belicosos por aliados inútiles; he oído asegurar que los delawares han abandonado el hacha de piedra y permitido que les den el nombre de mujeres.

—Sí, para vergüenza eterna de los holandeses e iroqueses que han utilizado seguramente el auxilio del demonio para hacer un trato semejante; pero yo los conozco bastante y desmentiré al que diga que la sangre que corre por las venas de un delaware es cobarde. Ustedes han arrojado sus tribus de las orillas del mar y dan crédito a las patrañas de sus enemigos para acallar su conciencia y dormir tranquilos. Sí, sí; todo indio que no habla lengua delaware es para mí un iroqués, cualquiera que sea el lugar de la tierra en que se habite.

Como comprendiese el mayor que la adhesión inalterable del cazador a la causa de sus amigos los delawares y mohicanos, que eran dos ramas de la misma nación, haría interminable aquella discusión inútil, varió hábilmente la conversación.

—Que exista o no algún tratado respecto al asunto, sé perfectamente —repuso Heyward— que sus dos compañeros son guerreros tan valerosos como dotados de prudencia. ¿Han visto u oído a alguno de nuestros enemigos?

—Los indios se sienten antes de que se los vea —contestó el cazador echando al suelo el gamo que traía a cuestas—, y yo tengo otros indicios, no tan manifiestos, para conocer la aproximación de los mingos.

—¿Sus oídos le han indicado si han descubierto nuestro refugio?

—Lo sentiría mucho, aunque nos encontramos en un lugar perfectamente defendible; no negaré, sin embargo, que los caballos han temblado cuando me he acercado a ellos como si hubieran sentido al lobo, y este animal sigue con mucha frecuencia a las tropas de los indios con la esperanza de aprovechar los restos de algún gamo al que hayan dado caza los salvajes.

—¿Olvida el que tiene a los pies y cuyo olor ha podido atraer los lobos? ¿No se acuerda tampoco del potro muerto?

—¡Pobre Miriam! —exclamó afligido el maestro de canto—. Tu hijo estaba destinado a ser comido por las bestias feroces.

—La muerte de su potro le tiene consternado —dijo el cazador—. Eso revela que tiene buenos sentimientos; pero lo que ha sucedido era inevitable, pues no puede negar que era justo privar de la vida a un ser irracional para conservar la de las personas. Además, lo que dice de los lobos puede ser cierto, y es una razón más para que nos apresuremos a destrozar este gamo y arrojar sus despojos al río, sin lo cual pronto habría una manada de lobos aullando junto a las rocas, como echándonos en cara cada bocado que tragásemos y, aunque la lengua de los delawares es como un libro cerrado para los iroqueses, no les falta instinto a esos bribones para conocer a qué obedecen los aullidos del lobo.

El cazador, al mismo tiempo que hacía estas observaciones, disponía rápidamente todo lo necesario para la preparación del gamo, cuando hubo concluido de hablar; dejó a los viajeros y se apartó acompañado de los dos mohicanos, que, sin que se los explicara, habían comprendido sus propósitos. Alejáronse los tres, y desaparecieron como si la roca, que se elevaba a algunas toesas de la orilla del agua, se los hubiese tragado.

CAPÍTULO VI

Valiéndose de uno de los cantos, en otra época tan gratos a Sión, dijo:

—¡Adoremos al Señor!

BURNS.

Aunque la conducta del cazador y la de los mohicanos que lo acompañaban no autorizaba a Heyward para desconfiar de sus rectas intenciones, éste y los demás viajeros se inquietaron al verlos desaparecer sin que les diesen explicación de aquella repentina ausencia.

Realmente, el aspecto innoble de los mohicanos, su tosco traje, su tono insolente y agresivo, su invencible repugnancia a los objetos que les eran odiosos, y su carácter desconocido eran motivos suficientes para inspirar desconfianza en los corazones a quienes la traición del guía indio acababa de inquietar.

Sólo el maestro de canto parecía mostrarse indiferente a todo. Estaba sentado sobre un peñasco, absorto al parecer en reflexiones que no debían ser muy agradables, a juzgar por los suspiros que exhalaba de vez en cuando. Los viajeros no tardaron en percibir un ruido sordo que parecía producirse en las entrañas de la tierra, y de repente hirió sus ojos una luz que les reveló el misterio.

En el extremo de una profunda caverna, abierta en la roca, y cuya longitud a primera vista parecía mayor de lo que realmente era, estaba sentado el cazador con una rama de pino encendida en la mano, y cuya llama, reflejando sobre su fisonomía atezada y sobre sus vestidos, le daba un aspecto fantástico: su extraño traje, el vigor de sus miembros que parecían de hierro, y la combinación singular de sagacidad, simpleza y vigilancia que se advertía en sus facciones, semejaban al cazador con un ser mitológico, evocación caprichosa de una imaginación meridional.

Cerca de él encontrábase Uncas que se distinguía perfectamente por su posición y proximidad. Los viajeros contemplaron con delectación al joven mohicano, cuyos movimientos y actitudes tenían una gracia natural. Su cuerpo estaba más cubierto que de ordinario por un vestido de caza; pero veíanse brillar sus ojos altivos, negros e intrépidos aunque dulces y tranquilos: sus facciones, bien pronunciadas, permitían apreciar la tez roja de su nación en toda su pureza. Su frente erguida y llena de dignidad, y su cabeza noble, no ofrecían a la vista sino un pequeño mechón de cabellos que los salvajes conservan por arrogancia

y a modo de reto a sus enemigos, a quienes parece que desafían a que se lo arranquen.

Ésta era la primera vez que Heyward y sus compañeros habían podido examinar atentamente las facciones expresivas de uno de los dos indios, a quienes su buena estrella les había hecho encontrar, y la expresión fuerte y resuelta, pero franca, de la fisonomía del joven mohicano mitigó su inquietud. Se persuadieron de que éste podría ser un hombre sumido en la oscuridad de la ignorancia, pero no un pérfido ni un traidor. Contemplábalo la sencilla Alicia con la misma admiración que a una estatua griega o romana, inopinada y milagrosamente animada; y el mayor, aunque acostumbrado a ver la perfección que frecuentemente se encuentra entre los salvajes, a quienes la corrupción no ha alcanzado todavía, expresó con franqueza su satisfacción.

—Creo —le respondió Alicia— que puedo dormir tranquila bajo la custodia de un centinela tan generoso y tan intrépido como este joven revela ser. Con seguridad, no ocurren jamás en presencia de seres como éste esas muertes bárbaras, esas escenas espantosas de tormento, cuyas horribles descripciones he leído y me han contado.

—Sin duda alguna es un ejemplo raro de las cualidades que posee este pueblo —respondió el mayor—, y opino, como usted, que esa frente, esos ojos, son más a propósito para intimidar a los enemigos que para engañar a las víctimas. Pero no nos hagamos ilusiones ni esperemos que esta gente tenga otras virtudes que las que están al alcance de los salvajes. Los casos de grandes perfecciones son bien raros entre los cristianos; ¿por qué han de ser más frecuentes entre los indios? De todos modos, confío en que este joven mohicano no burle nuestros presentimientos y sea para nosotros lo que su aspecto promete: un amigo leal y valiente.

—Eso es hablar como corresponde al mayor Heyward —repuso Cora—, al contemplar a este hijo de la Naturaleza, ¿quién pensará en el color de su piel?

—El fuego despide demasiada llama —dijo el cazador que había llamado a los viajeros a la caverna—, y podría despertar la atención de los mingos que se apresurarían a venir a buscarnos. Uncas, cierre la entrada, y que esos bribones no vean sino oscuridad. No tendremos una cena digna de un mayor de los americanos realistas, pero los destacamentos de su regimiento se han dado muchas veces por satisfechos comiendo caza cruda y sin sazonar; aquí a lo menos tenemos sal en abundancia, y este fuego que va a prestarnos excelente servicio asando la carne de gamo. Ahí hay ramas de sasafrás, que pueden servir de asiento a esas damas; no son seguramente tan cómodas como los sillones de caoba, ni tienen crin; pero exhalan un gratísimo perfume. Vamos, amigo, no piense usted más en el potrillo: era un animal inocente que no había sufrido mucho; su muerte le evitará el trabajo de la silla y la fatiga de las piernas.

Uncas hizo lo que se le había ordenado, y, cuando Ojo-de-halcón dejó de hablar, sólo se oyó el ruido de la catarata, semejante al de un trueno lejano.

—¿Estamos seguros en esta caverna? —preguntó Heyward—. ¿No hay ningún peligro de que nos sorprendan? Un solo hombre armado, colocado a la entrada, sería dueño de nosotros.

Del sombrío fondo de la caverna surgió entonces una figura que parecía un espectro, se adelantó por detrás del cazador, y tomando de la hoguera un tizón encendido, lo levantó para alumbrar el fondo de la cueva. Esta repentina aparición arrancó a Alicia un grito y Cora púsose en pie precipitadamente; pero una palabra de Heyward las tranquilizó. El mayor les dijo que era su amigo Chingachgook.

El indio levantó una cubierta para mostrarles que la caverna tenía otra salida, y, saliendo con su antorcha, atravesó una especie de abertura, formada en las rocas en ángulo recto con la gruta en que se encontraban. Aquella abertura conducía a otra caverna muy parecida a la primera.

—Los zorros viejos como Chingachgook y yo no se dejan cazar en una madriguera y no nos hubiésemos refugiado aquí si ésta sólo tuviese una entrada —dijo el cazador riendo—. Ahora pueden ustedes apreciar si el sitio es bueno. La roca es de piedra calcárea, que todo el mundo sabe que es suave y blanda, de modo que no es mala almohada cuando faltan los arbustos y el pino. La catarata caía en otro tiempo a distancia de algunos pies del sitio donde estamos, y formaba un estanque hermoso y regular. Pero el tiempo es un gran demoledor de las bellezas, como estas damas conocerán en su día, y el sitio es bien desconocido. Las rocas tienen grietas, y la piedra es más blanda en unas partes que en otras, de suerte que el agua ha penetrado formando cavidades, ha retrocedido, se ha abierto camino y formado dos cascadas que carecen de forma y de regularidad.

—¿Y en qué parte de estas rocas nos encontramos? —preguntó el mayor.

—Junto al sitio en que la Providencia había colocado las aguas; pero donde se han negado a permanecer. Como la roca es menos fuerte por los lados, la han perforado para abrirse paso, después de formar estas dos cavidades que nos ocultan, dejando en seco el centro del río.

—¿Nos encontramos, entonces, en una isla?

—En efecto, y con una cascada a cada lado, y el río por delante y por detrás. Si ahora fuese de día, les propondría subir a la roca para que apreciasen los estragos del agua: cae tumultuosamente y sin método; tan pronto salta como se precipita; aquí resbala, allí se arroja; en unos sitios parece blanca como la nieve, en otros verde como la hierba; a un lado forma torrentes que amenazan abrir la tierra; al otro, murmura como arroyuelo, y, a veces, forma torbellinos para consumir la piedra como si fuese arcilla, de manera que todo el orden del río ha sufrido alteraciones. Subiendo a doscientas toesas corre con mansedumbre como si quisiera permanecer fiel a su antiguo curso; pero, entonces, las aguas se separan, van a dar contra las orillas a derecha e izquierda, y hasta parece que miran hacia atrás como si les disgustara abandonar el desierto para ir a confundirse con la masa salada del mar. Sí, señora, ese tejido tan fino como una tela de araña que rodea su cuello, no es más que una red de pescar, si lo comparamos con los dibujos caprichosos que el río traza sobre la arena en varias partes, como si, después de sacudir su yugo, pretendiera demostrar que sabe desempeñar a la perfección toda clase de oficios. ¿Y qué le ocurre, sin embargo? Después de hacer su capricho durante algunos instantes, como un niño testarudo, le obliga a soltar la misma mano que lo conservó tranquilo, sus aguas reunidas entran en el mar, porque los designios providenciales han ordenado que así suceda eternamente.

Aunque los viajeros escuchaban complacidos una descripción hecha con tanta sencillez y que les confirmaba que se encontraban en lugar seguro, no estaban dispuestos a apreciar las bellezas de la caverna como Ojo-de-halcón, además de que su situación no les permitía apreciar todas las ventajas naturales del sitio; y, como el cazador al hablar no había interrumpido sus operaciones culinarias sino para indicar con un tenedor roto de que se servía la dirección de algunas partes del río, vieron con satisfacción que el discurso había llegado a su término porque éste era el anuncio de que la cena estaba dispuesta.

No habían tomado alimento en todo el día, y sentían verdadero apetito, siendo únicamente de lamentar la escasez y poca variedad de los manjares. Uncas encargose de hacer los honores de la comida a las damas, y les sirvió en cuanto les fue posible con una gracia y cortesía que encantó a Heyward, porque no ignoraba que aquello era una innovación en las costumbres indias que no permiten a sus guerreros descender a ningún trabajo doméstico, y mucho menos en favor de las mujeres. Sin embargo, como los derechos de la hospitalidad eran sagrados entre ellos, ni esta violación de las costumbres nacionales, ni el olvido de la dignidad varonil dieron lugar al comentario más insignificante.

Si se hubiera encontrado allí alguno tan celoso de las tradiciones de su pueblo, que se hubiera dedicado a observar, habría advertido que Uncas no distribuía por igual los servicios que prestaba a las dos hermanas, es verdad que presentaba a Alicia con toda la cortesía la calabaza de agua clara y el plato de madera bien pulido después de haber puesto en él una hermosa tajada de gamo; pero, cuando prodigaba las mismas atenciones a su hermana, sus ojos negros fijábanse en el rostro expresivo de Cora con una dulzura que alejaba la altivez que de ordinario brillaba en ellos; una o dos veces que se vio obligado a dirigirle la palabra para llamarle la atención, lo hizo en mal inglés, pero perfectamente inteligible, y con aquel acento indígena que su voz gutural hacía tan suave que las dos jóvenes, sorprendidas y admiradas, se quedaron contemplándolo. Algunas palabras que se cruzaron durante estos pequeños servicios, dados y recibidos, estableció entre ellos la apariencia de una sincera amistad. La gravedad de Chingachgook era, en cambio, imperturbable: permanecía sentado en el sitio más cercano a la luz, y sus huéspedes, que lo miraban frecuentemente con inquietud, podían distinguir mejor la expresión de su rostro, extravagantemente pintarrajeado, encontrando una gran semejanza entre padre e hijo, en los cuales no se advertía más diferencia que la que naturalmente establecían la edad y las fatigas y trabajos que cada uno había sufrido. La altivez de su fisonomía se templaba con la calma indolente a que se entrega el guerrero indio cuando no hay motivo que excite su energía. Sin embargo, se conocía fácilmente en la expresión rápida que adquirían sus facciones de vez en cuando, que le era suficiente excitarlas un solo momento para que produjesen su verdadero efecto las rayas artificiales con que había embadurnado su cara para intimidar a sus enemigos.

Además, la vista perspicaz y vigilante del cazador no descansaba un momento. Comía y bebía éste con buen apetito sin que revelase experimentar temor alguno; pero sin desmentir jamás su prudencia; más de veinte veces se vieron inmóviles, delante de sus labios la calabaza y el bocado de carne, mientras acechaba si se percibía algún ruido extraño, además del de la catarata, cuyo movimiento recordaba dolorosamente a los viajeros la difícil situación en que se encontraban, haciéndoles olvidar la singularidad del sitio donde se habían visto obligados a refugiarse. Sin embargo, como estas frecuentes interrupciones no daban motivo a ningún recelo, la inquietud que producían se disipaba prontamente.

—Vamos, amigo —dijo Ojo-de-halcón, cuando concluyeron de cenar y mientras sacaba de entre las hojas un barril pequeño, dirigiéndose al cantor que sentado a su lado hacía honor a su habilidad de cocinero—; pruebe usted mi cerveza de abeto que le hará olvidar al desgraciado potro y le reanimará. Brindo a nuestra mejor amistad, y espero que un engendro caballar no será motivo para que me guarde rencor. ¿Cómo se llama usted?

—David Lagamme —respondió el maestro de canto después de limpiarse maquinalmente la boca con la mano disponiéndose así a ahogar su pesadumbre con el brebaje que se le ofrecía.

—¡Bello nombre! —exclamó el cazador después de haber apurado una calabaza llena del licor que él mismo fabricaba; y saboreándolo con la satisfacción propia del autor a quien encantan sus obras—. ¡Muy bello nombre por cierto! Y tengo la seguridad de que se lo habrán transmitido ascendientes respetables. Soy admirador de los nombres, aunque las costumbres de los blancos, respecto a este particular, difieren mucho de las de los salvajes. El hombre más cobarde que yo he conocido se llama León, y su mujer, que tenía el nombre de Paciencia, era tan quisquillosa e impaciente que ahuyentaba a cualquiera más aprisa que un gamo perseguido por una cuadrilla de perros. Entre los indios, por lo contrario, el nombre es asunto de conciencia, que revela en general las cualidades del que lo lleva. Por ejemplo, Chingachgook significa gran serpiente, no porque sea realmente una serpiente grande ni pequeña, sino porque conoce la doblez del corazón humano, sabe conducirse sigilosamente y hiere a sus enemigos cuando menos lo esperan. ¿Y qué oficio tiene?

—Maestro de canto, aunque indigno.

—¿Qué quiere decir con eso?

—Que enseño a cantar a los jóvenes reclutas de Connecticut.

—¡Podría usted emplearse más útilmente! Los jóvenes cantan y ríen demasiado en los bosques, donde deberían respirar con más cuidado que la zorra en su madriguera. ¿Sabe usted manejar el fusil?

—A Dios gracias, jamás he manejado esos instrumentos de muerte.

—¿Sabe trazar sobre el papel el curso de los ríos y las situaciones de las montañas del desierto, a fin de que puedan reconocer el campo de sus operaciones los que siguen el ejército?

—No me ocupo en esas cosas.

—Con unas piernas como las suyas, por largo que sea un camino debe parecerle corto. Supongo que alguna vez será el portador de las órdenes del general.

—No; no hago otra cosa que dar lecciones de música, pues ésa es mi vocación.

—¡Singular vocación! ¡Pasar su vida como el sinsonte, ese pájaro que imita los tonos altos y bajos que puede emitir la voz humana! Y bien, amigo: supongo que ésa es su única habilidad, y lamento que no posea otra más útil, por ejemplo, la de ser un buen tirador. Sin embargo, muéstrenos su talento artístico, y éste será un modo amistoso de darnos las buenas noches, porque ya es tiempo de que esas damas descansen para disponerse a viajar mañana, pues será preciso ponernos en camino muy temprano, antes que los maguas empiecen a bullir.

—Lo haré con mucho gusto —respondió David poniéndose los anteojos, y sacando del bolsillo su inseparable librito; y, luego, dirigiéndose a Alicia, agregó—: ¿Hay nada más agradable ni que preste mayor consuelo que cantar acciones de gracia en la noche del día en que hemos corrido tantos peligros? ¿Se dignará usted acompañarme?

Sonriose Alicia; pero miró a Heyward como consultándole con la vista.

—¿Y por qué no? —dijo el mayor en voz baja—. Lo que acaba de decirle Lagamme merece consideración en este momento.

Decidiose al fin Alicia a hacer lo que David deseaba y lo que le sugería al mismo tiempo su piedad, si no su afición a la música y su propia inclinación. Abriose el libro y buscose un himno aplicable a la situación en que se encontraban; expresó Cora su deseo de cantar juntamente con su hermana, y después de haber dado David el tono con su instrumento, empezó el canto.

Éste era pausado y grave, subiendo unas veces hasta donde podían elevarse las armoniosas voces de las dos hermanas, y bajando en algunos momentos hasta semejar el ruido de las aguas. El gusto y buen oído de David dirigía los sonidos, modificándolos para adaptarlos a la escena; jamás habían resonado tan puros acentos en las cavidades de aquellas rocas. Los indios, inmóviles y con la vista fija, escuchaban muy atentamente como si se hubiesen convertido en estatuas y hasta el cazador, que al principio había apoyado la barba sobre su mano con fría indiferencia, salió pronto de su estado de apatía. A medida que se sucedían las estrofas, se debilitaba la aspereza de su rostro, recordando la infancia, en la cual había oído sonidos semejantes aunque emitidos por voces menos armoniosas, en los templos de las colonias. Empezaron a humedecerse sus párpados, derramó lágrimas a la mitad del cántico, y así prosiguió, semejando sus ojos un manantial, y corriendo por sus mejillas, que durante muchos años sólo habían sido bañadas por el agua de las tempestades.

Apoyaban los cantores la voz en una de aquellas notas lánguidas y graves, cuyos sonidos deleitan extraordinariamente al oído, cuando resonó en la profundidad de la caverna un grito espantoso que llenó de pavor a los que en ella se encontraban, haciéndoles enmudecer repentinamente. Se hubiera podido creer que aquel grito horrible y sobrenatural había detenido el curso de las aguas.

—¡Dios mío! —exclamó temblando Alicia después de algunos instantes de terrible inquietud.

—¿Qué significa ese grito? —preguntó Heyward en voz alta.

Ni el cazador ni los indios respondieron; habíanse quedado escuchando como si aguardasen la repetición del mismo grito, mientras su rostro reflejaba el asombro de que estaban poseídos; al fin comunicáronse sus impresiones en lengua delaware, y Uncas salió de la caverna por la abertura opuesta a la que les había servido de entrada. Cuando éste se hubo alejado, el cazador contestó a Heyward diciéndole:

—Ignoramos en absoluto qué puede ser, a pesar de que Chingachgook y yo hemos corrido los bosques hace más de treinta años. Creía firmemente que ni los indios ni las bestias feroces podían lanzar un grito que yo desconociese, pero ahora me he convencido de que estaba muy equivocado.

—¿No es el grito que lanzan los guerreros salvajes cuando desean amedrentar a sus enemigos? —preguntó Cora componiéndose el velo con una tranquilidad que su hermana estaba muy lejos de compartir.

—No, no —respondió el cazador—; este grito ha sido terrible, espantoso, y tenía algo sobrenatural; si llegan ustedes a oír el grito de guerra, no se equivocarán jamás. Y bien —agregó dirigiéndose al joven Uncas que estaba de regreso, y hablándole en su lengua—: ¿qué ha visto? ¿Se divisa esta luz entre las cubiertas?

Uncas contestó breve y categóricamente.

—No se ve nada en la parte de afuera —dijo Ojo-de-halcón moviendo la cabeza manifiestamente contrariado—, y la claridad que reina aquí no puede descubrirnos. Pasen a la otra caverna los que necesiten descanso, y procuren dormir, porque es preciso levantarnos antes del día y procurar llegar al fuerte Eduardo antes que los mingos se vean libres del sueño de esta noche.

Dio Cora el ejemplo a su hermana poniéndose en pie presurosa, y Alicia se dispuso a acompañarla; pero, antes de salir, suplicó al mayor que las siguiese. Uncas levantó la cubierta para que pudieran pasar, y cuando las dos hermanas se volvieron para darle gracias por esta atención vieron al cazador sentado junto a la hoguera con la cabeza apoyada en las manos, como si se encontrara absorto en reflexiones profundas que seguramente le habrían sido sugeridas por el inexplicable ruido que interrumpiera tan inopinadamente el canto.

Tomó Heyward una rama de pinabete encendida, entró en la caverna, y la colocó de modo que pudiera continuar ardiendo. Entonces se encontró, por primera vez, solo con sus dos compañeras desde que habían salido de las murallas del fuerte Eduardo.

—No nos deje usted —suplicó Alicia al mayor—; es imposible que pensemos en dormir en un sitio como éste, cuando ese espantoso grito está resonando todavía en nuestros oídos.

—Veamos primero —respondió Heyward— si están ustedes bien seguras en esta fortaleza, y luego hablaremos de lo demás.

Entonces se adelantó hasta el fondo de la caverna, y encontró una salida parecida a la primera, cubierta también con una manta que levantó, y respiró el aire puro y fresco que llegaba del río; una parte de éste corría rápidamente por un cauce estrecho y profundo, socavado por el agua en la roca, precisamente a sus pies, y refluyendo se agitaba con violencia y bullía precipitándose después en forma de catarata. Esta defensa natural pareciole un baluarte que los ponía al amparo de toda sorpresa.

—La Naturaleza ha labrado aquí una barrera impenetrable —dijo haciéndole contemplar aquel espectáculo imponente antes de dejar caer la manta—; y como saben que por el otro lado las guardan valientes y leales centinelas, deben seguir el consejo del cazador: estoy seguro de que Cora reconocerá que el sueño es necesario a las dos.

—Cora puede conocer la prudencia de este consejo, sin que se encuentre, sin embargo, en situación de ponerlo en práctica —respondió ésta colocándose junto a Alicia sobre un haz de ramas—; y, aunque no hubiéramos oído ese grito espantoso, tenemos ya motivos suficientes para estar sobresaltadas y para que el sueño huya de nuestros ojos. Pregúntese usted mismo, Heyward, si podemos olvidar las inquietudes que debe experimentar nuestro padre, ignorando dónde pernoctan sus hijas, en medio de un bosque desierto y rodeadas de toda clase de peligros.

—Su padre es militar, Cora, y sabe perfectamente que cualquiera puede perderse en los bosques y...

—Pero es padre, y su cariño a nosotras le hará temblar ante el más ligero peligro...

—¡Cuán indulgente ha sido conmigo siempre! —exclamó Alicia, limpiándose las lágrimas que empañaban sus ojos—; hemos hecho mal, hermana mía, en querer reunirnos con él en esta ocasión.

—Quizá no he procedido cuerdamente al insistir con tanto empeño para obtener su consentimiento; pero he querido demostrarle que si hay quien le abandona, sus hijas le son siempre fieles.

—Cuando supo su llegada al fuerte Eduardo —agregó el mayor—, sostuvo en su corazón una lucha violenta entre el temor y el cariño paternal; pero venció éste, sobreexcitado por tan larga separación. El valor de mi noble Cora las conduce —me dijo—, y no quiero frustrar sus esperanzas. ¡Ojalá que la mitad de su firmeza animase al encargado de defender el honor de nuestro soberano!

—¿Y no habló de mí, Heyward? —preguntó Alicia con cierta cariñosa envidia—; es imposible que pueda haberse olvidado de *su pequeña,* como él me llama.

—Efectivamente, es imposible a todos los que tienen la dicha de conocer a usted, el olvidarla —respondió el mayor—; habló de usted en los términos más tiernos, y dijo un sinnúmero de cosas que no me expondré a repetir, pero que revelan claramente el inmenso amor que le profesa. Una vez me decía...

Enmudeció Heyward, porque mientras contemplaba a Alicia, que le escuchaba muy atentamente para no perder ninguna de sus palabras, volvió a resonar en la caverna el siniestro grito que tanto terror había puesto en sus atribulados espíritus. Consternados al oírlo, guardaron durante algunos minutos el silencio que produce la sorpresa. Luego vieron una mano que alzaba lentamente la cubierta de la caverna y apareció el cazador, cuyo rostro revelaba el temor; su sagacidad, su experiencia y su valor resultaron inútiles ante el peligro desconocido que los amenazaba.

CAPÍTULO VII

Sobrecogidos de espanto, están sentados sobre aquella roca; yo los veo, los veo y no duermen.

GRAY.

—Es una temeridad permanecer aquí ocultos más tiempo, después de haberse oído esos gritos espantosos lanzados en el bosque —dijo el cazador al presentarse ante los atemorizados viajeros—. Se nos avisa para que estemos prevenidos y debemos adoptar precauciones. Las jóvenes pueden continuar donde se encuentran; pero los mohicanos y yo

vamos a ocupar la roca, y no puedo creer que un mayor del regimiento número sesenta se niegue a venir en nuestra compañía.

—¿Pero es tan inminente el peligro? —preguntó Cora.

—El que grita de tan extraño modo para prevenir al hombre conoce la gravedad de la situación; a mí me es imposible apreciarla todavía con exactitud, pero creería contrariar la voluntad del cielo si permaneciese en esta caverna después de haber oído semejantes avisos. El espantoso grito ha conmovido hasta a ese pobre diablo, que pasa su vida cantando, quien manifiesta que está dispuesto a ir al combate. Si sólo se tratase de una batalla, no nos asustaría, porque no es cosa nueva para nosotros y bien pronto estaríamos despachados; pero he oído asegurar que los gritos que se oyen entre la tierra y el cielo anuncian guerras de otra índole.

—Si no tuviésemos que temer otros peligros que los que proceden de otras causas sobrenaturales —dijo Cora con firmeza—, no nos alarmaríamos mucho; pero, ¿tiene usted seguridad de que nuestros enemigos no han inventado algún nuevo medio de asustarnos con el objeto de que la victoria les sea más fácil?

—Señora —repitió el cazador—, he oído durante treinta años todos los gritos que pueden proferirse en las selvas y los he escuchado con la atención que presta un hombre cuya vida depende de la delicadeza de su oído. No hay aullido de pantera, silbido de sinsonte o invención diabólica de los mingos, que me sea desconocido: sé cómo gimen los bosques, como hombres afligidos; cómo cruje la centella en el aire, cual la leña verde al despedir su llama tortuosa, y jamás he creído oír otra cosa que la voluntad del que tiene en su mano el destino de todo lo existente. Pero ni los mohicanos ni yo, que soy un hombre blanco sin mezcla de otra sangre, conocemos ese grito horrible, proferido dos veces en poco tiempo, y no dudamos que sea señal que se nos hace para prevenirnos contra algún mal que nos amenaza.

—¡Esto es extraordinario! —exclamó Heyward tomando sus pistolas que había dejado, al entrar, en un rincón de la caverna—. Pero, sea la señal de paz o de guerra, debe ser tenida en consideración. Muéstreme el camino, amigo, que yo le seguiré.

Al salir de la caverna para entrar en la grieta que la separaba de otra, una atmósfera más fresca y purificada por la humedad del río los reanimó. El céfiro de la mañana rizaba levemente sus aguas, ayudándolas a caer en los precipicios con un estrépito semejante al del trueno; excepto este ruido, nada alteraba la calma apacible de la noche. Los rayos de la luna reverberaban en el bosque y el río, y esto parecía aumentar la oscuridad del sitio en que se encontraban, al pie de la roca que se elevaba a sus espaldas. Esta escasa claridad no les bastaba, a pesar de sus esfuerzos, para observar si en alguna de las dos orillas descubrían señales que les explicasen la naturaleza de los espantosos gritos que los habían atemorizado; sólo percibían árboles y peñascos.

—Aquí no se advierte sino la calma y tranquilidad de una hermosa noche —dijo el mayor en voz baja—: ¡cuán hermoso me parecería todo esto, si nos encontrásemos en otras circunstancias! Cora, imagínese que no las amenaza ningún peligro, y lo que ahora es causa de su terror será tal vez motivo de gozo.

—¡Escuchen! —exclamó vivamente Alicia.

Este aviso era inútil: acababa de oírse por tercera vez el mismo grito; parecía salir del seno de las aguas y esparcirse en los bosques inmediatos, repetido una y otra vez por los ecos de las rocas.

—¿Hay aquí alguno que pueda dar nombre a estos sonidos? —preguntó el cazador—. En este caso que lo diga, porque a mí me parecen cosa de otro mundo.

—Sí —respondió Heyward—; aquí hay quien puede desengañarle. Ahora sé de qué se trata; he escuchado esos sonidos en el campo de batalla, es el horrible grito del caballo en la agonía, arrancado por el dolor, y, en ocasiones, también por un miedo excesivo. O mi caballo es presa de alguna fiera, o se encuentra en peligro inevitable. No lo he conocido cuando estábamos en la caverna; pero en este momento tengo la seguridad absoluta de no equivocarme.

El cazador y los indios escucharon esta explicación tranquilizadora. Manifestaron su sorpresa los dos salvajes, y Ojo-de-halcón, después de reflexionar brevemente, respondió al mayor:

—No niego que así sea, porque no entiendo de caballos, aunque no faltan en el país donde he nacido. Posiblemente había una manada de lobos en el peñasco que está sobre sus cabezas, y los nobles brutos piden socorro al hombre del modo que pueden. Uncas, baje al río en la canoa y arroje un tizón encendido en medio de esa banda furiosa, pues, si no, lo que los lobos no podrían hacer lo hará el indio, y nos encontraremos mañana sin caballerías, de las que no podemos prescindir para caminar aprisa.

Uncas había ya bajado a la orilla del río, y disponíase a subir a la canoa para ejecutar la orden que se le había dado, cuando los aullidos que se oyeron en la otra orilla del río, prolongándose durante algunos minutos hasta perderse en lo interior de los bosques, dieron a conocer que los lobos habían abandonado una presa que no podían alcanzar, o que los había ahuyentado un espanto repentino. Uncas regresó enseguida, y él, su padre y el cazador celebraron una conferencia en voz baja.

—Esta noche nos ha ocurrido —dijo éste— lo mismo que a los cazadores que se extravían por haber permanecido oculto el sol todo el día; pero ya empezamos a distinguir las señales que deben guiarnos y la senda se encuentra desembarazada de espinas. Siéntense a la sombra de la roca, que es más densa que la que dan los pinos, y esperemos la suerte que el Señor nos depare. Hablen en voz baja, y aun sería preferible que ninguno pronunciase una palabra.

Dijo esto con tal gravedad que, a pesar de que no manifestó recelo alguno, todos quedaron profundamente impresionados. La debilidad que había manifestado no existía después de la explicación del misterio que no pudo descubrir su experiencia, y, aunque no desconocía lo incierto de su situación, estaba dispuesto a luchar contra cualquier contratiempo que pudiera surgir. Lo mismo les ocurría a los dos mohicanos: colocados a cierta distancia uno de otro observaban las riberas cuidando de permanecer ocultos en la sombra.

En tal situación era natural que los viajeros se mostrasen tan prudentes como sus protectores. Trajo Heyward de la caverna algunos brazados de ramas y alfombró con ellas el paso estrecho que separaba las dos grutas, haciendo sentar a las dos hermanas al abrigo de las balas y flechas que les pudieran disparar desde cualquiera de las orillas del río. Después de haberlas tranquilizado asegurándoles que no tenían que temer ningún peligro imprevisto, se colocó junto a ellas para poder hablarles sin alzar mucho la voz. Imitando David a los indios, extendió sus largos miembros en una grieta de la roca de modo que no pudiera ser visto.

Transcurrieron algunas horas sin que la situación se modificase. La luna había llegado a su cenit; descendiendo casi perpendicularmente, sus rayas iluminaban el rostro de las dos hermanas, que dormían la una en los brazos de la otra. Cubriolas Heyward con el chal de Cora, privándose así de la contemplación de un cuadro que recreaba sus sentidos; adoptó la postura menos incómoda para descansar, mientras David roncaba, y poco después los cuatro viajeros rendían tributo al sueño.

En cambio, sus infatigables protectores permanecían vigilantes. Inmóviles como la roca, de que parecían formar parte, miraban incesantemente a uno y otro lado por la oscura línea trazada por los árboles, que formaba los confines de la selva y guarnecía las dos riberas, sin pronunciar una palabra, de tal suerte, que el examen más minucioso no hubiera podido descubrir que respiraban. Indudablemente, esta circunspección, al parecer excesiva, se la inspiraba su experiencia, contra

la que era impotente toda la sagacidad de sus enemigos. Sin embargo, su vigilancia no les reveló ningún peligro. Por último, descendió la luna sobre el horizonte, y apareciendo una tenue claridad sobre el recodo que formaba el río, empezó a desperezarse la aurora.

Entonces, una de aquellas estatuas pareció animarse. El cazador se puso en pie, se deslizó por la roca, y despertó al mayor.

—Ya es tiempo de emprender la marcha —dijo—; despierte a las señoritas y prepárense a entrar en la canoa cuando les avise.

—¿Ha pasado la noche tranquilo? —le preguntó Heyward—. En cuanto a mí, creo que el sueño ha triunfado de mis temores.

—Todo está tranquilo como a la medianoche —respondió Ojo-de-halcón—: silencio, pero actividad.

Se levantó el mayor enseguida, quitó el chal que cubría a las dos hermanas, y este movimiento despertó a Cora, que extendió la mano como para rechazar al que turbaba su reposo, mientras Alicia murmuraba dulcemente:

—No, padre mío, no nos encontrábamos abandonadas. Heyward estaba en nuestra compañía.

—Sí, encantadora inocencia —dijo en voz baja el joven, transportado de gozo—, Heyward está contigo, y mientras conserve la vida y te amenace algún peligro, no ha de abandonarte. Cora, Alicia, despierten: ya es hora de ponernos en camino.

Un grito de espanto proferido por Alicia, y la presencia de Cora en pie, cual imagen del terror, fue la única respuesta que obtuvo. Acababa de hablar, cuando resonaron en los bosques gritos, aullidos espantosos que paralizaron la sangre de sus venas. Parecía que todos los demonios del infierno se habían apoderado del aire que les rodeaba para desahogar su bárbaro furor con aquellos sonidos salvajes. No podía distinguirse de dónde partían, aunque resonaban en la selva y hasta en lo interior de las grutas.

Aquel estrépito tumultuoso despertó a David, quien, poniéndose en pie precipitadamente, exclamó, tapándose los oídos:

—¡Qué algazara! ¿Se ha abierto el infierno para promoverla?

En aquel momento, brillaron doce fogonazos en la orilla opuesta, seguidos de otras tantas explosiones, y el infeliz Lagamme cayó sin sentido en el mismo sitio donde acababa de dormir profundamente. Los dos mohicanos, sin acobardarse, respondieron atrevidamente a aquel ataque con gritos semejantes a los que lanzaron sus enemigos cuando vieron caer a David. Cruzáronse muchos tiros, pero eran demasiado diestros los combatientes para ofrecer blanco a su enemigo, y no hubo ninguna baja.

Creyendo el mayor que no les quedaba otro recurso que la fuga, esperaba impaciente que el ruido de los remos le anunciase la llegada de la canoa; el río se deslizaba con su ordinaria rapidez, pero no veía la canoa. Comenzaba ya a temer que el cazador les hubiese abandonado cruelmente, cuando distinguió una ráfaga de luz que salía de la roca, situada a su espalda, y un grito de dolor le dio a conocer que el fusil de Ojo-de-halcón había lanzado el mortífero plomo para sacrificar una víctima. Retiráronse los agresores inmediatamente después de este golpe, y todo recobró su aspecto de tranquilidad como antes de este inopinado suceso.

Heyward aprovechó este momento de calma para conducir al desgraciado David a la grieta en que estaban refugiadas las dos jóvenes, quedando todos reunidos un instante después.

—El pobre diablo ha salvado su cabellera —dijo el cazador fríamente pasando la mano sobre la cabeza de David—; ésta es una prueba de que puede nacer el hombre con la lengua muy larga y el corazón muy pequeño; ¿no ha sido una locura mostrar sus pies de carne y hueso sobre la roca descubierta a los salvajes furiosos? ¡Es sorprendente que haya salvado la vida!

—¿No está muerto? —preguntó Cora con una voz que desmentía la tranquilidad que afectaba—: ¿podemos hacer algo en obsequio de este infeliz?

—Nada tema: vive aún. Pronto recobrará el conocimiento y será más prudente hasta que llegue su hora. —Contempló a David, y mientras cargaba el fusil con serenidad, agregó—: Llévelo a la caverna, Uncas, y colóquelo sobre las ramas; cuanto más tiempo permanezca en este estado, mejor, porque dudo que encuentre sitio entre las rocas para ocultar su corpachón, y los iroqueses no se pagarán de su canto.

—¿Cree que volverán a atacarnos? —preguntó el mayor.

—¿Puede creer que un lobo hambriento se contente con un bocado? Han perdido un hombre, y su costumbre es retirarse cuando les es imposible sorprender al enemigo y sufren alguna pérdida; pero no tardaremos en verlos con nuevas trazas pretendiendo apoderarse de nosotros y convertir en trofeo nuestras cabelleras: lo único que podemos hacer es sostenernos sobre esta roca hasta que Munro nos envíe un jefe del destacamento que conozca bien las costumbres de los indios.

Y al hablar así arrugó el entrecejo, revelando una inquietud que se fue disipando como se disipa la nube cuando el sol extiende en el espacio la espléndida cabellera de dorados rayos.

—Ya había oído lo que debemos temer, Cora —dijo Heyward—; pero también sabe lo que podemos prometernos de la experiencia de su padre y de la inquietud que le producirá su ausencia. Venga, pues con Alicia a esta caverna, donde a lo menos estará resguardada de las balas de nuestros feroces enemigos si vuelven a presentarse y podrá prestar a nuestro desgraciado compañero los socorros que le inspire su compasión.

Las dos jóvenes siguieron al mayor a la segunda caverna, en la que entraron cuando David comenzaba a dar señales de vida, y, dejándolo a su cuidado, iba a salir de nuevo, cuando le llamó Cora con una voz trémula, que bastó para detenerlo; volvió la cabeza y viola descolorida, con los labios temblorosos y contemplándolo con tal interés, que corrió a ella precipitadamente.

—Acuérdese, Heyward —dijo—, de que su seguridad es necesaria a la nuestra, no olvide el sagrado depósito que le ha confiado un padre; piense usted que todo depende de su prudencia y discreción, y jamás pierda de vista cuán caro es usted a todo lo que lleva el nombre de Munro.

Dichas estas últimas palabras, recobró Cora su color sonrosado que cubrió hasta su frente.

—Si algo puede agregarse al deseo de vivir es esa dulce seguridad —respondió Heyward—. Dice el cazador que, como mayor del regimiento número sesenta, debo contribuir a defender la plaza; pero nuestra empresa no ofrece dificultades. Sólo se trata de mantener a distancia, durante algunas horas, a una gavilla de salvajes.

Sin esperar contestación, venció la fuerza del encanto que le detenía junto a las dos hermanas, y fue a reunirse con el cazador y los dos indios, a quienes encontró en el paso angosto de una a otra caverna.

—Repito, Uncas —decía el cazador cuando Heyward se les aproximaba—, que no sabe aprovechar la pólvora; pone una carga demasiado grande, y el rechazo del fusil impide que la bala siga la dirección que quiere darle: pólvora, poca; lo que hace falta es mucho plomo y el brazo bien extendido así rara vez dejará de arrancar a un mingo el gemido de la muerte. La experiencia me lo ha demostrado. Vamos, Uncas, cada uno a su puesto, porque nadie puede saber cuándo ni por dónde atacará un magua a su enemigo.

Los dos indios, sin pronunciar una palabra, volvieron a ocupar los sitios en que habían pernoctado algo separados en las grietas de los peñascos que dominaban las avenidas de la catarata. En medio del islote había un matorral formado por algunos pinos poco crecidos, entre los cuales se colocaron Heyward y el cazador, detrás de un parapeto que construyeron con gruesas piedras. A su espalda alzábase una roca de forma redonda que batían inútilmente las aguas, pues las obligaba a precipitarse a los abismos de que hemos hecho mención. Como empezaba el día a clarear, no oponían ya las dos riberas una barrera impenetrable a la vista, y la selva podía ser escudriñada, desde el lugar en que aquéllos se encontraban, hasta cierta distancia.

Permanecieron bastante tiempo en sus puestos sin observar nada que les permitiese creer que los salvajes tuvieran intención de repetir sus ataques; y el mayor confiaba en que, desalentados por el mal éxito de su primera agresión, abandonarían su empresa. Manifestó al cazador esta consoladora esperanza; pero éste hizo un gesto de incredulidad y repuso:

—No conoce a los maguas, si espera que han de retirarse tan fácilmente sin apoderarse de nuestras cabelleras. Esta mañana serían cuarenta los que chillaban, y saben perfectamente cuántos somos nosotros para que renuncien tan pronto a la presa... ¡Chito! Mire usted allá abajo en el río junto a la primera cascada. Apuesto la vida a que estos bribones se han atrevido a pasar a nado, y por nuestra desgracia han podido mantenerse en medio del río evitando las dos corrientes; vea cómo se aproximan a la punta de la isla, silencio, ocúltese o le escalpelarán la cabeza sin más dilación que la precisa para pasar un cuchillo alrededor de ella.

Levantó la cabeza el mayor con todo género de precauciones, y vio efectivamente lo que con razón podía llamarse un prodigio de astucia y temeridad. El tiempo había disminuido, por la constante acción de las aguas, el rápido descenso de éstas, de modo que era menos violenta la caída de la primera cascada, que lo que suele serlo en otras. Algunos salvajes se habían abandonado a la corriente con la esperanza de ganar la punta más avanzada de la isla, que cortaba las dos formidables cascadas, arrostrando tan enorme peligro sólo por el deseo de saciar su venganza y sacrificar aquellas víctimas.

No había concluido de hablar el cazador, cuando se vieron las cabezas de cuatro maguas por encima de algunos troncos que arrastrara el río, y que acaso incitarían a los salvajes a su peligrosa empresa por haberlos dejado el agua en aquel sitio. Otro salvaje se encontraba más distante; pero no había podido resistir la corriente, y hacía inútiles esfuerzos para ganar la isla. De vez en cuando levantaba un brazo como pidiendo socorro a sus compañeros, hasta que al fin le arrastró el agua, precipitándolo entre la espuma de la catarata, de donde salió un grito horrible de desesperación.

Impulsado Heyward por su generosidad, hizo un movimiento que revelaba su deseo de salvar a aquel infeliz; pero lo detuvo el cazador diciéndole en voz baja:

—¿Qué va usted a hacer? ¿Quiere atraernos una muerte inevitable, dando a conocer a los mingos el lugar en que nos encontramos? Esto equivale al ahorro de una carga de pólvora, cosa muy importante puesto que las municiones son de tanto precio para nosotros como el aliento para el gamo perseguido. Renueve el cebo de sus pistolas, porque la humedad del sitio puede haberse comunicado a la pólvora, y cuando yo haya disparado mi fusil prepárese a pelear cuerpo a cuerpo.

Calló poniéndose un dedo en la boca, y luego lanzó un silbido prolongado, que fue contestado desde la otra parte de la roca en donde se encontraban los dos mohicanos. Estos silbidos dieron lugar a que apareciesen de nuevo las cabezas de los nadadores, procurando descubrir el sitio de donde salían; pero se ocultaron inmediatamente. Un ligero ruido, que percibió cerca, hizo volver la cabeza al mayor, y vio a Uncas que se acercaba arrastrándose. Le dijo el cazador algunas palabras en delaware, y con asombrosa tranquilidad colocose en el sitio que le fue señalado. Heyward estaba impaciente; mas en aquel momento crítico, creyó que podía hacerle algunas prevenciones respecto al uso de las armas de fuego.

—De todas ellas —le dijo—, ninguna es más dañosa que el fusil largo y bien templado, a pesar de que exige brazo fuerte, puntería segura y carga proporcionada para servirse de él. Los armeros no tienen en cuenta, al fabricar las escopetas y esos juguetes que llaman pistolas de ar...

—¡Hugh!, ¡hugh! —exclamó a media voz Uncas interrumpiendo.

—Ya los veo, los veo bien —replicó Ojo-de-halcón—; ya se preparan a subir a la isla, sin lo cual no dejarían ver sus pechos rojos fuera del agua. Y bien, que vengan —agregó volviendo a examinar el cebo y la piedra del fusil—: el primero que se acerque recibirá un balazo aunque sea el mismo Montcalm.

En aquel momento los salvajes pusieron el pie en la isla, lanzando gritos espantosos que se oían en los bosques inmediatos. Heyward deseaba salirles al encuentro; pero la calma imperturbable de sus compañeros sofocó su natural fogosidad. Cuando los salvajes empezaron a subir por las rocas que habían logrado ganar, y avanzar hacia el interior de la isla gritando ferozmente, alzó el cazador su fusil con lentitud, apuntó, salió el tiro y el indio que iba delante cayó precipitado desde lo alto de la roca.

—Ahora, Uncas —dijo el cazador con los ojos centelleantes de ardor y sacando su gran cuchillo—, ataque al bribón que se encuentra más lejos, y nosotros nos encargaremos de los otros dos.

Adelantose Uncas para obedecer, y de este modo tuvo cada uno un enemigo a quien combatir. Había entregado Heyward al cazador una de sus pistolas; los dos hicieron fuego, pero ninguno hizo blanco.

—Me lo figuraba; lo había previsto —exclamó el cazador arrojando por encima de las rocas aquel arma que consideraba inútil—. Acérquense, perros del infierno; aquí encontrarán un hombre cuya sangre no tiene mezcla.

No bien hubo concluido de decir esto, cuando ya tenía delante de él un salvaje de estatura gigantesca, cuyas facciones revelaban ferocidad, y Heyward viose atacado por otro al mismo tiempo. Acometiéronse el cazador y su enemigo agarrándose mutuamente los brazos con que empuñaban los cuchillos, y durante algunos segundos hicieron esfuerzos inauditos para desasirse sin dejar libre el arma del contrario, hasta que por último vencieron los robustos y endurecidos músculos del blanco. Cediendo el salvaje a los vigorosos esfuerzos de Ojo-de-halcón, y recobrando éste el uso de su brazo, clavó su acerado puñal en el corazón del primero, quien cayó muerto a sus pies.

Mientras tanto, Heyward sostenía una lucha mucho más peligrosa aún. Su espada se había roto al parar con ella el primer golpe del cuchillo de su enemigo, y careciendo de otra arma sólo podía oponer al contrario el vigor y ánimo que da la desesperación. Su antagonista no carecía de fuerza ni de valor; pero, por fortuna, consiguió el mayor desarmarlo arrebatándole el cuchillo de la mano, y desde entonces sólo se trataba de precipitarse uno a otro en el abismo de la catarata. Cada esfuerzo que hacían los aproximaba al borde del precipicio, por lo que comprendió Heyward que era necesario hacer el último para salir vencedor. El salvaje era igualmente temible, y los dos se encontraban a menos de un paso del declive de la catarata, en cuyo fondo precipitábanse las aguas. Estrechaba el salvaje fuertemente la garganta de Heyward, y advertíase en su semblante la resolución de perecer lanzándose al abismo con su enemigo: por momentos sucumbía a la fuerza superior de éste, y experimentaba la terrible agonía propia del caso.

En aquella situación angustiosa, apareció un fornido brazo y brilló la hoja de un cuchillo; Heyward sintiose libre, empezó a correr la sangre de la muñeca del indio, cuya mano quedó separada del brazo, y mientras su libertador, que era Uncas, apartaba al mayor del borde del abismo en que se encontraba, precipitó en él con su pie al salvaje, que descendió lanzando amenazas y dolorosos quejidos.

—¡Retírese!, ¡retírese! —gritó el cazador que acababa de vencer a su enemigo—; retírese usted —repitió—, si no desea sucumbir. La lucha no ha terminado aún.

Lanzó el joven Uncas el grito de triunfo, según la costumbre de su nación, y los tres vencedores ocuparon de nuevo los puestos en que se encontraban antes de haber empezado la lucha.

CAPÍTULO VIII

Ellos esperan todavía ser los vengadores de su patria.

GRAY.

No era infundado el presagio del cazador. Durante el combate que acababan de sostener no se había percibido otro ruido que el de la catarata; los hombres habían permanecido mudos como si el interés que la lucha les inspiraba impusiera silencio a los salvajes reunidos en la ribera opuesta y los hubiese tenido suspensos; las rápidas alternativas del combate les habían impedido disparar por temor a herir al amigo. Pero, cuando la victoria púsose, al fin, de parte del mayor Heyward, los feroces alaridos de rabia y venganza resonaron en todo el bosque, y los tiros de fusil se sucedieron rápidamente, como si aquellos bárbaros hubieran querido vengar la muerte de sus compañeros en las rocas y en los árboles.

Chingachgook había permanecido en su sitio tranquilamente mientras se verificó la refriega, y defendido por la roca, ni recibía daño de los salvajes ni podía ocasionarlo a éstos: al oír el grito de triunfo de Uncas, lo repitió en señal de gozo; pero después de esta sólo se conocía el lugar que ocupaba por los disparos de su fusil. Transcurrieron algunos minutos durante los cuales no cesaron los salvajes de disparar sobre los sitiados sin recibir éstos gran daño, pero quedando sellados con las balas las rocas, los árboles y los arbustos.

—Que gasten pólvora —dijo el cazador con extraordinaria sangre fría mientras silbaban las balas sobre su cabeza y la de sus compañeros—; cuando terminen, tendremos plomo que recoger, y ellos se cansarán antes que estas rocas pidan cuartel. Repito, Uncas, que carga con exceso de pólvora: el fusil que se siente al dispararlo, no despide bien la bala, le dije que apuntase a ese infiel por debajo de la raya blanca de su frente, y ha pasado la bala dos dedos más arriba. Los mingos son

muy duros, y la caridad nos aconseja que destruyamos la serpiente sin ocasionarle grandes sufrimientos.

Había hablado en inglés, y la sonrisa del joven mohicano reveló que entendía este idioma y había comprendido bien lo que Ojo-de-halcón acababa de decirle, aunque se abstuvo de justificarse.

—No puedo permitir que usted tache a Uncas de falta de discernimiento ni de agilidad —dijo el mayor—; acaba de salvarme la vida con tanta serenidad como valor, y ha conquistado en mí un amigo que nunca tendrá necesidad de que le recuerden este servicio.

Levantose Uncas para estrechar la mano de Heyward, brillando en las miradas del joven indio una inteligencia tal, que Heyward olvidose por completo del color de su tez y de su origen salvaje.

Ojo-de-halcón observaba con indiferencia, que no era consecuencia de insensibilidad, estas demostraciones amistosas de ambos jóvenes.

—La vida —dijo— es una obligación que los amigos se deben frecuentemente unos a otros en el desierto: me atrevo a decir que he prestado a Uncas algunos servicios de esta índole, y recuerdo muy bien que se ha interpuesto cinco veces entre mi vida y el golpe mortal que amenazaba herirme: tres peleando con los mingos; otra atravesando el Horican, y la última cuando...

—He aquí un disparo mejor hecho que los otros —interrumpió el mayor girando involuntariamente al rebotar sobre la roca una bala que cayó a su lado.

La recogió el cazador, y después de examinarla con atención, dijo meneando la cabeza:

—Esto es muy extraño, una bala no se aplasta al caer. ¡Nos disparan quizá de las nubes!

Uncas apresurose a apuntar con su fusil hacia el cielo; pero, siguiendo Ojo-de-halcón la dirección que debió traer la bala, encontró enseguida la explicación del enigma.

En la orilla derecha del río elevábase una encina corpulenta frente al sitio en que se encontraban. Sobre ella habíase encaramado un salvaje y dominaba el lugar que habían juzgado inaccesible a las balas, y este enemigo, cubierto por el tronco de la encina, descubría parte de su cuerpo, como tratando de conocer el efecto de su primer disparo.

—Estos diablos serán capaces de escalar el cielo para caer sobre nosotros —dijo el cazador—, no dispare todavía, Uncas; aguarde que me prepare y haremos fuego al mismo tiempo por los dos lados.

Obedeció Uncas, y cuando Ojo-de-halcón hubo dado la señal, salieron los dos tiros a un mismo tiempo haciendo saltar las hojas y la corteza de la encina en que el indio se encontraba; pero, protegido éste por el tronco, resultó ileso y se mostró con una sonrisa feroz: disparó otro tiro, y la bala atravesó la gorra del cazador y oyéronse nuevamente los alaridos de los salvajes que se guarecían en el bosque, de donde salió una lluvia de balas, como si sus enemigos trataran de impedirles que abandonasen un sitio en que se prometían que al fin sucumbiesen a las balas del atrevido guerrero que estaba sobre la encina.

—Necesitamos poner remedio a esto —dijo el cazador mirando con inquietud en todas direcciones—. Uncas, llame a su padre; es preciso usar todas nuestras armas para echar de aquel árbol esa oruga.

Obedeció Uncas, y antes que Ojo-de-halcón hubiese cargado su fusil, ya se encontraba Chingachgook a su lado. Cuando le enteraron de la posición de su peligroso enemigo, se escapó de sus labios una exclamación, después de lo cual su rostro reflejó gran impasibilidad. El cazador y los dos mohicanos conversaron brevemente, y se separaron para poner en práctica el plan que habían convenido, colocándose éstos a la izquierda y aquél a la derecha.

Desde que descubrieron al salvaje apostado sobre la encina, éste no había cesado de disparar sino el tiempo necesario para cargar el arma; pero la vigilancia de sus enemigos le impedía fijar bien la puntería, porque en el instante que descubría una parte de su cuerpo, era ésta el blanco de los tiros de los mohicanos y del cazador; esto no obstante, sus balas llegaban muy cerca y Heyward, a quien hacía más visible el uniforme, fue herido levemente en un brazo.

Animado el salvaje por este resultado, hizo un movimiento para apuntar mejor a Heyward, y descubrió una pierna y el muslo derecho. Apresuráronse a hacer fuego los dos mohicanos, cuyos dos disparos produjeron una sola explosión, y uno de ellos, o acaso ambos, hirieron al enemigo. Retiró éste el muslo herido, y, al hacerlo, descubrió el otro lado del cuerpo.

Con la velocidad del rayo volvió a disparar el cazador, y casi seguidamente cayó el fusil del salvaje y después él mismo con ambos muslos heridos; pero, al caer, apoyose con las manos en una rama, que no tardó en ceder al peso de su cuerpo sin romperse quedando el infeliz colgado entre el cielo y el precipicio, en cuyo borde se elevaba la encina.

—Por piedad, dispárenle otro tiro, por piedad —dijo Heyward cerrando los ojos para no ver aquel espectáculo horrible.

—Ni una piedra —respondió Ojo-de-halcón—, su muerte es segura, y no podemos gastar inútilmente la pólvora, porque los combates de los indios duran con frecuencia días enteros: se trata de sus cabelleras o de las nuestras, y Dios que nos ha criado, ha inculcado en nuestro corazón el deseo de vivir.

Este argumento era incontestable y Heyward no replicó. Cesaron los alaridos de los salvajes, interrumpieron su fuego, y todos contemplaban al infeliz que en tan desesperada situación se encontraba. Cedía su cuerpo al impulso del viento, y aunque no se oía ningún gemido ni exclamación alguna de dolor se advertían en su semblante, a pesar de la distancia, las angustias de la desesperación, que al parecer le inducían a insultar y amenazar a sus enemigos.

Tres veces levantó el fusil Ojo-de-halcón, compadecido para abreviar sus tormentos, y otras tantas le obligó la prudencia a desistir de su proyecto. Al fin, cayó sin movimiento una de las manos del indio; y los varios esfuerzos que hizo para levantar y agarrar de nuevo la rama, que aún tenía asida con la otra, aumentaron el horror de aquel espectáculo. Al cazador fuele imposible resistirse por más tiempo y disparó el fusil. Cayó sobre el pecho la cabeza del salvaje, y se estremecieron sus miembros; soltó la rama de la encina que lo sostenía, y precipitose en el abismo abierto debajo de sus pies, desapareciendo para siempre.

Esta vez no lanzaron los mohicanos el grito de triunfo: contempláronse mutuamente como sobrecogidos de horror, y un solo alarido resonó en el bosque seguido de un profundo silencio. Ojo-de-halcón parecía preocuparse por lo que acababa de hacer, mostrándose pesaroso de haber cedido a un momento de debilidad.

—He procedido muy ligeramente —dijo—; era la última bala y la última pólvora que tenía: ¿qué importaba que cayese en el abismo muerto o vivo? Necesariamente debía precipitarse en él. Uncas, corra a la canoa y traiga el frasco grande; es toda la pólvora que nos queda, y necesitaremos utilizar hasta el último grano; conozco bien a los mingos.

Partió al punto el joven mohicano, mientras el cazador registraba todos sus bolsillos y sacudía el frasco vacío con disgusto. No dedicó mucho tiempo en este examen poco satisfactorio, porque llamó su atención un grito penetrante de Uncas, que fue para Heyward la revelación de alguna desgracia inesperada. Sumamente inquieto por el depósito precioso que había dejado en la caverna, levantose prestamente sin pensar en el peligro a que se exponía mostrándose al descubierto. Igual sorpresa y temor indujo a sus dos compañeros a imitarle, y los tres se precipitaron hacia el paso angosto que separaba las dos cavernas, mientras que sus enemigos les hacían algunos disparos de fusil que no los alcanzaron. El grito de Uncas sacó fuera de la caverna a las dos hermanas, y aun a David, cuya herida no ofrecía gravedad alguna, reuniéndose

todos, y les bastó dirigir la vista al río para comprender la causa del grito del joven mohicano.

Muy cerca de la roca veíase bogar la canoa, conociéndose que era impulsada por algún agente oculto. Tan pronto como lo advirtió el cazador, echose a la cara el fusil como por instinto y tiró del gatillo; pero sólo produjo la piedra una chispa inútil.

—Ya es tarde —gritó desesperado—, ya es tarde: el bandido ha ganado la corriente, y aunque tuviésemos pólvora no lo alcanzarían las balas, según la velocidad con que boga.

Apenas había concluido de decir estas palabras, cuando se dejó ver el salvaje que hasta entonces había permanecido oculto en la canoa, pues, considerándose fuera del alcance de las balas de sus enemigos, levantó los brazos para que pudieran verle sus compañeros, lanzó el grito de triunfo, a que contestaron éstos con un grito tan ensordecedor que no parecía sino que una tropa de demonios mostraba su regocijo por la caída en el pecado de una alma cristiana.

—Tienen motivo para alegrarse esos hijos del infierno —dijo Ojo-de-halcón tomando asiento sobre una peña y empujando el fusil con el pie—. He aquí completamente inútiles los tres mejores fusiles que se encuentran en estos bosques; ahora no tienen más valor que un pedazo de madera apolillado, o los cuernos que ha echado un gamo este año.

—¿Y qué resolución vamos, a adoptar? —preguntó Heyward no queriendo sucumbir al desaliento y deseoso de conocer los recursos de que podían disponer—: ¿qué va a ser de nosotros?

El cazador no respondió; pero pasose la mano derecha sobre su cabellera, acción que resultó en extremo elocuente, y que Heyward comprendió sin necesidad de palabras.

—No puedo creer que nos veamos reducidos a tal situación —replicó el mayor—, podemos defendernos en las cavernas e impedir su desembarco.

—¿De qué modo? —preguntó Ojo-de-halcón con serenidad—. ¿Con las flechas de Uncas? ¿Con el llanto de las mujeres? No, no; pasó el tiempo de la resistencia: usted es joven, rico, tiene amigos; todo ello me revela que ha de serle muy sensible la muerte; pero acordémonos de que nuestra sangre es pura, y demostremos a esos habitantes de las selvas que el blanco puede padecer y morir tan valerosamente como el hombre de color cuando llega su hora —agregó dirigiéndose a los mohicanos.

Volvió entonces Heyward la vista en la misma dirección que lo hacía el cazador, y la actitud de los indios confirmole sus temores. Sentado

Chingachgook sobre una peña, había ya desceñido el cuchillo y el hacha; despojó su cabeza de la pluma de águila, y pasó la mano sobre el mechón de los cabellos, como disponiéndose para la cruenta operación que esperaba sufrir en breve; pero su fisonomía no revelaba la menor inquietud. Aunque pensativo, perdían sus ojos negros y brillantes el ardor que los animaba durante el combate, y adquirían una expresión más acomodada a la situación en que se encontraba.

—Nuestra suerte no es desesperada aún —dijo el mayor—; a cada momento puede llegarnos socorro: los enemigos están lejos, se han retirado, renunciando quizá a un combate en que reconocen que arriesgan mucho más de lo que pueden ganar.

—No transcurrirá mucho tiempo —replicó Ojo-de-halcón—, antes que lleguen esas malditas serpientes, que probablemente se encontrarán bastante cerca para oírnos; pero llegarán, y de tal modo que nos hagan perder toda esperanza. Chingachgook, hermano mío —añadió en lengua delaware—, acabamos de combatir juntos por la última vez, y los maguas lanzarán el grito de triunfo, cuando maten al prudente mohicano y al rostro pálido, cuya vista les tenía atemorizados.

—Lloren su muerte las mujeres de los mingos —repuso Chingachgook con su acostumbrada e imperturbable firmeza—: la gran serpiente de los mohicanos se ha introducido en sus tiendas y amargado su triunfo con los lamentos de los hijos, cuyos padres han dejado de existir. Once guerreros han perecido lejos de los sepulcros de sus padres desde las últimas nieves, y nadie podrá decir cuál sea su paradero, mientras la lengua de Chingachgook no lo revele. Desnuden el más afilado cuchillo; alcen el hacha más pesada, porque tienen que combatir con el enemigo mayor y más peligroso. Uncas, hijo mío, última rama de tan noble tronco, llama a los cobardes y diles que se den prisa para que sus corazones no se ablanden.

—Están pescando sus muertos —respondió la voz dulce y armoniosa del joven mohicano—, los hurones flotan en el río como las anguilas y caen de las encinas como el fruto maduro, lo que no puede menos de excitar la risa de los delawares.

—Sí, sí —agregó el cazador, que había oído los discursos característicos de los indios—. Inflamarán su sangre y excitarán a los maguas a la venganza. Pero en cuanto a mí, que tengo sangre pura y sin mezcla, moriré como debe hacerlo un blanco, sin palabras ofensivas en la boca ni duelo en el corazón.

—¿Y por qué ha de morir? —preguntó adelantándose hacia él Cora, que, aterrorizada, había permanecido hasta entonces apoyada sobre la roca—. Libre tiene el camino; seguramente se encuentra en estado de atravesar a nado el río: huya a los bosques que nuestros enemigos acaban de abandonar; pida protección al cielo. Váyanse, valientes; demasiados peligros han arriesgado por nosotros, no permanezcan por más tiempo bajo el siniestro influjo de nuestra suerte infortunada.

—No conoce usted bien a los iroqueses, si supone que no vigilan todos los senderos que conducen a los bosques —respondió Ojo-de-halcón, agregando luego—. Es cierto que, si nos dejáramos llevar por la corriente, no tardaríamos en estar fuera del alcance de sus balas y del eco de sus voces.

—¿Por qué no se apresuran, entonces, a ejecutarlo? —exclamó Cora—: arrójense al río y no aumenten el número de las víctimas de un enemigo implacable.

—No —dijo el cazador mirando alternativamente en torno suyo—; vale más morir en paz consigo mismo, que vivir con remordimientos de conciencia. ¿Qué podríamos responder a Munro cuando nos preguntase dónde habíamos dejado a sus hijas y por qué las habíamos abandonado?

—Vayan a exigirle que nos envíe pronto socorros —exclamó Cora con generoso entusiasmo—. Díganle que los hurones nos arrastran por los desiertos de la parte del norte pero que puede salvarnos todavía si acude con presteza. Y si el socorro llegase tarde —añadió con voz alterada, que no tardó en recobrar su entereza—, llévenle el postrer adiós, la seguridad de su cariño y las súplicas y bendiciones de sus dos hijas; díganle que no llore su prematuro fin, y aguarde con humilde confianza el momento en que el cielo le permita reunirse a ellas.

El rostro curtido del cazador reflejó entonces una agitación extraordinaria. Escuchó atentamente y, cuando Cora hubo concluido de hablar, apoyó la barba sobre la mano y guardó silencio, como si reflexionara acerca de la proposición que acababa de oír.

—Dice usted bien e indudablemente ése es el espíritu del cristianismo. Lo que conviene a un blanco que no tiene una gota de sangre que no sea pura para disculparse. Chingachgook, ¿han oído lo que ha propuesto la joven blanca de los ojos negros?

Habloles entonces durante un breve rato en lengua delaware, y su discurso, aunque pronunciado tranquilamente, revelaba firmeza y decisión. Chingachgook escuchole con su gravedad característica, convencido al parecer de la importancia de lo que decía y reflexionando sobre ello profundamente. Después de unos momentos de vacilación, manifestó su conformidad, pronunciando en inglés la palabra *bien,* con el énfasis ordinario de su nación, y colocando de nuevo en el cinto el cuchillo y el hacha, se adelantó hasta el extremo de la roca del lago opuesto a la orilla que los enemigos ocupaban, parose un momento, y, señalando los bosques que estaban en dirección contraria, dijo algunas palabras en su lengua como indicando el camino que debía seguir, arrojose en el río, venció la rápida corriente de sus aguas, y no tardó en desaparecer.

El cazador detúvose un instante antes de partir para dirigir algunas palabras a la generosa Cora, que pareció respirar más fácilmente al ver el resultado de sus observaciones.

—La prudencia es en ocasiones cualidad de la juventud como lo es siempre de la ancianidad, lo que usted ha dicho —prosiguió— es atinado y no admite réplica, si llegan ustedes a los bosques, rompan cuantas ramas puedan en su tránsito, y afirmen bien el pie al andar para que queden impresas sus huellas. Si la vista del hombre puede conocerlas, cuenten con un amigo que los seguirá hasta el fin del mundo y no los abandonará.

Tomó la mano de Cora, la apretó muy cariñosamente, levantó el fusil, que contempló con dolor, y después de ocultarlo entre la maleza, adelantose hasta la orilla del agua en el mismo sitio en que Chingachgook acababa de hacerlo. Todavía permaneció un instante indeciso respecto a la conducta que debería seguir, y, mirando en torno suyo, exclamó: «Si tuviese el frasco de pólvora, jamás sufriría este oprobio»; y, dichas estas palabras, se precipitó en el río y desapareció como había desaparecido el mohicano.

Volviéronse los viajeros hacia Uncas, que permanecía inmóvil apoyado contra la roca con imperturbable tranquilidad, y, después de una breve pausa, le dijo Cora señalándole el río:

—Ya ha visto que sus amigos no han sido descubiertos, y probablemente se encontrarán ya en seguridad. ¿Por qué no se apresura a seguirlos?

—Uncas desea permanecer aquí —respondió el joven indio en mal inglés y con la mayor tranquilidad.

—¿Para hacer nuestro cautiverio más horroroso, y disminuir los medios de libertarnos de él? —preguntó Cora bajando los ojos para evitar las miradas ardientes del indio—. Márchese, generoso joven —continuó convencida quizá del ascendiente que ejercía sobre él—; parta, y sea el más fiel de mis mensajeros. Busque a mi padre, y dígale que le rogamos le proporcione los medios de ponernos en libertad. Parta enseguida, se lo ruego.

La tranquilidad de Uncas convirtiose en agitada y viva expresión de una tétrica melancolía; pero ya no vaciló: lanzose precipitadamente hasta el pie de la roca, y se arrojó a las aguas; apareció su cabeza entre las ondas por un instante y desapareció inmediatamente.

El éxito de estas tres pruebas sólo distrajo a los viajeros un breve espacio de tiempo y, cuando hubieron perdido de vista a Uncas, dijo Cora al mayor con voz trémula:

—He oído celebrar su destreza en nadar. No pierda, por lo tanto, el tiempo, siga el buen ejemplo que acaban de darle esos seres leales y generosos.

—¿Y eso es lo que Cora Munro se promete del que se ha encargado de protegerla? —replicó el mayor.

—No es ésta la ocasión más oportuna para distraerse en sutilezas y divagaciones —replicó Cora—, ya no debemos atender sino a nuestra obligación. Por desgracia, en el extremo a que han llegado las cosas no puede usted prestarnos ningún servicio, y debe procurar la conservación de una vida tan preciosa para otros amigos.

Heyward no contestó; pero dirigió una mirada dolorosa a Alicia que, casi imposibilitada de sostenerse, se apoyaba en un brazo.

Después de un corto intervalo, que empleó Cora en dominar las fuertes impresiones que experimentaba, continuó:

—No olvide que, si bien es la muerte el peor accidente que puede sobrevenirnos, es tributo que todas las criaturas debemos satisfacer cuando al Criador le place.

—¡Cora! —exclamó Heyward profundamente afligido, y disgustado de su importunidad—, existen males mayores que la muerte y que la presencia de un hombre dispuesto a defender a usted puede evitar.

Esta vez no tuvo Cora nada que objetar; cubriose el rostro con el chal, asiose del brazo a Alicia, y ambas pasaron a la segunda caverna.

CAPÍTULO IX

Entrégate resueltamente al placer: disperse, amada mía, tu dulce sonrisa las sombrías imágenes que gravitan sobre tu frente radiante y pura.

(La muerte de Agripina, CARLOS ARNICHES.)

Al estruendo ensordecedor del combate sucedió repentinamente el silencio, solamente turbado por el descenso de la catarata, y tal efecto produjo esta rápida transición en el ánimo de Heyward, que éste creía salir de un sueño. A pesar de que cuanto había visto y ejecutado estaba profundamente impreso en su memoria, le era difícil convencerse de su

certeza. Desconociendo todavía la suerte de los que habían confiado su salvación a la rapidez de la corriente, escuchaba atentamente el más insignificante rumor por si percibía alguna señal o grito de gozo o de infortunio que le revelase el éxito feliz o desgraciado de su arriesgada empresa. Pero todo fue inútil, sus huellas habían desaparecido con Uncas, y forzosamente debía permanecer en la incertidumbre respecto a la suerte de los mohicanos.

La duda lo angustiaba y no vaciló: acercose resueltamente hasta el pie de la roca sin cuidarse de adoptar ninguna de las precauciones que le habían recomendado durante el combate; pero no descubrió ningún indicio de que se hubiesen salvado sus amigos, ni de que sus enemigos se aproximasen a la caverna o de que estuviesen escondidos en sus inmediaciones.

La selva que cubría la orilla del río parecía completamente abandonada. Los aullidos que en ella habían resonado eran reemplazados por el ruido de la catarata. Un ave de rapiña colocada sobre las ramas de un pino seco situado a alguna distancia, impasible testigo del combate, alzó el vuelo, y describiendo grandes círculos fue a buscar una presa, mientras un cuervo, cuyo desagradable graznido fue sofocado por los alaridos de los salvajes, lanzó su desentonado canto, aparentemente satisfecho de que le hubiesen dejado en posesión de sus desiertos dominios. Estos rasgos característicos de la soledad infundieron esperanza en el corazón de Heyward, cobró ánimos y sintiose capaz de realizar nuevos esfuerzos.

—Los hurones se han eclipsado —dijo acercándose a David que permanecía sentado sobre una piedra con la espalda apoyada en la roca, y cuyo espíritu estaba aún bajo la impresión del golpe recibido en la cabeza al caer, el cual contribuyó a que perdiese el sentido más que el de la bala que le hirió—. Retirémonos a la caverna y confiemos a la Providencia el cuidado de velar por nosotros.

—Me acuerdo —dijo el maestro de canto— de haber unido mi voz a la de esas dos amables señoritas para dar gracias al cielo y desde entonces no han cesado de caer sobre mí toda clase de calamidades. Me he visto sumergido en un letargo que no era sueño, y han atronado mi oído unos sonidos confusos; como si hubiese llegado el fin del mundo y olvidado su armonía la Naturaleza.

—¡Pobre diablo! —exclamó Heyward—, en bien poco ha estado que no haya llegado para ti el fin del mundo, efectivamente; pero vamos, sígame y lo conduciré a un sitio donde no oirá otros sonidos que los de su canto.

—También tiene melodías el ruido de una catarata —repuso David apretándose la frente con la mano—, y los sonidos de una cascada no son desagradables; pero, ¿han cesado ya esos horribles y confusos gritos, que parecen proferir todos los condenados juntos?

—No, no —dijo Heyward interrumpiéndole—; los enemigos han cesado ya de gritar, y creo que se han retirado. Todo está tranquilo y silencioso, excepto las aguas del río; entre en la caverna y en ella podrá cantar a su satisfacción.

A pesar de la tristeza que embargaba a David, produjole cierta complacencia el oír esta alusión a su profesión favorita. No vaciló, pues, en dejarse conducir a un sitio donde esperaba poder entregarse a ella, y apoyado en el brazo del mayor pasó a la caverna.

El primer cuidado de Heyward fue obstruir la entrada con un haz de ramas de sasafrás, extendiendo detrás de este débil parapeto las mantas de los mohicanos para hacerla todavía más oscura; pero una escasa luz alumbraba débilmente la gruta por la segunda salida, que era muy estrecha, y estaba abierta sobre un brazo de río que iba a reunirse al otro un poco más abajo.

—No estoy conforme —dijo después que concluyó de fortificarse— con el principio que enseña a los indios a ceder sin resistencia en los casos que consideran desesperados. Nuestra máxima «la esperanza dura tanto como la vida», es más consoladora y se acomoda mejor al carácter militar. A usted, Cora, no necesito infundirle ánimo. Su firmeza y su razón le dicen todo lo que puede convenir a su sexo; pero ¿no encontraremos ningún medio de enjugar las lágrimas de su trémula hermana?

—Ya me he tranquilizado —repuso Alicia separándose de los brazos de Cora y procurando mostrar algún sosiego en medio de sus lágrimas—. Estoy efectivamente bastante más sosegada: nos consideramos seguras en este lugar solitario; aquí no tenemos nada que temer: ¿quién podría descubrirnos? Confiemos en esos hombres generosos que han arrostrado ya tantos peligros en defensa nuestra.

—Nuestra querida Alicia habla en este momento como digna hija de Munro —dijo Heyward aproximándose a ella para estrechar su mano—. Con dos ejemplos de valor como éstos, ¿qué hombre dejaría de portarse como un héroe?

Tomó asiento en medio de la caverna con la única pistola que le quedaba en la mano, reflejando su rostro su desesperada resolución.

—Si los hurones vienen, no entrarán aquí fácilmente como suponen —agregó en voz baja; y apoyando la cabeza contra la roca dispúsose a esperar los acontecimientos con paciencia y resignación y los ojos fijos en la única entrada de la gruta que quedaba libre y estaba defendida por el río.

Un largo y profundo silencio siguió a estas palabras de Heyward. El aire fresco de la mañana había penetrado en la caverna y su bienhechora influencia producía grata impresión en los viajeros. Cada minuto que transcurría sin nuevos peligros, reanimaba en su corazón el rayo de esperanza que empezaba a renacer, aunque ninguna se atrevía a comunicar a los compañeros una confianza que podía resultar fallida un momento después.

Sólo el maestro de canto se mostraba, al menos en apariencia, indiferente a estas emociones. Un rayo de luz que entraba por la estrecha abertura de la caverna, iluminaba su rostro, mientras él se entretenía hojeando su librito, como si buscase un cántico conveniente a la situación por que atravesaban. Con seguridad, procedía así conservando una idea confusa de lo que el mayor le había dicho al conducirlo a la caverna. Al fin, pareció encontrar lo que deseaba, pues, sin que mediase explicación alguna, como solía hacer siempre que se dedicaba al canto, sacó su instrumento favorito para tomar la entonación, y dijo el preludio.

—¿No hay peligro en esto? —preguntó Cora contemplando con fijeza a Heyward.

—¡Pobre diablo! —repuso el mayor—. Su voz es demasiado débil en este momento para que se oiga en medio del ruido de la catarata. Dejémosle que se consuele a su manera puesto que puede hacerlo sin ningún riesgo.

El maestro de canto echó una ojeada en su derredor con cierto aire de gravedad, capaz de imponer silencio a una turba de discípulos charlatanes, y dijo:

—Éste es un hermoso tono, y la letra es solemne; cantémosle, pues, con toda la expresión adecuada.

Hizo una pequeña pausa con objeto de atraer la atención de sus oyentes, y empezó a cantar por un tono bajo que, elevado gradualmente, concluyó por llenar la caverna de armoniosos ecos. La melodía, que era más patética por la debilidad de su voz, influyó por grados en todos los oyentes, y triunfaba hasta de la miserable poesía del cántico, tan cuidadosamente escogida, haciendo olvidar con la dulzura inexplicable de su voz la falta absoluta de inspiración del poeta. Sintió Alicia inundarse de lágrimas sus ojos y contempló al cantor con enternecimiento, y gozo que no intentaba ocultar. Cora premió con una sonrisa de aprobación los esfuerzos de David, y la frente de Heyward se serenaba cuando perdía un momento de vista la estrecha abertura por donde entraba luz en la

caverna, admirando alternativamente el entusiasmo que brillaba en las miradas del cantor y la dulzura que aparecía en los ojos todavía humedecidos de la joven Alicia. Conoció el músico el interés que despertaba y, halagado su amor propio, le inspiró nuevos esfuerzos; su voz adquirió mayor intensidad sin perder nada de su dulzura; y cuando en las toscas bóvedas de la caverna resonaban sus melodiosos acentos, un grito horrible, proferido a lo lejos, cortó su voz, como si repentinamente se hubiera quedado mudo.

—¡Estamos perdidos! —exclamó Alicia, arrojándose en los brazos de Cora, que se apresuró a recibirla en ellos.

—Todavía no —rectificó Heyward—; este grito de los salvajes sale del centro de la isla, y lo ha motivado el hallazgo de sus muertos. No hemos sido descubiertos todavía y podemos confiar.

Por débil que fuese esta esperanza, no careció de valor porque, por lo menos, sirvió para que conociesen las dos hermanas la necesidad de aguardar los acontecimientos en el silencio más absoluto. Repitiéronse los gritos, y en breve oyéronse las voces de los salvajes que, acudiendo de la extremidad del islote, llegaron al fin sobre la roca que cubría las dos cavernas. Resonaban estruendosamente sus feroces alaridos, tales que sólo el hombre que se encuentra en el estado más completo de barbarie puede producir.

Estos espantosos alaridos eran lanzados por los salvajes en todo el contorno de la gruta llamando unos a sus compañeros desde la orilla, y respondiendo éstos desde la cima de las rocas; pero no tardaron en oírse otros gritos mucho más peligrosos en las proximidades de la abertura que separaba las dos cavernas, confundiéndose con los que salían de la rambla, a la cual habían bajado algunos; en una palabra, estos gritos horrorosos se multiplicaban de tal manera y se oían tan cerca que revelaron más que nunca a los cuatro infortunados viajeros la necesidad en que se encontraban de permanecer silenciosos.

En medio de este tumulto percibiose un grito de triunfo a poca distancia de la entrada de la gruta oculta con las ramas de sasafrás hacinadas. Heyward, convencido de que había sido descubierta aquella salida, perdió entonces toda esperanza; pero, esto no obstante, se tranquilizó un tanto al oír correr a los salvajes hacia el sitio donde el cazador había ocultado su fusil, que la casualidad les hizo encontrar. En aquel momento no le fue difícil entender lo que decían los hurones, porque mezclaban a su lengua nativa muchas palabras francesas, pues francés es el idioma que se habla en el Canadá. Los salvajes repetían insistentemente «¡La-larga-carabina!» y los ecos repitieron este nombre dado a un célebre cazador que con frecuencia prestaba servicios de soldado de descubierta en el campo inglés. Así fue como Heyward supo el nombre del que había sido su compañero.

Las palabras «¡La-larga-carabina! ¡La-larga-carabina!» eran repetidas una y otra vez por los indios, que debían haberse reunido alrededor de un trofeo que para ellos era indicio de la muerte de su dueño. Después de una ruidosa consulta, interrumpida muchas veces por los gritos de alegría feroz, se separaron los hurones y corrieron por todos lados lanzando a todos los vientos el nombre de un enemigo cuyo cuerpo esperaban encontrar en alguna de las grietas de la roca, según creyó deducir Heyward de varias expresiones que les oyó.

—Ha llegado el momento crítico —dijo Heyward en voz baja a las dos hermanas que estaban temblando—, si esta gruta escapa a sus investigaciones nada tendremos que temer, pero, con todo, es indudable, juzgando por lo que ellos mismos acaban de decir, que nuestros amigos no han caído en sus manos, y dentro de dos horas podemos esperar que Webb acuda en nuestro socorro.

Transcurrieron algunos minutos en el silencio de la inquietud, y todo revelaba que los salvajes continuaban haciendo pesquisas con el mayor cuidado y atención, más de una vez les oyeron pasar por el estrecho desfiladero que separaba las dos cavernas, lo que se conocía por el ruido que hacían las hojas de sasafrás que rozaban y las ramas secas que pisaban. Por último, las ramas amontonadas por Heyward cedieron un tanto y una débil claridad penetró por este lado de la gruta. Cora estrechó a Alicia contra su corazón aterrorizada, y el mayor púsose en pie con la velocidad del relámpago. Los grandes gritos que se oyeron entonces y que indudablemente salían de la caverna inmediata, indicaron que los hurones, habiéndola al fin descubierto, acababan de entrar en ella. A juzgar por el número de voces parecía que toda la tropa se había reunido allí o estaban a la entrada.

Había tan poca distancia de una caverna a otra, que el mayor creyó ya imposible que su guarida no fuese descubierta. Desesperado con esta idea cruel, se arrojó hacia la frágil barrera que le separaba muy pocos pasos de sus encarnizados enemigos, y hasta aproximose a la pequeña abertura que la casualidad había practicado, aplicando a ella la vista para observar los movimientos de los salvajes.

Encontrábase al alcance de su brazo un indio de una estatura colosal, cuya voz potente parecía dictar órdenes que los demás se apresuraban a ejecutar; algo más lejos vio la primera caverna llena de salvajes, que examinaban escrupulosamente todos los rincones. La sangre de la

herida de David había teñido de rojo las hojas de sasafrás, sobre un haz de las cuales se había acostado. Visto esto, los hurones lanzaron gritos de alegría semejantes a los ladridos de los perros de caza que encuentran el rastro que consideraban perdido. Enseguida empezaron a esparcir todas las ramas para ver si entre ellas estaba oculto el enemigo que hacía tanto tiempo odiaban y temían, y para desembarazarse de ellas las arrojaban en el espacio que separaba las dos cavernas. Un guerrero de fisonomía feroz acercose al jefe con un puñado de estas ramas en la mano, y mostrole las manchas de sangre que las enrojecían, pronunciando vivamente algunas frases, cuyo sentido entendió Heyward, oyéndole repetir varias veces la palabra «Larga-carabina». Arrojó entonces el indio la rama que traía sobre el montón de las que el mayor había acumulado delante de la entrada de la segunda caverna y la luz dejó de penetrar en la gruta en que estaban los viajeros.

Sus compañeros imitaron este ejemplo amontonando en aquel lugar las ramas que traían de la primera, aumentando así, aunque, naturalmente, sin pretenderlo, la seguridad de los que estaban refugiados en la segunda. La insignificante solidez de esta muralla era precisamente lo que la hacía más fuerte, porque a ninguno se le ocurría deshacer la masa de maleza que todos creían que era obra de sus compañeros en aquel momento de confusión.

Las mantas colocadas en el interior, empujadas por las ramas que iban amontonando por la parte de afuera, empezaban a formar una pared más sólida, y Heyward respiraba más libremente siéndole ya imposible ver nada abandonó su observatorio y volvió al centro de la gruta, de donde podía vigilar la salida que daba sobre el río. Mientras tanto, parecía que los indios habían renunciado a hacer más pesquisas, se les oyó salir de la caverna, dirigiéndose hacia el lugar en que se habían detenido a su llegada, y sus alaridos de desesperación anunciaban que estaban reunidos alrededor de los cuerpos de los compañeros muertos en el ataque de la isla. El mayor atreviose entonces a levantar los ojos hacia Cora y Alicia, porque durante este corto intervalo de riesgo inminente había temido que la inquietud reflejada en su rostro aumentase el gran terror de las dos jóvenes.

—Ya se han marchado, Alicia —dijo Cora en voz baja—; se fueron por donde habían venido; demos gracias a Dios, que es quien ha podido guardarnos de estos implacables enemigos.

—Que el cielo acepte mis fervorosas acciones de gracias —exclamó Alicia separándose de los brazos de su hermana, y arrodillándose

sobre la peña—; este Dios que ha escuchado las súplicas de un buen padre, y que ha salvado la vida de quienes tanto ama.

El mayor y Cora, más dueña de sí misma que su hermana, contemplaban enternecidos este movimiento de agitación; jamás la devoción habíase manifestado con un aspecto más encantador que en la joven Alicia.

Sus ojos despedían el fulgor radiante de la gratitud; sus mejillas habían recobrado toda su frescura, y sus facciones animadas revelaban que sus labios se disponían a expresar los sentimientos que rebosaban en su corazón. Pero, cuando su boca se abrió, cuajósele la voz en la garganta; la palidez de la muerte volvió a cubrir su rostro; sus ojos quedaron fijos en un punto; sus manos, levantadas al cielo, se dirigieron en línea horizontal hacia la salida de la caverna que daba al río, y todo su cuerpo agitose con violentas convulsiones. Los ojos de Heyward siguieron enseguida la dirección de los brazos de Alicia, y sobre la orilla izquierda del río vio a un hombre, cuya salvaje y feroz fisonomía reconoció al punto. Aquel hombre no era otro que el Zorro Sutil, el pérfido guía que los había traicionado.

En aquel momento de horror y sorpresa, Heyward revistiose de toda su prudencia. Comprendió, por las acciones del indio, que sus ojos, acostumbrados a la luz, no distinguían los objetos en medio de las tinieblas que reinaban en la gruta, y aun se lisonjeó de que retirándose con sus dos compañeras a un recodo todavía más sombrío donde se encontraba ya el maestro de canto, podrían burlar sus miradas; pero una expresión de feroz satisfacción, que repentinamente se dibujó en la cara del salvaje, le reveló que era ya tarde y que habían sido descubiertos.

El gesto de triunfo brutal con que el Zorro Sutil anunciaba esta terrible verdad fue insoportable para el mayor, y atendiendo únicamente a su resentimiento, y no pensando sino en inmolar a su pérfido enemigo, le disparó un pistoletazo. La explosión produjo en la caverna el mismo efecto ruidoso que la erupción de un volcán, y cuando el humo se disipó ya no vio Heyward a nadie en el lugar en que el indio se encontraba. Corrió a la abertura y pudo distinguir aún al traidor escondiéndose detrás de una roca que le ocultó a sus ojos.

Los salvajes, al oír el disparo que les parecía haber salido de las entrañas de la tierra, enmudecieron repentinamente sin duda a causa de la sorpresa; pero, cuando el Zorro Sutil lanzó un grito prolongado de alegría, respondiéronle con un alarido general.

Los indios volvieron entonces a reunirse, entraron en la especie de desfiladero que separaba las cavernas, y antes que el mayor pudiera reponerse de su dolorosa sorpresa, la débil barrera de ramas de sasafrás quedó destruida; los salvajes se precipitaron en la gruta, y, apoderándose de los cuatro individuos que en ella se encontraban, los sacaron de su refugio.

CAPÍTULO X

Tengo miedo de que nuestro sueño se prolongue mañana tanto como en la noche última se prolongó nuestra vigilia.

(El sueño de una noche de verano, SHAKESPEARE.)

El inesperado infortunio produjo en el ánimo de Heyward tan violento choque, que en los primeros momentos apenas pudo comprender toda la extensión de su desgracia.

Cuando, merced a un poderoso esfuerzo de voluntad, logró reponerse un tanto, empezó a observar detenidamente el aspecto y modales de los salvajes vencedores. Contra la costumbre de los indios de abusar siempre de sus ventajas, habían no solamente respetado a Cora y a Alicia, sino también a David, y aun al mismo Heyward, a pesar de que su uniforme militar, y especialmente las charreteras, atrajeron tanto la atención de algunos de ellos, que llevaron varias veces la mano a ellas con el deseo evidente de arrebatárselas; pero la orden del jefe, dictada con imperativo tono, fue bastante para contenerlos, lo que indujo a creer al mayor que tenían algún motivo especial para no ofenderlos, al menos por el momento.

Mientras los indios de menor edad admiraban la riqueza de un traje con el cual habrían tenido la vanidad de adornarse, continuaban los más viejos y experimentados registrando las dos cavernas sin dejar de examinar una sola de las aberturas de las rocas. No se mostraban satisfechos de su victoria, por habérseles escapado las víctimas que deseaban ante todo sacrificar a su venganza.

Los salvajes guerreros aproximáronse a los prisioneros y les preguntaron enfurecidos y en francés mal pronunciado, dónde estaba «La-larga-carabina». Heyward fingió no entender lo que se le decía. En cuanto al maestro de canto, como desconocía el francés, no tuvo necesidad de fingir. Por último, cansado de sus inoportunidades, y temiendo irritarlos con un silencio extremadamente obstinado, buscó con la vista al magua para indicar que necesitaba de él como intérprete, a fin de contestar un interrogatorio que se hacía más ejecutivo e imperioso a cada instante.

La actitud de Zorro Sutil era bien distinta de la de sus compañeros, pues no había tomado parte en las nuevas investigaciones hechas después de la captura de los cuatro prisioneros, había permitido que dos de sus camaradas, impulsados por el ansia del pillaje, abriesen la maleta del maestro de música y se repartieran lo que contenía; y, colocado a alguna distancia, detrás de los hurones, parecía encontrarse tranquilo y satisfecho, como si hubiera logrado cuanto deseaba que le proporcionase su traición.

Al encontrarse los ojos de Heyward con las miradas siniestras, aunque serenas, del Zorro Sutil, los apartó horrorizado; pero, conociendo la necesidad de fingir en aquel momento, hizo un esfuerzo para dirigirle la palabra.

—El Zorro Sutil —le dijo— es muy valiente guerrero y no rehusará a un enemigo desarmado la explicación de lo que desean saber los que lo tienen cautivo.

—Preguntan dónde se oculta el cazador que conoce todas las sendas del bosque —respondió el magua en mal inglés, poniendo al mismo tiempo la mano con una sonrisa feroz sobre las hojas de sasafrás con que se había vendado la herida recibida en el hombro—: «¡La-larga-carabina!» —añadió—, su fusil es bueno; su ojo jamás se cierra; pero lo mismo que el pequeño fusil del jefe blanco, es impotente contra la vida del Zorro Sutil.

—El Zorro Sutil es muy valiente para preocuparse por una herida que ha recibido en la guerra, y para tratar de vengarse de la mano que se la ha inferido —replicó el mayor.

—¿Estábamos en guerra? —replicó el magua—. No es cierto. Zorro Sutil, fatigado, estaba reposando al pie de una encina comiendo su grano. ¿Quién había llenado la selva de enemigos emboscados? ¿Quién ha intentado apoderarse de su brazo? ¿Quién tenía la paz en los labios y la hiel en el corazón? ¿Por ventura había dicho el magua que su hacha de guerra había sido desenterrada por su mano?

No atreviéndose Heyward a negar las afirmaciones de su acusador, echándole en cara la traición que él mismo había meditado y considerando indigno al mismo tiempo tratar de acallar su resentimiento con ninguna disculpa, adoptó el partido de callarse. El magua, por su parte, no queriendo tampoco continuar la discusión, volvió a apoyarse sobre la roca de que se había separado por un momento, y adoptó nuevamente una actitud de indiferencia; pero el grito de «¡La-larga-carabina!» volvió a oírse tan pronto como los salvajes impacientes conocieron que esta corta conferencia había terminado.

—¿Oye? —preguntó el magua con indiferencia—: los hurones piden la sangre de «La-larga-carabina», y si no lo entregan, darán muerte a los que le oculten.

—Se escapó, huyó bien lejos de ellos —replicó el mayor.

Sonriose el magua desdeñosamente diciendo:

—El hombre blanco cree encontrar la paz en la muerte; pero el hombre rojo sabe cómo atormentar el espíritu de su enemigo. ¿Dónde está su cuerpo? Muestren la cabeza a los hurones.

—No ha muerto, ha huido.

—¿Es pájaro que haya podido alzar el vuelo —preguntó el indio moviendo la cabeza para manifestar su incredulidad—, o pez que pueda nadar sin mirar al sol? El jefe blanco lee en sus libros, y cree que los hurones son ignorantes.

—Aun no siendo pez puede nadar «La-larga-carabina». Después de haber agotado su pólvora, se ha arrojado a la corriente que le ha llevado bien lejos, mientras que los hurones estaban envueltos en una nube.

—¿Y por qué no le ha seguido el jefe blanco? ¿Por qué se ha quedado aquí? ¿Es quizá una piedra que va al fondo del agua, o le estorba en la cabeza su cabellera?

—Si su camarada que ha perecido en ese abismo pudiese responderle, le diría que no soy piedra a la que puede precipitar un pequeño esfuerzo —respondió Heyward, que consideraba necesario usar de este lenguaje ampuloso que excita siempre la admiración de los salvajes—. Los hombres blancos creen —continuó— que son unos cobardes los que, por temor a la muerte, dejan a sus mujeres abandonadas.

Murmuró el magua algunas palabras entre dientes, y luego prosiguió:

—¿Y los delawares nadan tan bien como se escabullen entre la maleza? ¿Dónde se encuentra la Gran Serpiente?

Esta pregunta convenció al mayor de que los hurones conocían mejor que él a los dos mohicanos que con él habían compartido los peligros.

—Se ha escapado también ayudado por la corriente.

—¿Y el Ciervo ágil? No lo veo aquí.

—Ignoro a quién se refiere —respondió Heyward tratando de ganar algún tiempo.

—Uncas —dijo el magua con gran dificultad en la pronunciación—. *Bounding-elk* es el nombre que el blanco da al joven mohicano.

—No nos entenderemos —repuso el mayor deseando prolongar la discusión..., la palabra *elk* significa una danta[1], y la *deer,* gamo, y *stag,* el ciervo.

—Sí, sí —dijo el indio hablando solo en su lengua nativa—: los rostros pálidos son tan charlatanes como las mujeres que tienen varias palabras para una misma cosa; pero el piel-roja todo lo explica con el sonido de su voz —y dirigiéndose luego a Heyward le dijo en inglés, sin querer dar al joven mohicano otro nombre que el que le habían aplicado los hurones—: El gamo es ágil, pero débil; la danta y el ciervo ágiles, pero fuertes; y el hijo de la Gran Serpiente es el Ciervo ágil. ¿Ha saltado por encima del río para ocultarse en el bosque?

—Si se refiere al hijo del mohicano —le respondió Heyward—, le diré que huyó como su padre y «La-larga-carabina» arrojándose a la corriente.

Como el caso no era inverosímil para un indio, convenciose el magua de la verdad de lo que acababa de oír con tal prontitud, que demostró la poca importancia que daba a la captura de estos tres individuos; pero a los demás hurones no les ocurría lo mismo y no tardaron en manifestarlo.

Habían esperado éstos conocer el resultado de esta breve conversación con la paciencia que caracteriza a los salvajes y en el mayor silencio. Terminada la conferencia, volviéronse todos al magua preguntándole qué era lo que habían hablado. Extendió el indio los brazos hacia el río, pronunció algunas palabras y esto fue suficiente para hacerles entender qué había sido de aquellos a quienes querían sacrificar a su venganza.

Los salvajes lanzaron gritos espantosos, reveladores del furor de que estaban poseídos, al saber que se habían escapado sus víctimas. Corrían unos desenfrenadamente agitando los brazos, y escupían otros en el río como para castigarlo por haber contribuido a la evasión de los fugitivos privando a los vencedores de sus legítimos derechos. Algunos, y no eran los menos temibles, miraban lúgubremente a los cautivos que estaban en su poder, y sólo podían abstenerse de ejecutar actos de violencia contra ellos, gracias a su costumbre de dominar sus pasiones; no faltaban tampoco quienes acompañaban este mudo lenguaje con gestos amenazadores. Uno de los salvajes llegó a asir los hermosos cabellos que flotaban sobre la espalda de Alicia, mientras que con la otra mano

[1] Aninal muy parecido a la ternera, pero sin cuernos.

blandía un cuchillo sobre su cabeza, advirtiéndola así cómo sería despojada de aquel precioso adorno.

Fuele a Heyward imposible soportar ese horroroso espectáculo, e hizo un esfuerzo tan desesperado como inútil para acudir al socorro de Alicia; pero tenía las manos atadas, y al primer movimiento que hizo sintió la del jefe de los indios que la descargó sobre su hombro. Convencido de que su resistencia sólo serviría para irritar más a aquellos bárbaros, sometiose a su destino y procuró reanimar un poco a sus compañeras de infortunio, diciéndoles que era propio del carácter de los salvajes aterrorizar a sus víctimas con amenazas que en la mayoría de los casos no tenían el propósito de ejecutar.

Pero al pronunciar estas palabras de consuelo, con las cuales únicamente se proponía tranquilizar a las dos hermanas, Heyward no se engañaba a sí mismo. No ignoraba que la autoridad de un jefe indio carecía a veces de fundamentos sólidos, y que frecuentemente no tenía otra base que la superioridad de sus fuerzas físicas, por lo que con facilidad dejaba de ser respetada. El peligro era, pues, tanto más inminente cuanto mayor era el número de salvajes que los rodeaban. La orden más firme del que parecía ser jefe, podía ser violada a cada momento por el primero que quisiera sacrificar a una víctima a los manes de un deudo o de un amigo. A pesar de su valor y fingida tranquilidad, el mayor se desesperaba cada vez que veía a uno de aquellos hombres feroces acercarse a las dos desgraciadas hermanas, que fijaban sus sombrías miradas en aquellas criaturas tan débiles y tan poco dispuestas a resistir al menor acto de violencia.

Esto no obstante, sus temores aminoráronse algún tanto al observar que el jefe llamaba a los guerreros como para celebrar consejo de guerra. La deliberación fue breve; pocos oradores tomaron la palabra, y la resolución, cualquiera que ella fuera, pareció haber sido adoptada por unanimidad. Las indicaciones que todos los que hablaban hacían del campamento de Webb revelaban el temor de un ataque por aquella parte, y esta consideración fue quizá la que aceleró su resolución e imprimió gran actividad a sus movimientos.

En el breve espacio de tiempo que los hurones emplearon en conferenciar, pudo Heyward admirar la prudencia con que habían efectuado su desembarco, después que hubieron cesado las hostilidades.

La mitad del islote era, según hemos ya dicho, una roca, al pie de la cual se habían detenido algunos troncos de árboles arrastrados por el agua, y éste fue el lugar elegido para desembarcar, probablemente porque no creían posible vencer la rápida corriente que formaban un poco más abajo las dos cascadas reunidas. Para efectuarlo habían llevado la canoa por el bosque hasta más allá de la catarata, y colocado en ella sus armas y municiones; y mientras dos salvajes de los experimentados conducían en ella al jefe, los demás les seguían a nado. De este modo consiguieron llegar al sitio que tan funesto había sido a los primeros, pero con la ventaja de ser en número superior y de ir armados de fusiles. No pudo efectuarse en otra forma la ocupación de la isla, pues así lo ejecutaron al regresar de ella. Transportaron la canoa de un extremo a otro, y la lanzaron al agua cerca de la plataforma donde el mismo cazador había conducido a los viajeros.

Como no podía resistirse y eran inútiles las amonestaciones, Heyward sometiose a la necesidad entrando en la canoa tan pronto como se lo mandaron, seguido de David. El piloto encargado de conducirla colocose después en ella, y los otros salvajes siguieron nadando. Los hurones desconocían los bajíos y escollos del río; pero eran sumamente expertos en este género de navegación para cometer ningún error, ni dejar de advertir las señales que los indicaban. Seguía el débil esquife la rápida corriente sin ningún contratiempo, y algunos instantes más tarde desembarcaron los cautivos en la orilla opuesta del río, casi enfrente del sitio en donde habíanse embarcado la noche anterior.

Los individuos volvieron a conferenciar, y entretanto fueron algunos salvajes a buscar los caballos, cuyos relinchos habían contribuido probablemente al descubrimiento de la guarida de sus dueños. Dividiose entonces la tropa: el jefe de ellos montó el caballo de Heyward, atravesó el río seguido del mayor número de los hurones e internose en los bosques, dejando los prisioneros bajo la guardia de seis salvajes, mandados por el Zorro Sutil, circunstancia que no pudo menos de reavivar las inquietudes de Heyward.

La moderación poco habitual en los indios llevó al ánimo del mayor el convencimiento de que lo guardaban como prisionero para entregarlo a Montcalm. Como la imaginación de los desgraciados está siempre despierta y nunca tiene mayor actividad que cuando está sobreexcitada por alguna esperanza por débil y remota que sea, llegó a pensar que el general francés se lisonjearía de que el amor paternal había de prevalecer quizás en Munro sobre la voz de sus deberes para con su rey, pues, aunque a Montcalm se le atribuía un espíritu emprendedor, y era reputado como un hombre extremadamente valeroso, se lo consideraba también como muy perito en los ardides de la política, que no siempre respetan las reglas de la moral, y que en aquel tiempo deshonraban con frecuencia a la diplomacia europea.

Pero en aquel momento todos sus cálculos ingeniosos resultaban fallidos a juzgar por la conducta de los hurones, cuyo jefe, con los que le habían seguido, encaminábase directamente al extremo del Horican, mientras ellos quedaban en poder de los que sin duda habían recibido el encargo de conducirlos cautivos al fondo de los desiertos. Deseando salir a cualquier precio de tan cruel incertidumbre, y queriendo en una circunstancia tan apremiante apreciar hasta dónde llegaba el poder del oro, venció la repugnancia que sentía de hablar a Zorro Sutil, y volviéndose hacia él, le dijo con acento amistoso y que inspiraba tanta confianza como le fue posible fingir.

—Quisiera dirigir al magua algunas palabras que no debe oír más que un jefe como él.

El indio, que en efecto había adoptado la actitud de un jefe, lo miró con desprecio, y le respondió:

—Puede hablar; los árboles no tienen oídos.

—Pero los hurones no son sordos, y las palabras que pueden ser escuchadas por los oídos de los grandes hombres de una nación llenarían de fatuidad a los jóvenes guerreros. Si el magua se niega a escuchar, el oficial del rey sabrá guardar silencio.

El salvaje habló entonces indolentemente con sus compañeros, que se ocupaban en preparar con habilidad escasa los caballos para las dos hermanas, y separándose de ellos, hizo seña al mayor para que lo siguiese.

—Hable ahora, si sus palabras no son tales que el Zorro Sutil deba oírlas.

—El Zorro Sutil ha demostrado que merece llevar el honroso nombre que le han puesto sus padres del Canadá, y reconozco la prudencia de su conducta; reconozco cuanto ha hecho en mi servicio y no lo olvidaré cuando llegue la hora de la recompensa. Sí; el Zorro Sutirl ha demostrado que no solamente es un gran guerrero, un gran jefe en el consejo, sino que conoce perfectamente el modo de engañar a sus enemigos.

—¿Qué ha hecho, pues, el Zorro Sutil? —preguntó fríamente el indio.

—Ha hecho bastante —respondió Heyward—; ha visto que los bosques estaban llenos de tropas enemigas, entre las cuales le era imposible atravesar sin caer en alguna emboscada, y ha fingido equivocar el camino con objeto de evitarlo; luego ha hecho como si volviese a su tribu, a aquella tribu que lo había expulsado de su seno... ¿Por ventura el Zorro Sutil ha dejado de ser ya nuestro amigo?

El magua, después de mirar fijamente a su interlocutor, como pretendiendo adivinar el propósito que le inducía a dirigirle aquella pregunta, puso la mano sobre las hojas que servían de vendaje a su herida, y repuso con energía:

—¿Los amigos hacen señales como ésta? Una herida ocasionada a un enemigo por «La-larga-carabina» ¿habría sido tan ligera? ¿Los delawares se arrastran como las serpientes entre la maleza para envenenar a los que aman?

—¿La Gran Serpiente se habría hecho oír por los oídos de quienes hubiera deseado que fuesen sordos?

—¿El jefe blanco quema su pólvora contra aquellos a quienes llama sus hermanos?

—¿Yerra jamás la puntería cuando se propone matar?

Estas preguntas y respuestas sucediéronse rápidamente, después de las cuales hubo un pequeño intervalo de silencio. Heyward creyó que el indio vacilaba, y para asegurar la victoria empezó a enumerar las recompensas que le serían concedidas, si les prestaba ayuda; pero el magua lo interrumpió con un gesto expresivo:

—Basta —dijo—; el Zorro Sutil es un jefe prudente, y va a ver lo que hará. Entretanto, cállese. Cuando el magua hable, le podrá responder.

Heyward, observando que los ojos del magua miraban con fijeza y cierta inquietud a sus compañeros, se retiró enseguida para evitar que sospechasen que tenía inteligencias con su jefe. Éste se acercó a los caballos y manifestó quedar satisfecho del esmero con que sus camaradas los habían ensillado, e hizo seña entonces al mayor para que ayudase a las dos hermanas a montar, porque únicamente hablaba el inglés en las ocasiones solemnes e indispensables.

No había ya ningún pretexto racional para dilatar la partida, y el mayor, aunque contra su voluntad, al ayudar a montar a sus dos compañeras desoladas, como se le había ordenado, procuró calmar sus temores, contándoles en voz baja y brevemente las nuevas esperanzas que había concebido. Las dos hermanas, trémulas, estaban realmente necesitadas de consuelo, pues apenas osaban levantar los ojos por temor a encontrar las miradas feroces de los que habían llegado a ser árbitros de su destino. La yegua del maestro de canto había sido robada por la primera tropa, de modo que el infeliz viose obligado a marchar a pie como Heyward. Esta circunstancia no desagradó, sin embargo, a éste, quien pensó que podría aprovecharla para retardar la marcha de los salvajes, y volvía frecuentemente la vista hacia el fuerte Eduardo, con la vana

esperanza de oír en el bosque algún rumor que le revelase la llegada del socorro de que tanta necesidad tenían.

Cuando todo estuvo dispuesto, dio Zorro Sutil la señal de la partida, y volviendo a ejercer sus funciones de guía púsose a la cabeza de la pequeña tropa para conducirla. David caminaba en pos de él, repuesto ya del aturdimiento que le ocasionó la caída y disminuido el dolor de su herida, estaba al parecer penetrado de su desgraciada posición. Las dos hermanas lo seguían y al lado de éstas caminaba Heyward; los indios cerraban la marcha, pero sin olvidar un momento sus precauciones y vigilancias.

En esta guisa caminaron durante algún tiempo, en un silencio que no se interrumpía sino por algunas palabras de consuelo que el mayor dirigía a sus compañeras de vez en cuando, y algunas exclamaciones piadosas con que David expresaba la amargura de sus pensamientos manifestando una humilde resignación. Iban hacia el norte en dirección contraria al camino que conducía al fuerte Guillermo-Enrique, y esta circunstancia podía hacer creer que Zorro Sutil no había modificado sus primeros designios; pero Heyward resistíase a creer que rechazara las seductoras ofertas que le había hecho, no ignorando que el camino más extraviado conduce siempre a su objeto al indio que tiene que recurrir a la astucia.

Muchas millas recorrieron así a través de los bosques, cuyo término no se veía, y nada les anunciaba que estuviese próximo el fin de su viaje. El mayor no cesaba de examinar la situación del sol, cuyos rayos doraban las ramas de los pinos bajo los cuales caminaban; ansiaba que llegase el instante en que la política del magua le permitiese tomar un camino más en armonía con sus esperanzas, y por último imaginó que el astuto salvaje, considerando imposible el poder evitar el ejército de Montcalm, que avanzaba por la parte del norte, se dirigía a un establecimiento bien conocido, situado en la frontera, cuyo propietario era un oficial distinguido que residía allí habitualmente, merced a una especial benevolencia de las seis naciones. Ser entregado a Guillermo Johnson le parecía preferible a internarse en los desiertos del Canadá para evitar el ejército de Montcalm; pero aún tenían que recorrer muchas leguas por el bosque, y cada paso que avanzaban los separaba del teatro de la guerra y del puesto a que su honor y su deber le reclamaban.

Ninguno de los cautivos, excepto Cora, se acordó de las instrucciones que el cazador les había dado al despedirse, y siempre que se presentaba ocasión la mimosa joven extendía la mano para apoderarse de alguna rama con intención de quebrarla; pero la vigilancia infatigable

de los indios frustraba este propósito, por lo que le fue preciso renunciar al advertir las feroces miradas de sus conductores que velaban sobre ella, apresurándose a hacer un ademán que revelaba un temor que no experimentaba para eludir sus sospechas.

Sin embargo, en una ocasión llegó a romper una rama de zumaque, y por una inspiración repentina dejó caer un guante para que quedase una señal más cierta de su paso. Esta astucia no pasó inadvertida a la penetración del hurón que iba a su lado, recogió el guante, se lo devolvió, quebró y rozó algunas ramas de zumaque para hacer creer que algún animal silvestre había atravesado aquel zarzal, y llevó la mano al hacha con gesto expresivo y amenazador, lo cual quitó por completo a Cora el deseo de dejar el menor rastro tras de sí.

Los caballos podían dejar impresas sobre la tierra las huellas de sus pies; pero cada grupo de hurones lo había llevado, y esta circunstancia podía engañar a los que acudiesen en socorro de los cautivos.

Heyward hubiera llamado veinte veces a su conductor y atrevídose a hacerle algunas reconvenciones, si el aspecto sombrío y reservado del salvaje no lo hubiese desanimado. Durante toda la marcha, Zorro Sutil sólo se volvió dos o tres veces para mirar a la pequeña tropa, pero sin pronunciar una palabra. Sin más guía que el sol, o consultando acaso aquellas señales que únicamente la sagacidad de los indios puede descubrir, marchaba con paso firme, sin vacilar nunca y casi en línea recta por aquella numerosa floresta cortada por pequeños valles, montañas de escasa elevación, arroyos y ríos. Estuviese trillada la senda, indicada tan sólo o por completo borrada, su paso era siempre firme y seguro. Parecía insensible a la fatiga. Cuando los cautivos alzaban la vista, lo veían a través de los troncos de los pinos caminando con resolución y la frente erguida. La pluma que adornaba la cabeza del magua era agitada constantemente por el aire, impelido al marchar con rapidez.

Esta celeridad debía obedecer a algún propósito. Después de haber atravesado un valle, en cuyo fondo serpenteaba la plateada cinta de un delicioso arroyo, comenzó a subir una pequeña cumbre tan escarpada, que Alicia y Cora viéronse obligadas a apearse para poder seguirlo. Sobre la cumbre había una llanura poco dilatada, poblada de algunos árboles; Zorro Sutil tendiose al pie de uno de ellos para descansar.

La marcha había sido tan rápida, que todos tenían necesidad de recobrar aliento.

CAPÍTULO XI

—Maldita sea mi tribu, si te otorgo mi perdón.

(El mercader de Venecia, SHAKESPEARE.)

El lugar elegido por Zorro Sutil para descansar él y dar descanso a los hurones que lo acompañaban, era una prominencia de forma piramidal, semejante a las colinas artificiales, y que tanto abundan en los valles de los Estados Unidos. La cima del montecillo en que se había detenido el magua era llana; pero la subida era rápida y muy áspera por uno de sus lados. La ventaja que esta altura ofrecía era su escarpe y forma que la hacían casi inaccesible y facilitaban mucho la defensa.

Pero, como el mayor, con el tiempo que había transcurrido y el terreno que habían andado, había perdido ya la esperanza de recibir socorros, observó estas circunstancias con la mayor indiferencia, y sólo se ocupó en consolar y animar a sus infortunadas compañeras. Los salvajes, cuando hubieron quitado los frenos a los caballos para que pudiesen pacer la poca hierba que crecía en aquel sitio, ofrecieron las escasas provisiones, encontradas en la caverna, a los cuatro prisioneros, que habían tomado asiento bajo la sombra de un álamo blanco, cuyas ramas se elevaban a guisa de dosel sobre sus cabezas.

No obstante la rapidez con que habían caminado, uno de los indios había podido atravesar con una flecha un cervatillo, y echándoselo a la espalda lo llevó hasta allí, y sus compañeros, después de elegir los pedazos que les parecieron más delicados, se pusieron a comer la carne cruda sin ninguna especie de condimento. El magua negose a comer tan poco sabroso manjar, y permaneció a alguna distancia sumergido en profundas reflexiones.

Esta abstinencia, muy extraña tratándose de un indio, llamó al fin la atención de Heyward, quien pensó que el hurón recapacitaba sobre los medios de que podría valerse para burlar la vigilancia de los demás hurones, y obtener las recompensas que se le habían prometido. Deseando contribuir con sus consejos al éxito de los planes que formase el Zorro Sutil, y acrecentar la fuerza de la tentación, púsose en pie, adelantose afectando indiferencia al magua, y le dijo con la mayor naturalidad que le fue posible:

—¿El Zorro Sutil no ha caminado bastante frente al sol para no temer nada de los habitantes del Canadá? ¿No sería conveniente que el jefe del fuerte Guillermo-Enrique viera a sus dos hijas, antes que las

sombras de otra noche endurezcan su corazón al sentimiento de su pérdida y le hagan quizás menos espléndido en sus dones?

—¿Por ventura los hombres blancos aman menos a sus hijos por la mañana que por la noche? —preguntó el indio fríamente.

—No, por cierto —apresurose a responder Heyward para corregir el error que creía haber cometido—, el hombre blanco puede olvidar y olvida con frecuencia el lugar de la sepultura de sus padres, deja algunas veces de acordarse de los seres a quienes ha prometido amar siempre; pero la ternura de un padre para con su hijo no muere mientras su cuerpo presta sombra a la tierra.

—¿Puede haber tanta ternura en el corazón del viejo blanco? —volvió a preguntar el magua—. ¿Pensará mucho tiempo en los hijos que le han dado sus esposas? Es duro con sus guerreros y sus ojos son de piedra.

—El deber le exige a veces que sea severo para aquellos que lo merecen; pero es justo y humano con los que se portan bien, he conocido muchos padres buenos, pero jamás he visto un hombre que ame tanto a sus hijos como el viejo jefe blanco. Zorro Sutil ha visto la cabeza gris en la primera fila de sus soldados, pero yo he visto sus ojos llenos de lágrimas cuando me hablaba de sus dos hijas, las jóvenes que son ahora prisioneras del magua.

Heyward enmudeció de pronto porque no sabía cómo interpretar la expresión que adquirían las facciones del indio, que le escuchaba con particular atención. Primero creyó que la alegría que revelaba el hurón al oír encomiar el cariño que Munro profesaba a sus dos hijas, dimanaba de la esperanza de que la recompensa fuese mayor y más segura; pero, a medida que avanzaba él en su discurso, reflejaba el rostro de Zorro Sutil una expresión tan extraña de ferocidad, que ya no pudo menos de temer que la causa de su emoción era otra más fuerte y siniestra que la del interés.

—Retírese —dijo el indio suprimiendo toda señal exterior de enternecimiento, y sustituyéndola por una tranquilidad aparente muy parecida a la del sepulcro—; retírese, y diga a la joven de los ojos negros que el magua desea hablarle; el padre no olvidará lo que la hija haya prometido.

Heyward creyó que este discurso estaba inspirado en el deseo de obtener una recompensa mayor, o a lo menos en la seguridad de que las promesas que se le hicieran serían fielmente cumplidas. Volviose, pues, al álamo, a cuya sombra descansaban de sus fatigas Alicia y Cora,

a quienes enteró de las pretensiones que había manifestado el magua de hablar con la mayor.

—Ya conoce usted a los indios —le dijo al conducirla hacia el lugar donde le esperaba el salvaje—, hágale espléndidos ofrecimientos de pólvora, mantas, y sobre todo de aguardiente, que es el artículo más precioso para todas estas gentes, y no haría mal si prometiese también algunos presentes de su propia mano con la gracia que le es característica. Considere bien, Cora, que de su astucia y habilidad depende quizás su vida y la de Alicia.

—¿Y la de usted, Heyward?

—La mía no vale nada; la he consagrado ya a mi rey, y pertenece al primer enemigo que pueda sacrificarla; yo no dejo un padre que me llore, y tengo pocos amigos que derramen lágrimas por mí, pues saben que con frecuencia he buscado la muerte en el camino de la gloria. Pero silencio, que estamos ya cerca del indio. Magua, aquí está la joven a quien desea hablar.

Zorro Sutil púsose en pie lentamente y permaneció más de un minuto silencioso e inmóvil. Luego hizo a Heyward una seña para que se retirase, diciendo:

—Cuando el hurón habla con sus mujeres, todos los oídos de sus inferiores deben estar cerrados.

—Retírese, Heyward —dijo Cora sonriéndose tranquilamente al advertir que el mayor dudaba en dejarla— la delicadeza lo exige; vaya a hablar a Alicia, e inspírele esperanzas halagüeñas.

Esperó la joven que el mayor se separase, y volviéndose luego hacia el magua, le dijo con la dignidad propia de su sexo:

—¿Qué tiene que comunicar el Zorro Sutil a la hija de Munro?

—Escuche —repuso el hurón tratando de ponerle la mano sobre el brazo como para llamar más su atención, pero siendo enérgicamente rechazado por Cora, que se apresuró a retirar el hombro para evitar aquel contacto—. El magua era jefe y guerrero entre los hurones de los lagos. Antes de ver un hombre blanco había visto cómo el sol de veinte estíos deshelaba la nieve de veinte inviernos, y era feliz. Entonces sus padres vinieron del Canadá a los bosques, le dieron a beber aguardiente, y se volvió furioso. Los hurones lo arrojaron lejos de las tumbas de sus padres, como pudieran haberlo hecho con un búfalo salvaje. Siguió las orillas de los lagos, y detúvose en la ciudad del Cañón; allí vivía de la caza y de la pesca; pero también fue rechazado y lanzado a los bosques de sus enemigos, hasta que, al fin, el jefe que nació hurón convirtiose en guerrero entre los mohawks.

—Algo conocía yo de esa historia —dijo Cora al observar que de vez en cuando interrumpía el magua su relato, como para calmar las pasiones que inflamaba en su corazón la memoria de las injusticias de que suponía haber sido víctima.

—¿Es, por ventura, responsable el magua de no tener la cabeza de piedra? ¿Quién le dio a beber el aguardiente? ¿Quién de manso que era le hizo furioso? Los rostros pálidos, los hombres de su color.

—Y porque haya habido hombres inconsiderados cuya tez se parezca a la mía, ¿debo yo responder de sus acciones?

—No, el magua no es un loco y razona; sabe perfectamente que las mujeres como usted no abren jamás la boca para beber aguardiente. El Gran Espíritu les ha concedido el don de la prudencia.

—Pues, ¿qué puedo yo hacer o decir respecto a sus infortunios o errores?

—Escúcheme: cuando sus padres ingleses y franceses desenterraron el hacha de guerra, levantó el Zorro Sutil la suya con los mohawks y combatió contra su pueblo; los rostros pálidos rechazaron a los pieles rojas al interior de los bosques, y ahora es un blanco quien nos manda en la guerra. El viejo jefe del Horican, su padre, era el jefe de nuestra nación. Decía a los mohawks: hagan esto, hagan aquello, y era obedecido. Hizo una ley para castigar al indio que, después de beber aguardiente, entrase en las tiendas de campaña de sus guerreros. El magua abrió locamente su boca, y el aguardiente lo llevó hasta la tienda de Munro. ¿Qué hizo entonces la cabeza gris? Que lo diga su misma hija.

—Cumplió la ley que había dictado, e hizo justicia castigando al delincuente.

—¡Justicia! —repitió el indio lanzando al rostro tranquilo y sosegado de Cora una mirada de ferocidad—. ¿Es justicia el hacer uno mismo el mal y castigar a los otros? El magua era inocente puesto que el aguardiente hablaba y obraba por él; pero Munro no lo juzgó así, el jefe hurón fue preso, atado a un poste, y azotado delante de todos los guerreros blancos.

No se atrevió Cora a replicar, porque no sabía cómo disculpar este acto de severidad, quizá imprudente, de su padre.

—Vea —prosiguió el Zorro Sutil abriendo un poco la ligera tela de indiana que cubría en parte su pecho—, estas cicatrices son obra de las balas y los cuchillos, y un guerrero puede mostrarlas a todo su pueblo, porque le honran. Pero la cabeza gris ha grabado en las espaldas del jefe hurón otras señales, que es preciso ocultar como una mujer, bajo esta tela que han pintado los hombres blancos.

—Siempre había creído que un guerrero indio sabía arrostrar toda clase de sufrimientos, que su espíritu no sentía ni conocía los dolores que mortificaban a su cuerpo.

—Cuando el magua fue atado por los cipayos al poste y le hicieron esta herida —respondió orgulloso el hurón señalando con el dedo una ancha cicatriz que le atravesaba todo el pecho—, el Zorro Sutil se les reía en su cara, diciéndoles que sólo las mujeres daban golpes tan poco dolorosos. Su espíritu estaba entonces en un mundo superior; pero, al sentir las humillaciones de Munro, su espíritu estaba entre los hombres. El espíritu de un hurón no se embriaga jamás, ni pierde nunca la memoria.

—Pero no debe ser vengativo. Si mi padre le ha hecho víctima de una injusticia, demuéstrele, devolviéndole sus dos hijas, que un hurón sabe perdonar una injuria. Heyward le ha prometido, y yo misma...

Movió el magua la cabeza y le prohibió enérgicamente repetir ofertas que despreciaba.

—¿Qué desea, entonces? —preguntó Cora tristemente convencida de que Heyward, extremadamente generoso, se había dejado engañar por la maligna doblez de un salvaje.

—El deseo de todos los hurones es devolver bien por bien y mal por mal.

—¿Quiere vengarse del ultraje que le ha inferido Munro, maltratando a sus dos hijas indefensas? Pensaba que un jefe consideraría más digno de un hombre buscar a su ofensor y tomar la satisfacción propia de un guerrero.

—Los hombres blancos tienen los brazos largos y los cuchillos muy afilados —respondió el indio sonriéndose con feroz alegría—. ¿Qué necesidad hay de que el Zorro Sutil arrostre los mosquetes de los rostros pálidos, cuando tiene entre sus manos el alma de su enemigo?

—Dígame, por lo menos, cuáles son sus propósitos —repuso Cora, haciendo un esfuerzo casi sobrenatural para afectar tranquilidad—. ¿Se propone llevarnos prisioneras a los bosques, o quiere darnos la muerte? ¿No hay ninguna recompensa ni medios capaces de borrar la injuria y suavizar su rencor? Ponga siquiera en libertad a mi hermana y descargue sobre mí toda su cólera. Compre la fortuna entregando una hija a mi padre, y que su venganza se satisfaga con una sola víctima; la pérdida de las dos conduciría a un anciano al sepulcro; ¿y qué provecho, qué satisfacción obtendrá de ello el Zorro Sutil?

—Sigue escuchándome, la joven de los ojos azules podrá volver al Horican y referir al viejo jefe lo que ha ocurrido, si la de los ojos negros me jura por el Gran Espíritu no engañarme.

—¿Qué promesa desea que le haga? —preguntó Cora, que ejercía un secreto ascendiente sobre las pasiones implacables del salvaje.

—Cuando el magua salió de su pueblo, su mujer fue cedida a otro jefe; ahora está en paz con los hurones, y volverá a la sepultura de sus padres a las orillas del gran lago; que la hija del jefe inglés lo siga y habite para siempre en su tienda.

Por atrevida que fuese para Cora semejante proposición, supo dominarse de tal modo que no manifestó la menor debilidad.

—¿Y qué placer podría encontrar el Zorro Sutil en habitar su tienda con una mujer a quien no ama, de color y de pueblos distintos de los suyos? Preferible es que acepte el oro de Munro y que compre con él la mano y el corazón de alguna joven de su misma raza.

Más de un minuto permaneció el indio silencioso, pero sus miradas feroces se fijaron en ella de tal modo, que Cora viose obligada a cerrar los ojos, temerosa de que la hiciese otra nueva proposición más horrible. Al fin volvió el magua a tomar la palabra, y díjole con el tono de la más insultante ironía:

—Cuando los azotes destrozaban las espaldas del jefe hurón, ya sabía éste dónde había de encontrar la mujer que le resarciera de aquella humillación. ¿Qué placer puede compararse al que experimentará el Zorro Sutil al ver que la hija de Munro le lleva el agua, siembra y recoge sus granos, y le sirve de cocinera? El cuerpo de la cabeza gris podrá dormir en medio de sus cañones; pero su espíritu lo tendrá el magua bajo su cuchillo.

—¡Monstruo! —exclamó Cora con un movimiento de indignación que su amor filial le impidió reprimir—. Bien mereces el nombre que te han dado; sólo el genio del mal puede imaginar tan atroz venganza. Confías demasiado en tu poder; pero sabré demostrarte que es efectivamente el espíritu de Munro el que tienes entre las manos y que desafía tu iniquidad.

Contestó el Zorro Sutil a este arrebato de sensibilidad con una sonrisa desdeñosa, que probaba que su resolución era inalterable, y luego, para advertir a su interlocutora que se había concluido ya la conferencia, ordenole, por señas, que se retirase.

Cora, casi arrepentida de su arrebato, se vio obligada a obedecer porque el magua había ya ido a reunirse con sus compañeros, que concluían su repugnante comida. Entonces corrió Heyward al encuentro de aquélla, y preguntole el resultado de la conferencia, durante la cual había tenido constantemente los ojos fijos en los dos interlocutores; pero Cora encontrábase ya muy cerca de Alicia, y no queriendo aumentar sus

temores, evitó el responder directamente a esta pregunta. Sin embargo, sus facciones pálidas y desfiguradas y las inquietas miradas que arrojaba a sus guardias, revelaron al mayor el poco éxito obtenido.

Preguntole su hermana si había logrado conocer qué suerte les estaba reservada, y Cora limitose a extender un brazo hacia el grupo de los salvajes, exclamando con una agitación que no pudo dominar, mientras estrechaba a Alicia contra su pecho:

—¡Allí! ¡Allí! Lean el destino en sus rostros. ¿No lo ven allí?

Este gesto y su voz entrecortada, produjeron todavía más impresión que sus palabras y las miradas de sus oyentes se dirigieron enseguida al punto en que las suyas estaban fijas con la atención propia de momento tan angustioso.

Cuando el magua llegó junto a los salvajes que estaban tendidos indolentemente en el suelo, empezó a arengarlos con la gravedad peculiar de un jefe indio, y desde las primeras palabras que pronunció pusiéronse en pie sus oyentes, adoptando una actitud de respetuosa atención. Como hablaba en su lengua natural y la vigilancia de los indios no había permitido que los prisioneros se aproximasen, sólo podían éstos conjeturar lo que decía por las inflexiones de la voz, y los expresivos gestos que acompañan siempre a la elocuencia de los salvajes.

Al principio el magua expresábase tranquilamente; pero, cuando hubo llamado bastante la atención de sus compañeros, reveló mayor vehemencia, dirigiendo varias veces la mano hacia los grandes lagos. Heyward supuso que les hablaba del país de sus padres y del lugar de su residencia; los salvajes prorrumpían de vez en cuando en una exclamación de aplauso, contemplándose unos a otros como para alabar al orador.

El Zorro Sutil, que era demasiado hábil para no sacar el mayor partido posible de esta ventaja, habloles del largo y penoso camino que habían hecho al dejar sus bosques y sus tiendas para venir a combatir a los enemigos de sus padres del Canadá. Recordó las heroicidades de los guerreros de su nación; elogió sus triunfos, sus heridas, y el número de cabelleras que habían arrancado, sin olvidarse de tributar elogios a los que escuchaban. Cada vez que designaba a uno, en particular, brillaban los ojos de éste y no titubeaba en confirmar, con sus gestos y sus aplausos, la justicia del panegírico que de él estaba haciendo.

Abandonando después el tono animado y casi triunfante que había adoptado para hablar de los antiguos combates y victorias de sus compañeros, bajó la voz para describir más sencillamente la catarata del Glenn; la posición inaccesible del islote, sus rocas, sus cavernas y

la doble cascada. Pronunció el nombre de «¡La-larga-carabina!» y se detuvo hasta que el eco más lejano repitió los prolongados alaridos que siguieron a esta evocación. Señaló con el dedo a Heyward y describió la muerte del valiente hurón que había sido precipitado en el abismo luchando con él; describió después el fin trágico del otro indio que, suspendido entre el cielo y la tierra, había dado un espectáculo horrible durante algunos instantes, deteniéndose particularmente al hacer la apología de su valor y lamentar la pérdida que había sufrido la nación con la muerte de un guerrero tan intrépido; tributó alabanzas semejantes a los que habían sucumbido en el ataque de la isla y llevó la mano al hombro para mostrar la herida que él mismo había recibido.

Terminada la descripción de los acontecimientos recientemente ocurridos, adquirió su voz un acento gutural, dulce y lastimero; habló de las mujeres e hijos de los que allí habían encontrado la muerte; del abandono en que iban a quedar; de la miseria a que se verían reducidos; de la aflicción a que estaban condenados; y, por último, de la necesidad de vengar en los prisioneros tan grandes ultrajes.

Y adquiriendo de repente su voz una extraordinaria energía, prosiguió:

—¿Acaso son perros los hurones para sufrir tamañas afrentas? ¿Quién osará decir a la mujer de Menowga que el cuerpo de su marido es pasto de los peces y que su pueblo no lo ha vengado? ¿Quién se atreverá a presentarse ante la madre de Wapa-wattimié, esa mujer tan orgullosa, sin mostrarle las manos teñidas con sangre de los asesinos de su hijo? ¿Qué responderemos a los ancianos que nos pregunten cuántas cabelleras cortamos, si no llevamos siquiera una? Todas las mujeres nos señalarán con el dedo; sobre los hurones ha caído una negra y afrentosa mancha que necesitamos lavar con sangre.

Al llegar a este punto, confundiose su voz con los gritos de rabia que exhalaron los demás salvajes, como si en lugar de algunos indios, estuviera reunido en la cima de aquella montaña todo un pueblo.

Mientras el Zorro Sutil pronunciaba su discurso, los desgraciados cautivos veían reflejarse claramente en los rostros de los que lo escuchaban el éxito que obtenía; habían respondido a su patética narración con un alarido de dolor y tristeza, a la pintura de sus triunfos con gritos de alegría y a sus elogios con gestos que los confirmaban. Al hablarles de su valor, se animaron sus miradas con nuevo brillo; al aludir al desprecio con que serían humillados por sus mujeres, inclinaron la cabeza sobre el pecho; pero desde que pronunció la palabra venganza y les persuadió de que ésta estaba en sus manos, como tocaba una

cuerda sumamente sensible para un salvaje, prorrumpieron en gritos de rabia, y, furiosos, corrieron hacia sus prisioneros con el cuchillo en una mano y el hacha en la otra.

Heyward, al ver que se les aproximaban, interpúsose entre las dos jóvenes y sus rabiosos enemigos; y, aunque se encontraba desarmado, atacó al indio que iba delante, con toda la energía que da la desesperación, siéndole más fácil el contenerlo por un momento porque el enemigo estaba muy lejos de esperar semejante resistencia. Esta circunstancia dio tiempo a que el magua interviniese, y con sus gritos, y especialmente con sus gestos, consiguió atraerse nuevamente la atención de sus compañeros, a quienes volvió a arengar. Esta nueva arenga tenía el objeto de incitarles a no dar una muerte tan rápida a sus víctimas, y a prolongar su agonía; proposición que fue acogida con aclamaciones de feroz alegría, y que se dispusieron a llevar enseguida a la práctica.

Dos guerreros robustos arrojáronse al mismo tiempo sobre Heyward, mientras que otro se adelantaba hacia el maestro de canto, que parecía un enemigo menos terrible. No obstante, antes de ceder, resistiéronse ambos vigorosa aunque inútilmente. David derribó en el suelo al salvaje que lo atacaba; y sólo después de haberlo sujetado, pudieron aquellos bárbaros, reuniendo todos sus esfuerzos, dominar a Heyward. Las mismas ramitas flexibles que sirvieron al Zorro Sutil para describir pantomímicamente la catástrofe del hurón, fueron utilizadas para atar al mayor al tronco de un abeto.

Cuando Heyward pudo alzar la vista para mirar a sus compañeros, adquirió la triste seguridad de que la misma suerte les esperaba a todos: a su derecha estaba Cora, sujeta como él a un árbol, pálida y agitada, pero dotada de una firmeza que no se desmentía, observando, a pesar de su angustiosa situación, todos los movimientos de sus enemigos. Las ligaduras con que había sido atada Alicia a otro abeto, servíanle a la infeliz de sostén, pues ella no hubiera podido sostenerse por sí misma; más que persona viviente parecía un cadáver. Tenía la cabeza inclinada, y un temblor convulsivo agitaba todo su cuerpo; sus manos estaban juntas en actitud de orar, pero en vez de levantar los ojos al cielo para encomendarse al único Ser de quien podía esperar socorro, fijábalos en Heyward con una especie de delirio infantil. David había luchado, y esta circunstancia tan nueva para él, le sorprendía a sí mismo, quien permanecía profundamente silencioso como reflexionando si había hecho mal en resistirse.

El deseo de venganza de los hurones no disminuía, y preparábanse a satisfacerla con todos los refinamientos de crueldad que la práctica de

muchos siglos había hecho familiares a todos los individuos de su raza. Unos cortaban ramas para formar hogueras alrededor de las víctimas, otros aguzaban las puntas de los palos para clavarlas en las carnes de los prisioneros cuando estuvieran éstos quemándose lentamente.

Dos salvajes se afanaban en doblar hacia el suelo dos abetos jóvenes, que estaban poco distanciados uno de otro, para atar a ellos a Heyward por los brazos, y soltarlos luego para que volviesen violentamente a recobrar su posición vertical; pero estos diferentes tormentos no lograban satisfacer por completo la venganza del magua.

Mientras que los monstruos menos hábiles que componían aquella horda feroz preparaban a la vista de sus desgraciados prisioneros los medios ordinarios y conocidos de los tormentos a que los destinaban, aproximose el Zorro Sutil a Cora sonriéndose de un modo infernal para hacerle observar todos aquellos preparativos.

—¿Qué le parece esto a la hija de Munro? —le preguntó—. Su cabeza demasiado orgullosa para reposar sobre la almohada de la tienda de un indio, ¿estará acaso mejor cuando ruede como una piedra redonda desde la cima de la montaña para servir de juguete a los lobos? ¿Se niega a amamantar a los hijos de un hurón? Pues verá a los hurones ensuciarle el pecho con su saliva.

—¿Qué quiere decir este monstruo? —exclamó Heyward que, desconociendo las proposiciones que el magua había hecho a la joven, no le comprendía.

—Nada —respondió Cora con tanta dulzura como resolución—. Es un salvaje ignorante y bárbaro, y no sabe lo que dice ni lo que hace. Empleemos los instantes que nos quedan de vida en pedir al cielo que le otorgue el perdón.

—¡Perdón! —exclamó el indio que, ciego de furor, no comprendió lo que Cora decía, y creyó que le rogaba que la perdonase—. La memoria de un hurón es más larga que la mano de los rostros pálidos, y su misericordia más pequeña que su justicia. Hable: ¿devolveré a su padre la joven de los cabellos rubios y los otros dos prisioneros? ¿Consiente en seguir al magua a las orillas del gran lago para dormir con él, llevarle el agua y prepararle la comida?

—Cállese —ordenole imperativamente Cora, que no pudo disimular su indignación, con tono tan sublime que impuso por un instante al bárbaro—. No amargue mis últimas oraciones, no se interponga entre Dios y yo.

La ligera impresión que produjeron en el magua estas palabras fue de poca duración.

—Mire —le dijo enseñándole a Alicia y riéndose ferozmente—; mire cómo llora. Es todavía demasiado joven para morir. Envíela a Munro para que consuele y cuide a su anciano padre.

Cora no pudo resistir el deseo de contemplar a su hermana, y vio en sus ojos el terror, la desesperación y el amor a la vida, tan natural en todos los seres de la creación, especialmente cuando son jóvenes.

—¿Qué dice, querida Cora? —preguntó temblando Alicia—. ¿No habla de enviarnos a nuestro padre?

Cora permaneció algunos instantes con los ojos fijos en su hermana, reflejando en su rostro las más vivas sensaciones que se disputaban el imperio en su corazón; al fin, pudo hablar; pero su voz, perdiendo su habitual firmeza, había adquirido la expresión de una ternura casi maternal.

—Alicia —dijo—; el Zorro Sutil nos ofrece la vida a las dos, hace más, promete devolverte a ti y a nuestro querido Heyward, a nuestros amigos, a nucstro infortunado padre. Sí... sí... domaré este corazón rebelde, este orgullo y altivez hasta el extremo de consentir...

Cuajósele la voz en la garganta, y juntando las manos levantó los ojos al cielo como para impetrar de Dios que le inspirase lo que debía decir y hacer.

—¡Consentir! ¿En qué? Prosigue, amada Cora; ¿qué te exige ese monstruo? ¡Ah! ¿Por qué no se ha dirigido a mí? ¡Con qué placer moriría yo por salvarte, por salvarnos a todos, por salvar a Heyward y llevar un consuelo a nuestro triste padre!

—¡Morir...! —repitió Cora tranquilamente y con resolución—; ¡ah!, la muerte no sería nada; pero la alternativa es horrible. Quiere —continuó bajando los ojos ruborizada—, quiere que le siga a los desiertos; que vaya a habitar con él en la población de los hurones; que pase toda mi vida a su lado; en resumen, que sea su mujer. Habla ahora, Alicia, hermana querida; y usted también, amigo Heyward, ayude a mi débil razón con sus consejos. ¿Compraré la vida a costa de tamaño sacrificio? Alicia, Heyward, ¿consienten en recibirla de mi mano a semejante precio? Hablen, aconséjenme lo que debo hacer; dispongan de mí.

—¿La vida a ese precio? —exclamó indignado Heyward—. Cora, no se burle así de nuestra apurada situación; no hable ya más de esa alternativa infame; el pensarlo sólo es mil veces más horrible que la muerte.

—Ya sabía yo que había de contestarme de ese modo —repuso Cora cuyo color se animó con estas palabras, y cuyas miradas brillaron un instante como un relámpago—. Pero, ¿qué opina mi querida Alicia? No hay sacrificio que no esté dispuesta yo a realizar por ella, sin que mis labios se desplieguen para proferir una queja.

Heyward y Cora dispusiéronse a escuchar en silencio y con la más profunda atención, pero Alicia permaneció muda. Parecía que las pocas palabras que acababan de pronunciarse habían destruido, o suspendido al menos, todas sus facultades. Tenía los brazos caídos, y una ligera convulsión recorría todo su cuerpo; su cabeza estaba inclinada sobre el pecho, y, privadas de fuerza las débiles piernas, sosteníalas únicamente la ligadura con que estaba atada al árbol. Sin embargo, a los pocos momentos pareció reanimarse, reapareció el color en sus mejillas, recobró la cabeza el movimiento necesario para expresar con un gesto expresivo que estaba muy lejos de permitir que hiciese su hermana este sacrificio horrible por salvarlos, y con admirable energía y decisión repuso:

—¡No, no, no...! ¡Muramos antes! Muramos juntas del mismo modo que hemos vivido.

—Pues bien, ¡moriréis! —exclamó el magua rechinando los dientes de rabia al ver a una joven, que creía débil y sin energía, dar repentinamente muestras de tanta firmeza; y, dicho esto, arrojole con toda su fuerza un hacha que tenía en la mano: el arma matadora pasó hendiendo el aire y brilló ante los ojos de Heyward, cortó una trenza de los cabellos de Alicia, y quedó profundamente clavada en el árbol, sobre su cabeza.

Esta salvajada puso a Heyward fuera de sí; prestole nuevas fuerzas la desesperación, y haciendo un vigoroso esfuerzo consiguió romper las ligaduras que lo sujetaban, se precipitó sobre otro salvaje que, lanzando un horrible alarido, levantaba su hacha para descargar un golpe más seguro a su víctima. Los dos combatientes lucharon un momento, cayendo los dos al suelo sin soltarse; pero el cuerpo casi desnudo del hurón hacía el combate más difícil para Heyward, por lo que su adversario pudo soltarse, y poniendo una rodilla sobre el pecho levantó el cuchillo para hundírselo en el corazón.

Ya veía Heyward el arma fatal próxima a darle muerte, cuando en aquel momento sintió pasar silbando una bala, oyó el estampido de un disparo de fuego, respiró su pecho aligerado del peso que lo oprimía, y el salvaje, después de un instante de vacilación, cayó sin vida a sus pies.

CAPÍTULO XII

Parto, señor; pero pronto estaré de regreso.

(La velada de los reyes.)

La repentina muerte del salvaje que luchaba con Heyward produjo gran confusión en el ánimo de los hurones, pero su vacilación no duró

mucho, pues casi instantáneamente se rehicieron, y mientras procuraban averiguar quién había sido el osado que estaba tan seguro de su puntería que no había vacilado en disparar sobre su enemigo sin temor de herir al que deseaba salvar, pronunciaron casi al mismo tiempo todos los labios el nombre de «¡La-larga-carabina!». Heyward enterose así, por boca de sus enemigos, de quién era su libertador.

A aquella voz respondieron grandes gritos que partieron del zarzal, donde los hurones habían ocultado sus armas de fuego. Nuevos rugidos de rabia arrancó a los hurones el hecho de ver a sus enemigos los mohicanos colocados entre ellos y sus fusiles.

Ojo-de-halcón, demasiado impaciente para cargar otra vez su larga carabina, que había encontrado entre las zarzas, abalanzose a ellos con un hacha en la mano; pero, a pesar de la rapidez de su carrera, adelantósele un joven salvaje, que, armado de un cuchillo, púsose delante de Cora. Un tercer enemigo, en cuyo cuerpo medio desnudo tenía pintarrajeados los espantosos emblemas de la muerte, siguió a los dos primeros en una actitud no menos fiera. A los gritos de rabia de los hurones siguieron las exclamaciones de sorpresa al reconocer a los enemigos que venían a combatirlos, y los nombres de Ciervo ágil y de la Gran Serpiente fueron repetidos varias veces en un momento.

El Zorro Sutil fue el primero en reponerse del estupor que este acontecimiento imprevisto les había causado, y al ver que sólo tenían tres adversarios a quienes combatir, alentó a sus compañeros con la voz y el ejemplo, y exhalando un alarido terrible corrió con el cuchillo en la mano hacia Chingachgook, que se detuvo a esperarlo. Ésta fue la señal de un combate general, en el que ninguna de ambas partes disponía de armas de fuego, porque a los hurones les era imposible recobrar sus fusiles, y la precipitación del cazador no había dado tiempo a los mohicanos para tomarlos; por lo tanto, únicamente la astucia y las fuerzas físicas debían decidir la victoria.

Como Uncas se encontraba más adelante que sus compañeros, fue el primero que se vio atacado por un hurón, a quien abrió el cráneo de un golpe de hacha y, nivelado con este primer triunfo el número de los combatientes, ya no tuvieron cada uno sino un enemigo con quien pelear. Heyward arrancó el hacha del magua que había quedado clavada en el árbol a que se encontraba ligada Alicia y defendiose con ella del salvaje que lo atacaba.

Los golpes se sucedían como los granos del granizo y se paraban casi con idéntica habilidad; sin embargo, la fuerza superior de Ojo-de-

halcón triunfó de su antagonista, a quien un golpe de hacha dejó tendido en el suelo.

Mientras tanto, llevado Heyward de un ardor extremado, había arrojado el hacha contra el hurón que lo amenazaba, en vez de esperar que se pusiera al alcance de su brazo. Herido el salvaje en la frente, casi vaciló y detuvo su carrera un momento. El impetuoso Heyward, enardecido con esta ventaja aparente, precipitose sobre él sin armas; pero no tardó en comprender que había cometido una imprudencia, pues necesitó todo su valor y serenidad para evitar los desesperados golpes que su enemigo le asestaba con el cuchillo. Viéndose él imposibilitado para atacarlo, decidió emplear toda su astucia para inmovilizar al enemigo y logró abarcarlo con los brazos apretando los del salvaje contra sus costados; pero este esfuerzo violento había agotado sus fuerzas y le era ya imposible resistir durante mucho tiempo, de modo que preveía que pronto se vería a merced de su adversario, cuando oyó junto a él una voz que gritaba: ¡Muerte y exterminio! ¡No se dé cuartel a los malditos mingos! Y al mismo tiempo, descargando fuertemente sobre la cabeza rasa del hurón la culata del fusil del cazador, enviole a reunirse con sus compañeros que se encontraban ya sin vida.

Tan pronto como el joven mohicano hubo vencido a su primer antagonista, miró en torno suyo como un león enfurecido para buscar otro; al principio el quinto hurón había intentado ayudar al magua a desembarazarse de Chingachgook; pero un espíritu infernal de venganza le hizo variar repentinamente de opinión y, exhalando un alarido de rabia, corrió hacia Cora y arrojole el hacha desde lejos para advertirla de la suerte que le tenía reservada; pero la afilada arma sólo consiguió rozar el árbol y cortar las ligaduras que sujetaban a Cora, la cual, aunque quedó en libertad, no aprovechó la ocasión para huir, sino para correr al lado de Alicia, a quien, después de abrazarla, procuró con mano trémula desatarle las ramas que la retenían sujeta. Este rasgo de generoso cariño hubiera conmovido a cualquiera que no fuese un monstruo; pero el sanguinario hurón permaneció insensible; y siguiendo a Cora agarrola por sus hermosos cabellos, que le caían en desorden sobre el cuello y hombros, y obligándola a mirarlo, hizo brillar ante sus ojos el cuchillo, dándole vuelta alrededor de la cabeza como para hacerle comprender el modo cruel con que iba a despojarla de aquel adorno. Aquel momento de feroz complacencia le costó bien caro, había observado Uncas esta escena cruel, y más veloz que el rayo arrojose en dos saltos sobre su nuevo enemigo; el choque fue tan violento que ambos cayeron rodando; levantáronse al mismo tiempo y luchando con igual coraje, corrió la sangre por el suelo; pero el combate no tuvo mucha duración, porque mientras el cuchillo de Uncas atravesaba el corazón del hurón, el hacha de Heyward y la culata del fusil del cazador le destrozaban el cráneo.

La lucha de la Gran Serpiente con el Zorro Sutil no estaba decidida aún, y estos guerreros bárbaros justificaban el acierto con que se les daban los sobrenombres con que se los conocía; después de estar un rato dando y parando golpes dirigidos por el odio mortal que se profesaban mutuamente, se aferraron uno a otro; cayeron juntos, y siguieron luchando en el suelo, entrelazados como las culebras.

Concluidos ya los otros combates, el lugar en que la pelea continuaba no podía distinguirse sino por la nube de polvo y hojarasca que levantaban ambos adversarios, haciendo el efecto de un remolino. Impulsados por distintos sentimientos de amor filial, de amistad y gratitud, Uncas, el cazador y Heyward, corrieron desolados a socorrer a su compañero; pero el cuchillo de Uncas buscaba inútilmente un paso para atravesar el corazón del enemigo de su padre; en vano Ojo-de-halcón levantaba la culata de su fusil para descargarla sobre su cabeza, y Heyward espiaba sin resultado el momento de poder agarrar un brazo o una pierna del hurón, porque los movimientos convulsivos de ambos luchadores, cubiertos de sangre y polvo, sucedíanse con tal rapidez, que sus dos cuerpos formaban una sola masa, por cuya razón ninguno se atrevía a herir, temiendo equivocar la víctima y ocasionar la muerte a quien deseaba favorecer.

Los feroces ojos del hurón despedían un fulgor siniestro semejante al brillo con que deben irradiar los del fabuloso basilisco y por entre la nube de polvo en que estaba envuelto podía aquel bárbaro leer en las miradas de los que lo rodeaban que no debía esperar misericordia ni piedad alguna; pero antes que hubiese tiempo de descargar sobre él el golpe que le destinaban, ya se encontraba ocupado su lugar por el inflamado rostro del mohicano. Con tan rápidos movimientos los combatientes habían ido avanzando poco a poco y ya casi se encontraban al extremo de la plataforma que coronaba el montecillo. Al fin, Chingachgook pudo herir con el cuchillo a su enemigo, y en el mismo instante el magua soltó su presa y exhalando un profundo suspiro, cayó sin movimiento y sin dar señales de vida. El mohicano se apresuró a levantarse y atronó los bosques, con sus gritos de triunfo.

—¡Victoria a los delawares! ¡Victoria a los mohicanos! —exclamó Ojo-de-halcón; pero, acto seguido, agregó—: Un buen culatazo para rematarlo, dado por un hombre de sangre pura, no privará a nuestro

amigo del honor de la victoria, ni del derecho que tiene a apoderarse de la cabellera del vencido.

Dicho esto, levantó el fusil en el aire para descargar el golpe sobre la cabeza del hurón; pero en aquel momento hizo el Zorro Sutil un movimiento rápido que lo llevó al borde de la montaña, y dejándose deslizar por la pendiente, desapareció en menos de un minuto confundido entre los zarzales. Los dos mohicanos, que habían creído muerto a su enemigo, quedaron profundamente sorprendidos; pero, enseguida, lanzaron un grito terrible y salieron en su persecución con el ardor de dos galgos que siguen el rastro de una pieza. El cazador, cuyas preocupaciones sobrepujaban siempre a su sentimiento natural de justicia en todo lo referente a los mingos, les hizo desistir de su propósito llamándolos de nuevo a la montaña.

—Déjenle ir —les dijo—, ¿dónde quieren encontrarlo? Ya debe haberse ocultado en alguna huronera; acaba de probarnos que con razón lo llaman el Zorro Sutil, ¡infame cobarde! Un honrado delaware, al ser vencido en un combate leal se hubiera dejado machetear sin resistirse; pero estos bandidos de maguas tienen apego a la vida como los gatos montaraces. Es preciso matarlos dos veces para tener seguridad de que están muertos. Déjenle huir, va solo; no tiene fusil, ni hacha; está herido y se encuentra a mucha distancia de sus compañeros y de los franceses; es como una serpiente a la que se le arrancan los venenosos dientes; ya no puede mordernos, a lo menos por ahora; y tenemos tiempo de ponernos en seguridad. Pero repare, Uncas —prosiguió diciendo—, mire a su padre que ya empieza a hacer su cosecha de cabelleras; creo que sería conveniente cerciorarnos de que todos estos vagabundos están bien muertos, porque, si se les ocurriera levantarse como el otro e ir en su busca, nos veríamos obligados a empezar de nuevo su persecución.

Dichas estas palabras, el honrado e implacable cazador fue a examinar cada uno de los cinco cadáveres tendidos a poca distancia los unos de los otros, removiéndolos con el pie y haciendo uso de la punta del cuchillo para asegurarse de que el espíritu los había abandonado por completo, pero con tan fría indiferencia como un carnicero que arregla sobre su tabla las reses que acaba de degollar. Sin embargo, habíasele anticipado Chingachgook, el cual poseía los trofeos de la victoria, esto es, las cabelleras de los vencidos.

Uncas, por el contrario, renunciando a sus hábitos y aun quizás a su misma inclinación, por una delicadeza de instinto corrió con Heyward hacia donde Cora y Alicia se encontraban, y cuando hubieron desatado las ligaduras que sujetaban todavía a ésta y que Cora no había podido

romper, las dos cariñosas hermanas abrieron a un mismo tiempo los brazos y se estrecharon mutuamente con la mayor efusión.

No intentaremos describir la gratitud que sentían sus almas a Dios, al verse devueltas a la vida y a su padre de un modo tan inesperado; sus acciones de gracias fueron solemnes y silenciosas. Alicia, tan pronto como se vio libre y hubo abrazado y besado a su hermana, se puso de rodillas, y no se levantó sino para arrojarse nuevamente en los brazos de Cora, prodigándole las más tiernas caricias, que ésta le restituía con usura. Sollozaba al pronunciar el nombre de su padre, y en medio de sus lágrimas, sus ojos, apacibles como los de la paloma, brillaban con el fuego de la esperanza, que la reanimaba reflejándose en su rostro una expresión casi celestial.

—¡Ya estamos libres! —exclamó—, ya estamos libres; podrá abrazarnos nuestro tierno padre, y su corazón no será despedazado con el cruel sentimiento de nuestra pérdida. ¡Y tú también, Cora, querida hermana mía, que eres para mí más que una hermana, estás libre conmigo; y usted también, Heyward —añadió mirándolo con una sonrisa angélica—, nuestro querido y valeroso Heyward, ya está libre de tan horroroso peligro!

Cora no dio a estas palabras, pronunciadas con el mayor entusiasmo, otra respuesta que volver a abrazarla; Heyward no se avergonzó de derramar lágrimas; y hasta Uncas, ensangrentado, y aparentemente espectador impasible de una escena tan tierna, revelaba en la expresión de sus miradas que estaba mucho más civilizado que los demás salvajes, sus compatriotas.

Mientras se desarrollaban estas tiernísimas escenas, Ojo-de-halcón había concluido de convencerse de que ninguno de los enemigos tendidos en tierra podía causarles ya el menor daño, y acercándose a David lo libertó de los lazos que había soportado hasta entonces con admirable paciencia.

—Ya está usted —dijo el cazador echando a sus espaldas la última rama que acababa de cortar—, ya está, repito, completamente libre, aunque no se sirva de los miembros con más discreción de la que la Naturaleza ha revelado al formarlos. Si no le enojan los consejos de un hombre, que aunque no es todavía muy viejo, ha pasado la mayor parte de su vida en los desiertos y ha adquirido más experiencia que la que suele tenerse a sus años, le diré lo que pienso, y es que haría perfectamente bien vendiendo al primer loco que encuentre ese instrumento que le sale del bolsillo, y con el dinero que le den compre un arma que le sea útil y le sirva de medio de defensa. De este modo, con cuidado y habilidad podría llegar a ser algo, porque imagino que ahora se habrá convencido de que hasta el mismo cuervo vale más que el sinsonte; pues el primero contribuye a hacer desaparecer de la superficie de la tierra los cadáveres putrefactos, y el otro sólo sirve para engañar con su canto a los que le oyen.

—Las armas y los clarines son para la guerra —respondió David ya libre—, y los cánticos de acción de gracia para la victoria. Amigo —dijo tendiendo al cazador su pequeña mano mientras asomaban a sus ojos lágrimas de gratitud—, te doy gracias porque mis cabellos crezcan todavía sobre mi cabeza; los habrá más hermosos y mejor rizados, pero estoy contento con los míos, y los he considerado muy adecuados a mi condición; si no he tomado parte en la batalla, no ha sido por falta de buena voluntad, sino por habérmelo impedido las ligaduras con que me habían amarrado esos paganos; tú te has mostrado valiente y hábil durante la pelea, y si me he apresurado a darte las gracias antes de cumplir con otros deberes más solemnes e importantes, es porque eres merecedor de los elogios de un hombre cristiano.

—Lo que yo he hecho no tiene importancia alguna —respondió Ojo-de-halcón mirando a David más afectuosamente que hasta entonces— y podrá ver otro tanto, más de una vez, si permanece mucho tiempo entre nosotros; pero he encontrado a mi antiguo compañero el Matagamos, y esto equivale a una victoria. Los iroqueses son perversos; pero en esta ocasión han olvidado toda su estrategia colocando sus armas de fuego fuera del alcance de su mano. Si a Uncas y su padre se les hubiera ocurrido tomar un fusil como a mí, habríamos llegado contra estos bandidos con tres balas en lugar de una y todos hubieran caído, hasta el pícaro que se ha escapado; pero, cuando el cielo lo ha dispuesto de este modo, seguramente será porque así nos conviene...

—Es cierto —respondió David—, ése es el verdadero espíritu del cristianismo, conforme a lo que explican en sus páginas los libros sagrados.

El cazador, que había tomado asiento y examinaba todas las piezas de su fusil tan cuidadosamente como un padre examina los miembros del hijo que acaba de sufrir una caída peligrosa, levantó hacia David los ojos con viveza, e, interrumpiéndolo, le dijo:

—¡Me habla de libros! ¿Me considera acaso un niño que no ha salido todavía del cascarón? ¿Cree que la carabina que estoy examinando es alguna pluma de ganso, mi frasco un tintero y mi morral algún pañuelo para llevar la comida a la escuela? ¡Libros! Un hombre de mi temple, que soy un guerrero del desierto, aunque mi sangre es pura, ¿para qué

necesita los libros? Yo no he leído jamás sino uno sólo, y las palabras que están escritas en él son tan claras y sencillas que no han menester comentarios; aunque puedo alabarme de haber leído constantemente en él durante cuarenta años.

—¿Y qué libro es ése? —preguntó el maestro de canto que no comprendía lo que acababa de decirle su interlocutor.

—Es un libro prodigioso que permanece siempre abierto ante los ojos, su dueño no es nada avaro y permite que todos lo lean. He oído asegurar que existen personas que necesitan los libros para convencerse de que existe Dios. ¿Es posible que los hombres en las poblaciones desfiguren sus obras hasta el extremo de hacer dudoso para los sabios lo que es claro y evidente en el desierto? Si hay alguno que dude, que me siga de un sol a otro por lo más intrincado de los bosques, y yo le mostraré suficientes pruebas para persuadirle de que es un loco y que su mayor locura consiste en pretender elevarse al nivel de un Ser, cuya bondad y poder no podrán ser igualados jamás.

Después de decir esto, se levantó Ojo-de-halcón moviendo la cabeza, y, murmurando algunas palabras entre dientes, fuese a reconocer el arsenal de los hurones. Chingachgook, que había ido tras él, encontró su fusil y el de su hijo. Heyward y David encontraron de este modo el medio de armarse, pues no faltaban tampoco municiones para que las armas les fueran útiles.

Cuando los dos amigos eligieron y distribuyeron las demás armas, anunció el cazador que ya era tiempo de partir. Las dos hermanas, que se habían tranquilizado, sostenidas por Heyward y el joven mohicano, bajaron de la montaña adonde habían sido conducidas por guías tan diferentes, y cuya cima estaba destinada a ser el teatro de una escena horrible; y montando nuevamente en sus caballos, que habían tenido tiempo de descansar y de pacer, siguieron al conductor, que en momentos tan terribles habíales dado pruebas de adhesión y afecto.

No tardaron en hacer el primer descanso, pues Ojo-de-halcón, abandonando la senda que los hurones habían seguido a la venida, torció a la derecha, atravesó un riachuelo poco profundo, y detúvose en un vallecito sombreado por algunos álamos negros, a un cuarto de milla de distancia. Las dos hermanas sólo habían tenido necesidad de los caballos para pasar el arroyuelo.

Aquel sitio no era desconocido para los indios ni para el cazador, y desde el momento que llegaron a él, arrimaron sus fusiles a un árbol, empezaron a barrer las hojas casi secas amontonadas al pie de tres sauces que allí había, y cavaron un poco la tierra con los cuchillos, brotan-

do enseguida una fuente de agua limpia y cristalina. Ojo-de-halcón miró en torno suyo en busca de algo que deseaba encontrar y no distinguía.

—Estos infames mohawks, o sus hermanos los tuscaroras, o los oneidas, han estado aquí, y se han llevado mi calabaza. No se puede hacer favores a estos perros. En obsequio suyo ha prodigado Dios sus bienes por el desierto, haciendo brotar de las entrañas de la tierra un manantial de agua viva que puede competir con todas las tiendas de los boticarios de las colonias; pero los canallas lo han obstruido, pisando la tierra con que lo han cubierto. ¡Parecen brutos y no criaturas humanas!

En tanto que el cazador desahogaba en esta forma su mal humor, Uncas presentole sin hablar la calabaza que había encontrado entre las ramas de un sauce, y que las miradas impacientes de sus compañeros no habían encontrado; la llenó de agua Ojo-de-halcón y fuese a tomar asiento a algunos pasos de allí; la vació, al parecer con fruición, y púsose a hacer un detenido examen de los restos de víveres abandonados por los hurones, que había adoptado la precaución de guardar en su morral.

—Muchas gracias —le dijo a Uncas devolviéndole la calabaza vacía—; ahora vamos a saber cómo se alimentan estos malditos hurones en sus expediciones. ¡Vean ustedes qué bien conocen los pícaros los bocados más delicados del cervatillo! Cualquiera creería que saben condimentar y trinchar una tajada de venado lo mismo que el mejor cocinero del país; pero, sin embargo, todo está crudo, porque estos iroqueses son unos verdaderos salvajes. Uncas, tome mi eslabón y encienda usted fuego, pues un pedazo de asado nos repondrá algo de las fatigas que hemos sufrido.

Al observar Heyward que sus guías tenían verdadero apetito, ayudó a apearse a las dos hermanas, hízoles tomar asiento sobre el césped para que descansaran un poco, y, mientras se hacían los preparativos de cocina, llevole la curiosidad a informarse del cúmulo de circunstancias que había conducido a los tres amigos al lugar en que ellos se encontraban a tiempo de poder salvarlos.

—¿A qué debemos el placer de haberles visto tan pronto, mi generoso amigo? —preguntó al cazador—. ¿Cómo es que no han traído ningún socorro de la guarnición del fuerte Eduardo?

—Si hubiéramos pasado más allá del recodo del río, no nos habría sido posible prestarles otro auxilio que el de cubrir de hojas sus cuerpos; pero demasiado tarde para salvar sus cabelleras: no, no; en vez de fatigarnos y perder tiempo corriendo al fuerte, hemos preferido quedarnos emboscados junto a las orillas del río para espiar los movimientos de los hurones.

—¿Luego han visto todo lo que ha pasado?

—Los ojos de los indios son extremadamente perspicaces para que se les escape nada, y por esta razón hemos permanecido ocultos con el mayor cuidado; pero ha costado gran trabajo contener a este joven para que permaneciese tranquilo con nosotros. ¡Ah! Uncas se ha conducido como mujer curiosa más bien que como guerrero de su nación.

La mirada penetrante de Uncas posose un momento sobre el cazador; pero no respondió ni dio señal alguna que revelase que estaba arrepentido de su conducta, sino todo lo contrario. Heyward creyó advertir que la expresión de la fisonomía del joven mohicano era altiva y desdeñosa, y que, si permanecía callado, era tanto por respeto a los que le escuchaban como por su habitual deferencia a la opinión de su compañero blanco.

—Pero, ¿vieron ustedes que habíamos sido descubiertos?

—Lo oímos —repuso Ojo-de-halcón dando particular expresión a estas palabras—, los gritos de los indios son un lenguaje sumamente expresivo para el que ha pasado su vida en los bosques. Pero en el instante en que desembarcaron, nos vimos obligados a deslizarnos como las serpientes por entre la maleza para no ser descubiertos, y desde entonces ya no volvimos a verlos hasta que ustedes estuvieron atados a aquellos árboles, en los que, sin nuestro auxilio, hubieran muerto a la usanza del país.

—Nuestra libertad es providencial, pues casi es un milagro el que ustedes tomaran el buen camino, porque los hurones se habían dividido en dos grupos y cada uno de ellos llevaba dos caballos.

—¡Ah! —respondió el cazador como quien recuerda un grande apuro en que se ha visto—. Esta circunstancia pudo habernos hecho perder el rastro; pero decidimos emprender esta ruta, porque juzgamos, y con fundamento, que esos bandidos no se llevarían sus prisioneros por la del norte; pero, después de haber andado algunas millas sin encontrar una sola rama tronchada, como yo lo había encargado, perdí la esperanza de encontrarlos, especialmente cuando observé que todas las huellas que había marcadas en el suelo eran de mocasines.

—Los hurones adoptaron la precaución de calzarnos como ellos —replicó Heyward levantando su pie, para mostrar el calzado indio que le habían obligado a ponerse.

—Es un recurso digno de ellos; pero tenemos nosotros sobrada experiencia para que esta treta nos engañase.

—¿Y a qué circunstancia se debe el hecho de que siguieran por el mismo camino?

—A una circunstancia cuya confesión debía ser una vergüenza para un hombre blanco que no tiene la menor mezcla de sangre india en sus venas; a la opinión del joven mohicano respecto a una cosa que yo debía conocer mejor que él, y que aún me resisto a creer ahora que he reconocido el error.

—¡Es muy extraordinario! Pero, ¿no me dirá cuál es esta circunstancia?

—Uncas —respondió el cazador mirando con interés y curiosidad los caballos de las dos hermanas— se atrevió a asegurarnos que las cabalgaduras de estas señoras pisaban al mismo tiempo con los dos pies del mismo lado, cosa contraria al modo de andar de todos los animales cuadrúpedos que he conocido, exceptuando el oso; y, sin embargo, esos dos caballos andan de este modo, como mis propios ojos lo han visto y como lo prueban las huellas que hemos seguido durante más de veinte millas.

—Ésa es una cualidad distintiva de estos animales nacidos a las orillas de la bahía de Narraganse, en la pequeña provincia de las plantaciones de la Providencia. Son incansables y muy apreciados por la suavidad de su paso, aunque también se puede adiestrar a otros caballos a andar lo mismo.

—Es posible —dijo Ojo-de-halcón, que había escuchado atentamente esta explicación—; sí, es muy posible, porque aunque soy un hombre que no tiene una gota de sangre que no sea de blanco, soy más competente en gamos y castores que en caballerías. El mayor Effingham posee caballos magníficos; pero jamás he visto ninguno que anduviese de un modo tan particular.

—Seguramente —replicó Heyward—, porque él esas circunstancias no las aprecia mucho. Pero no por eso dejan de ser muy estimados y con frecuencia tiene el honor de conducir jinetes semejantes a los que conducen éstos.

Los mohicanos habían interrumpido sus ocupaciones culinarias para oír esta conversación, y cuando Heyward hubo concluido de hablar miráronse el uno al otro sorprendidos, el padre dejó escapar su exclamación ordinaria, y el cazador púsose a reflexionar como quien pretende ordenar en su cerebro los nuevos conocimientos adquiridos hasta que, al fin, mirando nuevamente con curiosidad los dos caballos, agregó:

—Me atrevo a decir que se ven cosas más extrañas en los establecimientos de los europeos, porque el hombre abusa terriblemente de la Naturaleza cuando la ha dominado una vez; pero, de todos modos, sea cual fuere el modo de andar de estos caballos, natural o adquirido, derecho u oblicuo, lo cierto es que Uncas lo había observado, y sus huellas nos condujeron a un matorral, cerca del cual había señales de la pata de un caballo, y la rama más elevada de un zumaque había sido tronchada a una altura a que no era posible llegar sino puesto a caballo; en tanto que las más bajas estaban rotas y rozadas intencionadamente por un hombre a pie, de lo cual deduje que alguno de estos pícaros había visto romper a una de estas señoritas la rama más alta, e hizo aquel estrago con la pretensión de que se creyera que algún animal silvestre se había revolcado en aquel matorral.

—Su sagacidad no le ha engañado, porque así es precisamente como ha sucedido.

—No era difícil conocerlo sin que hiciera falta más sagacidad que para notar el paso de un caballo. Entonces supuse que los mingos vendrían a esta fuente, porque la virtud de su agua les es conocida.

—¿Según eso, es muy famosa? —preguntó Heyward examinando más atentamente aquel retirado vallecito, y el manantial que estaba cubierto por una tierra negruzca.

—De los pieles rojas que viajan al sur o al este de los grandes lagos son muy pocos los que no han oído alabar sus propiedades. ¿Quiere usted probarla?

Heyward tomó la calabaza, y después de beber algunas gotas de agua que contenía, la devolvió haciendo un gesto de asco y disgusto que hizo sonreír al cazador, el cual movía la cabeza con aire de complacencia.

—Ya veo que le desagrada, y es porque no está acostumbrado; en otra época tampoco a mí me gustaba, pero ahora la encuentro tan deliciosa que estoy sediento de ella como el gamo de la del río, los mejores vinos no son tan gratos a su paladar como lo es esta agua a los de los pieles rojas, especialmente cuando se sienten desfallecer, porque posee una virtud fortificante. ¡Ah! Uncas ha preparado ya nuestro asado, y es ya tiempo de tomar alimento, pues todavía necesitamos andar mucho.

E interrumpida de este modo la conversación, púsose el cazador a comer los restos del venado que escaparon a la voracidad de los hurones; la vianda fue servida sin más ceremonia que la que se había usado en prepararla, los dos mohicanos y él satisficieron su apetito callada y prontamente, según es costumbre entre aquellos hombres que no piensan más que en ponerse en situación de entregarse a nuevos trabajos y soportar nuevas fatigas.

Concluida esta grata obligación, vaciaron los tres las calabazas llenas de agua de aquella fuente medicinal, en cuyas proximidades, de cincuenta años a esta parte, se reúnen para buscar el placer y la salud la Hermosura, la Riqueza y el Talento de todo el Norte de América.

Ojo-de-halcón dio la señal de ponerse en marcha, y las dos hermanas montaron a caballo mientras Heyward y David empuñaban sus armas y se colocaban al lado o detrás de ellas, según el terreno lo permitía; el cazador iba delante, y los dos mohicanos cerraban la marcha.

Adelantose hacia el norte la pequeña comitiva, mientras las aguas de la fuente se deslizaban hacia el arroyo inmediato, y los cadáveres de los hurones se pudrían insepultos en la cima de la montaña; suerte extremadamente ordinaria de los guerreros de aquellos bosques que no excita la conmiseración ni merece comentario.

CAPÍTULO XIII

Voy buscando un camino más fácil.

PARNELL.

Ojo-de-halcón siguió el mismo camino que los viajeros prisioneros del magua habían recorrido aquella mañana, cortando diagonalmente las arenosas llanuras cubiertas de bosques e interrumpidas a trechos por pequeños valles y montecillos. El sol empezaba a ocultar lentamente su disco de oro tras el lejano horizonte, el calor habíase amortiguado y respirábase con más libertad bajo la fresca bóveda que formaban los grandes árboles del bosque, los viajeros marchaban apresuradamente, y, antes que el crepúsculo llegase, habían caminado ya mucho.

El cazador, imitando al salvaje, a quien había reemplazado en el oficio de guía, dirigíase también por los indicios secretos que conocía, marchando siempre al mismo paso, y sin pararse jamás a resolver. Una mirada al musgo de los árboles, o hacia el sol que declinaba, la vista del curso de los arroyos era suficiente para asegurarle que no había equivocado el camino, y no le dejaban ninguna duda sobre ello. Mientras tanto, la selva empezaba a perder sus ricos matices, y aquel hermoso verde, que había brillado todo el día sobre la hojarasca de sus bóvedas naturales, iba convirtiéndose insensiblemente en un negro sombrío, bajo la dudosa claridad que anunciaba la llegada de la noche.

Esforzábanse las dos hermanas por divisar entre los árboles algunos de los últimos rayos del sol que desaparecía majestuosamente tras el horizonte, guarneciendo con una franja de oro y púrpura una masa de nubes acumuladas encima de las montañas occidentales muy cerca del sitio en que los viajeros se encontraban, cuando se detuvo el cazador de pronto, y volviéndose a los que lo seguían extendió el brazo hacia el sol, diciendo:

—Vean ustedes la señal que la Naturaleza ha dado al hombre para que busque el descanso y el alimento necesarios. Muy prudente sería obedecer aprendiendo de los pájaros del aire y de los animales del campo; sin embargo, nuestra noche será corta porque necesitamos reanudar la marcha antes que salga la luna. Yo me acuerdo de haber peleado con los maguas en estos lugares, durante la primera guerra en que derramé sangre humana. Aquí levantamos una especie de fuertecillo de troncos para defender nuestras cabelleras, y, si no me es infiel la memoria, debemos encontrarnos muy cerca de él hacia la izquierda.

Sin aguardar contestación, torció de repente su marcha en aquella dirección, y entró en un bosquecillo de castaños jóvenes, apartando las ramas bajas como esperando descubrir a cada instante el objeto que buscaba; en efecto, no le había engañado su memoria, porque, después de haber andado doscientos o trescientos pasos por entre la maleza y las espinas que le obstruían el paso, entró en un llano del bosque, en el centro del cual había un cerro cubierto de hierbas y coronado por el fuertecillo en cuestión, descuidado y abandonado desde hacía ya mucho tiempo.

Era éste un edificio rústico, honrado con el nombre de fuerte; uno de aquellos edificios que se construían repentina y rápidamente cuando las circunstancias lo exigían, y que, olvidados cuando desaparecía la necesidad del momento, se arruinaban por completo en la soledad del bosque. En la extensa barrera de desiertos que en otra época había separado las provincias unidas, se encuentran con frecuencia semejantes monumentos del tránsito sangriento de los hombres, cuyas ruinas, formando en la actualidad parte de las tradiciones de la historia de las colonias, parece que se acomodan al carácter sombrío de cuanto las rodea. La techumbre de corteza que coronaba esta construcción, habíase destruido hacía muchos años, y los escombros encontrábanse confundidos con la tierra; pero los troncos de pino que se habían reunido apresuradamente para formar las paredes, se mantenían todavía en el lugar en que habían sido colocados, aunque un ángulo del rústico edificio se inclinaba ya considerablemente y amenazaba derrumbarse.

Heyward y sus compañeros temían aproximarse a un edificio que presentaba tal estado de decadencia; pero Ojo-de-halcón y los indios, sin el menor recelo, se apresuraron a entrar, y, mientras el primero lo contemplaba interior y exteriormente con la curiosidad de un hombre cuyos recuerdos se avivaban por momentos, Chingachgook refería brevemente a su hijo en su lengua nativa la historia del combate que se ha-

bía librado, siendo él joven, en aquel retirado sitio, uniéndose al acento de su triunfo cierta expresión de melancolía.

Mientras tanto, Cora y Alicia se apearon con gusto para disfrutar de algunas horas de descanso en la frescura de la noche, persuadidas de que sólo los animales de los bosques podían turbar su reposo.

—Valiente amigo —preguntó Heyward al cazador que había concluido ya de reconocer aquel sitio—, ¿no hubiera sido preferible elegir para descansar un lugar más retirado y tal vez menos desconocido y frecuentado?

—Difícilmente se encontrará actualmente —respondió Ojo-de-halcón con tono pausado y melancólico— quien tenga noticia de la existencia de este antiguo fuerte. No todos los días se hacen libros y se escriben relaciones de escaramuzas semejantes a la que hubo aquí en otro tiempo entre los mohicanos y los mohawks en una guerra que sólo interesaba a ellos. Yo tenía entonces pocos años y tomé partido por los mohicanos, porque sabía que era una raza a la que se calumniaba injustamente. Durante cuarenta días con sus noches estuvieron los bribones rondando, sedientos de nuestra sangre, en torno de este edificio, cuyo plan concebí yo trabajando también después en la construcción, pues ya sabe usted que soy un hombre de sangre pura y no un indio. Los mohicanos me ayudaron a construirlo, y en él nos defendimos diez contra veinte hasta que el número de ambas partes combatientes se igualó; entonces hicimos una salida contra estos perros, y no quedó uno solo que pudiese dar noticia a su pueblo de la pérdida de sus compañeros. Sí, sí, entonces era yo joven, la vista de la sangre era una cosa nueva para mí, y me torturaba la idea de que otras criaturas, animadas como yo por el principio de la vida, iban a quedar tendidas por el suelo para ser pasto de las fieras. Este pensamiento me indujo a dar sepultura a los cadáveres con mis propias manos, precisamente bajo la eminencia en que se han sentado esas señoritas, y que no es tan mala silla aunque tenga por cimientos los huesos de los mohawks.

Estas palabras hicieron poner en pie precipitadamente a las dos hermanas, quienes, a pesar de las escenas terribles que habían presenciado y en las cuales habían estado expuestas a ser víctimas, no pudieron evitar un movimiento instintivo de terror al saber que se encontraban sobre la sepultura de una horda de salvajes. Es preciso confesar, sin embargo, que la opaca claridad del crepúsculo que se oscurecía insensiblemente, el silencio de un extenso bosque, el reducido círculo en que se hallaban y a cuyo rededor formaban una especie de muralla los espesos y elevados pinos, daban más fuerza a esta agitación.

—Ya se fueron, ya no pueden hacer daño a nadie —continuó el cazador sonriendo melancólicamente al ver la alteración de las jóvenes—; ya no se encuentran en estado de lanzar el grito de guerra ni de levantar su hacha, y de todos los que contribuyeron a colocarles ahí ya no existen sino Chingachgook y yo; los demás eran sus hermanos y sus familias, y los que ustedes tienen delante son cuanto queda de su raza.

Los ojos de las dos hermanas volviéronse involuntariamente a los dos indios, a quienes las pocas palabras que acababan de pronunciar les acrecentaban las simpatías. Uncas permanecía en la oscuridad a alguna distancia escuchando la relación que le hacía su padre, con aquella viva atención que excitaban en él los hechos de los guerreros de su raza, de quienes había aprendido a respetar el valor y las virtudes de los salvajes.

—Creía que los delawares era una nación pacífica —dijo Heyward—, que jamás hacía la guerra por sí misma, y que confiaba la defensa de su territorio a esos mismos mohawks contra quienes usted ha combatido con ellos.

—En parte tiene usted razón —repuso Ojo-de-halcón—; pero en el fondo es una mentira infernal, ése fue un tratado hecho mucho tiempo ha por las intrigas de los holandeses, que aspiraban a desarmar a los naturales del país que tenían el derecho incontestable sobre el territorio donde se habían establecido. Los mohicanos, aunque pertenecían a la misma nación, tenían que tratar con los ingleses, y no entraron en este tratado fiando su protección a su propio valor, que es lo mismo que hicieron los delawares cuando abrieron los ojos. Ese que está en su presencia es un jefe de los grandes sagamores mohicanos, y su familia podía cazar los gamos en una extensión de terreno más considerable que la que pertenece actualmente al patrón de Albany sin atravesar un arroyo, sin trepar una montaña que no fuesen suyos; pero, ahora, ¿qué le queda al último ascendiente de esta raza? Podrá quizás encontrar seis pies de tierra, cuando Dios quiera, para dormir su último sueño, si tiene un amigo que se tome la molestia de colocarlo en un hoyo bastante profundo para que la reja del arado no lo alcance.

—Aunque es muy interesante esta conversación, me parece que debe interrumpirla —dijo Heyward temeroso de que el asunto de que el cazador empezaba a hablar originase una discusión capaz de alterar la buena armonía que era tan importante mantener—, hemos andado mucho, y pocas personas de nuestro color poseen ese vigor que les hace desafiar igualmente las fatigas que los peligros.

—Pues lo que me saca con bien de todos estos apuros no son sino los músculos y los huesos de un hombre cuya sangre no está cruzada

—respondió el cazador mirando sus miembros con cierto aire de satisfacción, que revelaba que no era insensible al cumplimiento que se le hacía—. Puede haber en los establecimientos hombres más altos y más robustos; pero podría usted pasearse más de un día por una ciudad antes de encontrar uno que pueda andar cincuenta millas sin detenerse para tomar aliento, o de seguir a los perros durante una caza de muchas horas. Sin embargo, como todas las naturalezas no son iguales, es muy lógico suponer que estas señoras desearán descansar después de todo lo que les ha sucedido hoy. Uncas, descubra la fuente que debe haber debajo de esas hojas, mientras su padre y yo haremos un techo de ramas de castaños que cubra sus cabezas, y les disponemos una cama de hojas secas.

Estas palabras pusieron término a la conversación, y los tres amigos empezaron a disponer todo lo que podía contribuir al descanso de sus compañeras con la comodidad compatible con el sitio y las circunstancias. El manantial, que muchos años antes había sido causa de que aquel sitio fuese elegido por los mohicanos para fortificarse momentáneamente, fue desembarazado de las hojas que lo cubrían, y su agua cristalina corrió por el pie del cerro: un rincón del edificio fue cubierto con ramas frondosas para impedir que el rocío, siempre abundante en aquel clima, penetrase; se preparó debajo una cama hecha de hojas secas, y lo que quedaba del venado asado por el joven mohicano, proporcionó todavía un bocado a Alicia y Cora, que lo comieron más por necesidad que por placer.

Las dos hermanas entraron entonces en el ruinoso edificio, y después de dar gracias a Dios por la protección señalada que les había dispensado, y de suplicarle que continuase protegiéndolas, se acostaron sobre la cama que se les había dispuesto, y a pesar de los desagradables recuerdos que las agitaban, y de algunos temores de que no podían prescindir, no tardaron en conciliar el sueño.

Heyward había decidido pasar la noche en vela a la puerta del viejo edificio, mal llamado fuerte; pero el cazador, adivinando su intención, le dijo sonriéndose al echarse tranquilamente sobre la hierba y mostrándole a Chingachgook:

—Los ojos de un hombre blanco son poco activos y perspicaces y no sirven para desempeñar el papel de escucha en una circunstancia como ésta: el mohicano vigila por nosotros.

—Yo dormí en mi puesto la noche pasada —dijo Heyward—, y estoy menos cansado que ustedes, cuya vigilancia ha hecho más honor a la profesión militar. Duerman ustedes tres, que yo me encargo de quedar de centinela.

—No tendría yo mejor centinela si estuviéramos delante de las tiendas blancas del regimiento número sesenta, y enfrente de enemigos como los franceses; pero, a oscuras y en medio del desierto, su juicio no valdría más que el de un niño, y toda su vigilancia sería inútil; haga, pues, como Uncas y como yo; duerma sin recelo alguno.

Heyward vio que el joven indio habíase ya tumbado efectivamente al pie del cerro, como si deseara aprovechar los pocos instantes que le quedaban para descansar. David había también seguido su ejemplo, y pudiendo más las fatigas de una larga marcha forzada que el dolor que la herida le hacía sufrir, otros acentos menos armoniosos que su voz ordinaria revelaban que ya estaba entregado al sueño. No queriendo, pues, prolongar más tiempo una discusión inútil, Heyward fingió ceder, y se recostó contra los troncos que formaban las murallas del antiguo fuerte, aunque completamente decidido a no cerrar los ojos sino después de haber entregado a Munro el precioso depósito de que se había encargado. El cazador, creyendo que lo había convencido, no tardó en echarse en brazos de Morfeo, y un silencio tan profundo como la soledad en que se encontraban reinó muy pronto en torno de ellos.

Heyward permaneció un largo rato con los ojos abiertos, siguiendo atento al menor ruido que pudiera oírse; pero su vista turbose, al fin, a medida que las sombras de la noche se aumentaban.

Cuando las estrellas brillaban ya sobre su cabeza, distinguía aún a sus dos compañeros tumbados sobre el césped, y Chingachgook en pie y tan inmóvil como el tronco de un árbol que le servía de apoyo; por último, sus párpados formaron una cortina, por entre la cual creía todavía divisar los astros, y en este estado seguía oyendo la suave respiración de Alicia y Cora, que dormían a algunos pasos detrás de él, y el ruido de las hojas y el lúgubre grito del búho. En ocasiones, haciendo un esfuerzo para entreabrir los ojos, los fijaba un momento sobre un matorral, y los volvía a cerrar involuntariamente creyendo haber visto a su compañero de vela, no tardó en inclinar la cabeza sobre el hombro, que también experimentó la necesidad de sostenerse en el suelo.

Invadiole un profundo sueño, durante el cual creyó ser un antiguo caballero que velaba delante de la tienda de una princesa, a quien había libertado, y cuyo amor esperaba conseguir con tal prueba de fidelidad y vigilancia.

Él mismo no supo luego cuánto tiempo había permanecido en aquel estado de insensibilidad; pero gozaba de un dulce reposo, cuando un golpecito que le dieron en el hombro sacole de aquel estado. Desperto-

se despavorido y levantose precipitadamente, con una idea confusa de la obligación que se había impuesto al principio de la noche.

—¿Quién vive? —preguntó buscando su espada en el sitio donde la llevaba de ordinario—: ¿amigo o enemigo?

—Amigo —respondió Chingachgook en voz baja mostrándole con el dedo la luna que por entre la espesura de los árboles arrojaba un rayo oblicuo sobre el edificio, y agregó en inglés chapurrado—: ya tenemos alumbrado el camino y, como el fuerte del hombre blanco está todavía lejos, muy lejos, debemos ponernos en marcha mientras el sueño cierra los ojos del francés.

—Tiene razón —replicó Heyward—; despierte a sus amigos y prepare los caballos, mientras voy a visitar a las señoritas para que se dispongan a partir.

—Ya hemos despertado, Heyward —dijo la dulce voz de Alicia en el interior del edificio—, y el sueño nos ha restituido las fuerzas necesarias para proseguir el viaje; pero tengo seguridad de que usted ha pasado toda la noche en vela... después de una jornada tan larga y fatigosa.

—Diga mejor que hubiera querido velar; pero mis pérfidos ojos me han traicionado y ésta es ya la segunda vez que me reconozco indigno del depósito que se me ha confiado.

—No lo niegue, Heyward —dijo sonriendo la joven Alicia que salía entonces del fuerte mostrando a la luz de la luna las gracias que algunas horas de sueño tranquilo le habían hecho recobrar—: sé perfectamente que usted es tan descuidado cuando se trata de sí mismo, como cuidadoso cuando está en juego la seguridad de los demás; ¿no podemos permanecer aquí un rato mientras usted y esa honrada gente descansan un poco? Cora y yo nos encargaremos de vigilar, y lo haremos con gusto.

—Si la vergüenza desvelase, no cerraría yo los ojos en toda mi vida —respondió el joven oficial, que empezaba ya a encontrarse turbado mirando las ingenuas facciones de Alicia en las que se afanaba por descubrir los síntomas de un secreto propósito de divertirse a su costa; pero no distinguió nada que confirmase esta sospecha—. Por desgracia es indudable que después de haber ocasionado todos los contratiempos que han sufrido ustedes por mi exceso de confianza imprudente, no he tenido ni aun el mérito de haberlas guardado durante el sueño, como corresponde a un buen soldado.

—Sólo usted puede reconvenirse a sí mismo de ese modo —repuso Alicia, cuya generosa confianza se obstinaba en conservar la ilusión que le hacía ver a su joven amante como un modelo de perfección—.

Créame pues, descanse un momento y no dude que Cora y yo desempeñaremos perfectamente el oficio de excelentes centinelas.

Presa de gran turbación, disponíase Heyward a disculparse de nuevo por su falta de vigilancia, cuando lo sorprendió una exclamación que lanzó de repente Chingachgook, aunque con voz contenida por la prudencia, y la actitud adoptada por Uncas para escuchar.

—Los mohicanos oyen un enemigo —dijo el cazador, que hacía ya tiempo estaba preparado para reanudar la marcha—; el viento les trae el rumor de un peligro.

—Dios quiera que se equivoquen —replicó Heyward—, demasiada sangre se ha derramado ya.

Esto no obstante, el militar tomó su fusil y adelantose hacia el claro del bosque, dispuesto a expiar su leve falta sacrificando, si era preciso, la vida en defensa de sus compañeros.

—Quizá se trate de algún animal del bosque que busca presa —dijo en voz baja cuando percibió el rumor lejano que había puesto sobre aviso a los mohicanos.

—¡Cállese! —respondió el cazador—. Son pasos de hombre; yo lo conozco, a pesar de la torpeza de mis sentidos comparados con los de un indio. El maldito hurón que se nos ha escapado habrá encontrado alguna avanzada del ejército de Montcalm, y si han dado con el rastro, nos habrán seguido. Me desagradaría verme obligado a derramar sangre humana en este sitio —añadió mirando con inquietud los objetos que lo rodeaban—; pero acaso tengamos necesidad de ello. Uncas, meta los caballos dentro del fuerte, y ustedes, amigos míos, entren también, que, a pesar de estar ruinoso, podrá protegerlos, y ya está acostumbrado a los tiros.

Todos se apresuraron a obedecer. Los dos mohicanos introdujeron los caballos en el fuerte, adonde les siguió la pequeña comitiva, quedando todo en el más profundo silencio.

Claramente percibíanse ya los pasos de los que se aproximaban, no quedando la menor duda de que eran personas: pronto se oyeron las voces de gentes que hablaban en dialecto indio, y el cazador, pegando su boca al oído de Heyward, le dijo que reconocía el de los hurones. Al llegar al sitio donde los caballos habían penetrado en la maleza, encontráronse desorientados por haber perdido las señales que los habían conducido hasta allí.

A juzgar por el número de las voces parecía que se habían reunido en aquel sitio veinte hombres por lo menos, y que todos emitían al mismo tiempo su opinión respecto a la marcha que convenía seguir.

—Los bribones conocen nuestra debilidad —dijo Ojo-de-halcón, que se encontraba junto a Heyward, y que miraba como él por una abertura entre los troncos de los árboles—; porque, en otro caso, ¿cómo iban a perder el tiempo inútilmente hablando como *squaws*. Escuche, parece que cada uno de ellos tiene dos lenguas y sólo una pierna.

Heyward, valiente en todas las ocasiones, y casi temerario cuando se trataba de pelear, no pudo en este momento de penosa inquietud responder nada a su compañero. Solamente apretó su fusil más fuertemente y aplicó el ojo a la abertura, redoblando su atención como si su vista hubiese podido atravesar la espesura del bosque, y ver, a pesar de la oscuridad, a los salvajes a quienes estaba oyendo.

Restableciose entre éstos el silencio, y la gravedad del tono del que entonces tomó la palabra indicaba que era jefe de aquella tropa. Todos los demás escuchaban respetuosamente las órdenes que daba. Pocos minutos después, el ruido de las hojas y de las ramas reveló que los hurones se habían separado y marchaban por el bosque en varias direcciones, en busca del rastro que habían perdido. Por suerte, la luna, que iluminaba en parte el claro del bosque, era extremadamente débil para dar luz al interior de la selva, y la distancia que los viajeros habían corrido para entrar en el fuerte era tan corta, que los salvajes no pudieron distinguir ninguna señal de su paso, aunque si hubiera sido de día habrían encontrado alguna. Lo cierto es que todas sus pesquisas resultaron inútiles.

Sin embargo, no tardó en percibirse la aproximación de algunos salvajes, que se encontraban ya muy cerca de la barrera de castaños que circundaban el claro del bosque.

—Ya llegan —dijo Heyward retrocediendo un poco para pasar la punta del cañón de su fusil entre dos troncos—; disparemos sobre el primero que se presente.

—Guárdese bien de ello —objetó Ojo-de-halcón—; un solo disparo nos atraería toda la banda que se arrojaría sobre nosotros como una cuadrilla de lobos hambrientos. Si Dios quiere que combatamos para salvar nuestras cabelleras, lo haremos, pues nosotros no volvemos la espalda cuando lanzamos el grito de guerra.

Heyward volvió los ojos hacia atrás y vio a las dos hermanas trémulas y abrazadas en el lugar más apartado del edificio, mientras que los dos mohicanos, derechos y firmes como postes, permanecían en la oscuridad a los dos lados de la puerta con el fusil en la mano, dispuestos a servirse de él cuando las circunstancias lo exigiesen. Tratando de reprimirse y decidido a esperar la seña de gentes más experimentadas en aquella especie de guerra, acercose a la abertura para ver lo que ocurría

fuera. Un hurón muy alto, armado de un fusil y un hacha, entró entonces en el claro del bosque; adelantose algunos pasos, y mientras contemplaba el antiguo edificio, la luna iluminaba de lleno su rostro, en éste se reflejaba la sorpresa y curiosidad de que estaba poseído; lanzó una exclamación y, acto seguido, acudió a su lado uno de sus compañeros.

Los hijos del bosque quedaron inmóviles contemplando el antiguo fuerte, y haciendo muchos gestos al hablar en su lengua nativa, aproximáronse lentamente como gamos asombrados, cuya curiosidad lucha con el espanto. El pie de uno de ellos tropezó con el promontorio al que antes hemos hecho referencia, inclinose para examinarlo y sus gestos expresivos revelaron haber reconocido que cubría una sepultura. En aquel momento advirtió Heyward que el cazador hacía un movimiento para convencerse de que el cuchillo podía salir con facilidad de la vaina, y haciendo lo mismo se preparó a un combate que juzgaba inevitable.

Encontrábanse tan cerca los dos salvajes, que al menor movimiento que hubiesen hecho los caballos no habrían podido escapar a su vigilancia; pero, al descubrir la naturaleza de la elevación de tierra que había atraído sus miradas, no pararon atención en otra cosa y continuaron hablando entre sí. El tono de su voz era grave y solemne como si estuvieran sobrecogidos de un respeto religioso, no exento de terror; retiráronse silenciosos lanzando todavía algunas miradas al edificio arruinado, como si esperasen ver salir los espíritus de los muertos allí sepultados, y, por último, entraron en el bosque de donde habían salido, y desaparecieron.

Ojo-de-halcón apoyó en el suelo la culata de su fusil, y respiró como quien ha retenido el aliento por prudencia y que tiene necesidad de renovar el aire en sus pulmones.

—Sí —dijo—; ellos respetan los muertos, y este respeto les ha salvado la vida por esta vez, y acaso también la nuestra.

Heyward oyó esta observación, pero nada dijo, y toda su atención estaba reconcentrada en los hurones, que ya no se veían, aunque se los oía a poca distancia. Pronto se advirtió que toda la tropa había vuelto a reunirse alrededor de los dos, y escuchaban con gravedad indiana la relación que les hacían sus compañeros de lo que habían visto. Algunos minutos de conversación, que no fue tumultuosa, como la que había seguido a su llegada, bastó sin duda para que se pusieran de acuerdo y volvieran a reanudar la marcha; el ruido de sus pasos se fue alejando y desvaneciendo poco a poco, hasta que al fin se extinguió en las profundidades del bosque.

El cazador esperó, sin embargo, a que una seña de Chingachgook les asegurase de que había desaparecido el peligro, y entonces dijo a Uncas que llevase los caballos al claro del bosque, y a Heyward que ayudase a Alicia y Cora a montar, en todo lo cual fue inmediatamente obedecido, y reanudose la marcha. Las dos hermanas dirigieron la última mirada a las ruinas del fuerte y la sepultura de los mohawks, y la pequeña comitiva internose en el bosque por el lado opuesto al que habían entrado.

CAPÍTULO XIV

—¿Quién va allá?
—Campesinos, una pobre gente de Francia.

(*Enrique VI.* SHAKESPEARE.)

Salieron los viajeros del claro del bosque y volvieron a internarse en la espesura guardando profundo silencio, precaución necesaria que les dictaba la prudencia. El cazador colocose nuevamente a la vanguardia, y aunque ya se encontraban a una distancia que los ponía a cubierto de todo temor, marchaba más lentamente y con mayor circunspección que la precedente noche, porque no conocía la parte del bosque por donde creyó deber hacer un rodeo para evitar un nuevo encuentro con los hurones. Más de una vez se detuvo para consultar con sus compañeros, los dos mohicanos, haciéndoles observar la posición de la luna, la de algunas estrellas, y examinando cuidadosamente las cortezas de los árboles y el musgo que los cubría.

Heyward y las dos hermanas escuchaban, durante estas breves paradas, con una atención que el temor acrecentaba, si se oía algún sonido que les denunciase la proximidad de los salvajes; pero un silencio eterno parecía envolver la vasta extensión de los bosques: los pájaros, los animales y los hombres, si los había en el desierto, debían estar entregados al más profundo sueño.

De repente se oyó un ruido lejano de agua corriente, el cual, aunque no era sino un ligero murmullo, puso término a la vacilación de los guías, que enseguida dirigieron su marcha hacia aquel lado.

Volvieron a detenerse a las orillas del riachuelo, y Ojo-de-halcón celebró una breve consulta con sus dos compañeros, después de la cual quitáronse los mocasines e invitaron a Heyward y a David para que los imitasen, y, haciendo bajar los caballos al cauce del río, cuya profundidad era muy escasa, entraron también ellos, marchando por el agua cerca de una hora con objeto de que no encontrasen su rastro los que siguiesen sus huellas. Cuando atravesaron el río para entrar en el bosque por la orilla, la luna habíase ya ocultado bajo las negras nubes agrupadas hacia occidente; pero allí pareció que el cazador se encontraba ya en país conocido, y sin la menor incertidumbre ni turbación marchaba rápidamente con paso seguro. El camino empezó a hacerse más quebrado; estrechábanse los montes por ambos lados, y los viajeros conocieron que estaban próximos a un desfiladero.

Ojo-de-halcón volvió a detenerse, esperó que se les reuniesen los demás viajeros y les habló con tono circunspecto que el silencio y la oscuridad hacían más sublime.

—Fácilmente se conocen las sendas y los arroyos del desierto; pero, ¿quién podrá asegurar que a la otra parte de las montañas no haya acampado un grande ejército?

—En ese caso, debemos estar ya cerca del fuerte Guillermo-Enrique —dijo Heyward acercándose al cazador con interés.

—Todavía necesitamos andar un buen trozo de camino, que por cierto no es muy llano; pero la mayor dificultad consiste en averiguar por qué parte podremos acercarnos al fuerte. Mire —añadió el cazador señalándole por entre los árboles un estanque cuya linfa reflejaba la brillantez de las estrellas—; aquél es «el estanque de sangre»; estamos en un terreno que he pisado muchas veces y en el que me he batido desde la salida hasta la puesta del sol.

—¿Según eso la balsa que tenemos delante es el sepulcro de los valientes que perecieron en esa acción? Me era conocido su nombre, pero jamás la había visto.

—Ahí peleamos tres veces en un día con los holandeses y franceses —continuó el cazador, más atento a sus propias reflexiones que a lo que le decía Heyward—. El enemigo nos encontró cuando nos disponíamos a preparar una emboscada a su vanguardia, y nos rechazó por el desfiladero, como gamos asustados, hasta las riberas del Horican. Allí nos reunimos detrás de una empalizada de árboles cortados, y atacamos al enemigo bajo las órdenes de sir Guillermo, quien reveló tener un valor y conocimientos extraordinarios, que le valieron el título de barón; pero nos vengamos bárbaramente de la derrota de la mañana: centenares de franceses y holandeses vieron el sol por última vez aquel día, y hasta su comandante Dieskau fue hecho nuestro prisionero, tan lleno de heridas, que se vio obligado a volverse a su país, inútil para el servicio militar.

—Muy gloriosa fue esa jornada —dijo Heyward entusiasmado—, y la fama trajo su noticia hasta nuestro ejército del Mediodía.

—Sí; pero no se ha terminado todavía la historia. El mayor Effingham, con orden expresa del mismo sir Guillermo, encargose de pasar por el flanco de los franceses, atravesar la calzada y referir la derrota en el fuerte colocado sobre el Hudson. En ese mismo sitio donde está esa altura cubierta de árboles, encontré un destacamento que venía a nuestro socorro, y lo conduje a un sitio donde estaba comiendo el enemigo, sin presumir seguramente que no había concluido el trabajo de esta sangrienta jornada.

—¿Y usted le sorprendió?

—Sí; la muerte es una sorpresa para quienes están ocupados en llenar el estómago. Lo cierto es que no les dimos tiempo para respirar; porque no nos habían dado cuartel por la mañana, y todos teníamos que llorar la pérdida de algún pariente o amigo. Concluida la acción arrojaron los muertos a este estanque, y aun hay quien dice que también los moribundos. Yo vi las aguas completamente enrojecidas.

—Fue una sepultura muy tranquila para los guerreros. Según eso, ¿ha servido mucho en esta frontera?

—¿Yo? —dijo el cazador irguiéndose con cierto orgullo militar—. No hay ningún eco en todas estas montañas que no haya hecho repetir el estampido de los disparos de mi fusil, y no existe una milla cuadrada entre el Horican y el Hudson donde el Matagamos que tiene usted en su presencia no haya derribado a un hombre o una bestia; pero, en cuanto a la tranquilidad de esta sepultura, ésa es otra cuestión. No falta en el campamento quien dice y piensa que para que un hombre duerma tranquilo su sueño eternal, no debe ser colocado en el sepulcro hasta que ya el alma esté separada del cuerpo, y en la confusión del momento no había tiempo de examinar quién estaba muerto o vivo... pero silencio, ¿no ve un bulto que se pasea a las orillas del estanque?

—No es probable que nadie se divierta paseándose por esta soledad, que sólo una necesidad extrema nos obliga a atravesar a nosotros.

—A los seres de esta especie no los espanta la soledad; y a un cuerpo que pasa el día en el agua, le tiene sin cuidado el rocío que cae por la noche —dijo Ojo-de-halcón apretando el brazo de Heyward con una fuerza que reveló al joven militar que un temor superticioso dominaba en este momento el espíritu de un hombre ordinariamente tan intrépido.

—¡Por vida mía! —exclamó Heyward un instante después—. ¡Es un hombre que nos ha visto y se adelanta hacia nosotros! Preparen las armas, amigos; no sabemos con quién nos las tenemos que ver.

—¿Quién vive? —preguntó entonces en francés una voz fuerte, que en medio del silencio y la oscuridad no parecía propia de un ser humano.

—¿Qué dice? —preguntó el cazador—. No habla inglés, ni indio.

—¿Quién vive? —repitió la misma voz, acompañando esta vez sus palabras con el ruido que hizo un fusil al colocarlo en situación de disparar.

—¡Francia! —respondió Heyward en el mismo idioma que le era tan familiar como el suyo propio, y saliendo de detrás de los árboles que lo cubrían adelantose hacia el centinela, quien le dijo:

—¿De dónde viene y adónde va tan temprano?

—Vengo de hacer un reconocimiento, y voy a acostarme.

—¿En ese caso, es un oficial del rey?

—Seguramente, camarada: ¿me tenía por oficial de las colonias? Soy capitán de cazadores.

Heyward hablaba en esta forma porque el uniforme del centinela le dio a conocer que servía en los granaderos.

—Vienen conmigo las hijas del comandante del fuerte Guillermo-Enrique, a quienes he hecho prisioneras, y las conduzco al general.

—¡Por vida mía, señoritas, lo siento mucho! —respondió el joven granadero al mismo tiempo que se llevaba la mano a la gorra saludándolas graciosa y cortésmente—. Ésta es la suerte de la guerra; mas no se aflijan, que nuestro general, como verán, es tan cumplido caballero como valiente.

—Ése es, en efecto, el carácter de los militares franceses —dijo Cora con admirable serenidad—. Adiós, amigo, le deseo otra obligación más grata que cumplir que la que está desempeñando.

El soldado volvió a saludarla y le dio las gracias por su atención. Heyward le dijo:

—Buenas noches, camarada.

La pequeña comitiva prosiguió su interrumpida marcha dejando al centinela continuar su facción a la orilla del estanque, tarareando: «¡Viva el vino, viva el amor!», canción de su país, que la vista de dos señoritas le había hecho recordar.

—Ha sido una fortuna que conociese usted la lengua francesa —dijo Ojo-de-halcón cuando estuvieron a cierta distancia, poniendo su fusil en el seguro y colocándoselo sobre el brazo—. He conocido enseguida que era uno de esos franceses, y ha hecho bien en hablarnos con dulzura y cortesía, pues sin eso hubiera ido a hacer compañía a sus paisanos en el fondo del estanque. Seguramente era un hombre, porque un espíritu no habría podido manejar el fusil con tanta soltura y firmeza...

En aquel momento interrumpió al cazador un largo gemido que parecía salir de las inmediaciones del lago que habían dejado atrás; gemi-

do tan lúgubre, que una imaginación supersticiosa lo hubiera atribuido a un espectro que acabase de salir del sepulcro.

—Indudablemente, era un hombre; pero dudo que esté vivo a estas horas —respondió Heyward al advertir que Chingachgook no estaba con ellos.

Seguidamente, oyose un ruido semejante al que produce un cuerpo grave al caer en el agua, al que sucedió un silencio profundo; y cuando dudaban todavía, llenos de gran incertidumbre, apareció el indio, el cual venía colgándose de la cintura la sexta cabellera, que era la del desgraciado centinela francés, y, habiendo envainado su cuchillo y su hacha, tintos todavía en sangre, tomó su puesto acostumbrado al lado de su hijo, prosiguió la marcha tan satisfecho como quien tiene seguridad de haber realizado una acción digna de elogio.

El cazador apoyó en tierra la culata del fusil, cruzó sus dos manos sobre la boca del cañón, y dedicose algunos momentos a reflexionar.

—Sería éste un acto cruel y bárbaro en un blanco —dijo al cabo moviendo la cabeza con expresión melancólica—; pero está en la naturaleza del indio, y supongo que debía ser así. De todos modos, hubiera preferido que la víctima fuese un maldito mingo, mejor que el alegre joven que ha venido de tan lejos a morir.

—No hable más —dijo Heyward temeroso de que sus compañeras se enterasen de este cruel incidente; y, dominando su indignación con reflexiones semejantes a las del cazador, prosiguió—: Es un asunto terminado y que nos es imposible remediar. Ven claramente que estamos en línea enemiga, ¿qué camino debemos seguir?

—Cierto —respondió Ojo-de-halcón poniéndose el fusil al hombro—; es asunto terminado, y es inútil pensar más en ello; pero parece que los franceses están formalmente acampados alrededor del fuerte, y el atravesar su campamento es empresa muy peligrosa.

—Y, además, disponemos de poco tiempo para hacerlo —agregó Heyward levantando los ojos hacia una densa nube de vapores que iba esparciéndose por la atmósfera.

—De muy poco, sin duda; y, sin embargo, si la Providencia nos ayuda, tendremos dos medios para vencer esta dificultad, pero dos únicamente, porque yo no conozco otro.

—¿Cuáles son? Explíquelos pronto, porque el tiempo apremia.

—Uno es hacer que se apeen estas señoritas y abandonar los caballos a la guarda de Dios, y, como a estas horas todo el ejército está entregado al sueño, pondríamos a la vanguardia a los dos mohicanos, los cuales, sin más que algunos golpes de cuchillo y hacha harían que volviesen a dormirse los pocos que tuviesen la mala ocurrencia de despertar, y entraríamos en el fuerte caminando sobre sus cadáveres.

—¡De ningún modo! ¡Jamás! —exclamó el generoso Heyward—. Sólo un soldado podría quizás abrirse paso en esa forma; pero nunca en las circunstancias en que nos encontramos.

—No hay duda de que los pies delicados de dos señoritas no podrían sostenerlas en un camino que la sangre haría resbaladizo; pero he creído que debía proponer este partido a un mayor del regimiento número sesenta, aunque a mí también me desagrada. En este caso no nos queda otro recurso que salir de la línea de los centinelas, y, torciendo hacia el oeste, entraremos después en las montañas, donde los tendré tan ocultos que todos los sabuesos del ejército de Montcalm perderían meses enteros buscando el rastro.

—Adoptemos, entonces, este partido —dijo Heyward con impaciencia—; pero enseguida.

Esto bastó, porque, en el mismo momento, Ojo-de-halcón, pronunciando sólo esta palabra: «Síganme», dio media vuelta y volvió a tomar el camino que los había conducido a aquella peligrosa situación. Marcharon silenciosa y cautelosamente porque temían a cada paso encontrarse con una patrulla, un piquete o un centinela avanzado. Al pasar por el estanque, Heyward y el cazador examinaron con la mirada sus orillas, donde buscaron inútilmente al joven granadero que habían visto de facción; sin embargo, una balsa de sangre, cerca del sitio donde estaba, les confirmó la catástrofe deplorable que ya no les ofrecía duda alguna.

El cazador, variando entonces de dirección, encaminose hacia las montañas que cierran aquella pequeña llanura por el lado de occidente, y fue guiando a sus compañeros a paso rápido hasta que la espesa sombra que esparcían sus elevadas y escarpadas cimas los envolvió por completo.

El camino que seguían era muy penoso, porque enormes pedruscos inundaban el valle, que estaba, además, cortado por barrancos muy profundos; y, como estos obstáculos eran muy frecuentes, dificultaban necesariamente la marcha, aunque, por otra parte, las altas montañas que los circuían los consolaban de la fatiga inspirándoles mayor seguridad.

Al cabo, empezaron a trepar por una senda estrecha y pintoresca que serpenteaba entre los árboles y las puntas de las rocas, conocida solamente por gentes acostumbradas a frecuentar aquel lugar agreste. A medida que se elevaban sobre el nivel del valle, disminuía la oscuridad que reinaba a su alrededor, y los objetos empezaban a mostrar sus colores naturales. Cuando salieron del bosque, formado de árboles raquíticos que apenas chupaban algunas gotas de savia en las áridas laderas de la montaña, encontráronse sobre una plataforma cubierta de musgo, que formaba la cumbre, desde donde vieron brillar los luminosos reflejos de la aurora por entre los pinos que crecían sobre otra montaña situada al lado opuesto del valle del Horican.

El cazador rogó entonces a Cora y Alicia que se apeasen, y desembarazando a los caballos de sus sillas y frenos, dejoles pacer libremente la poca hierba y ramas de arbustos que se veían en aquel sitio, diciéndoles:

—Id y buscad el pienso que os es necesario, pero guardaos de ser pasto de los lobos hambrientos que infestan estos montes.

—¿No los necesitaremos, si nos persiguen? —preguntó Heyward.

—Mire y juzgue por sus mismos ojos —respondió Ojo-de-halcón adelantándose hacia el extremo oriental de la plataforma y diciendo por señas a sus compañeros que los siguiesen—. Si fuese tan fácil ver en el corazón del hombre como descubrir todo cuanto ocurre en el campo de Montcalm, los hipócritas serían raros, y la astucia de un mingo podría reconocerse tan fácilmente como la honradez de un delaware.

Cuando los viajeros estuvieron próximos al borde de la plataforma, se convencieron de que el cazador les había dicho la verdad al prometerles conducirlos a una guarida inaccesible a los sabuesos más finos, y admiraron la sagacidad con que había elegido el lugar.

La montaña sobre que se encontraban elevábase, próximamente, mil pies sobre el nivel del valle. Era un cono inmenso que se adelantaba un poco de la cordillera que se extendía muchas millas a lo largo de las riberas occidentales del lago, y que parecía huir enseguida hacia el Canadá, formando masas confusas de rocas escarpadas, cubiertas de algunos árboles frondosos. Las orillas meridionales del Horican describían a sus pies un gran semicírculo de una montaña a otra, en torno de una llanura desigual y un poco elevada: hacia el norte se descubría el lago Santo, cuyo límpido tablazo, visto desde aquella altura, semejaba una cinta estrecha, festoneada por innumerables bahías, embellecidas con promontorios de formas caprichosas, y llena de una infinidad de islotes; a algunas millas más lejos ocultábase el lago detrás de las montañas, o cubierto de una masa de vapores que emergían de su superficie siguiendo todos los impulsos que les comunicaba el aire de la mañana; volvía a descubrírselo por entre las cimas de estos dos montes, adelantándose hacia el norte, y mostrando en lontananza sus límpidas aguas antes de pagar su tributo al Champellain. Hacia el sur veíanse las

llanuras, o, mejor dicho, los bosques, donde se habían desarrollado las aventuras que acabamos de relatar.

Los montes dominaban todo el país inmediato en el espacio de muchas millas en la misma dirección; pero poco a poco iba disminuyendo su elevación hasta que acababan la calzada. A lo largo de las dos cordilleras que circundaban el valle y las orillas del lago se levantaban nubes de vapores, que, saliendo de las soledades del bosque, ascendían formando pequeños remolinos que semejaban otras tantas columnas de humo, producidas por las chimeneas de algunos lugarejos ocultos en el bosque, mientras que en otros parajes se formaban nieblas más densas que cubrían los sitios más bajos y pantanosos. Una sola nube, de inmaculada blancura, flotaba en la atmósfera, y encontrábase justamente encima del estanque de sangre.

A la orilla meridional del lago, y más hacia el oeste que al oriente, veíanse las fortificaciones de tierra y los edificios, de poca elevación, del fuerte Guillermo-Enrique. Los dos principales baluartes, semejando salir de las aguas del lago que bañaban sus cimientos, estaban defendidos por un foso de gran anchura y profundidad, precedido de un terreno pantanoso. A cierta distancia de las líneas de defensa aparecían cortados por el pie todos los árboles; pero por todo lo demás se extendía una alfombra de verde hierba, exceptuados los sitios cubiertos por la cristalina agua del lago o donde las escarpadas rocas alzaban sus denegridas cumbres mucho más altas que las cimas de los árboles más grandes de los bosques próximos.

Había delante del fuerte algunos centinelas que vigilaban los movimientos del enemigo, y hasta dentro de las murallas veíanse a las puertas de los cuerpos de guardia algunos soldados, que después de muchas noches sin dormir, manifestaban estar embotados por el sueño. Hacia el sudeste, y tocando al fuerte, había un atrincherado formado sobre una eminencia, donde hubiera sido más prudente la construcción de aquél. Ojo-de-halcón hizo observar a Heyward que las tropas que lo ocupaban eran las compañías auxiliares que habían salido del fuerte Eduardo poco antes que él; de la espesura mayor de los bosques hacia la parte del sur, elevábase de diferentes puntos lejanos una humareda espesa, fácil de distinguir de los vapores más diáfanos de que comenzaba a cargarse la atmósfera, lo cual fue para el cazador un seguro indicio de que algunas tropas salvajes estaban allí estacionadas.

Pero lo que despertó mayor interés en Heyward fue el espectáculo que presenció a las orillas occidentales del lago, muy cerca de su ribera meridional. Sobre una lengua de tierra, que desde la elevación en que se

encontraba parecía ser demasiado angosta para contener un ejército tan numeroso pero que realmente se extendía a muchas millas de terreno desde las orillas del Horican hasta la base de las montañas, habíanse colocado gran número de tiendas de campaña, en las que podría albergarse un ejército de diez mil hombres. Las baterías habían sido colocadas delante del campo, y, cuando contemplaban nuestros viajeros, cada uno con diferentes sensaciones, una escena que semejaba un mapa desplegado a sus pies, retumbó en el valle el estruendo de una descarga de artillería, repetido de eco en eco hasta los montes situados al oriente.

—Ya amanece allá abajo —dijo el cazador con la mayor tranquilidad—, y los que velan desean despertar a los que duermen con el ruido del cañón. Hemos llegado algo retrasados. Montcalm ha inundado ya los bosques con esos malditos iroqueses.

—La plaza está efectivamente bloqueada —respondió Heyward—; pero ¿no nos será posible entrar en ella de ningún modo?, ¿no podríamos siquiera intentarlo? De todos modos, sería preferible ser hechos prisioneros por los franceses antes que caer en manos de los indios.

—¡Mire esa bala de cañón cómo ha hecho salir las piedras del ángulo del pabellón del comandante! —exclamó Ojo-de-halcón sin acordarse de que hablaba delante de las dos hijas de Munro—. ¡Ah!, estos franceses saben apuntar bien un cañón, y no tardarán en destruir el edificio por muy sólido que sea.

—Heyward —dijo Cora—, la vista de un peligro del que yo me encuentro libre, me es insoportable. Vamos a buscar a Montcalm y a rogarle que nos permita entrar en el fuerte, ¿se atreverá a negar este favor a una hija que quiere reunirse con su padre?

—Sería muy difícil que llegara usted con la cabellera sobre la cabeza —respondió tranquilamente el cazador—; si yo dispusiera de uno de aquellos quinientos barcos que hay amarrados a la orilla, intentaríamos entrar en el fuerte; pero... ¡ah!, el fuego no puede durar ya mucho tiempo, porque la niebla que empieza a formarse no tardará en convertir el día en noche, lo cual hará la flecha de un indio más peligrosa que el cañón de un cristiano. Esto quizá nos favorezca y, si usted se atreve, intentaremos entrar en el fuerte, porque deseo acercarme al campamento, aunque sólo sea para decir una palabra a alguno de esos perros de mingos que discurren cerca de ese bosquecillo.

—Valor no nos falta —repuso Cora resueltamente—. Lo seguiremos sin temer ningún peligro, puesto que se trata de reunirnos con nuestro padre.

Volviose hacia ella el cazador, y contemplola con una sonrisa de aprobación cordial.

—Si yo dispusiera de un millar de hombres con buenos ojos, miembros robustos, y tanto valor como el que manifiesta usted tener, antes de una semana enviaría a esos franceses al centro de su Canadá aullando como perros encadenados o como lobos hambrientos; pero pongámonos en marcha —prosiguió, dirigiéndose a sus demás compañeros—; partamos antes de que la niebla nos envuelva. Ya empieza a condensarse y servirá para ocultarnos. Si me ocurre algún percance, no se olviden de conservar siempre el viento sobre la mejilla izquierda, aunque es preferible que sigan a los mohicanos, pues éstos tienen un instinto que les hará conocer el camino lo mismo de noche que de día.

Después de hacerles con la mano seña de que lo siguiesen, empezó a bajar la montaña ágilmente, pero con recato. Heyward ayudó a marchar a las dos hermanas, que descendieron con menos fatiga y en mucho menos tiempo del que les había costado subir.

El camino por el que el cazador había guiado a los viajeros condújolos casi enfrente de una poterna colocada al poste oeste del fuerte, a media milla del sitio en donde se había parado para que Alicia y Cora tuviesen tiempo de reunirse a Heyward. Favorecidos por la naturaleza del terreno, y excitados por sus deseos, habían caminado más ligero que la niebla que cubría entonces todo el Horican, y que un ligero viento iba empujando hacia aquel lado, lo que hizo preciso aguardar a que los vapores tendiesen su manto sombrío sobre el campo de los enemigos. Los dos mohicanos aprovecharon este momento para adelantarse hacia la barrera del bosque y observar lo que pasaba fuera.

Algunos instantes después fue tras ellos el cazador para saber más pronto lo que habían visto y observar por sí mismo; pero su ausencia no fue muy larga, regresando con el rostro encendido y desahogando su mal humor con estas palabras:

—Los pícaros franceses han situado precisamente en nuestro camino un piquete de pieles rojas y hombres blancos. ¿Cómo vamos a saber durante la niebla si pasamos por su flanco o por el centro?

—¿No podemos dar un rodeo para evitar el sitio peligroso —preguntó Heyward— sin perjuicio de volver nuevamente al buen camino?

—Cuando uno se separa durante la niebla del camino que debe seguir —respondió el cazador—, no se puede tener seguridad de volver a encontrarlo. Es necesario conocer que las nieblas del Horican son bien distintas del humo que sale de una pipa o de un tiro de fusil.

No había concluido aún de pronunciar estas palabras cuando pasó por los bosques, a dos pasos de él, una bala de cañón, que, después de dar en el suelo, saltó contra un abeto y volvió a caer de nuevo sin fuerza. Los dos indios llegaron casi al mismo tiempo que este terrible mensajero de la muerte, y Uncas habló al cazador en lengua delaware y haciendo muchos gestos.

—Posiblemente —respondió Ojo-de-halcón—, y es preciso probar, porque no debe curarse una fiebre lo mismo que un dolor de muelas. Vaya, pongámonos en marcha, que ya se acerca la niebla.

—Espere un instante todavía —replicó Heyward—, y explíqueme primero qué nuevas esperanzas tienen.

—No tardarán en saberlo —repuso el cazador—, la esperanza no es muy grande; pero más vale poco que nada. Uncas dice que la bala que ha visto ha señalado en muchas partes el suelo, viniendo de la batería del fuerte hasta aquí, y que, a falta de otro indicio para nuestra marcha, podríamos seguir su rastro. Por lo tanto, pongámonos en marcha cuanto antes, porque, por muy aprisa que vayamos, nos exponemos a que se disipe la niebla dejándonos en medio del camino expuestos a la artillería de los dos ejércitos.

Comprendiendo Heyward que en tan críticas circunstancias era más conveniente obrar que discutir, colocose entre las dos hermanas a fin de ayudarlas a andar, y teniendo sumo cuidado en no perder de vista al guía. Pronto se convenció de que no le había exagerado la densidad de las nieblas del Horican; porque, apenas había andado cincuenta pasos, cuando viéronse envueltos en una oscuridad tan grande que les era difícil distinguirse unos a otros, por cerca que estuviesen.

Habían dado un pequeño rodeo sobre la izquierda, y empezaban a torcer a la derecha; calculaba Heyward que se encontraban a mitad del camino de la deseada poterna cuando hirió sus oídos un grito terrible que parecía lanzado a veinte pasos de distancia.

—¿Quién vive?[2]

—¡Aprisa! ¡Aprisa! —ordenó el cazador en voz baja.

—Adelante —insistió Heyward en el mismo tono.

—¿Quién vive? —repitieron al mismo tiempo una docena de voces con tono amenazador.

—Soy yo —respondió Heyward, que deseaba ganar tiempo avivando el paso y arrastrando tras sí a sus asustadas compañeras.

—¡Bruto! ¿Quién es yo?

---

[2] Este diálogo está en francés en el texto.

—Un amigo de Francia —replicó Heyward siguiendo su marcha.

—Más pareces enemigo. ¡Detente, o vive Dios que haré que entables amistad con el diablo! ¿No? Pues fuego, camaradas, fuego.

Inmediatamente fue ejecutada la orden y oyéronse al mismo tiempo veinte disparos; pero, por fortuna, habían sido hechos en dirección contraria a la que seguían los fugitivos. Sin embargo, les pasaron muy cerca las balas, y los oídos de David, poco familiarizados con esta clase de música, creyeron oírlas silbar a dos pulgadas de él. Los franceses gritaron fuertemente, y Heyward oyó dar la orden de hacer nuevamente fuego y perseguir a los que parecía no querían descubrirse. El mayor explicó brevemente al cazador lo que acababan de decir en francés, y éste, deteniéndose de pronto, adoptó su partido tan pronta como resueltamente.

—Disparemos nosotros también; creerán que es una salida de la guarnición del fuerte; irán a buscar socorro, y antes que éste tenga tiempo de llegar, ya estaremos lejos.

El proyecto había sido bien concebido; pero no pudo ser ejecutado: la primera descarga había llamado la atención general del campamento; la segunda lo alarmó todo desde las orillas del lago hasta el pie de las montañas, y el tambor redoblaba por todas partes con un movimiento universal.

—Todo el ejército va a salir en nuestra persecución —dijo Heyward—. Adelante, valiente amigo, que le va en ello la vida lo mismo que a nosotros.

El cazador parecía estar dispuesto a seguir este consejo; pero en aquel momento de confusión había variado de posición e ignoraba por qué lado tomar. Inútilmente expuso sus dos mejillas a la acción del aire, porque no soplaba el menor viento, hasta que, en este cruel conflicto, distinguió Uncas uno de los surcos trazados por la bala que había llegado hasta el bosque, y se había llevado en aquel sitio la cima de tres pequeños hormigueros.

—Déjenme ver la dirección —dijo Ojo-de-halcón inclinándose para examinarla, y levantándose de nuevo enseguida se volvió a poner en marcha con rapidez.

Por todas partes, y aun a corta distancia, se oían gritos, voces, juramentos y disparos de armas de fuego. Viose de repente una luz muy viva que iluminó durante un momento la niebla, siguiose una fuerte explosión, cuyo estampido repitieron todos los ecos de las montañas, y varias balas de cañón atravesaron la llanura.

—Esto es del fuerte —dijo el cazador parándose de pronto—; nosotros corremos como locos hacia los bosques para colocarnos bajo las cuchillas de los maguas.

Advertido el error, se apresuraron a repararlo, y para andar más deprisa confió Heyward al joven mohicano el cuidado de sostener a Cora, que no opuso el menor reparo a este cambio. Sin embargo, era indudable que, sin saber dónde encontrarlos, los perseguían con ardimiento, y cada instante parecía que iba a ser el último de su vida o el de su libertad.

—¡No den cuartel a esos pícaros! —gritó una voz que debía ser la del oficial que mandaba la tropa que los perseguía y que se encontraba ya muy cerca de ellos.

Pero, al mismo instante, una voz fuerte, que hablaba autoritariamente, exclamó enfrente de ellos desde lo alto del fuerte:

—¡A sus puestos, camaradas! Esperen que se vean los enemigos, y entonces tiren bajo y barran la explanada.

—¡Padre mío! ¡Padre mío! —suplicó entonces una voz de mujer que salía del medio de la niebla—. Soy yo, es Alicia, su Elsia, es Cora, salve a sus dos hijas.

—¡Quietos! —gritó la primera voz con angustia y ternura paterna!—. ¡Ellas son! ¡El cielo me devuelve a mis hijas! Abrid la poterna, valientes del sesenta; pero no hagáis un disparo; una carga a la bayoneta.

Nuestros viajeros encontrábanse entonces junto a la poterna, de modo que se oyeron rechinar sus mohosos goznes, y Heyward vio una larga fila de soldados con uniforme colorado que salía, y apenas hubo reconocido que era el batallón que él mandaba, dio a David el brazo de Alicia y se puso al frente no tardando en obligar a retirarse a los que le habían perseguido.

Cora y Alicia sorprendiéronse un momento al verse tan repentinamente abandonadas por Heyward; pero antes de que tuvieran tiempo de comunicarse sus impresiones, un oficial de estatura casi agigantada, prematuramente encanecido, y a quien los años habían suavizado el tono de orgullo militar sin disminuir su carácter imponente, salió de la poterna, y abalanzándose a ellas, las estrechó tiernamente contra su corazón, mientras que las lágrimas corrían por sus mejillas y bañaban las de las jóvenes.

—Ahora te doy gracias, ¡oh Dios mío! —exclamó con marcado acento escocés—, cualquiera que sea el peligro que me amenace, ya está preparado para todo tu servidor.

CAPÍTULO XV

Antes que lo diga el francés, pienso adivinar cuál es su embajada.

(*Enrique V,* SHAKESPEARE.)

Heyward y sus jóvenes compañeras de viaje viéronse obligados a sufrir, durante los días que siguieron a su llegada al fuerte Guillermo-Enrique, todas las molestias consiguientes a un asedio que proseguía tenazmente un enemigo contra cuyas fuerzas superiores no tenía Munro medios suficientes de resistencia. Parecía que Webb se hubiese dormido con su ejército a las orillas del Hudson, sin acordarse de la situación a que sus compatriotas se veían reducidos. Montcalm había ocupado con sus salvajes toda la calzada y los bosques que la circuían, y sus gritos y alaridos, cuyos ecos llegaban al campo inglés, contribuían eficazmente a aterrorizar a los soldados, desanimados ya porque conocían sus pocas fuerzas, y estaban, por lo tanto, dispuestos a exagerar los peligros.

No ocurría lo mismo a los que se encontraban sitiados en el fuerte, porque, alentados por las palabras de sus jefes y excitados por su ejemplo, permanecían armados de todo su valor, y sostenían celosamente su antigua reputación, cosa que apreciaba su severo comandante.

En cuanto al general francés, cuya experiencia y talentos eran conocidos, parecía haberse dado por satisfecho con atravesar los desiertos para venir a atacar a su enemigo, sin tener la previsión de posesionarse de las alturas inmediatas, desde donde hubiera podido destruir impunemente el fuerte, ventaja que en la táctica moderna no hubiera olvidado ningún estratega.

Esta especie de desprecio que aquellas posesiones le merecieron, o, mejor dicho, el temor de la fatiga que costaría ocuparlas, puede considerarse como el defecto constante en las guerras de aquellos tiempos, y quizás había tomado su origen en la naturaleza de los combates que habían sostenido contra los indios, a quienes se precisaba perseguir en los bosques, donde no había fortalezas que atacar, y donde, por lo tanto, resultaba inútil la artillería. Este descuido influyó hasta en la guerra de la revolución y fue causa de que los americanos perdiesen la importante fortaleza de Ticonderoga, pérdida que abrió al ejército de Burgogne el camino de lo que entonces era el interior del país. Actualmente sorprende esta negligencia, sea cualquiera el nombre que se le quiera dar, y no se ignora que el olvido de las ventajas que puede proporcionar una altura, por difícil que sea el llegar a ella, desconceptuaría al ingeniero encargado de dirigir los trabajos.

El turista, el valetudinario, el aficionado a las bellas artes atraviesan hoy en un buen carruaje el país para instruirse, para buscar la salud o por diversión, o bien navegan sobre las aguas que, ayudado del arte, ha hecho brotar de la tierra un hombre de Estado[3] que ha expuesto su reputación política en una empresa arriesgada; pero nadie debe suponer que nuestros antepasados atravesaban estos bosques, subían a estas montañas y navegaban sobre estos lagos tan fácilmente. El transporte de una sola pieza de grueso calibre constituía entonces una victoria, si las dificultades del tránsito no eran felizmente tales que impidiesen el transporte simultáneo de las municiones sin lo cual resultaba completamente inservible.

El escocés que entonces estaba encargado de la defensa del fuerte Guillermo-Enrique, conocía bien los inconvenientes de semejante estado de cosas, pues, aunque Montcalm había descuidado el aprovecharse de las alturas, había establecido acertadamente sus baterías en la llanura, y eran servidas tan valerosa como inteligentemente. Los sitiados no disponían de otros medios de defensa que los pocos que pudieron preparar apresuradamente en un fuerte aislado, situado en medio de un desierto, pues los hermosos lagos que se extendían hasta el Canadá no les procuraban ningún socorro, y, en cambio, proporcionaban un camino fácil a sus enemigos.

En la tarde del quinto día de sitio, que era el cuarto de su llegada al fuerte, el mayor Heyward aprovechó la ocasión que le proporcionó la venida de un parlamentario para salir a los parapetos de uno de los baluartes situados a la orilla del lago a respirar el aire fresco, y a ver lo que habían progresado los sitiadores en sus trabajos durante el día. Se encontraba solo con el centinela, que se paseaba sobre las murallas, porque hasta los artilleros se habían retirado a descansar durante la suspensión momentánea de su servicio.

La tarde estaba muy tranquila, y el viento que venía del lago era suave y fresco, lo que hacía más agradable aquel delicioso paisaje, en el que poco antes habían atronado los oídos el estruendo de la artillería y el ruido que hacían las balas de cañón al caer al lago.

El sol iluminaba esta escena con sus últimos rayos; las montañas, cubiertas de verdor, adquirían nueva belleza al recibir la tenue claridad del ocaso, y a lo lejos se distinguían algunas nubecillas que impulsaba la brisa. Islas numerosas adornaban el Horican, de igual modo que las margaritas adornan una pradera de césped, las más bajas estaban casi

---

[3] Mister Clinton.

a flor de agua; otras formaban pequeñas prominencias de color verde; numerosos oficiales y soldados del ejército sitiador, entregados tranquilamente a la pesca y a la caza surcaban en bote las aguas.

Ondeaban al viento dos pequeñas banderas blancas: una en el ángulo del fuerte más próximo al lago, y otra sobre una batería avanzada del campamento de Montcalm, emblemas de la momentánea suspensión de hostilidades, y la animosidad de los combatientes, y algo más atrás se desplegaban majestuosamente los largos pliegues de seda de los estandartes reales franceses e ingleses.

Un grupo de jóvenes franceses, tan alegres como atolondrados, sacaban una red a la arenosa orilla del lago a tiro de cañón del fuerte, que a la sazón permanecía silencioso.

Otros soldados jugaban al pie de las montañas, cuyos ecos repetían sus gritos; los unos acudían a las orillas del agua para ver pescar a sus compañeros, y no pocos trepaban hasta las alturas para disfrutar de una hermosa perspectiva. Hasta los soldados que estaban de servicio tomaban parte en la diversión general, aunque sin descuidar por ello el cumplimiento de su deber. Varios grupos de militares bailaban y cantaban al sonido del tambor y del pífano en medio de un círculo de indios, que, atraídos por este ruido desde el interior del bosque, los contemplaban admirados y en silencio. Todo, en suma, había tomado el aspecto de un día de júbilo, más bien que de una hora robada a las fatigas y peligros de la guerra.

Algunos minutos llevaba ya Heyward contemplando este espectáculo, entregado a las reflexiones que aquel animado cuadro le sugería, cuando oyó hablar en la explanada, enfrente de la poterna. Avanzó hacia el ángulo del baluarte para averiguar quiénes eran los que se acercaban, cuando vio llegar a Ojo-de-halcón con un oficial francés. El cazador estaba abatido y preocupado, como el que se considera humillado y casi deshonrado por el hecho de haber caído en poder de sus enemigos. No llevaba su arma favorita, que él llamaba el matagamos, y sus manos se encontraban sujetas a la espalda por una correa. Las banderas blancas habían sido empleadas tantas veces con varios mensajes, que Heyward, al adelantarse hacia el borde del baluarte, no creía ver sino algún oficial francés encargado de una nueva comisión; pero, al reconocer por su elevada estatura y facciones a su antiguo compañero, sorprendiose extraordinariamente, y diose prisa a bajar del baluarte para internarse en el fuerte.

Otras voces atrajeron, sin embargo, su atención, haciéndole olvidar un momento su propósito. Al otro extremo del baluarte encontró a

Alicia y Cora que estaban paseándose por el parapeto, adonde habían salido como él a respirar el aire fresco de la tarde. Desde el momento en que las había dejado, con el solo fin de asegurar su entrada sin peligro en el fuerte, deteniendo a los que las perseguían, no había vuelto a verlas, porque las obligaciones de su cargo no se lo habían permitido.

Cuando se separó de ellas estaban pálidas, rendidas de cansancio, y abatidas por los peligros que habían corrido; pero ahora habían vuelto a aparecer las rosas en sus mejillas, y la alegría brillaba en su frente, aunque no sin una mezcla de inquietud. No era, pues, extraño, que aquel encuentro hiciese olvidar un instante cualquier otro objeto al joven militar, sintiendo vivos deseos de hablarles, aunque la ligereza de Alicia no le permitió ser el primero en dirigirles la palabra.

—Por fin volvemos a verlo, caballero desleal y descortés que abandona a sus damas en medio de la lid para lanzarse a los peligros del combate —le dijo afectando un tono de reconvención que sus ojos y su sonrisa desmentían—. Ya hace muchos días, muchos siglos, que esperábamos que viniera a postrarse a nuestras plantas para implorar misericordia y pedirnos humildemente perdón de su huida vergonzosa, pues jamás ningún gamo espantado, como decía nuestro digno amigo Ojo-de-halcón, corrió más aprisa que usted lo hizo en aquella ocasión.

—Ya comprenderá lo que Alicia quiere decir; que deseábamos vivamente manifestarle la gratitud que le debemos —dijo Cora más grave y seria—; pero, a la verdad, estábamos sorprendidas de no haberlo visto antes, teniendo la seguridad de que el reconocimiento de las dos hijas es igual al de su padre.

—Su mismo padre puede decirles que, aunque separado de ustedes, no por eso me he ocupado menos en su seguridad, la posición que ocupa ese pueblecillo de tiendas —añadió señalando el atrincheramiento de las tropas llevadas del fuerte Eduardo—, ha sido muy disputada, porque de ella depende la posesión del fuerte y cuanto contiene. Desde nuestra llegada no me he movido de allí un momento de día ni de noche. Pero —continuó bajando la cabeza con tristeza y turbación—, aunque no hubiera tenido una razón tan poderosa para ausentarme, la vergüenza quizás habría sido suficiente para impedirme el presentarme a sus ojos.

—¡Heyward, Heyward! —exclamó Alicia mirándolo atentamente para leer en su fisonomía si había interpretado torcidamente estas palabras—. Si creyese que esta lengua imprudente le había proporcionado el menor disgusto, la condenaría a un eterno silencio. Cora puede testificar lo mucho que hemos apreciado el celo de usted y hasta dónde llega la sinceridad, iba casi a decir el entusiasmo, de nuestro agradecimiento.

—¿Y Cora confirmará la certeza de estas palabras? —preguntó alegre Heyward, a quien las tiernas expresiones de Alicia habían tranquilizado—; ¿qué dice su grave hermana? ¿El soldado vigilante, «firme en su puesto», puede disculpar al caballero negligente que se duerme en el suyo?

Cora permaneció algunos instantes en silencio, con la cara vuelta hacia el Horican como si estuviera distraída con lo que pasaba en el lago; pero, después, fijó sus negros ojos en los de Heyward con una expresión de ansiedad, y el joven militar no pudo, al verla, reprimir un movimiento de inquietud y sobresalto.

—¿Se encuentra usted indispuesta, señorita Munro? Siento que nos hayamos entretenido con estas bromas, mientras usted quizá ha estado sufriendo.

—No es nada —respondió Cora rechazando el brazo que se le ofrecía—. Sí, yo no puedo ver la brillantez de la vida bajo los mismos colores que esta joven e inocente entusiasta —añadió apoyando su mano cariñosamente en el brazo de su hermana—; es un tributo que pago a la experiencia y tal vez a la desgracia de mi carácter. Pero mire, mayor Heyward —dijo esforzándose para ahuyentar toda idea de debilidad, conforme creía que era su deber—, mire en torno suyo y dígame qué espectáculo nos rodea; especialmente para la hija de un guerrero que no puede ser feliz sin el honor y la gloria militar.

—Ni una ni otra cosa puede perder por circunstancias que no le ha sido posible evitar —respondió Heyward con calor—; pero sus palabras me recuerdan mi obligación. Voy a ver a su padre para enterarme de la determinación que ha tomado respecto a algunos extremos importantes relativos a nuestra defensa. Que el cielo la proteja, noble Cora, porque así debo llamarla —y, dicho esto, le ofreció ella la mano; pero sus trémulos labios y su rostro cubriéronse de mortal palidez—: en la desgracia como en la felicidad sé que siempre ha de ser usted el orgullo de su sexo. Adiós, Alicia —añadió con un acento de ternura que reemplazó al de admiración—, confío en volver a vernos pronto, vencedores y en medio de los regocijos.

Sin aguardar que le contestasen, descendió rápidamente del baluarte, atravesó una pequeña explanada, y algunos instantes después estaba delante del comandante Munro, a quien encontró paseándose tristemente.

—Se ha anticipado usted a mis deseos, Heyward. Iba a suplicarle que tuviese la bondad de venir aquí.

—He visto con sentimiento que el mensajero que le había recomendado tan eficazmente, ha sido hecho prisionero por los franceses y espero que no tendrá usted ningún motivo para dudar de su fidelidad.

—Conozco desde hace mucho tiempo la fidelidad de «Larga-carabina», y es superior a toda sospecha; pero en esta ocasión su fortuna acostumbrada parece haberse desmentido; Montcalm lo ha hecho prisionero, y con la funesta política de su país, me lo ha enviado diciéndome que, enterado de lo mucho que yo aprecio a ese hombre, no quiere privarme de sus servicios; y esto, mayor Heyward, no tiene otro objeto que el de poner de manifiesto mis infortunios.

—Pero el general Webb, ese refuerzo suyo que estamos esperando...

—¿Ha dirigido usted la vista al sur? ¿No ha podido divisar nada? —preguntó el comandante sonriendo amargamente—. Vaya, vaya, usted es joven, Heyward, y no tiene paciencia para dejar a esos señores el tiempo de recorrer el camino.

—¿Pero es que están ya en marcha? ¿Le ha dicho algo su mensajero?

—Cuándo, ni por qué camino llegarán, son cosas de que el mensajero no ha podido informarme. Éste, según parece, traía una carta, y es la única parte agradable del negocio, porque a pesar de las ordinarias atenciones del marqués de Montcalm, tengo la seguridad de que si esta misiva contuviese malas noticias, la política del francés no le habría permitido ocultármelas.

—Entonces, ¿le envía el mensajero y guarda el mensaje?

—Esto es lo que ha hecho precisamente. Creo, sin embargo, que, si su ascendencia fuese conocida, veríamos que el abuelo del noble marqués no era otra cosa que un maestro de baile.

—Pero ¿qué dice el cazador? Él ha podido ver y oír. ¿Qué razón verbal le ha dado?

—¡Oh! Seguramente tiene ojos y oídos, y no le falta lengua para hablar... El resultado de su relación es que existe a las orillas del Hudson cierto fuerte perteneciente a su majestad, llamado «Eduardo», en honor de su alteza el duque de York, y defendido actualmente por una numerosa guarnición.

—Pero, ¿no ha observado ningún movimiento, ninguna señal que revele el propósito de venir en nuestro socorro?

—Ha presenciado una formación por la mañana y otra por la tarde, y cuando un honrado joven de las tropas provinciales... pero usted es medio escocés, Heyward, y reconoce el refrán que dice: «la pólvora se inflama cuando se deja caer sobre una brasa», así... —el anciano militar enmudeció de pronto y, dejando el tono de amarga ironía, adoptó otro más serio y prosiguió—. Sin embargo, podía y debía haber en esta carta alguna cosa que nos convenía saber.

—Pues debemos decir enseguida lo que sea más conveniente —apresurose a decir Heyward aprovechándose de la variación de tono empleada por su comandante, para hablarle de asuntos de mayor importancia—. No debo ocultarle que nuestro atrincheramiento es ya insostenible, y siento tener que añadir que no creo que nuestra situación sea mejor en el fuerte, la mitad de los cañones no sirven para nada.

—Naturalmente, los unos han sido sacados del lago, los otros se han enmohecido en los bosques desde que este país fue descubierto, y los mejores son únicamente juguetes de corsarios. Esto no son cañones; ¿cree usted que es posible montar una buena artillería en medio del desierto y a tres mil millas de Gran Bretaña?

—Nuestras murallas están medio derruidas —continuó Heyward sin turbarse por esta nueva observación del veterano—; las provisiones escasean ya y los soldados, no ocultan su descontento y temor.

—Mayor Heyward —respondió Munro, volviéndose hacia él con el tono de dignidad que su edad y su graduación le permitían—, ¿qué hubiera yo aprendido después de servir a su majestad durante medio siglo y haber visto cubrirse de canas mi cabeza, si ignorase lo que acaba de decirme y algunas otras circunstancias penosas y urgentes?; pero todo se debe al honor de las armas del rey, y también a nosotros mismos. Mientras conserve la más pequeña esperanza de ser socorrido, defenderé este fuerte, aunque no sea sino con piedras recogidas a la orilla del lago; pero nos interesa mucho ver ese malhadado pliego para conocer los propósitos del hombre que ha reemplazado al conde de Londres.

—¿Puedo serle yo de alguna utilidad en este asunto?

—Sí, señor; puede serme útil. El marqués de Montcalm ha tenido además la atención de invitarme a una conferencia personal con él en el espacio que separa nuestras fortificaciones de las líneas de su campo, y, como creo no deber mostrar el menor interés en verle, he pensado que vaya en lugar mío, pues estando usted en posesión de un grado distinguido puede presentarse como mi sustituto, porque fuera faltar al honor de Escocia permitir que se dijera que uno de sus naturales ha sido vencido en política por un hombre de cualquier otro país.

Sin discutir el mérito comparativo de la política de los diferentes países, Heyward limitose a manifestar al veterano que estaba dispuesto a cumplir las órdenes que se le dieran, a lo que siguió una larga conversación confidencial, en la que Munro dio a aquél numerosas ins-

trucciones y consejos dictados por su experiencia. Momentos después despidiose Heyward de su comandante.

Como no podía presentarse más que en calidad de enviado del comandante del fuerte, no se usó del ceremonial que hubiera acompañado a una entrevista de los dos jefes. Todavía estaban en suspenso las hostilidades y, después de un redoble de tambores, salió Heyward de la poterna, precedido de una bandera blanca, diez minutos después de haber recibido las instrucciones. El oficial que mandaba las avanzadas lo recibió con las formalidades de ordenanza, siendo conducido enseguida a la tienda del general del ejército francés.

Encontrábase Montcalm rodeado de sus principales oficiales y de los jefes de las diferentes tribus de indios que lo habían acompañado en esta guerra, cuando recibió a Heyward, que se detuvo involuntariamente al ver a los salvajes, entre los cuales distinguió la fisonomía feroz del magua, que estaba contemplándolo atentamente.

Estaba Heyward a punto de soltar una exclamación de sorpresa cuando, acordándose enseguida de la misión de que estaba encargado y en presencia de quién se encontraba, hizo un esfuerzo para reprimirse y se volvió hacia el general enemigo, que había avanzado hacia él.

Estaba el marqués de Montcalm en aquella época en la flor de su edad, y se puede añadir que había llegado a la cúspide de su fortuna; pero, aun en esta situación, digna de envidia, era atento y afable, y se distinguía tanto por su escrupulosa cortesía como por el valor caballeresco de que dio tantas pruebas, y que fue causa de su muerte dos años después en las llanuras de Abraham. Heyward separó la vista del rostro innoble y feroz del magua y advirtió con placer la notable diferencia que había entre el aspecto repugnante de éste y las risueñas facciones y graciosa sonrisa del general francés.

—Señor —dijo Montcalm—, tengo mucho gusto en... pero, ¿dónde está mi intérprete?

—Creo, señor, que no será necesario —dijo Heyward con modestia—, porque hablo un poco el francés.

—¡Ah! Lo celebro mucho —replicó el marqués, y, tomando a Heyward familiarmente por el brazo, lo condujo a un extremo de la tienda, donde podían hablar sin que los oyesen—. Me repugnan estos bribones —añadió—, porque jamás se sabe qué debe esperarse de ellos. Yo me hubiera creído muy honrado conferenciando personalmente con su valiente comandante; pero me felicito de que se haya hecho reemplazar por un oficial tan distinguido y tan amable como usted parece.

Agradeciole Heyward este cumplimiento, que no podía menos de halagarlo, a pesar de la resolución que había formado de no permitir que las atenciones ni las astucias del general enemigo le hicieran olvidar un momento el cumplimiento exacto de su deber.

—Su comandante es hombre valeroso —dijo Montcalm después de un momento de reflexión— y se encuentra más dispuesto que otro alguno a resistir un ataque; pero ¿no sería más conveniente que escuchase los consejos de la humanidad antes que los del valor? Porque aquélla lo mismo que éste caracterizan al héroe.

—Nosotros juzgamos inseparables estas dos cualidades —respondió Heyward sonriéndose—; pero, mientras nos sobran motivos para estimular el uno, no tenemos hasta ahora ninguna razón particular para poner la otra en acción.

Saludole Montcalm a su vez, pero con el tono de un hombre sumamente hábil para dar oídos a la adulación, agregando:

—Posiblemente mis telescopios me habrán engañado, y sus fortificaciones han resistido a mi artillería mejor de lo que yo suponía: ¿sabe usted con seguridad cuáles son nuestras fuerzas?

—Nuestra opinión varía respecto a este particular —respondió Heyward con indiferencia—; pero no creemos que pasen de veinte mil hombres.

Mordiose los labios el francés, fijando sus ojos en Heyward como si pretendiera adivinar sus pensamientos, y añadió afectando cierta frialdad y dando a entender que reconocía la exactitud del cálculo, al que estaba seguro de que el mismo Heyward no daba crédito.

—Es una confesión vergonzosa para un soldado, pero debemos reconocer que, a pesar de nuestros esfuerzos, nos ha sido imposible ocultar nuestras fuerzas, aunque parece que en estos bosques, mejor que en ninguna otra parte, podría conseguirse. Pero, si puede usted pensar que todavía no sea tiempo de oír la voz de la humanidad —continuó sonriéndose—, me parece increíble que un joven desconozca la de la galantería. Las hijas del comandante del fuerte, según me han informado, han entrado en él después del sitio.

—Así es, en efecto —respondió Heyward—; pero esta circunstancia, lejos de debilitar nuestro propósito, nos impulsa a realizar mayores esfuerzos por el ejemplo de valor que su presencia nos inspira, y si no fuese necesaria más que la firmeza para rechazar un enemigo, aunque tan temible como el señor de Montcalm, yo confiaría gustoso la defensa del fuerte Guillermo-Enrique a la mayor de estas señoritas.

—Nosotros tenemos en nuestra ley sálica una disposición muy prudente que prohíbe que la corona de Francia recaiga jamás en una rueca —respondió Montcalm áspera y altivamente; pero, volviendo al tono afable, que le era habitual, agregó—: Además, como todas las grandes cualidades son hereditarias, es un motivo más para creerle; pero no es una razón para que se olvide, como le he dicho ya, que hasta el valor debe tener sus límites, y que es ya hora de oír los derechos de la humanidad. Presumo que tendrá autorización para tratar de las condiciones de la rendición del fuerte.

—¿Tan mal cree vuecencia que nos defendemos, que juzga que la necesidad nos impone la rendición?

—Sentiría mucho ver que la prolongación de la defensa llegase a exasperar a mis amigos rojos —dijo Montcalm eludiendo la respuesta, y echando una mirada al grupo de los indios atentos a una conferencia cuyas palabras no entendían—, pues aun ahora encuentro bastante difícil conseguir que respeten las leyes de guerra de las naciones civilizadas.

Heyward no respondió. Recordaba los peligros que había corrido con sus débiles compañeras entre aquellos salvajes.

—Estos señores —prosiguió Montcalm tratando de aprovecharse de la ventaja que creía tener en aquel momento— son temibles cuando se enfurecen, y usted no ignora lo difícil que es el refrenar su cólera. ¿Vamos, pues, a tratar de las condiciones de la rendición?

—Me parece que vuecencia no conoce bien la fuerza del fuerte Guillermo-Enrique y los recursos de su guarnición.

—No es Quebec lo que estoy sitiando, sino una plaza cuyas fortificaciones son de tierra y están defendidas por una guarnición compuesta de dos mil trescientos hombres. Sin embargo, como enemigo, hago justicia a su valor.

—Cierto que nuestras fortificaciones son de tierra y no están fundadas sobre la roca del Diamante; pero se encuentran en esta orilla que fue tan fatal a Dieskau y a su valiente ejército, y vuecencia olvida que una fuerza considerable, que sólo se encuentra ya a algunas horas de distancia, viene en nuestra ayuda, considerándola ya nosotros como parte de nuestros medios de defensa.

—Sí —respondió Montcalm con perfecta indiferencia—: seis a ocho mil hombres, cuyo circunspecto jefe cree más prudente guardarlos en sus atrincheramientos que traerlos a campaña.

Fue Heyward quien entonces se mordió los labios de despecho, al advertir que el marqués no daba importancia alguna a un cuerpo de

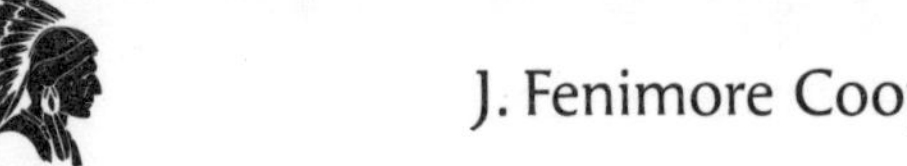

ejército, cuya fuerza efectiva sabía que había sido muy exagerada. Ambos interlocutores guardaron silencio durante algunos instantes, silencio que Montcalm interrumpió manifestando que estaba persuadido de que la venida del oficial inglés no tenía otro objeto que proponerse las condiciones de la capitulación.

Heyward, por su parte, procuró dar a la conversación un giro que obligase al general francés a hacer mención de la carta que había interceptado; pero ni uno ni otro consiguieron su objetivo, y, después de una inútil y larga conferencia, retirose Heyward con un buen concepto de los talentos y educación del general enemigo; pero sin haber conseguido averiguar nada de lo que pretendía.

Montcalm acompañó hasta la puerta de su tienda al oficial inglés, a quien encargó que renovase al comandante del fuerte la invitación que le había hecho de concederle cuanto antes le fuera posible una entrevista en el espacio situado entre ambos ejércitos.

Heyward retirose acompañado por el mismo oficial de las avanzadas que lo había conducido a la tienda del general francés, y, llegado al fuerte, apresurose a presentarse a Munro.

CAPÍTULO XVI

Pero antes de la batalla, abrid la carta.

LEAR.

Cuando Heyward entró en la habitación de Munro encontrábase éste solo con sus dos hijas, una de las cuales, Alicia, habíase sentado sobre una de sus rodillas, y sus delicados dedos se entretenían en separar los blancos cabellos que caían sobre la frente del veterano. Esta especie de niñería hizo arrugar las cejas de Munro; pero la joven no tardó en devolver la serenidad a la frente de su progenitor sellándola con sus labios de rosa.

Cora, siempre tranquila y sosegada, estaba al lado de aquéllos, contemplando los jugueteos de su tierna hermana con el aire de ternura maternal que la singularizaba.

Heyward, a quien los deseos de comunicar al comandante el resultado de su comisión le habían hecho entrar sin avisarle, se quedó inmóvil durante uno o dos minutos contemplando una escena que le interesaba vivamente, y que le repugnaba interrumpir; pero, al fin, los

ojos activos de Alicia vieron su figura reflejada en un espejo colocado frente a ella, y levantose gritando:

—¡El mayor Heyward!

—Y bien: ¿qué tienes que decir de él? —le preguntó su padre sin moverse—; ha ido por encargo mío a hablar con el marqués en su campamento.

En aquel momento avanzó Heyward hacia el comandante.

—¿Ya está usted de vuelta, mayor? Usted es joven, y, por consiguiente, activo. Vamos, niñas, retiraos. ¿Qué hacéis aquí? ¿Creéis que un militar no tiene que hacer más que entretenerse con habladurías de mujeres?

Levantose Cora enseguida, comprendiendo que su presencia era inoportuna, y Alicia la siguió con la sonrisa en los labios.

Munro, lejos de interrogar al mayor, respecto al resultado de su misión, empezó a pasearse con las manos cruzadas a la espalda y la cabeza inclinada sobre el pecho, entregado a profundas reflexiones. Al fin, deteniéndose frente a Heyward, contemplolo durante algunos momentos con ternura paternal y exclamó:

—Son dos niñas preciosas, Heyward. ¿Quién no se sentiría orgulloso de ser su padre?

—Yo creo, coronel Munro, que ya conoce mi opinión, respecto a estas dos amables hermanas.

—Sin duda, sin duda; y aún me acuerdo de que el día de su llegada al fuerte empezó usted a abrirme su corazón con este motivo, de un modo que, a la verdad, no me desagradaba; pero yo le interrumpí, porque consideré inoportuno para un viejo militar hablar de preparativos de boda, y entregarse a la alegría que traen consigo, en un momento en que posiblemente los enemigos de su rey podían tomar parte en la fiesta nupcial sin ser convidados. Esto no obstante, creo que hice mal; sí, hice mal y estoy dispuesto a oír lo que tenga que decirme.

—A pesar del placer que sus palabras me proporcionan, es preciso que antes le dé cuenta de un mensaje que el marqués de...

—¡Llévese el diablo al francés y a todo su ejército! —exclamó el veterano arrugando el entrecejo—. Montcalm no se ha apoderado todavía del fuerte Guillermo-Enrique y no entrará en el fuerte jamás si Webb se conduce como debe. No, señor, no; gracias al cielo no estamos todavía reducidos a una situación tan crítica que impida a Munro dedicar un instante a sus asuntos particulares y al cuidado de su familia. La madre de usted era hija única de mi mejor amigo, Heyward; yo le escucharé en este momento, aun cuando todos los caballeros de San Luis, con su jefe al frente, se encontraran en la poterna suplicándome que les concediese un momento de audiencia. ¡Gentil orden de caballería por cierto, que puede adquirirse a cambio de algunas barricas de azúcar! ¿Y sus marquesados de guardarropía? Iguales los haríamos por docenas en el Lothiau. Háblame del Cardo, cuando haya de citarme una orden de caballería antigua y venerable, como lo es esta de Escocia, el verdadero *nemo me impune lacessit* de la caballería. Algunos de los antepasados de usted la obtuvieron, Heyward, y eran el ornato de la nobleza de su país.

El mayor vio que su comandante se complacía en manifestar el desprecio que le inspiraban los franceses y el mensaje de su general. Sabiendo que el mal humor de Munro no solía durar mucho, y que él mismo volvería a hablar de este asunto, no quiso insistir en comunicarle el resultado de su comisión, y habló de lo que le interesaba mucho más.

—Me parece haberle ya comunicado que aspiraba a honrarme con el nombre de hijo suyo.

—Sí, no he dejado de comprenderlo; pero ¿ha hablado de ello a mi hija?

—Bajo mi palabra de honor le puedo asegurar que no. Hubiera creído abusar de la confianza que usted me ha otorgado, si me hubiese aprovechado de ella para revelarle mis deseos.

—Ha procedido usted como hombre de honor, y no puedo menos de aprobar tales sentimientos; pero Cora es una joven prudente, discreta y de alma demasiado elevada y no necesita que yo influya en su elección de esposo.

—¡Cora!

—Sí, señor, Cora. Pues ¿de qué hablamos? ¿No ha expresado usted su deseo de contraer matrimonio con la señorita Munro?

—Yo... yo... yo no creo haber pronunciado su nombre —balbució Heyward.

—¿Pues con quién desea casarse entonces? —preguntó el veterano levantándose contrariado y como ofendido.

—Usted tiene otra hija, señor, otra hija no menos amable e interesante.

—¡Alicia! —exclamó Munro con una sorpresa que sólo podía compararse con la que Heyward había revelado al oír el nombre de Cora.

—A ella es a quien me he referido, señor.

El mayor esperó silencioso el resultado de aquella declaración que el anciano guerrero no esperaba. Durante algunos minutos Munro se paseó por la estancia agitado y como convulsivo, entregado a profundas reflexiones. Al fin se detuvo frente a Heyward, fijó los ojos en los suyos, y dijo con una alteración que hacía temblar sus labios:

—Heyward, he amado a usted por el amor de aquel cuya sangre corre por sus venas; le he amado por usted mismo, a causa de las buenas cualidades que le adornan; le he amado porque he creído que podría hacer feliz a mi hija; pero todo este cariño se convertiría en odio si lo que temo es cierto.

—No permita Dios que yo sea causa de semejante cambio de opinión —exclamó Heyward que sostuvo tranquilamente las miradas fijas y penetrantes de su comandante.

Munro, sin comprender la imposibilidad en que se encontraba el joven mayor de adivinar los sentimientos que tenía ocultos en el fondo de su corazón, dejose, sin embargo, seducir por el aire de candor y sinceridad que advirtió en él y volvió a dirigirle la palabra con tono más suave:

—Usted pretende ser mi hijo, Heyward; pero ignora la historia del hombre a quien quiere llamar su padre. Siéntese y con pocas palabras le mostraré un corazón cuyas heridas no están todavía cicatrizadas.

No necesitamos decir que el mensaje de Montcalm quedó completamente olvidado por entonces, pues el encargado de comunicarlo no pensaba más en él que el que debía recibirlo. Ambos interlocutores tomaron asiento, y, mientras el anciano guardaba silencio para ordenar sus ideas entregándose a recuerdos que parecían melancólicos, contuvo el joven su impaciencia en actitud atenta y respetuosa.

—Ya sabe usted, amigo Heyward —empezó diciendo Munro—, que mi familia es antigua y respetada, aunque la fortuna no la haya favorecido en proporción a su nobleza. La edad que tiene usted ahora, poco más o menos, tendría yo cuando di palabra de casamiento a Alicia Graham, hija de un noble vecino mío, propietario de bienes bastante considerables; pero diversos motivos y acaso mi pobreza, fueron causa de que su padre se opusiera a nuestra unión; en consecuencia hice lo que todo hombre honrado debe hacer: devolví a Alicia su palabra, y, entrando en el servicio del rey, abandoné Escocia. Había visto ya muchos países y derramado mi sangre en varias batallas, cuando fui enviado a las Indias occidentales, donde la casualidad me hizo conocer a la que luego fue mi esposa y me hizo padre de Cora; era hija de un hombre bien nacido, cuya mujer tenía la desgracia, si tal debe llamarse, de descender, aunque en grado muy lejano, de una familia de esclavos, pero no permitiré que nadie desprecie a mi hija por ese solo motivo... Usted mismo, Heyward, ha nacido en las colonias del sur, cuyos habitantes sin excepción son considerados como una raza inferior a la nuestra.

—Demasiado verdad es eso desgraciadamente —dijo Heyward con cierta turbación que le obligó a bajar los ojos.

—¿Y puede usted atreverse a despreciar a mi hija? —exclamó el padre con un tono que revelaba al mismo tiempo cólera, amargura e ironía—. ¿No es cierto que, por muy amable y virtuosa que sea, se niega a mezclar la sangre de los Heywards con la humilde y degradada de mi hija?

—No permita Dios que yo sea víctima de semejantes preocupaciones —respondió Heyward, aunque no dejaba de reconocer que este error, fruto de la educación, estaba arraigado en su alma profundamente—. La dulzura, la ingenuidad, el atractivo y la viveza de la más joven de sus hijas, explican sobradamente mis motivos para que no se me acuse de injusticia.

—Tiene usted razón —dijo el anciano con menos aspereza—; es el vivo retrato de lo que era su madre a su edad, antes de que hubiera conocido las desgracias. Cuando la muerte me privó de mi esposa, regresé a Escocia, enriquecido con este casamiento; y, ¿puede usted creerlo, Heyward?, encontré al ángel que había sido mi primer amor, consumiéndose hacía veinte años en espantosa soledad, únicamente por ser fiel al ingrato que la había olvidado. Hizo más, perdonó mi ingratitud; y, como entonces era dueña de sí misma, nos casamos...

—¿Y fue madre de Alicia? —preguntó Heyward con una prontitud que habría sido peligrosa en otras circunstancias en que el anciano militar no hubiera estado entregado a tan profundas y amargas reflexiones.

—Sí —respondió Munro—, y el nacimiento de su hija le dio la muerte. Fue un ángel que subió al cielo, y no está bien en un hombre que tiene un pie en el sepulcro lamentarse de una suerte tan apetecible. Sólo vivió conmigo un año, término de felicidad bien corto para una mujer que había pasado sufriendo toda su juventud.

Calló Munro; su mudo dolor era tan digno de interés y respeto, que Heyward no se atrevió a pronunciar una palabra para interrumpirlo. El anciano parecía haber olvidado que no se encontraba solo, y sus agitadas facciones reflejaban una viva conmoción, mientras por sus mejillas deslizábanse silenciosas algunas lágrimas.

Al fin volvió en sí, púsose en pie repentinamente, dio algunos pasos por la estancia como para tranquilizarse, y acercose de nuevo a Heyward diciéndole:

—Mayor, ¿no tenía usted que comunicarme un mensaje de parte del marqués de Montcalm?

Heyward, que había ya olvidado el mensaje, sintiose conmovido; pero, aunque no sin algún embarazo, empezó a dar cuenta de su embajada. Es inútil hacer ninguna reflexión respecto a la sagacidad y diplomacia con que el general francés había eludido todas las tentativas que fueron hechas por Heyward para penetrar el motivo de la entrevista solicitada del comandante del fuerte Guillermo-Enrique, quedando reducida únicamente su comisión a que en términos políticos, aunque decisivos, el general francés había manifestado la necesidad de que fuese el coronel inglés a recibir personalmente esta explicación, o que se conformase con ignorarla.

Mientras escuchaba Munro la relación detallada de su conferencia con el jefe enemigo, iban debilitándose gradualmente las sensaciones que el amor paternal le habían producido, para dar lugar a otras ideas que le sugería el sentimiento de sus deberes militares. Cuando Heyward hubo concluido de comunicarle el resultado de su misión, había ya desaparecido el padre, y no quedaba sino el comandante del fuerte Guillermo-Enrique, contrariado y colérico.

—Ya me ha dicho usted bastante, mayor Heyward —repuso el anciano con un tono que revelaba claramente lo mucho que le había ofendido la conducta del marqués—. Sí, bastante para hacer un libro de comentarios a la cortesía francesa. Vea aquí un señor que me invita a una conferencia, y cuando le envío un sustituto, tan digno e inteligente como es usted, rehúsa explicarse y quiere que adivine yo sus intenciones.

—Quizá —replicó Heyward sonriendo— no tenga él tan ventajosa idea como usted del sustituto. Y es también de observar que la invitación que le ha hecho, y que me ha encargado que le reitere, se dirigía al comandante en jefe del fuerte y no al oficial que hace las veces de segundo.

—¿Pero un sustituto —replicó Munro— no tiene acaso todo el poder y facultades de aquel a quien representa? ¡Desea conferenciar con el comandante en persona! Casi estoy tentado de acceder a su deseo, aunque no sea sino para mostrarle un continente firme, a despecho de su numeroso ejército y de sus intimaciones. Este golpe de política podría ser provechoso, ¿verdad?

Heyward, que juzgaba asunto de la mayor importancia conocer cuanto antes el contenido de la carta que había llevado el cazador, apresurose a dar su aprobación a esta idea.

—Sin duda alguna —le dijo—, nuestra indiferente tranquilidad no es ciertamente lo más propio para inspirarle confianza.

—Nunca ha dicho usted una verdad más grande. Yo quisiera que viniese a inspeccionar nuestras fortificaciones al mediodía, y a modo de asalto, éste es el mejor medio de conocer la resistencia que opone el enemigo, y sería muy preferible al sistema de cañones que ha adoptado. El arte de la guerra ha perdido su belleza, Heyward, a causa de las tácticas modernas del señor de Vauban; nuestros antepasados eran muy superiores a esa cobardía científica.

—Es cierto; pero tenemos necesidad de defendernos con las mismas armas que emplean contra nosotros. ¿Qué decide respecto a la entrevista?

—Que veré al francés; que lo veré pronto y sin temor alguno como corresponde a un fiel servidor del rey mi amo. Vaya usted, mayor, hágale una señal y envíe un trompeta que le dé aviso de que voy a verlo al sitio indicado. Yo le seguiré enseguida con una escolta, porque es justo honrar al que está encargado de guardar el honor de su rey. Pero óigame, Heyward —añadió en voz baja aunque estaban solos—; bueno sería tener un refuerzo cerca para el caso en que se tratase de una traición.

Heyward apresurose a aprovechar esta circunstancia para salir, y como era cerca del anochecer no perdió un momento en disponer todo lo necesario. Despachó al campo francés un trompeta con bandera blanca, a fin de anunciar la inmediata llegada del comandante del fuerte; ordenó que tomasen las armas algunos soldados, y luego que estuvieron dispuestos se fue con ellos a la poterna, donde ya lo esperaba el jefe. Con el ceremonial ordinario de una marcha militar salieron del fuerte el veterano y su joven compañero acompañados de la escolta.

A ciento cincuenta pasos de los baluartes estarían, cuando vieron salir de un camino hondo, o mejor dicho, de un barranco que atravesaba la llanura situada entre las baterías de los sitiadores y el fuerte, un grupo de soldados que acompañaban a su general. Al dejar sus fortificaciones para ir a conferenciar con el enemigo, Munro había erguido su elevada estatura, y tomado un continente marcial; pero tan pronto como distinguió el plumero blanco que ondeaba sobre el sombrero de Montcalm, se inflamaron sus ojos y recobró súbitamente todo el vigor de la juventud.

—Ordene a esos valientes que estén alerta —dijo a Heyward en voz baja— y dispuestos a hacer uso de las armas a la menor señal; porque no creo que debamos fiarnos mucho de la buena fe de estos franceses. Entretanto, nos presentaremos a ellos como hombres que no abrigan el menor temor. ¿Me ha entendido usted?

Oyose entonces el redoble de un tambor francés, a cuya señal respondió el inglés, y habiendo enviado cada partida un oficial de ordenanza con una bandera blanca, detúvose el prudente escocés y Montcalm avanzó hacia las tropas enemigas, marchando con un movimiento lleno de gracia, y saludó al veterano descubriéndose de tal modo, que el plumero casi llegó a tocar en el suelo. El aspecto de Munro era más varonil e imponente; pero faltábanle la finura y cortesía del oficial francés. Durante un momento ambos quedaron silenciosos, contemplándose mutuamente con interés y curiosidad. Al fin, Montcalm hizo uso de la palabra el primero como parecía exigirlo su rango, superior a la naturaleza de la conferencia.

Después de hacer un cumplimiento a Munro, y dirigir a Heyward una sonrisa como para manifestarle que lo había reconocido, dijo a este último en francés:

—Celebro verlo aquí con, doble motivo, porque su presencia nos dispensará de servirnos de intérprete ordinario, y si nos dispensa el favor de desempeñar sus veces tendré la seguridad de ser fielmente interpretado.

Heyward hizo una inclinación de cabeza, y Montcalm se volvió hacia su escolta, que, imitando a la de Munro, se había formado tras de él, ordenándole por señas que se retirase.

—Atrás, hijos míos; hace mucho calor, retiraos un poco.

Antes de imitar esta prueba de confianza, miró el mayor Heyward hacia la llanura, y distinguió, algo inquieto, numerosos grupos de salvajes en todas las barreras del bosque de donde habían salido por curiosidad para presenciar desde lejos la conferencia.

—El señor Montcalm reconocerá fácilmente la diferencia de nuestras respectivas situaciones —dijo con cierto embarazo mientras le mostraba aquellas tropas de bárbaros auxiliares—. Si despedimos nuestra escolta quedamos a merced de nuestros más peligrosos enemigos.

Montcalm respondió firmemente llevándose la mano al corazón:

—Tienen ustedes por garantía la palabra de un caballero francés, y esto debe bastarles.

—Y bastará —respondió Heyward; y dirigiéndose al oficial que mandaba la escolta, ordenó—: Atrás; retírense fuera del alcance de la voz, y esperen nuevas órdenes.

Como este diálogo se había mantenido en francés, Munro no comprendió una palabra; pero, al ver, disgustado, que se retiraba su escolta, apresurose a pedir explicaciones al mayor.

—¿No nos interesa —dijo Heyward— manifestar la mayor confianza? El señor de Montcalm nos garantiza nuestra seguridad bajo su honor, y he mandado retirar el destacamento a alguna distancia para probarle que nos fiamos de su palabra.

—Tendrá usted razón, pero yo no confío mucho en la palabra de todos estos marqueses, como ellos se titulan. Los papeles de nobleza abundan demasiado en su país para que pueda atribuírseles un verdadero honor.

—Se olvida usted de que estamos conferenciando con un militar que se ha distinguido por sus hazañas en Europa y en América y hasta ahora no tenemos motivo para abrigar sospechas respecto a un hombre que goza de tan bien merecida reputación.

El viejo comandante mostró con un gesto su conformidad; pero su severa fisonomía revelaba que persistía aquella desconfianza, fundada más en cierto odio hereditario contra los franceses, que en ningún síntoma exterior que justificase sentimiento tan poco caritativo.

Montcalm aguardó pacientemente que terminase esta pequeña discusión, sostenida en inglés y en voz baja, y acercándose luego a los dos oficiales ingleses empezó su conferencia, dirigiendo la palabra a Heyward en estos términos:

—Mi deseo de celebrar una entrevista con su jefe obedece a la esperanza, que abrigo, de que, convenciéndose de que ha hecho todo lo que puede exigirse de él para defender el honor de su soberano, se prestará a dar oídos a los consejos de la humanidad; yo mismo atestiguaré eternamente que se ha defendido heroicamente y que ha continuado la defensa mientras ha tenido la más pequeña probabilidad de vencer.

Traducidas estas palabras a Munro, contestó éste con dignidad y con no poca cortesía:

—Por mucho que yo aprecie ahora este testimonio, señor de Montcalm, lo consideraré todavía mucho más honroso cuando lo haya realmente merecido.

El general francés escuchó sonriéndose la traducción de estas palabras, y añadió al instante:

—Lo que se concede con facilidad a un valor que se aprecie, puede rehusarse a una tenacidad inútil. Si el coronel Munro desea ver mi campo y contar por sí mismo mis soldados, adquirirá el convencimiento de lo imposible que le es resistir por más tiempo.

—Reconozco que el rey de Francia está bien servido —respondió el imperturbable escocés cuando concluyó Heyward la traducción—; pero el rey mi amo dispone de tropas tan valientes, tan leales y tan numerosas como las suyas.

—Pero no están aquí, por desgracia —repuso Montcalm llevado de su ardor y sin esperar al intérprete—. Hay en la guerra cierto destino, al cual debe someterse el hombre prudente con el mismo valor que combate al enemigo.

—Si yo hubiera sabido que el señor de Montcalm domina tan bien el inglés, me hubiera evitado la molestia de hacerle una mala traducción de lo que ha dicho mi comandante —dijo Heyward algo enojado y acordándose del diálogo que poco antes había sostenido con Munro.

—Perdone —contestó el general francés—. Existe gran diferencia entre entender algunas palabras de una lengua extranjera y encontrarse en estado de hablarla; por esta razón le ruego que prosiga sirviéndome de intérprete. Estas montañas —prosiguió después de una pequeña pausa— nos proporcionan el medio de reconocer fácilmente el estado de sus fortificaciones, y no dudo que conozco sus recursos tan bien como usted.

—Pregunte al general —dijo Munro con orgullo— si sus telescopios permiten ver el Hudson y si ha presenciado los preparativos de marcha de Webb.

—El mismo general Webb puede responder a esta pregunta —repuso el político marqués entregando a Munro una carta abierta—. Este papel le revelará que no es probable que el movimiento de sus tropas sea peligroso para mi ejército.

Tomó tan vivamente el veterano la carta que se le presentaba, que no esperó a que Heyward le tradujera las palabras de Montcalm, lo cual demostraba la importancia que daba a su contenido; pero tan pronto como la hubo leído, mudó de color, se pusieron trémulos sus labios, el papel se le escapó de las manos, e inclinó la cabeza sobre el pecho.

Heyward recogió la carta, sin excusarse de la libertad que se permitía, y no necesitó más que echarle una ojeada para enterarse de la cruel noticia que contenía. Su jefe común, el general Webb, lejos de exhortarlos a continuar defendiéndose, les aconsejaba con toda claridad y precisión que se rindieran enseguida, aduciendo la razón de que le era imposible enviar en su socorro ni un solo hombre.

—Aquí no hay error ni engaño —dijo Heyward volviendo a examinar la carta atentamente—; éstos son el sello y la firma de Webb, y seguramente es la propia carta interceptada.

—¡Estoy, pues, abandonado, vendido! —exclamó Munro con amargura—, Webb pretende deshonrar mis canas...

—No diga eso —interrumpió Heyward con energía—; todavía somos dueños del fuerte y de nuestro honor; defendámonos hasta morir,

vendiendo nuestra vida tan cara, que el enemigo tenga la necesidad de confesar que le ha costado demasiado el sacrificio.

—Gracias, joven valiente —dijo el anciano reanimándose—. Tú eres ahora el que vuelve a Munro al sentimiento de nuestros deberes; regresemos al fuerte y labremos nuestra sepultura detrás de sus murallas.

—Señores —intervino Montcalm dirigiéndose hacia ellos con verdadero interés y generosidad—, conocen muy poco a Luis de Saint-Véran si lo consideran capaz de intentar aprovecharse de esta carta para humillar a unos soldados tan valerosos y deshonrarse él mismo. Antes de que se retiren, escuchen siquiera las condiciones de la capitulación que les ofrezco.

—¿Qué dice el francés? —preguntó el veterano con orgulloso desdén—. ¿Se vanagloria acaso de haber hecho prisionero a un soldado de cubierta y haber interceptado un pliego del cuartel general? Mayor, dígale que si pretende intimidarnos con esas bravatas, es preferible que levante el sitio del fuerte Guillermo-Enrique para ir a atacar el fuerte Eduardo.

Pero, como le explicase Heyward lo que acababa de decir el marqués, contestó Munro con más tranquilidad:

—Señor de Montcalm, estamos dispuestos a escucharle.

—Ustedes no pueden conservar por más tiempo el fuerte, y el interés del rey mi amo exige su demolición; pero por lo que respecta a vuecencia y a sus valientes camaradas, todo lo que más ama el soldado les será concedido.

—¿Nuestras banderas? —preguntó Heyward.

—Las llevarán a Inglaterra como una prueba de que las han defendido heroicamente.

—¿Nuestras armas?

—Las conservarán, pues nadie podría usarlas mejor.

—¿La rendición de la plaza? ¿Nuestra salida?

—Todo se hará tan honrosamente como lo deseen.

Heyward dio cuenta de todas estas proposiciones a su comandante, que las oyó extraordinariamente sorprendido, y cuya sensibilidad se conmovió por un rasgo de generosidad tan poco común como inesperado.

—Vaya, Heyward —le dijo—, vaya con este marqués, él es verdaderamente digno de serlo; acompáñelo a su tienda y convenga con él todas las condiciones. He vivido bastante para ver en mi vejez dos cosas que jamás hubiera creído posibles: un inglés que se niega a socorrer a su compañero de armas, y un francés pundonoroso que rehúsa aprovecharse de las ventajas que ha conseguido.

—Dichas estas palabras, inclinó el veterano la cabeza sobre el pecho, y después de saludar al marqués, volviose hacia el fuerte seguido de su escolta. Su aire de abatimiento revelaba ya a la guarnición que no estaba satisfecho del resultado de la conferencia que acababa de celebrar.

Quedose, pues, Heyward para arreglar las condiciones de la rendición de la plaza. Al regresar al fuerte había ya entrado la noche, y, después de hablar brevemente con el comandante, volvió a salir con dirección al campo francés; entonces hízose pública la suspensión de hostilidades, a causa de haber firmado Munro una capitulación, en virtud de la cual el fuerte debía ser entregado al enemigo la mañana siguiente, en la que la guarnición saldría del fuerte Guillermo-Enrique con sus banderas, armas y bagajes, y por tanto, con todos los honores militares.

CAPÍTULO XVII

La lanza preparemos; el hilo ha sido hilado, tejida está la trama y finido el trabajo.

GRAY.

La noche del 9 de agosto de 1757 transcurrió para los ejércitos enemigos acampados en los desiertos del Horican como habría podido transcurrir si se hubieran encontrado en el más hermoso campo de batalla de Europa. Los vencidos dominados por el desaliento de la tristeza, y los vencedores alborozados por la alegría del triunfo. Pero la tristeza como la alegría tienen sus límites, y la necesidad del reposo o el cansancio pusieron término a las naturales expansiones de los combatientes de uno y otro bando, hasta que reinó, al fin, el silencio en aquellos inmensos bosques que sólo era interrumpido de vez en cuando por el «¿quién vive?» de los centinelas.

Llegado el momento sublime que precede al nacimiento del día, hubiérase buscado inútilmente alguna señal que revelara la presencia de tan gran número de hombres armados en las riberas del «lago santo».

Durante el intervalo de completo silencio, había sido levantada con todo género de precauciones la cortina que cubría la entrada de la tienda mayor del campo francés. Este movimiento prodújolo una persona que salía cautelosamente envuelta en una capa, que lo mismo le podía servir para preservarlo de la humedad de los bosques que para evitar el ser conocida.

El granadero que hacía de centinela a la entrada de la tienda del general dejole libre el paso, le presentó las armas con el respeto militar

acostumbrado, y le vio avanzar rápidamente por entre las tiendas con dirección al fuerte Guillermo-Enrique. Cuando el embozado encontraba a su paso alguno de los numerosos soldados que velaban por la seguridad del campamento, respondía brevemente a la pregunta que le dirigían, y al parecer de un modo satisfactorio, porque su marcha no sufría la menor detención.

Exceptuados estos encuentros, que no fueron pocos, ningún incidente turbó su silencioso paseo, llegando así desde el centro del campamento hasta la última avanzada del lado del fuerte. Al pasar por delante del soldado que estaba de centinela en el primer puesto del enemigo, éste gritó:

—¿Quién vive?

—Francia.

—¿La contraseña?

—Victoria —respondió el personaje misterioso aproximándose al centinela para pronunciar esta palabra en voz baja.

—Está bien —replicó el soldado volviendo a colocarse su fusil al hombro—. Muy temprano se pasea, señor.

—No se puede abandonar la vigilancia, hijo mío.

Al pronunciar estas palabras, y encontrándose enfrente del centinela, desembozolo el aire, pero él volvió a cubrirse el rostro con la punta de la capa y siguió avanzando hacia el fuerte inglés, al mismo tiempo que el soldado, extraordinariamente sorprendido, le tributaba respetuosamente los honores militares.

—¡Por vida mía! —exclamó el soldado cuando el misterioso personaje se alejó—. No se puede dejar de vigilar un momento, porque creo que tenemos ahí un cabo de escuadra que no duerme jamás.

El oficial no oyó o fingió no oír las palabras del centinela, y, continuando su marcha, no se detuvo hasta encontrarse en la arenosa orilla del lago, demasiado cerca del baluarte occidental del fuerte para que su proximidad pudiera serle peligrosa.

La luna ocultábase a la sazón tras una de las nubes que cruzaban el espacio, despidiendo, por esta causa; una luz tan débil, que apenas permitía distinguir confusamente los objetos. El embozado adoptó la precaución de ocultarse tras el tronco de un corpulento árbol, donde permaneció apoyado algún tiempo, contemplando atenta y silenciosamente las fortificaciones del fuerte Guillermo-Enrique. Las miradas que dirigía hacia sus murallas no eran las de un espectador indiferente; sus ojos distinguían las partes fuertes de las débiles, y en sus observaciones se advertía cierta especie de desconfianza.

El examen pareció complacerlo, y, habiendo echado una ojeada de impaciencia a las cimas de los montes del lado de levante, como si le importara la aparición de la aurora, iba ya a retroceder cuando un pequeño ruido que oyó sobre el baluarte le decidió a quedarse.

Vio entonces un hombre que, puesto detrás de un merlón, parecía absorto contemplando las tiendas del campamento francés que se divisaban a alguna distancia, y mirando hacia el oriente como si temiera o deseara ver el anuncio del día, volvió enseguida los ojos a la extensa superficie del lago, que parecía otro firmamento líquido, sembrado de mil estrellas. El aspecto melancólico de este personaje, apoyado sobre el parapeto y entregado a sombrías reflexiones, su grande estatura, la hora en que se encontraba en aquel sitio, todo confirmaba al observador oculto que espiaba sus movimientos en la creencia de que era el comandante del fuerte.

La delicadeza y la prudencia le imponían el deber de retirarse, y rodeaba ya el árbol para hacerlo sin ser visto, cuando llamó su atención otro ruido, y volvió a detenerse. Este ruido era, al parecer, causado por el movimiento de las aguas del lago; pero no se asemejaba al que producen cuando son agitadas por el viento. Un momento después distinguió el cuerpo de un indio que se incorporaba pausadamente a la orilla del lago, subía en silencio a la ribera, marchaba hacia él y se detenía al otro lado del árbol, tras del cual estaba él oculto, apuntando hacia el baluarte el cañón de un fusil; pero antes de que el salvaje tuviera tiempo de disparar, estaba ya la mano del oficial sobre el gatillo del arma homicida.

El indio, al ver frustrado tan inesperadamente su pérfido proyecto, lanzó una exclamación de sorpresa, y el oficial francés, sin pronunciar una sola palabra, púsole la mano sobre el hombro y llevóselo en silencio a alguna distancia de aquel sitio.

Montcalm, pues no era otro el personaje misterioso, desembozose entonces dejando ver su uniforme y la cruz de San Luis pendiente de su pecho, y con tono severo interrogó al salvaje:

—¿Qué significa esto? ¿Un hijo ignora que sus padres del Canadá y los ingleses han enterrado el hacha de guerra?

—¿Qué van a hacer entonces los hurones? —respondió el indio en francés chapurrado—. ¡Ninguno de sus guerreros tiene ni una cabellera que mostrar como trofeo y ya los rostros pálidos se han hecho amigos!

—¡Ah! ¡Es el Zorro Sutil! Me parece ése demasiado celo para un amigo que hace poco tiempo era enemigo nuestro. ¿Cuántos soles han mostrado su luz desde que el Zorro Sutil ha tocado el poste de guerra de los ingleses?

—¿Dónde está el Sol? Detrás de las montañas, y es negro y frío; pero, cuando vuelva a aparecer, será brillante y ardiente. El Zorro Sutil es el sol de su pueblo; ha habido muchas nubes y montañas entre él y su nación; pero ahora brilla, y el firmamento está limpio de nubes.

—Conozco bien el poder que el Zorro Sutil ejerce sobre sus conciudadanos, pues ayer procuraba hacer un trofeo de sus cabelleras y hoy le escuchan delante del fuego de su consejo.

—El magua es un gran jefe.

—Es preciso que lo demuestre enseñando a su nación a respetar a nuestros nuevos amigos.

—¿Con qué objeto ha traído el jefe de nuestros padres del Canadá sus jóvenes guerreros a estos bosques? ¿Qué se propuso al hacer disparar sus cañones contra esa casa de tierra?

—Apoderarse de ella. Este país es de mi amo, y ha mandado al padre del Canadá arrojar a los ingleses que se habían apoderado de él; pero los ingleses se retiran y dejan, por lo tanto, de ser enemigos.

—Perfectamente. Pero el magua ha desenterrado su hacha para teñirla de sangre; ahora brilla mucho; cuando esté roja, no tendrá inconveniente en volver a enterrarla.

—El magua no debe manchar con sangre las blancas lises de Francia, y los enemigos del poderoso rey que reina más allá del gran lago de agua salada deben ser los enemigos de los hurones, como sus amigos deben ser igualmente los suyos.

—¿Sus amigos? —repitió el indio sonriéndose amargamente—. Que al padre del magua le permita tomarle la mano.

Montcalm, que no ignoraba que la influencia de que gozaba entre las hordas salvajes sólo podía sostenerse con concesiones y no con violencia, alargole la mano aunque con repugnancia. Tomola el magua, y, poniendo un dedo del general francés en una profunda cicatriz que tenía en medio del pecho, preguntole triunfalmente:

—¿Mi padre sabe lo que es esto?

—¿Qué guerrero puede ignorarlo? Es la cicatriz de una herida hecha por una bala de plomo.

—¿Y ésta? —continuó el indio mostrándole sus espaldas desnudas, pues no llevaba sobre su cuerpo otras prendas que el cinturón y los mocasines.

—¿Ésta? Mi hijo ha sido cruelmente injuriado. ¿Quién ha hecho ésta?

—El magua fue arrojado a viva fuerza sobre una cama muy dura en las tiendas de los ingleses, y estas señales son las consecuencias.

El salvaje, al decir esto, riose también con amargura, que no ocultaba su bárbara ferocidad; pero, dominando su furor, y tomando el aire de dignidad sombría de un jefe indio, añadió:

—Vaya y diga a sus jóvenes guerreros que están en paz. El Zorro Sutil dirá a los guerreros hurones lo que debe decirles.

Sin dignarse pronunciar una palabra más, y sin aguardar contestación, púsose el magua el fusil al brazo, y emprendió en silencio el camino que conducía a la parte del bosque donde estaban sus compatriotas. Mientras el Zorro Sutil anduvo por la línea, le dieron varios centinelas el «¿quién vive?»; pero él negose a contestar, negativa que le hubiera quizá acarreado la muerte, si los soldados no le hubiesen reconocido.

Montcalm no se movió durante un rato del sitio en que su interlocutor lo había dejado, embebido en una melancólica meditación, y pensando en el carácter indomable que uno de sus aliados salvajes acababa de desplegar.

Ya en otra ocasión había visto su autoridad comprometida por una escena horrible, en circunstancias semejantes a la que a la sazón se encontraba, y sentía muy vivamente la responsabilidad que pesa sobre los que se equivocan al elegir los medios para llegar al fin que se proponen, comprendiendo, además, lo peligroso que es el poner en acción un instrumento cuyos efectos no pueden reprimirse.

Luego, juzgando que tales ideas eran una debilidad en semejante momento de triunfo, procuró desecharlas y se dirigió hacia su tienda, entrando en ella cuando empezaba a despuntar la aurora, pero no sin mandar antes al tambor que tocase diana.

Tan pronto como fue oído el primer redoble en el campo francés respondieron las cajas del fuerte, y casi a un mismo tiempo resonó en todo el valle el eco ruidoso de una música guerrera. Las cornetas y los clarines de los vencedores no cesaron de tocar sonatas alegres hasta que estuvo el último soldado sobre las armas; pero tan pronto como los pífanos dieron la señal de la rendición del fuerte, quedó silencioso todo el campamento.

Había amanecido, y cuando el ejército francés quedó formado en línea esperando a su general, todas las armas centelleaban, heridas por los rayos del sol. Anunciose entonces oficialmente la capitulación, que ya era conocida por casi todos los soldados, y la compañía destinada a guardar el fuerte conquistado desfiló por delante de su jefe. Diose la orden de marcha, y al mismo tiempo se hicieron todos los preparativos necesarios para que aquella fortaleza pasara a poder de otro dueño.

Todas las líneas del ejército angloamericano ofrecieron el aspecto de una marcha precipitada y forzada. Los soldados echábanse al hombro sus fusiles descargados, y no ocultaban su mal humor por la inútil resistencia que habían opuesto al enemigo. Parecía que no deseaban otra cosa sino tener la ocasión de vengarse de una afrenta que hería su orgullo, aunque la facultad que les había sido concedida de salir con todos los honores de la guerra, templaba algo su humillación. Las mujeres y los niños corrían de un lado para otro, llevando unos los restos miserables de su bagaje, y otros buscando entre las filas quien les prestara protección.

Munro no mostró la menor debilidad en medio de sus silenciosas tropas; pero comprendíase claramente que la rendición inesperada del fuerte era un golpe que le había herido el corazón, a pesar de los esfuerzos que hacía por disimularlo.

Heyward estaba muy conmovido, y como ya no le quedaba ningún deber que cumplir, acercose al anciano para preguntarle en qué podía entonces serle útil.

Munro sólo le contestó dos palabras: «¡Mis hijas!», pero pronunciadas con un tono que inspiraba compasión.

—¡Justo cielo! —exclamó Heyward—. ¿Todavía no se han adoptado las medidas necesarias para su salida?

—Yo no soy más que un soldado, mayor Heyward —respondió el veterano—; todos los que me rodean ¿no son también mis hijos?

El mayor tuvo suficiente con estas palabras para, sin perder aquellos momentos preciosos, correr al pabellón que había ocupado el comandante en busca de Alicia y Cora, a quienes encontró a la puerta, preparadas para salir y rodeadas de mujeres que lloraban y se lamentaban. El instinto, sin duda, las había guiado a aquel sitio creyendo encontrar allí protección. Aunque Cora estaba pálida e inquieta, no había perdido nada de su firmeza; pero los ojos inflamados de Alicia revelaban que había vertido muchas lágrimas. Las dos experimentaron gran consuelo al ver al joven militar, y Cora, contra su costumbre, apresurose a dirigirle la palabra.

—El fuerte se ha perdido —le dijo sonriendo melancólicamente—; pero, a lo menos, creo que nos queda el honor.

—Y más brillante que nunca. Pero, mi querida señorita Munro —exclamó Heyward—, debemos pensar algo menos en los otros y algo más en usted misma. Las leyes militares, el honor, este honor que tanto aprecia usted, exige que su padre y yo nos marchemos a la cabeza de las tropas, a lo menos hasta cierta distancia... ¿y dónde vamos a encontrar

ahora una persona que cuide de ustedes y las proteja en medio de la confusión y desorden de semejante marcha?

—No nos hace falta nadie —respondió Cora—. ¿Quién había de atreverse a injuriar a las hijas de tal padre en circunstancias tan críticas?

—De todos modos, no quisiera dejarlas solas ni aun a cambio del mando del mejor regimiento de su majestad —replicó el mayor mirando en torno suyo, donde no vio sino mujeres y niños—. Considere que Alicia no está dotada de la misma fortaleza de alma que usted, y Dios sabe con qué peligros puede tropezar.

—Es cierto —repuso Cora con una sonrisa más triste todavía que la primera—; pero oiga: la casualidad nos ha enviado al amigo que necesitamos.

Heyward comprendió enseguida lo que le quería decir. El sonido lento y patético de una música, bien conocida en las colonias situadas al este, despertó su atención haciéndole correr hacia un edificio inmediato, que había ya sido abandonado por los que lo ocupaban, donde encontró a David Lagamme.

Heyward permaneció en la puerta sin presentarse hasta que terminó el movimiento de la mano con que David acompañaba siempre su canto. Creyó entonces que ya había concluido, y tocándolo en la espalda para llamar su atención, le explicó brevemente el favor que esperaba obtener de él.

—Con sumo gusto —respondió el honrado discípulo de Osian—. Hemos corrido juntos numerosos peligros y es muy justo que viajemos también juntos en paz.

—Procurará usted —le dijo el mayor— que nadie falte el respeto debido a estas señoritas, ni pronuncie en su presencia ninguna palabra grosera ni que se mofe de sus infortunios. Los criados de su casa le ayudarán a desempeñar este encargo.

—Con sumo gusto —repitió David.

—Posiblemente —replicó Heyward— encontrará en el camino algunas partidas sueltas de indios o franceses; en este caso les recordará las condiciones de la capitulación, y los amenazará, si fuese necesario, con denunciar su conducta a Montcalm; una sola palabra suya será suficiente para contenerlos.

David manifestó por señas haber quedado enterado, y ambos interlocutores fueron enseguida a reunirse con las dos hermanas.

Cora recibió cortésmente a su nuevo y singular protector; pero las pálidas mejillas de Alicia se reanimaron por un momento con una son-

risa maligna, al dar gracias a Heyward por la buena elección que había hecho.

El mayor comprendió la ironía y trató de disculparse diciendo que las circunstancias no permitían otra cosa y que, como realmente no había el menor peligro, la presencia de David debía bastar para darles toda seguridad.

Por último, después de prometerles que vendría a reunirse con ellas, a algunas millas del Hudson, separose para ponerse nuevamente a la cabeza de las tropas.

Diose la orden de partir y, cuando la columna inglesa púsose en movimiento, al sonido del tambor que se oyó a corta distancia, estremeciéronse las dos hermanas, que contemplaban los uniformes blancos de los granaderos franceses que habían ya tomado posesión de las puertas del fuerte. Al llegar las tropas de Montcalm cerca de las murallas pareció a las jóvenes que una nube pasaba sobre sus cabezas, y levantando los ojos, vieron ondear por encima de ellas los largos pliegues blancos del estandarte de Francia.

—Démonos prisa —dijo Cora—, este sitio no conviene ya a las hijas de un oficial inglés.

Asió por el brazo a Alicia y avanzaron ambas hacia la puerta, acompañadas siempre por el tropel de mujeres y niños que las rodeaban. Cuando pasaron a su lado los oficiales franceses que se encontraban allí, y sabían que eran hijas del comandante, las saludaron respetuosamente, pero se abstuvieron de otras atenciones, porque su delicadeza les hizo suponer que no les agradarían en semejante situación.

Como el número de carruajes de que se disponía era apenas suficiente para conducir los heridos y enfermos, Cora y su hermana resolvieron recorrer el camino a pie, por no privar a algunos de aquellos desgraciados del socorro que les era tan necesario. Pero, esto no obstante, muchos soldados, recién convalecientes, veíanse obligados a arrastrar sus desfallecidos miembros a la retaguardia de la columna, que les era imposible seguir a causa de su debilidad, porque en aquel desierto no habían podido encontrarse medios de transporte. Sin embargo, todo estaba entonces en marcha, los soldados, tristes y silenciosos; los heridos y enfermos, gimiendo, y las mujeres y niños, llenos de terror, pero sin que ellos pudieran explicarse a sí mismos.

Al abandonar las fortificaciones, encontrábase el ejército francés sobre las armas a alguna distancia a la derecha, porque Montcalm los había reunido cuando sus granaderos tomaron posesión de las puertas del fuerte. Sus soldados contemplaban atentos y silenciosos el desfi-

le de los vencidos, tributándoles los honores militares, según se había convenido, sin permitirse en medio de su triunfo mofarse dirigiéndoles sarcasmos que pudieran humillarlos. El ejército inglés, compuesto de tres mil hombres, formaba dos divisiones, marchando en dos líneas que se iban aproximando hasta desembocar en el camino trazado en los bosques que conducía al Hudson. A la entrada de aquéllos y a cierta distancia una nube de indios complacíanse, viendo desfilar a sus enemigos a semejanza de buitres a los que sólo la presencia y el temor de un ejército superior podía impedirles el arrojarse sobre su presa. Algunos, sin embargo, se habían mezclado con los diferentes grupos que seguían con paso desigual el cuerpo del ejército, y entre los que figuraban algunos soldados dispersos, a pesar de haberse prohibido bajo penas muy severas que nadie se separase de la tropa, pero en apariencia no desempeñaban allí otro papel que el de espectadores sombríos y silenciosos.

La vanguardia, a cuyo frente iba Heyward, había llegado ya al desfiladero, e iba desapareciendo poco a poco entre los árboles, cuando llamó la atención de Cora un rumor de discordia, que partía del grupo más próximo al de las mujeres donde ella se encontraba. Un soldado rezagado de las tropas provinciales sufría el castigo de desobediencia, viéndose despojado del bagaje, cuyo peso excesivo había sido la causa de que se retrasara en la marcha. A un indio antojósele robárselo; pero el americano era fuerte y sumamente avaro para ceder sin resistencia lo que le pertenecía. Entablose entre ambos un combate que no tardó en hacerse general: un centenar de salvajes aparecieron repentinamente, como por un milagro, en un sitio donde apenas había una docena algunos minutos antes, y mientras que éstos pretendían ayudar al pillaje y los americanos se oponían, Cora reconoció al magua en medio de sus compatriotas a quienes dirigía la palabra con su habitual elocuencia insidiosa. Las mujeres y los niños se detuvieron estrechándose unos contra otros a semejanza de un rebaño de asombradas ovejas; pero el indio saliose al fin con la suya llevándose el botín; los salvajes retrocedieron un poco como para dejar pasar a los americanos sin más oposición, y éstos volvieron a ponerse en marcha.

Al pasar las mujeres, el color brillante de un chal que llevaba una de ellas despertó la codicia de un hurón que se adelantó decidido a apoderarse de él. Esta mujer llevaba en brazos a un niño pequeño que cubría con una punta de su chal, y más por temor que por deseos de conservar aquella prenda, apretó fuertemente uno y otra contra su pecho.

Cora iba a aconsejarle que abandonara al indio lo que deseaba, cuando el salvaje, abandonando el chal de que ya se había apoderado

arrancó el niño de los brazos de su madre. Viéndose la mujer perdida y con la desesperación en el rostro, arrojose sobre él para reclamar a su hijo, y el indio le tendió la mano sonriendo ferozmente como para decirle que accedía a hacer un cambio, mientras que con la otra daba vueltas al niño, que tenía asido por los pies, alrededor de su cabeza, como si quisiera hacerle comprender el valor del precio que pedía.

—Véalo: tome, tómelo todo, todo —exclamó la infortunada madre, que apenas podía respirar, despojándose ella misma, con manos trémulas, de sus vestidos—: tome todo lo que poseo, pero devuélvame a mi hijo.

El salvaje, al advertir que uno de sus compañeros se había ya apoderado del chal que codiciaba, pisoteó los demás objetos que le presentaba la mujer, y trocándose su ferocidad en rabia estrelló la cabeza del niño contra una peña, y arrojó sus miembros, palpitantes todavía, a los pies de su madre.

La desgraciada quedó inmóvil como una estatua; sus pasmados ojos contemplaban con trágica fijeza los miembros destrozados de su hijo, que un momento antes estrechaba contra su corazón.

Levantó luego la cabeza hacia el cielo como para atraer la maldición sobre el asesino de su hijo; pero el bárbaro, que, enardecido por el olor y la contemplación de la sangre derramada, enfureciose más, le abrió la cabeza con un golpe del hacha, y la infeliz mujer cayó muerta sobre el cuerpo del niño.

En tal fatal momento de crisis, púsose el magua ambas manos en la boca y lanzó el terrible grito de guerra, que fue repetido furiosamente por todos los indios que lo rodeaban atronando el bosque y la llanura.

Al mismo tiempo y con igual rapidez que la de los caballos cuando se los pone en libertad, salieron del bosque más de dos mil salvajes, y se arrojaron furiosos sobre la retaguardia del ejército inglés que todavía se encontraba en la llanura, y sobre los diversos grupos que la seguían de trecho en trecho.

La escena que entonces se desarrolló fue horrible. Los indios iban completamente armados; los ingleses, que estaban muy lejos de esperar aquel ataque, llevaban sus armas descargadas, y la mayor parte de los que formaban la retaguardia carecían de medios de defensa. La muerte corría por doquier segando vidas; la resistencia era completamente inútil y sólo servía para irritar el furor de los asesinos, que seguían hiriendo aun cuando sus víctimas no podían ya sentir los golpes. La sangre corría a torrentes, enardeciendo de tal modo a aquellos bárbaros, que algunos de ellos se arrodillaban para beberla con una sonrisa infernal.

Las tropas disciplinadas apresuráronse a formar el cuadro para intimidar a los salvajes, que no lograron romperlo, aunque muchos soldados se dejaron arrancar de las manos los fusiles descargados, con la vana esperanza de apaciguar a sus crueles enemigos; pero entre los grupos continuó la carnicería.

Esta escena duró diez minutos que parecieron otros tantos siglos a las hijas de Munro, quienes permanecieron inmóviles y aterradas. Cuando se descargó el primer golpe todas sus compañeras se agruparon en torno suyo, gritando, impidiéndoles pensar en la fuga; pero, al intentar inútilmente evitar la suerte que los esperaba, a Cora y su hermana érales ya imposible escapar por ningún lado sin caer bajo los golpes de hacha de los salvajes que las rodeaban, confundiéndose los horrorosos rugidos de éstos con los gritos, gemidos, llantos y maldiciones de sus víctimas.

Entonces descubrió Alicia a un militar inglés, de alta estatura, que atravesaba con rapidez el llano en dirección al campo de Montcalm y creyó reconocer a su padre, en lo que no se equivocó. Arriesgándose a todos los peligros que corría hacia el general francés para preguntarle si aquélla era la seguridad que le había prometido, y pedirle que socorriera a las víctimas.

Cincuenta hachas y otros tantos cuchillos se levantaron al instante contra él amenazándolo al mismo tiempo. El brazo todavía nervioso del veterano rechazaba firme y sosegadamente la mano que parecía querer inmolarlo, sin defenderse de otro modo y sin detener el paso. ¡Podría creerse, al verlo, que los salvajes respetaban su graduación, su edad y su intrepidez, porque ninguno de ellos se atrevía a descargarle el golpe con que todos lo amenazaban! Por fortuna el vengativo magua buscaba en aquel momento a su víctima en medio de la retaguardia de que Munro no había hecho más que separarse.

—¡Padre mío! ¡Padre mío! Estamos aquí —gritó Alicia tan pronto como creyó haberlo reconocido—. ¡Socorro, socorro, padre mío, o estamos perdidas!

Alicia repitió varias veces sus gritos, con un tono que hubiera conmovido a las mismas piedras; pero fueron inútiles. La última vez el coronel pareció, no obstante, haberlos oído; pero Alicia acababa de caer sin sentido, y Cora habíase precipitado sobre su hermana, cuyo rostro bañaba con sus lágrimas. El anciano no la vio; el grito que había creído oír no fue repetido y él siguió su marcha, no pensando más que en su deber.

—Señoritas —dijo David, que, aunque también indefenso, se había mantenido firme en su puesto—, ésta es la fiesta de los diablos, y no

conviene a los cristianos permanecer más tiempo aquí. Levantémonos y huyamos.

—Huya usted —respondió Cora, estrechando siempre a su hermana entre sus brazos—, y sálvese, si puede, puesto que le es imposible socorrernos.

El gesto expresivo con que acompañó estas palabras llamó la atención de Legamme, haciéndole comprender que, encontrándose Alicia privada de conocimiento, Cora no había de abandonarla. Dirigió entonces una mirada a las fieras que proseguían a poca distancia la matanza de ingleses y levantose su pecho, se irguió con arrogancia y sus facciones revelaron que acababa de cobrar energías.

—Si el joven Orfeo —dijo él— pudo dominar la ferocidad de las bestias con el sonido de su lira y las expresiones de sus cantares, ¿por qué no he de probar yo el poder de la música?

Y acto seguido entonó un cántico en voz tan alta, que se oía entre los gritos y lamentos de los moribundos y los alaridos de los salvajes.

Algunos de ellos avanzaron entonces hacia el grupo con el propósito de despojar a las jóvenes de sus adornos y sus cabelleras; pero, al ver aquel espectro en pie a su lado, inmóvil y como embebido en el canto, se detuvieron a escucharle. La sorpresa de los indios convirtiose en admiración, al advertir la firmeza con que David entonaba su canto de muerte, y se fueron en busca de otras víctimas y otro botín.

Animado y engañado por este primer éxito, redobló el músico sus esfuerzos para acrecentar el poder de su canto, hasta que fue oído por un salvaje, que corría de grupo en grupo como si desdeñara inmolar una víctima vulgar y buscase otra más digna de él. Este indio no era otro que el magua, quien lanzó un alarido de triunfo al ver a sus antiguas prisioneras.

—Ven acá —dijo asiendo con una mano teñida de sangre los vestidos de Cora—; la tienda del hurón te espera; allí estarás mejor que aquí.

—Retírate —le gritó Cora volviendo la cabeza.

El indio alargó la mano ensangrentada, y le dijo sonriendo ferozmente:

—Está colorada; pero este color sale de las venas de los blancos.

—¡Monstruo! —exclamó ella—, tú eres el autor de esta tragedia horrible.

—El magua es un gran jefe —respondió con un aire de triunfo—. ¿La joven de los ojos negros accede a venir en mi compañía?

—No, jamás —contestó Cora con firmeza—; hiere, si te place, y sacia tu infernal venganza.

El magua llevó la mano a su hacha, vaciló un momento y, al fin, tomando repentinamente entre sus brazos el cuerpo inanimado de Alicia, echó a correr hacia el lado del bosque.

—¡Detente —exclamó Cora siguiéndolo con los ojos despavoridos—, detente, miserable! ¡Deja a esa niña! ¿Qué pretendes hacer de ella?

Pero el magua, sordo a su voz, al advertir la influencia que ejercía sobre ella el peso con que se había cargado, deseaba sacar el mayor partido posible de esta ventaja.

—Espere, señorita, espere —gritó David—, el mágico influjo de la música empieza a hacer efecto, y pronto verá cómo termina este horrible tumulto.

El fiel David, al observar que no le hacían caso, siguió a la desesperada a Cora y entonó un nuevo canto acompañándose, según costumbre, con el movimiento de su largo brazo, que levantaba y bajaba alternativamente.

En esta forma atravesaron el resto de la llanura en medio de los cadáveres, de los moribundos, de los verdugos y de las víctimas. Alicia, conducida en brazos por el magua, no corría entonces ningún riesgo; pero Cora hubiera más de una vez caído bajo los golpes de los salvajes, si el ente singular que la seguía y a quien los indios creían dotado de un espíritu de locura que le servía de salvaguardia.

El magua, perfecto conocedor de los medios de evitar los peligros más inmediatos y de eludir toda persecución, internose en los bosques por un pequeño barranco, donde estaban los dos caballos que los viajeros habían abandonado algunos días antes, y que él había tenido buen cuidado de recoger. Guardábalos otro salvaje, cuya fisonomía no era menos feroz que la del Zorro Sutil, quien colocó a Alicia, privada todavía de conocimiento, sobre uno de los animales e hizo señas a Cora para que montase en el otro.

A pesar del horror que le inspiraba este hombre bárbaro, experimentó la joven cierto alivio al verse libre del espectáculo horroroso que se desarrollaba en la llanura; montó a caballo y tendió los brazos hacia su hermana con una expresión de tal ternura, que el hurón no pudo permanecer insensible, y colocando a Alicia sobre la misma cabalgadura que su hermana, tomó la brida y se internó en la profundidad del bosque.

David, considerado probablemente como indigno del golpe de hacha que hubiera sido necesario para privarlo de la vida, al darse cuenta de que lo dejaban solo sin que nadie le hiciera caso, levantó una de sus largas piernas, se puso encima del otro caballo, y fiel siempre a lo que

consideraba su obligación, se fue tras de las dos hermanas tan rápido como se lo permitía lo quebrado del camino.

Empezaron a subir una cuesta pero, como el movimiento del caballo empezaba a reanimar a Alicia, la atención de Cora, repartida entre su hermana y los gritos que oía en la llanura, no le permitió observar por qué lado las llevaban. Al llegar a la plataforma de la montaña que acababan de subir, reconoció el sitio adonde Ojo-de-Halcón la había conducido algunos días antes como refugio seguro. Allí les permitió el magua apearse, y, a pesar del triste cautiverio a que se veían reducidas, la curiosidad, que parece inseparable del horror, las impulsó a contemplar la escena que se desarrollaba casi a sus pies.

La matanza proseguía aún; los hurones continuaban persiguiendo por todas partes a las víctimas que habían hasta entonces escapado a su furor, y las columnas del ejército francés, aunque estaban sobre las armas, permanecían en una apatía inexplicable. Cuando el afán del lucro fue en los salvajes más vehemente que su sed de sangre, abandonaron su obra de destrucción para dedicarse al pillaje, y poco a poco los ayes de los moribundos y los gritos de los asesinos fueron sofocados por el alarido de triunfo que lanzaron los indios.

SEGUNDA PARTE

CAPÍTULO PRIMERO

No le hace; seré, si os place, un homicida, pero honrado, porque el honor y no el odio ha sido siempre el que me ha determinado a obrar.

(Otelo, SHAKESPEARE.)

Con el nombre de *Carnicería de Guillermo-Enrique* es conocida en los anales de las colonias la sangrienta jornada descrita al final de la primera parte, y como poco antes había ocurrido un suceso análogo poniendo en entredicho el honor del general francés, su temprana y gloriosa muerte no pudo borrar esta mancha que el tiempo ha ido aminorando.

Montcalm murió heroicamente en la llanura de Abraham; pero no se ha olvidado que carecía del valor moral, sin el cual no existe verdadera grandeza. Podría escribirse mucho para probar con este ilustre ejemplo la imperfección de las virtudes humanas, y demostrar la facilidad con que los más generosos sentimientos, la cortesía y el valor caballeresco sucumben bajo la influencia de las falsas conveniencias personales; podría citarse a ese militar, que fue verdaderamente grande y heroico, pero inferior a sí mismo cuando se vio en el caso de demostrar la superioridad de la buena educación sobre la política. Sin embargo, la posteridad acaso no vea en Luis de Saint-Véran sino al valiente defensor de su país, olvidando su cruel apatía en las riberas del Oswego y del Horican.

Tocaba ya a su ocaso el tercer día después de la rendición del fuerte... pero es necesario que el lector acompañe aún al novelista a las inmediaciones del lago Santo. Cuando las abandonamos, desarrollábase en sus inmediaciones una escena de tumulto y horror, y el profundo silencio que entonces reinaba podía llamarse justamente el silencio de la muerte. Los vencedores habían ya partido, después de destruir la circunvalación de su campamento, de cuya existencia sólo daban indicio algunas chozas construidas por los soldados. Incendiose el interior del fuerte, voláronse las murallas, y las piezas de artillería que no habían podido ser transportadas, encontrábanse desmontadas y clavadas. En

fin, el desorden y la confusión reinaban por doquier en aquel recinto, y no se veía ya sino un montón de escombros humeante, y a poca distancia varios centenares de cadáveres insepultos, en algunos de los cuales habíanse ya cebado las fieras y las aves de rapiña.

Hasta la estación había experimentado una completa mudanza, porque una masa impenetrable de vapores flotaba en el espacio impidiendo el paso a los rayos solares. Estos vapores, que al principio se habían visto sobre las montañas con dirección al norte, habían retrocedido entonces hacia el mediodía, formando una línea negra, impelidos por un furioso huracán que parecía estar cargado con los hielos de noviembre. Ya no bogaba como antes un tropel de barcos sobre el Horican, que batía violentamente sus aguas contra la orilla meridional, como si quisiera arrojar sobre la arena la espuma de sus olas. Admirábase todavía la limpidez de sus aguas; pero no reflejaban sino la sombría nube que cubría la superficie del firmamento, la atmósfera blanca y húmeda, que pocos días antes constituía una de las bellezas de aquella escena y dulcificaba su aspecto inculto y agreste, había desaparecido por completo y el viento del norte soplaba sobre esta larga masa de aguas con toda su violencia, de tal suerte, que no permitía ver ni imaginar ningún objeto digno de fijarlas en un instante.

Las hierbas que cubrían la llanura se habían secado como si un fuego devorador hubiera pasado sobre ellas, y sólo se percibía alguna que otra brizna verde, indicio de la futura fertilidad de aquel suelo regado con sangre humana. Todos aquellos alrededores, poco tiempo antes tan llenos de atractivo bajo un cielo espléndido y una temperatura tan agradable, ofrecían a la sazón una especie de cuadro alegórico de la vida, donde ninguna sombra templaba la viveza de los colores.

Pero si el fiero aquilón casi no permitía distinguir algunas matas verdes que habían escapado a su voracidad, dejaba ver con bastante claridad las masas de áridos peñascos que se elevaban sobre la llanura, y la vista hubiera buscado inútilmente un aspecto más agradable en el firmamento, cuyo color azul ocultaban los vapores espesos que flotaban en el espacio.

El viento era desigual; ora se arrastraba perezosamente sobre la superficie de la tierra con cierto gemido sordo que parecía dirigirse al frío oído de la muerte, ora silbaba con fuerza en las alturas, penetraba en los bosques, desgajaba los árboles y cubría de hojas el suelo. Los cuervos, que luchaban contra el furor del viento, eran los únicos moradores de este desierto, adonde habían acudido atraídos por el olor de la sangre para buscar su horrible pasto.

Todas las inmediaciones ofrecían, en suma, un aspecto de desolación, semejando aquél un recinto cuya entrada estuviera prohibida a los profanos, y donde la muerte hubiese herido a todos los que habían osado violarla; pero la prohibición existía ya, y, por primera vez, después de la partida de los salvajes autores de aquella obra sanguinaria, algunos seres humanos se atrevían a entrar en aquellos campos de desolación.

En la tarde del día a que venimos refiriéndonos, una hora antes de ponerse el sol, salieron cinco hombres del desfiladero que conducía por en medio de los bosques a las orillas del Hudson, dirigiéndose al fuerte arruinado. Su paso era lento y circunspecto, como si sintieran repugnancia en acercarse a aquella escena de horror, o temiesen verla renovada. Un joven ágil y bien dispuesto marchaba a la vanguardia de los otros, con la precaución y ligereza propias de un natural del país. Subía a todas las alturas que hallaba a su paso para reconocer las inmediaciones, indicando el camino a sus compañeros, a quienes tampoco faltaban prudencia ni precaución.

Uno de ellos, indio también, marchaba por el flanco a alguna distancia, mirando incesantemente hacia la entrada del bosque la menor señal que revelase la proximidad del peligro. Los tres que lo acompañaban eran blancos, pero se habían provisto de vestidos cuyo color convenía a su peligrosa empresa de seguir la marcha de un ejército numeroso que iba de retirada.

El efecto que a cada uno de ellos producía el horrible espectáculo que se ofrecía a su vista, variaba según el carácter de los individuos que formaban el pequeño grupo.

El joven indio, que caminaba delante, miraba furtivamente las víctimas mutiladas que encontraba al atravesar con rapidez la llanura, como si temiera manifestar las impresiones que experimentaba; pero era demasiado joven todavía para saber disimular bien.

El otro indio mostrábase superior a semejante debilidad, y caminaba entre los montones de cadáveres con firmeza, seguridad y aspecto tan sosegado, que revelaban que hacía mucho tiempo que estaba familiarizado con tales escenas de horror.

Las sensaciones que este espectáculo hacía experimentar a los tres blancos tenían también un carácter distinto, aunque eran igualmente dolorosas. El uno, cuyo porte marcial, cabellos blancos y arrugas en el rostro revelaban, a pesar del disfraz que vestía, que era un hombre muy acostumbrado a presenciar las horrorosas consecuencias de la guerra, no se avergonzaba, sin embargo, de exhalar un gemido cuando presenciaba los vestigios de alguna crueldad extraordinaria. El joven que iba a su lado se estremecía de horror; pero parecía reprimirse por deferencia a su compañero. Y, por fin, el que marchaba detrás de todos, formando la retaguardia, era el único que no se preocupaba de ocultar sus impresiones. El más horrible espectáculo no bastaba para contraer uno solo de sus músculos; lo contemplaba al parecer con indiferencia, pero indicaba con sus votos y maldiciones el horror y la indignación que sentía.

El lector habrá ya seguramente reconocido en estos cinco individuos a los dos mohicanos, su amigo blanco Ojo-de-halcón, el coronel Munro y el mayor Heyward. Era, en efecto, el padre que iba en busca de sus hijas, con el joven que tanto se interesaba por toda la familia, y aquellos tres hombres que habían dado numerosas pruebas de valor y de fidelidad en las críticas circunstancias que hemos referido.

Cuando Uncas, que marchaba siempre el primero, estuvo a mitad del camino entre el bosque y las ruinas del fuerte Guillermo-Enrique, lanzó un grito que llevó enseguida a su lado a sus compañeros. Había llegado al sitio en que las indefensas mujeres fueron asesinadas por los salvajes, y donde sus cuerpos estaban corrompiéndose.

Aunque les fue muy penosa esta fúnebre tarea, Munro y Heyward tuvieron el valor de examinar atentamente todos los cadáveres más o menos mutilados, buscando a Alicia y Cora, reconocimiento que produjo algún alivio al padre y al amante, que no sólo no encontraron a las que buscaban y tanto temían hallar, sino que tampoco reconocieron entre los pocos vestidos que los asesinos habían dejado a sus víctimas, ninguna prenda que hubiera pertenecido a las dos hermanas. Sin embargo, el tormento de su incertidumbre era casi tan cruel como la misma terrible verdad. Contemplaban en melancólico silencio aquel horroroso montón de cadáveres, cuando el cazador, por primera vez después de haber emprendido aquella triste peregrinación, dirigió la palabra a sus compañeros.

—He visto más de un campo de batalla —dijo con el rostro inflamado por la cólera—; he seguido con frecuencia los regueros de sangre durante muchas millas; pero en ninguna parte he presenciado tales estragos. El espíritu de venganza es una pasión particular de los indios, y todos los que me conocen saben que no llevo una gota de su sangre en mis venas; pero juro que, con el favor del Señor, que reina hasta en estos desiertos, si alguno de los pícaros franceses que han permitido tal carnicería se pone en alguna ocasión a tiro de fusil, hay aquí uno que desempeñará su papel mientras su piedra pueda arrojar una chispa que inflame la pólvora. Quédense el hacha y el cuchillo para los que saben manejarlos.

—¿Qué le parece esto, Chingachgook? —añadió en lengua delaware—. Estos rojos hurones, ¿podrán vanagloriarse de sus proezas cuando llegue el tiempo de las nieves?

Estas palabras tuvieron la virtud de inflamar de cólera el rostro del mohicano. Sacó el cuchillo hasta la mitad de la vaina; pero, desviando luego la vista, volvió su rostro a mostrarse tranquilo como si no experimentara ninguna impresión de enojo.

—¡Montcalm! ¡Montcalm! —continuó el vengativo cazador enérgicamente—. ¡Ya llegará un día en que todo lo que se ha hecho durante la vida se abarque de una sola mirada, y con ojos que no participarán de la humana flaqueza! ¡Ay del responsable de lo ocurrido en esta llanura! ¡Ah! Tan cierto como mi sangre es pura y sin mezcla, hay aquí entre los muertos un piel roja a quien han quitado la cabellera. Examínelo, Chingachgook; acaso sea alguno de los que faltan, y en este caso sería preciso sepultarlo como lo merece un guerrero valiente. Leo en sus ojos, y veo que un hurón pagará el precio de esta vida antes que el viento haya disipado el olor de la sangre.

Aproximose el mohicano al mutilado cadáver, lo volvió y reconoció en él las señales características de una de las que llamaban seis naciones aliadas, y que, aunque combatían en las filas de los ingleses, eran enemigos mortales de los delawares.

Seguidamente, diole con el pie en señal de desprecio, y se apartó con la misma indiferencia que si se tratara del cadáver de un perro.

El cazador comprendió perfectamente lo que significaba aquello, y entregándose a sus propias reflexiones prosiguió expresando su enojo contra el general francés.

—Sólo a una sabiduría infinita y a un poder ilimitado es permitido barrer de este modo de la superficie de la tierra tal multitud de seres humanos, porque sólo Dios sabe cuándo debe herir o detener su brazo; y ¿quién podrá reemplazar una sola de las criaturas a quienes ha dado muerte? En cuanto a mí, llego a tener escrúpulo de privar de la vida a un segundo gamo, antes de haberme comido el primero, a menos que tenga necesidad de hacer una larga marcha o de ponerme en emboscada. Cosa muy distinta es encontrarme en el campo de batalla, enfrente del enemigo, porque entonces es necesario estar dispuesto a morir con el fusil o con el hacha en la mano, según se tenga la piel blanca o roja.

—Uncas, venga acá y deje que ese cuervo se arroje sobre el mingo. Yo sé por experiencia que estos pájaros tienen naturalmente una afición particular a la carne de un oneida, y no debemos impedirle que se satisfaga.

—¡Hugh! —exclamó el joven mohicano irguiéndose sobre las puntas de los pies y fijando los ojos en la barrera del bosque que tenía delante, siendo causa esta exclamación de que el cuervo fuera a buscar su alimento algo más lejos.

—¿Qué es eso? —preguntó el cazador en voz baja y agachándose como una pantera que va a lanzarse sobre su presa—. Dios quiera que sea algún francés rezagado que recorra el campo para despojar los cadáveres, aunque no les han dejado gran cosa. Creo que mi matagamos pondrá ahora una bala en medio del blanco.

Uncas no respondió; pero, saltando como un venado, colocose en los lindes del bosque, rompió una rama y desprendió de ella un pedazo de velo verde de Cora, agitándolo sobre su cabeza en señal de triunfo. El segundo grito que lanzó el joven mohicano y aquel pedazo de tela atrajeron enseguida a su lado a los demás compañeros.

—¡Mi hija! —exclamó el coronel con extraordinaria agitación—. ¿Quién me la devolverá?

—Uncas lo intentará —respondió el joven indio con energía.

Esta promesa y la seguridad con que fue hecha, no produjeron ningún efecto en el desgraciado padre, que casi no había oído las palabras de Uncas. Apoderose del pedazo de velo de Cora y lo estrechó con su trémula mano, mientras que sus ojos despavoridos interrogaban a la maleza inmediata como si esperase obtener la revelación del lugar en que se encontraban sus hijas, o temiera encontrar únicamente sus ensangrentados restos.

—No hay cadáveres por aquí —dijo Heyward con voz hueca y casi apagada por el temor—; parece que la tempestad no ha descargado por este sitio.

—Eso es indudable —agregó Ojo-de-halcón con su imperturbable sangre fría—; pero la señorita o los que se la han llevado han tenido que pasar por aquí, pues me acuerdo perfectamente de que el velo con que ocultaba su rostro, aunque todo el mundo lo contemplaba con gusto, era semejante a esa gasa. Sí, Uncas —añadió respondiendo a algunas palabras que éste le había dirigido en lengua delaware—. Es cierto, creo que ella misma ha pasado por aquí. Habrá huido por el bosque como un gamo asombrado; y, en efecto, ¿quién teniendo piernas va a permanecer quieto para dejarse matar? Busquemos, por tanto, las huellas que ha debido dejar, y las encontraremos, porque creo que los ojos de un indio pueden descubrir en el aire las señales del tránsito de un pájaro mosca.

—¡El cielo le bendiga, hombre incomparable! —exclamó el padre con extraordinaria agitación—. Dios le premie; pero ¿adónde pueden haber huido? ¿Dónde encontraremos a mis dos hijas?

Y al mismo tiempo que sostenía esta conversación, el joven mohicano se ocupaba activamente en la pesquisa que Ojo-de-halcón había indicado, y apenas Munro hizo aquella pregunta, a la que no se podía contestar satisfactoriamente, lanzó Uncas una nueva exclamación de alegría a poca distancia de los límites del bosque. Acercáronse a él corriendo sus compañeros, y les entregó otro pedazo de velo que había encontrado pendiente de una rama alta de un álamo blanco.

—Vayamos despacio —aconsejó Ojo-de-halcón atravesando su larga carabina para impedir a Heyward que corriese hacia adelante—. El demasiado ardor puede hacernos perder el rastro que hemos encontrado. Un paso dado sin precaución puede darnos trabajo para muchas horas, a pesar de que no hay duda de que estamos en el buen camino.

—Pero ¿por dónde hemos de ir para seguirlos? —preguntó Heyward con impaciencia.

—El camino que pueden haber tomado depende de muchas circunstancias —respondió el cazador—. Si iban solas, habrán caminado haciendo zigzags en lugar de seguir una línea recta, y en éste caso es posible que no se encuentren más que a unas doce millas de nosotros; si, al contrario, los huroneses o algunos otros indios aliados de los franceses se las han llevado, puede asegurarse que a estas horas están ya en las fronteras del Canadá. Pero ¿qué importa? —agregó al ver la inquietud y el desaliento reflejados en los rostros del coronel y el mayor—. Véannos aquí a los dos mohicanos y a mí que tenemos un cabo de la madeja y llegaremos al otro, aunque estuviera a cien leguas. No tan aprisa, más despacio, Uncas; tiene tanta impaciencia como si hubiera nacido en las colonias. ¿Olvidan ustedes que los pies ligeros no dejan huellas muy profundas?

—¡Hugh! —exclamó Chingachgook, que se ocupaba en examinar la maleza que estaba rozada como si hubiera querido abrirse paso por allí en el bosque, y levantándose dirigió una mano hacia el suelo con ademán de quien ha descubierto un reptil asqueroso.

—Es indudablemente la impresión del pie de un hombre —dijo Heyward inclinándose para examinar el sitio señalado—, que con seguridad ha venido a la orilla de esta agua estancada. Es imposible equivocarse; no hay duda, están prisioneras.

—Eso es preferible a morir de hambre errando por los bosques —dijo tranquilamente Ojo-de-halcón—; y con ello tenemos seguridad de no perder la pista. Ahora apostaría yo cincuenta pieles de castor contra otras tantas piedras de fusil, a que los mohicanos y yo encontramos las tiendas de estos bribones antes de un mes. Bájese, Uncas, y vea si puede sacar alguna consecuencia de la huella de este mocasín, porque bien claro se advierte que no se trata de otra clase de calzado.

El joven mohicano arrodillose con suma precaución, apartó algunas hojas secas que dificultaban su examen, y púsose a reconocer la pisada tan cuidadosamente como un avaro examina una moneda de oro de cuya legitimidad duda. Luego se levantó, revelando en su semblante la satisfacción que le causaba el resultado de sus investigaciones.

—Y bien —preguntó el cazador—. ¿Qué le dice el mocasín? ¿Puede deducir de él algo?

—Que es del Zorro-Sutil.

—¿Todavía ese maldito vagabundo? Ya comprendo que no nos veremos libres de él hasta que mi matagamos tenga ocasión de decirle dos palabras al oído.

Este descubrimiento considerolo Heyward como un agüero de nuevas desgracias, y, aunque inclinado a creerlo, manifestó dudarlo, solamente porque así encontraba algún consuelo.

—Puede haber —dijo— alguna equivocación; ¡se parecen tanto, unos a otros, los mocasines!

—¿Los mocasines se parecen? —preguntó Ojo-de-halcón—. Es lo mismo que si dijese que todos los pies son semejantes y, sin embargo, nadie ignora que los hay cortos, largos, anchos y estrechos.

Entonces inclinose él también, examinó la huella atentamente, y volvió a levantarse diciendo:

—Es cierto, Uncas. Ésta es la huella que encontrábamos tan frecuentemente el otro día cuando le íbamos al alcance, y el bribón no dejará de beber siempre que se le proporcione la ocasión. Los indios bebedores caminan siempre extendiendo y apoyando el pie más que el salvaje natural, porque un hombre bebido, sea roja o blanca su piel, necesita una base más sólida. Precisamente, el mismo largo y ancho. Examínelo ahora usted, sagamore, que con frecuencia midió las huellas de este canalla, cuando lo perseguimos desde la roca del Glenn hasta la fuente de la Salud.

Chingachgook no tardó en arrodillarse también y, después de un rápido examen, se levantó y pronunció con voz grave, aunque con acento extranjero, la palabra magua.

—Sí —dijo Ojo-de-halcón—; es una cosa indudable. La joven de los ojos negros y el magua han pasado por este sitio.

—¿Y Alicia? —preguntó temblando Heyward.

—Todavía no hemos encontrado ninguna señal de ella —respondió el cazador sin cesar de examinar con atención los árboles, la maleza y el suelo—. Pero, ¿qué es lo que se distingue allá abajo? Uncas, vaya y traiga aquello que está en tierra, junto a las zarzas.

Apresurose a obedecer el joven indio, y así que hubo entregado al cazador el objeto que había recogido, éste lo mostró a sus compañeros, riendo ruidosa, pero despreciativamente.

—Es el juguete, el silbato del cantor; y esto demuestra que también ha pasado por aquí; ahora ya podría un niño seguir su rastro. Uncas, búsquele las huellas de un zapato tan largo y ancho que pueda contener un pie capaz de sostener una masa de carne de seis pies y dos pulgadas de altura. Quizá podamos esperar algo de este badulaque, pues habrá abandonado este chisme para dedicarse a un oficio útil.

—Por lo menos ha sido fiel a su consigna —dijo Heyward—. Cora y Alicia tienen aún a su lado a un amigo.

—Sí —repuso Ojo-de-halcón apoyando en tierra la culata del fusil y bajando la cabeza sobre el cañón despreciativamente—; un amigo que silbará siempre que se ofrezca; pero ¿será capaz de matar un gamo para comer? ¿Reconocerá su camino por el musgo de los árboles? ¿Cortará el pescuezo a un hurón para defenderlas? Si no sabe hacer nada de esto, cualquier sisonte será tan útil como él. Y bien, Uncas, ¿ha encontrado algo que se parezca a la huella de semejante pie?

—Aquí hay una señal que parece haber sido hecha por algún pie humano —dijo Heyward que se aprovechó gustoso de esta ocasión para dar otro giro a aquella conversación que le disgustaba por lo mucho que agradecía a David el no haber abandonado a las dos hermanas—. ¿Creen que éste pueda ser el pie de nuestro amigo?

—Toque las hojas con más precaución —aconsejó el cazador—, si no quiere borrar la señal. Ésta es la huella de un pie; pero es de la señorita del cabello negro, y es bastante pequeño para un cuerpo tan hermoso. El talón sólo del cantor lo cubriría completamente.

—¿Dónde? Déjeme ver la señal de los pies de mi hija —exclamó Munro avanzando entre la maleza y arrodillándose para aproximar sus ojos.

Aunque el paso que había dejado esta huella había sido ligero y rápido, era, sin embargo, suficientemente visible, y el rostro del veterano se inundó de lágrimas al contemplarla. Cuando se levantó, observó Heyward que había bañado con su llanto la huella del pie de su hija, y pretendiendo distraerlo de la angustia que amenazaba estallar a cada momento, y le hubiera inutilizado para realizar los esfuerzos que tenía aún que hacer, dijo al cazador:

—Ahora que hemos encontrado estas señales infalibles, pongámonos enseguida en marcha, porque en tales circunstancias cada momento debe parecer un siglo a las desgraciadas prisioneras.

—El perro más corredor no es siempre el más cazador —respondió Ojo-de-halcón sin quitar los ojos de las huellas que acababan de descubrir—; sabemos ya que el hurón vagabundo ha pasado por aquí con la señorita del cabello negro y el cantor; pero ¿y la joven rubia y de los ojos azules? ¿Qué ha sido de ella? Aunque más pequeña y mucho menos valiente que su hermana, merece ser vista, y agrada mucho oírla. ¿En qué consiste que nadie habla de ella? ¿No hay aquí nadie que sea amigo suyo?

—No permita Dios que le falten jamás —dijo Heyward con calor—; pero ¿a qué viene esa pregunta? ¿No la estamos buscando? Por mi parte, no descansaré hasta encontrarla.

—Entonces, convendría separarnos —dijo el cazador—, pues no hay indicios de que haya pasado por aquí; por muy ligero que sea su paso, habría dejado alguna huella.

Al oír esto, saltó Heyward hacia atrás, y pareció que, amortiguado todo su ardor, cedía al desaliento. El cazador, después de reflexionar, prosiguió sin hacer caso de la mudanza que se notaba en el rostro del mayor.

—No existe en los bosques una mujer cuyo pie deje una huella semejante a ésta; por lo tanto, debe haberla hecho la del cabello negro o su hermana. Los dos pedazos de gasa que hemos encontrado demuestran el paso de la una por aquí; pero ¿qué indicios hay del paso de la otra? A pesar de eso, sigamos las señales que se presentan, y si no encontramos otras volveremos a la llanura a buscar nueva pista. Avance, Uncas, examine las hojas secas, que yo me encargo de la maleza. Vamos, amigos, adelante; miren el sol que empieza a ocultarse ya detrás de los montes.

—¿Y yo —preguntó Heyward— no sirvo para nada?

—Usted —dijo Ojo-de-halcón que estaba ya en marcha con sus dos amigos indios—, ande delante de nosotros, y si distingue alguna señal cuide de no borrarla.

No hacía más que algunos minutos que se habían puesto en marcha, cuando los dos indios se detuvieron para examinar nuevamente algunas señales que se veían en el suelo. Ambos hablaban en voz alta y vivamente, tan pronto fijando los ojos en el objeto que había provocado su discusión, como contemplándose el uno al otro visiblemente satisfechos.

—Con seguridad han encontrado la huella del pie chico —dijo Ojo-de-halcón corriendo hacia ellos sin acordarse de la parte que se había reservado en la pesquisa general—. ¿Qué tenemos aquí? ¿Cómo? ¿Hay una emboscada en este sitio? ¡Ah! No, ¡por vida del mejor fusil que hay en todas las fronteras! Miren todavía los caballos, que andan de un modo singular. Ahora ya no hay duda, la cosa es tan clara como la estrella del norte a medianoche: van a caballo. Miren, a ese abeto estuvieron atados los caballos, puesto que a su alrededor se conocen sus pisadas; y vean ahí el gran sendero que conduce hacia el norte en el Canadá.

—Pero no tenemos ninguna prueba de que Alicia esté con su hermana —dijo Heyward.

—No, a no ser que eso que el joven mohicano acaba de encontrar pruebe algo. Trae acá eso, Uncas, a fin de que lo podamos examinar.

Heyward reconoció al punto una alhaja que Alicia se complacía en llevar, y fiel a su memoria, propia de un enamorado, le recordó habérsela visto al cuello en la fatal mañana del día de la matanza. Apresurose a manifestarlo así a sus compañeros, colocándola sobre su corazón tan vivamente, que el cazador creyó que se le había caído en el suelo y se inclinó para buscarla.

—¡Ah! —dijo éste después de separar inútilmente las hojas con la culata del fusil—; cuando empieza a debilitarse la vista, la vejez no está lejana. ¡Una joya tan brillante y no distinguirla! No importa, todavía veo lo suficiente para dirigir la bala que sale del cañón de mi fusil, y esto basta para poner término a todas las disputas entre los amigos y yo. Sin embargo, me hubiera alegrado encontrar esa baratija aun cuando sólo fuese para devolverla a su dueño. Esto sería lo que yo llamo reunir los dos cabos de una gran pista, porque ahora el río de San Lorenzo, y quizá también los grandes lagos, se encuentran ya entre ellos y nosotros.

—Un motivo más para que no nos descuidemos —dijo Heyward—. Pongámonos de nuevo en marcha sin detención.

—Sangre joven y sangre ardiente dicen que son casi la misma cosa —replicó Ojo-de-halcón—. No vamos a cazar ardillas ni rechazar un gamo hacia el Horican; empezamos una correría que durará mucho tiempo, y necesitamos atravesar desiertos donde el pie del hombre se posa rara vez, y por donde no podrían guiarnos los conocimientos de todos los libros. Jamás un indio emprende una expedición semejante, sin haber fumado delante del fuego del consejo, y aunque yo sea un hombre blanco, cuya sangre no tiene mezcla, me acomodo a su costumbre, porque permite reflexionar. Además, si camináramos de noche, podríamos perder la pista y, por lo tanto, es preferible que volvamos atrás, encenderemos fuego en las ruinas del fuerte, y mañana al despuntar el día estaremos descansados y en disposición de poner en práctica nuestra empresa, como hombres y no como mujeres charlatanas o muchachos impacientes.

Juzgando por el tono y firmeza con que hablaba el cazador, conoció Heyward que sería inútil cualquier observación que se le hiciese, y como Munro había vuelto a la apatía, habitual en él después de sus últimas desgracias, y de la que sólo alguna fuerte impresión lo sacaba de vez en cuando, el joven mayor, haciendo de la necesidad virtud, dio el brazo al veterano y siguieron al cazador y a los indios que habían empezado a caminar en dirección a la llanura.

CAPÍTULO II

SALAR. Aunque no te reembolse, no creo que pretendas tomar su carne, porque, ¿para qué te servirá?

SHYLOCK. Para cebo de los peces y, en todo caso, apagaría mi sed de venganza.

(*El mercader de Venecia,* SHAKESPEARE.)

La noche envolvía ya en sus sombras el derruido fuerte, cuando llegaron los viajeros al fuerte Guillermo-Enrique.

El cazador y los mohicanos apresuráronse a hacer los preparativos necesarios para pernoctar, pero, tristes y cariacontecidos, revelaban que el horrible espectáculo por ellos visto había hecho en su ánimo más impresión de lo que aparentaban. Arrimaron a la muralla algunas vigas medio quemadas para formar una techumbre y, cubriéndolas Uncas de ramas, quedó construida la habitación provisional.

Mientras Ojo-de-halcón y sus dos compañeros encendían el fuego y disponían la cena, tan frugal que se reducía a un poco de cecina de oso, el mayor encaramose sobre las ruinas de uno de los baluartes que miraban hacia el Horican. El viento había amainado un poco y las olas no se estrellaban tan violentamente contra la arenosa orilla. Las nubes, como fatigadas de su curso impetuoso, iban disgregándose, y las más densas se reunían en grandes masas negras en el horizonte, mientras las más ligeras se sostenían aún sobre las aguas del lago y la cumbre de las montañas, semejantes a una bandada de aves asustadas que no se atreven a abandonar el sitio donde han dejados sus nidos.

Durante un largo rato, contempló Heyward aquella escena, dirigiendo sus miradas ora hacia las ruinas, entre las cuales el cazador y sus dos amigos habían tomado asiento junto a la lumbre, ora hacia la débil claridad que se distinguía aún en la parte de poniente por el rojo y pálido color con que se teñían las nubes. Los ojos del joven oficial iban a posarse luego sobre aquel fondo oscuro con que terminaba el recinto donde tantos infelices habían encontrado la muerte.

De pronto, pareciole oír hacia aquella parte algún sonido tan bajo y tan confuso, que le era imposible distinguir su procedencia ni adquirir el convencimiento de que no era una ilusión. Avergonzado de la inquietud que experimentaba, procuró distraerse dirigiendo la vista hacia el lago en cuya agitada superficie se reflejaban las estrellas, y entonces su oído atento se aseguró de la repetición de los mismos sonidos, como si le avisaran de algún peligro. Prestó toda su atención al ruido que percibió más distintamente en lo profundo de la oscuridad, y pareciole que era producido por una persona que marchaba con rapidez.

Siéndole ya imposible dominar su inquietud, llamó invitándole al cazador en voz baja a ponerse a su lado. El cazador tomó el fusil y se acercó al mayor tan lentamente y con tanta indiferencia y tranquilidad, que claramente revelaba que no abrigaba ningún temor.

—Escuche —le dijo Heyward cuando el cazador estuvo junto a él—: oigo en la llanura algunos sonidos que prueban que Montcalm no ha abandonado por completo su conquista.

—En este caso, valen más los oídos que los ojos —respondió el cazador tranquilamente ocupándose al mismo tiempo en concluir de mascar un pedazo de carne de oso de que tenía la boca llena—. Yo lo vi, sí, yo mismo lo vi entrar en Ty con todo su ejército; porque a esos franceses, cuando obtienen alguna victoria, les agrada regresar a su país para celebrarla con bailes y banquetes.

—Así será; pero los indios duermen muy poco en tiempo de guerra, y el deseo del pillaje puede conducir aquí a algún hurón, aun después de haberse alejado de sus compañeros, y me parece que sería prudente apagar el fuego y ponerse en escucha. Preste atención. ¿No oye el ruido de que le hablo?

—Es muy raro que un indio vague entre los muertos. Cuando se enardece y está enfurecido se halla dispuesto a matar a quienquiera que le salga al paso sin reparar en los medios; pero, cuando ha arrebatado la cabellera a su enemigo y le ha dado muerte, olvida su enemistad y deja en reposo al cadáver.

—¡Ah! Creo haber vuelto a oír los mismos sonidos; pero quizás sea el ruido de las hojas de este álamo blanco; ¿lo oye ahora?

—Sí, sí; cuando abunda el pasto, lo mismo que cuando escasea, los lobos se ponen en campaña. Si se viera y dispusiéramos de tiempo, no tendríamos más trabajo que el de escoger las pieles más hermosas; pero no, ¿qué es lo que oigo?

—¿No dice que son los lobos buscando su presa? —preguntó Heyward.

Ojo-de-halcón movió la cabeza, hizo seña al mayor para que lo siguiese a donde el resplandor del fuego no llegaba, y, tomada esta precaución, púsose en actitud expectante, escuchando con cuidado y esperando que se repitiera el ruido; pero su vigilancia fue inútil y, después de algunos minutos de completo silencio, dijo a Heyward en voz baja:

—Es preciso llamar a Uncas; sus oídos de indio percibirán lo que para nosotros pasa inadvertido.

Dicho esto, lanzó un grito imitando el del búho, haciendo estremecer al joven mohicano que estaba sentado junto al fuego. Uncas se levantó enseguida, miró por todas partes como para asegurarse de dónde partía aquel grito, que fue repetido por el cazador, y el indio apresurose a reunirse con Heyward y su acompañante.

Ojo-de-halcón le dio rápidamente algunas instrucciones en lengua delaware y, enterado el joven indio de qué se trataba, se separó algunos pasos y se tendió con la cara contra el suelo, quedando, al parecer de Heyward, en una inmovilidad completa. Transcurridos algunos minutos y sorprendido el mayor de que permaneciera tanto tiempo en aquella posición, experimentó éste deseos de averiguar de qué modo se procuraba los indicios que se deseaban y se adelantó hacia el sitio en que lo había visto agacharse, pero con gran asombro vio que Uncas había desaparecido y que lo que había tomado por su cuerpo tendido en el suelo no era otra cosa que la sombra de un montón de ruinas.

—¿Dónde ha ido el joven mohicano? —preguntó entonces al cazador a quien se acercó—. Lo he visto agacharse en este sitio y podría jurar que no se ha levantado.

—¡Silencio! Baje usted la voz; no sabemos quién nos escucha y los mingos tienen los oídos muy finos. Uncas se ha alejado arrastrando, y el magua que se le acerque saldrá bien despachado.

—¿Cree usted, entonces, que Montcalm no se ha llevado todos sus indios? Comuniquemos este descubrimiento a nuestros compañeros y preparemos las armas; somos cinco y jamás nos ha intimidado el enemigo.

—No les diga una palabra si estima en algo su vida. Vea el sagamore sentado delante del fuego; ¿no parece un gran jefe indio? Si hay algunos vagabundos en las cercanías, no podrán creer al verlo que estamos persuadidos de que nos amenaza un gran peligro.

—Pero pueden dispararle una flecha o una bala a quemarropa. El resplandor de la lumbre del fuego lo hace muy visible y él será seguramente la primera víctima.

—No le falta a usted razón —respondió Ojo-de-halcón con alguna inquietud—; pero ¿qué podemos hacer? El menor movimiento sospechoso puede ser causa de que nos ataquen antes de que nos hayamos preparado para la resistencia. Ya sabe por la seña que he hecho a Uncas que ocurren cosas inesperadas, y voy a advertirle que nos encontramos a poca distancia de algunos mingos. Su naturaleza indiana le inspirará la resolución más conveniente.

El cazador se puso los dedos en la boca y lanzó un silbido que estremeció a Heyward, que creyó haber oído una serpiente.

Chingachgook estaba con la cabeza apoyada sobre una mano, entregado a sus reflexiones, cuando oyó la señal que parecía haber dado el reptil cuyo nombre llevaba. Irguiose y sus negros ojos se volvieron inmediatamente a mirar a su alrededor. Este movimiento rápido y quizás involuntario no tuvo la duración de un segundo y fue la única manifestación de sorpresa o de alarma que se pudo observar en él. No llevó la mano al fusil que tenía al lado; su hacha, que había quitado de la cintura por estar más cómodo, permaneció en el suelo junto a él y volvió a adoptar su anterior postura; pero, apoyando la cabeza sobre la otra mano como si quisiera dar a entender que no había tenido otro fin que procurar el descanso al otro brazo, dispúsose a esperar los acontecimientos con una calma de que nadie sino un indio sería capaz.

Heyward comprendió, sin embargo, que, aunque a otros ojos menos perspicaces podría parecer que el jefe mohicano estaba entregado al sueño, sus narices olfateaban más que de ordinario. Su cabeza permanecía algo vuelta de lado, como para oír con mayor facilidad el menor ruido, y sus ojos dirigían rápidas y vivas miradas a todos los objetos.

—Contemple a ese noble guerrero —dijo Ojo-de-halcón en voz baja, apretándole el brazo a Heyward—. Sabe que el menor gesto daría al traste con toda nuestra prudencia y nos pondría a merced de esos pícaros...

La llamarada y la explosión de un disparo de mosquete lo interrumpieron. El aire se llenó de chispas alrededor del sitio hacia donde estaban los admirados ojos de Heyward; una segunda mirada en torno

suyo diole a conocer que Chingachgook había desaparecido en aquel momento de confusión.

Entretanto el cazador había preparado el fusil y estaba dispuesto a servirse de él, tan pronto como distinguiese a algún enemigo; pero el ataque pareció concluir justamente con esta inútil tentativa contra la vida de Chingachgook. En dos diferentes ocasiones creyeron ambos compañeros percibir un ruido lejano en los zarzales; pero los ojos prácticos del cazador no tardaron en reconocer una manada de lobos que huían, espantados, sin duda, por el disparo que acababa de oírse. Siguió a este incidente un silencio profundo que tuvo algunos momentos de duración, transcurridos en la incertidumbre y la impaciencia, y luego percibiose un gran ruido en el agua al que siguió otro disparo.

—Éste es el fusil de Uncas —dijo el cazador—. Lo conozco tan bien como un padre conoce el lenguaje de su hijo.

—¿Qué significa todo esto? —preguntó Heyward—. Parece que los enemigos nos espían y se han propuesto terminar con nosotros.

—El primer disparo que se ha oído prueba que no nos tienen mucho cariño, y mire a ese indio cuya presencia es un testimonio de que no nos han hecho daño —respondió Ojo-de-halcón al ver aparecer a Chingachgook a poca distancia del fuego. Adelantose luego hacia él y le dijo—: ¿Nos atacan de veras los mingos o se trata de algunos de esos reptiles que siguen al ejército para robar la cabellera de un muerto y vanagloriarse de sus hazañas contra los rostros pálidos?

Chingachgook volvió a su sitio con la mayor tranquilidad; pero no respondió hasta después de haber examinado un tizón sobre el cual había dado la bala que le estaba destinada. Luego levantó un dedo limitándose a pronunciar el ambiguo monosílabo: «¡Hugh!»

—Me lo había figurado —repuso el cazador tomando asiento junto a él—; y, como se ha guarecido en el lago antes que Uncas disparase, escapará probablemente e irá a contar mentiras, diciendo que ha preparado una emboscada a dos mohicanos y a un cazador blanco, porque los dos oficiales no deben tener gran importancia en este género de escaramuzas. Pues bien, que vaya; en todas partes hay personas honradas, aunque no se encuentren muchas entre los maguas, como es sabido; pero, aun entre ellos mismos puede haber algún hombre de bien que se burle de un fanfarrón. La bala de ese bribón le ha silbado en los oídos.

Chingachgook miró con tranquilidad e indiferencia el tizón que la bala había tocado, y permaneció con su habitual sangre fría que semejante incidente no podía alterar. En este momento presentose Uncas y tomó asiento frente a la lumbre, tan indiferente y tranquilo como su padre.

Heyward seguía con la vista todos los movimientos de los indios, con un vivo interés lleno de admiración y curiosidad llegando a creer que el cazador y los dos mohicanos se entendían por medio de señas secretas que su penetración no alcanzaba. En vez de referir detalladamente, como lo hubiera hecho un europeo, cuanto acababa de suceder en medio de la oscuridad que cubría el llano, el joven guerrero limitose a dejar que sus acciones hablaran por él. En efecto, no era éste el lugar ni el momento que un indio hubiera elegido para alardear de valiente, y es probable que si Heyward no lo hubiese interrogado, ni una palabra se habría entonces dicho sobre el particular.

—¿Qué ha sido de nuestro enemigo, Uncas? —le preguntó—. Hemos oído el disparo hecho por usted y suponemos que no se habrá perdido.

El joven mohicano levantó una punta de su vestido y mostró el sangriento trofeo de su víctima, esto es, una cabellera que se había colgado de la cintura.

Tomola Chingachgook en la mano y, después de contemplarla un momento con atención, volvió a dejarla, diciendo:

—¡Hugh! ¡Oneida!

—¡Un oneida! —repitió el cazador, que ya empezaba a animarse un tanto, adelantándose con curiosidad para examinar aquel trágico trofeo de la victoria—. ¡Por el cielo —dijo—, que si los oneidas nos siguen mientras nosotros perseguimos a los hurones, nos encontraremos entre dos bandas de diablos! Para un blanco no existe diferencia entre esta cabellera y la de cualquiera otro indio, y, sin embargo, el sagamore asegura que ha crecido sobre la cabeza de un mingo y hasta designa la tribu de que éste procede.

—Y usted, Uncas, ¿qué dice? ¿De qué nación era el bribón que ha despachado?

Uncas miró al cazador, y respondiole con su voz dulce y musical:

—Oneida.

—¡También Oneida! —exclamó Ojo-de-halcón—. Lo que dice un indio suele ser cierto; pero, si lo confirma otro, es el evangelio.

—El pobre diablo se ha equivocado, nos ha creído franceses, pues de otro modo, no hubiera atentado contra la vida de un amigo —replicó Heyward.

—¡Confundir a un mohicano, pintado con los colores de su nación, con un hurón! Esto sería lo mismo que equivocar las casacas blancas de los granaderos franceses con los uniformes encarnados de los soldados de Inglaterra. No, señor, no; el reptil sabía perfectamente lo que hacía, y no ha habido en esto confusión alguna, porque no existe mucha amistad entre un mingo y un delaware, sea cualquiera el partido de los blancos con que su horda esté aliada. De todos modos, aunque los oneidas sirvan a su majestad el rey de Inglaterra, que es mi soberano y señor, mi matagamos no hubiera dudado mucho en enviar una peladilla a ese canalla, si hubiera tenido la suerte de encontrármelo.

—Con lo cual habría violado los tratados, y se hubiera portado indignamente.

—Cuando un hombre convive mucho tiempo con otros, si no es bribón y los otros son hombres honrados, llegan a hacerse amigos. Es verdad que la astucia de los blancos ha logrado introducir la confusión en las poblaciones respecto a amigos y enemigos, porque los hurones y los oneidas, a pesar de que hablan la misma lengua y que casi son una misma nación, procuran quitarse las cabelleras los unos a los otros; hasta los mismos delawares están divididos entre sí, pues algunos de ellos permanecen alrededor del fuego de su Gran Consejo a las orillas de su río, combatiendo por la misma causa que los mingos, mientras que los demás se han marchado al Canadá a causa del odio que profesan a los mismos mingos. Sin embargo, los pieles rojas rara vez suelen variar de sentimientos, y por esto la amistad de un hombre blanco con un mingo es tan falaz y funesta como la que se pudiera contraer con una serpiente.

—Lamento mucho oírle decir tales cosas, porque yo pensaba que los naturales que habitan las proximidades de nuestros establecimientos, nos habían creído bastante justos para identificarse con nuestras disensiones.

—Pues a mí no me sorprende que den a sus propias querellas la preferencia sobre las de los extranjeros. Yo, por mi parte, amo la justicia, y por eso... no, no diré que aborrezco al mingo, porque esto no es propio de mi religión, ni de mi color, pero sí repetiré que si mi matagamos no ha matado a ese bribón vagabundo no ha sido por falta de voluntad.

Y, convencido de la fuerza de sus argumentos y sin tener en cuenta el efecto que pudieran producir en Heyward, el honrado pero implacable cazador volvió la cabeza hacia otro lado, para poner fin a la discusión.

El mayor subió nuevamente al baluarte, porque, inquieto y poco acostumbrado a las escaramuzas de los bosques, temía ser nuevamente atacado por los indios. No sucedía así a sus compañeros, pues sus sentidos más ejercitados y, por consiguiente, más activos y seguros a causa de la costumbre y la necesidad, los habían puesto en estado no sólo de descubrir el peligro, sino de convencerse de que no había riesgo alguno que temer. Ninguno de los tres abrigaba la menor duda de su perfecta seguridad, como lo demostraron ocupándose en los preparativos para deliberar respecto a la conducta que debían seguir.

La confusión de las naciones y aun de las tribus, a que Ojo-de-halcón se había referido, existía en esta época en todo su apogeo. Habíase disuelto el gran vínculo del idioma y procedencia que las unía, y a causa de esta desunión los delawares y los mingos, nombre genérico que se daba a las seis naciones aliadas, combatían en las mismas filas, aunque eran enemigos naturales entre sí.

El amor al suelo que perteneció a sus antepasados, había detenido al sagamore y a su hijo bajo las banderas de los ingleses con un pequeño grupo de delawares que servían en el fuerte «Eduardo»; pero no se ignoraba que la mayor parte de su nación estaba con Montcalm, habiéndose afiliado al partido de los franceses por el odio que profesaban a los mingos.

Los delawares o lenapes pretendían ser el tronco principal de este pueblo numeroso que en otro tiempo era dueño de todos los bosques y llanuras del norte y del este, que en la actualidad forman los Estados Unidos de América, y de los cuales eran los mohicanos una de las ramas más antiguas y distinguidas.

El cazador y sus dos compañeros, perfectos conocedores de los intereses encontrados que habían armado a los amigos de los unos contra los otros, y que habían decidido a los enemigos naturales entre sí a defender la misma causa, se dispusieron a deliberar respecto a la manera de concertar sus movimientos entre tantas razas de salvajes. Heyward, que conocía perfectamente las costumbres de los indios y el motivo por que habían alimentado nuevamente el fuego, en derredor del cual habían tomado asiento bajo un dosel de humo los dos mohicanos y el cazador, colocándose en un paraje desde donde pudiera presenciar la escena sin dejar de prestar atención al menor ruido que se promoviese en la llanura, esperó el resultado de la discusión con la mayor paciencia que le fue posible.

Después de una breve pausa durante la cual reinó el más profundo silencio, Chingachgook, como el más viejo y de rango más elevado, tomó la palabra, expuso el objeto de la deliberación, y dio su parecer en pocas palabras, con calma y dignidad. El cazador le respondió, el mohicano le replicó, su compañero hizo nuevas observaciones, pero el joven Uncas permaneció callado respetuosamente hasta que Ojo-de-halcón le preguntó qué opinaba.

Juzgando por el tono y los gestos de los oradores, Heyward conoció que el padre y el hijo defendían una misma opinión, y que el blanco

sostenía otra diferente. La discusión se animó por grados, defendiendo cada cual su propio parecer.

Sin embargo, en el calor de esta amistosa disputa, una asamblea compuesta de hombres respetables y sabios habría podido recibir una saludable lección de moderación, de paciencia y de cortesía. Los discursos de Uncas fueron escuchados con la misma atención que los que la experiencia y la prudencia le sugerían a su padre, y, lejos de manifestar ningún deseo de hablar, ninguno de los oradores reclamaba la palabra para responder a lo que acababa de decirse sino después de haber reflexionado en silencio respecto a lo por él oído y lo que iba a replicar.

Los mohicanos, al hablar, gesticulaban tan expresiva y naturalmente, que no fue difícil a Heyward seguir la marcha de sus discursos. La frecuente repetición de signos con que los dos indios explicaban las diferentes huellas que es posible hallar en el bosque, probaba que insistían en que la persecución se hiciera por tierra, al paso que el brazo de Ojo-de-halcón, dirigido con frecuencia hacia el Horican, revelaba que su opinión era la de que se viajase por agua.

Parecía, no obstante, que el cazador estaba dispuesto a ceder, y la cuestión iba ya a decidirse contra él, cuando se levantó de pronto y, deponiendo la apatía, gesticuló mucho y puso en movimiento todos los recursos de la elocuencia indiana. Describió un semicírculo en el aire de oriente a occidente indicando el curso del sol, y repitió esta señal tantas veces como días creyó que eran necesarios para hacer el viaje por los bosques. Trazó luego en tierra una larga y tortuosa línea, indicando al mismo tiempo con sus ademanes los obstáculos que les presentarían las montañas y los ríos, pintó, simulando gran fatiga, la edad y debilidad de Munro, que a la sazón estaba entregado al sueño, y aun dio a entender que no tenía una idea muy elevada de la resistencia física de Heyward para vencer tantas dificultades, pues éste conoció que hablaban de él cuando vio que el cazador extendía su mano y pronunció la palabra Mano Abierta, sobrenombre que por su generosidad habían puesto al mayor todas las poblaciones de indios amigos. Imitó seguidamente los movimientos ligeros de una canoa, surcando las aguas de un lago; estableció el contraste imitando la marcha lenta de un hombre cansado; y, en fin, concluyó tendiendo el brazo hacia la cabellera del oneida, probablemente para convencer a sus oyentes de la necesidad de ponerse en marcha sin dejar detrás ningún rastro.

Escucháronle con gran atención los mohicanos, cuyo semblante indicaba la impresión que les había hecho este discurso. El convencimiento se fue apoderando de ellos, hasta concluir aprobando y aplaudiendo las razones aducidas por el orador.

Cuando hubo quedado resuelto el partido que debía tomarse, se ocuparon en su resultado, y Ojo-de-halcón, sin echar siquiera una mirada en torno suyo para leer su triunfo en los ojos de sus compañeros, tendiose con tranquilidad delante del fuego, que todavía ardía, y no tardó en dormirse.

Entonces, restituidos en cierto modo a sí mismos, los mohicanos que se habían dedicado a estudiar y defender los intereses y negocios ajenos, resolvieron ocuparse en los propios. Chingachgook, abandonando la reserva grave y austera de un jefe indio, empezó a hablar a su hijo con dulzura y amabilidad verdaderamente paternales. Uncas respondió a su padre con respetuoso cariño, y el cazador, antes de entregarse al sueño, pudo observar la mudanza completa que acababa de operarse en las acciones de sus dos compañeros.

Es indescriptible la armonía de su lenguaje cuando se abandonaban a la alegría y a las efusiones de su ternura mutua.

Los ojos del padre seguían los movimientos graciosos e ingenuos del hijo con delectación amorosa, sonriendo siempre de las respuestas agudas que éste le daba.

Una hora duró este tierno coloquio de los mohicanos, después del cual el padre anunció de repente a su hijo que deseaba dormir y, cubriéndose la cabeza con la manta que llevaba al hombro, se tendió en el suelo. Uncas no volvió a pronunciar una palabra más; reunió las ascuas de manera que se conservase un suave calor a los pies de su padre, y buscó para sí un cabezal entre las ruinas.

La tranquilidad que mostraban aquellos hombres, familiarizados con la vida salvaje, devolvió la confianza a Heyward, que decidió imitarlos y mucho tiempo antes de que estuviese mediada la noche, las cinco personas que habían buscado un abrigo en las ruinas del fuerte Guillermo-Enrique dormían profundamente.

CAPÍTULO III

¡Albania, severa nodriza de salvajes, permite que mis ojos te contemplen!

Childe Harold.

Todavía brillaban las estrellas en el espacio, cuando Ojo-de-halcón se dispuso a despertar a sus compañeros, que continuaban dormidos.

Munro y Heyward oyeron ruido y, sacudiendo sus ropas, levantáronse al mismo tiempo que el cazador les llamaba en voz baja a la entrada del rústico albergue en que habían pernoctado. Al salir de él, encontraron a su vigilante guía que los aguardaba y que sólo les saludó con un gesto expresivo recomendándoles el silencio.

—Dirijan sus plegarias a Dios solamente con el pensamiento —les dijo al oído acercándose a ellos—, pues Él conoce todas las lenguas, la del corazón, que es la misma en todas partes, y las de la boca, que varían según la nacionalidad de cada uno; pero no pronunciéis una sola sílaba, pues los blancos no saben, por lo general, adoptar el tono que conviene en los bosques —añadió conduciéndolos hacia un baluarte destruido—, bajemos por aquí al foso y cuiden de no tropezar con las piedras.

Munro y Heyward obedecieron, aunque la causa de todas estas precauciones extraordinarias era todavía un misterio para uno de ellos. Cuando hubieron andado algunos minutos por el foso que circunvalaba el fuerte por tres partes, encontráronlo cegado casi completamente por las ruinas de los edificios y fortificaciones destruidos; pero, esto no obstante, pudieron con paciencia y cuidado seguir por él a sus conductores, hasta que se encontraron al fin en las arenosas riberas del Horican.

—Aquí hay una pista que sólo el olfato podrá seguir —dijo el cazador mirando al intrincado camino que acababan de recorrer—. La hierba es una alfombra peligrosa para el hombre que huye; pero el mocasín no deja huella alguna en la madera ni en la piedra. Si llevaran ustedes botas se podría temer algo todavía; pero cuando se va calzado con una piel de gamo bien preparada, en general puede uno fiarse y caminar sobre las rocas con toda seguridad. Haga el favor de remontar la canoa un poco más arriba, Uncas; en este sitio la arena conservaría la señal de los pies con tanta facilidad como la manteca de los holandeses en su establecimiento sobre el Mohawk. Muy despacio, para que la canoa no toque la tierra; porque entonces los bribones descubrirían dónde nos hemos embarcado.

El joven indio siguió con toda exactitud este consejo, y el cazador, tomando de las ruinas una tabla y apoyando uno de sus extremos sobre la canoa en la que ya se encontraban Chingachgook y su hijo, hizo seña a los dos oficiales para que se embarcasen. Siguiolos él luego, y después de haberse convencido de que no dejaban atrás ninguna señal de las que él tanto temía, arrojó la tabla con fuerza en medio de las ruinas esparcidas por la orilla.

Heyward permaneció silencioso hasta que los dos indios, que se habían encargado de remar, hubieron remontado la canoa a alguna distancia del fuerte, y encontrose envuelta en las sombras espesas que proyectaban las montañas situadas al oriente sobre la superficie del lago.

—¿Qué necesidad teníamos de partir tan precipitadamente y con tales precauciones? —preguntó entonces el mayor a Ojo-de-halcón.

—Si la sangre de un oneida pudiera enrojecer un caudal de agua como este que atravesamos no me preguntaría usted tal cosa, porque sus mismos ojos se lo dirían. ¿No se acuerda del reptil que Uncas mató ayer noche?

—No lo he olvidado, pero me ha dicho usted que estaba solo, y hombre muerto es poco temible.

—Seguramente estaba solo para asegurar el golpe; porque un indio rara vez teme que su sangre se derrame sin atraer el grito de muerte sobre alguno de sus enemigos.

—En todo caso la presencia de usted y la autoridad del coronel Munro nos protegerían contra el resentimiento de nuestros aliados; sobre todo, tratándose de un miserable que ha merecido tan justamente su suerte. Creo que no es ésa la causa de que nos hayamos separado de la línea directa que debíamos haber seguido.

—¿Cree que la bala de este bribón se hubiera desviado si su majestad el rey de Inglaterra se hubiese encontrado en la misma dirección? Ese francés, que es capitán general del Canadá, no ha enterrado el hacha de guerra de sus hurones. ¿Cree que un blanco puede fácilmente hacer entrar en razón a los pieles rojas?

La respuesta que Heyward se disponía a darle la interrumpió un profundo gemido de Munro que sintió su corazón sangrar al acordarse de la horrible carnicería de que los indios habían hecho víctimas a la retaguardia de sus tropas.

Siguiose un momento de silencio, y, luego, repuso Heyward con tono grave y solemne:

—Sólo con Dios puede arreglar este asunto el marqués de Montcalm.

—Sí, seguramente; es muy razonable lo que dice usted, y está fundado en los preceptos de la religión y del honor. Sin embargo, existe una gran diferencia entre poner un regimiento de casacas blancas en medio de los salvajes y los prisioneros que éstos asesinan, y calmar con buenas palabras a un indio colérico que va armado con su fusil, su hacha y su cuchillo. A Dios gracias —continuó el cazador mirando con satisfacción el fuerte Guillermo-Enrique que empezaba a desaparecer en la oscuridad, y sonriéndose—, ahora es preciso que busquen nuestro rastro en la superficie del agua y a menos que se hagan amigos de los

peces y digan éstos qué manos tienen los remos, pondremos entre ellos y nosotros toda la longitud del Horican antes de que hayan descubierto nuestro rastro.

—Con los enemigos a vanguardia y retaguardia nuestro viaje ofrecerá muchos peligros.

—¡Peligros! No, de ningún modo —repuso Ojo-de-halcón con tono muy tranquilo—, pues con buenos ojos y buenos oídos podremos siempre llevar algunas horas de ventaja sobre esos bribones, y en todo caso, si tuviéramos necesidad de hacer fuego, estamos aquí tres que sabemos manejar el fusil como el mejor tirador de todo su ejército.

Ya la aurora había abierto al sol las puertas del oriente cuando llegaron a parte del Horican poblada de isletas, casi todas cubiertas de bosques, y como era éste el camino por donde Montcalm se había retirado con su ejército, y podía presumirse que hubiese dejado algún destacamento de indios, ya para proteger su retaguardia, ya para reunir a los rezagados, acercáronse con el mayor silencio y con la mayor suma de precauciones.

Abandonó Chingachgook el remo, y, apoderándose de éste el cazador, se encargó con Uncas de dirigir la canoa por los muchos canales que separaban las isletas, en las cuales era posible que se ocultasen algunos enemigos que se dejarían ver cuando los oficiales y los que los acompañaban fuesen avanzando.

Ya Heyward, espectador doblemente interesado en esta escena, tanto por las bellezas naturales del sitio como por los recelos que abrigaba, empezaba a creer que sus temores eran infundados, cuando de repente Chingachgook hizo una señal y quedaron inmóviles los remos.

—¡Hugh! —exclamó Uncas casi al mismo tiempo que su padre golpeaba ligeramente sobre el borde de la canoa para avisar que había algún peligro.

—¿Qué ocurre? —preguntó el cazador.

El indio levantó un remo y señaló el punto donde tenía fijos los ojos, que era una de aquellas islas cubiertas de bosques, que había a poca distancia, y parecía tan tranquila como si el pie humano no hubiese penetrado nunca en ella.

Heyward, que había seguido con los ojos el movimiento de Chingachgook, agregó:

—Yo no veo sino tierra y agua, y un hermoso paisaje.

—¡Silencio! —ordenó el cazador—. Sagamore no hace jamás nada sin motivo; sólo se trata de una sombra, pero esta sombra no es natural. ¿Ve, mayor, esa pequeña niebla que flota sobre esta isla?

—Eso son vapores de agua.

—Eso mismo diría un niño; pero ¿no advierte que esos supuestos vapores son más negros hacia su base? Se ve claramente que salen del bosque que está a la otra parte de la isla, y yo le digo que eso es humo, y que procede de un fuego que se apaga.

—Pues abordemos en la isla, y salgamos de dudas y temores. Esta isla es demasiado pequeña para que pueda refugiarse en ella una tropa muy numerosa, y nosotros somos cinco.

—Si juzga la astucia de un indio por lo que haya leído en los libros, o solamente con la sagacidad de un blanco, seguramente se equivoca, y su cabellera correrá gran riesgo.

Ojo-de-halcón reflexionó un momento mientras examinaba con más atención las señales que le parecían indicar la presencia de algunos enemigos, y prosiguió después:

—Si me permite emitir mi opinión en este asunto, diré que sólo nos quedan dos partidos para adoptar: el primero es volver atrás y renunciar a la persecución de los hurones; el...

—¡Nunca! —exclamó Heyward en voz más alta de lo que las circunstancias permitían.

—Bien, bien —dijo el cazador indicándole por señas que se tranquilizara—; ésa es también mi opinión; pero he creído que mi experiencia me imponía el deber de exponerles las dos alternativas. Sigamos, por consiguiente, adelante, y si hay indios o franceses en ésta o cualquiera otra de las islas, veremos quién rema mejor. ¿Estoy en lo cierto, sagamore?

El mohicano dejó caer el remo por toda contestación; y fue tan bien ayudado por los otros, que pronto llegaron a un sitio desde donde podían ver la orilla septentrional de la isla.

—Véalos ahora —dijo el cazador—; mire ahora el humo, y, lo que es más, dos canoas. Los bribones no han mirado aún hacia este lado, pues de otro modo ya hubiéramos oído su grito de guerra. Vamos, amigos, remen con fuerza; ya estamos lejos de ellos y casi fuera del alcance de sus armas...

Un disparo de fusil, cuya bala cayó en el agua a distancia de algunos pies de la canoa, interrumpió en este punto al cazador. Los horribles alaridos que salieron entonces de la isla les anunciaron que habían sido descubiertos, y casi al mismo tiempo un grupo de salvajes se precipitaron a las canoas, y embarcándose en ellas empezaron a perseguirlos. La inminencia de un próximo ataque no inmutó siquiera al cazador y los

dos mohicanos, que se pusieron a remar con más fuerza, de modo que el barquichuelo parecía que volaba sobre el agua como un pájaro.

—Manténgalos a esta distancia, sagamore —dijo Ojo-de-halcón—. Los hurones no han tenido jamás un fusil de tanto alcance como el mío.

Adquirida la convicción de que sin que él remase podía sostenerse la canoa a distancia regular, abandonó el remo, y tomando la carabina apoyó tres veces la culata sobre el hombro, y otras tantas volvió a bajarla para decir a sus compañeros que permitieran a los enemigos aproximarse un poco más. Al fin, habiendo medido bien con la vista el espacio que los separaba, diose por satisfecho y, colocando la mano izquierda sobre el cañón del fusil, estaba ya dispuesto a soltar el gatillo, cuando una exclamación de Uncas lo detuvo, haciéndole volver la cabeza a aquel lado.

—¿Qué es esto? —preguntó—. Ese ¡hug! ha salvado la vida a un hurón que tenía muy bien apuntado. ¿Por qué causa ha lanzado ese grito?

Uncas sólo le respondió extendiendo la mano hacia la orilla oriental del lago, de donde acababa de partir otra canoa de guerra, que se dirigía hacia ellos en derechura. El peligro en que se encontraban entonces era demasiado evidente para necesitar explicación. Ojo-de-halcón dejó rápidamente el fusil para tomar el remo, y Chingachgook dirigió la canoa más cerca de la ribera occidental, a fin de aumentar la distancia que los separaba de sus nuevos enemigos. Éstos no cesaban de gritar enfurecidos, de modo tal, que hasta el mismo Munro salió del estado de apatía en que lo habían sumido sus infortunios.

—Ganemos la orilla —dijo con el tono del intrépido soldado—. Subamos sobre uno de esos peñascos y aguardemos allí a los salvajes. No permita Dios que yo ni ninguno de los míos vuelva a fiarse jamás de la buena fe de los franceses ni de sus aliados.

—El que no quiera ser engañado al tratar con los indios —replicó el cazador—, debe olvidarse de su orgullo y confiar en la experiencia de los naturales del país. Remen más hacia el lado de tierra, que, aunque ganemos terreno sobre esos bribones, podrían maniobrar de modo que consiguieran darnos que hacer.

Efectivamente, el cazador no se equivocaba, porque tan pronto como los hurones vieron que la línea que seguían los conduciría muy a la espalda de la canoa en cuya persecución iban, describieron otra más oblicua, y no tardaron en navegar paralelamente a unas cien toesas de distancia una de otra. Entonces entablose un pugilato de ligereza entre las dos para ganarse la delantera, la una para atacar y la otra para huir, y seguramente la necesidad en que estaban de no abandonar el remo fue

la causa de que no hicieron enseguida fuego los hurones pero tenían la ventaja numérica, y la resistencia de los perseguidos no podía ser ya de mucha duración. Heyward vio entonces con inquietud que el cazador observaba alrededor de sí cuidadosamente, como si buscara algún nuevo medio de acelerar o asegurar su fuga.

—Apártese algo más del sol, sagamore. Veo a uno de esos bribones que deja el remo, y con seguridad es para empuñar el fusil; uno solo de nuestros miembros herido podría ponerles en posesión de nuestras cabelleras. Todavía más a la izquierda, sagamore, pongamos esta isla entre su canoa y la nuestra.

Esta disposición fue acertada, porque pasaban por la izquierda de una larga isla cubierta de bosques, y los hurones, deseando sostenerse en la misma línea, se vieron obligados a ir hacia la derecha. El cazador y sus compañeros aprovecharon esta ventaja, y así que estuvieron fuera de la vista de sus enemigos redoblaron sus esfuerzos, que eran ya prodigiosos.

Las dos canoas llegaron a la punta septentrional de la isla como dos caballos que ponen término a su carrera; pero los fugitivos estaban más adelantados, y los hurones, en lugar de describir una línea paralela, los seguían por la espalda, aunque a menor distancia.

—Han probado ustedes entender mucho de embarcaciones escogiendo ésta entre las que los hurones habían dejado cerca del fuerte Guillermo-Enrique —dijo a los mohicanos el cazador sonriéndose y más satisfecho de la superioridad de su esquife que de la esperanza que empezaba a concebir de burlas a los salvajes—. Los bribones tienen toda su atención fija en el remo, por lo que, en vez de pólvora y balas, hemos de utilizar estos palos para salvar nuestras cabelleras.

—Ya se disponen a disparar —exclamó Heyward un instante después—; y, como están en línea recta, no errarán la puntería.

—Ocúltese en el fondo de la canoa con el coronel —replicó el cazador.

—Sería dar muy mal ejemplo —respondió Heyward sonriéndose— rehuir el peligro.

—¡Dios mío! —exclamó el cazador—. Ése es el valor de un blanco, que como muchas de sus acciones, carece de fundamento. ¿Cree que el sagamore, que Uncas, que yo mismo, que soy un hombre de sangre pura, dudaríamos en ocultarnos en circunstancias en que no nos reportara ninguna utilidad el dejarnos ver? ¿Y por qué los franceses han rodeado a Quebec de fortificaciones, si es necesario guerrear siempre en campo raso?

—Amigo apreciable —replicó Heyward—, todo lo que me dice será cierto; pero nuestros usos no nos permiten seguir su consejo.

Una descarga de los hurones puso término a esta conversación, y mientras silbaban las balas en sus oídos, vio Heyward a Uncas que volvía la cabeza para enterarse de lo que hacían él y Munro, advirtiendo con sorpresa que, a pesar de la proximidad de los enemigos y el peligro a que él mismo estaba expuesto, el rostro del joven guerrero no había sufrido la menor alteración.

Chingachgook, que probablemente leía con más claridad en la mente de los blancos, no hizo ni un solo movimiento y continuó ocupándose exclusivamente en la dirección de la canoa. Una bala dio contra el remo que manejaba en el momento mismo en que lo levantaba, haciéndoselo caer de las manos y llevándolo a algunos pies de distancia en el lago. Un grito de júbilo partió entonces de entre los hurones que cargaban nuevamente sus fusiles; pero Uncas describió un arco en el agua con su remo y, nuevamente haciendo pasar la canoa cerca del que su padre había perdido y que flotaba, lanzó, en señal de triunfo, el grito de guerra de los mohicanos sin preocuparse entonces de otra cosa que de acelerar la marcha del débil barquichuelo.

Los perseguidores prorrumpieron en gritos. «¡La gran serpiente! ¡La larga carabina! ¡El ciervo ágil!» eran las voces que a un mismo tiempo partieron de las canoas de los salvajes, quienes parecía que cobraban, al proferirlas, mayores bríos y nuevo ardor. El cazador, sin dejar de remar vigorosamente con la mano derecha, tomó su matagamos con la izquierda y levantándolo sobre su cabeza, lo blandió también a guisa de amenaza a sus enemigos. Los hurones respondieron a este insulto con alaridos de furor e hicieron una segunda descarga.

Ojo-de-halcón volvió la cabeza hacia Heyward para decirle sonriendo:

—Estos bribones se divierten oyendo el ruido de sus fusiles; pero entre los mingos no hay ninguno que sepa apuntar bien a una canoa que baile sobre el agua.

Los salvajes dispararon por tercera vez, dando una bala en el remo del cazador a veinte líneas de su mano.

—¡Bravo! —exclamó él después de haber examinado atentamente la señal que había dejado—. No hubiera rozado la piel de un niño y mucho menos la de gentes endurecidas como nosotros. Ahora, mayor, si quiere usted remar, mi matagamos tomará gustoso parte en la conversación.

Tomó Heyward el remo supliendo con su ardor la parte que le faltaba de experiencia, mientras el cazador empuñó su fusil y, después de haber renovado el cebo, apuntó a un hurón que se disponía también a hacer fuego. Salió la bala y cayó el salvaje, dejando escapar su fusil dentro del agua; pero volvió a levantarse enseguida aunque sus movimientos revelaban que había sido gravemente herido. Sus camaradas abandonaron los remos y agrupáronse en torno de él, quedando paradas las tres canoas.

Chingachgook y Uncas aprovecharon este momento de interrupción para cobrar aliento; pero Heyward continuó remando con el celo más constante. El padre y el hijo miráronse mutuamente con inquietud para ver si alguno de ambos había sido herido por los hurones, porque estaban convencidos de que en todo caso ni uno ni otro hubiera proferido ninguna queja o exclamación de dolor. Del hombro del sagamore brotaban algunas gotas de sangre; pero éste, viendo que Uncas lo estaba observando, tomó un poco de agua con el hueco de la mano para lavar la herida, con objeto de probar de este modo que la bala no había hecho más que levantar la piel.

—Despacio, mayor; más despacio —aconsejó el cazador después de haber cargado otra vez la carabina—; estamos ya demasiado lejos para que mi fusil pueda cumplir bien su deber. ¿Ve cómo estos bribones se ocupan ahora en celebrar consejo? Déjelos que se pongan a tiro, y en semejante caso puede usted confiar por completo en mi buena puntería. Quiero hacerles pasar hasta el cabo del Horican, manteniéndolos a una distancia desde la cual le aseguro que ninguna de sus balas causará más daño que algún rasguño mientras que mi matagamos tumbará a dos por cada tres tiros.

—Eso no es lo que más nos interesa —respondió Heyward remando con nuevo esfuerzo—. Aprovechémonos de nuestra ventaja y alejémonos más de nuestros enemigos.

—¡Acuérdese de mis hijas! —exclamó Munro con una voz ahogada y con toda la desesperación de un padre—. ¡Devuélvame mis hijas!

La prolongada costumbre de respetar las órdenes de sus superiores había enseñado al cazador a ser obediente, y, echando una mirada de sentimiento a las canoas enemigas, depositó su fusil en el fondo del barco y ocupó el lugar de Heyward, cuyas fuerzas empezaban a decaer. Poco después la distancia que los separaba de los hurones era tan considerable, que Heyward respiró con más libertad, y se lisonjeó de poder llegar al término de sus deseos.

Los remos movíanse incesantemente y a compás, y los remeros revelaban la misma sangre fría que si se tratara de disputar el premio de unas regatas.

Lejos de costear la ribera occidental, en la cual debían desembarcar, dirigiéronse, por consejo del prudente mohicano, hacia las montañas, por cuyas espaldas se sabía que Montcalm había conducido su ejército a la terrible fortaleza de Ticonderoga. Como los hurones habían cesado, al menos en apariencia, de perseguirlos, no había ningún motivo aparente para este exceso de precaución; pero, sin embargo, prosiguieron durante algunas horas la misma dirección hasta llegar a una pequeña bahía en la orilla septentrional del lago. Los cinco navegantes saltaron a tierra y sacaron la canoa, dejándola sobre la arena. Ojo-de-halcón y Heyward subieron a una altura próxima, y el primero, después de contemplar atentamente durante algunos minutos las aguas claras del lago hasta donde la vista podía extenderse, señaló a Heyward un punto negro en la cima de un gran cabo a algunas millas de distancia.

—¿Lo ve? —preguntó—. Y, si lo ve, ¿su experiencia de hombre blanco y sus conocimientos le enseñan lo útil que aquello puede ser, si estuviera solo, para encontrar su camino en el desierto?

—Desde aquí parece un ave acuática, suponiendo que sea un ser animado.

—Pues es una canoa de buena corteza de álamo, dentro de la cual hay algunos de esos astutos mingos sedientos de nuestra sangre. Los bribones simulan no ocuparse más que en preparar su cena; pero, tan pronto como el sol se ponga, seguirán nuestra pista como los más finos sabuesos. Es preciso engañarlos, pues de otro modo no conseguiremos dar cima a nuestra empresa y el Zorro Sutil se nos escapará. Estos lagos son útiles en ocasiones, particularmente cuando la caza se arroja al agua; pero —añadió el cazador algo inquieto— no ocultan sino a los peces, y Dios sabe lo que vendrá a ser este país si los establecimientos de los blancos llegan en algún tiempo a extenderse más allá de los ríos. La caza y la pesca perderían entonces todo su encanto.

—Entonces no desperdiciemos un momento sin una absoluta necesidad.

—No es buen agüero esa humareda que se levanta lentamente sobre esa roca detrás de la canoa, y tengo la seguridad de que hay, además de los nuestros, otros ojos que la ven y que saben lo que significa... Pero las palabras no pueden remediar nada y ya es tiempo de hacer algo.

Ojo-de-halcón descendió de la altura en que se encontraba con el mayor, mientras reflexionaba profundamente. Cuando se hubo reunido con sus compañeros, que habían permanecido a la orilla del lago, les comunicó en lengua delaware el resultado de sus observaciones, a lo cual se siguió una seria y breve consulta, terminada la cual, pusieron inmediatamente en ejecución lo que habían resuelto.

Cargáronse a hombros la canoa que habían abandonado sobre la arena, y se internaron en los bosques, dejando de propósito huellas muy marcadas de su paso. De allí a poco encontraron un riachuelo, que atravesaron, y vieron a poca distancia una peña desnuda y estéril, sobre la cual los que hubiesen querido seguirlos no habrían podido distinguir el menor rastro. Paráronse en ella y retrocedieron luego, andando de espaldas, hasta el río. Como éste era bastante caudaloso para navegar en la canoa, subieron en ella y lo siguieron hasta desembocar nuevamente en el lago. Un peñasco que sobresalía mucho en aquel sitio impedía felizmente ver nada desde el promontorio en cuya inmediación estaba una de las canoas de los hurones, y como el bosque se extendía hasta la orilla, parecía imposible que fuesen descubiertos.

Aprovecharon, pues, estas ventajas para costear en silencio la ribera, y cuando los grupos de árboles empezaron a aclararse, manifestó Ojo-de-halcón que era conveniente volver a embarcar.

El sol se había ya ocultado cuando se embarcaron de nuevo. La vista perspicaz de Chingachgook divisó una pequeña ensenada, a la cual condujo la canoa tan diestramente como pudiera haberlo hecho un piloto experimentado.

Otra vez fue la canoa sacada a la orilla, y transportada hasta cierta distancia a lo interior del bosque, donde la ocultaron cuidadosamente debajo de la maleza. Tomaron todos sus armas y municiones, y el cazador manifestó a Munro y a Heyward que él y sus dos compañeros estaban ya dispuestos a proseguir sus pesquisas.

CAPÍTULO IV

Si halláis allí un hombre, morirá lo mismo que una pulga.

(*Las alegres comadres de Windsor,* SHAKESPEARE.)

Los actuales habitantes de los Estados Unidos no conocen el lugar a que habían llegado los cinco viajeros mejor que los desiertos de la Arabia o las montañas de la Tartaria, pues se encontraban en el distrito estéril y montuoso que separa las aguas tributarias del Champellain de las que van a engrosar el Hudson, el Mohawk y el San Lorenzo. Desde la época en que ocurrieron los acontecimientos que describimos, la la-

boriosidad del país lo ha circundado de una línea de establecimientos útiles y florecientes; pero nadie todavía más que el indio y el cazador penetran en el interior inculto y salvaje.

Ojo-de-halcón y los mohicanos, que habían atravesado más de una vez las montañas y los valles de este vasto desierto, no vacilaron en internarse en lo más espeso de los bosques, con la seguridad propia de gentes familiarizadas con las privaciones. Caminaron durante algunas horas, ya guiados por una estrella, o ya siguiendo el curso de algún río, hasta que el cazador indicó la conveniencia de entregarse al descanso. De conformidad con el parecer de los indios, encendiose fuego y se dispuso lo necesario para pernoctar allí.

Munro y Heyward, siguiendo el ejemplo de sus compañeros, más experimentados en aquellos asuntos, y entregándose a la misma confianza de ellos, se durmieron sin temor, aunque no sin inquietud. El sol había ya asomado por oriente esparciendo su brillante claridad por el bosque, cuando los viajeros volvieron a emprender la marcha al siguiente día.

Recorrieron algunas millas sin que ocurriese el menor incidente; pero, de pronto, el cazador, que marchaba siempre a la cabeza de todos, empezó a caminar más lenta y cautelosamente, deteniéndose a menudo para reconocer los árboles y la maleza. No cruzaba un arroyuelo sin examinar la rapidez de su curso y la profundidad y color de sus aguas, y desconfiando de su propia opinión, consultaba frecuentemente a Chingachgook.

Advirtió Heyward, durante la última de estas consultas, que el joven Uncas escuchaba en silencio sin atreverse a hacerles ninguna objeción, pero dando muestras de tomar gran interés en ella. El mayor experimentaba vivos deseos de dirigirse al joven indio para preguntarle si creía que se encontraban muy cerca del término de su viaje; pero no lo hizo, porque se persuadió de que Uncas, lo mismo que él, confiaba por completo en la inteligencia y sagacidad de su padre y del cazador. Por último, éste dirigió la palabra a Heyward para explicarle la duda en que se encontraba, diciendo:

—Al advertir que las huellas del magua se dirigían al norte, deduje fácilmente que seguiría los valles y que se mantendría entre las aguas del Hudson y las del Horican, hasta que llegase al nacimiento de los ríos del Canadá, que habían de conducirlo al interior del país ocupado por los franceses. Sin embargo, estamos ya muy cerca del lago Scaroon y todavía no hemos visto una sola señal de su paso. La naturaleza humana está sujeta a errores y es posible que nos hayamos equivocado.

—¡Líbreme el cielo de semejante error! —exclamó Heyward—. Retrocedamos para examinar el terreno más detenidamente... ¿Uncas no tiene nada que aconsejarnos para salir del apuro?

El joven mohicano dirigió una rápida mirada a su padre; pero, adoptando de nuevo su habitual actitud de reserva, continuó guardando silencio. Chingachgook, que había advertido su mirada, hízole una señal con la mano para indicarle que le permitía hablar.

Alcanzado el permiso, sus facciones, tan tranquilas poco antes, experimentaron una repentina mudanza, y brillaron de alegría y de satisfacción. Saltando con la ligereza del gamo, encaminose a la carrera hacia una pequeña altura que distaba de allí unos cien pasos y se detuvo con aspecto de triunfo sobre un sitio donde la tierra parecía removida por el paso de un animal. Todas las miradas seguían atentamente sus movimientos, y al ver el júbilo y viveza que brillaban en su rostro, no dudaron del buen éxito de sus observaciones.

—¡Éstas son sus huellas! —exclamó el cazador al aproximarse a Uncas—. El joven tiene una inteligencia precoz, y una vista excelente para su edad.

—Me sorprende —agregó Heyward— que no nos haya informado antes de su descubrimiento.

—Todavía hubiera sorprendido más el que hubiese hablado sin nuestro permiso —respondió Ojo-de-halcón—. No, no, los jóvenes blancos, que aprenden en los libros todo lo que saben, pueden creer que sus conocimientos, lo mismo que sus piernas, son mejores que los de sus padres, pero el indio, que no recibe otras lecciones que las de la Naturaleza y la experiencia, conoce el precio de los años y respeta la vejez.

—Vea —dijo Uncas mostrando las huellas de varios pies, todas en dirección al norte—, la del cabello negro avanza hacia este punto.

—Ningún sabueso ha seguido jamás un rastro tan hábilmente —repuso el cazador poniéndose en marcha sobre el camino trazado por las señales que descubrían—. La Providencia nos favorece sin duda, y podemos seguirlos con facilidad. Éstas son las pisadas de los dos animales que tienen un trote tan singular. El hurón viaja como un general blanco; está loco y ciego —y, retrocediendo, agregó después—: Sagamore, busque a ver si encuentra señal de ruedas, porque seguramente no tardaremos en ver a este insensato viajando en coche, a pesar de ir en su persecución los mejores ojos del país.

La satisfacción que reflejaba el rostro del cazador, el alegre ardimiento de Uncas, la expresión tranquila y reposada de su padre y el éxito inesperado que acababan de alcanzar en esta persecución, que los

había ya obligado a recorrer más de cuarenta millas, todo contribuyó a reanimar la esperanza de Munro y del mayor, quienes marchaban rápidamente y con la misma confianza que los viajeros que siguen un camino real.

Sin embargo, el Zorro Sutil no había descuidado en absoluto poner en juego las tretas que los indios no olvidan jamás cuando hacen su retirada delante del enemigo, de suerte que con frecuencia encontraban huellas falsas hechas intencionadamente, siempre que un riachuelo o la naturaleza del terreno lo permitían, pero los perseguidores se dejaban engañar pocas veces, y, cuando esto les ocurría, no tardaban en reconocerlo, antes de perder mucho camino.

Mediada la tarde habían atravesado ya el Scaroon y se dirigían hacia el sol que empezaba a bajar al horizonte, cuando al cruzar un estrecho valle regado por un arroyuelo, encontráronse en un sitio en que era evidente que el Zorro Sutil había hecho alto con sus prisioneras. Algunos tizones medio quemados demostraban que se había encendido fuego; veíanse los restos de un gamo a corta distancia, y hasta la hierba cortada alrededor de dos árboles indicaba que los caballos habían estado atados a ellos. No muy lejos descubrió Heyward un zarzal, delante del cual estaba la hierba pisada, y contempló estremeciéndose el sitio en que suponía que Alicia y Cora habrían reposado, pues aunque el paraje ofrecía por doquier las huellas de los hombres y de los animales, las de los primeros cesaban repentinamente y no iban más lejos.

Las huellas de los dos caballos podían seguirse fácilmente; pero, al parecer, habían andado errantes, guiados sólo por su instinto para buscar el pasto. Al fin, Uncas encontró otras señales recientes, y antes de seguirlas notificó su descubrimiento a sus compañeros; pero todavía estaban consultándose respecto a esta singular circunstancia, cuando el joven indio apareció con los dos caballos, cuyas sillas, arneses y todos sus arreos estaban rotos y sucios, como si durante algunos días hubiesen estado abandonados a sí mismos.

—¿Qué significa esto? —preguntó Heyward pálido y mirando sobresaltado en torno suyo, temiendo que las zarzas y la maleza le revelasen algún horrible secreto.

—Esto no significa otra cosa sino que estamos ya cerca del fin de nuestro viaje y que nos encontramos en país enemigo —respondió el cazador—. Si el Zorro Sutil hubiera sido perseguido de cerca y las señoritas no hubiesen tenido caballos para seguirlo con bastante ligereza, quizá se hubiesen llevado sus cabelleras; pero, no creyendo tener los enemigos tras de sus talones y con tan buenas cabalgaduras como éstas,

puede asegurarse que las jóvenes no han sufrido el menor daño. Leo en su pensamiento, mayor, y es una vergüenza para nuestro color que opine de ese modo; pero el que crea que ni aun un mingo puede maltratar a una mujer que haya hecho prisionera, a menos que no fuese para dar un golpe de hacha, conoce poco la naturaleza de los indios y la vida que hacen en los bosques. He oído decir que los salvajes amigos de los franceses han bajado a estos bosques a la caza del alce, y en este caso debemos estar cerca de su campo. ¿Y por qué no han de venir? ¿A qué se exponen? No pasa día en que no se pueda oír, por la mañana y por la tarde, en esta montaña, el ruido de los cañones de Ty, porque los franceses construyen una nueva línea de fortificaciones entre las provincias del Rey y el Canadá. Sin embargo, no hay duda de que éstos son los caballos; pero, ¿dónde están sus conductores? Es indispensable encontrar su rastro.

Ojo-de-halcón y los mohicanos dedicáronse seriamente a buscarlo, y al efecto, trazaron un círculo imaginario de algunos centenares de pies alrededor del sitio en que el Zorro Sutil había hecho alto. Cada uno de ellos encargose en examinar una parte; pero, por desgracia, resultó infructuosa esta inspección. Vieron muchas huellas de pies; pero parecían de personas que iban y venían sin intención de apartarse de aquel lugar.

Al fin, los mohicanos y el cazador reuniéronse nuevamente con sus compañeros sin haber encontrado un solo indicio que revelase la partida de los que se habían detenido allí.

—Solamente el diablo puede inspirarles tanta malicia —dijo el cazador algo confuso—. Sagamore, necesitamos hacer nuevas pesquisas, empezando por ese pequeño manantial, y examinando el terreno palmo a palmo; no permitiré que ese perro de hurón se vanaglorie ante sus camaradas de tener un pie que no deja vestigio alguno.

Y acto seguido, ayudado por sus dos compañeros y animados todos de nuevo ardor, no dejó rama seca, piedra ni hoja sin levantar y examinar el sitio que cubrían. Sin embargo, este minucioso reconocimiento nada les descubrió.

Uncas, que con su peculiar actividad había sido el primero que concluyó de escudriñar la parte que le había sido encomendada, imaginó formar un pequeño dique o parapeto con piedras y tierra a través del arroyo que salía del manantial de que hemos hablado, variando así el curso del agua que empezó a deslizarse en otra dirección. Cuando el cauce quedó seco, se inclinó para examinarlo atentamente y el grito de júbilo que se le escapó, anunció el resultado que acababa de obtener. Todos se le aproximaron al instante, y Uncas les hizo observar sobre la arena fina y húmeda que formaba el fondo, varias huellas de mocasines perfectamente señaladas, pero todas iguales.

—¡Este joven honrará su pueblo! —exclamó Ojo-de-halcón, contemplando aquellas señales con la misma admiración con que un naturalista contemplaría los huesos de un mamouth, o los restos de un kracken—. Sí, y será una buena espina para las costillas de los hurones. Sin embargo, éstas no son huellas del pie de un indio, porque indican haber apoyado mucho el talón y, además, un pie tan largo y ancho y cuadrado hacia la punta... ¡Ah! Uncas, búsqueme la medida del pie del cantor; junto a esa roca que está enfrente encontrará una huella bien marcada.

Mientras el joven indio desempeñaba el encargo que se le había confiado, su padre y el cazador se quedaron examinando detenidamente aquellas huellas y, cuando Uncas volvió, confrontáronse las medidas, que resultaron ser perfectamente iguales.

Ya no les quedó duda de que David había pasado por aquel sitio.

—Ya lo sé todo —exclamó Ojo-de-halcón—, y lo sé con tanta certeza como si hubiese consultado con el mismo magua. Como el cantor es un hombre que no tiene talento sino en la garganta y en los pies, le han obligado a calzar nuevamente mocasines, y a marchar delante, y los que lo seguían han puesto el pie en sus huellas, lo cual no era difícil siendo el agua tan clara y teniendo el arroyo tan poca profundidad.

—Pero yo —exclamó Heyward— no veo ninguna señal que revele el paso de...

—¿De las señoritas? —interrumpió el cazador—. El magua encontraría algún medio para conducirlas hasta que haya creído que no tenía ya que temer. Apostaría mi vida a que no tardaremos en encontrar las huellas de sus lindos piececitos.

Reanudose la marcha de los cinco hombres.

Después de andar así más de media milla, llegaron a un lugar donde el arroyo hacía un recodo junto a un gran peñasco muy árido, en cuya superficie no había tierra ni vegetación alguna. Los viajeros se detuvieron para deliberar, porque era difícil saber si el hurón y los que lo seguían habían atravesado esta montaña, en la que no se veía ninguna huella, o si habían seguido marchando por el arroyo.

Estuvieron acertados al adoptar este partido, y mientras Chingachgook y Ojo-de-halcón discurrían sin más fundamento que las probabilidades, Uncas examinaba los alrededores del peñasco, no tardando en encontrar sobre un montoncito de musgo la señal del paso de un indio, que con seguridad había pisado allí inadvertidamente. Al advertir que la punta del pie estaba dirigida hacia un bosque inmediato; dirigiose a

él corriendo, y encontró todas las huellas tan bien marcadas y distintas como las que los habían conducido hasta la fuentecilla que acababan de dejar. Un segundo grito anunció este descubrimiento a sus compañeros poniendo fin a su conferencia.

—Sí, sí —dijo el cazador—. La astucia de un indio es la que ha dirigido esto, y con seguridad había datos suficientes para cegar a un blanco.

—¿Reanudamos la marcha? —preguntó Heyward.

—Vayamos despacio —respondió Ojo-de-halcón—; ya conocemos la ruta; pero es bueno examinar las cosas detenidamente. Todo menos una cosa aparece ya claro a mis ojos; ¿cómo ha podido el Zorro Sutil hacer pasar a las señoritas por medio del arroyo desde la fuente hasta la peña? Porque debo confesar que hasta los hurones son lo suficientemente corteses para no obligarlas a meter los pies en el agua.

—¿Le parece que servirá esto para explicar esa dificultad? —le preguntó Heyward mostrándole algunas ramas recién cortadas, junto a las cuales había otras más pequeñas y flexibles que parecía que habían servido de ligaduras y arrojadas luego a la entrada del bosque.

—Eso es, indudablemente —repuso el cazador satisfecho—. Ahora, ya está todo aclarado. Han hecho una especie de litera o hamaca con las ramas y las han dejado cuando las consideraron inútiles; pero apostaría a que han perdido mucho tiempo pensando en los medios de borrar las huellas de su paso. Aquí tenemos tres pares de mocasines y dos pares de pies pequeños. ¿No es sorprendente que estas débiles criaturas puedan sostenerse sobre unos miembros tan diminutos? Uncas, deme su compás para medir el más pequeño, el de la del cabello rubio. ¡Por mi vida que no es mayor que el pie de un niño de ocho años, y eso que las dos señoritas son altas y bien formadas! Vamos, es necesario convencerse de ello, y el más contento y favorecido de su suerte debe reconocerlo así. La Providencia no distribuye siempre equitativamente sus dones; pero tiene sin duda razones fundadas para proceder de ese modo.

—¡Mis pobres hijas no pueden soportar una fatiga semejante! —exclamó Munro contemplando enternecido las huellas que sus pies habían dejado impresas—. Habrán sucumbido de cansancio en algún rincón de este desierto.

—No, no —dijo el cazador moviendo lentamente la cabeza—. En cuanto a eso, no hay que temer. Es fácil conocer que, aunque los pasos son cortos, la marcha es segura y el pie ligero. Vea esta huella; apenas el talón ha apoyado para formarla, y aquí la de cabellos negros ha dado un salto para evitar la raíz de ese árbol. No, según mi opinión, ninguna

de las dos están expuestas a quedarse en el camino por falta de fuerzas. En cuanto al cantor es cosa distinta; ya empezaban a dolerle los pies y a sentirse cansado. Vea cómo resbalaba con frecuencia, y cómo su paso era pesado y vacilante; parece que andaba con patines. Sí, no hay duda; un hombre que no piensa más que en dar voces, no cuida mucho de sus piernas.

Discurriendo de esta forma, el experimentado cazador adivinaba la verdad con una certeza y exactitud maravillosas. Su seguridad inspiró cierta confianza a Munro y a Heyward, quienes, tranquilizados con estas deducciones tan sencillas como naturales, detuviéronse para descansar un poco y recuperar las fuerzas.

Los cinco viajeros comieron frugalmente, y, después, el cazador dirigió una mirada hacia el sol que empezaba a ocultarse, y púsose en marcha, pero con tanta rapidez, que apenas podían seguirlo el coronel y el mayor.

Costeaban a la sazón el arroyo de que ya hemos hablado, y como los hurones habían juzgado innecesario seguir adoptando precauciones para hacer perder su pista, sus perseguidores no sufrían ya ningún retardo con dilaciones causadas por la incertidumbre. Sin embargo, no había transcurrido aún una hora, cuando empezó Ojo-de-halcón a andar más despacio, y en vez de caminar con decisión y sin detenerse, se lo veía volver de cuando en cuando la cabeza a derecha e izquierda como si temiese la proximidad de algún peligro, hasta que se detuvo para esperar que sus compañeros se le reuniesen.

—Me parece que están cerca los hurones —dijo hablando con los mohicanos—. Veo el cielo que se cubre allá bajo por entre las cimas de esos árboles. Con seguridad hay allí un gran claro en medio del bosque, donde esos canallas habrán puesto sus tiendas. Sagamore, vaya por las montañas de la derecha; Uncas subirá sobre las que rodean el arroyo, y yo continuaré siguiendo el rastro. El que descubra alguna cosa avisará a los demás con tres graznidos de cuervo; he visto algunos pájaros de éstos volando sobre esa encina, lo que es también indicio de que hay cerca algún campamento indio.

Fuéronse los mohicanos cada cual por su lado sin replicar una sola palabra, y el cazador prosiguió la marcha en compañía de los dos oficiales. Heyward aceleró el paso para colocarse al lado de su guía, ansioso de ver cuanto antes a los enemigos que había perseguido con tanta inquietud y fatiga; pero al poco tiempo su compañero le aconsejo que se retirara hacia las barreras del bosque, que estaba rodeado de una línea de espesos zarzales, y que lo aguardase allí. Obedeciole Heyward,

y, transcurridos algunos minutos, llegó a una pequeña altura, desde donde dominaba una escena que lo sorprendió por lo nueva y extraordinaria.

Los árboles de una vasta extensión de terreno habían sido derribados, y la claridad de una hermosa noche de verano iluminaba esta especie de plazuela, contrastando notablemente con la lobreguez que suele reinar en un bosque. A corta distancia del sitio en que a la sazón estaba Heyward, formaba el arroyo un pequeño lago en un valle cerrado entre dos montes; el agua salía del estanque deslizándose por una cascada suave y uniforme, que más bien parecía artificial que obra de la Naturaleza. Centenares de pequeñas viviendas de tierra levantábanse a las orillas del lago y hasta dentro del agua, que parecía haberlas inundado.

Hacía ya algunos minutos que presenciaba absorto aquel espectáculo, cuando pareciole ver muchos hombres que se le aproximaban andando a cuatro pies y arrastrando consigo alguna cosa pesada, que bien podía ser un instrumento de guerra para él desconocido. Al mismo tiempo aparecieron a las puertas de algunas viviendas varias cabezas negras, no tardando en verse todo el lago cubierto de una multitud de individuos, que iban y venían en todas direcciones, siempre arrastrando, pero con gran ligereza y ocultándose a su vista tan pronto entre los árboles como entre las viviendas, por lo que le fue imposible reconocer su ocupación y sus propósitos.

Alarmado por estos movimientos incomprensibles para él, estaba ya a punto de hacer lo posible por imitar el graznido del cuervo, cuando un repentino ruido que oyó en la maleza hízole volver la cabeza a otro lado.

Estremeciose, retrocediendo involuntariamente; pero, ante la aparición de un indio, en lugar de dar una señal de alarma que quizá le habría sido funesta, permaneció inmóvil detrás de un zarzal, y se puso a observar atentamente los movimientos del recién llegado.

Poco tiempo necesitó para convencerse de que no había sido visto. El indio parecía estar tan ocupado como él en contemplar las pequeñas viviendas de techo redondo del pueblo, y los movimientos incesantes y rápidos de sus moradores. Era imposible descubrir sus facciones bajo la grotesca máscara de colores con que su rostro estaba pintarrajeado; pero, a pesar de eso, advertíase en su fisonomía cierto aire de melancolía más que de ferocidad. Tenía los cabellos raídos según su costumbre, excepto en la coronilla, donde ostentaba tres o cuatro plumas de halcón atadas a la corta porción de pelo que conservaba en aquella parte. Un pedazo de percal muy usado le cubría bastante mal la mitad del cuerpo, en cuya parte inferior no llevaba otro vestido que una camisa ordinaria, por cuyas mangas habían pasado sus muslos y piernas; los espinos le

habían desgarrado las pantorrillas desnudas, pero sus pies calzaban un buen par de mocasines de piel de oso. El aspecto de este individuo era extremadamente miserable.

Todavía estaba contemplándolo Heyward, cuando el cazador se puso a su lado en silencio y con precaución.

—Ya ve usted —dijo el mayor en voz muy baja— que hemos llegado a su establecimiento o campamento. Mire ese salvaje cuya posición nos dificultaría la marcha.

Ojo-de-halcón se estremeció y levantó su carabina sin producir el menor ruido, mientras sus ojos siguieron la dirección del dedo con que señalaba Heyward; alargó entonces el pescuezo para reconocer mejor al individuo sospechoso, y después de contemplarlo durante un momento, volvió a bajar el arma homicida.

—No es hurón, ni pertenece a ninguno de los pueblos del Canadá; pero, sin embargo, ya ve usted que ha robado a un blanco. Sí, Montcalm ha reclutado gente en todos los bosques para su expedición, y ha recogido todas las razas de pillos que ha encontrado; pero éste no tiene ni cuchillo ni hacha. ¿Ha observado usted dónde ha dejado su arco o fusil?

—Yo no le he visto ningún arma —respondió el mayor—, pero su rostro no tiene nada de sanguinario. El solo peligro que hemos de temer es que alarme a sus compañeros, que, como puede usted observar, se arrastran por la orilla del lago.

El cazador volviose entonces para imitar a Heyward, permaneciendo un momento con los ojos fijos en él y la boca abierta con un aire de sorpresa indescriptible. Al fin, soltó la risa, pero en silencio, expresión que le era peculiar, y que la costumbre del peligro le había enseñado.

—¡Esos compañeros que se arrastran a la orilla del lago! —repitió—. Ésa es la ciencia que se aprende en la escuela y en los libros, y cuando no se ha salido nunca de los establecimientos de los blancos... El bribón tiene las piernas largas y no debemos fiarnos de él. No deje de observarlo, con el fusil preparado, mientras doy un rodeo para agarrarlo por detrás sin tocarle el pellejo; pero no dispare usted de ningún modo.

—Si lo viese a usted en peligro —dijo Heyward—, no podré contenerme.

Ojo-de-halcón le interrumpió sonriéndose silenciosamente de nuevo, mientras le miraba como si no supiese qué responder, y al fin dijo:

—Si llega ese caso, fuego de fila.

Un instante después, ya se había ocultado entre la maleza. Heyward esperaba impaciente verlo aparecer, hasta que al fin lo divisó detrás del indio a quien deseaba hacer prisionero, arrastrándose como una serpiente. Cuando Ojo-de-halcón estuvo cerca de aquel extraño sujeto, se levantó muy despacio, y sin hacer el menor ruido, al mismo tiempo que de las aguas del lago salió un rumor repentino. Era que los individuos, cuyos movimientos habían inquietado a Heyward, se precipitaban dentro de él.

Alzó el mayor su fusil y volvió los ojos hacia el indio en cuya observación estaba, y el cual, en vez de asustarse, alargaba el pescuezo hacia el lago, mirando con curiosidad estúpida, mientras la amenazadora mano del cazador se levantaba sobre él. Ojo-de-halcón se contuvo, sin embargo, abandonándose a uno de sus accesos de risa silenciosa. Luego, en vez de apoderarse de su víctima, le dio un ligero golpe sobre la espalda, diciéndole:

—¡Cómo! Amigo, ¿quiere usted enseñar a cantar a los castores?

—¿Y por qué no? —respondió David—. Dios, que los ha dotado de inteligencia y de facultades tan prodigiosas, acaso se dignaría concederles también voz para entonar sus alabanzas.

CAPÍTULO V

Bot. *¿Estamos reunidos?*
Qui. *Seguramente, y aquí hay un sitio a propósito para ensayar.*

(*El sueño de una noche de verano,* Shakespeare.)

La sorpresa de Heyward fue indescriptible al ver transformado su campamento en una manada de castores; el lago que él había divisado de lejos no era otra cosa que la balsa formada por el constante acarreo de agua de aquellos ingeniosos cuadrúpedos; la cascada, una esclusa construida por el maravilloso instinto de los mismos animales, y el salvaje cuya aproximación le había llenado de zozobra, su antiguo compañero David Legamme.

La imprevista aparición del maestro de canto hizo concebir al mayor tan grandes esperanzas de ver pronto a las dos hermanas, que acto seguido abandonó su emboscada para correr a reunirse con los dos principales actores de esta escena.

Todavía no había cesado de reírse Ojo-de-halcón cuando llegó Heyward, quien hizo dar media vuelta a David sin cumplimiento ni ceremonia para contemplarlo a su sabor, y juró que la indumentaria que le habían puesto hacía honor al buen gusto de los hurones. Por último, el cazador le asió la mano y se la apretó de tal modo, que hizo saltar las lágrimas al honrado David, a quien felicitó por su metamorfosis.

—Por lo visto —agregó luego—, se disponía usted a enseñar alguna canción a los castores, ¿no es verdad? Los astutos animales saben algo de ese oficio, porque llevan el compás con la cola como acaba de ver. Por cierto que era tiempo de que se metiesen en el agua, porque ya tenía yo tentaciones de darle el tono con mi matagamos. He conocido muchas gentes, que sabían leer y escribir, que carecían de la inteligencia del castor; pero, en cuanto al canto, el pobre animal es mudo. ¿Qué le parece ahora este tono?

Entonces imitó tres veces el graznido del cuervo tan perfectamente, que David cubriose con ambas manos los delicados oídos, y hasta el mismo Heyward, aunque estaba advertido de que era ésta la señal convenida, miró en torno suyo, esperando descubrir algunos de estos pájaros.

—Miren —prosiguió el cazador señalando a los dos mohicanos que, habiendo oído la señal, llegaban ya de diferentes puntos—, ésta es una música que tiene la virtud especial de traer a mi lado dos buenos fusiles, sin contar los cuchillos y las hachas. Vamos a otra cosa: ya vemos que no le ha sucedido ninguna desgracia; pero dígame, ¿dónde están las señoritas?

—Las tienen cautivas los paganos —respondió David—; pero, aunque su espíritu está agitado, sus personas gozan de toda salud.

—¿Las dos? —preguntó Heyward anhelante.

—Las dos —repitió David—. Nuestro viaje ha sido muy penoso y el alimento bastante escaso; pero no han violentado más que nuestra voluntad, llevándonos cautivos a un país lejano.

—Que el cielo le premie el consuelo que sus palabras me proporcionan —exclamó Munro muy agitado—. ¿Mis queridas hijas me serán devueltas tan puras, tan inocentes como me fueron arrebatadas?

—Dudo que haya llegado el momento de ser puestas en libertad —replicó David gravemente—. El jefe de estos salvajes está poseído de un espíritu maligno, que sólo la omnipotencia del cielo puede refrenar. Todo lo he probado con él; pero ni la armonía de la música ni la fuerza de las palabras le impresionan lo más mínimo.

—¿Y dónde está ese pillo?—preguntó precipitadamente el cazador.

—Ha ido a cazar el alce con sus guerreros, y mañana, según he averiguado, nos internaremos más en los bosques para acercarnos a las fronteras del Canadá. La mayor de las señoritas está en una horda vecina, cuyas viviendas se encuentran al otro lado de esa gran montaña negra que allá abajo se ve. La otra está con las mujeres de los hurones, cuyo campo dista dos millas de aquí, sobre ese terreno donde el fuego desempeña las funciones del hacha para hacer desaparecer los árboles.

—¡Alicia! ¡Mi pobre Alicia! —exclamó Heyward—. No le queda ni el consuelo de estar al lado de su hermana.

—Es verdad; pero ha gozado de todos los que puede proporcionar al espíritu afligido la melodía del canto.

—¡Cómo! —exclamó Ojo-de-halcón—. ¿Le proporciona placer la música?

—Sí, una música de un carácter grave y solemne; pero debo confesar que, a pesar de todos mis esfuerzos para distraerla, llora con más frecuencia que sonríe. Cuando la veo derramar lágrimas, suspendo la melodía de los cantos; pero hay otras ocasiones en que tengo más fortuna y experimento gran consuelo viendo a los salvajes que se agrupan en derredor mío para oírme entonar mis tristes cantares.

—¿Y cómo es que le permiten andar solo y no lo vigilan? —preguntó Heyward.

—No debe ser esa circunstancia motivo de engreimiento para un gusanillo como yo —respondió Lagamme con afectada modestia—; pero, aunque el poder de la música no hizo efecto alguno durante la trágica escena que atravesamos, parece que ha recobrado su influencia en las almas de los paganos, y se me permite ir y venir a mi antojo.

Ojo-de-halcón soltó la risa y tocose la frente con el dedo con un gesto expresivo; y, mirando al mayor, para hacer más inteligible su pensamiento, agregó:

—Los indios no han maltratado nunca a quien le falta esto; pero dígame, amigo, ¿por qué, teniendo el camino libre, no lo ha aprovechado para volver? ¿Por qué no se ha apresurado a llevar noticias al fuerte Eduardo? Las mismas huellas de su pie podían haberle guiado.

El cazador, sin tener en cuenta la diferencia de su vigor y la costumbre que tenía él de reconocer el rastro comparativamente con David, le proponía una empresa que éste no hubiera podido realizar; pero el cantor, con su habitual candidez, le contestó:

—Aunque experimentara una gran satisfacción volviendo a verme entre los cristianos, mis pies hubieran seguido a las pobres señoritas confiadas a mi cuidado hasta el otro extremo del polo antes que retroceder un paso.

Aunque el lenguaje de David no estaba al alcance de la inteligencia de todos sus oyentes, su tono firme, la expresión de sus ojos, y su aire de franqueza y sinceridad, eran suficientemente expresivos para que nadie pudiera equivocarse. Uncas se adelantó y dirigiole en silencio

una mirada de aprobación, al mismo tiempo que Chingachgook revelaba su satisfacción con exclamaciones indias.

—El Señor no ha querido jamás —dijo el cazador moviendo la cabeza— que el hombre cuide más de su voz que de cultivar las nobles facultades de que le ha dotado; pero este infeliz ha debido sufrir en su infancia la desgracia de estar en poder de alguna mujer tonta. ¡Cuánto habría ganado educándose al aire libre y en medio de las bellezas del bosque! De todos modos, tiene buenos sentimientos. Tome, amigo, este juguete que he encontrado y que le pertenece; había pensado servirme de él para encender el fuego, pero, como lo aprecia usted tanto, se lo devuelvo y buen provecho le haga.

Lagamme recibió su instrumento con tales manifestaciones de júbilo como le permitía su grave profesión. Enseguida ejecutó un preludio, acompañándose con su propia voz, para convencerse de que no había perdido nada de sus facultades, y tan pronto como se convenció de ello, tomó gravemente su librito y se puso a hojearlo para buscar algún canto.

Pero Heyward le impidió llevar a cabo su propósito, no cesando de dirigirle preguntas acerca de las cautivas. El respetable padre lo interrogaba también por su parte con un interés extremadamente justificado para que David pudiera excusarse de responderle, aunque de vez en cuando contemplaba su instrumento de un modo tal que revelaba el deseo que tenía de servirse de él. Hasta el cazador hacía también algunas preguntas cuando la ocasión parecía demandarlo.

En esta forma, y con algunos intervalos que David aprovechaba para ejecutar un preludio amenazador de su largo canto, consiguieron averiguar los detalles que les interesaban y cuyo conocimiento podía serles útil para el feliz éxito de la gran empresa de libertar a Cora y Alicia.

El magua había permanecido en la montaña adonde había llevado a sus dos prisioneras, hasta que el tumulto y la carnicería de la llanura se calmaron, emprendiendo después el camino del Canadá, al oeste del Horican. Como era perfecto conocedor del terreno, y no tenía que temer ninguna persecución inmediata, marchaba relativamente despacio, sin dejar por ello de tomar las precauciones necesarias para ocultar su rastro a los que fueran tras él.

Según las explicaciones de David, parecía que su presencia le había sido permitida, pero no deseada; porque el mismo magua no estaba en absoluto libre de la superstición con que miran los indios a los seres privados de razón. Durante la noche se adoptaban las mayores precauciones, tanto para poner a las dos prisioneras al abrigo de la temperatura, como para impedir su fuga.

Al llegar al campamento de los hurones, conforme acostumbraban hacer siempre los salvajes, el magua había separado a sus prisioneras, enviando a Cora a una población errante que ocupaba un valle próximo; pero David, poco conocedor de la historia y de las costumbres de los indios, ignoraba el nombre de esa tribu y el carácter de sus habitantes. Lo único que sabía era que no habían tomado parte en la expedición del fuerte Guillermo-Enrique; que eran aliados de Montcalm lo mismo que los hurones, y que tenían amistad con esta nación belicosa y salvaje, en cuyo desagradable vecindario los había instalado la suerte.

Los mohicanos y el cazador escucharon este relato imperfecto e interrumpido con un interés que era mayor a cada instante, y cuando David trataba de describir las costumbres de la horda de indios a que había sido Cora conducida, Ojo-de-halcón le preguntó de pronto:

—¿Ha visto usted bien sus cuchillos? ¿Son de fábrica inglesa o francesa?

—No he reparado en semejantes menudencias —respondió David—. Yo sufría mucho viendo sufrir a las señoritas, y no pensaba sino en consolarlas.

—Tiempo llegará quizás en que no considere el cuchillo salvaje como una menudencia tan despreciable —repuso el cazador adoptando una actitud despreciativa que no trataba de ocultar—. ¿Han celebrado la fiesta de los granos? ¿Puede decirnos algo de su divisa?

—El grano no nos ha faltado nunca, y disponemos de él en abundancia, a Dios gracias, porque el grano cocido con la leche es dulce a la boca y de fácil digestión. En cuanto a su divisa, ignoro lo que es; pero si tiene relación con la música indiana, no debe buscarse entre ellos. Nunca unen sus voces para alabar a Dios, y parecen los más profanos de todos los idólatras.

—Eso es calumniar a los indios, porque los mingos adoran a Dios. Lo digo en descrédito de mi color; pero es un error de los blancos el suponerlos idólatras, y no es menos cierto que no piden favor y asistencia sino al bueno y grande Espíritu.

—Así será; pero he visto figuras muy extrañas entre las que llevan pintadas de varios colores en su cuerpo. Entre esas figuras he visto una que representaba un animal asqueroso e impuro.

—¿Era una serpiente? —preguntó vivamente el cazador.

—Era un animal que se arrastra como ella, una vil tortuga de tierra.

—¡Hug! —exclamaron a un mismo tiempo los dos mohicanos, en tanto que el cazador movía la cabeza como quien acaba de hacer un descubrimiento importante, aunque nada halagüeño.

Chingachgook empezó entonces a hablar en delaware con una calma y dignidad que excitaron la atención hasta de los que no le entendían. Sus gestos eran expresivos y, en ocasiones, enérgicos. En una ocasión levantó el brazo derecho, y dejándolo caer con lentitud, apoyó un dedo sobre su pecho como para dar nueva fuerza a lo que decía. Este movimiento separó un poco la tela de algodón que lo cubría, y Heyward, que no cesaba de mirarlo, vio en su pecho, perfectamente señalado con un hermoso color azul, un diseño del animal que acababa de ser mencionado. Recordó cuanto había oído referir de la violenta separación de las numerosas tribus de los delawares, y esperó la ocasión de poder hacer algunas preguntas con una impaciencia que hacía casi insoportable el vivo interés que tomaba en el discurso del jefe mohicano, desgraciadamente ininteligible para él.

El cazador no le dejó tiempo de preguntar, porque tan pronto como Chingachgook hubo concluido de hablar, tomó la palabra a su vez, y se dirigió en inglés al mayor:

—Hemos descubierto algo que lo mismo puede favorecernos que perjudicarnos, según disponga el cielo. El sagamore procede de la raza más antigua de los delawares y es el gran jefe de sus tortugas. No podemos dudar de que en el poblado a que se refiere el cantor, hay algunos individuos de esta raza, a juzgar por lo que ha dicho, y si hubiese economizado para hacer algunas preguntas prudentes la mitad del talento que ha empleado tan mal para convertir su garganta en una trompeta, hubiéramos podido saber el número de guerreros de esta casta que se encuentran allí. De todos modos, estamos en un camino sumamente peligroso, porque un amigo que nos abandona suele ser peor intencionado que el enemigo que no oculta su deseo de apoderarse de nuestra cabellera.

—Explíquese —dijo Heyward.

—Se trata de una historia tan triste como larga, y de la que no quiero acordarme, porque es indudable que el mal ha sido cometido principalmente por los blancos, y el resultado es que hermanos han luchado unos contra otros, y que los mingos y los delawares se han encontrado juntos en la misma senda.

—Pero ¿cree que pertenecen a esta última nación los indios entre quienes está Cora en este momento? —preguntó Heyward.

Ojo-de-halcón hizo una señal afirmativa, y manifestó que deseaba poner término a una conversación que le era tan desagradable. El impaciente Heyward propuso entonces vivamente para libertar a las dos hermanas medios impracticables, y que únicamente podían ser sugeridos y adoptados por la desesperación. Hasta Munro sacudió su habitual

abatimiento para escuchar los proyectos extravagantes del joven mayor, y parecía aprobar lo que en cualquier otro caso hubieran rehusado su juicio y sus canas. Pero el cazador, después de esperar pacientemente que el joven enamorado se desahogase un poco, lo pudo convencer de la locura que cometerían tomando aquellas medidas precipitadas, en un caso que reclamaba tanta prudencia y sangre fría como valor y resolución.

—Es preferible —agregó— que David vuelva a cantar con los indios; que informe a las señoritas de que estamos cerca, y que venga a buscarnos y ponerse de acuerdo con nosotros para cuando le demos la señal. Usted que es músico distinguirá bien el graznido del cuervo del *whip-poor-will*[4].

—Sin duda alguna, pues éste es un pájaro de voz dulce y melancólica aunque no abraza más que dos notas sin armonía; pero no tiene nada de desagradable.

—Se refiere al *wish-ton-wish* de los indios —dijo Heyward.

—Perfectamente, ya que su voz le agrada, ella le servirá de señal. Cuando oiga el canto del *whip-poor-will* tres veces seguidas, venga al bosque en el sitio que crea haberlo oído.

—Espere —dijo Heyward—; yo lo acompañaré.

—¿Usted? —preguntó Ojo-de-halcón mirándolo sorprendido—. ¿Está ya cansado de ver salir y ponerse el sol?

—David es un testimonio elocuente de que los mismos hurones no son siempre unos desalmados.

—Pero David tiene la garantía en su garganta.

—Yo también puedo fingirme loco, necio, héroe, todo lo que ustedes quieran, con tal que liberte a mi amada de su cautiverio. No me hagan más objeciones, estoy resuelto.

El cazador volvió a contemplarlo con una admiración que le hizo enmudecer; pero Heyward, que, por respeto a la experiencia de su compañero y por consideración a los servicios que le había prestado, había seguido hasta entonces casi ciegamente todos sus consejos, adoptó el tono de superioridad propio de quien está acostumbrado a mandar, hizo una señal con la mano para indicar que no permitía que se le hiciese ninguna observación, y dijo seguidamente con mayor tranquilidad:

—Usted conoce los medios de disfrazarme; póngalos en práctica enseguida, y cambie todo mi exterior. Pínteme si lo cree a propósito, y haga de mí cuanto quiera: un loco fingido si lo considera oportuno, pues, de lo contrario, lo seré verdadero.

---

[4] *Whip-poor-will:* ave americana, especie de esmerejón.

El cazador meneó la cabeza, visiblemente disgustado, y repuso:

—A mí no me corresponde decir que el que ha sido formado tan sabiamente por la Providencia, necesita desfigurarse de ningún modo. Además, ustedes, cuando envían los destacamentos a campaña, les dan contraseñas, designándoles los puntos de reunión, a fin de que los que defienden una misma causa puedan reconocerse y sepan dónde reunirse con sus amigos; así...

—Escuche —le dijo Heyward interrumpiéndolo—. Acaba de saber por ese hombre honrado, que tan fielmente ha seguido a las dos prisioneras, que los indios, en cuyo poder se encuentran, pertenecen a dos tribus diferentes, o quizá a diversas naciones. La joven a quien usted llama la de los cabellos negros está en la población que cree pertenece a una rama de los delaware; la otra, que es la más joven, está sin duda alguna entre nuestros enemigos declarados, los hurones. Libertarla es lo más peligroso y difícil de nuestra empresa, y yo deseo intentar esa aventura como mi juventud y mi clase lo exigen. Por lo tanto, mientras usted y sus amigos negocian la libertad de la una, yo libertaré a la otra o dejaré de existir.

El ardor bélico del joven mayor brillaba en sus ojos imprimiendo a toda su persona un aspecto de superioridad irresistible. Ojo-de-halcón, aunque conocía perfectamente la perspicacia y astucia de los indios para no prever todo el peligro de semejante tentativa, no puso objeciones al proyecto del mayor, y prestose francamente a facilitarle los medios de ponerlo en ejecución.

—Vamos —dijo sonriéndose—, cuando un gamo quiere arrojarse al agua, es necesario ponérsele delante para impedirlo, y no perseguirlo por detrás. Chingachgook lleva en su morral tantos colores como la mujer de un oficial de artillería a quien he conocido, la cual coloca la naturaleza sobre pedazos de papel, hace montañas semejantes a pilas de heno, y coloca el azul del firmamento en las proximidades de una casa. El sagamore sabe también utilizarlos. Siéntese usted en ese tronco, y le respondo con mi vida que no tardará en hacer de usted un loco tan natural como lo pretenda su deseo.

Heyward tomó asiento, y Chingachgook, que había escuchado atentamente toda la conversación, dio principio a su tarea. Como estaba ejercitado desde mucho tiempo en todos los misterios de un arte que conocen más o menos todos los salvajes, puso gran cuidado en dar al mayor el aspecto que deseaba.

Esta clase de gentes no eran un fenómeno entre los indios, y como Heyward se había ya disfrazado con el mismo traje que se puso al sa-

lir del fuerte Eduardo, podía lisonjearse de que con el conocimiento perfecto que poseía del idioma francés, podría pasar por un juglar de Ticonderoga que paseaba por las poblaciones aliadas.

Terminado su trabajo, el cazador dio a Heyward muchos consejos e instrucciones sobre el modo de conducirse entre los hurones.

La separación de Munro y el mayor fue muy triste, aunque el coronel sometiose al parecer con cierta indiferencia, que no hubiera revelado jamás en otras circunstancias en que su abatimiento no hubiera sobrepujado a su carácter cordial y cariñoso.

El cazador, llamando entonces aparte al mayor, informole de su propósito de dejar al veterano en algún lugar seguro bajo la custodia de Chingachgook, mientras Uncas y él se procuraban algunas noticias respecto a la tribu de indios que con sobrado fundamento sospechaban fuesen delawares. Aconsejole nuevamente que tuviera mucha prudencia y terminó diciéndole con un tono solemne mezclado de sensibilidad, de que Heyward se penetró profundamente:

—Y ahora, mayor, Dios lo inspire y lo proteja. Ha manifestado usted un ardor que me agrada y es propio de la juventud, especialmente cuando le hierve la sangre y tiene el corazón valiente; pero no olvide los consejos de un hombre experimentado que le dice la pura verdad. Necesitará usted toda su presencia de ánimo y un ingenio más sutil que el que pueden sugerir los libros, para desbaratar las astucias de un mingo y dominar su resolución. Que Dios vele sobre usted; pero, si, al fin, hacen un trofeo de su cabellera, cuente con la promesa de un hombre, a quien ayudan dos guerreros valientes. Los hurones pagarán su triunfo con un número de muertos igual al de los cabellos que tenga usted en ella.

Heyward estrechó afectuosamente la mano de su digno compañero, que vacilaba en aceptar este honor; le recomendó nuevamente que cuidase a su anciano amigo; le manifestó por su parte los mismos deseos de éxito que él le había expresado, y, haciendo seña a David para que se le reuniese, púsose en marcha sin más demora.

El camino que David hizo tomar a Heyward pasaba cerca del estanque de los castores. Cuando el mayor se encontró solo con una persona tan poco útil, comprendió todas las dificultades de su empresa; pero no desesperó por ello del éxito.

Estaba oscureciendo y la escasa luz del crepúsculo daba todavía un carácter más sombrío al desierto, que se extendía a lo lejos por todas partes, acrecentando el terror, el silencio y la tranquilidad que reinaban en aquellas casitas de techos redondos, a pesar de estar habitadas. Al contemplar estos admirables edificios, y la sagacidad con que se ha-

bían construido, impresionose profundamente el mayor al ver que hasta los animales de aquellas vastas soledades poseían un instinto extraordinario, y no pudo pensar sin inquietud en la lucha desigual que iba a sostenerse y en la que se había empeñado tan temerariamente. Pero la imagen de Alicia, su abandono, su aislamiento, el peligro a que se veía expuesta, todo se presentó a su espíritu, de modo que sus peligros personales los consideró insignificantes, comparados con los de su amada; y animando a David con sus palabras y con su ejemplo, se sintió inflamado con nuevo ardor y marchó adelante con el paso rápido y seguro de la juventud y del valor.

Después de describir casi un semicírculo en torno del estanque de los castores, se apartaron de él subiendo a una pequeña altura, sobre la cual caminaron un rato. Al cabo de media hora llegaron a un sitio despejado de árboles, por el que serpenteaba un arroyo, sitio que parecía haber sido habitado por castores; pero estos animales inteligentes lo habían abandonado, sin duda, para establecerse en la situación preferible que ocupaban a poca distancia. Una sensación muy natural hizo detenerse a Heyward un momento, antes de dejar la espesura del bosque, como quien hace acopio de todas sus fuerzas para dar principio a una empresa tan azarosa. Aprovechó además este corto descanso para adquirir los informes que podía proporcionarle una rápida mirada a la escena.

Al otro extremo del claro del bosque, cerca de un sitio en donde era más impetuosa la corriente del riachuelo que poco más allá formaba una cascada sobre un terreno menos elevado, veíanse como unas sesenta chozas, toscamente construidas con troncos de árboles, maleza y tierra, colocadas sin orden, y cuya vista revelaba que no se había cuidado de hermosearlas, ni se había pensado siquiera en su aseo exterior. Eran tan inferiores, en todos los aspectos, las habitaciones de los castores que Heyward acababa de ver, que este espectáculo lo sorprendió de una manera extraordinaria.

Pero su admiración subió de punto al ver, a la luz del crepúsculo, de veinte a treinta figuras que se elevaban alternativamente, del medio de las altas hierbas que crecían delante de las chozas de los salvajes, y volvían a desaparecer a su vista como si se ocultasen en las entrañas de la tierra.

David, al ver que su compañero se había detenido, siguió la dirección de sus miradas, y díjole para sacarle de su éxtasis:

—Hay aquí mucho terreno fértil que se pierde sin cultivo, y puedo asegurar sin el menor asomo de amor propio que desde mi corta permanencia entre estos paganos, he derramado bastante buen grano, aunque no he tenido el consuelo de verlo fructificar.

—Estos pueblos salvajes se ocupan más en la caza que en las faenas agrícolas —respondió Heyward con los ojos siempre fijos en los extraños seres que le tenían sorprendido.

—Se dedican más al placer que al trabajo —respondió David—, y esos niños abusan cruelmente de sus dones. Jamás he visto otros de su edad a quien la Naturaleza haya concedido más espléndidamente todos los elementos necesarios para la buena armonía; pero, entre ellos, no hay ninguno que aproveche este talento. Tres tardes consecutivas he venido a este sitio, los he reunido en torno mío y les he invitado a ensayar algún cántico que les recitaba; pero sólo me han respondido con gritos agudos e inarmónicos, con los que me traspasaban el alma y me destrozaban los oídos.

—¿De quién me habla? —preguntó Heyward.

—De estos hijos del enemigo, que están perdiendo en juegos pueriles un tiempo que podrían emplear mucho más útilmente si me hicieran caso. Pero la disciplina es cosa desconocida en este pueblo abandonado a sí mismo. En un país en que tanto abundan los álamos, no se conoce el uso de las férulas o palmetas, y no me sorprende que abusen de los dones de la Providencia para producir sonidos discordes como éstos.

Dichas estas palabras, púsose David las manos en los oídos para no oír los gritos de los niños que resonaban a la sazón en todo el bosque, y Heyward, riéndose de las extravagancias que se le habían ocurrido, le dijo con firmeza:

—Sigamos.

El maestro de canto obedeció sin quitarse las manos de los oídos, y encamináronse directamente hacia el campo que David denominaba las tiendas de los filisteos.

CAPÍTULO VI

Pero, aunque los animales monteses obtengan un privilegio de caza, aunque concedamos al ciervo un espacio que las leyes determinan antes de armar el arco o lanzar en su persecución las cuadrillas de perros, ¿quién osará censurar el modo con que matamos o dirigimos a la trampa a la pérfida zorra?

(La dama del lago.)

Los indios no acostumbran poner centinelas para vigilar sus campamentos y poblados, y realmente no los necesitan, pues sus sentidos

les advierten la aproximación del peligro, cuando éste todavía está distante, valiéndose del perfecto conocimiento que tienen de los indicios que observan en el bosque. El enemigo que por un cúmulo de circunstancias ha podido burlar la vigilancia de los ojeadores, que se colocan a cierta distancia, no encuentra casi nunca, cerca de sus viviendas, ninguna otra avanzada que pueda dar la alarma al campamento. Además de este uso generalmente adoptado, los salvajes aliados de los franceses conocían muy bien la importancia del golpe que acababan de dar, y no temían ningún peligro inmediato de las naciones enemigas que se habían declarado partidarias de los ingleses.

Por esta causa Heyward y David encontráronse de pronto en medio de los niños, entretenidos en sus juegos como acabamos de decir, sin que nadie hubiera dado el menor aviso de su llegada; pero, tan pronto como los descubrieron, toda la banda de muchachos empezó a gritar desaforadamente, y desapareció de su vista como por encanto, confundiéndose el color de sus cuerpos desnudos, en aquella hora avanzada del día, con el de las altas hierbas secas que los ocultaban. Sin embargo, cuando la sorpresa permitió a Heyward contemplarlos, divisó entre la maleza sus ojos negros y brillantes fijos en los suyos.

La curiosidad de los niños fue para el mayor un síntoma poco tranquilizador, y durante un momento sintió impulsos de retirarse, pero ya era tarde para titubear. Los clamores ruidosos de los niños habían atraído una docena de guerreros a la puerta de la choza más próxima, donde estaban reunidos en un grupo, esperando con gravedad que los que tan de improviso se les acercaban, llegasen hasta ellos.

David, que estaba algo familiarizado con semejantes escenas, marchaba delante en línea recta con tal seguridad, que hubiera necesitado un obstáculo poco ordinario para detenerse, y entró tranquilamente en la choza sin vacilación alguna. Aquel edificio era el principal y más espacioso del poblado, aunque no por ello estaba mejor construido ni con otros materiales que los demás; allí se celebraban los consejos y las asambleas públicas de la horda durante su residencia en las fronteras de la provincia inglesa.

A Heyward fuele difícil afectar la indiferencia que le era necesaria al pasar entre los robustos y agigantados salvajes reunidos delante de la puerta; pero, pensando que su salvación dependía de su presencia de ánimo, imitó a su compañero, a quien seguía de cerca, y se esforzó en coordinar sus ideas, al mismo tiempo que se iba aproximando. Cuando se vio en contacto tan inmediato con sus feroces e implacables enemigos, se conmovió profundamente; pero logró dominarse, y sin revelar la

menor debilidad, marchó hasta el interior de la cabaña, donde, a ejemplo de David, tomó asiento sobre uno de los haces de plantas odoríficas que había en un rincón, y permaneció silencioso.

Tan pronto como Heyward estuvo dentro, los salvajes, que habían salido, volvieron a entrar enseguida y formaron corro en torno de él, esperando con paciencia que la bondad del extranjero les permitiese hablar; otros estaban apoyados indolentemente sobre los troncos de los árboles que servían de pilares para sostener el casi vacilante edificio. Tres o cuatro de los más ancianos y famosos de sus guerreros se habían sentado, según su costumbre, un poco más adelante que los otros.

Una tea que ardía en la habitación reflejaba sucesivamente su rojiza luz sobre todos los rostros de los indios, según las corrientes del aire dirigían la llama a un lado u otro, de lo cual se aprovechó Heyward para examinarlos y deducir qué clase de acogida debía esperar; pero no estaba en situación de luchar contra la fría astucia de los salvajes entre quienes se encontraba.

Colocados los jefes enfrente de él, apenas dirigían una mirada hacia aquella parte, permaneciendo con la vista baja, en una posición que podía parecer respetuosa, pero que era fácil atribuirla a la desconfianza. Los indios que se mantenían en la oscuridad eran menos reservados; Heyward los sorprendió en más de una ocasión dirigiéndole furtivamente una mirada curiosa y penetrante. El mayor no tenía un solo rasgo, no hacía ningún gesto, ni movía un solo músculo que no fuera observado por sus enemigos, que sacaban de todo alguna consecuencia.

Al fin, un indio, cuyos cabellos empezaban a encanecer, aunque sus miembros nervudos, cuerpo derecho y paso firme revelaban que conservaba todavía todo el vigor de la edad viril, adelantose desde uno de los rincones de la choza, donde con seguridad había permanecido para hacer mejor sus observaciones sin ser visto, y dirigiéndose a Heyward le habló en la lengua de los wyandots o hurones. Su discurso era ininteligible para el mayor, aunque por los gestos con que lo acompañó creyó reconocer un tono más cortés que colérico, y haciendo algunas señas para darle a entender que no conocía su lengua, le interrogó en francés, mirando a todos los que lo rodeaban y esperando que alguno de ellos le respondiese.

—¿Ninguno de mis hermanos habla francés o inglés?

Casi todos los salvajes se volvieron hacia él como para escucharle más atentamente; pero ninguno contestó.

—Sentiría —dijo Heyward también en francés y hablando con lentitud esperando que le entenderían— que en esta valiente y prudente

nación no hubiese nadie que entienda la lengua de que el gran monarca se sirve cuando se dirige a sus hijos. Él tendría un gran sentimiento si pensara que sus guerreros rojos lo miraban con tanta indiferencia.

Siguió una larga pausa. Todos los rostros reflejaban una gravedad imperturbable, y ni un gesto ni una mirada denunciaban la impresión que esta observación podía haber causado; pero Heyward, que sabía que el don de callar era una virtud entre los salvajes, resolvió imitarlos aprovechando este intervalo para poner orden en sus ideas.

Al fin el mismo guerrero que le había dirigido antes la palabra, interrogole secamente, en el francés corrompido que se habla en el Canadá:

—Cuando nuestro padre el gran monarca se dirige a su pueblo, ¿lo hace en la lengua del hurón?

—Él se dirige a todos en el mismo lenguaje —respondió Heyward—; no hace ninguna distinción entre sus hijos, sea cualquiera el color de su piel, rojo, blanco o negro; pero ama en particular a sus valientes hurones.

—¿Y de qué modo hablará —prosiguió el jefe— cuando le presenten las cabelleras que hace cinco noches crecían aún sobre las cabezas de los ingleses?

—Los ingleses eran sus enemigos —repuso Heyward estremecido—. Bueno, dirá: mis hurones han sido valientes como lo fueron siempre.

—Nuestro padre del Canadá no opina de ese modo. Lejos de mirar adelante para recompensar a sus indios, vuelve los ojos hacia atrás. Ve a los ingleses muertos, y no ve a los hurones; ¿qué significa esto?

—Un gran jefe, como él, piensa más que habla. Mira hacia atrás para ver si sigue sus huellas algún enemigo.

—La canoa de un enemigo muerto no puede flotar sobre el Horican —respondió el hurón sombríamente—. Sus oídos están abiertos para los delawares, que no son nuestros amigos, y que pocas veces dicen la verdad.

—Eso es imposible. Él me ha ordenado a mí, que poseo el arte de curar, que venga a ver a sus hijos los hurones rojos de los grandes lagos, y les pregunte si hay entre ellos algún enfermo.

Una nueva pausa, tan prolongada y profunda como la primera, siguió a la declaración que Heyward acababa de hacer del concepto en que se presentaba, o, mejor dicho, del papel que se proponía desempeñar, pero, al mismo tiempo, y como para juzgar de la certeza o falsedad de esta manifestación, todos los ojos se fijaron en él atentamente, de tal modo, que le produjo gran inquietud sobre el resultado de este examen hasta que el mismo hurón tomó la palabra de nuevo:

—Los hombres sabios del Canadá ¿se disfrazan pintándose la piel? —le preguntó con frialdad—. Les hemos oído jactarse de tener los rostros pálidos.

—Cuando un jefe indio va a visitar a sus padres los blancos, abandona su piel de búfalo y se pone la camisa que se le ofrece. Mis hermanos indios me han dado esta pintura, y yo la he usado para probarles la amistad que les profeso.

Un murmullo de aprobación reveló que este cumplimiento había sido acogido favorablemente por los oyentes. El jefe hizo una señal de satisfacción extendiendo la mano, imitáronle la mayor parte de sus compañeros, y una exclamación general sirvió de aplauso al orador. Heyward respiró entonces más libremente, considerándose ya libre del peso de este enojoso examen, y como llevaba preparada una historia sencilla y plausible en apoyo de su impostura, se entregó a la esperanza de dar feliz cima a su empresa.

Púsose en pie otro guerrero y después de una pequeña pausa, como si hubiese reflexionado para responder dignamente a lo que el extranjero acababa de manifestar, anunció con una seña que iba a hacer uso de la palabra; pero, apenas había abierto los labios, cuando salió del bosque un ruido sordo y horroroso, que casi al mismo tiempo fue correspondido por un grito agudo y penetrante semejante al aullido de un lobo.

A esta inopinada interrupción, que despertó visiblemente la atención de los indios, púsose en pie, aterrado; pero, al mismo tiempo, todos los guerreros se precipitaron fuera de la cabaña, atronando el espacio con gritos que sofocaban los que el mayor oía todavía resonar de vez en cuando en los bosques.

Deseando averiguar la causa de aquel alboroto, salió también de la choza, y encontrose de repente en medio de una confusa baraúnda, compuesta al parecer de todos los habitantes del poblado. Hombres, mujeres, viejos y niños, toda la población se había reunido; unos lanzaban exclamaciones con aire de triunfo, otros palmoteaban con una alegría feroz, y todos expresaban su alegría por algún acontecimiento imprevisto. Aunque aturdido al pronto por aquel tumulto, no tardó Heyward en descubrir la causa de aquel enigma en la escena que se siguió.

Había aún suficiente claridad en el horizonte para distinguir entre los árboles un sendero que conducía por la extremidad del claro al bosque, de donde fue saliendo una larga fila de guerreros. El que iba delante

de todos llevaba un palo, del que pendían, como se vio después, varias cabelleras.

Los espantosos gritos que se habían oído era lo que los blancos llaman con bastante razón el grito de muerto, y la repetición de este grito revelaba a la población el número de enemigos a quienes habían muerto. No era desconocida para Heyward esta costumbre de los indios, lo cual contribuyó a facilitarle la explicación, y sabiendo entonces que la causa de la interrupción era el regreso inesperado de un grupo de guerreros que habían ido a una expedición, tranquilizose y se felicitó de una circunstancia a la que probablemente debería el que no se fijaran tanto en él.

Los guerreros que llegaban, paráronse a unas cien toesas de las viviendas, y sus gritos, tan pronto plañideros como triunfantes, con que querían expresar los gemidos de los moribundos y la alegría de los vencedores, habían ya cesado por completo. Uno de ellos se adelantó a los demás y llamó a los muertos en voz alta, aunque sus palabras ni los aullidos espantosos que las habían precedido no pudieran ser oídos. Así que anunció la victoria que acababan de obtener, sería difícil dar una idea del entusiasmo salvaje y extremos de regocijo con que la noticia fue recibida.

Todo el campo convirtiose en un momento en teatro del más espantoso tumulto y confusión. Los guerreros sacaron los cuchillos blandiéndolos en el aire; colocados en dos filas, una enfrente de otra, formaban una calle que se extendía desde el sitio en que los vencedores habían hecho alto, hasta la puerta de la tienda de donde Heyward acababa de salir.

Las mujeres apoderáronse de hachas, palos, o la primera arma que pudieron encontrar, y se colocaron igualmente en fila para tomar parte en la cruel diversión que se preparaba. Ni los niños querían privarse de ella, y arrancando de las cinturas de sus padres las hachas, que apenas podían levantar, se mezclaban entre los guerreros tratando de imitarlos.

Hacináronse grandes puñados de maleza, y las viejas se ocuparon en encenderlos para alumbrar los nuevos actos que iban a ejecutarse. La llama eclipsó la poca claridad que quedaba del día e hizo los objetos más visibles y horrorosos. La escena ofrecía entonces a la vista un aspecto muy animado, cuyo primer término era una masa sombría de elevados pinos, entre los que se encontraban los guerreros recién llegados.

Delante de todos, y a pocos pasos de distancia, había dos hombres, destinados a representar el principal papel en la escena cruel que se preparaba. La luz era escasa y Heyward no podía distinguir sus rostros desde el paraje en que se encontraba; pero su continente anunciaba que estaban animados por sentimientos muy diferentes. Uno de ellos tenía el aspecto firme, el cuerpo derecho, y parecía dispuesto a sufrir su suerte como un héroe; pero el otro tenía la cabeza inclinada sobre el pecho, como si lo abatiese la vergüenza o lo inmovilizase el terror.

Heyward tenía demasiada grandeza de alma para no admirar y compadecer al primero; pero, como no hubiera sido prudente manifestarlo, limitábase a observar sus menores movimientos, y, al advertir que sus miembros parecían tan ágiles como robustos y bien proporcionados, procuraba persuadirse de que, si era posible que un hombre firmemente resuelto se sustrajese a un peligro tan grande, el joven prisionero que tenía a la vista podía esperar sobrevivir a la carrera que iban a obligarle a dar entre dos filas de hombres furiosos y armados contra su vida. Poco a poco fue el mayor aproximándose a los hurones, y apenas podía respirar; tal era el interés que le inspiraba el desgraciado prisionero.

Resonó un grito que era la señal para principiar la fatal carrera, grito que fue precedido por un profundo silencio de algunos instantes, y seguido por alaridos infernales como jamás los había oído. Una de las dos víctimas quedó inmóvil, y la otra partió enseguida con la ligereza del gamo. Entró en la calle formada por sus enemigos, pero no siguió caminando por este peligroso desfiladero como ellos esperaban, pues, apenas había entrado, y antes que hubiesen tenido tiempo de descargarle un solo golpe, saltó por encima de la cabeza de dos chiquillos, y se alejó rápidamente de los hurones por un camino no menos peligroso. Las imprecaciones de los burlados atronaron los oídos; las filas se rompieron, y todos empezaron a correr de una parte a otra.

Las teas encendidas despedían entonces una claridad rojiza y siniestra. Los salvajes que se divisaban en la oscuridad semejaban espectros, agitando el aire con rapidez y gesticulando con una especie de frenesí, mientras que la ferocidad de los que pasaban junto a las llamas reflejábase vivamente en sus rostros a la luz de aquéllas.

Fácilmente puede suponerse que, siendo perseguido por tantos enemigos encarnizados, el fugitivo no tenía tiempo de respirar ni un solo momento. Estuvo a punto de internarse en el bosque, pero lo encontró guardado por los que le habían hecho prisionero, y viose precisado a retroceder como un gamo que ve al cazador delante. Saltó una hoguera, y pasando con la celeridad de la flecha por entre un grupo de mujeres y niños, no tardó en llegar al otro lado del bosque, donde había otros hurones que lo guardaban. Entonces se encaminó al lugar más oscuro, y Heyward, no habiéndolo visto durante algunos momentos, creyó que el ágil y valiente joven había sucumbido al fin a los golpes de sus bárbaros enemigos.

Sólo podía distinguir entonces una confusa masa de figuras humanas, corriendo desordenadamente de un lado a otro. Los cuchillos, los palos y las hachas estaban levantados en el aire, y esto revelaba que todavía no había recibido el golpe decisivo. Los gritos penetrantes de las mujeres y los alaridos espantosos de los guerreros aumentaban el efecto de este espectáculo. De vez en cuando distinguía Heyward en la oscuridad unas formas ligeras, saltando ágilmente para vencer algún obstáculo que encontraban a su paso, y veía con satisfacción que el joven cautivo conservaba aún su admirable actividad y sus energías, en apariencia inagotables.

La multitud retrocedió de pronto, dirigiéndose hacia el sitio en que permanecía el mayor. Algunos salvajes pasaron por en medio de un grupo numeroso de mujeres y niños, haciéndolos caer, y entre esta confusión vio aparecer nuevamente al fugitivo. Las fuerzas humanas no podían ya resistir una prueba tan terrible, y el desgraciado parecía darse cuenta de ello. Impulsado por la desesperación, atravesó un grupo de guerreros admirados de su audacia, y brincando como un venado, realizó lo que consideró Heyward un esfuerzo extraordinario para ganar el bosque, y como si hubiera sabido que nada tenía que temer del joven oficial inglés, pasó corriendo tan cerca de él que le tocó los vestidos.

Un salvaje gigantesco lo perseguía blandiendo el hacha, y amenazaba darle el golpe de muerte, cuando Heyward, al ver el peligro inminente del prisionero, extendió el pie como por casualidad, poniéndolo entre las piernas del hurón, que cayó casi sobre los talones del fugitivo.

Éste se aprovechó de la ventaja, y después de dirigir una mirada al mayor, redobló su ligereza desapareciendo como un relámpago. Heyward lo buscó con la vista por todas partes y no descubriéndolo se lisonjeó de que hubiera logrado internarse en el bosque, cuando de pronto lo vio apoyado contra un poste pintado de varios colores, colocado junto a la puerta de la cabaña principal.

Temeroso de que descubrieran que había prestado socorro al fugitivo, y de que esta circunstancia le fuese fatal a él mismo, habíase Heyward apresurado a variar de sitio tan pronto como vio caer al salvaje que amenazaba al prisionero, por quien se interesaba sin conocerlo, mezclándose entre el tropel de gentes que se reunían alrededor de las viviendas, con aspecto de disgusto, semejante al que revela el populacho congregado para presenciar la ejecución de un reo cuando sabe que ha obtenido el perdón.

Un sentimiento inexplicable, más imperioso que la curiosidad, lo incitaba a aproximarse al prisionero; pero hubiera necesitado abrirse paso casi a la fuerza entre la multitud, y lo consideró una imprudencia. Vio, sin embargo, desde alguna distancia, que el cautivo había pasado un brazo alrededor del poste que lo protegía, sumamente fatigado y casi sin poder respirar, pero reprimiendo con orgullo todo gesto que revelase su cansancio. Una costumbre inmemorial y sagrada protegía entonces su persona, hasta que el consejo de la población deliberase sobre su suerte; pero no era difícil prever cuál sería el resultado de esta deliberación, juzgando por los sentimientos que animaban a los salvajes que estaban en torno suyo.

La lengua de los hurones carecía de palabras que significasen todo el desprecio con que aquellas gentes mortificaban al desgraciado, y no había ningún epíteto humillante, ninguna invectiva que las mujeres no le dirigiesen por haberse sustraído a su rabia; y hasta le reconvenían por los esfuerzos realizados para escapar, diciéndole sarcásticamente que sus pies valían más que sus manos, y que debían habérsele dado alas ya que desconocía el uso de la flecha y del cuchillo. El cautivo estaba silencioso, sin manifestar temor ni cólera, sino solamente un desdén lleno de dignidad, que encolerizaba más aún a las mujeres.

Una de las viejas que habían encendido las hogueras abriose paso por entre la multitud, y se situó enfrente del prisionero. Su rostro arrugado, sus facciones ajadas y su asquerosa suciedad, hubieran podido hacerla pasar por una bruja; echose hacia atrás el vestido ligero que la cubría, extendió su descarnado brazo al prisionero, y le dirigió la palabra en delaware para tener seguridad de ser entendida.

—Escúchame, delaware —le dijo riéndose sarcásticamente—, tu nación es una raza de mujeres, y la azada conviene mejor a sus manos que el fusil. Vuestras esposas no paren sino gamos; y si un oso, una serpiente o un gato salvaje naciera entre vosotros, no tendríais espacio suficiente para correr. Las hijas de los hurones os buscaremos marido.

Esta última frase fue acogida por una carcajada general, distinguiéndose la de las jóvenes en medio de las voces roncas o chillonas de las viejas, cuya malignidad parecía haber crecido con los años. Pero el extranjero, que era superior a los sarcasmos, así como a las injurias, conservaba la cabeza erguida, mirando de vez en cuando con desprecio y altivez a los guerreros que permanecían silenciosos detrás de las mujeres.

La vieja, autora de la chanzoneta, enfurecida por la tranquilidad del prisionero, púsose en jarras y, tomando una actitud que revelaba el furor de que estaba poseída, escupió un nuevo torrente de injurias. Pero, a pesar de su larga experiencia en el arte de insultar a los desgraciados cau-

tivos, y de haber adquirido por ello reputación entre su horda, no consiguió mover un solo músculo del rostro del que pretendía atormentar.

El despecho que esta aparente indiferencia le produjo, empezó a comunicarse a los demás espectadores, y un joven, que desde hacía muy poco pertenecía al grupo de los guerreros de su nación, vino a ayudar a la vieja, y trató de intimidar a su víctima con vanas bravatas, blandiendo el hacha sobre su cabeza. El prisionero volvió hacia él el rostro, lo miró despreciativamente, y volvió a la tranquila actitud en que se había mantenido hasta entonces; pero este movimiento le permitió dirigir una rápida mirada a Heyward, el cual reconoció en él al joven mohicano Uncas. Extraordinariamente sorprendido, y temblando ante la situación crítica en que su amigo se encontraba, bajó Heyward los ojos, temiendo que su expresión precipitase la suerte del prisionero, que, sin embargo, permanecía tan tranquilo como si nada tuviese que temer.

Casi al mismo tiempo, un guerrero, dando fuertes empujones a las mujeres y a los niños, se abrió paso entre la muchedumbre, tomó a Uncas por el brazo, y lo hizo entrar en la gran choza, adonde le siguieron los jefes guerreros más distinguidos, y hasta Heyward, lleno de inquietud, encontró medio de mezclarse entre ellos sin atraerse la atención de los circunstantes, que hubiera podido serle peligrosa.

Los hurones emplearon algunos minutos en ocupar el puesto que les correspondía, conforme a su rango y la influencia de que gozaban. El orden que se guardó en esta ocasión era casi el mismo que el observado cuando Heyward se presentó ante ellos. Los viejos y los jefes principales estaban sentados en el centro de la estancia, más iluminada que el resto por la llama de un gran pedazo de tea; los jóvenes y los guerreros de inferior categoría se colocaron detrás formando círculo; y, en el centro, y debajo de una abertura practicada en el techo para dar salida al humo y sobre la cual brillaban dos o tres estrellas, estaba Uncas derecho haciendo alarde de tranquilidad y de altivez. Este aspecto de orgullo y dignidad no se escapó a las miradas penetrantes de los árbitros de su suerte, que lo contemplaban con ferocidad, pero sin tratar de ocultar la admiración que les producía su valor.

No ocurría lo mismo con el otro individuo condenado, como el joven mohicano, a pasar entre las dos filas de salvajes armados y que no se había aprovechado de la escena tumultuosa y la confusión descritas para escaparse. Aunque nadie había pensado vigilarlo, permanecía inmóvil, semejante a la estatua de la vergüenza; ni una sola mano se había posado sobre él para conducirlo a la cabaña del consejo, sino que él mismo había entrado en ella como impulsado por una fuerza irresistible.

Heyward aprovechose de la primera ocasión que se le presentó para mirarlo frente a frente, temeroso de reconocer en él a algún otro amigo; pero la primera ojeada que le dirigió, convenciole de que era un hombre desconocido. Sin embargo, a juzgar por la forma en que tenía pintado el cuerpo, creyó reconocer un guerrero hurón; pero, en vez de ocupar un sitio entre sus compañeros, se sentó solo en un rincón con la cabeza inclinada sobre el pecho y encogido como si pretendiera ocupar el menor lugar posible.

Cuando hubo ocupado cada cual el sitio que le correspondía, se restableció el silencio en la asamblea, y el jefe del cabello cano dirigió la palabra a Uncas, en lengua delaware, diciéndole:

—Delaware, aunque perteneces a un pueblo de mujeres, has probado que eres hombre y con gusto te ofrecería algo que comieses; pero el que come con un hurón hace amistad con él. Descansa hasta el sol de mañana, y entonces oirás las palabras del consejo.

—He ayunado siete noches y otros tantos días largos de verano siguiendo las huellas de los hurones —repuso Uncas—. Los hijos de los lenapes saben seguir el camino de la justicia sin detenerse para comer.

—Dos de mis guerreros persiguen a tu compañero —replicó el anciano jefe sin parar mientes en la bravata de Uncas—; cuando regresen, el voto de los sabios del consejo te dirá: *vive* o *muere.*

—Los hurones deben ser sordos —dijo el joven mohicano—. Desde que soy prisionero vuestro, he oído dos veces la explosión de un fusil bien conocido. Vuestros dos guerreros no volverán nunca.

Un silencio bastante prolongado siguió a esta atrevida declaración que aludía al fusil del cazador. Heyward, intrigado por esta inopinada taciturnidad, alargó el cuello procurando descubrir en el rostro de los salvajes la impresión que las palabras de su joven amigo les había producido; pero el jefe tomó de nuevo la palabra para decir:

—Si los lenapes tienen tanta habilidad, ¿cómo se encuentra aquí uno de sus guerreros más valientes?

—Porque ha seguido los pasos de un cobarde que huía —respondió Uncas—, y ha caído en un lazo. El castor es hábil, y puede ser cazado.

Y, al decir esto, señaló con el dedo al hurón solitario guarecido en un rincón; pero sin dirigirle más que una mirada de desprecio.

Sus palabras, su gesto, sus miradas, impresionaron profundamente a sus oyentes; y todos los ojos se volvieron a la vez hacia el individuo que había designado, después de lo cual produjose un gran murmullo cuyo rumor llegó hasta el tropel de mujeres y niños reunidos en la puer-

ta, que estaban tan estrechamente agrupados, que no había entre ellos el más pequeño espacio libre.

Mientras tanto los jefes más ancianos se comunicaban constantemente sus impresiones por medio de algunas frases breves, pronunciadas con voz sorda, y acompañadas de gestos enérgicos. Hubo otra larga pausa que, como sabían todos los presentes, fue el grave precursor de la sentencia solemne e importante que iba a dictarse. Los hurones que estaban detrás se sostenían de puntillas para satisfacer su curiosidad, y hasta el mismo reo, olvidando un momento su vergüenza, levantó la cabeza para leer en la mirada de los jefes la suerte que le estaba reservada, hasta que al fin el anciano jefe, levantándose y pasando junto a Uncas, se adelantó hacia el hurón solitario, y quedose en pie delante de él en una actitud de dignidad.

La vieja que había injuriado a Uncas precipitose en aquel momento en la choza, tomó en la mano la única tea que estaba ardiendo, y empezó a ejecutar una especie de danza, murmurando algunas palabras que pudieran tomarse por un conjuro, y aunque nadie le había ordenado entrar en la cabaña, nadie pareció tampoco dispuesto a hacerla salir.

Aproximose luego a Uncas, y colocó la tea de que se había apoderado de modo que pudiera ver la menor alteración de su rostro; pero el mohicano soportó dignamente esta nueva prueba, y conservó su actitud altiva y reposada. Sus ojos no variaron de dirección, sin dignarse fijarlos un instante en las facciones asquerosas de aquella furia infernal. Satisfecha de su examen, apartosc del joven con cierta expresión de placer, y fue a representar la misma mojiganga delante de su compatriota que no revelaba la menor firmeza.

Éste se encontraba todavía en la flor de su edad, y las pocas prendas que vestía no ocultaban la belleza de sus formas, que se dibujaban perfectamente a la claridad de la tea. Heyward posó su vista sobre él; pero apartó los ojos con horror al ver que todo su cuerpo estaba agitado por las convulsiones del miedo. Este espectáculo hizo prorrumpir a la vieja en una especie de cántico en voz baja y lamentable; pero el jefe extendió el brazo y la separó con suavidad.

—Caña Flexible —dijo dirigiéndose al joven hurón, que así se llamaba—, aunque el Gran Espíritu te ha dado una figura agradable a la vista, más te hubiese valido no haber venido al mundo. Tu lengua habla mucho en el pueblo, pero enmudece en el combate; ninguno de mis guerreros clava con más profundidad su hacha en el poste de la guerra, pero nadie la descarga con menos fuerza sobre los ingleses; nuestros enemigos conocen tus espaldas, pero jamás vieron el color de tus ojos;

tres veces te han llamado al combate, y otras tantas has rehusado acudir. Ya no eres digno de nuestro pueblo; tu nombre no será pronunciado jamás, y ya está olvidado.

En tanto que el jefe pronunciaba este discurso, haciendo una pausa en cada frase, el hurón levantó la cabeza por deferencia a la edad y a la categoría del que hablaba. La vergüenza, el temor, el horror y el orgullo se reflejaban al mismo tiempo en su rostro, disputándose cada uno de estos sentimientos la preeminencia. Al fin el orgullo triunfó, sus ojos se reanimaron de repente, y se clavaron con firmeza en los guerreros cuyos elogios pretendía alcanzar a lo menos en sus últimos momentos. Púsose de pie y, descubriéndose el pecho, miró sin temblar el fatal cuchillo que ya brillaba en la mano de su inexorable juez, y hasta viósele sonreír mientras aquel instrumento de muerte se clavaba con lentitud en su corazón, como si encontrara placer convenciéndose de que la muerte no era tan terrible como su timidez natural se la había pintado, hasta que cayó exánime casi a los pies de Uncas, que no se inmutó un momento.

La vieja lanzó un grito lastimero, apagó la tea arrojándose al suelo, y la cabaña quedó sumida en la más profunda oscuridad. Los guerreros, como espíritus espantados, precipitáronse fuera inmediatamente, por lo que creyó Heyward que le habían dejado a solas con la víctima, palpitante aún.

CAPÍTULO VII

El sabio habló así: Los reyes terminaron el consejo sin más demora, y obedecieron a su jefe.

(*La Ilíada,* HOMERO.)

No necesitó Heyward más que un momento para convencerse de su error al creerse solo en la cabaña, pues pronto sintió que una mano se apoyaba en su brazo, apretándolo fuertemente, y reconoció la voz de Uncas que le decía al oído en voz baja:

—Los hurones son unos miserables, la sangre de un cobarde no debe hacer temblar nunca a un guerrero. La cabeza gris y el sagamore están en salvo. El fusil de Ojo-de-halcón no duerme; váyase de aquí. Uncas y Mano Abierta deben fingir que no se conocen; silencio.

Heyward hubiera deseado adquirir más noticias; pero su amigo, empujándolo hacia la puerta vigorosamente pero sin violencia, le advirtió los nuevos peligros que corrían los dos si se descubriera su intimidad.

Cediendo, pues, a la necesidad, aunque con repugnancia, abandonó la estancia y mezclose con la gente que se encontraba junto a las cabañas. Las hogueras, que estaban apagándose, no iluminaban ya sino muy pálidamente a los individuos que iban y venían o se reunían en grupos; pero de vez en cuando la llama se reanimaba un instante, y esparcía una claridad pasajera que penetraba hasta el interior de la cabaña grande, donde permanecía Uncas solo, en la misma actitud, teniendo a sus pies el cuerpo del hurón que acababa de expirar. Algunos guerreros entraron entonces y se llevaron el cadáver al bosque, no sabemos si para darle sepultura o para entregarlo a la voracidad de las fieras.

Terminada esta solemne escena, Heyward entró en varias chozas sin que nadie le preguntase nada, ni aun fijasen la atención en él, con la esperanza de encontrar algunos indicios de Alicia, por quien se había expuesto a tantos peligros. En la situación en que a la sazón se encontraba, le hubiera sido muy fácil huir y reunirse a sus compañeros si lo hubiera deseado; pero prescindiendo de la continua inquietud que atormentaba su espíritu con respecto a su amada, un nuevo interés, aunque menos poderoso, lo retenía entonces entre los hurones.

Prosiguió así durante un rato pasando de choza en choza, muy disgustado por no encontrar nada de lo que buscaba, hasta que renunciando a una pesquisa inútil, volvió a la cabaña del consejo, confiando ver en ella a David, con el propósito de informarse de él para poner fin a sus dudas, que le eran ya demasiado enojosas.

Cuando llegó a la puerta de la estancia que había sido sala de justicia y lugar de la ejecución, vio que todos los rostros habían recobrado la tranquilidad. Los guerreros habían vuelto a reunirse nuevamente fumando y conversando acerca de los principales incidentes de su expedición al fuerte Guillermo-Enrique, y aunque la vuelta de Heyward debía recordarles las circunstancias algo sospechosas de su llegada, no produjo su presencia ninguna alteración.

Creyendo el joven oficial que la horrible escena que acababa de desarrollarse favorecía sus planes, se propuso no omitir ningún medio para sacar partido de esta inesperada ventaja.

Entró, pues, en la cabaña resueltamente, tomó asiento, y bastole una sola mirada para asegurarse de que Uncas permanecía aún en el mismo sitio, pero que David no se encontraba en aquella reunión. Al joven mohicano le habían quitado las ligaduras. Un hurón, sentado a alguna distancia, fijaba sobre él sus miradas vigilantes, y un guerrero armado estaba apoyado contra la pared, próximo a la puerta. Fuera de esto, el prisionero parecía encontrarse en libertad; pero le estaba prohibido to-

mar parte en la conversación, y su inmovilidad le daba apariencia de una hermosa estatua, más bien que de un ser animado.

Heyward, que acababa de presenciar uno de los terribles castigos impuestos por la tribu en cuyas manos se había puesto voluntariamente, guardose muy bien de llamar la atención mostrándose extremadamente tranquilo, y antes hubiera preferido el silencio y la meditación a las palabras, en aquel momento en que el descubrimiento de su verdadera posición no podía menos de serle funesto. Por desgracia, esta prudente resolución no fue adoptada por todos los circunstantes, pues a poco de haber tomado asiento en el sitio, algo apartado, que había elegido juiciosamente, un jefe anciano que estaba junto a él le dirigió la palabra en francés, diciéndole:

—Mi padre del Canadá no olvida a sus hijos, y yo se lo agradezco mucho. Un espíritu malo ha penetrado en el cuerpo de la mujer de uno de mis jóvenes guerreros, ¿podría el sabio extranjero libertarla de él?

Heyward, para quien no eran un secreto las truhanerías que practican los charlatanes indios cuando suponen que el espíritu maligno se ha apoderado de alguno de la nación, comprendió enseguida que esta circunstancia podía favorecer sus planes, y hubiera sido difícil hacerle en aquel momento una proposición más satisfactoria; pero, conociendo, no obstante, la necesidad de conservar la dignidad del papel que había adoptado, ocultó su alteración y repuso con el acento misterioso, propio del personaje que representaba:

—Hay espíritus de varias condiciones; unos ceden al poder de la sabiduría, y otros la resisten.

—Mi hermano es un gran médico —respondió el indio—, y podrá intentar...

Heyward hizo gravemente un gesto de asentimiento sin pronunciar palabra alguna, con lo que se dio por satisfecho el hurón.

El anciano jefe tomó de nuevo la pipa y aguardó el momento oportuno para salir. El impaciente Heyward maldecía interiormente las graves costumbres de los salvajes; pero se vio obligado a afectar una indiferencia semejante a la del viejo, que era el padre de la supuesta poseída por el espíritu malo.

Transcurrieron otros diez minutos, que parecieron un siglo al mayor, que deseaba empezar su aprendizaje de charlatán; al fin, el hurón dejó la pipa y se cruzó al pecho su pedazo de percal para disponerse a salir; pero entonces entró en la cabaña un guerrero de grande estatura, y adelantándose en silencio se sentó sobre el mismo asiento de

Heyward; éste dirigió una mirada a su vecino, y un temblor involuntario se apoderó de todo su cuerpo al reconocer al magua.

El regreso repentino de este jefe temible y astuto retardó la salida del anciano jefe, que volvió a encender la pipa; lo mismo hicieron otros varios, y hasta el magua tomó la suya, la llenó de tabaco y se puso a fumar tan tranquilamente como si no hubiera estado dos días ausente y ocupado en una caza fatigosa. Un cuarto de hora, que fue para Heyward una eternidad, transcurrió de este modo, y todos los guerreros estaban envueltos en una nube de humo, cuando uno de ellos, dirigiéndose al recién llegado, le preguntó:

—¿Ha visto el magua muchos alces?

—Mis jóvenes guerreros vienen agobiados con su peso —respondió el interpelado—. Que la Caña Flexible salga a su encuentro y les ayudará.

Este nombre, que no debía jamás ser pronunciado entre los hurones, hizo caer las pipas de todas las bocas como si el cañuto no exhalase más que emanaciones impuras. Un sombrío y profundo silencio se esparció en la asamblea, mientras el humo, ascendiendo en espirales, llegaba hasta el techo para salir por la abertura practicada en él, despojando de sus torbellinos a la parte baja del cuarto, y permitiendo a la tea iluminar los atezados rostros de los jefes.

Los ojos de la mayor parte de ellos estaban fijos en tierra; pero algunos jóvenes atreviéronse a mirar a un viejo cano, que estaba sentado entre dos de los más venerables jefes de la población. Sin embargo, no se advertía en él nada que llamase particularmente la atención; su aspecto era melancólico y abatido, su vestido era el de los indios de la clase ordinaria, y lo mismo que la mayor parte de los que lo rodeaban, tenía la vista baja, pero, habiéndolos levantado un instante, vio que era el objeto de la curiosidad general, y poniéndose enseguida en pie, rompió el silencio en estos términos:

—Es falso, yo no tenía hijo; el que llevaba este nombre ha sido ya olvidado; su sangre era pálida, y no salía de las venas de un hurón. El Grande Espíritu ha querido que la raza de Wissentush se extinguiese, y yo me alegro de ser el último de ella. He dicho.

El desgraciado padre volvió a mirar en torno suyo como para leer la aprobación en los ojos de los que lo escuchaban; pero los usos severos de su pueblo habían exigido un tributo demasiado duro a un débil anciano. La expresión de sus ojos desmentía el lenguaje altivo y figurado en que acababa de expresarse, la naturaleza triunfaba interiormente del estoicismo, y todos los músculos de su arrugado rostro estaban agitados por la angustia interior que experimentaba. Permaneció en pie un minuto para gozar de un triunfo adquirido a tanto precio, y entonces, como si la vista de los hombres le fuera enojosa, se envolvió la cabeza con su manto y salió con el paso mesurado, propio de un indio, para irse a su choza y llorar su desgracia en compañía de su mujer, que también era muy anciana.

Los indios, que creen que las virtudes y los vicios se transmiten de padres a hijos, lo dejaron partir silenciosos, y después que hubo salido, con una delicadeza que podía servir de ejemplo a una sociedad civilizada, apartó el anciano jefe la atención de los jóvenes del espectáculo de debilidad que acababan de presenciar, y dijo dirigiendo la palabra al magua jovialmente:

—Los delawares han rodado en estas inmediaciones lo mismo que los osos que buscan las colmenas llenas de miel; pero, ¿quién ha sorprendido jamás a un hurón dormido?

Una sombría y siniestra nube empañó la frente del magua, que repuso:

—¿Los delawares de los lagos?

—No; los que visten sayas de squaws en las orillas del río del mismo nombre. Uno de ellos ha venido aquí —respondió el anciano.

—¿Le han despojado nuestros guerreros de la cabellera?

—No —respondió el jefe mostrándole a Uncas que permanecía tranquilo e inmóvil—; tiene buenas piernas, aunque su brazo sea más propio para manejar el azadón que para blandir el hacha.

Lejos de mostrar una vana curiosidad por ver al cautivo de una nación odiosa, el magua siguió fumando con su habitual actitud reflexiva, puesto que no necesitaba acudir a la astucia o emplear su elocuencia salvaje. Aunque interiormente admirado de lo que acababa de saber, no creyó prudente hacer ninguna pregunta, reservándose para aclarar sus dudas en otra ocasión más favorable; y sólo al cabo de algunos momentos, sacudiendo las cenizas de la pipa y levantándose para apretarse el cinturón que sostenía el hacha, volvió la cabeza hacia el prisionero que permanecía a algunos pasos detrás de él.

Uncas parecía estar entregado a profundas meditaciones, pero veía todo lo que pasaba, y descubriendo el movimiento del magua, hizo él uno por su parte para que no creyese que le inspiraba temor alguno, y se encontraron sus miradas. Durante dos minutos, estos dos hombres altivos e indómitos quedaron con los ojos fijos el uno en el otro, sin que ninguno de ellos pudiera hacer bajar los del enemigo. El joven mohicano parecía ser presa de un fuego interior, con las narices abiertas como un tigre acosado por los cazadores, y su actitud era tan altiva e imponente, que la imaginación no hubiera necesitado realizar gran esfuerzo para representárselo como una copia del dios de la guerra y de su pueblo. No estaban menos inflamadas las facciones del magua; al pronto parecía que sólo respiraba rabia y venganza; pero su rostro reflejaba una alegría feroz, cuando exclamó en voz alta:

—¡El Ciervo ágil!

Este nombre formidable y bien conocido hizo poner en pie a todos los guerreros, cuya sorpresa fue más fuerte que la calma estoica de los indios. Todas las bocas repitieron al unísono este nombre aborrecido y temido; las mujeres y los niños que estaban junto a la puerta lo repitieron también como un eco, y los gritos llegaron hasta las más apartadas viviendas. Todos los que estaban en ellas salieron, y sus continuados alaridos pusieron término a esta escena.

Mientras tanto los jefes habían vuelto a sentarse, como avergonzados del movimiento de que se habían dejado llevar; todos permanecían silenciosos, pero con los ojos fijos en el prisionero lo contemplaban curiosamente acordándose de que su valor había sido fatal a muchos guerreros de su nación.

Esto era un triunfo para Uncas, que no daba otra señal de vida que aquel movimiento sosegado de los labios que en todos los países y en todos los tiempos ha sido siempre la expresión del desprecio. Conociole el magua, y cerrando el puño y extendiendo el brazo, sacudiolo en el aire como amenazando al prisionero, y exclamó en inglés:

—Mohicano, es necesario que mueras.

—Las aguas de la fuente de la Salud —respondió Uncas en delaware— no resucitarán a los hurones muertos en el monte, donde blanquearán sus huesos. Los hurones son squaws, y sus mujeres búhos. Vaya, reúna a todos los perros hurones para que puedan contemplar a un guerrero. Mis narices se ofenden oliendo la sangre de un cobarde.

Esta última alusión excitó un profundo enojo, porque muchos hurones entendían, lo mismo que el magua, la lengua de que Uncas se acababa de servir. El astuto salvaje comprendió enseguida que podía sacar algún provecho de la disposición general de los circunstantes, y resolvió aprovecharla.

Dejando caer la piel que le cubría un hombro, extendió su brazo para anunciar que iba a hacer uso de la palabra, pues, aunque había perdido por su deserción una parte de su influencia entre los suyos, todos le reconocían el valor, y lo consideraban como el primer orador del pueblo.

Empezó relatando cuanto había ocurrido en el ataque de Glenn, la muerte de varios de sus compañeros y la forma en que se le habían escapado los más temibles enemigos. Describió luego la situación de la colina donde se había retirado con los prisioneros que cayeron en su poder, sin hacer mención del bárbaro suplicio que había intentado hacerles sufrir, y pasó rápidamente al imprevisto ataque de «La-Larga-carabina, la Gran Serpiente y el Ciervo ágil», quienes habían asesinado a sus compañeros por sorpresa dejándolo a él mismo por muerto.

Al llegar a este punto hizo una pausa como para rendir un tributo de dolor a las víctimas, pero más bien con el fin de apreciar el efecto que producía en los oyentes el principio de su discurso. Los ojos de todos los indios estaban fijos en él, escuchándole con tal atención y con una inmovibilidad tan completa, que hubiera podido creerse que estaba rodeado de estatuas. Luego, bajando la voz, que hasta entonces había sido clara, sonora y elevada, prosiguió su discurso enalteciendo las cualidades admirables de los difuntos, sin olvidar ninguna de las que podían producir una impresión favorable. El uno no había ido a cazar nunca sin volver cargado de aves, el otro sabía descubrir las huellas de los enemigos más astutos, aquél era valiente a toda prueba, éste generoso sin ejemplo; en suma, trazó sus retratos de manera que en un poblado que sólo se componía de un reducido número de familias, cada cuerda que tocaba vibraba en el corazón de alguno de sus oyentes.

—¿Los huesos de estos guerreros —prosiguió— reposan en el sepulcro de sus antepasados? Vosotros sabéis que no; sus espíritus se fueron por el lado de poniente; ya atraviesan las grandes aguas, pero partieron sin víveres, sin fusiles, sin cuchillos, sin mocasines, desnudos y pobres como en el momento de venir al mundo, ¿y será esto justo? ¿Entrarán en el país de los buenos como iroqueses hambrientos o miserables delawares? ¿Encontrarán a sus hermanos sin llevar armas en las manos ni vestidos en sus cuerpos? ¿Qué pensarán nuestros padres al verlos llegar de este modo? Creerán que los wyandotes han degenerado; los mirarán con enojo, y dirán: «Un chypais ha entrado aquí bajo el nombre de hurón.» Hermanos míos, no debemos olvidar a los muertos; un piel roja no olvida jamás. Cargaremos las espaldas del mohicano hasta que el peso le sea insoportable, o lo despacharemos detrás de nuestros compañeros, quienes, aunque nuestros oídos no estén abiertos para entenderlos, nos gritan: *¡No nos olvidéis!* Cuando vean el espíritu de este mohicano correr detrás de ellos con su enorme peso comprenderán que no los hemos dado al olvido, y proseguirán su viaje más tranquilos, y nuestros hijos dirán: «Esto es lo que nuestros padres han

hecho por sus amigos y nosotros debemos hacer otro tanto por ellos.» ¿Qué significa un inglés? Hemos dado muerte a muchos, pero la tierra está todavía blanca; sólo la sangre de un indio puede lavar una mancha hecha al nombre hurón. ¡Muera, por lo tanto, este delaware!

Fácilmente, se imaginará el lector el efecto que produjo semejante arenga pronunciada enérgicamente ante tal auditorio.

Un guerrero, cuyo rostro reflejaba una ferocidad más que salvaje, se había distinguido por la viva atención que había prestado al orador; su fisonomía había expresado alternativamente todas las sensaciones que experimentaba, hasta que no quedaron ya en ella sino las del odio y la rabia. Cuando el magua hubo concluido de hablar, se levantó dando un horrible alarido, y se lo vio blandir sobre la cabeza su hacha brillante y bien afilada. Este grito y movimiento fueron demasiado rápidos para que nadie pudiera oponerse a su proyecto sanguinario, aun cuando alguno hubiera tenido este propósito. A la luz de la antorcha se vio una línea brillante atravesar la estancia, y otra línea negra cruzarla al momento; la primera era el hacha que volaba hacia su objeto, y la segunda el brazo del magua que desviaba su dirección. Este movimiento tuvo eficacia, porque el arma homicida no hizo sino derribar la larga pluma que adornaba la mecha de pelo de Uncas, y atravesó el débil muro de tierra de la choza como si hubiera sido lanzada por una ballesta o catapulta.

Heyward oyó el horrible grito del bárbaro guerrero y vio su acción, pero apenas se había levantado maquinalmente como si pudiera prestar algún socorro a Uncas, cuando advirtió que ya había pasado el peligro, y el terror convirtiose en admiración. El joven mohicano estaba en pie, contemplando a su enemigo sin revelar la menor alteración; se sonrió despreciativamente, y pronunció en su lengua algunas palabras en el mismo sentido.

—No —dijo el magua después de haberse cerciorado de que el prisionero no había sido herido—. El sol debe iluminar su vergüenza; es preciso que nuestras mujeres vean temblar sus carnes y tomen parte en su suplicio, si no nuestra venganza no sería más que un juego. Que lo conduzcan a la mansión de las tinieblas y del silencio. Veamos si un delaware que ha de morir mañana, puede dormir hoy.

Algunos de los jóvenes guerreros apoderáronse entonces del prisionero, lo ataron con cordeles hechos de cortezas de árbol y lo sacaron de la cabaña. Uncas caminaba con paso firme; sin embargo, al llegar a la puerta pareció que su valor flaqueaba, porque se detuvo un instante, pero no fue sino para volverse y dirigir a sus enemigos una mirada de desdeñosa altivez. Sus ojos se encontraron con los de Heyward, y éste creyó entender que todavía quedaba alguna esperanza.

Satisfecho el magua del éxito alcanzado, o, tal vez, distraído con proyectos ulteriores, no pensó en hacer nuevas preguntas, y cruzando sobre su pecho la piel que lo cubría, salió de la choza sin hablar más de un asunto que hubiera podido ser fatal al que estaba a su lado.

A pesar de su resentimiento, que le infundía más valor a cada instante, y del cuidado que le inspiraba la suerte de Uncas, Heyward se sintió aliviado al ver que se alejaba un enemigo tan peligroso y tan sutil; la agitación que había producido el discurso del magua empezaba también a calmarse; los guerreros habían vuelto a tomar asiento, y nuevas nubes de humo llenaban la estancia; durante cerca de media hora no se pronunció ni una sola sílaba, y apenas movieron los ojos. Un silencio grave y reflexivo sucedía ordinariamente a todas las escenas de tumulto y violencia en aquellos pueblos tan impetuosos como impasibles.

Cuando el jefe que había solicitado los socorros del supuesto arte de Heyward hubo terminado de fumar su pipa, se levantó y se dispuso al fin a partir. Un movimiento que hizo con el dedo fue la única invitación que dirigió al supuesto médico para que lo siguiera, y atravesando una atmósfera enrarecida por el humo, salió de la cabaña el mayor respirando con fruición el aire puro y fresco de una hermosa noche de verano.

En vez de dirigirse a las tiendas en que Heyward había hecho ya pesquisas inútiles, su compañero encaminose rectamente hacia la base de una montaña vecina cubierta de bosque, que dominaba el campamento de los hurones, cuya inmediación estaba obstruida con una espesa maleza, por la que tuvieron necesidad de seguir una senda estrecha y tortuosa. Los niños habían vuelto a reanudar sus juegos en el campamento y armados de ramas de árboles se habían formado en dos filas, entre las cuales todos corrían, por turno, para ganar el poste protector.

Para mejor imitar a sus padres, los pequeñuelos habían encendido varias hogueras, cuya llama alumbraba el camino de Heyward y daba un carácter todavía más salvaje a aquella escena. Llegados el mayor y su acompañante frente a una gran roca, entraron en una especie de calle, formada en el bosque por el tránsito de los gamos en sus emigraciones periódicas; precisamente en aquel momento los niños arrojaron nuevos combustibles sobre la pira más próxima, y salió una llama viva, cuyo brillo, reflejándose en la superficie blanca de la peña, iluminó la calle en que acababan de entrar, y les hizo descubrir una especie de bola negra que se encontraba a algunos pasos, en el mismo camino.

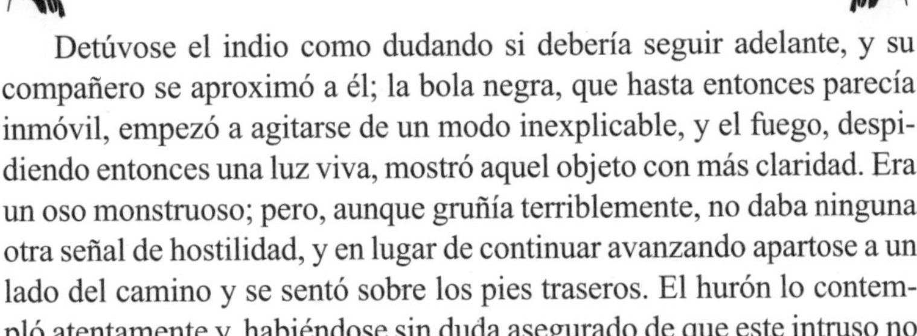

Detúvose el indio como dudando si debería seguir adelante, y su compañero se aproximó a él; la bola negra, que hasta entonces parecía inmóvil, empezó a agitarse de un modo inexplicable, y el fuego, despidiendo entonces una luz viva, mostró aquel objeto con más claridad. Era un oso monstruoso; pero, aunque gruñía terriblemente, no daba ninguna otra señal de hostilidad, y en lugar de continuar avanzando apartose a un lado del camino y se sentó sobre los pies traseros. El hurón lo contempló atentamente y, habiéndose sin duda asegurado de que este intruso no tenía malas intenciones, prosiguió caminando con tranquilidad.

Heyward, que no ignoraba que los indios domesticaban alguno de estos animales, siguió el ejemplo de su compañero, creyendo que la fiera sería algún oso favorito de la población que habría entrado en el bosque a buscar colmenas, cuya miel les agrada en extremo.

Pasaron junto al oso, que no hizo oposición ninguna a su marcha, y el hurón, que, al verlo, había dudado avanzar, tranquilizose por completo y no volvió a mirarlo. No obstante, Heyward no pudo menos de volver de vez en cuando la cabeza para observar los movimientos del monstruo por si tenía necesidad de defenderse de un ataque repentino; y así es que experimentó cierto terror cuando advirtió que los seguía. Iba ya a avisar al indio, cuando éste, abriendo una puerta de corteza que cerraba la entrada de una caverna labrada por la Naturaleza en la montaña, le indicó que lo siguiese.

Regocijose Heyward de encontrar una guarida tan oportuna; pero al cerrar la puerta, sintió una resistencia que se oponía a sus esfuerzos. Se volvió y vio la pata del animal que detenía la puerta, y el oso siguió sus pasos. Estaban a la sazón en un paraje oscuro y estrecho, donde era imposible retroceder sin tropezar con el temible habitante de los bosques, y, por lo mismo, haciendo de la necesidad virtud, continuó avanzando, pero tan cerca de su conductor como le fue posible. Seguíale el oso pegado a sus talones; gruñía de rato en rato, y en dos o tres ocasiones llegó a apoyar sus enormes patas sobre los hombros del mayor, como si hubiera querido impedir que se internase más en la caverna.

Sería difícil averiguar si Heyward hubiera podido sostener mucho tiempo una situación tan crítica; pero no tardó en experimentar algún alivio, porque, habiendo marchado en línea recta hacia una luz débil, llegó dos o tres minutos después al sitio de donde salía.

Una amplia cavidad de la roca había sido dispuesta con tal arte, que formaba varios departamentos, cuyos tabiques estaban construidos de corteza, ramas y tierra. Las rendijas de la bóveda dejaban penetrar la luz durante el día, y por la noche se alumbraba con el fuego y las teas; aquél era el almacén de armas, de provisiones y de los efectos pertenecientes a toda la población en general, y especialmente de los objetos más preciosos de los hurones, que, siendo de todos, no eran propiedad particular de ninguno. La mujer enferma, que creían víctima de un poder sobrenatural, había sido trasportada allí porque suponían que al espíritu maligno que la atormentaba, le sería más difícil penetrar por entre las piedras de una roca que por las hojas que cubrían el techo de las cabañas. El departamento en que Heyward y su guía acababan de entrar había sido destinado a aquella infeliz que, tendida sobre una cama de hojas secas, estaba rodeada de un grupo de mujeres, en medio de las cuales Heyward reconoció sorprendido a su amigo David Lagamme.

Una sola mirada fue suficiente para convencer al supuesto médico de que la enferma se encontraba en un estado que no le permitía abrigar ninguna esperanza de hacer brillar los talentos que no poseía, porque sufría una parálisis general. Había perdido el uso de la palabra y el movimiento, y en apariencia no experimentaba ya dolor alguno. Alegrose Heyward de que las jerigonzas que iba a verse obligado a hacer para desempeñar bien su cometido, se las inspirase una mujer demasiado enferma ya para interesarse mucho por ella y concebir vanas esperanzas, pues esta idea contribuyó a calmar algunos escrúpulos de su conciencia. Iba a dar principio a sus operaciones médicas y mágicas, cuando se le anticipó un doctor tan hábil como él en la ciencia de curar, y que quería ensayar el poder de la música.

David, que se disponía a entonar un cántico cuando entraron Heyward y el hurón, esperó algunos momentos, y, tomando seguidamente el tono con su instrumento, empezó a cantar con un entusiasmo capaz de obrar un milagro si sólo hubiera sido necesaria la fe para la eficacia del remedio. Nadie lo interrumpió; los indios, porque creían que su flaqueza de espíritu lo ponía bajo la inmediata protección del cielo, y Heyward porque le complacía en sumo grado esta dilación para pretender abreviarla. Mientras el cantor hacía una pausa en la cadencia de la primera estrofa, el mayor se estremeció al oír los mismos sonidos repetidos por una voz sepulcral que parecía sobrehumana. Miró entonces en torno suyo, y vio en el rincón más oscuro del cuarto al oso sentado sobre las patas traseras, balanceando su cuerpo como acostumbran hacer estos animales, e imitando con gruñidos sordos los ecos de la melodía del cantor.

Es imposible dar idea del efecto que produjo en David aquel eco tan extraño e inesperado: abrió los ojos desmesuradamente, y quedó mudo de sorpresa.

El terror, el asombro y la admiración, hiciéronle olvidar algunas frases que tenía preparadas para comunicar al mayor las noticias importantes que había adquirido, y salió huyendo de la caverna, sin poder decir al mayor, apresuradamente y en inglés, más que estas palabras: *¡Ella está aquí y lo espera!*

CAPÍTULO VIII

Snug. *Entregadme el papel del león, si lo habéis copiado, porque tengo mala memoria.*

Quince. *Lo podéis repentizar, porque os bastará rugir.*

(*El sueño de una noche de verano,* Shakespeare.)

El lecho de un moribundo es siempre un espectáculo sublime; pero en este caso era más bien ridículo. El oso se balanceaba a derecha e izquierda, aunque sus tentativas para imitar el canto de David habían cesado desde el momento en que éste echó a correr. Las pocas palabras que Lagamme había dirigido a Heyward, sólo habían sido entendidas por él. «¡Ella está aquí y lo espera!» era una frase que al mayor se le antojaba que debía tener un sentido oculto, pues aunque dirigía sus miradas hacia todos los rincones del departamento no veía nada que aclarase sus dudas.

No pudo dedicar mucho tiempo a sus conjeturas, porque el jefe hurón aproximose al lecho de la enferma e hizo señal al grupo de mujeres para que se retirasen. La curiosidad las había traído para presenciar los exorcismos del médico extranjero; pero se apresuraron a obedecer, aunque con sentimiento, y tan pronto como el indio oyó el ruido sordo de la puerta que cerraban al marcharse, volviose él hacia Heyward diciéndole:

—Ahora puede revelar mi hermano su poder.

Invitado tan formalmente, temió Heyward que la más pequeña dilación le fuera peligrosa, y recogiendo de pronto todas sus ideas, dispúsose a imitar aquella especie de sortilegios y ritos infernales de que usan los charlatanes indios para encubrir su ignorancia; pero, al querer dar principio, interrumpiole el oso gruñendo de un modo horroroso; hizo la misma tentativa dos veces más, y renovose la misma interrupción más fuerte y amenazadora.

—Los sabios tienen celos —dijo el hurón—, y desean estar solos, yo me voy. Hermano mío, esta mujer es la esposa de uno de nuestros valientes guerreros, arroje enseguida de su cuerpo el espíritu que la

atormenta. ¡Silencio! —añadió dirigiéndose al oso que no cesaba de gruñir—. ¡Silencio! Ya me voy.

Así lo hizo en efecto, y Heyward encontrose solo en el hueco de una roca con una mujer agonizando y un animal terrible que parecía escuchar con la sagacidad propia de los animales de su especie los pasos del indio que se alejaba. Al fin el ruido que produjo la puerta reveló que el hurón había salido ya de la caverna, y entonces el oso se adelantó con lentitud hacia el mayor. Cuando estuvo a dos pasos de él se levantó sobre las patas traseras, y quedose derecho en la misma postura que podría estar un hombre. Heyward dirigió una mirada en torno suyo tratando de encontrar un arma para defenderse contra el ataque que esperaba a cada momento; pero no vio ni siquiera un palo.

Pero el humor del animal cambió de pronto. Ya no gruñía, ni daba ninguna señal de cólera, y lejos de seguir moviéndose regularmente de derecha a izquierda, todo su cuerpo peludo estaba agitado por una extraña convulsión interior; llevó las manos a la cabeza, y agitándola con fuerza, mientras Heyward miraba este espectáculo extraordinariamente sorprendido, cayó la cabeza a sus pies, y vio aparecer la del honrado y valiente cazador, que reía con todas las veras de su alma, aunque en silencio.

—¡Chito! —dijo en voz muy baja Ojo-de-halcón reprimiendo la exclamación de sorpresa que iba a proferir Heyward—. Los hurones no están lejos, y si oyeran algún ruido que no pareciese de brujería, lo pasaríamos mal.

—Pero, dígame, ¿qué significa ese disfraz? ¿Por qué se ha expuesto a un peligro tan grave?

—¡Ah! La casualidad favorece en ocasiones más que el cálculo y la reflexión; pero, como una historia debe siempre empezar por el principio, se la contaré ordenadamente. Después de haberse usted separado de nosotros, llevé al comandante y al sagamore a una antigua habitación de castores, donde están más seguros de los hurones que en medio de la guarnición del fuerte Eduardo, porque nuestros indios del nordeste, como no tienen todavía muchas relaciones con los hombres civilizados, respetan a los castores. Luego salimos Uncas y yo conforme estaba convenido para ir a reconocer el otro campamento. Y a propósito: ¿lo ha visto?

—¡Con gran sentimiento mío! —respondió Heyward con acento de profunda tristeza—. Está prisionero y ha sido condenado a morir mañana al amanecer.

—Yo tenía el presentimiento de que esto había de concluir mal —repuso el cazador—; y ésta es la verdadera razón por la que me encuentra aquí. ¿Cómo podría yo resolverme a abandonar a los hurones un joven tan valiente? ¡Qué contentos se pondrían si pudieran atar espalda con espalda y al mismo poste al Ciervo ágil y a La-larga-carabina, como me llaman ellos!... Sin embargo, no puedo comprender por qué me han puesto este apodo, porque se diferencia tanto mi matagamos de una verdadera carabina del Canadá, como la piedra de chispa de la tierra de pipa.

—Prosiga su relación y no haga digresiones, porque no sabemos si volverán pronto los hurones.

—No hay peligro; ellos saben que necesitan dejar tiempo a los hechiceros para hacer sus conjuros, y tenemos seguridad de no ser interrumpidos. Volvamos, pues, a nuestra historia: marchando hacia el campamento encontramos una banda de estos malvados que volvían al suyo. Uncas es demasiado vehemente para hacer un reconocimiento; pero no lo censuro, es el calor de la sangre; púsose a perseguir a un hurón que huía como un cobarde, y que lo hizo caer en una emboscada.

—Y ha pagado bien cara su cobardía.

—Sí, ya entiendo, y eso no me sorprende, porque acostumbran hacerlo así; pero, volviendo a mí, no necesito decirle que, cuando vi a mi joven compañero prisionero, me puse en seguimiento de los hurones, siempre con la debida precaución, y aun llegué a tener dos escaramuzas con dos de ellos. Esto lo contaré en otra ocasión. Después de haberles disparado, me adelanté sin ruido hacia las viviendas. La casualidad... pero ¿por qué llamar casualidad a un favor especial de la Providencia? Una inspiración del cielo me condujo precisamente al sitio donde uno de los magos se ocupaba en vestirse para dar, como ellos dicen, alguna gran batalla a Satanás; un culatazo bien aplicado a la cabeza lo durmió por algún tiempo, y a fin de que no se le ocurriera gritar cuando despertase, le puse entre los dientes, para que le sirviera de cena, una buena rama de pino que le até detrás del pescuezo; lo sujeté luego a un árbol, me apoderé de su disfraz, y resolví representar el papel de oso para ver lo que resultaría.

—Y lo ha representado perfectamente. Su imitación hubiera engañado al mismo animal.

—Un hombre que ha vivido tanto tiempo en el desierto, sería muy torpe si no supiera imitar el rugido y los movimientos de un oso. Pero hablemos de nuestros asuntos. ¿En dónde está esa joven?

—Dios lo sabe, ya he visitado todas las tiendas de los hurones, y no he descubierto ningún indicio que indique que se encuentra en su campamento.

—¿No ha oído lo que el cantor ha dicho al marcharse? ¡Ella está aquí y lo espera!

—He creído que se refería a esa pobre mujer que espera aquí de mí una curación que no puedo procurarle.

—El estúpido ha tenido miedo y no ha hablado con claridad, pero seguramente se refería a la hija del comandante. Veamos, aquí hay tabique, un oso debe saber encaramarse, y así, voy a echar una ojeada por ahí encima. Quizá haya alguna colmena, y ya sabe usted que soy un animal a quien gusta la miel.

Dicho esto, adelantose el cazador hacia la pared, e imitando los movimientos pesados y torpes del animal que representaba, se encaramó con facilidad y, al llegar a lo alto, hizo seña al mayor para que se callara, y se bajó enseguida.

—Ahí está —le dijo en voz baja—; puede entrar por esa puerta. Yo hubiera querido dirigirle algunas palabras de consuelo, pero la vista de semejante monstruo le hubiera hecho perder el juicio, aunque, en este concepto, usted no tiene mejor figura que yo, gracias a la pintura.

Heyward, que se había adelantado hacia la puerta, parose de pronto al oír estas palabras, propias para desanimarlo, y le dijo con sentimiento:

—¿Tan horroroso estoy?

—No tanto que pueda asustar a un lobo o detener un regimiento en medio de un ataque, pero lo he visto en otro tiempo en que, sin adularlo, estaba mucho mejor. Las indias no encontrarán nada de particular en su cara pintarrajeada; pero las jóvenes blancas prefieren su propio color. Mire —le dijo indicándole un sitio donde el agua que salía por una rendija de la peña formaba una pequeña fuente de cristal y salía por otra abertura—; puede usted quitarse fácilmente la pintura con que le adornó el sagamore, y cuando vuelva yo volveré a pintarlo; eso no le dé cuidado, pues los juglares cambian frecuentemente la pintura de su rostro en el curso de sus conjuraciones.

No necesitó el cazador de muchos argumentos para convencerlo, pues todavía seguía hablando, cuando Heyward ya se ocupaba en hacer desaparecer hasta los menores vestigios de su máscara, conseguido lo cual, se despidió de su compañero, y desapareció por la puerta que él le había indicado.

Ojo-de-halcón lo vio partir con regocijo, le encargó que no perdiera mucho tiempo en palabras inútiles, y se aprovechó de su ausencia para examinar el estado de la despensa de los hurones, porque, como ya hemos dicho, esta caverna era el almacén de provisiones del poblado.

Heyward se encontró en un segundo pasadizo estrecho y oscuro; pero una luz que brillaba sobre la derecha le sirvió de guía. Aquélla era otra división de la caverna, que habían destinado a servir de prisión a una cautiva de tanta importancia como era la hija del comandante del fuerte Guillermo-Enrique. Había allí una multitud de objetos procedentes del saqueo de aquella fortaleza, y el piso estaba cubierto de armas, vestidos, telas, cofres y paquetes de todas clases. En medio de esta confusión vio a Alicia pálida, temblando y agitada, pero siempre preciosa, la cual había sido informada ya por David de la llegada del mayor al campamento de los hurones.

—¡Heyward! —exclamó ella como asustada del sonido de su propia voz.

—¡Alicia! —respondió el mayor saltando por encima de los obstáculos que se oponían a su paso para precipitarse al otro lado.

—Estaba segura de que no me abandonaría usted jamás, Heyward; pero no veo a nadie con usted, y por muy grata que me sea su presencia, me alegraría verlo acompañado.

El mayor, al observar que temblaba de tal modo, temeroso de que la abandonasen las fuerzas, le suplicó que se sentara, y le refirió muy brevemente los sucesos que nuestros lectores conocen ya. Alicia le escuchaba con gran interés y casi sin respirar, y aunque Heyward dijo muy poco de la desesperación de Munro, las lágrimas corrieron con abundancia por las mejillas de Alicia; su alteración se calmó, sin embargo, poco a poco, y escuchó el fin de la narración del mayor, si no con tranquilidad, muy atentamente.

—Ahora, Alicia —añadió—, su libertad depende en gran parte de usted misma; con la ayuda de nuestro amigo el cazador, tan apreciable y experimentado, podremos escapar de esta bárbara población; pero es necesario armarse de todo su valor. Acuérdese de que va a arrojarse en los brazos de su venerable padre, y que su felicidad y la de usted dependen de los esfuerzos que haga.

—¡Qué no haría yo por mi padre a quien tanto debo!

—¿Y no haría usted nada por mí, Alicia?

La mirada inocente y de asombro que dirigió a Heyward le instruyó de que debía explicarse más claramente.

—No es éste el sitio ni la ocasión oportuna para comunicarle mis ambiciosos deseos, pero, ¿qué corazón oprimido como el mío no buscaría algún consuelo? Dicen que la desgracia es el más fuerte de todos los lazos y lo que hemos sufrido los dos desde su cautiverio ha facilitado las explicaciones entre su padre y yo.

—¿Y mi querida Cora, Heyward? Seguramente no la habrá olvidado.

—¡Olvidado! ¡Oh, no! Ha sido sentida, llorada como lo merecía. Su respetable padre no establece ninguna diferencia entre sus hijas; pero yo... no se ofenda, Alicia, de que le demuestre una preferencia...

—¿Por qué no le hace usted justicia? —preguntó Alicia retirando la mano de que se había apoderado el mayor—. Nunca habla de usted sino como del amigo más querido.

—Yo soy, en efecto, su amigo y aspiro a ser algo más, pues su padre, Alicia, me ha permitido abrigar la esperanza de unirme a usted por un lazo más apreciable todavía y más sagrado.

Cediendo a las impresiones propias de su edad y su sexo, Alicia empezó a temblar y apartó un momento la cabeza; pero, dominándose enseguida, dirigió a su amado una mirada interesante y candorosa, diciéndole:

—Heyward, devuélvame a mi padre y déjeme obtener su aprobación antes de añadir nada más.

—¿Y cómo podría haberle dicho menos? —iba a responder el joven mayor, cuando sintió que le tocaban suavemente el hombro por detrás, y, volviéndose estremecido para ver quién se atrevía a interrumpirle, encontró los ojos del feroz magua brillando con una alegría siniestra. Si hubiera seguido su primer impulso, se habría arrojado sobre el salvaje, arriesgando todas las esperanzas al éxito de una lucha a muerte; pero estaba sin armas, y el hurón tenía su cuchillo y su hacha, y quién sabía si algunos compañeros cerca; no debía dejar indefensa a la que en aquel momento le era más cara que nunca, y estas reflexiones le hicieron rechazar un proyecto que sólo la desesperación pudo sugerirle.

—¿Qué quiere de mí todavía? —preguntó Alicia cruzando los brazos sobre el pecho y procurando ocultar la angustia que le hacía temblar por Heyward, pero afectando una tranquilidad que estaba muy lejos de sentir.

El indio contempló a Alicia y a Heyward con gesto amenazador sin interrumpir el trabajo en que se ocupaba, que consistía en colocar delante de la puerta por donde había entrado, distinta de la otra por donde había pasado Heyward, varias cajas pesadas, y enormes troncos, que a pesar de su fuerza prodigiosa le costaba gran trabajo mover.

Heyward comprendió entonces el modo como había sido sorprendido, y considerándose irremisiblemente perdido, estrechó a Alicia contra su corazón, sintiendo apenas la pérdida de la vida, si podía dirigirle sus últimas miradas. Pero el magua no pensaba poner tan pronto término a los tormentos de su nuevo prisionero, quería sólo levantar una barrera suficiente delante de la puerta, para hacer inútiles los esfuerzos que realizaran los dos cautivos, y prosiguió su trabajo sin mirarlos hasta que estuvo concluido por completo.

El mayor, sosteniendo entre sus brazos a Alicia, que sin esto se hubiera desplomado, seguía con la vista todos los movimientos del hurón; pero era extremadamente orgulloso, y estaba muy colérico para pedir merced a un enemigo, de cuya rabia había podido librarse ya dos veces, y a quien sabía que nada había de aplacarlo.

Cuando el salvaje se convenció de que había quitado a sus prisioneros todo medio de evadirse, volviose a ellos y les dijo en inglés:

—Los rostros pálidos saben cómo hacer caer al castor en sus lazos; pero los pieles rojas saben cómo guardar los rostros pálidos.

—Haz todo lo que quieras, miserable —le dijo el mayor olvidando en aquel momento que tenía un doble motivo para defender su propia vida—; te desafío y te desprecio y me burlo de tu venganza.

—¿Hablará lo mismo el oficial inglés cuando esté sujeto al palo? —preguntó el magua irónicamente dando a entender que dudaba de la firmeza de un blanco en medio de los tormentos.

—Aquí, en tu cara, y delante de todo tu pueblo —respondió Heyward.

—El Zorro Sutil es un gran jefe —dijo el hurón—, e irá a buscar sus jóvenes guerreros para que admiren el valor con que un rostro pálido soporta los tormentos.

Y, dicho esto, se adelantó hacia la puerta por donde Heyward había entrado; pero se detuvo un momento al verla ocupada por un oso sentado sobre las patas traseras, gruñendo de un modo horroroso, y agitando su cuerpo de derecha a izquierda, según acostumbraban hacer estos animales. De igual suerte que el viejo indio que había conducido a Heyward a este sitio, examinó el magua el animal atentamente y reconoció el disfraz del juglar.

El frecuente trato que había mantenido con los ingleses le había hecho perder en parte las supersticiones vulgares de su nación, y no respetaba gran cosa a estos supuestos hechiceros, por lo cual se disponía a pasar a su lado despreciativamente; pero al primer movimiento que hizo, el oso gruñó aún más fuerte, y adoptó una actitud amenazadora.

El magua volvió a detenerse; pero al fin, se decidió a no permitir que se frustraran sus proyectos por los gestos de un charlatán, y se acercó a la puerta. Entonces el oso, levantándose sobre los pies, púsose a mover los de delante en el aire, como hacen estos animales.

—¡Loco! —exclamó el hurón—. Ve a intimidar a las mujeres y a los niños, y no impidas a los hombres realizar sus negocios.

Y, mientras hablaba así, avanzó un paso, no creyendo necesario recurrir al cuchillo o al hacha para intimidar al supuesto juglar; pero en el instante que estuvo cerca del oso, Ojo-de-halcón extendió los brazos, le rodeó con ellos el cuerpo, y le apretó con tanta fuerza como la que hubiera podido desarrollar el animal que representaba.

Heyward, que no había cesado de observar los movimientos del oso supuesto, hizo tomar asiento a Alicia sobre una caja, y tan pronto como vio a su enemigo estrechamente oprimido entre los brazos del cazador, e imposibilitado de hacer uso de los suyos ni de las manos, tomó una correa que había servido para atar algún paquete, y arrojándose sobre el magua le dio con ella más de veinte vueltas a los brazos, los muslos y las piernas. Cuando el formidable hurón quedó completamente agarrotado, Ojo-de-halcón lo dejó caer en tierra, donde quedó tendido de espaldas.

Al ser atacado tan repentina como inopinadamente, el magua resistió con todas sus fuerzas, pero no tardó en convencerse de que su enemigo era más fuerte que él. No había lanzado una sola exclamación, y sólo cuando el cazador, para facilitarse la explicación de esta conducta, presentó a su vista su propia cabeza en lugar de la del oso, fue cuando al hurón le fue imposible reprimir un grito de sorpresa.

—¡Hola! Parece que ha recobrado la lengua —dijo el cazador tranquilamente—. Bueno es saberlo para tomar una pequeña precaución a fin de que no la emplee contra nosotros.

Como el tiempo era precioso, el cazador amordazó a su enemigo, y el terrible indio dejó de ser temible.

—Pero ¿cómo ha entrado ese canalla aquí? —preguntó el cazador enseguida a Heyward—. Nadie ha pasado por el otro departamento desde que usted se separó de mí.

Heyward mostrole entonces la puerta por donde el salvaje había entrado, y los obstáculos que los exponían a perder mucho tiempo si intentaban salir por ella.

—Puesto que no podemos escoger —dijo el cazador—, saldremos por la otra y ganaremos el bosque. Vamos, dé el brazo a esa señorita.

—¡Imposible! Mírela, nos ve, nos oye; pero el terror la tiene paralizada y no puede sostenerse. Váyase usted y déjeme abandonado a mi suerte.

—No hay angustia que no tenga término, y cada desgracia es una lección que se recibe. Arrebújela en esa pieza de tela fabricada por las mujeres de los hurones. Pero no de ese modo, cubra bien todo su cuer-

po que no se vea nada. Oculte bien esos piececillos, que nos denunciarían, porque inútilmente se buscarían otros semejantes en todos los bosques de América. Bueno, ahora tómela en brazos, déjeme poner mi cabeza de oso, y sígame.

Heyward, como lo indican las palabras de su compañero, se apresuró a ejecutar sus órdenes, y llevando a Alicia en sus brazos, carga que no era por cierto muy pesada, y que a él le parecía mucho más ligera aún, entró con el cazador en el departamento de la enferma, a la que encontraron como la habían dejado, sola, y, en apariencia, moribunda. No se detuvieron mucho en aquella estancia; pero, al entrar en el pasadizo de que hemos hablado, oyeron un gran griterío detrás de la puerta, lo cual les hizo suponer que los parientes y amigos de la enferma se habían congregado en aquel sitio para conocer cuanto antes el éxito que habían obtenido los conjuros del médico extranjero.

—Si pronuncio una palabra —dijo Ojo-de-halcón a media voz— mi inglés, que es la lengua natural de los blancos, informará a estos bribones de que tienen un enemigo entre ellos; es necesario, por consiguiente, que use usted del lenguaje de hechicero, mayor. Dígales que ha encerrado al espíritu en la caverna, y que se lleva la mujer a los bosques para completar la curación, procure engañarlos bien; la mentira es permitida en este caso.

Abriose en aquel momento la puerta como si alguno hubiera querido escuchar lo que pasaba dentro; pero el oso gruñó de tal manera, que la volvieron a cerrar precipitadamente. Entonces se adelantaron hacia ella; el oso salió el primero desempeñando perfectamente el papel de este animal, y Heyward, que lo seguía, viose enseguida rodeado por más de veinte personas, que lo esperaban impacientes.

Apartose el grupo para dejar acercar al viejo que lo había conducido allí y a un joven guerrero, de quien el mayor supuso que sería el marido de la enferma; el primero le preguntó:

—¿Mi hermano ha vencido al espíritu del mal? ¿Qué es lo que conduce entre sus brazos?

—Me llevo a la enferma —respondió Heyward gravemente—; he hecho ya salir la enfermedad de su cuerpo, y la he encerrado en esa caverna. Ahora traslado a su hija al bosque para exprimir en su boca el jugo de una raíz que conozco, y que sólo produce efecto al aire libre y en completa soledad; es el único medio de librarla en lo sucesivo de los nuevos ataques del espíritu maligno, y antes que amanezca será conducida a la tienda de su esposo.

El jefe tradujo a los salvajes lo que Heyward le había dicho en francés, y un murmullo general reveló la satisfacción que les habían producido estas falsas noticias. Tendió luego el jefe un brazo haciendo seña al mayor para que continuara su camino, y añadió con firmeza:

—Vaya, yo soy hombre, y entraré en la caverna a combatir al espíritu maligno.

Heyward, que ya se había puesto en marcha, detúvose al oír estas terribles palabras, y repuso:

—¿Qué dice mi hermano? ¿Quiere ser cruel contra sí mismo, o se ha vuelto loco? ¿Quiere ir a buscar la enfermedad para que se apodere de él? ¿No teme que se escape y que siga a la víctima hasta los bosques? Yo soy quien debe salirle al paso, cuando la curación de esta mujer sea completa. Que mis hermanos guarden bien esta puerta, y si el espíritu intentara salir, en cualquier forma que sea, caigan todos sobre él para impedírselo; pero es maligno, y permanecerá encerrado en la montaña cuando vea tantos guerreros dispuestos a combatirle.

Este singular discurso produjo el efecto apetecido. Los hombres apoyaron sus hachas sobre el hombro para herir al espíritu si se presentaba, las mujeres y los niños se armaron con piedras y palos para agredir también al ser imaginario que suponían autor de los tormentos de la enferma, y los dos falsos hechiceros aprovecharon este momento para alejarse.

Ojo-de-halcón, aunque confiaba en la superstición de los indios, sabía también que más bien eran toleradas que creídas por la mayor parte de los jefes, y conocía la necesidad de aprovechar el tiempo en aquella ocasión, pues, aunque los enemigos hubieran favorecido sus proyectos por su credulidad, no ignoraba que la más ligera sospecha que concibiera un solo indio podía serles funesta, y por esta razón, siguió una senda algo separada de las viviendas. Los niños habían ya terminado sus juegos y las fogatas que habían encendido estaban apagándose, pero despedían aún bastante claridad para dejar ver desde alguna distancia algunos grupos de guerreros. Sin embargo, el silencio y la tranquilidad de la noche contrastaban con el tumulto y desorden que había reinado en el campamento.

La influencia del aire libre no tardó en devolver todas sus fuerzas a Alicia, la cual, esforzándose por separarse de los brazos de Heyward, que procuraba retenerla, le dijo al entrar en el bosque:

—Ya puedo andar, pues me encuentro ahora perfectamente buena.

—No, Alicia —replicó Heyward—; está muy débil.

Pero Alicia insistió, y el mayor viose obligado contra su voluntad a abandonar su preciosa carga.

Ojo-de-halcón no había experimentado la sensación deliciosa que goza un joven amante que aprisiona entre sus brazos a la que ama, y acaso también era incomprensible para él el sentimiento del pudor que agitaba el pecho de Alicia, mientras se alejaban precipitadamente de sus enemigos; pero, cuando estuvo a la distancia que juzgó conveniente del campamento de los hurones, parose para hablarles.

—Este sendero —les dijo— los conducirá a un riachuelo: sigan su curso hasta que lleguen a una catarata; allí en la cima de una montaña que hay a la derecha encontrarán otro poblado; es preciso ir a él y pedir su protección. Si son verdaderos delawares, les ayudarán. Huir lejos de aquí con esa joven es imposible; los hurones seguirían nuestras huellas y se apoderarían de nuestras cabelleras antes que hubiésemos andado doce millas. Váyanse y que la Providencia los ampare.

—¿Y usted? —preguntó Heyward sorprendido—. Seguramente no nos separaremos aquí.

—Los hurones tienen prisionero al que es la gloria de los delawares —respondió el cazador—; pueden derramar la última gota de sangre de los mohicanos; y yo deseo realizar el último esfuerzo para salvar a mi joven amigo. Si le hubiesen quitado a usted la cabellera, mayor, les hubiera costado la vida a tantos de esos bribones como cabellos tiene usted, conforme se lo había prometido; pero, si el joven sagamore está atado al palo, los hurones verán también cómo sabe arrostrar la muerte un hombre que no tiene mezcla en su sangre.

Sin ofenderse de la preferencia evidente que el franco cazador daba a un joven que podía ser considerado como su hijo adoptivo, Heyward intentó hacerle desistir de una resolución tan desesperada; Alicia unió sus súplicas a las de Heyward, y le rogó que renunciase a un proyecto tan peligroso y que ofrecía tan pocas probabilidades de buen éxito; pero argumentos y súplicas fueron inútiles. El cazador los escuchó atentamente, pero con impaciencia, y al fin les respondió con firmeza tal que redujo a Alicia al silencio, e hizo convencer al mayor de que cualquiera otra objeción sería infructuosa.

—He oído asegurar que existe un sentimiento que en la juventud une el hombre a la mujer más estrechamente que un padre a su hijo, lo cual puede ser cierto. Yo he visto muy pocas mujeres de mi color, y no dudo que el sentimiento a que me he referido sea natural en los establecimientos de los blancos. Usted ha expuesto su vida y todo lo que más debe amar, por salvar a esta joven; supongo que usted está enamorado.

Pero yo he enseñado a Uncas a manejar el fusil y me ha pagado bien; he combatido a su lado en muchas escaramuzas, y mientras he podido oír el ruido de su fusil con un oído y el del sagamore con otro, sabía que no tenía enemigo que temer detrás de mí. Hemos pasado juntos los inviernos y los veranos, compartiendo el alimento, durmiendo uno mientras velaba el otro, y antes que pueda decirse que Uncas ha sido sometido a la tortura, y que... Sí, no existe más que un Dios que nos gobierna a todos, sea el que quiera el color de nuestra piel, y lo tomo por testigo de que antes de que el joven mohicano perezca por faltarle un amigo, faltará buena fe en la tierra, y mi matagamos será tan inofensivo como el instrumento del cantor.

Heyward desprendiose del brazo del cazador que tenía asido, y éste, volviendo atrás, tomó el camino que conducía al poblado de los hurones. El mayor y Alicia lo siguieron con los ojos un momento, hasta que lo perdieron de vista en la oscuridad, y después se encaminaron al campo de los delawares, conforme les había aconsejado su generoso amigo.

CAPÍTULO IX

Bot. *Dejadme que yo represente también el papel de león.*

(El sueño de una noche de verano, Shakespeare.)

No se le ocultaban al cazador los peligros y dificultades que entrañaba su empresa y, mientras se dirigía al campo de los hurones, iba estudiando los medios que pondría en práctica para evitar las sospechas y la vigilancia de unos enemigos que lo igualaban en sagacidad. La circunstancia de ser blanco Ojo-de-halcón es la que había salvado la vida al magua y al charlatán, pues, aunque el asesinato de un enemigo indefenso fuera cosa corriente entre los salvajes, el cazador lo hubiera juzgado una acción indigna de un hombre que tenía la sangre pura, de lo que tanto se vanagloriaba. Creyéndose por entonces seguro merced a las ligaduras con que había sujetado a sus prisioneros, prosiguió su marcha al poblado.

Al llegar al claro del bosque, acortó el paso y redobló las precauciones, imitando al animal cuya piel le cubría, mientras que sus ojos vigilantes no cesaban de espiar tratando de descubrir algún indicio favorable o adverso. A alguna distancia de las otras tiendas distinguió una, cuyo exterior indicaba estar abandonada, y sin concluir, porque el que la empezó debió advertir que se encontraba demasiado lejos de las dos cosas más necesarias, el agua y la leña. Una luz vacilante brillaba, sin embargo, por las rendijas de las paredes, que no habían sido todavía cubiertas de tierra, y al verla el cazador encaminose a ella por un lado como general prudente que quiere reconocer las avanzadas enemigas antes de presentar el ataque.

Ojo-de-halcón acercose a una abertura, de donde podía ser examinado el interior, y enterose de que allí era donde el maestro de música había fijado su residencia.

El fiel David Lagamme no había hecho a la sazón más que entrar en ella, acompañado de todos sus pesares y temores, y de su devota confianza en la protección del cielo; y en aquel momento reflexionaba acerca del prodigio que sus oídos y sus ojos acababan de presenciar en la caverna.

Todas sus acciones y su aspecto reflejaban el asombro de que estaba poseído. Había tomado asiento sobre un haz de leña menuda, del cual sacaba de vez en cuando alguna rama para alimentar el fuego. Su extraña indumentaria no había sufrido ninguna alteración, lo mismo que su cabeza, que llevaba cubierta con el viejo sombrero triangular, que no era mueble para excitar los deseos de ningún hurón.

Acordándose el cazador de la manera que David se había escapado de la caverna precipitadamente, sospechó cuál sería el objeto de sus meditaciones, y habiendo dado la vuelta a la choza para convencerse de que estaba aislada por completo, y suponiendo que el cantor no recibiría ninguna visita a aquella hora, se decidió a entrar en silencio y sentose en tierra frente a David al otro lado de la hoguera. Durante un minuto contempláronse uno al otro con extremada fijeza; pero, al fin, la presencia del monstruo que ocupaba todos sus pensamientos, triunfó, no diremos de la filosofía de David, sino de su buena fe y resolución, y púsose en pie tomando su instrumento maquinalmente como si se propusiera ensayar la influencia mágica del canto.

—Monstruo negro y misterioso —exclamó afirmando con mano trémula los anteojos sobre las narices y hojeando seguidamente su libro de música para buscar una aria acomodada a las circunstancias—, ignoro cuáles sean tus intenciones; pero, si meditas algo contra mí, escucha y arrepiéntete.

El oso apretose los lados reventando de risa, y le respondió:

—Guárdese ese juguete en el bolsillo y no se fatigue la garganta. Cinco palabras en buen inglés valdrán más en este momento.

—¿Quién eres tú entonces? —preguntó David temblando.

—Un hombre como usted —replicó el cazador—; un hombre en cuyas venas no hay más mezcla de sangre de oso que en las suyas. ¿Tan

pronto ha olvidado al que le ha devuelto el miserable juguete que tiene en la mano?

—¿Es posible? —exclamó David respirando con más libertad, aunque sin comprender todavía bien esta metamorfosis—. He visto muchas maravillas desde que vivo entre los paganos; pero hasta ahora no había presenciado un prodigio semejante a éste.

—Espere —le dijo Ojo-de-halcón despojándose de su cabeza para acabar de tranquilizar a su compañero—. Va a ver un pellejo que, si no es tan blanco como el de aquellas dos señoritas, no ha adquirido el color tostado que tiene sino por el aire y el sol. Y ahora que ya sabe quién soy; hablemos de lo que importa.

—Hábleme primero de la prisionera y del valiente joven que ha venido a libertarla.

—Por fortuna, ambos se encuentran ya al abrigo de las hachas de los hurones; pero, ¿puede usted darmc alguna noticia de Uncas?

—Uncas está prisionero, y temo que esté ya decretada su muerte. Es una verdadera lástima que un joven tan valeroso muera tan infelizmente.

—¿Puede conducirme a donde él está?

—No me parece muy difícil; pero temo que la presencia de usted, en lugar de aliviar su infortunio, lo aumente.

—Menos palabras; enséñeme el camino.

Y, dicho esto, volvió Ojo-de-halcón a colocarse la cabeza de oso sobre los hombros, y salió resueltamente de la cabaña.

Por el camino, David informó al cazador de que había hecho una visita a Uncas sin que nadie se opusiera, lo cual se había debido tanto a la falta de juicio que le suponían, y era el motivo por el cual lo respetaban, como a la circunstancia de que gozaba de la amistad de uno de los guardas del mohicano, que conocía algunas palabras del inglés, y a quien el celoso cantor había escogido como un sujeto propio para revelar su talento en la educación de un salvaje. Es muy dudoso que el hurón comprendiera bien las instrucciones de su nuevo amigo; pero, como las atenciones exclusivas son siempre lisonjeras, las de David habían producido el efecto que acabamos de relatar.

La cabaña donde estaba recluido Uncas se encontraba precisamente en el centro de las demás, y en una situación que hacía muy difícil aproximarse o alejarse de ella sin ser visto; pero el cazador no tenía el propósito de introducirse furtivamente. Contando con su disfraz, y creyéndose capaz de desempeñar el papel de que se había encargado, encaminose directamente hacia la choza.

La hora ya avanzada de la noche le favorecía mucho más que todas las demás precauciones que hubiese podido adoptar. Los niños estaban entregados a su primer sueño; los hurones y sus mujeres ya se habían retirado a sus cabañas, y no se veían en las inmediaciones de ellas sino cuatro o cinco guerreros que vigilaban al prisionero, y que de vez en cuando observaban por la puerta de su prisión si su firmeza decaía.

Cuando vieron a Lagamme acercarse con el oso, supusieron que éste sería alguno de sus juglares o magos más distinguidos, y los dejaron pasar sin dificultad alguna, pero con el propósito de no separarse de la puerta; al contrario, acuciados por la curiosidad de ver las ceremonias ridículas y misteriosas que suponían que habían de ser el resultado de semejante visita, se aproximaron más.

Ojo-de-halcón tenía dos excelentes razones para permanecer callado: primero, porque no estaba en estado de hablar la lengua de los hurones, y además, porque temía que lo reconociesen en la voz, que no era la del juglar cuyos vestidos llevaba. Por lo mismo, había prevenido a David que debía hacer todo el gasto de la conversación, dándole instrucciones muy detalladas, y que el cantor, a pesar de su simplicidad, supo aprovechar mejor de lo que se podía esperar de él.

—Los delawares son mujeres —dijo al que entendía algo el inglés—; los ingleses, mis compatriotas, han olvidado su sexo y han cometido la locura de ponerles el hacha en la mano, a fin de herir con ella a su padre del Canadá. ¿No le agradará a mi hermano oír al Ciervo ágil pedir sayas y derramar lágrimas cuando esté atado al poste?

Una exclamación de aprobación reveló el placer con que el salvaje vería esta debilidad degradante en un enemigo a quien su nación aborrecía tanto como temía.

—Pues bien —repuso David—; retírese un poco, y el hombre sabio soplará sobre el perro. Dígalo a mis hermanos.

El hurón explicó a sus compañeros lo que David le había manifestado, y éstos expresaron todo el júbilo que podía causar a sus espíritus feroces tal extremo de crueldad, retirándose algunos pasos de la puerta, y haciendo señal al pretendido juglar para que entrase en la cabaña.

Pero el oso no obedeció; se sentó sobre las patas traseras y empezó a gruñir.

—El hombre sabio teme que su soplo llegue a sus hermanos y les quite el valor —dijo David—. Es necesario que se retiren algo más.

Los hurones, que hubieran juzgado semejante accidente como la más cruel de las calamidades, se separaron entonces bastante; pero cuidando de no perder de vista la puerta de la cabaña. El oso, después de dirigirles una mirada para convencerse de que no tendría nada que temer a aquella distancia, entró con lentitud en la choza.

En ésta no había más luz que la que despedían algunos tizones, restos de un fuego que estaba extinguiéndose, y que había servido para preparar la cena de los guardas. Uncas se encontraba solo, sentado en un rincón, con las espaldas apoyadas en la pared, y las manos y pies muy sujetos con ligaduras de corteza.

El cazador, que había dejado a David a la puerta para asegurarse de que no pensaban en espiarlo, creyó prudente conservar su disfraz hasta que estuviera cierto de que ningún hurón observaba, y mientras tanto se sentó en tierra. Al principio el joven mohicano había creído que era un verdadero oso que sus enemigos mandaban contra él para probar su valor, y apenas se había dignado dirigirle una mirada; pero, cuando vio que el animal no revelaba el propósito de atacarlo, puso en él más atención y descubrió algunos defectos que le hicieron conocer el disfraz.

Si el cazador hubiera advertido el poco caso que su joven amigo hacía de su manera de desempeñar el papel de oso, el despecho quizá le habría hecho prolongar sus esfuerzos para probarle que lo había juzgado muy precipitadamente. Pero la expresión de desprecio de los ojos de Uncas se prestaba a tantas interpretaciones, que ni siquiera se le ocurrió esta idea, que le hubiera mortificado mucho. Tan pronto como David le hizo seña de que nadie pensaba en observar lo que ocurría en la choza, dejó de gruñir como un oso y se puso a silbar como una serpiente.

Uncas, que había cerrado los ojos para mostrar su indiferencia respecto a cuanto la malicia de sus enemigos podía inventar para atormentarlo, al oír el silbido de la serpiente, adelantó la cabeza para ver mejor, no tardando en encontrar los ojos del monstruo fijos en los suyos como por una atracción irresistible. El mismo silbido se repitió, y pareciole a Uncas que salía de la garganta del animal; contempló nuevamente al oso, y, con una voz que la prudencia reprimía, exclamó regocijado:

—¡Hugh!

—Corte esas ligaduras —dijo el cazador a David que acababa de aproximarse a ellos.

El cantor se apresuró a obedecer, y los miembros de Uncas recobraron su libertad. Ojo-de-halcón quitose enseguida la cabeza de oso, desató las correas con que sujetaba la piel de su cuerpo, y mostrose a su amigo con su propio traje. El joven mohicano comprendió al momento, como por instinto, la estratagema de que se había valido; pero ni sus ojos ni su lengua lanzaron otra exclamación de sorpresa que la acostumbrada de «¡Hugh!». Entonces el cazador sacó un cuchillo de larga y brillante hoja, y poniéndolo en las manos de Uncas, le dijo:

—Los hurones rojos se encuentran muy cerca de aquí; estemos, pues, precavidos.

—¡Partamos! —exclamó el mohicano.

—¿Adónde?

—Al campamento de las tortugas; ellos son los hijos de mis padres.

—Seguramente —repuso el cazador en inglés, pues hasta entonces había hablada en delaware—. No dudo que la misma sangre corre por vuestras venas; pero el tiempo y la distancia pueden haber cambiado algo su color. ¿Y qué haremos de los mingos que están a la puerta? Son seis, y el cantor no sirve para nada.

—Los hurones no son más que unos fanfarrones —dijo Uncas despreciativamente—; su emblema es el alce, y andan al paso del caracol. El de los delawares es una tortuga, pero corren más que el gamo.

—Sí —replicó Ojo-de-halcón—, es cierto lo que dice, y tengo la seguridad de que en la carrera vencería a toda su nación; que llegaría al campo de la otra, y tendría tiempo de descansar antes de que se oyera allí la voz de ninguno de estos pícaros; pero los hombres blancos son más fuertes de brazos que de piernas. En cuanto a mí, no hay ningún hurón a quien tema en una lucha cuerpo a cuerpo; pero creo que en una carrera serían más hábiles que yo.

Uncas, que se disponía ya a partir, para lo cual se había acercado a la puerta, retrocedió volviendo a situarse en el fondo de la cabaña. El cazador estaba demasiado ocupado en sus propios pensamientos para advertir este movimiento, y prosiguió hablando distraído consigo mismo, más bien que dirigiendo la palabra a su compañero.

—Bien pensado, no es tampoco razonable sujetar los pies de uno a los otros. No; y por consiguiente, Uncas, hará muy bien tratando de vencerlos en la carrera; yo me cubriré de nuevo con esta piel de oso, y procuraré salir del paso valiéndome de alguna treta.

El joven mohicano no respondió una palabra, y cruzando con tranquilidad sus brazos sobre el pecho, apoyó su espalda contra uno de los troncos que servían de sostén a la choza.

—Y bien —le dijo Ojo-de-halcón mirándolo con sorpresa—; ¿a qué aguarda? En cuanto a mí, es preferible que no salga hasta que los hurones se ocupen en perseguirlo.

—Uncas se quedará aquí.

—¿Y por qué?

—Para combatir con el hermano de su padre, y morir con el amigo de los delawares.

—Sí, sí —dijo el cazador apretando la mano del joven indio entre sus robustos dedos—; hubiera sido proceder como un mingo, más que como mohicano, el dejarme aquí abandonado. Pero he creído deber hacerle esta proposición, porque es natural que la juventud tenga apego a la vida. Pues bien: en la guerra, lo que no se puede obtener a la fuerza, se consigue con la astucia. Póngase esta piel de oso, y estoy seguro de que representará el papel tan bien como yo.

Cualquiera que fuera la opinión de Uncas respecto a sus talentos respectivos acerca de este particular, su continente grave no reveló en él ninguna idea de superioridad y, cubriéndose aprisa con la piel del habitante del bosque, esperó que su compañero le diera nuevas instrucciones.

—Ahora, amigo —dijo Ojo-de-halcón a David—, le será muy conveniente cambiar sus vestidos con los míos, porque usted no tiene costumbre de llevar el traje ligero del desierto. Tome mi gorra peluda, mi chupa y mi pantalón, deme su manta, su sombrero y hasta el libro, los anteojos y el instrumento que necesito; todo se lo devolveré, cuando nos volvamos a ver, y le daré además muchas gracias.

David entregó la poca ropa que llevaba con una prontitud que hubiese hecho honor a su liberalidad, si el cambio no hubiera sido ventajoso para él en todos aspectos. Sólo el libro de música, su instrumento y los anteojos es lo que le costó algún sentimiento entregar.

Hízose enseguida el cambio, y cuando los ojos vivos y siempre en movimiento del cazador se ocultaron bajo los vidrios de los anteojos, y su cabeza se cubrió con el sombrero triangular, podría fácilmente confundírsele en la oscuridad con el mismo David.

—¿Usted es naturalmente muy cobarde? —le preguntó con ruda franqueza Ojo-de-halcón como un médico que quiere conocer bien la enfermedad antes de recetar.

—Toda mi vida ha transcurrido en medio de la paz y tranquilidad, a Dios gracias —respondió David algo enojado por este ataque brusco a su valor—; pero nadie puede decir que he olvidado mi confianza en el Señor, aun en medio de los mayores peligros.

—Su momento de mayor peligro será —dijo el cazador— cuando los salvajes adviertan que han sido engañados, y que su prisionero se ha escapado. Si entonces no recibe un buen golpe de hacha, y es posible que el respeto que tienen a su locura le preserve de él, es muy probable que muera de enfermedad. Si se queda aquí, debe permanecer en la oscuridad en el fondo de la cabaña y desempeñar el papel de Uncas hasta que los hurones hayan reconocido el engaño, y entonces, como le he dicho, será el momento de la crisis. Si lo prefiere, puede hacer uso de sus piernas en el curso de la noche. Así pues, elija entre quedarse aquí o marchar.

—Me quedaré —respondió David firmemente.

—Eso se llama hablar como hombre, y hombre que hubiera realizado grandes cosas si hubiera recibido una mejor educación. Siéntese allá, baje la cabeza y recoja las piernas, porque su tamaño podría descubrirle antes. No hable mientras le sea posible callar, y cuando llegue a hacerlo, obrará con prudencia, entonando uno de sus cánticos, a fin de recordar a estos canallas que no es tan responsable de sus acciones como lo sería uno de nosotros, por ejemplo. Además, si le arrancan la cabellera, tenga la seguridad de que Uncas y yo no le olvidaremos, y le vengaremos como amigos y como guerreros.

—Aguarden un momento —dijo David viendo que iban a partir después de darle este consuelo—. Yo soy un hombre humilde y pacífico que no profesa el diabólico principio de la venganza. Si perezco, no inmolen más víctimas, perdonen a mis asesinos; y si piensan en ellos, que sea sólo para rogar al Señor que ilumine sus espíritus y les inspire el arrepentimiento.

El cazador dudó, y después de reflexionar algunos momentos, le dijo al fin:

—Lo que usted nos aconseja dista mucho de la ley que se sigue en los bosques; pero es noble y merece reflexionarse —y, exhalando un suspiro, quizá el último que le arrancó el recuerdo de la sociedad civilizada a que había renunciado hacía tanto tiempo, agregó—: Es un principio que quisiera poder seguir, como hombre que no tiene en su cuerpo una gota de sangre que no sea pura; pero no es siempre fácil portarse con un indio del mismo modo que con un cristiano. Adiós, amigo; que Dios le guarde.

Y, dichas estas palabras, le tomó la mano, se la apretó cordialmente, y, después de esta demostración de amistad, salió de la tienda seguido por el nuevo representante del oso.

Cuando Ojo-de-halcón estuvo bastante cerca de los hurones para poder ser observado, se irguió a fin de imitar la postura de David, extendió como él un brazo para llevar el compás, y empezó, según a él le parecía, una feliz imitación de la música del cantor. Por suerte, los oídos de los hurones no eran finos ni prácticos, pues, en otro caso, sus esfuerzos no hubieran servido sino para descubrirlo más pronto.

Tenían necesidad de pasar muy cerca de los centinelas, y cuanto más se aproximaban a ellos, el cazador subía más la voz. Al fin, cuando estuvieron a algunos pasos, el hurón, que conocía algo el inglés, adelantose hacia ellos, y detuvo al supuesto maestro de canto.

—Y bien —le dijo alargando la cabeza hacia la choza y como pretendiendo penetrar en su oscuridad para ver el efecto que habían producido en el prisionero los conjuros del juglar—; ¡ese perro delaware tiembla ya!, ¿podrán oírle gemir los hurones?

El oso gruñó entonces de un modo tan terrible y tan natural, que el indio retrocedió algunos pasos como si hubiera creído que era un oso verdadero el que estaba a su lado.

Al cazador, que temió que, si pronunciaba una sola palabra, conociesen que no era aquélla la voz de David, no se le ocurrió otro recurso que el de cantar más fuerte que nunca, lo que en cualquier parte se hubiese llamado berrear, pero que no produjo otro efecto entre los oyentes que el de darle nuevos derechos al respeto que no rehúsan jamás a los locos. El pequeño grupo de hurones se retiró, y los que ellos tomaban por el juglar y el maestro de canto siguieron su marcha.

Uncas y su compañero necesitaron de todo su valor y prudencia para caminar siempre con la misma lentitud y gravedad con que habían salido, tanto más cuanto que advirtieron que la curiosidad de los seis vigilantes, que era más poderosa que el temor, los había ya congregado frente a la puerta de la choza para ver si su prisionero permanecía tranquilo, o si el soplo del juglar lo había despojado de su valor. Un movimiento de impaciencia, un gesto imprudente de David podía perderlos, y necesitaban todavía mucho tiempo para ponerse en salvo. A fin de no inspirar sospecha alguna, el cazador prefirió seguir cantando, con lo que atrajo varios curiosos a la puerta de algunas cabañas, y en una ocasión aproximose a ellos un guerrero para reconocerlos; pero tan pronto como los hubo visto, se retiró y los dejó pasar sin interrupción. La osadía de su empresa y la oscuridad eran su mejor salvaguardia.

Encontrábanse ya a alguna distancia de las viviendas, y tocaban en los límites del bosque, cuando oyeron un grito hacia el lugar en que habían dejado a David. El joven mohicano, abandonando su papel de cuadrúpedo, levantose sobre sus pies e hizo un movimiento para desembarazarse de la piel de oso.

—Espere un momento —le dijo su amigo asiéndole por el brazo—; no es más que un grito de sorpresa; esperemos el segundo.

Sin embargo, apresuraron la marcha internándose en el bosque; pero no habían transcurrido aún dos minutos cuando resonaron horribles alaridos en todo el campamento de los hurones.

—Ahora, fuera la piel de oso —dijo Ojo-de-halcón imperativamente; y, mientras Uncas se despojaba de su disfraz, recogió dos fusiles, dos frascos de pólvora, y un pequeño saco de balas que había ocultado entre la maleza, después de su encuentro con el juglar, y tocando suavemente en la espalda al joven mohicano, le dijo poniéndole uno en la mano—: Ahora, si pueden y saben, que los diablos rabiosos sigan nuestro rastro en la oscuridad. Aquí está la muerte de los dos primeros que se nos acerquen.

Y, dicho esto, ambos fugitivos pusieron sus armas en disposición de servirse de ellas tan pronto como lo necesitasen, y, con paso rápido, se internaron en la espesura del bosque.

CAPÍTULO X

ANTONIO. *Siempre recordaré esto: Cuando César manda hacer una cosa, ya ha sido hecha.*

(*Julio César,* SHAKESPEARE.)

La impaciencia que los salvajes encargados de la custodia del prisionero experimentaban por conocer el efecto producido por el soplo del juglar fue más poderosa que el temor que éste les inspiraba; y, aunque no se atrevieron a entrar desde luego en la choza, temiendo experimentar todavía su perniciosa influencia, se acercaron a una rendija, por la cual, al fulgor del escaso fuego que quedaba, podía distinguirse lo que pasaba en el interior.

En los primeros momentos creyeron que David era Uncas; pero el incidente que Ojo-de-halcón había previsto, no tardó en ocurrir, y fue que, fatigado de tener sus largas piernas encogidas, las extendió poco a poco y su enorme pie llegó hasta las cenizas del fuego.

La superstición hizo suponer a los hurones, al principio, que el delaware había quedado disforme a causa del sortilegio; pero, cuando David levantó casualmente la cabeza, y vieron su rostro simple e ingenuo, que tan conocido tenían, en lugar de las facciones altivas y osadas del prisionero, reconocieron su error, y, enseguida, precipitándose en la cabaña, agarraron al cantor, lo sacudieron con fuerza, y se desvanecieron todas sus dudas respecto a la identidad de su persona.

Entonces fue cuando exhalaron el primer grito, que los fugitivos oyeron, seguido de mil imprecaciones y amenazas de venganza. David, interrogado por el hurón que chapurreaba el inglés, y aporreado por los demás, resolvió guardar un profundo silencio a todas las preguntas que se le hicieran, con objeto de favorecer la fuga de sus amigos; pero, creyendo llegada su última hora, acordose de su remedio universal. Privado de su libro y de su instrumento, tuvo necesidad de su memoria, y trató de hacer menos doloroso su tránsito al otro mundo cantando una lamentable despedida de éste. Su canto recordó a los indios que estaba loco, y salieron precipitadamente de la tienda para llevar la alarma a todo el campamento.

Un guerrero indio pronto se viste, y, tanto de día como de noche, tiene las armas a su lado; así es que, tan pronto como resonó el grito de alarma, doscientos hurones estaban ya en pie, completamente armados y dispuestos para el combate. La fuga del prisionero fue pronto conocida, y toda la población se agolpó frente a la choza del consejo, esperando con impaciencia las órdenes de los jefes, que discurrían respecto a la causa de un acontecimiento tan extraordinario, y deliberaban acerca de las medidas que convenía tomar. Advertida la ausencia del magua, los guerreros manifestaron su extrañeza por no verlo allí en una circunstancia semejante, porque conocían que su genio astuto y perspicaz les era muy útil, y enviaron a su choza un mensajero para buscarlo.

Mientras tanto, los más ágiles y valientes jóvenes recibieron orden de recorrer el bosque por la parte confinante con los vecinos sospechosos, los delawares, para averiguar si éstos habían favorecido la evasión del prisionero, y si se disponían a atacarlos de improviso. Mientras los jefes deliberaban prudente y gravemente en la cabaña del consejo, todo el campamento ofrecía un aspecto de completa confusión, y retumbaba con los gritos de las mujeres y los niños, que corrían desordenadamente de una parte a otra.

Los clamores que salían de la barrera del bosque no tardaron en anunciar algún nuevo acontecimiento, y esto les dio esperanza de que explicaría el misterio que era incomprensible para todos. Resonaron los pasos de algunos guerreros que se acercaban; el tropel les abrió paso, y entraron en la cabaña del consejo conduciendo al desgraciado juglar, que habían encontrado cerca de la entrada del bosque en la posición penosa en que el cazador lo había dejado.

Aunque la opinión de los hurones respecto a este individuo no era unánime, porque los unos lo tenían por un impostor y los otros creían firmemente en su poder sobrenatural, en aquel momento todos le escucharon con profunda atención, y cuando hubo concluido de hacer su breve relato, el padre de la mujer enferma adelantose y refirió a su vez lo que había hecho y visto durante aquella noche. Estas dos narraciones dieron a sus ideas una dirección más completa y exacta. Comprendiendo que el individuo que se había apoderado de la piel de oso del juglar había desempeñado el principal papel en los sucesos ocurridos, resolvieron visitar la caverna para enterarse de lo que allí había sucedido, y si la prisionera se había fugado.

Al efecto, dieron el encargo de hacer esta visita a diez jefes de los más graves y prudentes, y, una vez elegidos, estos diez comisarios se levantaron en silencio y partieron al punto para ir a la caverna, guiados por los dos más ancianos. Entraron todos en el pasadizo oscuro que conducía desde la puerta a la gran gruta, con la firmeza propia de guerreros dispuestos a sacrificarse por el bien general, y a combatir al terrible enemigo que suponían todavía encerrado allí, aunque algunos de ellos dudaban de su poder y aun de su existencia.

En el primer departamento en que entraron reinaba un profundo silencio. El fuego estaba apagado; pero ellos habían tenido la precaución de llevar teas encendidas. La enferma permanecía aún tendida en su lecho de hojas, a pesar de que el padre había declarado que la había visto llevar al bosque por el médico de los hombres blancos. Enojado por el silencio de sus compañeros, y no sabiendo él mismo qué explicación dar a estos hechos, se adelantó a la cama con incredulidad, llevando una tea en la mano para reconocer el rostro de su hija y vio que había ya expirado.

El sentimiento natural por esta desgracia superó a la fuerza de espíritu del salvaje, y el viejo guerrero se cubrió los ojos con las manos, con un gesto que revelaba la violencia de su dolor; pero, dominándose enseguida, volviose hacia sus compañeros y les dijo con afectada tranquilidad:

—La esposa de nuestro hermano joven nos ha abandonado. El Gran Espíritu está colérico contra sus hijos.

Esta triste noticia fue escuchada con el más profundo silencio; pero, en aquel momento, oyose en la habitación inmediata una especie de ruido sordo, cuya naturaleza no comprendieron. Los indios más supersticiosos contemplábanse unos a otros, y no se atrevían a avanzar hacia un lugar del que acaso se habría apoderado el espíritu maligno que, según ellos, había dado muerte a la mujer. Sin embargo, como algunos más osados habían entrado en el pasadizo que conducía a él, nadie se atrevía a quedarse atrás. Al llegar al segundo departamento encontraron al magua arrastrándose por tierra furiosamente, desesperado por no poder desembarazarse de sus ligaduras, y una exclamación de sorpresa salió de todos los labios.

Tan pronto como los guerreros se dieron cuenta de la situación en que se encontraba, se apresuraron a quitarle la mordaza y cortarle las ligaduras que lo sujetaban. El magua se levantó sacudiendo sus miembros como un león que sale de su antro, y sin pronunciar una sola palabra, apoyando la mano sobre el mango de su cuchillo, dirigió una rápida mirada a los que lo rodeaban como si buscara a alguien a quien inmolar a su venganza; pero, como no vio sino caras amigas, rechinó los dientes con un ruido que los hacía parecer de hierro, y devoró su rabia a falta de víctima sobre quien descargarla.

Todos los testigos de esta escena temían exasperar más su iracundo carácter, y permanecieron silenciosos algunos minutos, hasta que el más antiguo de los jefes hizo uso de la palabra.

—Veo que mi hermano ha encontrado un enemigo. ¿Está cerca de aquí, a fin de que los hurones puedan vengarlo?

—¡Muera el delaware! —exclamó el magua con voz atronadora.

Siguiose a esta exclamación un nuevo intervalo de silencio, hasta que el mismo jefe dijo después de un rato:

—El mohicano tiene buenas piernas y sabe servirse de ellas; pero nuestros jóvenes guerreros han salido en su persecución.

—¡Se ha escapado! —exclamó el magua con una voz tan hueca y oscura que parecía salirle del fondo del pecho.

—¡Un espíritu malo! —repitió el magua sarcásticamente—. Sí, el espíritu malo que ha hecho perecer a tantos hurones, el espíritu malo que dio muerte a nuestros compañeros sobre la peña de Glenn, el que arrancó las cabelleras a cinco de nuestros guerreros junto a la fuente de la Salud, el que ha ligado los brazos al Zorro Sutil.

—¿A quién se refiere nuestro hermano? —preguntó el mismo jefe.

—Al perro que lleva bajo una piel blanca la fuerza y la astucia del hurón —exclamó el magua—, a «La-larga-carabina».

Este nombre temible produjo gran efecto en los que le escuchaban, y el silencio y la consternación reinaron un instante entre los guerreros; pero, después de reflexionar que su más mortal enemigo, un enemigo tan formidable como osado, había penetrado en su campo para desafiarlos e insultarlos arrebatándoles su prisionero, la misma rabia que había enajenado al magua, se apoderó también de ellos, revelándose por medio de crujidos de dientes, alaridos horrorosos y amenazas terribles.

Poco a poco, fueron recobrando la calma y la gravedad que constituían el fondo de su carácter.

El magua, que durante este tiempo había reflexionado también, varió igualmente de tono, y dijo con la dignidad y sangre fría que requería el caso:

—Vamos a buscar a nuestros jefes, que nos están esperando.

Sus compañeros asintieron silenciosos, y salieron de la caverna para volver al consejo.

Llegados allí, y tomando asiento, todos los ojos se volvieron hacia el magua, quien conoció que esperaban el relato de lo ocurrido, que él se apresuró a hacerles sin disimular ni exagerar nada; y, cuando hubo concluido, los detalles que acababa de dar, unidos a los que con anterioridad conocían, demostraron tan palmariamente que los hurones habían sido engañados con los ardides de Heyward y «La-larga-carabina», que no quedó pretexto ninguno a la superstición para suponer que algún poder sobrenatural había intervenido en los sucesos de aquella noche, pues, en efecto, habían sido burlados del modo más vergonzoso.

Al terminar el Zorro Sutil su relato, todos los guerreros que habían podido encontrar sitio en la tienda del consejo, y habían entrado para escucharle, se miraron unos a otros, no menos asombrados de la osadía inconcebible de sus enemigos que del éxito alcanzado; pero lo que les preocupaba especialmente era el modo de vengarse de ellos.

Partieron varios guerreros con el objeto de descubrir el rastro de los fugitivos, mientras los jefes permanecieron deliberando aún. Muchos viejos hicieron proposiciones que el magua escuchó silencioso. El astuto salvaje había recobrado su dominio sobre sí mismo con su acostumbrado disimulo, e iba derecho hacia su objeto con la sagacidad y prudencia que nunca lo abandonaban; y sólo cuando todos hubieron expuesto su opinión, se levantó él para manifestar la suya, que fue de tanto más peso cuanto algunos guerreros de los enviados a la descubierta regresaron diciendo que habían reconocido el rastro de los fugitivos en dirección al campamento de los delawares.

Conocida esta importante noticia, el magua expuso su plan a sus compañeros, y lo hizo con tanto acierto y elocuencia, que fue adoptado por unanimidad. Veamos ahora en qué consistía este plan, y qué motivos se lo habían sugerido.

Por una política, de la que se apartaba en muy limitadas ocasiones, había separado a las dos hermanas desde que llegaron al campamento de los hurones; el magua tenía la convicción de que conservando a Alicia en su poder, aseguraba un dominio sobre Cora mucho mayor que

si las guardase juntas, y por esta causa había conservado consigo a la más joven, confiando la mayor a la custodia de los delawares, aliados de los hurones, que, sin embargo, no creían en su buena fe, tanto más cuanto que estaba estipulado entre ambas partes que este convenio sólo era temporal y duraría el tiempo que los dos pueblos fuesen vecinos. Habían adoptado este partido tanto para lisonjear el amor propio de los delawares inspirándoles confianza, cuanto para informarse bien de sus usos y costumbres.

Aunque atormentado por la ardiente sed de venganza, que no suele extinguirse entre los salvajes hasta que es satisfecha, no perdía el magua de vista sus intereses personales. Los defectos y locuras de su juventud debían ser expiados con largos y penosos servicios, antes de que pudiera lisonjearse de haber recobrado toda la confianza de su antiguo pueblo, y sin confianza no hay autoridad entre los indios.

En esta difícil situación, el astuto magua no había omitido medio alguno de acrecentar su influencia, y uno de sus más felices recursos para conseguirlo era la habilidad con que había ganado la amistad de sus fuertes y peligrosos vecinos. El resultado de estos esfuerzos había correspondido a las esperanzas de su política, porque los hurones no carecen de aquel principio predominante de nuestra naturaleza, que hace que el hombre estime sus aptitudes en proporción del aprecio que merecen de los demás.

Pero, al hacer estos sacrificios, no olvidaba el magua sus propios intereses. Como aquellos imprevistos sucesos habían echado por tierra todos sus proyectos arrebatándole repentinamente los prisioneros, veíase entonces reducido a la necesidad de solicitar una gracia de aquellos a quienes en su sistema político había tenido necesidad de servir hasta entonces.

Varios jefes habían propuesto diversos proyectos para dar una sorpresa a los delawares, apoderarse de su campamento y recobrar los prisioneros, porque todos convenían en que el honor de la nación dependía de que fuesen sacrificados a su venganza; pero al Zorro Sutil le fue costoso hacer desechar estos planes, cuya ejecución era peligrosa y el éxito dudoso. Expuso todas las dificultades con su habilidad acostumbrada, sin hablar de su plan hasta que hubo demostrado que ninguno de los propuestos era aceptable.

Empezó lisonjeando el amor propio de sus oyentes, y después de hacer una larga enumeración de todas las ocasiones en que los hurones habían probado su valor y su perseverancia, vengando un insulto, elogió mucho la prudencia; pintó esta virtud como el gran punto diferencial entre el castor y los demás animales y los hombres, y en fin entre los hurones y todo el género humano.

Pasó luego a demostrar de qué modo convenía hacer uso de esta virtud en la situación en que se encontraba entonces el pueblo. Por una parte, les dijo, debían pensar en su padre el gran rostro pálido, el gobernador del Canadá, que había mirado con malos ojos a sus hijos los hurones, al ver que sus hachas estaban tan enrojecidas; por otra parte, no debían olvidar que se trataba de un pueblo tan numeroso como el suyo, que hablaba diferente idioma, que no amaba a los hurones, y que aprovecharía gustoso cualquier pretexto para atraer sobre ellos el enojo del gran jefe blanco.

Habló después de sus necesidades, de la recompensa que debían esperar por sus servicios, de la distancia en que se encontraban de los bosques donde cazaban ellos de ordinario, y los convenció de la necesidad que tenían en aquellas críticas circunstancias de recurrir a la astucia antes que a la fuerza.

Como observase que, mientras los ancianos acogían bien estos sentimientos tan moderados, los jóvenes guerreros más distinguidos por su valor arrugaban el entrecejo, los condujo hábilmente al objeto que preferían, diciéndoles que el fruto de la prudencia que recomendaba sería un triunfo completo, y hasta dio a entender que, adoptando las precauciones debidas, su buen éxito podría ocasionar la destrucción de todos sus enemigos y de todos aquellos a quienes aborrecían. En suma, mezcló las imágenes de la guerra con las ideas de destreza y artificio para lisonjear la afición de los que no tenían más pasión que la de las armas, y la prudencia de aquellos cuya experiencia rehusaba recurrir a ellas hasta el último momento, dando así esperanzas a los dos partidos, aunque ninguno de ambos comprendía todavía bien cuál era su propósito.

Todos conocieron que el magua no había expuesto todo su pensamiento, y cada uno en particular se lisonjeaba de que lo omitido se acomodaba a su propio deseo.

En este feliz estado de cosas, la sagacidad del magua consiguió lo que se propuso, de lo que no puede sorprenderse el lector, teniendo en cuenta la facilidad con que los ánimos se dejan arrastrar por un orador en una asamblea deliberante. Toda la población consintió en ser guiada por él, confiando por unanimidad el cuidado de dirigir este asunto al jefe que acababa de hablar tan elocuentemente, para proponer medios sobre los cuales no se habían explicado con tanta claridad.

El magua había conseguido el fin que se proponía, recobrando completamente el terreno que había perdido en el favor de sus conciudadanos. Veíase honrado con el encargo de dirigir los negocios de su horda, y, de hecho, investido con el gobierno, y mientras pudiera sostener su popularidad, ningún monarca ejercería una autoridad más despótica, a lo menos mientras el pueblo estuviese en país enemigo.

Acto seguido, envió, como jefe supremo, espías a todas partes para reconocer más detalladamente las huellas de los fugitivos; mandó a otros más astutos que fueran a informarse de lo que pasaba en el campamento de los delawares, despidió a los guerreros a sus tiendas, lisonjeándolos con la esperanza de que pronto podrían enorgullecerse con nuevas proezas, y dijo a las mujeres que se retiraran con sus hijos, agregando que su deber era callarse y no intervenir en los negocios de los hombres.

Después de dar estas diferentes órdenes, recorrió el campamento, entrando en algunas tiendas, donde creía que su presencia podía ser agradable o lisonjera para el individuo que la habitaba; confirmó a sus amigos en la confianza que en él habían depositado, decidió a los que vacilaban todavía, y satisfizo a todo el mundo.

Luego, entró en su morada. Como la mujer que había abandonado al verse precisado a huir de su pueblo había muerto y no tenía hijos, ocupaba una choza solitaria, que era la cabaña a medio construir en la que Ojo-de-halcón había encontrado a David, a quien el hurón había permitido habitarla. El infeliz cantor sufría, cuando se encontraban juntos, con la indiferencia despreciativa de la altiva superioridad del Zorro Sutil.

Allí fue, pues, donde el magua se retiró después que hubo terminado sus trabajos políticos; pero, mientras los demás dormían, él seguía velando.

Si algún hurón se hubiera atrevido a espiar las acciones del nuevo jefe, lo habrían visto sentado en un rincón madurando sus proyecto desde el momento en que entró en la cabaña hasta la hora en que había ordenado a cierto número de guerreros escogidos que fueran a reunirse con él a la mañana siguiente. De vez en cuando el fuego atizado por él hacía resaltar su piel roja y la ferocidad de su rostro y no hubiera sido un gran error compararlo con el príncipe de las tinieblas, ocupado en tramar negras maquinaciones.

Mucho tiempo antes de que amaneciese empezaron los guerreros a llegar poco a poco a la solitaria cabaña del magua, hasta que se reunieron todos en número de veinte, armados con fusil y sus demás armas; pero su fisonomía era pacífica, y no reflejaba sentimientos bélicos. Su llegada fue silenciosa; unos se sentaron en un rincón, los demás permanecieron en pie como estatuas, y todos guardaron una respetuosa actitud.

Entonces se levantó el magua y, poniéndose a la cabeza, hizo la señal de partir, y siguiéronle todos formados en fila india.

Lejos de encaminarse directamente hacia el campamento de los delawares, el magua siguió la orilla del arroyo hasta el pequeño lago artificial de los castores. El día empezaba a clarear cuando entraron en la plaza formada por estos animales industriosos. El magua, que había vuelto a ponerse el traje de hurón, llevaba sobre la piel que le servía de vestido la figura de una zorra; pero habiendo entre los suyos un jefe que había tomado por emblema el castor, hubiera sido, a su juicio, una gran desatención pasar tan cerca de una comunidad tan numerosa de amigos sin manifestarles su respeto.

En consecuencia, detúvose para pronunciarles un discurso, como si se dirigiera a seres racionales y capaces de comprenderle. Les llamó sus primos; les recordó que debían a su influencia y protección la tranquilidad de que disfrutaban, a despecho de tantos mercaderes codiciosos que excitaban a los indios a quitarles la vida; les prometió continuar protegiéndolos y les exhortó a ser agradecidos; les habló luego de la expedición a que se encaminaban, y les insinuó, aunque con delicados circunloquios, que sería muy cuerdo que inspirasen a su pariente una parte de la prudencia que ellos tenían.

Mientras pronunciaba este extravagante discurso, sus compañeros permanecían graves y atentos, como si todos estuvieran profundamente convencidos de que no decía sino lo que debía. Aparecieron algunas cabezas de castor en la superficie del agua, y el hurón manifestó su satisfacción persuadido de que su arenga no había sido inútil. Cuando terminó su perorata, creyó ver la cabeza de un castor muy grande salir de una guarida separada de las demás y que, no encontrándose en muy buen estado, le había parecido abandonada, circunstancia que el Zorro Sutil hizo observar a los guerreros como presagio muy favorable; y, aunque el animal se retiró precipitadamente, no dejó por ello de prodigarle elogios y palabras de gratitud.

Luego que el magua hubo concedido algún tiempo al cariño de la familia del guerrero, reanudose la marcha, y, mientras los indios avanzaban en cuerpo, con un paso que los oídos de un europeo no hubieran podido percibir, se asomó a la puerta el mismo castor venerable. Si algún hurón hubiera vuelto entonces el rostro para mirarlo, hubiera visto que el animal vigilaba los movimientos de la tropa con interés y sagacidad propios de un ser dotado de razón. Realmente, todas las maniobras del cuadrúpedo parecían tan bien encaminadas a este fin, que el observador más atento e instruido no hubiera podido explicar el motivo, a no haber observado que, cuando los hurones entraron en el bosque, se mostró el animal por completo, y el grave y silencioso Chingachgook desembarazó su cabeza de la peluda máscara que la cubría.

CAPÍTULO XI

Abreviad, os lo ruego; pues, como podéis ver, necesito atender a más de un asunto.

(*Mucho ruido y pocas nueces,* SHAKESPEARE.)

Estaba establecida la tribu, o, mejor dicho, la semitribu de los delawares, en un campamento que distaba poco del de los hurones, y el número de sus guerreros era casi igual al de la horda vecina. A semejanza de otras muchas tribus de aquellos cantones, los delawares habían seguido a Montcalm sobre el territorio de la corona de Inglaterra, haciendo frecuentes y serias excursiones por los bosques, en los cuales creían tener derecho exclusivo de caza los mohawks; pero aquéllos, con la reserva peculiar de los indios, habían juzgado conveniente dejar de auxiliar al general francés en el momento en que su socorro podía serle más útil, es decir, cuando se dirigía al fuerte Guillermo-Enrique.

Los franceses interpretaron de varios modos esta deserción inesperada de sus aliados; pero la opinión más general era que los delawares no habían querido faltar al antiguo tratado que obligaba a los iroqueses a protegerlos y defenderlos, ni exponerse a verse obligados a combatir contra los que hasta entonces habían considerado como sus amos. Los delawares por su parte se habían limitado a decir a Montcalm con el laconismo indio, que sus hachas estaban gastadas y necesitaban afilarlas. La política del comandante general del Canadá había juzgado más prudente conservar un amigo pasivo, que convertido en enemigo declarado con un acto de severidad inoportuna.

En la mañana que el magua condujo su tropa silenciosa al bosque, y se detuvo junto al estanque de los castores, encontró, al salir el sol en los campos de los delawares, un pueblo ocupado tan activamente como si estuviera en el medio del día. Las mujeres estaban todas en movimiento; unas preparaban el almuerzo, otras llevaban el agua y la leña que era necesaria; pero la mayor parte interrumpían su trabajo para detenerse de tienda en tienda a hablar un poco, muy deprisa y en voz baja con sus vecinas y amigas. Los guerreros, reunidos en diferentes grupos, ocupábanse, al parecer, más bien en hacer reflexiones que en conversar y, cuando pronunciaban algunas palabras, hacíanlo con el tono de quien ha meditado mucho lo que dice. Los instrumentos necesarios para la caza estaban preparados en las cabañas; pero nadie parecía dispuesto a tomarlos. Acá y allá se veían algunos examinando las armas con una atención muy diferente de la que se pone cuando no se trata de vencer a otros enemigos que a los animales de los bosques; y, de vez en cuando, las miradas de todo un grupo se dirigían a una gran choza colocada en medio del campamento, como si allí se encontrara el objeto de todos los pensamientos y palabras.

De pronto, apareció un hombre al otro extremo de la plataforma de la montaña, sobre la cual estaba el poblado. No llevaba armas, y la pintura de su rostro parecía que no tenía otro objeto que el suavizar la ferocidad natural de sus facciones. Al divisar a los delawares, se detuvo e hizo una señal de paz y amistad levantando un brazo hacia el cielo, y apoyando seguidamente una mano sobre el pecho. Los delawares respondieron en la misma forma y lo invitaron a acercarse repitiendo estas demostraciones amistosas.

Convencido de sus disposiciones favorables, dejó aquel individuo la cima de la montaña en que se había detenido un momento, dibujándose su cuerpo sobre el horizonte iluminado entonces con los hermosos colores de la mañana, y se adelantó despacio y con dignidad hacia las viviendas. Mientras se aproximaba, sólo se percibió el ruido de los ligeros adornos de plata suspendidos de su cuello y sus brazos, y las campanillas que adornaban sus mocasines de piel de gamo. Testimoniaba su amistad a todos los hombres que encontraba; pero no ponía atención en las mujeres, como si juzgara innecesario atraerse su benevolencia para lograr el objeto que allí lo había conducido. Al llegar junto a un grupo compuesto por los jefes principales, según revelaban su altivez y dignidad, se detuvo, y los delawares reconocieron en el recién llegado a un jefe hurón bien conocido por el nombre de Zorro Sutil.

Dispensósele un recibimiento grave, silencioso y circunspecto, y los guerreros que estaban en primera línea se separaron para dejar paso al que entre ellos consideraban como el mejor orador, y que hablaba en todas las lenguas usadas entre los salvajes del norte de América.

—Bienvenido sea el prudente hurón —dijo el delaware en lengua magua—. ¿Viene a comer el *suc-ca-tush*[5] con sus hermanos de los lagos?

—A eso viene —respondió el magua con toda la dignidad de un príncipe oriental.

---

[5] *Suc-ca-tush:* Manjar compuesto de maíz y habas.

El jefe delaware tendió el brazo, apretó la muñeca del hurón en señal de amistad, y Zorro Sutil hizo lo mismo. Entonces el primero convidó al magua a entrar en su tienda y a compartir con él su almuerzo. Aceptada la invitación, los dos guerreros, seguidos de tres o cuatro ancianos, se retiraron dejando a los demás delawares entregados al deseo de conocer el motivo de esta extraordinaria visita; pero sin exteriorizar su curiosidad por la palabra más insignificante ni el menor gesto.

Mientras almorzaron el jefe delaware y Zorro Sutil, la conversación se redujo a hablar de la gran cacería en que sabían que el magua se había ocupado algunos días antes. Satisfecho el apetito, las mujeres retiraron las calabazas y los restos del almuerzo, y los dos oradores se dispusieron a dar testimonio de su talento y destreza.

—¿El rostro de nuestro padre del Canadá se ha vuelto hacia sus hijos los hurones? —preguntó el delaware.

—¿Les ha vuelto la espalda alguna vez? —repuso el magua—. Él llama siempre a los hurones sus hijos muy estimados.

El delaware hizo un gesto de aprobación, aunque estaba convencido de lo contrario, y añadió:

—¿Las hachas de los guerreros hurones se han enrojecido mucho?

—Sí —dijo el magua—; pero ahora están embotadas, aunque brillantes, porque no hay ingleses a quienes combatir, y tenemos a los delawares por vecinos.

El delaware respondió a este cumplido con un gesto de satisfacción; y, aprovechándose el magua de la alusión que su huésped acababa de hacer a la matanza del fuerte Guillermo-Enrique, le preguntó:

—¿Mi prisionera molesta mucho a mis hermanos?

—Al contrario, su compañía nos complace a todos mucho.

—El camino que separa el campamento de los delawares del de los hurones es corto y cómodo; si ocasiona alguna molestia a mis hermanos pueden enviarla a mi poblado.

—Su compañía es muy grata a todos nosotros —repitió el delaware con más energías que la primera vez.

Turbado el magua, no supo qué contestar durante algunos momentos; pero, luego, afectando indiferencia respecto a la respuesta evasiva que acababa de recibir su primer intento para arrebatar a sus vecinos la prisionera que les había sido confiada, dijo:

—Me parece que mis jóvenes guerreros dejan a mis amigos los delawares bastante terreno para cazar en las montañas.

—Los lenapes no necesitan autorización alguna para cazar en sus montañas —respondió el delaware altivamente.

—Sin duda, la paz debe reinar entre los pieles rojas. ¿Por qué habían de pelear unos contra otros? ¿Los rostros pálidos no son sus comunes enemigos?

—¡Bravo! —exclamaron al mismo tiempo algunos oyentes.

El magua hizo una pausa para dar tiempo a que las palabras que acababa de pronunciar produjeran su efecto en los delawares.

—¿No han venido mocasines extranjeros a este bosque? ¿No han visto mis hermanos huellas de hombres blancos?

—Que venga mi padre del Canadá; sus hijos están dispuestos a recibirlo.

—Si el gran jefe viene, será para fumar con los indios en sus tiendas, y los hurones dirán también: «Sea bienvenido.» Pero los ingleses tienen los brazos largos, y sus piernas no se cansan jamás. Mis jóvenes guerreros han soñado que habían visto las huellas de los ingleses junto al campamento delaware.

—¡Que vengan! No encontrarán a los lenapes durmiendo.

—Perfectamente; el guerrero que tiene los ojos abiertos puede ver a su enemigo —dijo el magua; y viendo que sus esfuerzos para alterar la calma de su interlocutor eran infructuosos, varió de táctica nuevamente—. He traído algunos presentes a mi hermano. Su pueblo ha tenido sus razones para no acudir al campo de la guerra; pero sus amigos no han olvidado dónde habita.

Después de haber anunciado de este modo su liberalidad, el astuto jefe se levantó y puso gravemente ante la deslumbrada vista de sus huéspedes los regalos que traía, consistentes en alhajas de poco valor, robadas a las desgraciadas mujeres asesinadas y saqueadas cerca del fuerte Guillermo-Enrique. Estos obsequios fueron distribuidos con gran habilidad. Regaló las alhajas más brillantes a los dos guerreros más distinguidos, entre los cuales estaba Corazón Duro, su huésped, y ofreció las demás a los jefes subalternos, teniendo cuidado de darles mayor precio con cumplimientos que no les dejaban motivo para quejarse de la parte que les había correspondido. En una palabra, supo aunar tan bien la lisonja y la liberalidad, que no le fue difícil leer en los ojos de los que recibían estos regalos, el efecto que les produjo su generosidad y sus elogios.

El golpe político que acababa de dar produjo el efecto que el Zorro Sutil se esperaba obtener. La gravedad de los delawares se disminuyó, sus facciones adquirieron una expresión más amistosa, y Corazón Duro, que debía quizás este sobrenombre a alguna horrorosa proeza cuyos

pormenores nos son desconocidos, dijo al magua después de haber contemplado su parte del botín con manifiesta satisfacción:

—Mi hermano es un gran jefe; sea bienvenido.

—Los hurones son amigos de los delawares, y no hay razón para que dejen de serlo. ¿No es el mismo sol el que da color a su piel? ¿No cazarán en los mismos bosques después que mueran? Los pieles rojas deben ser amigos y vigilar mucho a los blancos. ¿Mi hermano no ha visto huellas de espías en los bosques?

El delaware, olvidando que había ya contestado evasivamente a la misma pregunta, y ablandada sin duda con los regalos la dureza de su corazón, dignose entonces contestar más directamente.

—Se han visto mocasines extranjeros en nuestro campamento, y han penetrado en nuestras moradas.

—¿Y mi hermano no ha arrojado a esos perros? —preguntó el magua afectando no advertir que esta respuesta desmentía la que antes había recibido.

—No; el extranjero es siempre bien llegado a la vivienda de los hijos de los lenapes.

—El extranjero, bien; ¡pero el espía...!

—¿Los ingleses emplean sus mujeres como espías? ¿El jefe hurón no ha declarado que había mujeres que fueron hechas prisioneras en la batalla?

—Y ha dicho la verdad. Los ingleses han enviado espías, han venido a nuestras tiendas; pero no han encontrado a nadie que les diga: «Sean bienvenidos.» Entonces han huido hacia el campo de los delawares, porque ellos aseguran que los delawares son sus amigos, y que han vuelto el rostro a su padre del Canadá.

Esta insinuación directa en una sociedad más civilizada, hubiera valido al magua la reputación de diplomático hábil. Sus huéspedes sabían perfectamente que la inacción de su horda, durante la expedición al fuerte Guillermo-Enrique, había sido motivo de muchas reconvenciones dirigidas por los franceses a los delawares, y conocían que esta conducta debía inspirar a aquéllos desconfianza. No se necesitaba profundizar mucho en las causas y los efectos para juzgar que semejante estado de cosas podía perjudicarlos en su porvenir, encontrándose sus viviendas ordinarias y los bosques de donde sacaban su subsistencia en los límites del territorio de los franceses. Por esta causa las últimas palabras pronunciadas por el jefe hurón fueron escuchadas con desaprobación y desconfianza.

—Que nuestro padre del Canadá nos mire cara a cara —dijo Corazón Duro—, y se convencerá de que sus hijos no han cambiado. Es verdad que nuestros jóvenes guerreros no se presentaron en el campo de batalla, pero ello fue debido a que habían tenido ciertos sueños que se lo impidieron. Sin embargo, no aman ni respetan menos al jefe blanco.

—¿Podrá creerlo cuando sepa que su mayor enemigo ha encontrado refugio y alimento en el campo de sus hijos? ¿Cuando se le diga que un inglés enrojecido por la sangre fuma delante del hogar de Corazón Duro, creerá en la fidelidad de éste? ¿Qué dirá cuando sepa que el rostro pálido, que ha hecho perecer a tantos amigos suyos, está en libertad en medio de los delawares? Vaya, vaya; nuestro padre del Canadá no ha perdido el juicio.

—¿Quién es ese inglés a quien los delawares debían temer, que ha muerto a sus guerreros y es el enemigo mortal del gran jefe blanco?

—La-larga-carabina.

Este nombre bien conocido estremeció a los guerreros delawares, quienes revelaron con su sorpresa que entonces recibían la primera noticia de que en su poder estaba un hombre que se había hecho tan temible a las poblaciones indias, aliadas de la Francia.

—¿Qué quiere decir mi hermano? —preguntó Corazón Duro con asombro y en tono tal que desmentía la apatía peculiar de su raza.

—Un hurón dice siempre verdad —respondió el magua cruzando los brazos en actitud de indiferencia—. Examinen los delawares a sus prisioneros, y encontrarán uno cuya piel no es blanca ni roja.

Después de una larga pausa, Corazón Duro llamó a sus compañeros aparte para deliberar juntos, decidiendo llamar para consultarles a los jefes más distinguidos.

Éstos no tardaron en presentarse unos en pos de otros, y a medida que iban entrando se les enteraba de la importante noticia que el magua acababa de dar, y todos, al oírla, prorrumpían en exclamaciones que revelaban su sorpresa. Esta noticia se esparció rápidamente recorriendo todo el campamento, las mujeres suspendían sus trabajos para escuchar las pocas palabras que dejaban escapar sus guerreros; los niños olvidaban los juegos para seguir a sus padres, y parecían casi tan asombrados como éstos de la temeridad de su terrible enemigo; en una palabra, toda ocupación fue momentáneamente abandonada, y todo el poblado no pensó en otra cosa más que en expresar cada cual a su modo el sentimiento general que experimentaba.

Tranquilizados un poco los ánimos, los ancianos se pusieron a meditar detenidamente acerca de las medidas que el honor y la seguridad de su pueblo les aconsejaban tomar en una circunstancia tan difícil y delicada. Durante todos estos movimientos, el magua permaneció en pie apoyado contra la pared de la tienda, y tan impasible aparentemente como si no le interesara el resultado de aquella deliberación. Sin embargo, ningún indicio de las futuras intenciones de sus huéspedes escapaba a su mirada perspicaz, y conociendo bien el carácter de los indios con quienes trataba, preveía casi siempre su resolución antes que fuese adoptada, pudiendo asegurarse que conocía sus propósitos antes que ellos mismos.

El consejo de los delawares no tuvo mucha duración y, al terminar, un movimiento general anunció que iba a ser inmediatamente seguido de una asamblea general. Estas reuniones solemnes eran raras, y como no podían verificarse sino en las ocasiones de la mayor importancia, el astuto hurón que se había quedado solo en un rincón, silencioso pero perspicaz observador de cuanto ocurría, vio llegado el instante en que sus planes debían triunfar o ser frustrados. Salió, pues, de la tienda y situose frente al lugar en que los guerreros empezaban ya a reunirse.

Todavía transcurrió más de media hora antes de que toda la horda se congregase en el mismo sitio, sin exceptuar las mujeres y niños. Todo este tiempo se invirtió en hacer los graves preparativos que se habían juzgado necesarios para una asamblea extraordinaria; pero, cuando asomó el sol por la cima de la alta montaña, en donde los delawares tenían establecido su campamento, los rayos, que se reflejaban en las ramas frondosas de los árboles que allí crecían, envolvían en sus haces de luz a una multitud tan curiosa como si todos tuvieran un interés personal en la discusión que iba a entablarse. El número de los congregados llegaba a mil doscientos.

En las asambleas de salvajes no hay nadie que aspire con impaciencia a una distinción señalada, ni que aconseje a los demás una decisión precipitada; la edad y la experiencia son los únicos títulos que autorizan a exponer al pueblo el objeto de la reunión y a emitir su voto. Hasta entonces ni la fuerza corporal, ni el valor acreditado, ni la elocuencia, disculparían al que quisiera alterar esta antigua costumbre.

En esta ocasión había muchos jefes que al parecer estaban autorizados para usar de los derechos de este doble privilegio; pero todos guardaban silencio como si la importancia del asunto los intimidase.

Pero el silencio se prolongaba más de lo acostumbrado sin que nadie hiciese el menor gesto de impaciencia o asombro; la tierra parecía ser el objeto de sus miradas; y solamente las dirigían de vez en cuando a una cabaña, a pesar de no tener nada de particular que la diferenciara de las otras, a no ser que estaba cubierta con más cuidado para resguardarla de la intemperie.

Al fin, uno de aquellos murmullos sordos en que con frecuencia prorrumpía la multitud se dejó oír, y todos los que habían tomado asiento se levantaron de repente como por un movimiento espontáneo. Abriose la puerta de aquella cabaña, y, saliendo de ella tres hombres, se dirigieron lentamente hacia el lugar de la asamblea. Los tres eran ancianos y de una edad más avanzada que cuantos formaban la reunión. Uno de ellos, colocado entre los otros dos que lo sostenían, contaban un número de años que pocas veces viven los individuos de la especie humana. Su cuerpo estaba encorvado con el peso de más de un siglo; ya no tenía el paso firme y ligero de los indios, y veíase obligado a medir el terreno por pulgadas. Su piel roja y arrugada contrastaba de un modo singular con los cabellos blancos que le caían sobre los hombros y cuya longitud era sumamente extraordinaria.

La indumentaria de este anciano, cuya edad, el número de sus descendientes y el prestigio de que gozaba en su pueblo le atraían la veneración de sus súbditos, era rica y espléndida. Su manto estaba confeccionado con las más hermosas pieles; pero en algunas partes le faltaba el pelo y, en su lugar, veíanse notables jeroglíficos que representaban las hazañas de guerra con que se había ilustrado medio siglo antes. Su pecho estaba cargado de medallas de plata, y algunas de oro, con que lo habían condecorado varios soberanos europeos durante el curso de su larga vida; brazaletes del mismo metal ceñían sus piernas y brazos, y su cabeza, sobre la cual había dejado crecer toda su cabellera desde que la edad le había impedido manejar las armas, llevaba una especie de diadema de plata, con tres grandes plumas de avestruz, que caían ondeando sobre sus cabellos, cuya blancura hacían resaltar. El puño de su hacha estaba guarnecido de varios anillos de plata, y el mango de su cuchillo brillaba como un ascua de oro.

Calmado un tanto el primer movimiento de agitación y complacencia que produjo la aparición repentina de este hombre venerable, el nombre Tamenund fue repetido por todas las bocas. El magua había oído con frecuencia hablar de la sabiduría y equidad de este anciano guerrero delaware; su fama llegaba hasta atribuirle el don de recibir directamente las inspiraciones del Gran Espíritu, por lo que ha sido

transmitido su nombre a los usurpadores blancos de su territorio, que lo veneran como el santo tutelar e imaginario de un vasto imperio. El jefe hurón se separó del grupo y situose en un sitio desde donde podía contemplar de más cerca las facciones de un hombre cuya voz debía ejercer poderosa influencia en el éxito de sus proyectos.

Los ojos del anciano permanecían cerrados, como si les hubiera ocasionado gran fatiga el tenerlos tanto tiempo abiertos observando las pasiones humanas; el color de su piel difería de la de todos los demás indios y parecía más oscura, lo cual era debido, indudablemente, a la multitud innumerable de pequeñas rayas complicadas pero regulares, y de figuras diferentes que habían sido trazadas en ella.

Tamenund pasó por delante del hurón sin prestarle la menor atención; sostenido por sus dos venerables compañeros, adelantose en medio de sus conciudadanos, que se apresuraron a abrirle paso, y se sentó en el centro con la actitud severa de un monarca y con el gesto plácido y bondadoso de un padre.

Es imposible dar idea del respeto y cariño que manifestaron los delawares al ver llegar inopinadamente a un hombre que parecía pertenecer ya a otro mundo. Después de algunos momentos de silencio acostumbrado, se levantaron los principales jefes, y acercándose a él por turno, le tomaron una mano y la pusieron sobre su cabeza como para pedirle su bendición. Los guerreros más distinguidos se limitaron a tocar la orilla de su vestido; los demás parecían considerarse bastante felices pudiendo respirar el mismo aire que un jefe que había sido tan valiente, y que era todavía tan justo y tan sabio. Después que hubieron tributado a aquel patriarca este homenaje de veneración afectuosa, los guerreros y los jefes volvieron a ocupar sus asientos, y un silencio absoluto reinó de nuevo en la asamblea.

Algunos jóvenes guerreros, a quienes uno de los ancianos compañeros de Tamenund había dado instrucciones en voz baja, se pusieron entonces en pie, entraron en la cabaña situada en el centro del campamento, y algunos instantes después volvieron escoltando a los individuos que eran la causa de estos solemnes preparativos y que fueron conducidos a la asamblea. Las filas se abrieron para abrirles paso y volvieron a cerrarse tras ellos, de modo que los prisioneros se encontraron en medio de un gran círculo formado por toda la población.

CAPÍTULO XII

Todos los individuos de la asamblea tomaron asiento, y Aquiles, cuya estatura superaba a la de los demás jefes, habló así al rey de los hombres.

(*El Homero,* de Pope.)

Llegaron los prisioneros, siendo la primera en presentarse Cora, enlazada al brazo de su hermana Alicia, por quien manifestaba la más cariñosa ternura.

Aquélla, a pesar del aspecto terrible y amenazador de los salvajes que la rodeaban, no abrigaba por sí misma ningún temor, y sus miradas estaban fijas en el rostro pálido y descompuesto de la trémula Alicia.

Heyward, inmóvil a su lado, se interesaba vivamente por las dos hermanas, pues en aquel momento de angustia su corazón apenas establecía alguna diferencia en favor de la que más amaba. Ojo-de-halcón habíase colocado más atrás por respeto a la condición más elevada de sus compañeros, pues, aunque la fortuna, agobiándolos con los mismos golpes que a él, parecía autorizarle para considerarse igual a ellos, no los respetaba menos el honrado cazador. Uncas era el único de los prisioneros que no estaba presente.

Cuando se hubo restablecido el silencio, después de la larga y solemne pausa acostumbrada, uno de los jefes más ancianos, que habían tomado asiento junto al patriarca, se levantó y preguntó en inglés en voz alta:

—¿Cuál de mis prisioneros es La-larga-carabina?

Ni Heyward ni el cazador respondieron. El primero dirigió sus miradas a la grave y silenciosa asamblea, y retrocedió un paso descubriendo entonces al magua en cuyo rostro se reflejaban la malicia y la perfidia. Pronto comprendió que las instigaciones secretas de este astuto salvaje eran la causa de haber sido conducidos ante la asamblea, y resolvió poner en práctica cuanto estuviera de su parte para oponerse a la ejecución de sus siniestras intenciones. Había presenciado ya cómo los indios hacen sus justicias, y temía que su compañero estuviera destinado a sufrir la misma suerte. En tan crítica circunstancia, sin detenerse en tímidas reflexiones, decidiose instantáneamente a proteger a su amigo, no reparando en su propio peligro; y, mientras tanto, antes de que pudiera responder, fue repetida la misma pregunta con más energía y vehemencia:

—Entréguenos armas —exclamó entonces altivamente—, llévenos a esos bosques, y nuestras acciones hablarán por nosotros.

—Éste es el guerrero cuyo nombre ha resonado tanto en nuestros oídos —replicó el jefe mirando a Heyward con aquel interés y viva curiosidad que se experimenta al ver por primera vez a un hombre que por su gloria, sus desgracias, virtudes o crímenes es famoso—. ¿Por qué el hombre blanco ha venido al campamento de los delawares? ¿Qué motivo le ha conducido aquí?

—La necesidad. Vine a buscar alimento, abrigo y amigos.

—Eso es imposible. Los bosques están llenos de caza, la cabeza de un guerrero no necesita otro abrigo que el de un cielo sin nubes, y los delawares no son amigos sino enemigos de los ingleses. Su boca habló; pero su corazón ha guardado silencio.

Heyward, no sabiendo qué responder, permaneció callado; pero el cazador, que había escuchado con atención, se puso en pie de pronto y tomó la palabra para decir:

—Si no he respondido al nombre de La-larga-carabina, no ha sido por vergüenza ni por temor; el hombre de honor está libre de estos dos sentimientos; pero niego a los mingos el derecho de dar un nombre a aquel cuyos servicios han merecido de sus amigos un calificativo más honroso, especialmente cuando el que le han dado es un insulto y una mentira, porque el matagamos es un buen fusil y no una buena carabina. De todos modos yo soy el hombre a quien los míos pusieron el nombre de Nathanías; a quien los delawares que habitan las orillas del río dieron el título lisonjero de Ojo-de-halcón, y a quien los iroqueses se han empeñado en llamar La-larga-carabina, sin que exista ningún motivo que los autorice para ello.

Todas las miradas que hasta entonces habían permanecido fijas en Heyward, volviéronse enseguida para contemplar las facciones fuertes y nerviosas de este nuevo pretendiente a un título tan glorioso. No era un espectáculo muy nuevo el ver a dos personas que se disputaban un honor tan grande, porque los impostores, aunque no muy frecuentes, no eran desconocidos en absoluto entre los salvajes; pero importaba mucho a los delawares, que querían ser severos sin dejar de ser justos, el averiguar la verdad. Algunos de los ancianos conferenciaron entre sí, y el resultado de la conferencia fue preguntar a su huésped sobre el particular.

—Mi hermano nos ha informado de que una serpiente se había introducido en nuestro campamento —dijo el jefe al magua—. ¿Quién de los dos es?

El hurón, sin pronunciar una palabra, señaló con el dedo al cazador.

—¿Un delaware prudente puede prestar atención a los aullidos de un lobo? —exclamó Heyward confirmándose más en su opinión de que su antiguo enemigo no tenía sino muy malas intenciones—. Un perro no miente jamás; pero, ¿cuándo ha dicho verdad un lobo?

Lanzaban chispas de furor los ojos del magua; pero, acordándose de repente de la necesidad que tenía de mantenerse sereno, volvió la cara despreciativamente, bien convencido de que la sagacidad de los indios no se dejaría deslumbrar por palabras, en lo cual estaba acertado, porque después de una nueva conferencia muy corta, el mismo jefe que había antes hablado, volviose hacia él para comunicarle la determinación de los ancianos.

—Mi hermano ha sido tratado de impostor, cosa que sus amigos sienten mucho, y demostrarán que ha dicho verdad. Entréguense fusiles a los prisioneros, y que demuestren con los hechos cuál de los dos es el guerrero a quien deseamos conocer.

El magua se convenció bien de que esta prueba se había propuesto porque no confiaban mucho en su palabra; pero fingió considerarla como un obsequio que se le hacía, por lo cual manifestó con un ademán que accedía a ello, bien seguro de que La-larga-carabina era demasiado buen tirador para que el resultado de la prueba no confirmara su aserto. Acto seguido, fueron puestas las armas en manos de los dos amigos rivales, y recibieron la orden de disparar por encima de la multitud que estaba sentada, contra un vaso de tierra que había casualmente sobre el tronco de un árbol, a la distancia de unos cincuenta pies del lugar en que se encontraban colocados.

—Heyward no pudo menos de sonreírse al verse puesto en el trance de disputar la supremacía en el manejo de las armas de fuego al cazador; pero no por ello desistió de su generoso engaño, hasta que conociera los proyectos del magua, tomó el fusil, apuntó tres veces diferentes con gran cuidado, y disparó: la bala atravesó el árbol a algunas pulgadas del vaso; y un grito general de satisfacción acogió esta prueba que fue para los indios un gran testimonio de su habilidad. Hasta el mismo Ojo-de-halcón bajó la cabeza dando a entender que lo había hecho mejor de lo que él se esperaba, y lejos de revelar su propósito de tomar parte en la lid, y disputar a lo menos la preferencia a su rival, permaneció más de un minuto apoyado sobre su fusil, en la actitud propia de un hombre que reflexiona profundamente; pero fue uno de los jóvenes indios que habían traído las armas, y sacole de ella dándole un golpe en el hombro y diciéndole en muy mal inglés:

—¿El otro blanco es capaz de hacer eso mismo?

—Sí, hurón —repuso el cazador dirigiéndose al magua, y tomando con la mano derecha el fusil, que blandió tan fácilmente como si fuera una caña—. Sí, hurón, podría dejarte muerto a mis pies, sin que ningún poder humano fuese capaz de impedírmelo. El halcón que se precipita sobre la paloma no tiene más seguridad en su vuelo que la tengo yo en mi disparo si quisiera atravesarte el corazón. ¿Y por qué no lo hago...? Porque las leyes que rigen a los de mi color me lo prohíben, y porque con ello acarrearía nuevos males a otras personas inocentes. Si sabes que existe un Dios, harás bien dándole las gracias cordialmente.

El tono del cazador, sus ojos centelleantes y sus mejillas enardecidas, infundieron una especie de respetuoso terror en el alma de todos sus oyentes.

Los delawares retuvieron el aliento para concentrar mejor su atención, y el magua, aunque sin prestar absoluto crédito a las palabras de su enemigo, propias para tranquilizarlo, permaneció aparentemente impasible en medio del grupo que lo rodeaba, como si estuviera clavado en el sitio.

—Haga otro tanto —repitió el joven delaware que estaba al lado del cazador.

—¡Que haga otro tanto, estúpido! ¡Que haga otro tanto! —gritó Ojo-de-halcón blandiendo nuevamente su arma con tono amenazador, aunque sin buscar ya con los ojos la persona del magua.

—Si el hombre blanco es el guerrero que se asegura ser —dijo el jefe—, que haga mejor puntería.

El cazador riose ruidosa y estrepitosamente, de tal modo que hizo estremecer a Heyward como si hubiera oído algunos sonidos sobrenaturales. Entonces dejó aquél caer pesadamente el fusil sobre la mano izquierda que tenía extendida, y acto seguido salió la bala como si sólo aquel sacudimiento hubiera ocasionado la explosión. El vaso de tierra voló roto en mil pedazos, y los restos cayeron sobre el tronco, casi al mismo tiempo que se oyó el ruido del fusil que el cazador dejó caer desdeñosamente al suelo.

Aquella escena dejó asombrados a todos los circunstantes; pero pronto circuló entre las filas de los indios un murmullo confuso, que insensiblemente se hizo más inteligible, y que reveló que la opinión de los espectadores estaba dividida. Mientras que algunos manifestaban la admiración que les inspiraba una habilidad tan extraordinaria, los otros,

que eran el mayor número, se inclinaban a creer que aquel resultado se debía exclusivamente a la casualidad, y Heyward apresurose a confirmar esta idea que favorecía sus intenciones.

—¡Es una casualidad! —dijo él—. Nadie puede disparar bien sin haber apuntado.

—¡Es una casualidad! —repitió el cazador acalorándose y queriendo entonces probar a toda costa su identidad a pesar de las señas que le hacía Heyward para que se callara—. ¿Ese hurón cree también que es una casualidad? Si tal es su opinión, tome otro fusil; pongámonos uno enfrente de otro, y entonces se verá quien apunta mejor. No le hago a usted la misma proposición, mayor, porque nuestra sangre es del mismo color y servimos al mismo amo.

—Indudablemente el hurón es un impostor —dijo fríamente el mayor—. Usted mismo le ha oído asegurar que es usted La-larga-carabina.

No puede calcularse los extremos tan violentos a que se hubiera atrevido Ojo-de-halcón, empeñado en identificar su persona, si el viejo delaware no se hubiera interpuesto nuevamente diciendo:

—El halcón que desciende de las nubes sabe subir a ellas cuando quiere; entréguenles fusiles.

Esta vez el cazador apoderose del arma con ardor, y aunque el magua espiaba cuidadosamente sus menores movimientos, no creyó que debía temerle.

—Pues bien; que se pruebe ante este pueblo de delawares quién es el mejor tirador —exclamó Ojo-de-halcón tocando el gatillo de su fusil con el dedo que había disparado tantas balas de muerte—. ¿Ve, mayor, la calabaza que cuelga allá abajo de aquel árbol? Pues ya que es tan buen tirador, veamos si acierta a darle.

Heyward miró el blanco que se le proponía y púsose a repetir la prueba. La calabaza era una de aquellas pequeñas vasijas de que usan comúnmente los indios, que estaba sujeta con correa de piel de gamo a la rama seca de un pino bajo, a más de trescientos pies de distancia.

Tal es la influencia del amor propio, que el joven oficial, a pesar de la escasa importancia que daba a la opinión de los salvajes constituidos en sus jueces, olvidó el principal motivo de la apuesta para entregarse por completo al deseo de ganarla. Ya había demostrado que su habilidad no era despreciable, y así es que resolvió aprovecharse de todos los medios. Si hubiera dependido su vida del disparo que iba a hacer, no habría apuntado más cuidadosamente. Tiró, al fin, y tres o cuatro jóvenes indios que se habían precipitado a examinar el blanco, anunciaron con grandes gritos que la bala estaba en el árbol muy cerca de la calabaza;

los guerreros prorrumpieron en aclamaciones unánimes, y contemplaron a Ojo-de-halcón esperando con ansia que éste disparase.

—No lo ha hecho mal para ser un individuo de las tropas reales de América —dijo el cazador riéndose a su modo—; pero si mis balas se hubieran separado muchas veces otro tanto del blanco a que yo apuntaba, ¡cuántos animales, cuya piel está ahora en las mangas de algunas damas, seguirían corriendo por el bosque! Supongo que el dueño de la calabaza tendrá otras en su morada, porque ésta ya no contendrá nunca más agua.

Y, mientras se expresaba de este modo, cargaba su fusil y, cuando lo tuvo dispuesto, echó un pie atrás y levantó el arma, la puso horizontal y la dejó un instante en una inmovilidad absoluta, de manera que el hombre y el fusil parecían de piedra. Disparó y salió la bala arrojando una llama clara y brillante; los indios volvieron a correr junto al árbol y por más que buscaron por todas partes, no encontraron señal ninguna de la bala.

—Tú eres el lobo con piel de perro —dijo el anciano jefe al cazador—. Voy a hablar a La-larga-carabina de los ingleses.

—¡Ah! Si tuviera yo el arma de donde procede el nombre que me da, me comprometería a cortar la correa y hacer caer la calabaza en vez de agujerearla —dijo Ojo-de-halcón sin intimidarse por la severidad del viejo—. ¡Insensatos! Si quieren encontrar la bala disparada por un buen tirador de estos bosques, búsquenla en el blanco mismo.

Los indios comprendieron pronto lo que quería decir, porque esta vez había hablado en la lengua de los delawares, y corrieron a descolgar la calabaza, la cual levantaron en el aire lanzando gritos de alegría y mostrando que la bala la había atravesado por medio agujereando el fondo.

Visto esto, un nuevo grito de admiración salió de la boca de todos los guerreros presentes. La cuestión quedó resuelta y Ojo-de-halcón vio al fin reconocido su derecho a su honorífico aunque peligroso renombre. Las miradas de curiosidad y admiración que habían vuelto a reconcentrarse en Heyward, se dirigieron entonces al objeto de la atención general entre los seres sencillos y naturales que lo rodeaban; y, cuando renació la tranquilidad, el anciano jefe prosiguió su interrogatorio preguntando al mayor:

—¿Por qué ha intentado cerrar mis oídos? ¿Cree que los delawares son tan necios que no saben distinguir la joven pantera del gato montés?

—No tardarán en conocer que el hurón no es un pájaro que gorjea —dijo Heyward procurando imitar el lenguaje figurado de los indios.

—Está bien; pronto sabremos quién pretende cerrar nuestros oídos. Hermano —añadió el jefe mirando al magua—, los delawares escuchan.

Al ser interpelado directamente, el hurón se puso en pie y, adelantándose grave y resueltamente al centro del círculo enfrente de los prisioneros, dirigió su vista a todas las figuras que lo rodeaban como para medir sus expresiones por la capacidad de sus oyentes. Sus miradas, al posarse en Ojo-de-halcón, reflejaron una enemistad respetuosa, al fijarse en Heyward un odio implacable y casi no se detuvieron en la trémula Alicia; pero, cuando llegaron a Cora, a quien su aspecto altivo y valeroso no hacía perder nada de sus gracias, contempláronla con expresión inexplicable. Entonces, siguiendo el plan que se había propuesto, habló en la lengua de los habitantes del Canadá con objeto de ser comprendido por la mayor parte de los oyentes.

—El espíritu que formó a los hombres —dijo el Zorro Sutil—, les dio colores diferentes. Hizo a los unos más negros que el oso de los bosques, y los destinó a ser esclavos; les mandó trabajar para siempre como el castor, y pueden oír sus gemidos cuando el viento del mediodía se distingue entre los berridos de los búfalos por las orillas del gran lago de agua salada por donde discurren cargadas de ellos las grandes canoas. A otros, les dio una piel más blanca que el armiño y les mandó ser mercaderes, perros para con sus mujeres y lobos con sus esclavos. Quiso que como las palomas tuvieran alas, que no se cansasen jamás; hijos más numerosos que las hojas de los árboles y un vehemente deseo de dominar toda la tierra. Les dio la lengua pérfida del gato montés, el corazón del conejo, la malicia del jabalí, pero no la de la zorra, y los brazos más largos que las patas de los ratones. Con su lengua hacen enmudecer los oídos de los indios; su corazón les enseña a pagar soldados para batirse. Su malicia les enseña el modo de apoderarse de todos los bienes del mundo, y sus brazos abarcan la tierra desde las orillas del agua salada hasta las orillas del gran lago; su glotonería les hace insaciables. Dios les ha dado lo suficiente, pero ellos lo desean todo; tales son los blancos. Otros, en fin, han recibido del Gran Espíritu una piel más brillante y más roja que el sol que nos alumbra —añadió el magua señalando con un gesto expresivo el astro resplandeciente que no podía atravesar la húmeda niebla que cubría el horizonte—, y éstos fueron sus hijos predilectos. Les dio esta isla como la había creado, cubierta de árboles y llena de caza. El viento desgajó algunos árboles abriendo los claros del bosque, y el sol y las aguas maduraron sus frutos; no necesitaron, por consiguiente, caminos para viajar. Sembraban entre las peñas; cuando los castores trabajaban se tendían a la sombra y los contemplaban. Los vientos les refrescaban en el verano y las pieles prestaban su calor en invierno. Si peleaban entre sí, era con el solo objeto de demostrar que eran hombres y, como eran valientes y justos, siempre tenían felicidad.

El orador hizo una pausa, echó una mirada en torno suyo para observar si la tradición había despertado en el ánimo de sus oyentes el interés que esperaba, y vio todos los ojos fijos en él con la mayor atención, las caras derechas y las narices abiertas, como si cada uno de los presentes experimentara deseos de recobrar todos los derechos de su raza.

—Si el Gran Espíritu dotó de diferentes lenguas a sus hijos rojos —añadió el magua en voz baja, lenta y entristecida—, fue para que todos los animales pudieran comprenderlos. Colocó a unos en medio de las nieves con los osos, a otros junto al sol en su ocaso y en el camino que conduce a los felices bosques donde hemos de cazar después de nuestra muerte, a otros en la tierra que circunda las grandes aguas dulces; pero a sus hijos predilectos les dio las arenas del lago salado. ¿Saben mis hermanos cómo se llama este pueblo favorecido?

—Esos eran los lenapes —respondieron a una voz apresuradamente más de veinte oyentes.

—Eran los leni-lenapes —corrigió el magua inclinando afectadamente la cabeza como por respeto a su antiguo esplendor, y agregó después—: El sol se levantaba del fondo del agua salada, y desaparecía tras el agua dulce; nunca se ocultaba a sus ojos. Pero ¿he de ser yo, hurón de los bosques, el encargado de referir a un pueblo sabio sus propias tradiciones, sus infortunios, su gloria, su prosperidad, sus contrariedades, sus derrotas y su decadencia? ¿No hay entre ellos alguno que haya visto todo esto, y que atestigüe la verdad? He dicho. Mi lengua ha enmudecido, pero mis oídos están abiertos para oír.

Dijo, y todos los ojos volviéronse al mismo tiempo hacia el venerable Tamenund, que desde que había tomado asiento hasta entonces no había proferido una palabra, y apenas daba la menor señal de vida. Estaba inclinado hacia el suelo sin tomar aparentemente ningún interés en lo que pasaba en torno suyo, mientras el cazador había probado su identidad de un modo tan palpable. Sin embargo, cuando el magua empezó a hablar graduando con arte las inflexiones de su voz, parecía que volvía en sí y aun llegó a levantar la cabeza una o dos veces como para prestar más atención; pero al mencionar el Zorro Sutil el nombre de su nación, los párpados del anciano se entreabrieron y contempló a la multitud con aquella expresión lánguida que parece debe ser la de los espectros en el sepulcro. Hizo entonces un esfuerzo para levantarse, y sostenido por los dos jefes que estaban a su lado, se mantuvo en pie en una posición propia para imponer respeto, a pesar de que los años hacían temblar sus rodillas.

—¿Quién habla de los hijos de Lenape? —preguntó en voz sorda y gutural, pero perfectamente inteligible a causa del profundo silencio que reinaba en la asamblea—. ¿Quién habla de cosas que ya dejaron de existir? ¿El huevo no se convierte en gusano, el gusano en mosca, y la mosca no perece? ¿Por qué ha de hablarse a los delawares de los bienes que han perdido? Agradezcamos al Manitú lo que nos ha permitido conservar.

—Es un wyan-doto —repuso el magua aproximándose más a la grosera plataforma sobre la cual estaba colocado el anciano—; es un amigo de Tamenund.

—¡Un amigo! —repitió el sabio y su rostro se contrajo con el rictus de severidad que había hecho tan terribles sus miradas cuando se encontraba aún en la mitad de su vida—. ¿Los mingos son los amos de la tierra? ¡Un hurón aquí!, ¿qué es lo que desea?

—¡Justicia! Sus prisioneros están en poder de sus hermanos y viene por ellos.

Tamenund miró a uno de los dos jefes que lo sostenían y escuchó las breves explicaciones que éste le dio; luego, dirigiéndose al magua lo contempló un momento con profunda atención, y dijo en voz baja y con manifiesta repugnancia:

—La justicia es la ley del Gran Manitú. Hijos míos, dad de comer al extranjero. Hurón, toma tus bienes y márchate.

Pronunciada esta solemne sentencia, el patriarca volvió a tomar asiento y cerrar los ojos como si prefiriese las imágenes que la madurez de su experiencia le ofrecía en su corazón a los objetos visibles del mundo. Promulgado este decreto, no había un solo delaware bastante audaz que se permitiera quejarse y mucho menos oponerse; de manera que, apenas había concluido de pronunciar su sentencia, cuando cuatro o cinco jóvenes guerreros colocáronse detrás de Heyward y del cazador y les ataron por los brazos tan rápida y ágilmente, que los dos prisioneros se encontraron en la imposibilidad de moverse. El primero estaba demasiado ocupado en sostener a la desgraciada Alicia, que casi insensible apoyábase en su brazo, para sospechar sus intenciones antes que fuesen ejecutadas, y el segundo, que consideraba hasta a los pueblos enemigos de los delawares como una raza de seres superiores, sometiose sin resistencia; pero acaso no hubiera sido tan sufrida si hubiera oído el diálogo que se sostenía a su lado en una lengua que no comprendió bien.

El magua dirigió una mirada de triunfo a toda la asamblea antes de proceder a la ejecución de sus designios. Al ver que los hombres se encontraban en disposición de no poder resistir, volvió los ojos a la que consideraba como el más precioso de sus bienes. Cora lo miró a su vez con tal firmeza y tranquilidad, que la resolución del Zorro Sutil estuvo a punto de abandonarlo, y recordando entonces el artificioso medio que había ya empleado otras veces, se acerco a Alicia, la tomó en sus brazos, y ordenó a Heyward que lo siguiese; hizo después seña a la multitud para que se apartara y le dejase pasar. Pero Cora, en vez de ceder al impulso con el cual había contado el magua, arrojose a los pies del patriarca, y alzando la voz exclamó:

—Justo y venerable delaware, nos acogemos a tu sabiduría y tu poder, y te suplicamos que nos protejas. No prestes oídos a los pérfidos artificios de ese monstruo inaccesible a los remordimientos, que ofende tus oídos con infames embustes para saciar la sed de sangre que lo devora. Tú, que has vivido mucho tiempo y que conoces las desgracias de esta vida, habrás aprendido a compadecer la suerte de los desgraciados.

Los ojos del anciano habíanse abierto con pena y contemplaban nuevamente el pueblo. A medida que la voz conmovedora de la suplicante hería su oído, se fijaron en Cora sin que nada los pudiese apartar de ella. Ésta habíase arrodillado, con las manos juntas y apoyadas sobre el pecho, y su frente contraída por el dolor, pero majestuosa, era todavía en medio de su desesperación la imagen más perfecta de su belleza. El rostro de Tamenund animose insensiblemente; sus facciones perdieron lo que tenían de vago y esquivo para expresar la admiración; brillaron sus ojos con una chispa de aquel fuego eléctrico que un siglo antes se comunicaba con tanta fuerza a las numerosas bandas de los delawares y, poniéndose en pie sin ayuda ajena y, aparentemente al menos, sin esfuerzo ninguno, le preguntó con una voz cuya firmeza hizo temblar a la multitud:

—¿Quién eres tú?

—Una mujer, y de una raza que vosotros detestáis; una inglesa. Pero que no te ha hecho nunca mal; que no puede hacerlo a tu pueblo, y que implora tu protección.

—Decidme, hijos míos —preguntó el patriarca con una voz interrumpida y dirigiéndose a los que lo rodeaban, aunque sus ojos estaban fijos en Cora, arrodillada—, ¿en dónde han acampado los delawares?

—En las montañas de los iroqueses, más allá del nacimiento del Horican.

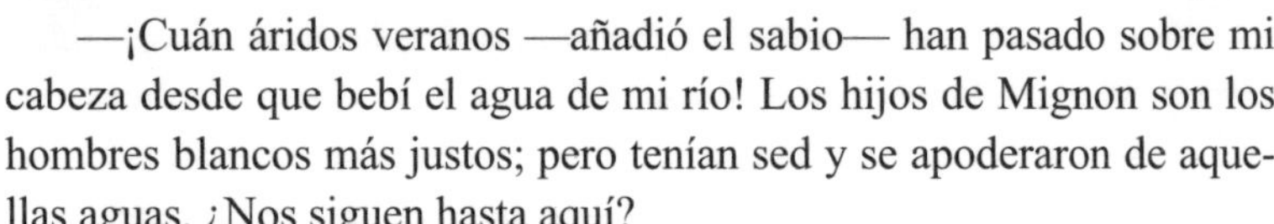

—¡Cuán áridos veranos —añadió el sabio— han pasado sobre mi cabeza desde que bebí el agua de mi río! Los hijos de Mignon son los hombres blancos más justos; pero tenían sed y se apoderaron de aquellas aguas. ¿Nos siguen hasta aquí?

—Nosotros no seguimos a nadie ni deseamos nada —respondió con viveza Cora—. Detenidos contra nuestra voluntad nos han conducido aquí, y no pedimos sino que se nos permita retirarnos tranquilamente a nuestro país. ¿No eres tú Tamenund, el padre, el juez, casi diría, el profeta de este pueblo?

—Yo soy Tamenund que ha vivido muchos días.

—Hace siete años próximamente que uno de los tuyos se encontraba a merced de un jefe blanco en las fronteras de esta provincia: y declaró que era de la sangre del bueno y justo Tamenund. «Márchate, le dijo el jefe de los blancos; por consideración a tu pariente, quedas libre.» ¿Te acuerdas del nombre de este guerrero inglés?

—Recuerdo que siendo yo muy joven —replicó el patriarca para quien el recuerdo de sus primeros años era más vivo que el de los restantes—, jugaba sobre la arena de la orilla del mar, y vi una gran canoa con alas más blancas que las del cisne, mayores que las de muchas águilas juntas, que venía del oriente.

—No; yo no hablo de una época tan remota, sino de una gracia concedida a tu sangre por uno de los míos, y bastante reciente para que el más joven de tus guerreros pueda recordarla.

—¿Era cuando los iroqueses y los holandeses peleaban en los bosques de caza de los delawares? Entonces Tamenund era un poderoso jefe, y por la primera vez abandonó su arco para armarse con el rayo de los blancos.

—No —exclamó Cora interrumpiéndolo—; eso es aún demasiado remoto. Me refiero a un suceso muy reciente y que es imposible que hayas olvidado, pues ocurrió casi ayer.

—¡Ayer! —respondió el anciano ahuecando la voz, pero con expresión de ternura—. ¡Ayer los hijos de los lenapes se enseñoreaban del mundo! Los peces del lago salado, los pájaros, las bestias y los mingos de los bosques los reconocían por sagamores.

Cora inclinó la cabeza profundamente descorazonada. Luego, recobrando su valor, y haciendo un último esfuerzo, prosiguió con una voz tan lastimera como la del mismo patriarca:

—¿Tamenund es padre?

El anciano paseó lentamente sus ojos por toda la asamblea; una sonrisa de benevolencia se reflejó en su rostro, y bajando sus miradas hacia Cora, le dijo:

—Padre de todo un pueblo.

—Yo no pido nada para mí. Lo mismo que sobre ti y los tuyos, jefe venerable —añadió apretando las manos sobre su corazón con un movimiento convulsivo, e inclinando la cabeza de modo que sus mejillas inflamadas estaban cubiertas, casi por completo, por los cabellos negros y rizados que caían desordenadamente sobre sus hombros—, la maldición trasmitida por mis antepasados ha caído sobre su hija de un modo abrumador. Pero contemple a una desgraciada que hasta ahora jamás ha probado la cólera del cielo; tiene padres, amigos que la adoran, de quienes es la delicia, y es demasiado buena, demasiado linda para ser la víctima de ese malvado.

—Sé que los blancos son una raza de hombres orgullosos y famélicos. Sé que no sólo pretenden ser dueños de toda la tierra, sino que el más mísero de los de su color, se estima en más que los *sachems* del hombre rojo. Los perros de sus tribus —añadió el anciano sin comprender que cada palabra suya era una flecha acerada para el alma de Cora— ladrarían furiosamente antes que llevar a su tienda mujer cuya sangre no fuera del color de la nieve; pero que no se alaben tanto en presencia del Manitú. Han entrado en el país al salir el sol, y pueden partir cuando el astro se ponga; pero también he visto con frecuencia a las langostas despojar los árboles de sus hojas, y siempre la primavera ha vuelto y las hojas han nacido otra vez.

—Es verdad —repuso Cora suspirando profundamente, y, echándose los cabellos atrás, dejó ver una mirada abrasadora, que contrastaba con la palidez de su rostro—; pero, ¿cuál es la razón? Eso es lo que no sabemos. Hay todavía un prisionero que no ha sido puesto en tu presencia; óyele antes que parta el hurón triunfante.

Viendo que Tamenund miraba en torno suyo con aire de duda, uno de sus compañeros le dijo:

—Es una serpiente, una piel roja pagada por los ingleses; lo guardamos para la tortura.

—Que venga —ordenó el sabio dejándose caer sobre su asiento.

Después la asamblea quedó tan profundamente silenciosa, que, mientras los jóvenes indios se disponían a ejecutar las órdenes del patriarca, podía oírse claramente el susurro de las hojas de los árboles que, en el bosque inmediato, agitaba con suavidad el viento fresco de la mañana.

CAPÍTULO XIII

Si lo negáis, apelo a vuestras leyes; ¿acaso han dejado de tener validez en Venecia? Quiero que se me juzgue; contestadme, ¿lo permitiréis?

(*El mercader de Venecia,* SHAKESPEARE.)

El silencio se prolongó algunos minutos sin que nadie osara interrumpirle, hasta que apareció Uncas.

Entonces empezó a moverse la multitud para abrir paso al joven mohicano, y cuando éste estuvo al lado de los demás prisioneros, colocáronse los delawares detrás.

Todos los ojos, que hasta aquel momento habían estado fijos en las facciones expresivas del sabio, volviéronse inmediatamente para contemplar el cuerpo ágil y gracioso del prisionero.

Pero ni la muchedumbre que lo rodeaba, ni la atención exclusiva de que era objeto, intimidaron a Uncas, quien echando en derredor una mirada investigadora, vio con la misma tranquilidad la expresión hostil en la fisonomía de los jefes que la curiosidad en la de los jóvenes. Pero, cuando sus ojos escudriñadores descubrieron a Tamenund, su alma entera se reflejó en ellos, olvidando en esta contemplación la memoria de lo que lo rodeaba. Al fin, adelantándose lenta y silenciosamente, colocose delante del sitio algo elevado en que se encontraba el patriarca, que continuó mirando sin verlo, hasta que uno de los jefes le notificó la llegada del prisionero.

—¿Qué lengua hablará el prisionero en presencia del gran Manitú? —preguntó el anciano sin abrir los ojos.

—La de sus padres —respondió Uncas—; la de un delaware.

Esta repentina e inesperada declaración levantó entre la multitud un aullido sordo muy amenazador, comparable no muy inadecuadamente con el primer gruñido del león cuando se despierta de su ira; un presagio temible del peso de su futura cólera. La impresión que experimentó el sabio fue también violenta, aunque la expresó de modo distinto. Se echó las manos a los ojos, como para no ver un espectáculo tan vergonzoso para su raza, mientras repetía, con su voz gutural y profunda, las palabras que acababa de oír.

—¡Un delaware! ¡Y yo he vivido para ver a las tribus de los lenapes abandonar sus poblados y esparcirse, como una manada de gamos asustados, por entre las montañas de los iroqueses! ¡He visto las hachas de un pueblo extranjero abatir los bosques, orgullo de los valles, que los vientos del cielo habían respetado! Los osos que corren por las montañas y los pájaros que vuelan sobre los árboles, los he visto cautivos en las tiendas de los hombres; pero jamás me había encontrado con un delaware tan miserable que llegara arrastrándose como una serpiente venenosa al campamento de su nación.

—Los pájaros canoros han abierto sus picos —respondió Uncas, con los tonos más dulces de su propia voz musical—, y Tamenund ha oído su cántico.

El sabio se estremeció, y ladeó la cabeza como para percibir los sonidos de alguna melodía lejana.

—¡Sueña Tamenund! —exclamó—. ¿Qué voz ha resonado en tus oídos? ¿Los inviernos han retrocedido? ¿Vendrá de nuevo el verano para los hijos de los lenapes?

Un silencio solemne y respetuoso siguió a estos incoherentes estallidos que salían de los labios del profeta delaware. Su pueblo enseguida tomó su ininteligible lenguaje por una de esas misteriosas conferencias que se creía mantenía tan frecuentemente con una inteligencia superior, esperando aterrorizado el resultado de la revelación. Sin embargo, después de una paciente pausa, uno de los jefes ancianos, al darse cuenta de que el sabio había perdido la noción del asunto que tenían ante ellos, se aventuró a recordarle la presencia del prisionero.

—El falso delaware temblará cuando oiga las palabras de Tamenund —dijo el jefe—. Es un perro que ladra cuando los ingleses le han indicado el rastro.

—Y vosotros —replicó Uncas, mirando en torno suyo con severidad— ¡sois perros que ladráis, cuando los franceses os arrojan los restos de sus gamos!

Veinte cuchillos brillaron en el aire y otros tantos guerreros se pusieron en pie, al oír esta mordaz, y acaso merecida, réplica; pero fue suficiente un gesto de uno de los jefes para que se dominase aquel estallido de sus pasiones y se restableciese aparentemente la calma. Pero esta tarea hubiese resultado más difícil si Tamenund no hubiese hecho un gesto para indicar que iba a hablar de nuevo.

—¡Delaware —continuó el sabio—, bien poco digno eres de este nombre! Mi pueblo no ha visto un sol brillante en muchos inviernos, y el guerrero que deserta de su tribu cuando yace envuelta en las tinieblas de la adversidad, es dos veces traidor. La ley de Manitú es justa, y lo será mientras los ríos corran y las montañas permanezcan en pie; mientras los árboles florezcan y se sequen, así ha de ser. Os lo entrego a vosotros, hijos míos, para que hagáis justicia con él.

Nadie se movió ni se oyó más ruido que el de la respiración contenida, hasta que la última sílaba de esta sentencia terrible expiró en los labios de Tamenund. Luego un grito de venganza estalló al unísono, en la medida de lo posible, de los sellados labios de la tribu, temible augurio de sus intenciones inhumanas. En medio de estos aullidos salvajes y prolongados, un jefe anunció en voz alta que el prisionero había sido condenado a sufrir la horrorosa prueba del suplicio del fuego. El círculo rompió su orden, y los chillidos de placer se mezclaban con el bullicio y el tumulto de los preparativos. Heyward luchaba locamente contra los que lo tenían atado; las inquietas miradas de Ojo-de-halcón empezaban a moverse a su alrededor, con su peculiar expresión de severidad, y Cora volvió a arrojarse a los pies del patriarca, implorando una vez más su compasión.

En estos momentos de prueba, Uncas había sido el único que conservó la serenidad. Contempló fijamente estos preparativos y, cuando los verdugos se aproximaron para apoderarse de él, los recibió con una actitud firme y altiva. Uno de ellos, más feroz y más salvaje que sus compañeros, si es que esto era posible, agarró al joven guerrero por su casaca de cazador y de un solo tirón se la arrancó del cuerpo. Luego, lanzando un aullido de frenético placer, saltó sobre la víctima indefensa y se dispuso a conducirla al poste.

Pero cuando parecía más ajeno a todo sentimiento de piedad, suspendió el indio sus bárbaros proyectos tan repentinamente como si un ser sobrenatural se hubiera interpuesto entre él y Uncas. Las niñas de los ojos de este delaware parecían querer salírsele de las órbitas, abrió la boca sin poder articular un sonido, y quedó como petrificado, presa de extraordinario asombro. Al fin, levantando con lentitud y esfuerzo la mano derecha, señaló con el dedo el pecho del joven prisionero y la multitud se apresuró a rodearlo, reflejándose en todos los rostros la misma sorpresa, al descubrir en el seno del cautivo, artísticamente pintada con tinta azul, una pequeña tortuga.

Uncas sonriose de su victoria y miró en torno suyo con gesto majestuoso. Separando enseguida la gente con una seña altiva e imperiosa, se adelantó con el aire de un rey que toma posesión de sus Estados, y empezó a hablar con voz sonora y vibrante que se dejó oír en medio del murmullo de admiración que surgió de todas partes.

—¡Hombres de leni-lenape, mi raza sostiene la tierra, nuestra débil tribu reposa sobre mi caparazón! ¿Qué fuego sería capaz de encender un delaware que me quemara a mí? —dijo designando con orgullo las armas que llevaba impresas en su pecho—; la sangre que brotara de mis venas apagaría vuestras llamas; mi raza es la madre de las naciones.

—¿Quién eres tú? —preguntó Tamenund poniéndose en pie, con las facciones alteradas más por el eco de la voz que había herido su oído que por las palabras del joven.

—Uncas, el hijo de Chingachgook —respondió el interpelado modestamente e inclinándose ante el anciano por respeto a su carácter y a su edad—. El hijo de la gran Unamis.

—La hora de Tamenund está próxima —repuso el sabio—; el día de su existencia declina ya. Doy gracias al gran Manitú que envía al que debe reemplazarme en el fuego del consejo. Uncas, el hijo de Uncas, ha aparecido al fin; que los ojos del águila próxima a morir se posen una vez más en el sol que amanece.

El joven levantose entonces y con paso ligero pero orgulloso se dirigió hacia el extremo de la plataforma, desde donde podía contemplarlo la multitud agitada y curiosa que lo rodeaba ansiosamente. Tamenund posó su vista durante mucho tiempo en el cuerpo majestuoso y animado rostro de Uncas, y en los ojos amortiguados del anciano se leía que este examen le recordaba su juventud y otros días más venturosos.

—¡Tamenund es todavía niño! —exclamó el anciano con exaltación—. ¿Acaso no he hecho más que soñar que habían caído sobre mi cabeza tantas nieves; que mi pueblo estaba disperso como las arenas del desierto; que los ingleses, más numerosos que las hojas de los bosques, discurrían por este país desolado? La flecha de Tamenund no asustaría ni al más pequeño cervatillo. Su brazo ha perdido su fuerza como la rama de la encina moribunda; el caracol le aventajaría en la carrera y, sin embargo, Uncas está delante de él, lo mismo que estaba cuando salieron juntos a batir a los blancos. ¡Uncas!, ¡la pantera de su tribu, el primogénito de los lenapes!, ¡el más prudente sagamore de los mohicanos! Delawares que estáis en mi derredor, decidme: ¿Tamenund ha dormido durante cien inviernos?

El profundo silencio con que fueron acogidas estas palabras probaba claramente el respeto no exento de terror con que era escuchado el patriarca. Nadie osaba responder, pero Uncas, contemplándolo con el respeto y la ternura de un hijo amado tomó la palabra.

—Cuatro guerreros de su raza han vivido y han dejado de existir desde el tiempo en que el amigo de Tamenund guiaba sus pueblos al combate; la sangre de la tortuga ha corrido por las venas de varios jefes, pero todos han regresado al seno de la tierra donde salieron, excepto Chingachgook y su hijo.

—Es verdad, indudablemente es verdad —respondió el sabio abrumado por el peso de los tristes recuerdos que venían a destruir ilusiones seductoras recordándole la dolorosa historia de su pueblo—. Nuestros sabios nos han repetido con frecuencia que dos guerreros de la raza pura estaban en las montañas de los ingleses. ¿Por qué ha permanecido desocupado tanto tiempo el sitio que les corresponde en el fuego del consejo de los delawares?

Al oír esto, levantó Uncas la cabeza y dijo en alta voz:

—Hubo un tiempo en que dormíamos en un lugar en donde se oía el furioso mugido de las aguas del lago salado. Entonces los sagamores éramos los dueños del país; pero, al aparecer los blancos en la orilla de todos los arroyos, seguimos al gamo que huía con velocidad hacia el río de nuestra nación. ¡Los delawares habían partido y casi no quedaban guerreros que bebiesen en la fuente querida! Entonces mis padres se dijeron entre sí: «Aquí es donde cazaremos; las aguas del río van a perderse en el lago salado; si nos dirigiéramos hacia el poniente encontraríamos los manantiales que desembocan en los grandes lagos de agua dulce. Allí tardaría poco en morir un mohicano, como los peces del mar si de repente se encontraran en el agua cristalina. Cuando el Manitú esté pronto, y diga: *venid,* bajaremos por el río hasta el mar y recuperaremos lo que nos pertenece.» Ésta es, delawares, la creencia de los hijos de la tortuga. Nuestros ojos no dejan de mirar el sol que amanece pero no se levantan para ver el sol que se pone. Sabemos de dónde viene, pero ignoramos adónde va. He dicho.

Los hijos de los lenapes escuchaban respetuosamente, encontrando un secreto encanto en el lenguaje enigmático y figurado del joven sagamore, mientras éste observaba con ojos perspicaces el efecto que había producido su breve explicación; y, a medida que notaba en su auditorio signos de satisfacción, suavizaba el tono de su voz autoritaria con que había empezado.

Pasó luego la mirada por la multitud que rodeaba silenciosa el asiento de Tamenund, y descubrió a Ojo-de-halcón que continuaba agarrotado, y descendiendo rápidamente del sitio en que se había colocado, corrió hacia su amigo, y tomando un cuchillo cortó sus ligaduras. Hizo seña entonces al pueblo para que se apartase, y los indios, graves y silenciosos, volvieron a formarse en círculo en el mismo orden en que estaban antes de su llegada. Uncas tomó al cazador por la mano, y lo condujo a los pies del patriarca, a quien dijo:

—Padre mío, mire este blanco; es un hombre justo y el amigo de los delawares.

—¿Es algún hijo de Mignon[6]?

—No: es un guerrero a quien conocen los ingleses y temen los maguas.

—¿A qué nombre le han hecho acreedor sus acciones?

—Nosotros lo llamamos Ojo-de-halcón —respondió Uncas sirviéndose de la frase delaware—, porque su puntería es infalible. Los mingos lo conocen mejor por la muerte que ha dado a sus guerreros y le dan el nombre de La-larga-carabina.

—¡La-larga-carabina! —exclamó Tamenund abriendo los ojos y mirando con fijeza al cazador—. Mi hijo ha hecho mal llamándole así.

—Doy este nombre al que se ha revelado como tal —replicó el joven jefe con calma, pero con semblante firme—. Si Uncas es bien recibido de los delawares, Ojo-de-halcón debe serlo igualmente por mis amigos.

—Ha inmolado a mis jóvenes guerreros; su nombre es tristemente famoso por el estrago causado a los lenapes.

—Si un mingo lo ha calumniado tan infamemente ante los delawares, ha demostrado ser un impostor —exclamó el cazador, que creyó llegado el momento de rechazar una inculpación tan injuriosa—. Ha inmolado a los maguas, es verdad, y hasta junto al fuego de sus consejos; pero que deliberadamente haya ocasionado el daño más insignificante a un delaware, es una infame calumnia que está en oposición con mis sentimientos, que me impulsan a amarlos como todo lo que pertenece a este pueblo.

Los guerreros prorrumpieron en grandes aclamaciones, contemplándose unos a otros como si empezaran a reconocer su error.

—¿Dónde está el hurón? —preguntó Tamenund—. ¿Ha cerrado mis oídos?

El magua, cuyas impresiones durante esta escena en que Uncas había triunfado pueden imaginarse mejor que describirse, así que oyó pronunciar su nombre adelantose resueltamente hacia el patriarca diciéndole:

—El justo Tamenund no retendrá lo que un hurón ha prestado.

—Dime, hijo de mi hermano —respondió el sabio evitando la siniestra mirada de Zorro Sutil y contemplando con júbilo el rostro noble y franco de Uncas, a quien se dirigía—, ¿el extranjero tiene sobre ti el derecho de vencedor?

---

[6] Guillermo Peen.

—No le asiste ninguno. La pantera puede ser apresada en las trampas que se le ponen; pero su fuerza sabe evitarlas.

—¿Y sobre La-larga-carabina?

—Mi amigo se ríe de los mingos. Que vaya el hurón a preguntar a los suyos de qué color es el oso.

—¿Y sobre el extranjero y la joven blanca que llegaron juntos a mi campamento?

—Deben viajar libremente.

—¿Sobre la mujer que el hurón ha confiado a mis guerreros?

Uncas, esta vez, no contestó.

—¿Sobre la mujer que el mingo ha traído a nuestro campamento? —volvió a preguntar Tamenund gravemente.

—Es mía —exclamó el magua haciendo un gesto de triunfo y mirando a Uncas—; tú sabes que es mía, mohicano.

—¡Mi hijo calla! —dijo Tamenund procurando adivinar sus pensamientos.

—Es cierto —respondió Uncas en voz baja.

A esta última respuesta sucedió una pausa, en la que se traslucía que el pueblo no admitía, sino con una extrema repugnancia, la justicia de las pretensiones del mingo. Al fin, el sabio de quien dependía la decisión, dijo con firmeza:

—Hurón, márchate.

—¿Cómo he venido, justo Tamenund —preguntó el astuto magua—, sino confiando en la buena fe de los delawares? La tienda del Zorro Sutil está desierta, devuélvele su propiedad.

El anciano, después de reflexionar un momento, inclinó la cabeza hacia uno de sus venerables compañeros y le preguntó:

—¿Permanecen abiertos mis oídos?

—Ha dicho la verdad.

—¿Este mingo es el jefe?

—El primero de su nación.

—Mujer, resígnate. Un joven guerrero te toma por esposa; anda, tu raza no se extinguirá jamás.

—Que se extinga mil veces —exclamó Cora horrorizada—, antes que se vea reducida a este exceso de degradación.

—Hurón, su espíritu ha quedado en las tiendas de sus padres; una mujer que entra en una morada a viva fuerza, es causa de su desgracia.

—Ella habla con la lengua de su pueblo —replicó el magua mirando a su víctima irónicamente—; pertenece a una raza de mercaderes, y quiere vender sus favores. Que el gran Tamenund resuelva.

—¿Qué quieres?

—El magua reclama lo que él mismo ha traído aquí.

—Pues bien, márchate con lo que te pertenece; el gran Manitú no quiere que un delaware dicte una sentencia injusta.

El magua adelantose entonces y asió a su cautiva por el brazo; los delawares retrocedieron en silencio, y Cora, conociendo que sus nuevas súplicas serían completamente inútiles, pareció resignada a su suerte.

—Deteneos, deteneos —exclamó Heyward precipitándose hacia ella—. ¡Hurón, abre los oídos a la piedad! Su rescate te hará tan rico como ninguno de tu pueblo lo fue jamás.

—El magua es piel roja y no ha menester las baratijas de los blancos.

—El oro, la plata, la pólvora, el plomo, cuanto necesita un guerrero tendrás en tu tienda, cuanto conviene a un gran jefe.

—El Zorro Sutil es muy fuerte —repuso el magua agitando violentamente la mano con que había asido el brazo de Cora—, y ha tomado su desquite.

—Poderoso dueño del mundo —dijo Heyward retorciéndose las manos en la agonía de la desesperación—, ¡semejantes atentados no pueden ser permitidos! Recurro al justo Tamenund; ¿se dejará vencer?

—El delaware ha hablado ya —respondió el sabio cerrando los ojos e inclinando la cabeza como si las pocas fuerzas que le quedaban hubieran sido absorbidas por tantas impresiones diversas—. Los hombres no hablan dos veces.

—Un jefe —intervino Ojo-de-halcón haciendo seña a Heyward para que no lo interrumpiese— no puede variar de opinión a cada momento, y lo que ha decidido, decidido está; pero la prudencia también exige que un guerrero reflexione seriamente antes de descargar su hacha sobre la cabeza de un prisionero. Hurón, yo no te quiero, y no te diré que a ningún mingo haya dado nunca motivo de alabanza, de lo cual se puede deducir con facilidad que si esta guerra no concluye pronto, un gran número de tus guerreros conocerán lo peligroso que es encontrarme en los bosques. Reflexiona, por lo tanto, si te conviene más el llevarte una mujer cautiva a tu campamento, o a un hombre como yo, a quien tu pueblo se alegrará ver desarmado.

—¿La-larga-carabina ofrece su vida en rescate de mi prisionera? —preguntó el magua retrocediendo con indecisión, porque ya se alejaba con su víctima.

—No, no, no he dicho tanto —dijo Ojo-de-halcón mostrándose más reservado a medida que el magua parecía demostrar más prisa en escuchar su «oferta»—; el cambio no sería igual. La mejor mujer de las fronteras, ¿vale tanto como un guerrero en toda la plenitud de la edad, cuando puede ser útil a su pueblo? Yo me retiraré a los cuarteles de invierno, a lo menos por algún tiempo, si dejas libre a esa joven.

El magua movió la cabeza despreciativamente, y, lleno de impaciencia, hizo señal a la multitud para que le abriera paso.

—Pues entonces —añadió el cazador con el tono indeciso, propio de un hombre que no ha adoptado una resolución firme—, daría además el matagamos; y puedes creer que no hay otro semejante en todas las provincias.

El magua no se dignó siquiera responder a esta proposición, y continuó haciendo esfuerzos para pasar entre la multitud.

—¿Quizás —añadió el cazador animándose a medida que el magua se enfriaba— si me obligase a enseñar a los jóvenes guerreros de tu nación el manejo de esta arma, aceptarías?

El Zorro Sutil ordenó entonces altivamente a los delawares, que continuaban formando una barrera impenetrable en torno suyo con la esperanza de que escucharía estas proposiciones, que le permitieran pasar, amenazando con un gesto imperativo que volvería a apelar a la infalible justicia de su jefe.

—Lo que está predestinado debe suceder un día u otro —respondió Ojo-de-halcón mirando a Uncas con tristeza y abatimiento—. Este malvado conoce sus ventajas y no quiere perderlas. ¡Dios te proteja, hijo mío! —siguió diciendo—. Estás entre tus amigos naturales y espero que te comportarás tan bien como alguno que has encontrado fuera de aquí y cuya sangre no tiene mezcla. En cuanto a mí, más pronto o más tarde, es necesario que muera; tengo pocos amigos que den el grito de muerte cuando haya dejado de existir; además, es probable que esos furiosos no se tranquilicen hasta hacerme saltar los sesos, de modo que dos o tres días no significarán nada en la gran cuenta de la eternidad. Dios te bendiga —añadió volviendo a su joven amigo—; yo te he querido siempre, Uncas, a ti y tu padre, aunque nuestras pieles no son del mismo color exactamente y a pesar de los dones que hemos recibido del cielo difieren algo entre sí. Di al sagamore que no lo he olvidado nunca aun en medio de mis mayores apuros, y piensa alguna vez en mí cuando estés sobre un buen rastro. Encontrarás mi fusil en el sitio donde lo hemos escondido, tómalo y guárdalo; buen joven, ya que tus dones naturales no te prohíben vengarte, aprovéchalos, amigo mío, contra los mingos. Esto aliviará el dolor que podrá causarte mi muerte, y te consolará. Hurón, acepto su proposición, deja en libertad a esa joven y tómame prisionero.

Al oír esta oferta generosa la multitud prorrumpió en un murmullo de aprobación, y no hubo un delaware cuyo corazón no se enterneciera ante tal sacrificio. El magua se detuvo y parecía indeciso; pero, al fin, dirigiendo a Cora una mirada en que se reflejaba al mismo tiempo la ferocidad y la admiración, su rostro varió de repente y su resolución se hizo invariable.

Con un movimiento expresivo de cabeza manifestó que rehusaba esta oferta, y dijo con voz firme y muy acentuada:

—El Zorro Sutil es un gran jefe y no tiene más que una voluntad. Vamos —añadió poniendo groseramente la mano sobre el hombro de su prisionera para obligarla a ponerse en marcha—, un guerrero hurón no pierde el tiempo en palabras ociosas; marchemos.

Cora retrocedió rápidamente con dignidad y reserva; sus ojos lanzaban chispas, y su frente se cubrió de rubor al sentir la odiosa mano del hurón.

—Soy su cautiva —dijo—, y cuando llegue el momento, estaré dispuesta a seguirle, aunque fuese a la muerte; pero no hay necesidad de violencia —añadió con frialdad; y, volviéndose luego a Ojo-de-halcón, le dijo—: Hombre generoso, le agradezco en lo íntimo de mi corazón su oferta; pero es ociosa y no podía ser aceptada. De todos modos, puede prestarme un servicio más importante que si se le hubiera permitido llevar a efecto sus nobles resoluciones. Contemple a esa infeliz a quien el dolor anonada; no la abandone hasta que la haya conducido a un país de hombres civilizados. No le diré —añadió, apretando entre sus delicadas manos la áspera mano del cazador—, no le diré que su padre lo recompensará, porque los hombres como usted son superiores a toda clase de recompensas; pero se lo agradecerá y lo bendecirá. ¡Ah! Créame, la bendición de un anciano es muy poderosa para el cielo, y ojalá que yo misma pudiera recibirla de su boca en este momento terrible.

Al llegar a este punto, nublose su voz y viose obligada a guardar silencio; luego, acercándose a Heyward, que sostenía a su desmayada hermana, hizo un esfuerzo sobre sí misma y agrego con voz tierna, a la que los sentimientos que la agitaban daban la expresión más interesante:

—No necesito encargarle que cuide del tesoro que posee. Usted la ama, Heyward, y su amor le ocultaría todos sus defectos si los tuviera. Es tan buena, tan amable, tan sensible como cualquier mortal pueda serlo. Su frente resplandeciente de blancura no es sino un débil destello de la pureza de su alma —prosiguió separando con su mano los rubios cabellos que cubrían la frente de Alicia—; ¡qué podría yo añadir en elogio suyo! Pero esta despedida es terrible y es necesario que me compadezca de vosotros y de mí misma.

Cora inclinose hacia su desgraciada hermana, la tuvo abrazada un rato, la besó con apasionamiento y levantose con la palidez de la muerte pintada en su rostro; pero, sin que sus ojos vertieran una sola lágrima, se volvió hacia el salvaje y le dijo:

—Ahora, ya estoy dispuesta a seguirlo.

—Sí, parta —exclamó Heyward dejando a Alicia en las manos de una joven india—; márchate, magua, márchate. Los delawares tienen sus leyes que les impiden detenerte; pero yo no tengo el mismo motivo. Márchate, márchate, monstruo, márchate, ¿qué te detiene?

Sería imposible pintar la expresión que adquirieron las facciones del magua al oír esta amenaza; al pronto fue un movimiento de alegría extraordinaria, que se apresuró a reprimir para tomar un aire de frialdad que resultaba más mortificante, y respondió tranquilamente:

—Los bosques están libres, la Mano Abierta puede venir en mi persecución.

—Deténgase —exclamó Ojo-de-halcón asiendo a Heyward por el brazo y reteniéndolo a la fuerza—. Usted no conoce a ese monstruo; lo conduciría a una emboscada y su muerte...

—Hurón —dijo Uncas que, sometido a las rígidas costumbres de su pueblo había escuchado con atención cuanto se había hablado—; hurón, la justicia de los delawares procede del Manitú. Mira al sol; ahora está en las ramas de esos árboles; cuando salgas de ellas, muchos guerreros seguirán tus huellas.

—¡Ya oigo una corneja! —exclamó el magua riéndose sarcásticamente—. Ábranme paso —añadió mirando al pueblo que se separaba lentamente para que pasara—. ¿Dónde están las mujeres de los delawares? Que vengan a probar sus flechas y sus fusiles contra los wyan-dotos. ¡Perros, conejos, ladrones, os escupo al rostro!

Este insulto fue escuchado con el más profundo silencio, y el magua, con aspecto triunfal, encaminose hacia el bosque seguido de su afligida prisionera, y protegido por las leyes inviolables de la hospitalidad americana.

CAPÍTULO XIV

FLAE. Dar muerte a los rezagados y a los bagajeros es infringir abiertamente las leyes de la guerra; es una infamia, una verdadera infamia que no tiene rival en el mundo.

(Enrique V, SHAKESPEARE.)

El pueblo delaware, como si algún genio del mal, protector del magua, lo hubiera clavado en el sitio, permaneció inmóvil mientras el Zorro Sutil y su víctima estuvieron a su vista; pero, tan pronto como éstos hubieron desaparecido, empezó la multitud a correr de una parte a otra, presa de una extraña agitación.

Uncas permaneció sobre la eminencia en que estaba colocado con la vista en Cora, hasta que el color de sus vestidos se confundió con la hojarasca del bosque; entonces descendió de allí, atravesó en silencio por medio del pueblo que lo rodeaba, y entrose en la cabaña de donde había salido.

Algunos jefes de los más graves y prudentes que advirtieron la profunda indignación que reflejaban los ojos del joven, fueron tras él hasta el sitio que había escogido para reflexionar. Al cabo de un rato partieron Tamenund y Alicia, y ordenose a las mujeres y a los niños que se dispersaran; de modo que en poco tiempo el campamento pareció una gran colmena cuyas abejas hubiesen esperado la llegada y el ejemplo de su reina para emprender una expedición importante y lejana.

Un joven guerrero salió al fin de la tienda donde había entrado Uncas, y con paso grave, aunque decidido, acercose a un árbol enano que había crecido en las grietas de la tierra cascajosa, le arrancó casi toda la corteza, y volviose a la cabaña de donde había salido sin decir una palabra. Otro guerrero salió después de ella, y despojando aquel pino de todas sus ramas, no dejó sino el tronco desnudo. Por fin, un tercero pintó el árbol a fajas anchas de un encarnado oscuro.

Todos estos emblemas, que anunciaban los designios hostiles de los jefes de la nación, fueron recibidos por los hombres que permanecían fuera con un sombrío y triste silencio. Al fin presentose el mohicano desnudo, sin llevar sobre su cuerpo más prenda que el cinturón.

Uncas aproximose con lentitud al árbol y empezó a bailar alrededor de él acompasadamente, y levantando de vez en cuando la voz para hacer oír mejor los sonidos salvajes e irregulares de su canto de guerra. Los acentos que salían de su garganta eran tan pronto tiernos y lastimeros y de una melodía tan interesante que semejaba el canto de un pájaro, como por una transición repentina se convertían en gritos tan enérgicos y terribles que hacían estremecer a cuantos le oían. El canto de guerra componíanlo pocas palabras repetidas muchas veces: empezaba por una especie de himno o invocación a la divinidad; luego anunciaba los proyectos del guerrero, y así el principio como el fin era un homenaje rendido al Gran Espíritu. Siendo imposible traducir el idioma armonioso y elocuente en que se expresaba Uncas, daremos siquiera una idea de sus palabras.

«¡Manitú, Manitú, Manitú! ¡Tú eres bueno! ¡Tú eres grande! ¡Tú eres sabio! ¡Manitú, Manitú! ¡Tú eres justo!

»En los cielos, en las nubes, ¡oh!, cuántas manchas hay, unas negras y otras rojas. ¡Oh!, ¡cuántas manchas hay en el cielo!

»Resuena en los bosques y en el aire el grito, el prolongado grito de guerra: ¡oh!, el grito, el prolongado grito ha resonado.

»¡Manitú, Manitú, Manitú! Yo soy débil, tú eres fuerte: ¡Manitú, Manitú! ¡Socórreme!»

Al terminar cada estrofa, Uncas prolongaba el último sonido, dando a su voz la expresión que convenía al pensamiento que acababa de expresar. Después de la primera, su voz adquirió un tono solemne de veneración; la segunda era algo más enérgica; la tercera terminó por el terrible grito de guerra, que al salir de los labios del joven guerrero parecía imitar todos los ruidos horrorosos de los combates. En la última sus acentos fueron dulces, humildes y tiernos como al empezar la invocación. Tres veces repitió este canto, y otras tantas dio vueltas al árbol sin cesar de bailar.

Terminada la primera vuelta, un jefe de los lenapes, grave y venerable, siguió su ejemplo y púsose a bailar lo mismo que Uncas cantando en un tono muy semejante. Otros guerreros fueron reuniéndose sucesivamente al baile, y poco después cuantos tenían alguna fama o autoridad estaban en movimiento. El espectáculo que ofrecían estos guerreros revistió entonces un carácter más salvaje y terrible; las miradas amenazadoras de los jefes aumentaban en ferocidad a medida que se exaltaban, cantando su furor con voz ronca y gutural. En dicho momento, Uncas clavó su hacha en el pino despojado, lanzando una vehemente exclamación que podía llamarse su grito de guerra, lo cual anunciaba que se revestía de su autoridad para la expedición proyectada.

Ésta fue una señal que despertó todas las pasiones dormidas del pueblo. Más de cien jóvenes, que hasta entonces habían estado cohibidos por la timidez de su edad, lanzáronse furiosos sobre el tronco que representaba su enemigo, y lo destrozaron hasta dejarlo convertido en astillas. Este entusiasmo fue contagioso; todos los guerreros se precipitaron hacia los fragmentos del árbol, esparcidos por tierra, y los rompieron con el mismo furor que si hubieran dispersado los miembros palpitantes de su víctima. Todos los cuchillos y hachas brillaban; y, en fin, al ver la exaltación y la feroz alegría que animaba el rostro salvaje de los guerreros, era indudable que la expedición que empezaba bajo tales auspicios debía convertirse en una guerra nacional.

Dada la primera señal, Uncas había salido del círculo, y dirigiendo la vista al sol vio que estaba a punto de expirar la tregua convenida con el magua. Un gran grito, seguido de un gesto enérgico, previno a los demás guerreros, y todo el pueblo, entusiasmado, se apresuró a abandonar aquel simulacro de guerra para disponerse a emprender una expedición real y efectiva.

En un momento adquirió el campamento un aspecto completamente nuevo. Los guerreros, que ya se habían pintado y armado, regresaron con tanta tranquilidad como si jamás se hubieran conmovido. Las mujeres salieron de sus chozas lanzando gritos de alegría y de dolor, tan extrañamente confundidos que era imposible decir cuál de las dos pasiones las dominaba. Sin embargo, ninguna de ellas estaba ociosa; algunas se llevaban lo más precioso que tenían; otras se apresuraban a poner al abrigo de todo peligro a sus hijos o sus padres enfermos, y todas se dirigían hacia el bosque, que, como un rico tapiz de color verde, extendíase por el lado de la montaña.

Tamenund se retiró también hacia aquella parte después de una corta y cariñosa conferencia con Uncas, de quien el sabio no podía separarse sino con la violencia de un padre que acaba de recobrar su hijo perdido durante mucho tiempo. Heyward, después de haber colocado a Alicia en sitio seguro, reuniose con el cazador, cuyos ojos centelleantes demostraban todo el interés que tomaba en los sucesos que se estaban preparando.

Pero Ojo-de-halcón había oído muchas veces los cantos de guerra y presenciado la excitación que producían para manifestar con ningún movimiento el efecto que le causaban. Limitose, pues, a observar el número y la clase de los guerreros que deseaban acompañar a Uncas al combate, quedando satisfecho al ver que el entusiasmo del joven jefe había electrizado a todos los hombres que estaban en estado de batirse. Entonces decidió mandar a un joven en busca de su matagamos y del fusil de Uncas a la barrera del bosque donde habían depositado las armas al aproximarse al campo de los delawares por razones de prudencia; en primer lugar, para no perderlos si eran detenidos como prisioneros,

y además, para poder mezclarse entre los extranjeros sin inspirar desconfianza, presentándose como pobres viajeros antes que como hombres provistos de medios de defensa. Al enviar a otra persona en busca de su arma preciosa, el cazador había usado también de su prudencia y previsión ordinarias, porque presumía que el magua habría venido al campamento acompañado de una gran escolta, y no dudaba que el hurón espiaba los movimientos de sus nuevos enemigos por toda la línea del bosque. Por esta causa le hubiera sido imposible introducirse en él sin que su temeridad le fuese fatal; a cualquier otro guerrero le hubiera probablemente costado la vida; pero un muchacho podía hacerlo sin inspirar sospechas, y acaso no comprendieran su propósito hasta que fuese demasiado tarde para impedirlo. Cuando Heyward llegó, Ojo-de-halcón estaba esperando tranquilamente el regreso de su mensajero.

Éste, que era perspicaz y había sido convenientemente instruido al efecto, partió palpitando de esperanza y alegría, considerándose muy satisfecho por haber inspirado tal confianza, y resuelto a que quedaran complacidos de su actividad e inteligencia. Siguiendo con aire indiferente la línea del bosque, no entró en él hasta haber llegado al sitio en que estaban ocultos los fusiles, y enseguida desapareció detrás de la hojarasca de la maleza avanzando como un astuto reptil hacia el tesoro deseado, que no tardó en encontrar, porque volvió a aparecer un momento más tarde corriendo con la rapidez de una flecha por el estrecho paso que separaba el bosque de la elevada colina, en cuya cumbre estaba situado el pueblo, llevando un fusil en cada mano. No había hecho más que llegar al pie de la montaña, que trepaba con una agilidad increíble, cuando un disparo hecho en el bosque probó la exactitud de los cálculos del cazador. El muchacho respondió con un grito de desprecio; pero una segunda bala que venía del otro punto del bosque silbó en el aire junto al rapazuelo que en aquel momento llegó a la plataforma, y, levantando los fusiles en señal de triunfo, dirigiose con todo el orgullo de un conquistador hacia el cazador que le había honrado con una comisión tan gloriosa.

A pesar del vivo interés que a Ojo-de-halcón inspiraba la suerte del joven mensajero, el placer que recibió al estrechar su matagamos resumió en aquel momento todas sus ideas. Después de examinar con una mirada viva e inteligente si su arma querida había sufrido alguna avería, hizo jugar los muelles diez o doce veces, y convencido de que estaban útiles, se volvió al muchacho y le preguntó con la más compasiva bondad si se encontraba herido. Éste lo miró con orgullo, pero guardó silencio.

—¡Pobre muchacho! Los bribones te han atravesado el brazo —exclamó el cazador descubriendo una ancha herida que le había ocasionado una de las balas—. Algunas hojas de aliso te curarán rápidamente; has empezado pronto el aprendizaje de guerrero, y pareces destinado a ser enterrado con honrosas cicatrices. Marcha —añadió después de curar al joven herido—; algún día serás un gran jefe.

El muchacho, a quien la sangre que manaba de su herida le ponía más orgulloso que al más vano cortesano una brillante condecoración, fue a reunirse con sus jóvenes compañeros, para quienes era ya un objeto de envidia y admiración.

Este rasgo de valor pasó casi inadvertido en aquel momento en que tantos deberes serios e importantes absorbían la atención de los guerreros, cosa que seguramente no hubiese ocurrido en otra circunstancia en que el pueblo hubiera disfrutado de mayor tranquilidad. Sin embargo, había servido para instruir a los delawares de la proposición y los proyectos de sus enemigos, y, en vista de ello, un destacamento de jóvenes guerreros partió enseguida para desalojar a los hurones del lugar en que permanecían ocultos en el bosque; pero éstos, al ser descubiertos, se apresuraron a abandonar sus posiciones. Los delawares los persiguieron hasta cierta distancia de su campamento, y entonces detuviéronse a esperar nuevas órdenes, temerosos de ser víctimas de alguna emboscada.

Mientas tanto Uncas, ocultando bajo un aspecto de tranquilidad la impaciencia que lo devoraba, convocó a los jefes para hacerles partícipes de su autoridad, y les presentó a Ojo-de-halcón como un guerrero experimentado que le había inspirado siempre gran confianza, y, al ver que todos se apresuraban a dispensar a su amigo la más favorable acogida, le confió el mando de veinte hombres, valientes, activos y decididos como él. Explicó a los delawares la posición que Heyward ocupaba en las tropas inglesas, y le dispensó el mismo honor entre los hurones; pero Heyward solicitó batirse como voluntario al lado del cazador. Después de estas primeras disposiciones, el joven mohicano designó diferentes jefes para que ocupasen los puestos más importantes, y como el tiempo apremiaba, dio la orden de partir, y acto seguido, más de doscientos guerreros pusiéronse en marcha, alegres, aunque silenciosos.

Internáronse en el bosque fácilmente, y marcharon algún tiempo sin encontrar a nadie que les resistiera o que pudiera darles los informes que necesitaban. Entonces se mandó hacer alto; los jefes se reunieron para celebrar consejo en voz baja, y fueron propuestos varios planes de operaciones; pero ninguno correspondía a la impaciencia de su jefe.

Después de conferenciar durante algunos minutos sin resultado alguno provechoso, descubrieron a lo lejos un hombre que venía solo del sitio en donde debía estar el enemigo; marchaba tan rápidamente que podía creerse que era un mensajero encargado de hacer algunas proposiciones de paz. Al llegar a unos trescientos pasos detrás del soto donde estaba celebrándose el consejo de los delawares, dudó y pareció indeciso respecto al camino que debía tomar, después de lo cual se detuvo; todas las miradas se dirigieron entonces hacia Uncas como para preguntarle qué debía hacerse.

—Ojo-de-halcón —dijo el joven jefe en voz baja—, es preciso que ése no vuelva a ver a los hurones.

—Su hora ha llegado —repuso el lacónico cazador bajando la punta de su fusil por entre las hojas, y ya parecía haber hecho la puntería cuando en vez de soltar el gatillo dejó tranquilamente su arma en tierra y empezó a reírse a carcajadas, mientras decía—: A fe de miserable pecador, que había tomado a este pobre diablo por un mingo; pero cuando mis ojos han recorrido su cuerpo para elegir el sitio donde herirlo, ¿lo creerías, Uncas?, he reconocido a nuestro cantor. No es, pues, otro que el estúpido a quien llaman Lagamme, cuya muerte no beneficiaría a nadie, y su vida quizás nos sea útil si nos es posible sacar de él otra cosa que canciones. Si mi voz no ha perdido su poder, voy a hacerle oír sonidos que le serán más gratos que los de mi matagamos.

Y, diciendo esto, Ojo-de-halcón internose entre la maleza hasta que llegó a distancia conveniente para ser oído por David, y procuró repetir el concierto armonioso al que había debido el poder atravesar con tanta felicidad el campamento de los hurones. Lagamme tenía el oído extremadamente fino y delicado para no distinguir los ecos que había oído con anterioridad y conocer de dónde salían, y además hubiera sido difícil a otro que no fuese Ojo-de-halcón el producir un ruido semejante. El pobre diablo creyó enseguida verse libre de un gran peso; pues, corriendo en la dirección de la voz, lo que era para él tan difícil como a un guerrero el encaminarse al sitio donde suena el estampido del cañón, descubrió al cazador oculto que lanzaba aquellos sonidos tan armoniosos.

—Desearía saber lo que los hurones pensarán de esto —dijo el cazador riendo mientras agarraba a su compañero por el brazo para conducirlo junto a los delawares—. Si los bribones pueden oírnos dirán que son dos los que hemos perdido el juicio y no uno; pero aquí ya estamos seguros —y enseñándole a Uncas y su gente—. Ahora —añadió—

refiéranos todas las tramas de los mingos, buen inglés, y sin hacer tantos gorjeos.

David miró en torno suyo y al ver el aire sombrío y salvaje de los jefes que lo rodeaban, su primera impresión fue de temor; pero, reconociéndolos pronto, logró responder:

—Los paganos han salido a campaña en buen número, y me parece que abrigan malas intenciones. Han dado muchos gritos, han hecho mucho ruido, y, en fin, reina gran desorden en su poblado desde hace una hora, de tal modo que he podido escaparme para venir a buscar la paz entre los delawares.

—Sus oídos no hubieran ganado nada en el cambio si hubiese llegado un poco antes —respondió el cazador—. Pero dejemos esto; ¿dónde se encuentran los hurones?

—Escondidos en el bosque entre este lugar y su poblado, y son tantos que la prudencia debe inclinarle enseguida a retroceder.

Uncas, mirando altiva y noblemente a sus compañeros, preguntó:

—¿Y el magua?

—Está con ellos; ha llevado a la joven que estaba con los delawares y, después de encerrarla en la caverna, ha salido como un lobo furioso a la cabeza de sus salvajes. Ignoro qué es lo que le ha puesto tan furioso.

—¿Dice que la ha encerrado en la caverna? —exclamó Heyward—. Felizmente sabemos dónde está situada. ¿No podríamos encontrar algún medio de ponerla en libertad enseguida?

Uncas miró tranquilamente al cazador antes de decir:

—¿Qué le parece a Ojo-de-halcón?

—Deme mis veinte hombres; me dirigiré por la derecha a la orilla del agua, y pasando junto a las cuevas de los castores, me reuniré con el sagamore y el coronel. Pronto oirán el grito de guerra por ese lado, el viento lo traerá hasta aquí y, cuando eso ocurra, Uncas, ustedes los atacan, que yo les prometo, a fe de buen cazador, que si se ponen a tiro de nuestros fusiles, los haré doblarse como un arco de fresno. Después de esto entraremos en el poblado y marcharemos directamente a la caverna a libertar a la joven. No es un plan que exija gran sabiduría; pero con valor y paciencia quizá podremos vencer con él al enemigo.

—Es un plan excelente —repuso Heyward, que vio que la libertad de Cora dependía de su resultado—; es necesario ponerlo en práctica enseguida.

Conferenciaron los jefes y acordose aprobar el proyecto, yendo cada cual a ocupar el puesto que le correspondía acto seguido.

CAPÍTULO XV

Pero las desgracias se esparcirán a lo lejos y se multiplicarán los fuegos sombríos de las exequias, hasta que el gran rey, sin rescate alguno, devuelva a Chrysa la joven de los ojos negros.

POPE.

Uncas apresurose a distribuir sus fuerzas señalando a cada jefe el lugar que debía ocupar y la parte que le correspondía tomar en el combate.

En el bosque, exceptuando el sitio en que habían celebrado consejo los delawares, no se percibía rumor alguno, y los ojos podían escudriñarlo en todas las direcciones por los claros que dejaban entre sí los copudos árboles; pero en ninguna parte se descubría nada sospechoso. Todo en el bosque estaba en armonía con la tranquilidad que reinaba en él.

Si un pájaro agitaba casualmente las hojas, si una ardilla, haciendo caer alguna nuez, atraía un momento la atención de los delawares hacia el punto donde se producía el ruido, esta interrupción momentánea no causaba otro efecto que el de hacer después más profundo y notable el silencio, no volviendo a oírse después sino el murmullo del aire que resonaba sobre sus cabezas, agitando la verde cima del bosque que se dilataba en una vasta extensión de terreno.

La soledad profunda que reinaba en la parte del bosque que separaba a los delawares de los hurones hacía suponer que el pie humano no se había posado jamás en aquel sitio; todo estaba en reposo. Pero Ojo-de-halcón, encargado de dirigir la principal expedición, conocía demasiado a sus enemigos para dar crédito a estas engañosas apariencias.

Cuando su pequeña división volvió a reunirse, el cazador tomó su fusil, hizo una seña a sus compañeros para que lo siguieran, y retrocedió hasta llegar a las orillas de un riachuelo, que habían atravesado ya anteriormente; y allí se detuvo, esperó a sus guerreros, y cuando éstos se le aproximaron, les preguntó en delaware:

—¿Hay entre vosotros quien sepa adónde conduce la corriente de estas aguas?

Un guerrero extendió una mano, abrió los dedos, y mostrando el modo con que se reunían, respondió:

—Antes que el sol vuelva a aparecer en el oriente, el río pequeño se habrá unido al grande —y luego añadió haciendo nuevo gesto expresivo—: Los dos juntos forman uno solo para los castores.

—Eso es lo que a mí me parecía, según el curso que siguen y la posición de las montañas —replicó el cazador mirando con ojos perspicaces por entre las aberturas que separaban las cimas de los árboles—. Guerreros, aquí permaneceremos al abrigo de sus orillas hasta que sintamos llegar a los hurones.

Sus compañeros, según acostumbraban, lanzaron una exclamación aprobando lo propuesto; pero, al ver que su jefe se disponía a mostrarles el camino, algunos de ellos le dieron a entender por señas que faltaba algo que prever. Ojo-de-halcón los entendió, y volviéndose seguidamente vio al maestro de canto que iba en seguimiento suyo.

—¿Sabe, amigo —le preguntó el cazador con gravedad y quizá algo orgulloso del honroso mando que se le había confiado—, sabe que esta tropa está compuesta de guerreros intrépidos, escogidos para la más arriesgada empresa, y mandados por quien no les dará ocasión de permanecer ociosos? No habrán transcurrido quizás diez minutos antes que pasemos sobre el cuerpo de un hurón vivo o muerto.

—Aunque no haya sido instruido verbalmente de sus proyectos —respondió David, cuyo rostro se había animado y sus miradas, ordinariamente tranquilas y sin expresión, brillaban con un fuego extraordinario—, como he viajado mucho tiempo con la joven que usted busca y he permanecido a su lado en circunstancias diversas, aunque no soy hombre de guerra, ni llevo espada ni cinturón, quisiera hacer algo en obsequio suyo.

El cazador dudaba calculando las consecuencias que podía ocasionar el admitir un recluta tan singular.

—Usted no sabe manejar ningún arma —le dijo después de un momento de reflexión—, ni tiene fusil, y en este caso es preferible que nos deje este cuidado; los mingos no tardarán en devolver lo que se han llevado.

—Si no soy tan orgulloso y feroz como un mingo —respondió David sacando una honda de debajo de sus vestidos—, en mi infancia me he ejercitado con frecuencia en el manejo de esta arma, y quizás no he perdido la costumbre.

—¡Ah! —exclamó Ojo-de-halcón mirando la honda y el mandil de piel de gamo, fría y despreciativamente—. Eso sería muy bueno si no tuviéramos que defendernos más que de flechas o cuchillos; pero los mingos están provistos por los franceses de un buen fusil cada uno. De todos modos, como usted tiene la habilidad, según parece, de pasar por el medio del fuego sin quemarse, y ya que hasta ahora ha tenido la fortuna... Mayor, ¿por qué tiene su fusil preparado? Disparar un solo tiro antes del momento oportuno sería romper veinte cráneos sin necesidad. Cantor, puede venir con nosotros si gusta, y puede sernos útil cuando lancemos el grito de guerra.

—Amigo, se lo agradezco —añadió David, que llenaba su mandil de las piedras que encontraba a orillas del río—; aunque no tengo gran propensión a matar a nadie, hubiera sufrido una gran contrariedad si me hubiese despedido.

—No olvide —añadió el cazador mirándolo de un modo expresivo— que hemos venido aquí para batirnos y no para cantar, y que, a excepción del grito de guerra, cuando llegue el caso, aquí no debe oírse más ruido que el del fusil.

David manifestó con un gesto significativo que aceptaba las condiciones que se le imponían, y Ojo-de-halcón, mirando nuevamente a sus compañeros como para pasarles revista, dio la orden de ponerse en marcha.

El grupo siguió por espacio de una milla el curso del río, cuyas márgenes eran bastante altas para ocultarlos a la vista de los que los espiasen. La espesura de la maleza que crecía a las orillas ofrecíales además nuevos motivos de seguridad. Esto no obstante, durante todo el camino no descuidaron ninguna de las precauciones usadas entre los indios cuando se disponen a un ataque. Por cada orilla del río iba un delaware a la descubierta, arrastrándose más bien que andando, siempre con los ojos fijos en el bosque, y escudriñando con la vista por en medio de los árboles siempre que se presentaba algún claro. Además, cada cinco minutos se detenía el grupo tratando de percibir algún ruido, con una delicadeza de sentidos apenas concebible aun entre hombres civilizados. Su marcha no fue interrumpida y llegaron al sitio en donde el pequeño río desaguaba en el grande sin que ningún indicio revelara que habían sido descubiertos. El cazador dispuso entonces hacer otro alto, y empezó a observar el cielo.

—Probablemente tendremos un día hermoso para batirnos —le dijo en inglés a Heyward con los ojos fijos en las nubes que iban agrupándose en el espacio—. Sol ardiente y fusil brillante impiden hacer buena puntería, y, por lo tanto, todo nos favorece: los hurones tienen el viento contrario, de modo que el humo irá sobre ellos, lo que no es pequeña ventaja, mientras que nosotros tiraremos libremente y sin que nada nos impida fijar nuestra puntería; pero ya se aclara la espesa sombra que nos protegía. El castor es dueño de las orillas de este río desde hace algunos centenares de años; así, vea qué de troncos consumidos; bien pocos árboles conservan apariencias de vida.

Ojo-de-halcón había pintado de este modo con toda exactitud la perspectiva que se ofrecía entonces a sus ojos. El río seguía un curso irregular; tan pronto se deslizaba por las angostas aberturas que había labrado en las rocas, como formaba vastos estanques, dilatándose en profundos valles. Todas sus orillas estaban sembradas de restos secos de árboles muertos en los varios períodos de su destrucción, desde aquellos de los cuales no quedaba más que un tronco informe hasta los que habían sido despojados de su corteza preservadora que contiene el principio misterioso de su vida. Un pequeño número de ruinas cubiertas de musgo parecía que sólo se habían salvado de los estragos del tiempo para probar que en otra época había poblado aquella soledad una generación, de la que no quedaban ya otros vestigios.

Jamás el cazador había observado más detenida y cuidadosamente el sitio en que se encontraba, porque sabía que las moradas de los hurones distaban a lo sumo media milla, y temiendo alguna emboscada le inspiraba inquietud el no descubrir ningún rastro de los enemigos.

Una o dos veces tuvo intenciones de dar la señal del ataque y procurar sorprender al poblado; pero su experiencia le revelaba enseguida el peligro de una tentativa de tan dudoso éxito. Entonces escuchaba muy atentamente tratando de percibir los silbidos del viento, que empezaba a barrer cuanto encontraba en las cavidades del bosque, anunciando una tempestad. Al fin, cansado de seguir los consejos de la prudencia, y dejándose llevar por una impaciencia que no le era natural, resolvió obrar sin tardanza.

El cazador habíase detenido detrás de un zarzal para observar, mientras sus guerreros permanecían ocultos en el cauce del río. Éstos, al oír la señal que su jefe dio en voz baja, subieron las orillas, y pasando con cautela como lúgubres espectros, se agruparon silenciosamente en torno suyo. Ojo-de-halcón les indicó con el dedo la dirección que debían seguir, y púsose a la cabeza de ellos; toda la tropa se formó en fila india y marchó tan exactamente sobre sus pasos, que a excepción de la de Heyward y David sólo se distinguía la huella de un solo hombre.

No habían hecho más que mostrarse al descubierto, cuando oyose a sus espaldas una descarga como de hasta doce fusiles, y un guerrero saltando en el aire como un gamo herido por la bala de un cazador, cayó de bruces en tierra quedando inmóvil como la muerte.

—¡Ah! ¡Ya me estaba yo temiendo alguna diablura por este estilo! —dijo el cazador en inglés, y después, con la rapidez del pensamiento, ordenó en la lengua de los delawares—: Pronto a cubierto, y carguen.

Estas palabras pusieron en dispersión a la tropa, y antes que Heyward hubiese vuelto de su sorpresa, encontrose solo con David. Por fortuna los hurones se habían replegado ya y por el momento no había que temer. Pero esta tregua no debía tener muy larga duración; el cazador, que volvió enseguida, dio ejemplo persiguiéndolos mientras descargaba su fusil, y corrió de árbol en árbol cargando y descargando en tanto que el enemigo retrocedía con lentitud.

Al parecer, aquel ataque repentino había sido dado por un pequeño destacamento de hurones; pero, a medida que se retiraban, aumentaba notablemente su número, no tardando en encontrarse en situación de sostener el fuego de los delawares, y aun de rechazarlos sin grandes pérdidas. Heyward precipitose en medio de los combatientes, e imitando la prudencia de sus compañeros, hizo disparo tras disparo ocultándose y mostrándose enseguida. Entonces fue cuando el combate llegó a su apogeo; los hurones no retrocedían, y ambas tropas conservaban sus posiciones; pocos guerreros estaban heridos, porque procuraban resguardarse todo lo posible detrás de un árbol, sin descubrir jamás una parte de su cuerpo más que en el momento de apuntar.

Sin embargo, la suerte del combate era cada vez más deplorable para Ojo-de-halcón y sus guerreros. El cazador era extremadamente perspicaz y no desconocía lo peligroso de su posición; pero no se le ocurría el modo de remediarlo. Comprendía que era más expuesto retirarse que mantenerse en su posición; además el enemigo, que recibía constantemente nuevos refuerzos, empezaba a extenderse sobre los flancos de su grupo de guerreros, de modo que a los delawares les era ya casi imposible ponerse a cubierto y disminuían el fuego. En tan crítica coyuntura, cuando empezaban a creer que no tardarían en ser arrollados por los hurones, oyeron repentinamente gritos de guerra y un ruido de armas de fuego que resonaba bajo la espesa bóveda del bosque, hacia el sitio en que Uncas había quedado apostado en un profundo valle, mucho más abajo del terreno en que Ojo-de-halcón se batía denodadamente.

El resultado de este ataque inesperado fue instantáneo, ocasionando entre los hurones una división muy oportuna y provechosa para el cazador y sus amigos. Parecía que el enemigo, previendo aquella sorpresa, la había hecho fracasar; pero, habiéndose equivocado en el número, había dejado un destacamento muy pequeño para resistir el impetuoso ataque del joven mohicano. Lo que daba más carácter de verosimilitud a estas conjeturas era que el ruido del combate empezado en el bosque iba aproximándose cada momento más, así como la repentina disminución

flexiones útiles? —repuso el cazador con dulzura—. El probar la carga es una medida que no me satisface mucho, porque siempre es preciso sacrificar algunas vidas en esta clase de ataques; y, sin embargo, —añadió inclinando la cabeza a un lado para oír el ruido del combate que se libraba no lejos de allí—, si Uncas necesita nuestro auxilio, es menester acabar con estos bribones que nos cierran el paso.

Luego, volviéndose pronta y resueltamente, llamó a gritos a sus indios, que le respondieron con aclamaciones prolongadas; y, a una señal, cada guerrero hizo un movimiento rápido alrededor de su árbol. Al ver tantos cuerpos mostrándose al mismo tiempo ante sus ojos, los hurones se apresuraron a hacer una descarga tan precipitada como inútil, pues no causó ninguna baja. Entonces los delawares, sin tomarse tiempo para respirar, dirigiéronse saltando impetuosamente hacia la espesura, donde se ocultaban sus enemigos, como otras tantas panteras que se lanzan sobre su presa.

Algunos viejos hurones, más sagaces y experimentados que los demás, y que no habían caído en el lazo tendido para obligarlos a descargar sus fusiles, aguardaron a tenerlos cerca e hicieron entonces una terrible descarga. Los temores del cazador se confirmaron por desgracia, pues tres de sus compañeros rodaron por tierra; pero esta resistencia no era suficiente para detener a los demás; los delawares penetraron en el tallar, y furiosamente enardecidos, con la ferocidad propia de su carácter, arrollaron cuanto encontraron al paso.

La lucha cuerpo a cuerpo sólo duró un instante, y los hurones se fueron retirando hasta llegar al otro extremo del bosquecillo donde se habían hecho fuertes. Entonces se volvieron y mostráronse nuevamente decididos a defenderse con aquella especie de encarnizamiento que revelan las fieras cuando se encuentran en su guarida.

En aquel momento crítico, y cuando la victoria estaba indecisa, oyose un disparo a la retaguardia de los hurones; una bala salió silbando de las cuevas de los castores situadas en el claro, y acto seguido resonó el grito de guerra.

—¡El sagamore! —exclamó el cazador repitiendo el grito con su voz estentórea—. Ya los tenemos entre dos fuegos y no se escaparán.

El efecto que este inopinado ataque produjo en los hurones fue indescriptible; no pudiendo ponerse al abrigo, todos a un tiempo lanzaron un grito de desesperación, y sin tratar de hacer la menor resistencia, se pusieron en fuga, y muchos, queriendo huir, fueron víctimas de los balazos de los delawares.

No nos detendremos refiriendo el encuentro de Chingachgook y el cazador ni el que fue más interesante entre Heyward y el padre de Alicia. Algunas palabras rápidamente pronunciadas les bastaron para explicarse mutuamente el estado de cosas, y acto seguido Ojo-de-halcón presentó el sagamore a sus guerreros y entregó el mando en manos del jefe mohicano. Chingachgook revistiose de la autoridad a que su nacimiento y su experiencia le daban derechos incontestables, con aquella gravedad que tanta fuerza da a las órdenes de un jefe americano. Después, siguiendo los pasos del cazador, atravesó el tallar que había sido teatro de un combate tan encarnizado.

Cuando los delawares encontraban el cadáver de uno de sus compañeros lo enterraban cuidadosamente; pero, si era de algún enemigo, despojábanle de la cabellera. Al llegar a una eminencia, mandó el sagamore hacer alto.

Después de haberse batido tan bravamente y con tal actividad, necesitan los vencedores tomar aliento; la colina, en donde se habían detenido, encontrábase circundada de espesos árboles que los ocultaban por completo, y, al frente, se extendía por espacio de muchas millas un valle sombrío, estrecho y lleno de arboleda, en medio de cuyo desfiladero continuaba batiéndose Uncas contra el principal cuerpo de los hurones.

El mohicano y sus amigos se adelantaron hacia el descenso de la colina y prestaron atención. El ruido del combate parecía menos lejano, algunos pájaros revoloteaban sobre el valle como si el miedo los hubiera obligado a abandonar sus nidos, y un humo sumamente denso, que parecía confundirse con la atmósfera, se elevaba por encima de los árboles, señalando el sitio donde el choque debía haber sido más vivo y animado.

—Vienen por aquí —dijo Heyward en el momento en que acababa de oírse una nueva explosión de armas de fuego—. Estamos en el centro de su línea y nos es imposible batirlos con eficacia.

—Van a dirigirse hacia esa hondonada en que los árboles están más espesos —dijo el cazador—, y entonces los atacaremos por el flanco. Vamos, sagamore, pronto llegará el momento de lanzar el grito de guerra y perseguirlos; ahora me batiré con guerreros de mi color. Usted me conoce, mohicano; ni un solo hurón cruzará el río que está detrás de nosotros sin que una bala de mi matagamos resuene en sus oídos.

El jefe indio detúvose todavía un momento contemplando el sitio del combate, que cada vez parecía más próximo, prueba evidente de que los delawares vencían, y no abandonó aquel lugar hasta que las balas que cayeron a algunos pasos de ellos, como granizo mensajero de la tempestad, le hicieron conocer que sus amigos, así como sus enemigos, se encontraban aún más cerca de lo que habían supuesto. Ojo-de-halcón y sus compañeros guareciéronse detrás de un zarzal bastante espeso, y esperaron el desarrollo de los acontecimientos, con aquella calma perfecta que sólo el hábito puede dar en circunstancias semejantes.

Pronto cesó de repetir el ruido de las armas el eco del bosque, que resonó como si los disparos se hicieran al aire libre; entonces vieron aparecer algunos hurones unos tras otros, que, arrojados del bosque hasta la llanura, iban congregándose detrás de los últimos árboles, lugar elegido para realizar el último esfuerzo. Un gran número de sus compañeros fueron acudiendo allí sucesivamente, y parapetados tras los árboles se mostraron decididos a luchar desesperadamente. Heyward manifestó alguna impaciencia, variando de sitio a cada momento, mientras buscaba con la vista la mirada de Chingachgook como para preguntarle si era llegada la ocasión de hacer fuego. El jefe permanecía sentado sobre una roca con gran calma y dignidad, mirando el combate tan tranquilamente como si no tuviera en él otro interés que el de mero espectador.

—Ya ha llegado para el delaware el momento de atacar —exclamó Heyward.

—No, no, todavía no —contestó el cazador—; cuando sus amigos estén cerca les hará conocer que está aquí. Mire a esos pícaros cómo se agrupan detrás del bosquecillo de pinos como las abejas en torno de su reina. ¡Por vida mía, que un niño sería capaz de poner una bala en medio de esos cuerpos!

En aquel momento hizo Chingachgook la señal; disparó su gente, y una docena de hurones cayeron muertos. Al grito de guerra que él lanzó, respondieron numerosas aclamaciones proferidas en el bosque, y resonó en los aires un vocerío tan agudo que parecía que mil bocas gritaban a la vez. Los hurones, consternados, abandonaron el centro de su línea, y Uncas, a la cabeza de más de cien guerreros, salió del bosque por el pasaje que aquéllos acababan de abandonar.

Agitando sus manos a derecha e izquierda, el joven jefe mostró los enemigos a sus compañeros, que acto seguido se lanzaron en su persecución. El combate se dividió entonces; rotas las dos alas de los hurones, internáronse éstos en los bosques en busca de un refugio, siendo perseguidos muy cerca por los hijos victoriosos de los lenapes. No había transcurrido un minuto todavía, cuando ya el ruido se alejaba en diferentes direcciones, haciéndose cada vez más confuso. Sin embargo, un pequeño grupo que se había formado, desdeñándose de huir abiertamente, se retiraban con lentitud como leones acorralados, y subían la colina que Chingachgook y su tropa acababan de abandonar para tomar parte más activa en el combate. Distinguíase el magua entre ellos por su continente altivo y salvaje, y por el aspecto imperioso que todavía conservaba.

Como Uncas había hecho marchar a todos sus compañeros precipitadamente en persecución de los que huían, él se había quedado casi solo; pero sus ojos descubrieron al Zorro Sutil y, olvidando toda otra consideración, lanzó el grito de guerra, con el que reunió en torno suyo a cinco o seis de sus guerreros. Sin reparar en la desigualdad del número lanzose sobre su enemigo el magua, que espiaba todos sus movimientos, y se detuvo para esperarlo, y ya su alma feroz se estremecía de júbilo al ver al joven héroe temerariamente expuesto a sus golpes, cuando resonaron nuevos gritos, y La-larga-carabina apareció de pronto a la cabeza de su tropa de blancos. El hurón volvió rápidamente la espalda y encaminose, huyendo, hacia la colina.

Tan ciego estaba Uncas persiguiendo a los hurones, que apenas advirtió la presencia de sus amigos, y continuó hostigándolos sin descansar. Fue inútil que Ojo-de-halcón le gritase que no se expusiera temerariamente; el joven mohicano nada oía; desafiaba el fuego de sus enemigos, y obligoles muy pronto a huir tan rápidamente como los perseguían. Por fortuna, esta carrera forzada no tuvo mucha duración, y los blancos que el cazador mandaba encontráronse por su posición con menos espacio que correr, sin lo cual el delaware no habría tardado en adelantarse a todos sus compañeros y ser víctima de su arrojo; pero, antes que semejante desgracia pudiera ocurrirle, los fugitivos y los vencedores llegaron casi al mismo tiempo al poblado de los wyan-dotos.

Excitados por la vista de sus viviendas, detuviéronse los hurones para batirse desesperadamente alrededor del fuego del consejo. El principio y el fin del combate se sucedieron con tanta rapidez, que el tránsito de un torbellino es menos veloz y sus estragos menos terribles. El hacha de Uncas, el fusil de Ojo-de-halcón, y hasta el brazo todavía nervioso de Munro, realizaron tales proezas que la tierra quedó en un momento cubierta de cadáveres. No obstante, el magua, a pesar de su audacia, y aunque se expuso constantemente, pudo escapar de todos los peligros que lo amenazaban. Parecía uno de aquellos héroes favorecidos por la suerte, de quienes las antiguas leyendas nos refieren que poseían un talismán prodigioso que protegía su vida. Profiriendo un grito, en el que se reflejaban el exceso de su furor y su desesperación, el Zorro Sutil, después de haber visto caer a su lado a sus compañeros, echose fuera del campo de batalla seguido de los dos únicos amigos que le habían quedado, mientras los delawares se ocupaban en recoger los trofeos sangrientos de su victoria.

Pero Uncas, que lo había buscado inútilmente en la refriega, lanzose en su persecución. Ojo-de-halcón, Heyward y David se apresuraron a correr detrás de él; pero todo lo que el cazador podía hacer con los mayores esfuerzos era seguirlo de modo que estuviera siempre a distancia conveniente para poder defenderlo. En una ocasión, el magua trató de volverse para probar si podría al fin satisfacer su venganza; pero este proyecto fue abandonado casi al mismo tiempo que fue concebido, e internándose en una espesa maleza, adonde fue seguido por sus enemigos, entró repentinamente en la caverna donde había estado Alicia recluida. Ojo-de-halcón lanzó un grito de júbilo creyendo que su presa no podía escapar, y precipitose con sus compañeros en la cueva, cuya entrada era larga y estrecha, pudiendo ver a los hurones que se retiraban. Al penetrar en las galerías naturales y en los pasajes subterráneos, vieron salir centenares de mujeres y niños gritando horriblemente y que, a la claridad indecisa que reinaba en dicho sitio, semejaban sombras y fantasmas que huían de la presencia de los mortales.

Uncas sólo veía al magua; sus ojos no miraban ni se detenían más que en él; sus pasos seguían los de aquél. Heyward y el cazador continuaban siguiéndolo, animados por los mismos sentimientos, aunque menos exaltados; pero cuanto más avanzaba, más la claridad disminuía, y más difícil les era distinguir a sus enemigos, que, conociendo los caminos, escapaban cuando se creían más inmediatos a alcanzarlos. Hubo un momento en que creyeron haber perdido el rastro de sus pasos; pero, entonces, distinguieron un traje blanco en la extremidad de un pasaje que parecía conducir a la montaña.

—¡Es Cora! —exclamó Heyward con voz trémula y conmovida.

—¡Cora! ¡Cora! —repitió Uncas avanzando como el gamo en los bosques.

—¡Ella misma! —repitió el cazador—. ¡Valor, hija mía! ¡Aquí estamos! ¡Aquí estamos!

Esta visión infundioles nuevo ardor y pareció prestarles alas; pero el camino era demasiado desigual, lleno de asperezas, y en algunos parajes casi impracticable. Uncas arrojó el fusil, que le embarazaba en su carrera, y siguió con vehemente impetuosidad. Heyward hizo lo mismo; pero un instante después viéronse obligados a reconocer su imprudencia, al oír que los hurones encontraron medio de hacer

disparos sin dejar de trepar el pasaje practicado en la roca; la bala hirió levemente al joven mohicano.

—¡Necesitamos alcanzarlos! —exclamó el cazador adelantándose a sus amigos desesperadamente—. Los bribones nos acertarían estando tan cerca, y miren... tienen a la joven Cora colocada de modo que les sirva de parapeto.

Sin prestar atención a estas palabras, o más bien sin oírlas, sus compañeros imitaron su ejemplo, y con esfuerzos increíbles se acercaron a los fugitivos lo suficiente para ver que Cora iba arrastrada por los dos hurones, mientras que el magua les indicaba el camino que debían seguir. En aquel momento una claridad repentina penetró en la caverna, las formas de la joven y de sus perseguidores se dibujaron instantáneamente en la pared, y desaparecieron los cuatro.

Frenéticos y desesperados, Uncas y Heyward redoblaron sus esfuerzos, ya más que humanos, y encontrando una abertura se precipitaron fuera de la caverna, a tiempo de poder distinguir el camino que seguían los fugitivos.

Era necesario trepar por una senda áspera y pedregosa, y el cazador, entorpecido por su fusil, y acaso por no interesarse tan vivamente por la cautiva como sus compañeros, empezó a perder terreno. Heyward también se quedó más atrás que Uncas, de este modo pasaron en un momento por rocas y precipicios que en otras circunstancias les hubieran parecido inaccesibles; pero, al fin, encontraron la recompensa de sus fatigas, al advertir que ganaban rápidamente camino a los hurones, cuya marcha retardaba Cora cuanto podía.

—¡Detente, perro wyan-doto! —gritó Uncas desde lo alto de una roca agitando en el aire su hacha—. ¡Detente! ¡Un joven delaware te grita que te detengas!

—¡No te seguiré! —exclamó deteniéndose de pronto Cora al borde de un precipicio, profundo a poca distancia de la cima del monte—. Tú puedes asesinarme, miserable hurón, pero yo no iré más lejos.

Al oír esto, los dos hurones que la rodeaban blandieron a un tiempo mismo las hachas sobre su cabeza con aquella alegría con que se supone que debe regocijarse el demonio cuando produce el mal, pero el magua les detuvo el brazo, les arrancó las armas y las arrojó lejos de sí. Sacando luego el cuchillo volviose hacia su víctima, y con las pasiones más encontradas y violentas reflejadas en su rostro, le dijo:

—Mujer, elige: la tienda o el cuchillo del Zorro Sutil.

Cora cayó de rodillas a sus plantas. Todas sus facciones estaban animadas con una expresión extraordinaria; levantó los ojos, y alzando los brazos al cielo murmuró dulcemente:

—¡Dios mío, soy tuya, cúmplase tu santa voluntad!

—¡Mujer —repitió el magua con voz enronquecida—, elige!

Pero Cora, cuyo rostro conservaba la serenidad de un ángel, no oyó su pregunta y no respondió. El hurón, temblando de pies a cabeza, alzó el brazo repentinamente dejándolo caer luego como si no supiera qué resolución tomar. Parecía que libraba un combate violento consigo mismo, y volvió a levantar el arma mortífera; pero en aquel momento sonó sobre su cabeza un agudo grito, proferido por Uncas, quien, no pudiendo ya contenerse, lanzose de una prodigiosa altura sobre el borde peligroso en que se encontraba su enemigo, y mientras el magua levantaba los ojos al oír este terrible grito, uno de sus compañeros, aprovechándose de este movimiento clavó el cuchillo en el pecho de la joven.

El hurón precipitose como un tigre sobre el amigo que le ofendía y que ya se había retirado; pero Uncas, cayendo entre ambos, los separó y rodó a los pies del magua. Este monstruo, olvidando entonces sus primeros propósitos de venganza, y acrecentada su ferocidad por el asesinato de que acababa de ser testigo, clavó su arma entre los dos hombros de Uncas que estaba tendido, lanzando un grito infernal al cometer este bajo crimen. Uncas tuvo, sin embargo, fuerza suficiente para levantarse, y como la pantera herida que se arroja sobre su presa haciendo un último esfuerzo en el cual agota toda la vida que le resta, tendió a sus pies al asesino de Cora, y cayó, agotadas sus fuerzas, en el suelo. En esta posición se volvió hacia el Zorro Sutil dirigiéndole una altiva y despreciativa mirada, con la que parecía decirle lo que haría si no se encontrara él en estado tan lamentable. El feroz magua asió entonces por el brazo al joven mohicano, incapaz de oponer ninguna resistencia, y clavole el cuchillo en el pecho tres veces consecutivas, antes que su víctima, con los ojos siempre fijos en su enemigo y con la expresión del más profundo desprecio, cayera muerto a sus pies.

—¡Perdón! ¡Perdón, hurón! —exclamó Heyward desde lo alto de la roca con una expresión que partía el alma—. Compadécete de los demás, si quieres que te compadezcan.

El magua vencedor miró al joven guerrero mostrándole el arma fatal enrojecida con la sangre de sus víctimas, dio un grito tan feroz, tan salvaje, y que expresaba tan bien su bárbaro triunfo, que fue oído por los que se batían en el valle, a más de mil pies debajo de ellos sin que pudieran descubrir la causa. A este grito siguió una exclamación terrible que se escapó de los labios del cazador, quien atravesando las rocas avanzó hasta él tan rápida y decididamente como si algún poder invisible lo sostuviera en el aire; pero, al llegar al lugar de aquella carnicería, sólo encontró los cadáveres de las víctimas.

Ojo-de-halcón dirigioles una mirada, y sus ojos perspicaces volviéronse seguidamente hacia la montaña que se elevaba casi perpendicularmente delante de él. Un hombre estaba en la cima con los brazos levantados en ademán amenazador. Sin detenerse a contemplarlo, Ojo-de-halcón levantó su fusil; pero una piedra que rodó sobre la cabeza de uno de los fugitivos a quien no había visto aún, le dejó a descubierto la persona del honrado Lagamme, cuyas facciones reflejaban una gran indignación.

El magua salió entonces de una cavidad en que se había resguardado y encaminándose fríamente hacia el cadáver del último de sus compañeros, pasó de un salto una ancha abertura y subió a la roca hasta un sitio al que el brazo de David no podía alcanzar. Sólo necesitaba dar un brinco para encontrarse al otro lado del precipicio al abrigo de todo peligro; pero, antes de saltar, se detuvo un momento y, mirando irónicamente al cazador, le dijo:

—¡Los blancos son perros! ¡Los delawares son mujeres! El magua los ha tendido sobre las rocas para que sirvan de pasto a los cuervos. —Y, pronunciadas estas palabras, lanzó una carcajada horrorosa y dio un salto terrible; pero no llegó al sitio que se proponía y, al caer, sus manos se agarraron a la maleza en la pendiente del monte.

Ojo-de-halcón lo observaba con atención, temblando de tal modo, que la punta de su fusil medio levantada flotaba en el aire como el viento. No queriendo realizar esfuerzos inútiles, el Zorro Sutil se dejó caer, encontró una punta de la roca donde se sostuvo un momento y, entonces, reuniendo todas sus fuerzas, renovó su tentativa y logró poner sus rodillas sobre el borde de la montaña. El cazador le apuntó, y soltó el gatillo; el arma estaba tan inmóvil como las rocas que la rodeaban, el hurón soltó los brazos, y su cuerpo cayó un poco hacia atrás, mientras las rodillas conservaban la misma posición.

Aun en tan crítica situación, el Zorro Sutil lanzó un reto de desafío a sus enemigos; pero su trágico gesto de amenaza fue muy breve, porque sus rodillas perdieron el punto de apoyo, y el monstruo, rodando de roca en roca, cayó precipitado en el abismo, que le sirvió de sepultura.

CAPÍTULO XVI

Lucharon mucho tiempo como valientes, sembraron de cadáveres musulmanes la ribera, y consiguieron triunfar; pero Botzaris cayó bañado en su propia sangre. Los pocos compañeros que le sobrevivieron le vieron sonreír cuando lanzaron el grito de victoria por haber quedado dueños del campo de batalla. Cerró sus párpados la muerte, y durmió en paz el último sueño, lo mismo que la tierna flor cuyo tallo se inclina al caer la tarde.

HALLECK.

Cuando el sol volvió a brillar en el horizonte, el campamento de los lenapes ofrecía un aspecto desolado y triste. El ruido del combate había cesado; su antigua enemistad y su nueva querella con los mingos había quedado suficientemente vengada con la destrucción de todo su pueblo. El silencio y la oscuridad que reinaban en el sitio en donde los hurones habían tenido sus tiendas revelaban claramente la suerte de esta tribu errante, mientras que las bandadas de cuervos, disputándose su presa en la cima de las montañas, o precipitándose en ruidosos remolinos en las anchas sendas del bosque, eran otros tantos indicios que señalaban el lugar en que la muerte se enseñoreaba. En fin, la vista menos acostumbrada a contemplar el triste espectáculo que ofrecen demasiado frecuentemente las fronteras de dos poblaciones enemigas, hubiera podido apreciar bien los terribles resultados de una venganza indiana.

El sol naciente sorprendió también a los lenapes sumidos en el dolor y la desesperación. Ningún grito de victoria, ningún canto de triunfo elevose en el entristecido poblado. El último guerrero había abandonado el campo de batalla después de apoderarse de todas las cabelleras de sus enemigos y, apenas hubo hecho desaparecer las señales de su sangriento encargo, se reunió a sus conciudadanos para lamentarse como ellos. El júbilo y el entusiasmo habían sido reemplazados por la humildad; y a los gritos de venganza habían sucedido las más vivas manifestaciones de dolor.

Las tiendas estaban desiertas; pero todos aquellos a quienes la muerte había perdonado, habíanse congregado en un campo próximo, donde formaban un inmenso círculo, guardando un silencio melancólico y sublime. Aunque de edad, de condición y de sexo diferentes, todos estaban igualmente alterados; todos los ojos permanecían fijos en el centro del círculo donde estaban los fúnebres despojos, causa de un dolor tan vivo y general.

Seis tiernas doncellas delawares, cuyas largas trenzas negras flotaban sobre sus hombros, esparcían de vez en cuando hierbas olorosas o flores del bosque sobre una litera de plantas aromáticas sobre la que reposaban encima de un paño mortuorio, improvisado con vestidos indianos, los restos de la noble, de la dulce y generosa Cora; su cuerpo elegante estaba amortajado con muchos velos de igual sencillez, y sus facciones, antes tan graciosas, semejaban las de un ángel dormido. A sus pies encontrábase sentado el afligido Munro, cuya cabeza venerable se inclinaba hacia el suelo en testimonio de sumisión a los designios de la Providencia; pero su frente abatida reflejaba el más profundo dolor. Lagamme estaba a su lado con la cabeza expuesta a los rayos del sol, mientras que los expresivos ojos vagaban incesantemente del amigo a quien le era tan difícil consolar, al cuerpo frío de su hermosa hija. Heyward, apoyado contra un árbol a algunos pasos de distancia, hacía grandes esfuerzos por reprimir la vehemencia de un dolor contra el cual se estrellaba toda su fuerza de voluntad.

Pero, por entristecido y melancólico que estuviera el grupo que acabamos de describir, lo estaba más todavía el que ocupaba el lado opuesto del círculo. Uncas, sentado como si se encontrase vivo aún, estaba adornado con las vestiduras más magníficas que la riqueza de su tribu había encontrado; sobre su cabeza ondeaban soberbias plumas, y su fría mano sostenía aún las armas mortíferas; sus brazos y cuello habían sido adornados con una multitud de brazaletes y medallas de diferentes formas y metales, contrastando sus apagados ojos y facciones inmóviles con la pompa y el fausto que lo rodeaban.

Chingachgook había tomado asiento frente a su desgraciado hijo, sin armas ni adornos ningunos, y hasta la pintura había sido borrada de su cuerpo, excepción hecha de la brillante tortuga de su raza que con caracteres indelebles estaba grabada en su pecho. Desde que la tribu había vuelto a congregarse, el guerrero mohicano no había apartado un momento sus ojos de las frías e insensibles facciones de su hijo. Su mirada estaba tan fija y su actitud era tan inmóvil, que no hubiera podido conocerse cuál de los dos había dejado de existir, a no ser por los movimientos convulsivos que el dolor causaba al padre, y la impasibilidad de la muerte que aparecía impresa en el rostro del hijo.

El cazador, inclinado junto a él en actitud pensativa, apoyábase sobre el arma que había sido impotente para defender a su amigo, mientras que Tamenund, sostenido por los ancianos, ocupaba una pequeña eminencia desde donde contemplaba tristemente el sombrío cuadro que ofrecía su pueblo.

En el mismo círculo, aunque muy cerca de la línea exterior, se distinguía un militar vestido con uniforme extranjero, y fuera ya del recinto estaba su caballo de batalla que rodeaban algunos jinetes en actitud de emprender un largo viaje. El uniforme de aquel militar revelaba que había sido destinado al servicio del comandante del Canadá, y había llegado como mensajero de paz. La feroz impetuosidad de sus aliados había hecho su misión inútil, viéndose, por lo tanto, reducido a ser espectador silencioso de los tristes resultados de una contienda, que le había sido imposible impedir por llegar demasiado tarde.

El sol había recorrido ya la cuarta parte de su carrera, y desde el alba permanecía la tribu, desconsolada, en la misma calma silenciosa, emblema de la muerte que les hacía derramar abundantes lágrimas. Todo estaba en silencio, que era, de vez en cuando, interrumpido por los sollozos ahogados de los circunstantes. Ningún movimiento agitaba a la multitud, y sólo las tiernas ofrendas hechas a Cora por sus jóvenes compañeras revelaban que los delawares eran seres animados, pareciendo que cada actor de esta escena extraordinaria había sido transformado en una estatua de piedra.

Al fin el sabio, extendiendo los brazos y apoyándose sobre los hombros de los que lo sostenían, levantose con un aspecto tan débil y lánguido como si un siglo entero se hubiera desplomado sobre el mismo que el día anterior tenía energías y entereza suficientes para presidir el consejo de la nación.

—Hombres lenapes —dijo con voz lúgubre y profética—, la faz del Manitú se oculta detrás de una nube; sus ojos han dejado de mirarnos; sus orejas están cerradas; sus labios no pronuncian una sola palabra. Abrid los corazones, y que no os seduzca la mentira. Hombres lenapes, la faz del Manitú se oculta detrás de una nube.

Estas palabras sencillas y terribles fueron acogidas con un silencio profundo y sublime, como si el espíritu venerado que adoraba la tribu hubiera hablado. Sólo Uncas parecía estar dotado de vida, en medio de aquella multitud posternada e inmóvil.

Transcurridos algunos minutos, la multitud entonó una especie de canto en honor de las víctimas de la guerra; pero con voz tan dulce y suave, que semejaba un murmullo. El sonido penetrante y lastimero de estas voces penetraba hasta el alma.

La letra de este triste canto era una improvisación; pues en el momento que una voz cesaba, la seguía otra, murmurando cuanto la ternura y los sentimientos les inspiraban.

A intervalos interrumpían aquellos cantos explosiones de sollozos y gemidos, durante los cuales las jóvenes que rodeaban el féretro de Cora apoderábanse de las flores que la cubrían, con manifestaciones de vivo dolor; pero, cuando este exceso de sentimiento disminuía algún tanto su amargura, se apresuraban a esparcir nuevamente sobre el cadáver aquellos emblemas de la pureza y dulzura de la que lloraban. Aunque interrumpidos frecuentemente estos cánticos, no por ello tenían menos relación entre sí las ideas, todas las cuales no eran otra cosa que un elogio de las virtudes y méritos de Uncas y de Cora.

Una joven, distinguida entre sus compañeras por su nacimiento y sus cualidades, fue la encargada de pronunciar la oración fúnebre y ensalzar al guerrero muerto. Empezó aludiendo a sus virtudes, hermoseando sus párrafos con aquellas imágenes orientales que los indios han aprendido probablemente en las extremidades del otro continente, y que forman en cierto modo la cadena que une la historia de los dos mundos.

Aplicole el calificativo de pantera de su tribu; lo pintó recorriendo las montañas con paso tan rápido, que su pie no dejaba ninguna huella sobre la arena, saltando de roca en roca con la gracia y la habilidad de un gamo joven; comparó su ojo a una estrella brillante en medio de la noche oscura, y su voz, en el calor de la batalla, al rayo de Manitú. Recordole la madre que lo había llevado en su seno, y describió la dicha que debía experimentar por haber dado a luz tal hijo, encargándole que le dijese, cuando la encontrara en el mundo de los espíritus, que las jóvenes delawares habían llorado sobre el sepulcro de su hijo, y la habían llamado bienaventurada.

Otras jóvenes siguieron a la primera, imprimiendo a su voz mayor dulzura y, con la delicadeza propia de su sexo, hicieron alusión a la joven extranjera, arrebatada del mundo de los vivos juntamente con el joven héroe, en lo cual manifestaba el Gran Espíritu que su voluntad era que estuviesen reunidos eternamente. Le rogaron fuese dulce y benévolo con ella, y la perdonase si ignoraba las nociones esenciales que nadie le había enseñado, y los servicios que un guerrero tenía derecho a esperar de ella. Hablaron luego extensamente de su belleza incomparable y de su noble valor, sin que se advirtiera en sus cantos el menor asomo de envidia, y añadieron que sus altas cualidades compensaban suficientemente lo que hubiera podido faltarle en su educación.

A éstas sucedieron otras por su turno, quienes se dirigieron a la joven extranjera con el acento de la ternura y el amor. La exhortaron a consolarse, y a no temer nada respecto a su futura felicidad. Un cazador sería su compañero, que sabría proveerla de todo, y atender a sus más pequeñas necesidades; un guerrero, en estado de libertarla de todos los peligros, la guardaba. Le prometieron que su viaje sería tranquilo y su carga ligera; le advirtieron que no se abandonara a sentimientos inútiles por los amigos de su niñez, ni por los lugares donde sus padres habían vivido, asegurándole que en los bosques bienaventurados donde los lenapes cazaban después de su muerte, había valles tan deliciosos y flores tan hermosas como el cielo de los blancos. Luego le recomendaron que atendiera a las necesidades de su compañero, y no olvidara jamás la distinción que el Manitú les había otorgado.

Luego, animándose de pronto, se reunieron para ensalzar, cantando las virtudes del mohicano. Era noble, valiente y generoso, y poseía cuanto debe poseer un delaware para ser buen guerrero. Dieron a entender que en los cortos momentos que había permanecido entre ellas, habían descubierto instintivamente la inclinación natural de sus afectos. Las jóvenes delawares no tenían para él ningún atractivo; era de una raza que en otra época había sido sagamore a las orillas del lago salado, y tenía predilección por un pueblo que habitaba en medio de los sepulcros de sus antepasados. ¿Esta predilección no estaba además suficientemente explicada? Todos los ojos podían ver que ella era de una sangre más pura que el resto de su pueblo; su conducta siempre heroica había probado que era capaz de arrostrar todos los grandes peligros de una vida pasada en medio de los bosques; y ahora, agregaron, el Gran Espíritu la ha conducido a un lugar donde será feliz eternamente.

Variando después de voz y de tema, aludieron a su compañera, que lloraba en la habitación inmediata; compararon su carácter dulce y sensible a los copos de nieve puros e inmaculados que con tanta facilidad se derriten al ser heridos por los rayos del sol como se hielan durante el frío invierno; no dudaban que Alicia era dueña del cariño del joven jefe blanco, cuyo dolor era casi semejante al suyo; pero, aunque ellas se guardaban bien de manifestarlo, conocíase que no la creían dotada de las grandes cualidades que distinguían a Cora. Comparaban los rizos de los cabellos de Alicia con los tiernos vástagos de la vid, sus ojos con la bóveda celeste, y su cutis a una nube de resplandeciente blancura, hermoseada con los rayos del sol naciente.

Mientras las jóvenes delawares cantaban estas alabanzas, el resto de la asamblea guardaba el silencio más profundo, interrumpido sólo de vez en cuando por los sollozos que la violencia del dolor les arrancaba. Los guerreros escuchaban con la misma atención que si hubiesen estado bajo la influencia de algún encanto, reflejándose en sus rostros expresivos las emociones vivas y simpáticas que experimentaban. Hasta el

mismo David encontraba cierta especie de alivio oyendo aquellas voces tan dulces, y mucho tiempo después de haber cesado los cantos, sus miradas vivas y brillantes atestiguaban la impresión que habían producido en su alma.

El cazador, que era el único de todos los blancos que comprendía la lengua delaware, escuchó atentamente los cantos de las jóvenes; pero, al aludirse en ellos a la vida que Uncas y Cora harían en los bosques bienaventurados, movió la cabeza para significar el poco crédito que le merecían aquellas creencias. Afortunadamente Heyward y Munro no entendían el significado de las palabras salvajes que llegaban a sus oídos y que hubieran renovado su dolor.

Sólo Chingachgook parecía no prestar atención a los cantos. Su mirada había permanecido fija, y aun en los momentos más patéticos de aquellas lamentaciones ningún músculo de su rostro sufrió la más mínima alteración. Los restos fríos e insensibles de su hijo tenían reconcentrada toda su atención, y, excepto la vista, todos sus sentidos parecían dormidos. Aparentemente sólo vivía para contemplar aquellas facciones amadas que no tardarían en desfigurarse.

De pronto, un guerrero célebre, de continente grave y severo, muy estimado por sus hazañas y especialmente por lo mucho que se había distinguido en el último combate, avanzó con lentitud por entre el concurso yendo a colocarse junto a los restos de Uncas.

—¿Por qué nos has abandonado, orgullo de Wapanachki? —dijo dirigiéndose al joven guerrero, como si sus restos inanimados pudieran impresionarse aún—. Tu vida ha tenido la duración de un instante, pero tu gloria ha brillado más que los resplandores del sol. Tú has partido, joven vencedor, pero cien wyan-dotos te han precedido en el camino que conduce al mundo de los espíritus, para facilitarte el tránsito por entre las espinas. ¿Quién, al verte en medio de una batalla, hubiera creído que eras mortal? ¿Quién, antes que tú, había mostrado jamás a Utsawa el camino del combate? Tus pies se parecían a las alas del águila; tu brazo era más pesado que las altas ramas que caen de la copa del pino, y tu voz era como la del Manitú cuando habla a sus hijos desde las nubes. Las palabras de Utsawa son bien débiles —añadió con tristeza— y su corazón está traspasado de dolor. Orgullo del Wapanachki, ¿por qué nos has abandonado?

Tras Utsawa hablaron otros varios guerreros, hasta que todos los primeros jefes pagaron el tributo de alabanza a la memoria de su compañero de armas, después de lo cual restableciose nuevamente el más profundo silencio.

Luego, oyose un murmullo sordo como de una música lejana; los sonidos eran tan confusos que casi no eran perceptibles, siendo muy difícil conocer con exactitud de dónde salían; pero poco a poco fueron adquiriendo mayor sonoridad y pronto pudieron distinguirse quejas, exclamaciones de dolor y algunas frases interrumpidas. Era Chingachgook quien cantaba para unir los acentos de su voz a los de los que tan altos honores tributaban a su hijo. Las miradas de los circundantes estaban fijas en el suelo, por respeto al dolor paternal, que procuraba en vano desahogarse. Ninguna señal exterior denunciaba la emoción de que estaban poseídos los delawares; pero leíase en todos los rostros, y hasta en su actitud, que escuchaban ansiosamente y con tan reverente atención como la que se prestaba a Tamenund cuando hablaba.

Pronto empezaron aquellos sonidos a debilitarse, haciéndose más trémulos e ininteligibles, hasta que se extinguieron en absoluto como los acentos de una música que se aleja y cuyas últimas notas se lleva el viento. Los labios del sagamore se cerraron, y sus ojos volvieron a contemplar a Uncas. Sus encogidos músculos estaban inmóviles como los de una criatura salida de las manos del Todopoderoso antes de haber recibido el alma. Los delawares, comprendiendo que su amigo no estaba todavía suficientemente preparado para sostener un esfuerzo tan penoso, resolvieron conceder algunos momentos más a este desgraciado padre, y con un instinto de delicadeza que les era peculiar, simularon prestar toda su atención a los funerales de la joven extranjera.

Uno de los jefes más antiguos de la tribu hizo una seña a las mujeres que se encontraban más cerca del lugar en que reposaba el cuerpo de Cora; y, enseguida, las jóvenes levantaron la litera y marcharon lentamente y a compás, cantando en tono suave y bajo elogios de su compañera. Lagamme, que no había perdido un solo detalle de aquellas ceremonias que le parecían tan paganas, inclinose entonces sobre el hombro de su amigo y le dijo en voz baja:

—Se llevan los restos de su hija. ¿No vamos nosotros a acompañarlos? ¿No pronunciaremos a lo menos sobre su tumba algunas palabras cristianas?

Munro conmoviose profundamente como si el sonido de la trompeta apocalíptica hubiera resonado en su oído y, mirando en torno suyo con inquietud, púsose en pie y siguió tras el cadáver de su hija con el semblante de un soldado, pero con el corazón agobiado por el peso de la desgracia. Rodeáronlo sus amigos, penetrados también de dolor, colocándose a su lado el joven francés que parecía profundamente enternecido por la muerte violenta y prematura de una joven tan amable;

pero, cuando las últimas mujeres de la tribu se hubieron colocado en los sitios que les estaban asignados en el funeral, los lenapes estrecharon el círculo y volvieron a agruparse alrededor de Uncas, tan inmóviles y silenciosos como antes.

El lugar en que debían ser enterrados los restos de Cora era una pequeña colina en donde crecía un bosquecillo de pinos jóvenes y fuertes, que proyectaban sombra adecuada al sepulcro. Al llegar allí, las jóvenes dejaron su carga, y con la paciencia característica de las indias y la timidez propia de su edad, esperaron a que uno de los amigos de Cora las animase con algunas palabras de aprobación. El cazador, que era el único de los presentes que conocía aquellas ceremonias, les dijo en delaware:

—Lo que mis hijas han hecho está muy bien hecho, y los hombres blancos les deben por ello gratitud.

Satisfechas con este testimonio de aprobación, las jóvenes depositaron el cuerpo de Cora en una especie de ataúd, primorosamente labrado en la corteza de un álamo blanco, y lo colocaron seguidamente en su oscura y última morada. La ceremonia acostumbrada de cubrir con hojas y ramaje la tierra recientemente removida efectuose con las mismas fórmulas sencillas y silenciosas; pero, cumplido este último y penoso deber, las jóvenes quedaron inmóviles ignorando si debían continuar practicando los ritos de su tribu. El cazador volvió entonces a hacer uso de la palabra diciendo:

—Amables jóvenes, ya han hecho bastante. El espíritu de un blanco no necesita vestidos ni alimento —y, luego, dirigiendo los ojos a David que se disponía a entonar un cántico sagrado, agregó—: Voy a dejar hablar a quien conoce mejor los usos de los cristianos.

Las delawares se retiraron prudentemente a un lado, y después de haber representado el primer papel en esta triste escena, constituyéronse en sencillas y atentas espectadoras. Durante todo el tiempo que David empleó en rezar sus piadosas oraciones, no se les escapó ni una ojeada de sorpresa, ni una señal de impaciencia; escuchaban como si comprendieran las palabras que pronunciaba, y parecían tan conmovidas como si sintiesen el dolor, la esperanza y la resignación que el cántico sugería.

Excitado por el espectáculo que acababa de presenciar, y acaso también por la alteración secreta que experimentaba, David desempeñó admirablemente su cometido. Su voz llena y sonora, resonando después de los acentos plañideros de las jóvenes, no perdía nada en la comparación, y sus cantos más armoniosos reunían además el mérito de ser inteligibles para las personas a quienes él los dirigía especialmente.

El cántico terminó como lo había empezado, esto es, en medio del más profundo silencio.

Concluida la última estrofa, las miradas inquietas de los circunstantes y la violencia que todos se hacían para no producir el menor ruido, anunciaron que esperaban que el padre de la joven víctima hiciese uso de la palabra; y, en efecto, Munro, comprendiendo que había llegado el momento de hacer él lo que puede considerarse como el mayor esfuerzo de que es susceptible la naturaleza humana, descubrió su venerable cabeza, dirigió una mirada al concurso que lo rodeaba, hizo seña a Ojo-de-halcón para que escuchase, y se explicó así con voz trémula:

—Diga a esas jóvenes tan amables como bondadosas que un anciano desfallecido, cuyo corazón está despedazado, les agradece sus sentimientos desde el fondo de su alma. Dígales que ruego a Dios que les recompense su caridad.

El cazador escuchó con suma atención al anciano y, cuando éste hubo concluido, volviéndose hacia las mujeres, les tradujo el breve discurso de Munro en los términos que creyó más acomodados a la inteligencia de su auditorio.

La cabeza del anciano había vuelto a inclinarse sobre el pecho, y se entregaba de nuevo a su tétrico dolor, cuando el joven francés, a quien hemos hecha referencia anteriormente, se decidió a tocarle suavemente en el hombro, para advertirle que se fijara en un grupo de jóvenes indios que se aproximaban conduciendo una litera herméticamente cerrada, y luego, con un gesto expresivo, le mostró el curso del sol.

—Ya le entiendo —respondió Munro haciendo un esfuerzo sobre sí mismo para dar firmeza a su voz—, ya le entiendo. Ésa es la voluntad del cielo y me someto a ella. ¡Cora, hija mía, si la bendición de un padre inconsolable puede alcanzarte todavía, recíbela con mis fervorosas oraciones! Vamos, señores —añadió mirando en torno suyo con afectada tranquilidad; aunque el dolor que lo abrumaba era demasiado violento para poder ocultarlo por completo—. No tenemos ya nada que hacer aquí. Partamos.

Heyward obedeció gustoso una orden que le hacía abandonar un lugar donde ya le faltaba el valor para permanecer y, mientras sus compañeros montaban a caballo, encontró ocasión de apretar la mano del cazador y recordarle la promesa que le había hecho de ir a reunirse con él en las filas del ejército inglés. Montó luego a caballo y fue a colocarse junto a la litera dentro de la cual iba Alicia sollozando. Todos los blancos, con Munro a la cabeza, seguidos de Heyward y de David, sumergidos en un triste abatimiento, se alejaron de aquel sitio de dolor y no tardaron en desaparecer en la espesura del bosque.

Transcurrido algún tiempo, supieron los delawares, por conducto del cazador, que sirvió en cierto modo de medio de comunicación entre los hombres civilizados y los salvajes, que el anciano de los cabellos blancos no había tardado en descender al sepulcro, según la opinión general, por las fatigas prolongadas del estado militar, pero, según otros, y esto era lo más probable, por el exceso del dolor. Súpose también igualmente que Mano Abierta había conducido a la segunda hija del buen anciano muy lejos, a las viviendas de los blancos, donde sus lágrimas, después de haber corrido mucho tiempo, habían cesado de humedecer sus ojos, merced a la felicidad que llegó a sonreírle.

Pero estos sucesos son posteriores a la época a que se contrae esta historia.

Después de haber visto marchar a todos los de su color, Ojo-de-halcón regresó al sitio destinado a ser sepultura de los dos jóvenes tan tiernamente llorados, a tiempo que los delawares empezaban a cubrir a Uncas con sus últimos vestidos de pieles; pero, al ver al cazador, se detuvieron un momento para permitirle contemplar por última vez a su joven amigo, y darle su último adiós. Enseguida fue envuelto el cadáver para no ser descubierto jamás, y empezó una manifestación solemne de duelo, semejante a la de Cora, reuniéndose toda la nación en torno del sepulcro del joven jefe, merecedor de que sus huesos reposaran en medio de los de su raza.

El movimiento de la multitud había sido espontáneo y general, manifestando junto a la tumba el mismo dolor, la misma gravedad y silencio que los manifestados hasta entonces. El cuerpo fue depositado con el rostro vuelo a la salida del sol; sus instrumentos de guerra y sus armas de caza fueron colocados a su lado; todo estaba preparado para el gran viaje, y hasta en la especie de ataúd que encerraba el cadáver, habían practicado una abertura para que el espíritu pudiera comunicarse con sus despojos terrestres cuando fuese tiempo. Los delawares, con aquella industria que les es peculiar, tomaron las precauciones necesarias para evitar que aquellos fúnebres despojos fueran pasto de la voracidad de las aves de rapiña.

Concluidas todas las ceremonias, Chingachgook volvió a ser objeto de la atención general. No había hablado todavía, y esperaban oírle algunas palabras de consuelo, o algunos consejos, que seguramente serían sensatos saliendo de la boca de un jefe tan estimado y en circunstancia tan solemne. El desgraciado padre levantó la cabeza, que tenía inclinada

sobre el pecho; y, después de recorrer con una mirada grave y tranquila toda la asamblea, se abrieron sus labios, y, por la primera vez, desde el principio de esta larga ceremonia, pronunció claramente estas palabras:

—¿Por qué están mis hermanos tristes? —dijo observando el abatimiento de los guerreros que lo rodeaban—. ¿Por qué lloran mis hijos? ¡Porque un joven guerrero ha ido a cazar a los bosques bienaventurados! ¡Porque un jefe ha terminado su carrera honrosamente! Era bueno, sumiso, valiente; el Manitú necesitaba un guerrero de sus condiciones y le ha llamado junto a sí. En cuanto a mí, ya no soy más que un tronco seco que los blancos han despojado de sus ramas. Mi raza ha desaparecido de las riberas del lago salado y del hueco de las peñas de los delawares; pero ¿habrá quien pueda decir qué serpiente de su tribu ha dejado de ser prudente? He quedado solo...

—No, no —exclamó Ojo-de-halcón, que hasta entonces no había hecho más que contemplar en silencio las severas facciones de su amigo, pero que le fue imposible continuar callando—; no, sagamore, no está solo. Nuestro color puede ser distinto, pero Dios nos ha colocado en el mismo camino para que hiciéramos juntos el viaje. Yo no tengo parientes, y puedo también decir que no tengo pueblo. Uncas era su hijo, era un piel roja; la misma sangre circulaba por sus venas; pero si olvido jamás al joven que ha peleado con tanta frecuencia a mi lado en tiempo de guerra, y reposado junto a mí en tiempo de paz, que Dios me abandone. El hijo nos ha dejado por algún tiempo; pero, sagamore, ¡no está solo!

Chingachgook estrechó profundamente conmovido la mano que le había alargado Ojo-de-halcón por encima de la tierra removida, y los dos altivos e intrépidos cazadores inclinaron al mismo tiempo la cabeza sobre la tumba. Las lágrimas que brotaban a raudales de sus ojos regaban la tierra donde reposaban los restos de Uncas. A esta patética y conmovedora escena, sucedió un silencio sepulcral que interrumpió el anciano Tamenund diciendo a su pueblo:

—Basta, hijos de los lenapes; la cólera del Manitú no se ha calmado aún. ¿Por qué Tamenund abriga todavía esperanzas de prosperidad para sus hijos? Los blancos se han posesionado de toda la tierra y los pieles rojas viven... Mis días se han prolongado demasiado. Por la mañana he visto a los hijos de Unamis fuertes y felices, y antes de que el sol desaparezca por occidente ha rendido tributo a la muerte un intrépido guerrero, que ha sido *el último de los mohicanos.*

ÍNDICE